De vergeten zomer

Carol Drinkwater

De vergeten zomer

A.W. Bruna Uitgevers

Oorspronkelijke titel
The Forgotten Summer

Vertaling
Saskia Peterzon-Kotte
Omslagbeeld

Omslagontwerp
DPS Design & Prepress Services, Amsterdam

ISBN 978 94 005 0771 5
NUR 302

Voor Michel, jusqu'à la fin...

FSC
www.fsc.org
MIX
Papier van verantwoorde herkomst
FSC® C110751

Dit boek is gedrukt op papier dat het keurmerk van de Forest Stewardship Council (FSC®) mag dragen. Bij dit papier is het zeker dat de productie niet tot bosvernietiging heeft geleid. Een flink deel van de grondstof is afkomstig uit bossen en plantages die worden beheerd volgens de regels van FSC. Van het andere deel van de grondstof is vastgesteld dat hiervoor geen houtkap in de laatste resten waardevol bos heeft plaatsgevonden. Daarom mag dit papier het FSC Mixed Sources label dragen. Voor dit boek is het FSC-gecertificeerde Munkenprint gebruikt. Dit papier is 100% chloor- en zwavelvrij gebleekt en wordt geleverd door Arctic Paper Munkedals AB, Zweden.

Bijna zou ik wensen dat we vlinders waren en slechts drie zomerdagen leefden – drie van zulke dagen met jou zou ik kunnen vullen met meer verrukking dan vijftig gewone jaren ooit konden bevatten.

– John Keats, *Bright Star: Love Letters and Poems of John Keats to Fanny Brawne*

Oh, je voudrais tant que tu te souviennes
Des jours heureux où nous étions amis.
En ce temps-là la vie était plus belle,
Et le soleil plus brûlant qu'aujourd'hui.

– *Les feuilles mortes,* Jacques Prévert

DEEL EEN

Verlies

1

September, Zuid-Frankrijk

Een boeket van sappige geuren zweefde de trap op, prikkelde Janes eetlust en spoorde haar aan uit bed te stappen. Zelfs op dit onchristelijke uur knorde haar maag. Zij en haar man, Luc Cambon, waren allebei sinds het krieken van de dag wakker. Het verschil was dat hij al druk bezig was, terwijl zij nog lui onder de dekens lag. Met haar ogen dicht snoof ze de verrukkelijke ontbijtgeuren op. Matty – een engel op katoenen sokken – was een feestmaal aan het bereiden, een gezond Provençaals alternatief voor een opgebakken maaltijd. Eieren, tomaten, dungesneden paarszwarte aubergines uit de tuin, olijfolie van hun eigen landgoed, dikke plakken gekookte ham van de varkens van de dominee – die werden vetgemest met wilde kastanjes – zelfgebakken brood en vers fruit... Mmm. Een zalig maaltje.

'Sta op, luilak,' mompelde Jane bij zichzelf.

Ze hoorde Luc zachtjes zingen onder de douche. Hij had al een tijdje op zijn computer zitten werken. Met haar knieën opgetrokken naar haar borst had ze liggen luisteren hoe hij e-mails verstuurde, teksten schreef en interviews voorbereidde: werk, werk, ad infinitum. Ze had altijd bewondering gehad voor zijn passie en energie, maar eerlijk gezegd voelde ze zich ook weleens tekortschieten door zijn niet-aflatende werklust. Haar werk als vertaler schonk haar voldoening en was uitdagend, maar ze haalde nooit het niveau van obsessie dat hij in zijn films stak. Luc was altijd veel doelbewuster dan zij.

Ze geeuwde luid, waarbij ze net zo klonk als hun hond, gooide de dekens van zich af, ging op de rand van het matras zitten en wreef over haar slapen. Een lichte hoofdpijn en haar rug en haar borstspieren deden verschrikkelijk zeer. Het gevolg van het optillen en dragen van al die manden de dag ervoor, en waarschijnlijk had ze de vorige avond tijdens het druivenplukkersdiner een glaasje te veel gedronken.

Ze stond behoedzaam op – de pijntjes zouden snel verdwijnen zodra ze weer in het veld was en haar spieren waren opgewarmd – en liep blootsvoets door de kamer om de luiken open te doen. Deze ochtenden zo halverwege september waren heerlijk: warme en gouden nazomerdagen. Er was maar weinig wat kon tippen aan het genot van het buiten zijn, weg van haar laptop en de stapels Franse tekst die op een vertaling wachtten. Geweldige lichaamsbeweging en gewoonlijk plezierig. Alleen was de temperatuur de vorige dag opgelopen tot begin dertig, hoger dan voorspeld, hoger dan gemiddeld. Jane hoopte, samen met het team van ingehuurde hulpjes, dat vandaag genadiger zou zijn.

Luc en Claude Lefèvre, de tuinman annex huismeester van het landgoed, hadden de vorige avond in de schuur een discussie gevoerd over klimaatverandering en de effecten daarvan op de oogst. Ook Jean Dupont en Michel Lonsaud, twee dorpsbewoners die regelmatig door de Cambons werden ingehuurd, hadden een duit in het zakje gedaan. Ze waren het er uiteindelijk alle vier over eens dat wijnbouw heel wat minder voorspelbaar en daardoor financieel minder zeker was dan het was geweest in de tijd dat die boerenmannen als jongetjes hier in Zuid-Frankrijk opgroeiden.

Jane gooide de openslaande deuren open. Hun slaapkamer bevond zich op de eerste verdieping van de grote, oude Provençaalse boerderij. Een ruime hoekkamer met twee paar glazen deuren, waarvan er eentje uitkeek op het binnenland, in het noorden in de richting van de bergen, en de andere op het oosten, over uitgestrekte wijngaarden met blauwe druiven die langs latwerk werden geleid. Het was een rustgevend, maar toch stimulerend landschap en Jane vond het heerlijk om hier te lanterfanten voordat de eisen van de dag haar overspoelden, om het ogenblik van stilte waarmee de zonsopgang gepaard ging in zich op te nemen. Het was alsof elk levend wezen zijn adem inhield, wachtend tot de zon van achter de bergtoppen zou verschijnen. Ze werd er elke keer weer opgewekt van, barstend van dankbaarheid vanwege de cadeautjes die het leven haar had geschonken.

Ze liep het ijzeren balkon op en voelde de vochtige dauw onder haar voeten, strekte haar armen en bovenlijf terwijl het zonlicht de kamer binnenstroomde met een schitterende golf van honderden uitbundige geuren. Dennenhars, wilde lavendel, verse tijm, rozemarijn, jeneverbes...

De negenenveertig hectare landbouwgrond van Les Cigales werden gedomineerd door het achttiende-eeuwse herenhuis met acht slaapkamers. Het had drie verdiepingen, was gebouwd met steenblokken uit de omgeving en versierd met houten lattenluiken en geschilderd ter bescherming tegen de zuidelijke hitte. Het was het hoofdgebouw in een landschap van laaggelegen wijngaarden, buitengebouwen, huisjes en boomgaarden. Verder landinwaarts klampten de knoestige olijfbomen zich vast aan het glooiende terrein, als voorovergebogen wandelaars die de bergen beklommen.

Jane ademde de frisse lucht in en luisterde naar de kakofonie van kreten die bij het ochtendgloren hoorden: het vogelkoor, een stel kraaiende hanen, een ezel die in de verte balkte. Algauw zou het gelui van de angelusklok in de kerktoren van het nabijgelegen dorp Malaz de gelovigen naar de eerste vroomheid van de dag manen. Ze huiverde. Ze had dringend koffie nodig. Een sterke slok van Matty's heerlijke arabicabrouwsel. 'Ik heb gisteravond beslist te veel gedronken.'

'*Chérie*, wat mompel je toch? De badkamer is vrij. Ik ga even ontbijten. Zie je beneden. Blijf niet te lang hier.'

'Okidoki.' Hoezeer Jane er ook van genoot om vroeg te beginnen, vanochtend was ze maar al te graag nog een uurtje in bed blijven liggen, maar ze zou het team niet laten vallen, ze mocht Luc niet teleurstellen. Ze vond het eigenlijk wel leuk om met alle anderen mee te doen en getuige te zijn van Lucs voldoening bij het toezicht houden op alweer een eersteklas oogst, en het droeg er absoluut aan bij om zijn moeder koest te houden. God, Lucs moeder. Jane was dol op vrijwel alles aan Les Cigales, behalve Clarisse Cambon.

De zon kwam snel op, bereikte de flanken van de zachtpaarse bergen, de heldergroene akkers van de glooiende wijngaarden en overspoelde de olijfgaarden met een zacht, vlassig licht. In de verte weerklonken roepende stemmen. *Les journaliers*, de rechterhanden van Clarisse. Ze dromden vast al samen rondom de tractor, popelend om te beginnen. Luc zou niet ver achter hen staan te zwaaien en te lachen om de aftrap van de pluk van de dag te begeleiden. Te oordelen naar de dag daarvoor, de eerste plukdag van deze oogst, leken de werkers een joviaal stel en waren de druiven van topkwaliteit.

Wat zijn beroepsmatige verplichtingen ook waren, Luc hechtte er altijd belang aan om terug te keren naar Les Cigales om toezicht te houden op de oogst, de *vendange*. Het was een traditie, een familieritueel dat wijlen zijn opa hem had geleerd. En Jane vergezelde hem altijd. Het waren een paar levendige, sociale weken, hoewel het familiebedrijf tegenwoordig eerlijk gezegd niet veel meer was dan een moeder-zoonaangelegenheid. Het was een worsteling geweest sinds de dood van Lucs tante Isabelle, die de drijvende kracht was geweest, de kwaliteitscontrole achter de hele onderneming. Clarisse had geen gevoel voor cijfers en ze was al net zo nalatig ten aanzien van haar personeel, waardoor Luc de puinhoop kon opruimen.

Nu deed hij de deur open en rende de kamer weer in. 'Telefoon vergeten.' Zijn haar was nog vochtig van de douche. Jane zag dat hij niet de moeite had genomen zich te scheren. Hij was zo knap en charismatisch, en in alle opzichten jonger dan zijn vijfenvijftig jaren, en nog steeds goedverzorgd in zijn spijkerbroek, zwarte T-shirt en stoere laarzen. Hij had een half opgegeten croissant in zijn hand.

'Ben je nog niet aangekleed? Matty serveert het ontbijt in de schuur aan de overkant van het erf. Dan is daar ook.'

'Dan?'

'Hij is rond middernacht aangekomen, kort nadat jij naar bed ging. Claude rijdt straks met de eerste groep in de trailer naar de wijngaarden.'

Jane pakte de iPhone van Lucs nachtkastje en gaf hem die. 'Ik ben er over vijf minuten.' Hij knikte, pakte de telefoon, tikte op het scherm alsof hij een bericht verwachtte, vloekte zachtjes en gaf zijn vrouw een kusje op haar wang.

Jane vond dat hij gespannen leek. 'Gaat het wel?' riep ze toen hij terugliep naar de geopende deur.

'Natuurlijk. Schiet een beetje op, chérie, anders moeten we de tractor een tweede keer terugsturen voor jou en ik wil dat Claude dat Nederlandse stel in de gaten houdt. Ze hebben nog nooit geplukt en gisteren waren een paar van hun ladingen gekneusd. Het verbaast me dat Clarisse ze op de loonlijst heeft gezet. "Verspilling van kostbaar geld", in haar eigen woorden. Claude is gisteren de helft van de tijd bezig geweest hun uit te leggen hoe ze de trossen moesten uitkiezen en afknippen, dus hij moet ze in de gaten houden terwijl...'

'Hé, ik weet hoe belangrijk de vendange is, maar het zijn maar druiven, hoor, Luc.'

Luc schudde glimlachend zijn hoofd. 'Ik moet me niet zo laten opjutten, hè? Dat zou mijn plezier vergallen. Schiet op en kom mee. Het wekt een slechte indruk als we te laat komen.'

En met die woorden was hij weg.

Ze luisterde naar zijn voetstappen op de houten trap naar beneden. Haar man werd ergens door in beslag genomen. Hij was non-stop met Clarisse aan het bekvechten geweest, was prikkelbaar over zijn film en was kortaf, wat niet bij hem paste. Normaal gesproken beleefde hij zoveel plezier aan de vendange, ook als niet alles perfect was. Hij handelde tegenvallers of problemen vriendelijk en gemakkelijk af, zonder gedoe. Jane waste zich haastig, trok een cargobroek, Converse-sneakers, een T-shirt en een wollen capuchontrui aan en deed een sjaal om. Ze zou de buitenste lagen uittrekken als de hitte van de zon voelbaar zou worden en haar lichaam zou gloeien door de activiteiten.

Maar wat zat Luc toch dwars?

Beneden haastte ze zich door de eetkamer. Omdat het te klam was om in deze tijd van het jaar binnen te eten, zelfs als de ventilator op volle kracht zoemde, was het rustig en leeg in de kamer. Stil, op de tikkende klok op de schoorsteenmantel na. Die stond op tien over zes. Toen ze in de richting van de achterkant van het huis liep, viel het haar op dat de deur van de grote provisiekamer openstond. Daar ving ze een glimp op van Matty, die producten van de ene plank naar de andere verplaatste en ze als soldaten in rijen zette. In de loop der jaren was Matty stevig geworden – als gevolg van haar eigen, zalige recepten – maar toch bewoog ze zich nog efficiënt op haar espadrilles.

Eieren, kopjes meel voor gebak, verse bladsla met een laagje dauw erop, glazen potten boordevol ingemaakt fruit. Een grote, zonnebloemgele kom tjokvol donkere, kleverige vijgen waar sap uit stroomde. Hier werd subtiele alchemie bedreven, allemaal in handen van Mathilde Lefèvre.

Jane liep linea recta de voorraadkamer in en de twee vrouwen begroetten elkaar met een kus op beide wangen. Toen Jane klein was en Les Cigales bezocht met haar vader, die een wijnoutlet in Groot-Brittannië had opgezet, had Matty soms op haar gepast en er was een blijvende band tussen hen ontstaan.

'Goedemorgen, Matty. Zo te zien ben je van plan om voor de lunch een van je heerlijke taarten te maken.'

'En een stuk of twee quiches, madame Jane,' antwoordde de huishoudster.

'Daarmee hou je het team wel tevreden. Tot straks.'

Buiten sloeg Jane links af naar het stenen plaveisel en ging op een holletje naar de koffie en het eten. Ze werd ingehaald door Walnut, hun springerspaniël, die voor haar uit naar de schuur op de binnenplaats huppelde, kwispelstaartend bij het zien van zijn bazinnetje. Clarisse Cambon, die zelfs op dit uur een breedgerande zonnehoed en een oversized donkere bril droeg, stond bij de openstaande deur te roken.

Verdorie!

Schoonmoeder en schoondochter gaven elkaar geen ochtendkus.

'Je bent de laatste,' luidde Clarisses begroeting toen ze haar sigarettenpeuk op het grind gooide en met de teen van haar Chanel-sandaaltje uitdrukte.

'Bonjour, Clarisse. Ik neem aan dat je goed geslapen hebt?'

'Wanneer slaap ik ooit goed met al die verantwoordelijkheden op mijn schouders?'

'Ik haal nog even koffie.'

'Je bent te laat. Claude is al weg met de tweede lading voor de wijngaarden. Iedereen was klaar, behalve jij. Ik ben hier nog omdat ik wacht tot ik je een lift met mijn auto kan geven voor ik naar de wijnmakerij ga. Luc heeft Claude daar ter plaatse nodig. Hij kan niet heen en weer rijden alleen voor jou.'

'Ik neem wel een van de fietsen.' Jane wrong zich langs Clarisse heen, die de deuropening blokkeerde; Jane wist niet of het wel of geen opzet was. 'Na de koffie,' voegde ze er vriendelijk aan toe. Ze had ernaar uitgekeken een substantieel ontbijt weg te werken zodat ze er die dag tegenaan kon, maar in gezelschap van Clarisse was haar eetlust onverwachts minder geworden.

Clarisse volgde Jane tot in de schuur. Een lange, houten tafel bezaaid met de kliekjes van de ingehuurde hulpkrachten domineerde de ruimte. Schalen met fruit, gebruikte koffiemokken, met jam besmeurde borden. De oudere vrouw, de bijenkoningin van het huishouden, zette haar wandelstok rechtop tegen de enorme grenen buffetkast en wreef staande in haar handen, alsof ze die met crème insmeerde. Jane pakte een appel en stopte hem in haar zak. Ze goot haar zwarte koffie in een paar teugen achterover en negeerde haar schoonmoeder, die zich ergens druk om leek te maken. Was het omdat Jane niet op tijd was, of zocht Clarisse ruzie vanwege iets ernstigers? Er hing spanning in de lucht, dat leed geen twijfel.

'Wat doet Dan hier? Hij kwam gisteren laat opdagen met zijn hele camera-uitrusting.'

Jane gaf geen antwoord. Ze wist het antwoord niet.

'Heeft Luc het met je gehad over die ellendige film die hij maakt?'

Jane schudde verward haar hoofd. 'Dat doet hij bijna nooit tot hij klaar is met filmen, dat weet je.'

'Ik begrijp niet waarom hij het verleden zo moet oprakelen. Door te wroeten en iedereen te ondervragen van wie hij maar een mening kan krijgen. Waarom laat hij de doden verdomme niet met rust? Waar gaat het in vredesnaam om?'

Jane pakte een vijg.

'Je zag hoe hij gisteren tegen me tekeerging en me verweet dat ik dat Nederlandse stel had aangenomen. Hoe moest ik weten dat ze hun taak niet aankonden?'

Jane verbaasde zich erover dat Clarisse zo van de hak op de tak sprong, om nog maar te zwijgen over haar prikkelbare stemming. 'Het is pas dag twee, Clarisse. Ze krijgen het nog wel in de vingers. Het is druivenplukken, geen hersenchirurgie. De druiven in één mand waren een beetje gekneusd, meer niet.'

'Het waren er meer dan één, en wat weet jij ervan, verdomme? Luc is kwaad op me omdat ik ze heb ingehuurd. Of vanwege iets anders. Ik kan verdorie niet verantwoordelijk worden gehouden voor elke misstap. Ik ben de jongste niet meer. Ik heb moeten knokken om dit bedrijf draaiende te houden, tegen alle verwachtingen in... Toen Isa en ik hier voor het eerst kwamen, was Luc nog maar een kind. Hij kan zich niet herinneren hoe we werden veracht, en weet je waarom?'

Dat wist Jane wel. Ze had deze tirade al meermalen aangehoord.

'Omdat we kolonisten uit Algerije waren. We zijn een Frans

gezin, Franse staatslieden, we hebben een Frans paspoort, maar ze noemen ons pieds noirs. Niemand die de moeite heeft genomen om te vragen of er een andere kant aan het verhaal zat.'

'Tot later, Clarisse. Fijne dag.'

En daarmee vertrok Jane, die over de binnenplaats naar de schuurtjes rende waar de fietsen stonden. Walnut hijgde, warm van het rennen, en had zin in de activiteit. 'Hè, nou dit weer!' De deur zat op slot.

Jane draaide zich vliegensvlug om, liep terug naar de achterkant van het huis, naar de keuken, langs het fornuis, en smeekte om Matty's sleutels, waarop de huishoudster die uit de zak van haar schort haalde. 'Ik breng ze binnen twee tellen terug.'

'*Merci beaucoup,* Jane. Ik heb monsieur Luc beloofd dat ik later vanochtend beneden zijn werkkamer zal afstoffen. Ik denk dat monsieur Daniel en hij daar straks gaan werken.'

Jane bleef prompt staan. 'Vast niet.'

Luc had zijn vakmatige verplichtingen altijd opzijgezet tijdens de oogst. Die periode was heilig; een cruciaal seizoen voor het landgoed. Hun inkomen van het jaar daarop hing ervan af. Het toezicht houden op het plukken en pletten vereiste ervaring en vakkundigheid. Naarmate de druiven aan de wijnranken rijpten, nam het suiker- en zuurgehalte toe, ontstonden er ziektes en veranderden de tanninenniveaus. Luc had er altijd op gestaan dat hij er zelf was om toezicht op het werk te houden. De komst van Dan, waar Matty het over had gehad, zou betekenen dat Luc zijn prioriteiten had verlegd.

Ze pakte een fiets en ging op weg, waarbij ze eerst over een paar akkers reed voordat ze op de stevige, stoffige paden rondom de wijnranken hobbelde. De rit landinwaarts naar de bergen zou ongeveer twintig minuten duren. Tijd in haar eentje. Tijd met de natuur, uitkijkend over de Middellandse Zee, op de grens van de departementen Alpes-Maritimes en Var. Jane trapte snel, zingend, in de hoop dat Luc niet boos zou zijn omdat ze zo laat was. Walnut draafde naast haar mee en nam het met flapperende zwarte oren op tegen de fiets, waarna hij vaart minderde om op adem te komen en zijn roze tong liet hangen, blij met zichzelf en het energieke begin van zijn dag. In de verte sloegen de klokken van de dorpskerken om de resterende gelovigen naar de eerste mis van de dag te manen. Hier op het landgoed waren druiven de religie en Jane zei giechelend bij zichzelf dat zij de goddeloze was.

2

Iedereen was aan het werk toen Jane en de spaniël slippend tot stilstand kwamen bij de noordelijke wijngaarden, die op hellend terrein waren geplant, wat het plukken bemoeilijkte: je voeten balanceerden ongelijk op de grond, je lichaam was de hele dag in een vreemde hoek gebogen. Ze gooide de fiets op de grasstrook en riep een begroeting naar iedereen die zich binnen gehoorsafstand bevond. Haar medeplukkers bemerkten nauwelijks dat ze was aangekomen. Ze leken een goed ritme gevonden te hebben. De ploeg bestond uit zes vaste krachten, Provençaalse mannen, afkomstig uit verschillende omliggende dorpen. Elk jaar stelden ze zich beschikbaar om een handje te helpen, dankbaar voor de kans om een paar extra euro's te verdienen bij de eigenaren van het grote landgoed.

Niet dat Clarisse Cambon bekendstond om haar vrijgevigheid. Integendeel. Ze had al jaren de reputatie van 'krenterig oud wijf', maar wat moest, dat moest. 'Het plattelandsleven in Frankrijk is niet meer wat het geweest is,' mopperden ze tijdens de pauzes.

'Precies zo kreunen en steunen ze al drie decennia,' had Clarisse vinnig tegen Claude gezegd toen de opzichter namens de arbeiders om een kleine loonsverhoging kwam vragen.

Luc hield daarentegen stug vol dat zijn moeder het uurloon van de plukkers met minstens een euro zou moeten verhogen. 'Daar zal de bankrekening van het landgoed niet noemenswaardig onder lijden,' zei hij smekend. 'Zorgen voor je werknemers is een investering.'

'Dan ga ik failliet. Je hebt geen idee hoe hard ik moet knokken om de zaak draaiende te houden. Als je hier fulltime zou zijn...' Er viel niet met haar te praten over dit onderwerp. Wat Clarisse betrof hadden Luc en Jane hun eigen leven en hun huis in Londen moeten opgeven en vijf jaar eerder, toen tante Isabelle – Clarisses schoonzus – was overleden, naar Les Cigales moeten verhuizen.

In het tijdelijke lokale team werkte ook Arnaud Lefèvre, een stevige, zwijgzame man van begin veertig. Hij was een van de tweelingzoons van Claude en Matty en was geboren en getogen op het landgoed. Hij was de vrijgezel van de twee broers en was net als zijn ouders fulltime in dienst geweest op het landgoed tot de dood van Isabelle, waarna Clarisse hem de laan uit had gestuurd.

De buitenlandse krachten bestonden dit jaar uit een stel Australiërs, Sandy en Jake: backpackers en geliefden. Ze waren op de helft van een wereldreis van twee jaar en verdienden de kost tijdens het reizen. Jane mocht hen graag vanwege hun levenslustige, ongedwongen energie. Over de andere twee stellen was ze minder te spreken. Een Engels echtpaar, Clive en zijn vrouw Susie, allebei halverwege de dertig, had tegen Jane gezegd dat ze hun jaarlijkse vakantie altijd in september planden om in Frankrijk te gaan druivenplukken. En dan was er nog het Nederlandse paar, Merel en Olaf van eind vijftig, een nogal saai tweetal.

De laatste van de ploeg was Dan, afkomstig uit Parijs, die Lucs cameraman, goede vriend en vertrouweling was. Jane kreeg hem in het oog en zwaaide, maar hij zag het niet. Zijn camera steunde op zijn schouder. Hij plukte geen fruit, maar filmde de activiteiten. Waarom? Zou dit een scène in Lucs nieuwe documentaire worden? Jane had nog nooit meegemaakt dat Dan hiernaartoe reed voor de vendange. Maar zijn aanwezigheid stoorde haar niet. Ze had hem altijd leuk gevonden en voelde zich op haar gemak in zijn gezelschap. Hij was minder gedreven dan Luc, luchthartiger en makkelijk in de omgang.

Ze knipte een trosje druiven van de dichtstbijzijnde wijnstok, een muskusachtig ras met een dikke schil, en stak er een paar in haar mond om haar dorst te lessen en haar keel te smeren na de stoffige fietstocht. De pitten en het zachte vruchtvlees verdwenen in haar mond, de overgebleven schilletjes gooide ze op de grond. Toen pakte ze een lege mand en wierp zich op een van de rijen wijnstokken waar de andere plukkers nog niet in waren doorgedrongen, en dook onder in een doolhof van groene bladeren en herhaalde activiteit. 'Kies een rijpe tros, knip hem af en leg hem in de *comporte*, de mand.' Ze hief haar gezicht en genoot van de warmte van de vroege zon op haar gesloten oogleden. 'Kies een rijpe tros...'

Late cicaden ontwaakten toen ze merkten dat het ochtend was en begonnen verlangend te tjirpen, vervallend in monotonie. Een libel zwenkte langs en ging op een naburige plant zitten. Jane pauzeerde even om ernaar te kijken, gefascineerd door het trage rijzen en dalen van het koningsblauwe lijfje op het diepgroene blad en de uitstekende ogen. Ze was altijd blij als ze een libel zag. Luc had haar vele jaren eerder, toen ze allebei nog klein waren en zij op bezoek kwam op het landgoed, geleerd dat libellen 'goeieriken' waren en dat ze niet bang voor ze hoefde te zijn en ze ook geen kwaad moest doen: ze aten de muggen op, 'en niemand vindt het leuk om fruit te plukken terwijl je de hele tijd wordt aangevallen door zoemende muggen die je bloed drinken.'

Boven haar doken en zwenkten de zwaluwen. Hun vertrek was waarschijnlijk uitgesteld door de warme nazomer. Jane glimlachte tijdens het werken en dacht terug aan de heerlijke dagen in haar jeugd die ze hier had doorgebracht. Dagen waarop Luc en zij naast elkaar in het hoge gras hadden gelegen, terwijl ze door een verrekijker naar vogels keken en genoten van verse aardbeien die ze uit de serre hadden meegepikt; dagen waarop ze samen over het landgoed hadden gedwaald, als een stel veroveraars. Het was steeds meer haar thuis geworden en ze was ervan gaan houden alsof het van haar was. Luc had Jane geleerd niet bang te zijn voor de grootse openlucht. De kleine

Jane uit het Engelse voorstadje, bang voor spinnen, geïntimideerd door het onbekende: Luc had haar ogen geopend voor de kracht van nieuwsgierigheid en mogelijkheden. Dat deed hij nog steeds.

Halverwege de ochtend kwam Matty als een kanonskogel aanstuiven over het pad, waarin diepe voren zaten. De aarde was kurkdroog na de lange zomermaanden zonder regen, en er dwarrelden stofwolken op. De wielen stuiterden op de grond en ze kwam in haar oude deux-chevaux tot stilstand op een grasstrook naast twee velden waren een groepje arbeiders aan het plukken was. Er vlakbij waren de Australiërs aan het zingen terwijl ze met hun manden zeulden. Ze kwam precies op tijd: de plukkers begonnen te verslappen door de fysieke arbeid en de toenemende hitte.

'*On fait la pause casse-croûte*,' riep Matty met haar lijzige, kelige Provençaalse accent. Ze stapte uit de auto, waarbij haar haar uit de gebruikelijke knot losraakte.

Claude zette zijn hoed af – een vergeelde, gerafelde panama – en veegde het zweet van zijn voorhoofd terwijl hij uitriep: '*Quelle femme formidable!* Doe mij maar een biertje!'

Er schalde gelach door de gangen van groen en aarde. Claude slenterde met zijn arm over de schouders van zijn zoon, Arnaud, naar het eten en kletste beminnelijk.

De druivenplukkers sjokten als één man naar de auto van de huishoudster, dankbaar voor de kans om twintig minuten te pauzeren en hun dorst te lessen. De zon stond hoog en dreigde te ontploffen met een intensiteit die zelfs die van de vorige dag oversteeg. Het grootste deel van de groep zweette al, maar de sfeer zat er goed in en niemand zeurde.

Met haar voorgebonden schort, witte enkelsokken en espadrilles stond Matty trots bij de open kofferbak van haar auto. Er lagen keurige stapeltjes verse baguettes, belegd met plaatselijk gezouten ham, tomaten en geitenkaas van een naburige herder. Flinke punten quiche lagen op metalen dienbladen, nog warm van de oven. Ze waren royaal gevuld met groenten die Claude uit de moestuin had gehaald. Daarbij thermosflessen met dampende koffie en gekoelde flessen jonge, fruitige rode wijn; Clarisse zou nooit toestaan dat de kwaliteitswijn aan de arbeiders zou worden uitgedeeld. En uiteraard twee gekoelde biertjes voor Claude.

'Wauw, moet je deze berg heerlijkheden zien!' riep Sandy naar haar partner Jake.

Luc bleef achter om op zijn vrouw te wachten en strengelde zijn hand in die van Jane, waarna ze de rest van de uitgehongerde ploeg volgden. Hij was een tikje verbrand, net als zij, nam ze aan. Zijn groene ogen met de amberkleurige vlekjes glansden fel en hun kleur werd benadrukt door zijn gebronsde huid. Janes lichtere huid brandde en prikte, ook al had ze die dichtgesmeerd met zonnebrandcrème, maar het was geen onprettige sensatie. Een paar extra sproeten zouden het resultaat zijn.

'We hebben vandaag een betere start gemaakt,' merkte hij op, terwijl hij bukte om een stok op te rapen.

'Clarisse leek vanochtend geïrriteerd,' zei Jane voorzichtig.

'Ze is er niet blij mee dat ik deze film maak.'

'Waarom niet?'

Luc haalde zijn schouders op.

'Er moet toch een reden voor zijn.'

'Ze vindt dat ik me tot natuurfilms moet beperken. Het is gevaarlijk om in het verleden te wroeten, zegt ze.'

'Gevaarlijk in welk opzicht? Wat doet ze dramatisch.'

'Nou, sommige elementen in de Frans-Algerijnse oorlog waren niet zo fraai en de herinneringen zijn pijnlijker voor haar dan ik had verwacht. Geen slapende honden wakker maken, is Clarisses filosofie. Over honden gesproken, waar is Walnut?'

'Op konijnen aan het jagen, tenminste, dat deed hij toen ik hem voor het laatst zag. Walnut! Heeft die film dan ook een persoonlijk tintje?'

Luc kneep zijn ogen toe en floot naar de hond. 'Walnut, *viens içi!*'

'Clarisse had het erover dat je in de familiegeschiedenis aan het graven bent.'

Luc ging op zijn hurken zitten toen de spaniël naar hem toe rende. 'Ik heb haar naar mijn vader gevraagd. Ze weigerde over hem te praten.' Luc kriebelde de hond achter zijn oren en Walnut ging op zijn achterpoten staan en likte, tevreden hijgend, het gezicht van zijn baasje.

'En? Waarom doe je zo ontwijkend?'

'Omdat ik niet graag over een film praat zolang ik de structuur ervan nog niet precies bepaald heb, dat weet je.'

Lucs gereserveerdheid, zijn privékant die hij niet bereid was te delen, bracht Jane soms in verwarring. 'Waarom wil zij er niet over praten? Soms zijn jullie allebei even gekmakend.' Jane lachte wel, maar haar stemming verstrakte door een flits van frustratie.

'Ze heeft zich er nooit gemakkelijk onder gevoeld dat zij en tante Isa kolonisten waren...'

'Je hele familie bestond uit kolonisten. Waarom moet daar zo geheimzinnig over gedaan worden? Ze waren toch niet persoonlijk verantwoordelijk voor de Franse invasie in Algerije?'

'Laten we het er alsjeblieft niet meer over hebben, Jane. En... misschien is dit niet het beste moment om erover te beginnen, maar ze heeft gevraagd of we Kerstmis dit jaar weer met haar willen vieren.'

Jane verstijfde.

Luc streelde zijn vrouw over haar wang. 'Ik weet hoe je je voelt, maar wil je er misschien nog eens over nadenken?'

Jane was vastbesloten zich niet te laten koeioneren. Luc en zij hadden geen enkele kerst in Londen doorgebracht sinds de dood van zijn tante Isabelle. 'Wat vind je ervan om dat te bespreken als de oogst binnen is en we niet omringd worden door mensen?'

Luc legde zijn hand op de schouder van zijn vrouw, liefkoosde haar nek en trok haar naar zich toe. 'Best.' Hij grinnikte. 'Hoor eens, ik weet dat je liever tijd wilt doorbrengen in ons eigen huis, maar ik vind het vreselijk als ze alleen is, vooral als ze *fâchée* op me is.'

'Ze is nooit boos op je. Ze verafgoodt je. En mijn vader dan? Die is ook alleen. Het draait altijd om Clarisse.'

'Voor Peter wordt gezorgd. Die zit in een verzorgingstehuis, terwijl Clarisse...'

Er vloog een stel zwarte kraaien over, luidruchtig krassend. Jane keek ernaar en slikte haar gedachte in. 'Laten we het er later over hebben. Niet nu.'

Luc en zij schoven aan achter de groep plukkers die al stonden te eten of in de rij stonden om koffie, wijn en broodjes in ontvangst te nemen.

'Wauw, met dit werk verbrand je wel calorieën, zeg. Wie weet wat het beste druivendieet is? Ze plukken. Dat zet ik op Twitter,' giechelde Sandy.

Het Nederlandse stel was iets afzijdig gaan staan voor het tussendoortje van halverwege de ochtend. Ze hadden hun borden volgestouwd met eten. Met hun bleke huid, nauwelijks iets zeggend, leken ze niet op hun gemak in dit zuidelijke klimaat, in tegenspraak met alles wat druk deed of leefde. Merel had de mouwen van haar overhemd opgestroopt en sloeg op haar armen, krabbend aan de plekken waar ze gestoken was. Jane vroeg zich af wat hen had bezield om zich als vrijwilliger op te werpen voor deze ervaring, wat hun verwachtingen geweest konden zijn. De overvloedige maaltijden?

'Ik heb wat crème in mijn tas, als je wilt,' zei ze tegen Merel in een poging hen erbij te betrekken.

Aan de linkerkant was Sandy aan het poseren voor een selfie. 'Raad eens wie die nieuwe Charlize Theron is? *Moi!*' riep ze. De anderen giechelden en er werd bewonderend gefloten.

De Nederlandse vrouw schudde mismoedig haar hoofd. 'Heb tube.' Ze had haar belegde baguette in het stoffige gras gelegd. Binnen een paar tellen was die het doelwit van een colonne zwarte mieren. Merel liet zich een boos, onverstaanbaar woord ontvallen en griste het brood bij hen weg, waarna ze erop sloeg tot het in stukken viel en de mieren waren overgelopen naar haar arm.

'Nou ja, laat het me weten als je iets nodig hebt.'

Er werden verschillende gesprekken tegelijk gevoerd, in het Engels, Frans en af en toe een paar woorden Limburgs, een Nederlands dialect dat Jane nog nooit had gehoord. Het werd alleen in en rondom Limburg gesproken, iets wat ze de avond ervoor tijdens het eten met moeite te weten was gekomen van de zwijgzame Merel, naast wie ze ongelukkigerwijs aan tafel zat. Dat zou kunnen verklaren waarom Jane te veel gedronken had, hoewel ze nog wel zo gefascineerd was geweest door de herkomst van de taal dat ze die voor het slapengaan op internet had opgezocht en tot de ontdekking was gekomen dat de plaatselijke bevolking dat 'plat' noemde in plaats van Limburgs, al was die uitdrukking niet van toepassing op alle streken waar 'plat' werd gepraat.

Jake en Sandy deden Dan verslag van hun reisavonturen. De verhalen leken met behoorlijk wat dramatiek en kreetjes gepaard te gaan. Dan, die vloeiend Engels sprak, luisterde beleefd en lachte waar dat verwacht werd. Het was een geduldige man. Dat was een essentiële eigenschap voor zijn werk en in zijn partnerschap met Luc, die gepassioneerd, onvermoeibaar, meedogenloos, veeleisend en obsessief was tijdens de speurtocht naar kwaliteit en waarheid in zijn projecten.

Jane nam een kop koffie aan van Matty, pakte een stuk quiche met courgette, salieblaadjes en ui, en maakte zich los van de anderen. Ze liep langs Luc, die nu op zijn hurken levendig zat te praten met de plaatselijke oogsters, terwijl ze zich tegoed deden aan brood, ham en kaas. Het was een stoere groep, met mottige gleufhoeden en strakzittende vesten, die bij elkaar bleven en zich zelden onder de buitenlanders mengden. Ze wisselden het Frans af met de Provençaalse streektaal. Zowel Luc als Jane sprak de taal van de troubadours een beetje, hij beter dan zij, en hij vond het altijd leuk om zijn kennis te oefenen en de dorpelingen genoten ervan naar hem te luisteren. Ze kenden de zoon van de bazin al sinds hij klein was. Arnaud en zijn tweelingbroer, Pierre – die verder naar het westen in de Camargue werkte als de *gardien* van een château dat bekendstond om het fokken van beroemde inheemse paarden – waren praktisch met Luc opgegroeid. Hij was bij hen allemaal populair, ook al was er, zo had hij Jane jaren eerder verteld, veel weerstand geweest tegen het feit dat zijn familie zich had ingekocht in de hechte Provençaalse gemeenschap door het meest gewilde wijnlandgoed in de omtrek te kopen.

'Ze zijn rijk omdat ze van het goede van onze Afrikaanse gebieden hebben geprofiteerd,' bromden de buren achter hun rug om. 'Die Cambons en anderen zoals zij waren de oorzaak van onze Algerijnse Onafhankelijkheidsoorlog. Acht bloedige jaren en toch gaf De Gaulle het land terug. En wie betaalde de prijs? Wij. Onze zoons vochten als soldaten en de oorlog kostte ons belastinggeld.'

De conflicten hadden bijna een burgeroorlog veroorzaakt. Toen Frankrijk Algerije in 1962 op bevel van De Gaulle teruggaf, waren negenhonderdduizend in Algerije geboren Fransen gevlucht om zich te vestigen in hun land van herkomst. Een groot deel van hen koos voor het zuiden, omdat ze gewend waren aan het mediterrane klimaat en de levensstijl daar. Een klein percentage was in de positie om te kopen wat ze wilden, en zij tikten het beste onroerende goed dat er op de markt was op de kop, terwijl Frankrijk op een faillissement afstevende. De Cambons – Lucs moeder en tante – behoorden tot de bevoorrechte elite. Maar het had hun jaren gekost om hier geaccepteerd te worden.

Luc had Jane verteld dat het voor de bewoners van het Franse vasteland, vooral in het zuiden, niet ongebruikelijk was om op de pieds noirs te spuwen. Verbaal, tenminste. Hij had haar de vernedering van marktdagen in Malaz beschreven, toen zijn moeder en tante werden genegeerd en niemand hen wilde helpen; en de schooldagen hier, toen de andere kinderen hem hadden gepest en hem onaardige benamingen hadden toegeschreeuwd.

Lucs vader was tijdens de ontsnapping overleden. Zijn grootouders hadden ervoor gekozen in 'het land van hun geboorte' te blijven. Nadat Luc hen had uitgezwaaid, had hij ze nooit meer gezien en ook nooit gehoord wat er van hen was geworden. Het verlies van zijn vader en grootouders was een hartverscheurende ervaring geweest voor een jongetje van vier, zo had hij Jane jaren voor hun huwelijk toevertrouwd bij een van de zeldzame gelegenheden dat hij het over zijn verleden had gehad.

Het was een complexe, gevoelige geschiedenis en een heel ander documentairegenre dan zijn vorige films, die stuk voor stuk verkenningen van natuur en milieu waren geweest.

'*Bonjour, Jane, comment vas-tu?*'

Jane draaide zich met een ruk om op de plek waar ze in het gras zat en hield haar hand omhoog om haar ogen tegen de zon te beschermen. In de haast was ze die ochtend vergeten een hoed mee te nemen.

'Mon Dieu, dat is lang geleden.'

'Dan! Wat heerlijk om je te zien. Ja, het is eeuwen geleden.' Ze klopte op het gras en hij liet zich naast haar vallen, waarna hij haar hartelijk op beide wangen kuste.

'Je ziet er *très belle* uit, zoals altijd, maar heel diep in gedachten verzonken.'

'O, niets belangrijks. Wat een verrassing om je hier te zien voor de vendange, Dan.'

'Luc heeft een oud-soldaat opgespoord die in de buurt van Marseille woont en zijn vader heeft gekend. Hij wil een interview met hem opnemen.'

'Kon dat niet tot na de oogst wachten?'

'Hij is in de tachtig en klonk heel kwetsbaar toen we hem aan de telefoon hadden. Veel van die mensen zijn van Clarisses generatie. Ik ben er voorstander van om hen te filmen zodra we kunnen. Deze film kan baanbrekend zijn, Jane. We zijn er allebei behoorlijk opgewonden over. De moderne Franse geschiedenis zal nooit meer hetzelfde zijn.'

Dans enthousiasme stemde Jane enigszins verdrietig. Het deed pijn dat Luc het creatieve proces nooit met haar deelde. Het vormde zo'n belangrijk deel van wie hij was. Nog maar een paar minuten eerder, toen ze hem had aangespoord, was hij terughoudend geweest en had hij details omzeild.

'Waarom is Clarisse er zo op tegen?'

'Zij was betrokken bij die koloniale nachtmerrie, ze heeft haar man verloren. Luc herinnert zich vrijwel niets over hem. Dat was de genese van de film: "Wie was mijn vader?" Een deel van het materiaal dat hij blootlegt zal opschudding teweegbrengen...'

'Dus waarom dan?'

'Het moet naar buiten komen, Jane, en Luc is vastbesloten ermee door te gaan, zoals alleen Luc kan zijn!' Dan glimlachte. 'Hij laat zich niet dwingen of de mond snoeren door zijn moeder of door wie dan ook. Sterker nog, we gaan haar interviewen.'

'Denk je dat ze daarmee instemt?'

'Clarisse kan geen camera weerstaan. Dat zou je moeten weten.' Daniel gooide zijn hoofd achterover en barstte in lachen uit. Het had iets ondeugends. Jane zag onwillekeurig weer hoe aantrekkelijk hij was. Hij was gescheiden en had een jonge dochter, en ze vroeg zich af waarom hij niet weer bezet was. Of misschien was er wel iemand. Dan gaf zelden details van zijn persoonlijke leven bloot en ze zou nooit zijn privacy aantasten door ernaar te vragen.

'Gaan jullie druivenplukken of zonnebaden?' Dat was Luc. Hij had de betaalde krachten alweer naar de wijnstokken gedirigeerd en zwaaide nu als een verkeersregelaar naar zijn vriend en zijn vrouw. Dan grijnsde en sprong overeind, waarna hij het gras van zijn spijkerbroek veegde. 'Hier komt de baas,' plaagde hij.

'Dan, komt het hierdoor dat Luc de laatste tijd nogal gespannen is?' vroeg Jane haastig, voordat Luc bij hen was. Maar Dan hoorde haar niet of hij negeerde haar.

'Houdt mijn vrouw je van de wijngaarden af? Jane, chérie, als Dan en ik weggaan om wat dringende professionele zaken af te handelen, wil jij dan bij Claude blijven om deze oogst gaande te houden?'

Jane staarde naar haar man. Protesteren zou geen zin hebben. Luc had zijn dag gepland en dat hield blijkbaar ook in dat hij haar met deze onverwachte verantwoordelijkheid achterliet. 'Natuurlijk.' Ze glimlachte. 'Al is het wel gluiperig dat je dat niet eerder hebt gezegd.'

Hij boog zich voorover, gaf haar een kus op haar wang en gebaarde naar Claude dat die hem en Dan, met camera, op de tractor naar het hoofdgebouw – de *bastide* – moest brengen. 'Ik zie je vanavond bij het eten. Laat ze niet verslappen en denk eraan, lieverd, het is aan jou en Claude om te zorgen dat het fruit ruim voor zonsondergang in perfecte staat van de velden afkomt en in de wijnmakerij ligt. En hou dat Nederlandse stel in de gaten.'

Met die instructies gingen Luc en Dan op weg, verdiept in een geanimeerd gesprek, terwijl Jane het gevoel had dat ze zojuist in een hoek was gedrukt.

3

De verzengende zon brandde op de weidse lappendeken van wijnstokken die zinderden in de hitte. De warmte droop als gesmolten vloeistof over de rijen planten en verbrandde de aarde, waardoor de dorst heviger werd. Toen Matty tegen het middaguur terugkeerde met meer proviand had de ploeg weinig puf meer.

'Goede timing, Matty,' riep iemand.

'En dan beweren sommige mensen nog dat klimaatverandering niet bestaat. Ik heb er nog nooit van gehoord dat wijnplukken zo verrekte vermoeiend was,' hoonde Sandy, maar niemand luisterde. Ze baadden in het zweet in de nazomerse hittegolf, maar vonden het niet onaangenaam. Voor de meesten van hen bleef dit een avontuur en ze lieten zich verbranden om zich bezweet en besmeurd in de pleziertjes en geneugten van *la France à la campagne* te wentelen.

Degenen die de huiswijn hadden gedronken, ploften onder de bomen neer en lagen de rest van hun lunchpauze te snurken, hun hoofd zwaar, hun hoed over hun gezicht, terwijl muggen hen zoemend aanvielen en vliegen lui om hen heen cirkelden. De anderen doezelden wat in de schaduw, lagen lethargisch te lezen, sloegen naar de muggen en hielden flessen mineraalwater in hun armen. Walnut, die bij Jane was gebleven, lag op zijn rug met zijn gevlekte roze buik omhoog, als een omgevallen kever.

Waar kwam deze dag vandaan?

Claude en zijn medeplattelanders schudden hun hoofd. Ze wisselden nauwelijks een woord; ze wisten hoe ze hun energie moesten sparen. Ze keken naar de lucht en staarden naar de bal van roodgloeiend vuur alsof het een boos oog was.

Het liep tegen vieren 's middags toen er een licht briesje opkwam en dreigend door de bomen speelde. Bladeren, takken en wijnranken begonnen zachtjes te huiveren. Iedereen die de zuidelijke streken kende, wist dat dit de voorbode van heviger wind of slecht weer kon zijn, de voorloper van de mistral in de Var. Jane pauzeerde, stopte haar snoeischaar in haar broekzak, keek om zich heen en maakte de inventaris op. De onverwachte wind voerde dreigende donkere wolken mee die boven de horizon verrezen van achter een beschutting van hoge cipressen en die gestalte kregen en in kracht toenamen als een vloot zwarte zeilschepen. Een armada die naar de vijandelijke kust kroop, klaar om het vuur te openen.

Jane richtte haar blik op de lucht, schermde haar ogen af tegen de zon en wreef met de achterkant van haar pols over haar voorhoofd, die plakte van zweet en stof. Er waren geen storm of grillige atmosferische omstandigheden voorspeld. Luc en Clarisse zouden het begin van de vendange hebben uitgesteld tot de rust was weergekeerd, als de *méteo* er melding van had gemaakt. Ze zouden dit keer op keer hebben gecheckt.

Een paar buitenlandse plukkers giechelden. Ze raakten hun concentratie kwijt. Wijn en vermoeidheid. Een weerdrama beloofde wat opwinding om het slopende gezwoeg van de dag te doorbreken. De dorpelingen keken met sombere blik naar de lucht, zetten hun hoed af, knoopten hun katoenen sjaal af en depten hun voorhoofd. Dit voorspelde weinig goeds: de wind die als stromend water door de hoge boomtoppen rondom de wijngaarden wervelde. De oogst kon gevaar lopen en het fruit kon beschadigd raken als de tekenen aan de hemel hun duistere dreiging waarmaakten. En een geruïneerde oogst betekende problemen voor de toch al wankele economie van het landgoed, voor de goede naam, voor de overeengekomen wijnleveringen. Les Cigales, het grootste, machtigste domein in de omgeving. Niet goed voor het *terroir* van de streek. De reputatie. Het was al een uitdaging om te plukken toen de dagen zo warm waren geworden en de temperaturen opliepen: dertig tot tweeëndertig graden Celsius in de wijngaarden betekende vijfendertig graden aan de wijnstokken. Daardoor raakten de druiven van slag als ze in de wijnmakerij kwamen, waar ze werden geplet en hun sap in vaten werd gegoten die gereguleerd werden tot veertien graden.

Clarisse had opdracht moeten geven om het plukken 's nachts te laten doen, zoals deze ingehuurde krachten vroeger op hun eigen kleine wijngaarden hadden gedaan. Maar Clarisse Cambon was geen Provençaalse. Ze had een andere aard. Een vrouw met een gezicht vol make-up die in de periferie van hun bestaan leefde. Niet godvrezend, zoals hun eigen nette vrouwen. Vol eigendunk. Eentje die het met de zeden niet zo nauw nam, werd in de dorpen gefluisterd. Madame had niet hun gevoel voor het land. Haar schoonzus daarentegen – ouwe vrijster Isabelle, God hebbe haar ziel – had wel beter geweten. Die had zich de business op de harde manier eigen gemaakt: buiten op het land, waar ze eigenhandig groef.

Luc moest erbij komen, hier fulltime zijn, de zaak overnemen. Een man aan het roer: dat was wat hier nodig was. Het was de enige oplossing om het domein te laten overleven, en ze zouden beter betaald moeten worden.

Jane zag hun gezichten, las hun onuitgesproken spot. Wat hun zwijgende mening ook mocht zijn, zij was vandaag de baas. Zij vertegenwoordigde Luc. En ze zou hem recht doen, hem trots maken.

'Claude,' schreeuwde ze, maar ze zag hem niet. Ze tuurde de lange wijngaarden af, de acres van groene bladeren, terwijl ze naar een insect sloeg dat bij haar gezicht zoemde. Ze schreeuwde weer. Ze voelde zich teleurgesteld voor Claude. Hij had wekenlang hard gewerkt om de wijngaarden op te ruimen en vrij van onkruid te maken. Net als elk jaar had hij de aanwezige vogelnetten verwijderd, klaar om de werklui de stoffige paadjes tussen de lange rijen wijnstokken te laten plattrappen.

'Claude!' Toen zag ze hem. Met een grote stok in zijn hand, alsof hij een schaapherder met een staf was, gebaarde hij naar haar en wenkte haar dichterbij. Ze schoof naar één kant, haar bijna volle mand boordevol blauwe Mourvèdre-druiven – een variëteit die in het mengsel werd gebruikt om de beste van de drie rosés van het domein te versterken – en baande zich een weg tussen de wijnranken door om bij hem te komen. Haar rug brak. Als dit gedaan was en het fruit later in de wijnmakerij lag, zou ze naar zee rijden voor een avondzwempartijtje en een strandwandeling. Ze zou Walnut meenemen. Hij was dol op de zee, hij vond het heerlijk om in en uit de zachtjes aanrollende golven te springen.

'Wat denk je?' riep ze. Jane had nog nooit de verantwoordelijkheid gekregen voor welk besluit dan ook dat op Les Cigales genomen moest worden. Tante Isabelle had die rol op geduchte wijze op zich genomen, maar die was nu vijf jaar dood. Sindsdien had Luc min of meer de touwtjes in handen gehad en Jane was vastbesloten hem vandaag niet te laten vallen. Al was het wel verbazingwekkend dat hij zijn rol in de wijngaarden liet varen, zelfs voor zijn film.

'Het ziet er dreigend uit, maar blaffende honden bijten niet. Er is geen storm voorspeld.'

'Toch voelt het niet goed, Claude, vind je wel?'

'Prima. Voor de zekerheid laden we alle volle comportes op de trailer en dan rij ik ermee naar de wijnmakerij. Laten we die schoonheden veilig thuisbrengen. Michel, Jean en ik zullen daarvoor zorgen. Hou jij de plukkers zo lang mogelijk bij de struiken, anders gaat madame Clarisse uit haar dak en gilt ze dat ze de volle mep moet dokken voor korte dagen. Arnaud blijft wel bij je, voor het geval dat.'

Jane knikte instemmend. Daarna begonnen ze de manden binnen te halen, waarbij ze arbeiders als boodschappers langs de rijen stuurden om *la butte* te roepen, de ladingen te legen, halfgevulde manden in andere over te gieten, het fruit goed te leggen en de afgeknipte voorraad naar de trailer te brengen die klaarstond om de honderden kilo's blauwe druiven van het land te halen, weg van de dreiging van nat weer. Jane was duizelig. Tillen, bukken, de energie vasthouden, de ploeg aansturen, zwaar gewicht tillen en bijna over de hond struikelen, die voor haar voeten liep. Ze voelde dat ze niet meer helder kon nadenken en bijna flauwviel, maar sleepte zichzelf overeind. De wind stoof door de wijnranken, die om haar heen zwiepten en deinden. De lucht boven haar bestond uit vlekken van gemorste, druipende inkt.

'Zorg dat het fruit in beweging blijft,' riep ze. Slechts een enkeling, of misschien wel niemand, kon haar horen in de wind. Ze waren aan het werk om de opdracht uit te voeren, concentreerden zich en zetten alles op alles, ook al begrepen ze de technische redenen voor deze plotselinge verandering en de urgentie ervan niet. Maar Arnaud, die met kratten sjouwde, snapte het wel en hij keek naar Jane. Taxeerde haar zwijgend. *De Engelse vrouw. Luc had beter met iemand uit de buurt kunnen trouwen.*

Te midden van deze bruisende activiteit barstte het gegil los. Aanvankelijk kon Jane de bron niet bepalen. Iedereen bewoog zich snel, schreeuwde, zette manden achter elkaar, hevelde ze in een ketting over in de richting van de grasstrook, waar ze klaarstonden voor de trailer en Claude ze erin sleepte. En toen die gil, gevolgd door een tweede, die het tinnen licht doorboorde. Het Australische meisje, Sandy, schreeuwde naar haar vriend, die veel verder naar achteren op het pad met Claude aan het werk was. 'Jake! Jake! Hierheen!'

Het gillen was nu overgegaan in hysterisch gejank. De paniek sloeg toe bij het team. Wat was er gebeurd? De oorzaak van de commotie, die afkomstig leek te zijn van de verre grens van een naburige wijngaard, drong maar heel langzaam tot Jane door, tot ze Merel in het oog kreeg. Merel, helemaal achteraan, die nauwelijks te zien was geweest tussen de grote, groene massa waar ze had staan werken, denderde nu in de richting van de opgestapelde manden en draaide rondjes alsof ze in brand stond, zwaaide met haar armen, stootte de manden om en plette het fruit dat eruit viel onder haar lompe schoenen.

Had ze een aanval, een of andere stuip?

'Jezus!' Jane zette het op een hollen en riep intussen naar Claude en Arnaud. Fruit en manden vielen als bowlingballen om. Olaf, die nu naast zijn vrouw stond, probeerde haar te kalmeren en schudde haar door elkaar terwijl hij in het Limburgs tegen haar schreeuwde. Merel riep iets terug. Meteen daarna draaide hij zich van haar weg en begon met zijn vuisten op de wijnranken te slaan, als straf voor de planten, die braken en knikten, waardoor hun ongeplukte blauwe trossen op de grond vielen.

'Wat krijgen we nou?' Jane bleef rennen en sprong over druiven en kapotte manden.

Jake kwam op de onheilsplek aan. Sandy sprong geagiteerd als een stuiterbal in het rond, met stoffige benen in haar korte broek. Het was een chaos van lijven die het verspilde fruit verschoven en pletten.

'Merel is gebeten door een slang!' brulde Jake. 'Een verdomd grote joekel. Hij beet haar in haar been. Hief zich op als een cobra en begon naar haar te sissen, en daarna zette hij zijn giftanden in haar kuit. Er zitten er daar een paar. Waarschijnlijk een nest.'

'Jake, hou op met leuteren en haal de antigifgel!' huilde Sandy met wangen die nat waren van de tranen en het zweet.

Jean Dupont, een man uit de buurt, droeg Merel nu samen met Arnaud tussen de beschadigde wijnranken uit naar de rand van de wijngaard, bij het pad. Olaf hobbelde met hen mee en probeerde het geschreeuw van zijn vrouw te smoren door zijn grote hand als een gevlekte crickethandschoen over haar mond te leggen. Jane sloot de rij en zwaaide naar Claude, die van de andere kant aankwam. Boven hen klonk een donderslag. De kratten waren overal, een paar stonden op de trailer, maar de rest stond her en der op het terrein of lag ondersteboven, terwijl het sap op de roestbruine aarde vloeide.

Jane gokte dat de slang een *couleuvre maillée* was. Bruine tot olijfgroene schubben, glasachtige boosaardige ogen en een knotsvormige kop, zoals een golfdriver: een angstaanjagend uiterlijk. Ze konden wel twee meter lang worden, maar bleven gewoonlijk op afstand. Je kwam ze zelden tegen en het gebeurde al helemaal bijna nooit dat ze aanvielen of beten. Alleen als ze werden belaagd of abrupt uit hun slaap in de zon werden gehaald. Maar hun beet was diep en giftig.

Merel was plat op de grassige grond rondom de trailer gelegd. Haar gezicht was vlekkerig rood en opgezet door het huilen, de verzengende hitte en de inspanning. In haar blik lag verlammende angst terwijl ze worstelde om adem te halen. Haar rechterbeen zwol alarmerend op en de witte huid spande zich alsof hij werd opgeblazen. Jake probeerde een gel uit zijn EHBO-doos aan te brengen, maar telkens wanneer hij de doorboorde plek aanraakte, begon Merel te gillen, te schoppen en te schreeuwen. Het Engelse echtpaar bleef vol afschuw op de achtergrond. 'In al die jaren dat we druiven plukken hebben we dit nog nooit meegemaakt,' merkte de zachtaardige Clive op, maar niemand luisterde naar hem.

Dikke regendruppels spetterden op de aarde. De lucht was pikdonker, alsof er een zwart gordijn was dichtgetrokken dat straks zou worden opengegooid.

'We moeten haar onmiddellijk naar een dokter brengen,' zei Claude kalm tegen Jane. 'Ze kan een allergische reactie krijgen en misschien is ze astmatisch, wat niet zal helpen bij het verwerken van het gif. Ze is waarschijnlijk pal op de slang getrapt toen die in de schaduw van de wijnstokken lag te soezen of haar jongen beschermde.'

'We kunnen maar beter medische hulp halen. Het ziet er slecht uit,' echode Tomas, een van de dorpelingen.

Jean Dupont zat naast Merel, nadat hij Olaf zachtjes uit de weg had geduwd. Jean kende elk wezen dat deze heuvels bewoonde, of het nu tussen het groen glibberde, stak of nestelde, zich begroef onder de *maquis* of overwinterde op de schrale hellingen, en hij wist hoe hij ermee moest leven. Hij was, net als zijn landgenoten maar misschien nog wel meer, in harmonie met de grond waar hij geboren was. 'Het is al tientallen jaren geleden dat iemand in deze contreien is overleden aan een slangenbeet. Ze komt er weer helemaal bovenop,' zei hij.

'Ik neem het risico niet. Zet dit voertuig in beweging, Claude, we leggen haar plat en vervoeren haar naar het grote huis, waar ze kan worden schoongemaakt. Iemand moet met haar mee. Wie zou ik daarvoor moeten vragen?' Jane keek naar Claude voor advies.

'Jean Dupont,' antwoordde Claude zonder aarzeling.

'Ik wil haar graag begeleiden, maar jullie moeten de dokter alvast bellen.' Dat was Dupont.

De Provençaux en Jane spraken onderling Frans met af en toe een zin in het plaatselijke dialect. Gelukkig konden de zes buitenlanders het niet volgen. Zelfs de Britten, die beweerden een aardig mondje Frans te spreken, ging het boven de pet.

'Het komt toch wel goed met mijn vrouw, hè?' smeekte Olaf, die achter Jane liep te ijsberen, terwijl hij nerveus met zijn grote handen schudde, alsof hij die wilde loshaken.

Jane knikte geruststellend, klopte op zijn arm en pakte haar telefoon om Luc te bellen. Ze keerde de groep de rug toe voor wat privacy tijdens het gesprek. 'Tegen de tijd dat Claude met haar bij het huis is, kan de dokter er zijn, als je hem nu belt.' Ze mompelde op zachte toon om niet nog meer paniek te zaaien. 'En dan moet de trailer als de bliksem weer hierheen komen als we de druiven willen redden.'

Het merendeel van de oogst van die dag was verloren gegaan, onherstelbaar beschadigd, ook de trossen Mourvèdre, de dominante variëteit van Clarisses AOC-rosé; alles wat over was, zou worden weggegooid en wegrotten in de aarde. Een hevige hagelbui, in het najaar niet ongebruikelijk in dat deel van Frankrijk en altijd een dreiging voor de oogst van zowel druiven als olijven, had de ploeg vergezeld tijdens de terugkeer naar het huis. Jane was bekogeld op de fiets, net als de arme, doorweekte spaniël, die dapper meedraafde naast haar modderige wielen. Toen de trailer terugkwam om de anderen en de weinige kratten met fruit op te halen, waren ook zij belaagd door de hagel. Wat er over was van de oogst van de dag was een treurig offer.

Clarisse, die in haar kantoor in de wijnmakerij werkte en wachtte op de lading van de dag, keek toe hoe haar kostbare wijnoogst werd uitgeladen, en haar rode lippen stonden strak als een koord.

4

Tegen de tijd dat Jane de binnenplaats van Les Cigales op fietste, begon het te schemeren. De ingehuurde krachten waren in hun slaapvertrekken in de verbouwde stallen aan het douchen, zich aan het afdrogen, hun zere ledematen tot rust aan het laten komen en bier aan het inschenken. De buurtbewoners, die niet bleven slapen, waren lopend of op de fiets naar hun dorp teruggekeerd. Op een gewone dag zou Claude hun een lift hebben gegeven, maar door de uitzonderlijke omstandigheden moesten de uitgeputte mannen zelf thuis zien te komen of in een van de schuren overnachten.

Terwijl Jane de fiets terug naar het schuurtje reed, klonken er stemmen door de open ramen. Lachende kreten, geroep om de douche of een extra drankje, nonchalance die werd meegevoerd door de wind. Nogal een contrast met haar eigen zware gemoed.

Het was te laat om te gaan zwemmen, te laat om naar het strand te fietsen, te laat zelfs om met de auto te gaan. Er was geen tijd om snel de stenen trap af te lopen en zich onder te dompelen in het heerlijke zwembad van het landgoed, dat zich twee terrassen onder het hoofdgebouw bevond. Het werd snel donker en ze was kapot, tot op haar huid doorweekt, en ze verlangde naar zeep, heet water, vergetelheid. De dag had geen grotere ramp kunnen zijn. Ze zette de fiets naast het schuurtje en ging het huis binnen via de keuken, waar ze een handdoek pakte en de treurig kijkende Walnut droogwreef, waarna ze hem eten gaf en in zijn mand liet liggen. Geen teken van leven, alleen een braadpan die op het fornuis stond te pruttelen en zes versgebakken baguettes op een plank op de stevige houten tafel, naast een ronde, marmeren plaat met een selectie van kaas. Er lagen zes teentjes knoflook op een schoteltje, klaar om een of ander gerecht op smaak te maken. Hoogtepunten van de avondmaaltijd die in het stallenblok zou worden opgediend. Een traditie. Jane tilde het zwarte, ijzeren deksel op met een ovenwant. Condens druppelde omlaag, damp steeg op. Ze hield haar gezicht er dichtbij, voelde de vochtige hitte op haar blozende wangen en haalde diep adem. Haar maag knorde. De geur alleen al was troostend.

'Varkenslende in tawny port met sjalotjes en vijgen,' verkondigde Matty, die door de achterdeur binnenkwam en haar volle, ronde gezicht afveegde. Door de inspanning en de hogere temperatuur in de keuken parelde het zweet op haar voorhoofd. Er hing een theedoek over haar rechterschouder en ze hield een ovale schaal met rozemarijntakjes vast. 'En deze gaan er nu in.'

'Je bent een genie, Matty. Ik ben uitgehongerd.'

'Arnaud zei dat je een rotdag hebt gehad?'

Jane knikte. 'Dat is zacht uitgedrukt. Ik zie je over een kwartier.'

'Kan ik iets doen?'

'Vul alsjeblieft de ijsblokjes in de bibliotheek aan. Ik heb een borrel nodig.'

Jane hoorde de stemmen van Luc en de dokter terwijl ze zich op haar sokken, met haar laarzen in haar hand, naar boven sleepte. Geen modder op Matty's gepoetste houtwerk. Ze hunkerde ernaar om Luc te roepen, maar had geen zin om de dokter te zien of bij het gesprek betrokken te worden.

Luc was in een van de voorkamers, de rode kamer, met de dorpsdokter, monsieur Beauchene. Merel had een pijnstiller en antihistamine voorgeschreven gekregen en was naar bed gestuurd met de opdracht rust te houden. De roodharige arts beloofde de volgende ochtend weer langs te komen.

'De tweede deze week,' merkte Beauchene op. 'Het komt wel

weer goed met haar. De schrik is erger dan de verwonding. Als ze weer fit en wel is, zou ik ze als ik jou was tactvol wegsturen. Dit gebied is niets voor hen. Je zit niet op nog een ongeluk te wachten en de streek wil geen slechte pers krijgen.'

Luc knikte en bood de plaatselijke arts beleefd nog een whisky aan, waarna hij met de spraakzame kerel meeliep naar zijn auto. Beauchene stond erom bekend dat hij wel een borrel lustte en bracht op zijn beurt een uur vol plattelandsroddels mee. De Comtoise-klok van Lucs opa stond op tien voor halfacht toen hij de voordeur dichtdeed en de motor van Beauchenes Peugeot hoorde starten. Hij was kapot. De maaltijd van de plukkers begon stipt om halfacht. Matty was punctueel met de gangen. De oogstdagen begonnen bij zonsopgang. Vroeg naar bed was het devies.

Gedoucht, geparfumeerd en opgetut keek Jane uit naar een fikse borrel voordat ze de ploeg onder ogen kwam. Waar was Luc? Hij had de gewoonte zich op te frissen voor het eten. Hij zat zeker nog steeds vast aan die dokter, die nooit ophield met praten. Hij zou zich waarschijnlijk straks bij haar voegen in de bibliotheek, waar de familie door de jaren heen altijd genoot van een aperitiefje vroeg op de avond. Daarna zou ze Matty een handje helpen. Dat lieve mens werkte zich rot. Jane liep de trap af naar de bibliotheek. Geen Luc. Ze schonk zichzelf een flink glas gin-tonic in en ging ermee in een leunstoel bij de haard zitten toen ze Clarisse zag, die nog in haar werkkleding bij het raam stond en met haar rug naar de kamer toe naar buiten keek, naar de gazons aan de westkant van het huis. Jane wist niet zeker of haar schoonmoeder haar had binnen horen komen of niet.

'Clarisse?' waagde ze. Geen antwoord. Ze sprak iets luider. 'Clarisse, het spijt me echt van de druiven. Clarisse?'

Clarisse draaide zich vliegensvlug om met een beweging die niet deed vermoeden dat ze al achtenzeventig was, waardoor Jane bijna haar drankje liet vallen. Decennia van opgekropte woede stonden op het punt over de jongere vrouw te worden uitgestort.

Zodra de dokter was uitgezwaaid was Luc de smalle trap naar zijn werkkamer af gelopen om de computers uit te schakelen. Dan en hij hadden daar zitten werken toen hij Janes telefoontje over het ongeluk kreeg. En vanaf daar hoorde hij nu zijn moeders woedende geschreeuw. Dat zou maar weinigen kunnen ontgaan. Hij stoof vanuit de kelder naar boven en trof beide vrouwen in de bibliotheek. Clarisse stond daar met opgeheven arm met haar wandelstok te zwaaien alsof ze Jane wilde neerknuppelen, die geschrokken bij de haard stond en een hand voor haar gezicht hield om de dreigende klap af te weren.

'Wat ís dit in godsnaam... Jane, *maman*, wat is er aan de hand?' Luc deed de deur stevig achter zich dicht en ging tussen hen in staan.

Jane liet zich diep in een leren fauteuil zakken. Ze omklemde haar glas en nam er grote slokken uit, waardoor het tegen haar tanden kletterde.

'Moet je haar zien! Onverantwoordelijk en meelijwekkend. Wat bezielde je in hemelsnaam om te denken dat zij vandaag leiding kon geven aan de ploeg? Ze is niet in staat beslissingen te nemen en trouwens, wanneer heeft ze ooit enige toewijding voor dit bedrijf laten blijken?

'Hou op, maman. *Arrêtes!* De "zij" over wie je het hebt is Jane, mijn vrouw, jouw schoondochter, en ze staat hier vlak voor je. Wat héb jij?'

'We zijn de hele oogst van vandaag kwijt, dát heb ik. En ik moet dat stelletje niksnutten betalen. Waarvan? En waarvoor? Voor niets! Dat had voorkomen kunnen worden. Zij was nalatig. Alle lasten komen op mijn schouders neer. Dat is altijd zo geweest. Ik bloed voor dit bedrijf. Je zou kunnen helpen...'

'We helpen toch!'

'Je zou meer kunnen doen. Jullie allebei! Jullie zouden hier moeten wonen, maar zíj houdt je hier weg.'

'Maman, hou hier onmiddellijk mee op, hoor je me?' Luc ging vlak voor zijn moeder staan. Hij pakte haar zachtjes bij de schouders.

'Ze wil niet...'

'Ik zei *silence*, maman.'

'We hebben het hier met twee vrouwen en met jou, een klein jongetje, opgebouwd. Twee vrouwen. Nadat je grootouders in Algerije waren achtergebleven, hadden we niemand meer. Je vader was er niet meer. Twee vrouwen die het in hun eentje moesten zien te rooien. Ben je dat vergeten?'

'Maman, arrêtes.'

Moeder en zoon keken elkaar boos aan. Verhitte woede hing in de lucht. Verraad. De oude vrouw was tijdelijk gesust en leek kleiner nu haar zoon niet bereid was haar kant te kiezen.

Jane maakte van de gelegenheid gebruik om te vluchten. 'Ik ga naar boven,' mompelde ze tegen Luc.

'Waarom moet je ons verleden oprakelen met die verduivelde film, Luc? Laat het gaan, ik smeek het je,' zei Clarisse terwijl Jane de deur dichtdeed.

Boven op bed dronk Jane haar gin op en ging met haar ogen dicht achterover liggen, waarbij het glas uit haar vingers glipte. Ze had stampende hoofdpijn en was in shock, al waren dit soort uitbarstingen van Clarisses vijandigheid niet ongebruikelijk.

Al snel na de dood van Lucs tante Isabelle was Clarisse naar een van de kleinere gebouwen van het landgoed verhuisd, Le Cottage du Cerisier oftewel het Huisje van de Kersenboom, en had het grote huis – het hoofdgebouw van het landgoed – aan haar zoon en schoondochter gegeven. Jane had het geschenk niet vertrouwd en vatte het niet op als gul gebaar, maar als iets om hen mee te verleiden, een valstrik. Clarisse was nu alleen en wilde haar zoon permanent terug op Les Cigales.

Jane had voet bij stuk gehouden en erop gestaan dat ze in hun Londense huis bleven. 'We kunnen zo vaak als we willen op bezoek komen, maar we hebben ons eigen leven,' had ze tegen Luc gezegd. Wat ze niet uitsprak, was de zekerheid dat ze, als ze zouden verkassen en in Les Cigales gingen wonen, hun onafhankelijkheid volledig zouden kwijtraken. Hun universum zou gedomineerd worden door Clarisse.

Jane en Luc hadden hun huwelijksleven in Londen opgebouwd. Ze gingen twee tot drie keer per week naar de film, wandelden in Hampstead Heath en gingen 's zondags lunchen in een van hun buurtpubs in Noord-Londen. Af en toe, als hij niet verdiept was in het schrijven van een film, kookte Luc. Trucjes die hij van Matty had geleerd, zei hij dan grijnzend. Luc was een muziekliefhebber. Hij hield vooral van liveoptredens, en ze gingen vaak naar tenten als de 606 Club of het Jazz Café. Ze hadden een goed leven, maar Clarisse wrong zich in allerlei bochten om daar een eind aan te maken en was woedend omdat Jane tegen haar in ging.

Jane was dol op Londen. Als Luc ergens op locatie was, reed ze vaker naar haar vader en ging ze naar de sportschool. Met goed weer ging ze met vriendinnen fietsen of zwemmen in Hampstead Heath, en soms ook picknicken. Ze was pas begonnen met een avondcursus Russisch en genoot intens van de uitdaging, waarmee ze bovendien haar taalkundige portfolio aanvulde. In Les Cigales was Clarisse de baas en was het leven van Luc en haar nooit van henzelf. Zelfs het bed waarop Jane zich nu terugtrok was van haar schoonmoeder geweest.

Toen Luc de deur openduwde en stilletjes de door luiken verduisterde kamer binnenglipte, lag Jane nog volledig gekleed weg te doezelen, verdoofd door alcohol, vermoeidheid en ellende. Haar wangen waren vlekkerig van de tranen. Er lag een geopende koffer op de grond. Luc stapte eroverheen, ging naast zijn vrouw zitten en streelde haar gezicht.

'Hé, lieve vrouw van me, gaat het wel met je?'

Ze deed haar ogen open, schermde ze af voor het streepje licht dat uit de gang binnenkwam en staarde hem aan. 'Niet echt. Je ziet er uitgeput uit,' mompelde ze.

Hij fronste. 'Beroepsmatige uitdagingen, moeilijkheden. Wat is er gebeurd daarbeneden?'

'Je deelt ze nooit met me.'

'Ik wil je er niet mee lastigvallen. Vertel eens wat er gebeurd is.'

'Ik ga terug naar Londen,' fluisterde ze.

'Doe niet zo gek.'

'Echt. Ik heb een nieuwe opdracht. Daar wil ik vaart achter zetten.'

'Dat kun je ook hier doen.'

Ze schudde haar hoofd. 'Ik ga liever naar huis.'

'Alsjeblieft, Jane. Ik weet dat ze wispelturig en afschuwelijk doet, maar morgen biedt ze haar excuses aan. Daar sta ik op. Ze is oud, eenzaam en verloren, vergeef haar alsjeblieft.'

Jane liet haar oogleden weer zakken. 'Ik kan dit niet nog een keer aan, Luc. Die eeuwige insinuatie dat ik niet goed genoeg voor je ben.'

Luc zuchtte en streek met zijn vingers door zijn blonde haar. 'Luister Jane...' De zin bestierf op zijn lippen.

'Wat?'

Hij keek zwijgend naar haar, bedachtzaam. Buiten de kamer klonken er voetstappen door de gang beneden, waar de klok acht uur sloeg. Hij was laat. Hij zou aan het hoofd van de tafel moeten zitten bij de maaltijd van de plukkers.

'Wat?' Jane wachtte, maar hij zei verder niets. 'Luc?'

Hij keek op zijn horloge.

Ze vond dat hij er bezorgder uitzag dan ze ooit had gezien.

'Ik zou willen dat je me iets over je film vertelde. Clarisse weet er meer van dan ik. Ik heb soms het gevoel dat ik een buitenstaander ben, dat ik er maar een beetje bij hang.'

'Chérie, Clarisse weet iets over deze film omdat ze deel uitmaakt van die geschiedenis.'

'Gaat het over je vader?'

Hij zuchtte. 'Ik heb je al verteld dat hij het zaadje was, de ontkieming.'

'In welk opzicht?'

'Sst, geen vragen meer vanavond, alsjeblieft.' Hij boog voorover, legde zijn lippen tegen haar wang en kuste haar op haar neus. 'Matty is het hoofdgerecht al aan het serveren. Ik kan maar beter naar beneden gaan.'

'Hoe gaat het met Merel?'

'De zwelling neemt af en ze slaapt. Intussen stort Olaf zich op onze beste whisky.' Luc glimlachte en streelde over het haar van zijn vrouw. 'Soms denk ik dat mijn moeder er helemaal niets van snapt.'

Jane knikte, nog steeds met haar ogen dicht, haar arm over Lucs bovenbeen en haar hand in de zijne. 'Sorry van de druiven. Ik wilde echt mijn best doen voor je.'

'De druiven zijn zuur,' grapte hij. 'Het was niet jouw schuld. Ik had de verantwoordelijkheid niet zo op het laatste moment bij jou neer moeten leggen. Maar soms zou ik willen...' Lucs gedachte vergleed in stilte.

'Wat zou je willen?' Ze deed haar ogen open en speurde zijn blik af.

'Daar hebben we het wel een andere keer over. Ik moet gaan. Blijf je hier of ga je mee?'

'Ik blijf hier, als je het niet erg vindt.'

Hij schudde zijn hoofd.

'Maak het niet te laat.'

Luc streelde haar wang, diep in gedachten, en keek naar haar. 'Ga slapen. Het was niet jouw schuld, en hou op met plannen maken om te vertrekken. Morgen met je laptop in de eetkamer, hoor je me? Skype met je opdrachtgevers, richt je op je vertalingen. Niemand zal je storen, en gefeliciteerd met je nieuwe opdracht.' Hij stond op van het bed en liet haar hand los.

'*Je t'aime,*' fluisterde ze toen hij de kamer uit liep.

De volgende ochtend stond Luc voor dag en dauw op, zoals altijd, of het nu oogsttijd was of niet. Jane stapte iets na hem uit bed, met warrig haar en gezwollen ogen, vastbesloten om vandaag niet de laatste te zijn en niet te laat te komen. Tijdens haar slapeloze nacht had ze besloten om haar tijd uit te zitten, maar als ondergeschikte, slechts een extra hulpkracht. Meer niet. Vanaf die ochtend konden Jean en Arnaud de leiding over de oogst overnemen als Luc met Dan naar zijn werkkamer moest, en Jane zou opdrachten uitvoeren.

Toen Merel was uitgerust en het groene licht had gekregen van dokter Beauchene, bleven Olaf en zij nog twee dagen om bij te komen, waarna ze op verzoek van Luc in hun Skoda terugreden naar Nederland. Niemand vond het erg hen te zien vertrekken.

Het intense weer werd milder en stabiliseerde zich. Het plukken werd weer aangenaam. De ploeg was weliswaar uitgeput, maar goed op elkaar ingespeeld en de dagen verstreken in amicale sfeer zonder verdere incidenten. Zelfs de maaltijden waren leuk. Er heerste een overwegend harmonische stemming en Jane worstelde zich door de rest van de oogsttijd heen. Claude bracht, met hulp van Jean Dupont en Arnaud, de dagelijkse opbrengst naar de vinificatiemachine, waar de druiven op een sorteertafel werden gelegd en daarna van steeltjes werden ontdaan en in de kneuzer werden gestopt. Daar werden de schillen en zaadjes verwijderd en konden ze bezinken. De jaarlijkse oogst van Les Deux Sœurs was onderweg. Clarisse had niets meer om over te klagen.

Jane had discreet gezorgd dat ze op veilige afstand van haar onverzoenlijke schoonmoeder bleef. Als ze er niet onderuit konden om met elkaar te praten, verliep dat van beide kanten ongemakkelijk en ijzig.

Aan de ene kant wilde Jane – die zich gekwetst en vernederd voelde – het liefst haar koffers pakken en ervandoor gaan, maar ze hield vol omwille van Luc. Als ze weg zou lopen, prentte Luc haar in, zou de kloof tussen haar schoonmoeder en haar alleen maar onherstelbaar groter worden. Als de twee vrouwen in zijn leven geen betere verstandhouding zouden krijgen vanwege de grieven uit het verleden, hoe konden ze dan ooit de realiteit van het heden en de toekomst accepteren?

'Wat moet er gebeuren?' vroeg hij Jane op een avond toen ze alleen waren en een slaapmutsje dronken op het terras van hun slaapkamer, terwijl Walnut naast hen lag te snurken.

Jane legde haar blote voeten op Lucs knieën, keek over het dal achter de olijfgaarden, die zilverachtig verlicht werden door een driekwart maan, naar de schimmige omtrekken van paarsige bergen, de wilde heuvels van het *massif* en de donkere, met sterren bezaaide lucht. 'Om wat te doen?'

'Om dit allemaal goed te maken.'

'Daar is het te laat voor, Luc,' luidde Janes antwoord. 'Ze heeft vastgeroeste opvattingen en heeft al heel lang geleden besloten hoe ze over me denkt.'

'En dat geldt niet voor jou, denk je?'

'Ik zei dat het me speet van die verdomde druiven. Het was een ongeluk, niet eens door mij veroorzaakt.'

'Wil je niet nog één keer proberen het goed met haar te maken voor we weggaan?'

'Alsof dit allemaal komt door één mislukte oogstdag! Luc, ik héb mijn excuses aangeboden. Het is echt iets voor je moeder om haar frustraties op iemand anders bot te vieren, en ik ben altijd haar doelwit geweest.'

Hij had geen weerwoord.

Nadat de vendange achter de rug was en de hulpkrachten allemaal hun eigen weg waren gegaan, begonnen de voorbereidingen voor de fermentatie van de druiven pas echt. Hoezeer Clarisse ook geloofde in het tegendeel, ze had geen talent voor dit proces. Haar rol was van oudsher de commerciële kant geweest: sales en marketing. Isabelle en, later, Luc hadden zich beziggehouden met wijn maken, maar dit jaar verdeelde Luc zijn tijd. Hij stond bij het krieken van de dag op en hield zich dan samen met Claude bezig met het verwijderen van het wittedruivensap uit de tanks waarin de wijn rustte, klaar om gebotteld te worden. De geperste rode druiven waren, nog steeds met schil en al, al beginnen te gisten, maar de vaten hadden nog altijd vakkundige verzorging nodig. Aan het eind van de ochtend zat hij in de auto op weg naar Marseille, waar Dan interviews aan het filmen was. Hij kwam terug voor het avondeten. Jane bracht haar dagen door met het vertalen van een Franse reisgids voor een kleine, onafhankelijke Britse uitgever. Dit was haar nieuwe opdracht en ze wilde dolgraag haar uiterste best doen. Het was een intense periode, waarbij ze ieder verdiept waren in hun eigen wereld, en Jane zag Luc maar weinig.

De Cambons zaten samen aan een koude avondmaaltijd, omdat Luc laat was teruggekeerd uit Marseille. Ze hadden nog maar weinig met elkaar gesproken toen Clarisse op theatraal sombere wijze verkondigde dat er, vanwege de 'ontbrekende of beschadigde' tonnen van haar Mourvèdre-variëteit, onvoldoende fruit was om meer dan een kwart van hun gebruikelijke opbrengst van de beste, commercieel gezien meest succesvolle wijn van het landgoed te produceren.

Jane herkende daarin de openingszet voor nog meer beschuldigingen. Ze voelde aan dat Luc te moe was om het af te handelen en schoot meteen te hulp. 'Clarisse, het is onmogelijk dat het verloren gaan van de druiven van één dag leidt tot het verlies van driekwart van de mogelijke opbrengst van het landgoed.'

Haar schoonmoeder gaf schoorvoetend toe dat deze variëteit, hun beste druif, ook te lijden had gehad van een kleinere oogst. De voorraad van de wijn zou dit jaar klein zijn. Haar voornaamste zorg was dat tot nu toe loyale klanten hun orders elders zouden plaatsen. 'Al mijn klanten zullen in de Bandol-streek gaan kopen. Ze zullen bestellen bij Domaine Ott, de wijngaarden van Château Minuty of die van Sainte Victoire.'

Luc herinnerde zijn moeder er op respectvolle wijze aan dat de wijnen van Les Deux Sœurs niet te vergelijken waren met die van de grote Provençaalse wijnhuizen. 'Als dat de châteaux zijn waar de kopers op uit zijn, zouden ze om te beginnen al nooit bij ons gekocht hebben. We zitten niet in dezelfde klasse. Wij leveren niet op dat niveau.'

'Nou, dat zou wel moeten!' Clarisse sloeg met haar hand op tafel. Haar ringen en armbanden rinkelden en Jane stond versteld van de kracht van de uitbarsting. 'En we zouden verdomme heel goed in die klasse kunnen zitten als je hier permanent was om leiding te geven! Luc, denk erover na. We plukken handmatig. Onze variëteiten zijn van topklasse en we gebruiken geen chemicaliën. Concurreren met die Provençaalse châteaux zou ons doel moeten zijn. Dat had Isa voor ogen. Maar we hebben geen wijn om te verkopen!'

Luc vulde zijn moeders glas bij en schonk hemzelf en Jane wat bruisend water in. 'Doe alsjeblieft niet zo overspannen. Les Cigales zal nog steeds minstens achthonderd kisten *cru classé* rosé produceren en in de kelder ligt nog voorraad van vorig jaar. Geen van je vaste klanten zal met lege handen komen te staan.

'De kelder is leeg. Niets over. Slechts één kist!' repliceerde Clarisse en ze dronk haar wijnglas leeg. 'Ik heb een paar flessen aan een restaurant in Menton verkocht, dus dat is het. Alle geannuleerde of ongeleverde orders zullen resulteren in een financiële terugval die dit domein, míjn domein, niet kan dragen. We zijn blut. Einde verhaal.' Ze schonk zichzelf nog een glas rode wijn in.

'Ik zal de facturen bekijken als ik terug ben uit Parijs. Ik betwijfel of we blut zijn. Welk restaurant?'

Clarisse haalde haar schouders op.

'Probeer het je te herinneren. In het voorraadboek staat duidelijk dat er drieëndertig kisten in de kelder staan.'

'Nou, daar staan ze niet! En we zijn te laat met belasting betalen.'

Luc wreef met zijn hand over zijn gezicht. Hij zag er ontredderd uit, alsof hij op de proef werd gesteld en hij een innerlijke worsteling doormaakte, en Clarisse werd met elk glas wijn opstandiger.

Stilletjes telde Jane de dagen tot hun terugkeer naar Londen.

De volgende avond vroeg Jane, terwijl Luc en zij zich omkleedden voor het eten: 'Wij zijn er toch niet verantwoordelijk voor om haar uit de misère te helpen, hè?'

'Natuurlijk niet! Maak hier alsjeblieft niet meer van dan het is! Ik heb genoeg op mijn bord. Ze overdrijft waarschijnlijk.'

'Dus waar gaat dit dan allemaal om? Is het een trucje om te zorgen dat jij de zaak overneemt?'

Luc pakte zijn telefoon en scrolde door de berichten. 'Ze is boos op me. Hoor eens, ik moet even bellen.'

'Waarom zou ze boos zijn?'

Luc pakte een overhemd uit de kast en trok het aan, terwijl hij een nummer intoetste. 'Ze zegt dat ze ervoor heeft gevochten om onze reputatie op te bouwen en dat ze bang is om hier in haar eentje te wonen als de film eenmaal uit is. In gesprek, verdomme.' Hij gooide de telefoon op bed.

'Wil ze je dan de belofte ontlokken om weer hierheen te verhuizen? Ze is zo geslepen; ze laat dit niet los voordat ze haar zin heeft.'

'Jane, wees alsjeblieft flexibeler en minder oordelend dan zij. Het landgoed is haar te veel. De voorraadcijfers komen niet overeen met de hoeveelheden in de opslagruimtes. Het is een puinhoop. Ik zal een afspraak moeten maken met de accountant en zelf het papierwerk moeten doornemen.' Luc ging op bed zitten en streek met zijn vingers door zijn vochtige haar. Er kwam een berichtje binnen; hij trok de telefoon naar zich toe.

'Denk je dat ze vergeetachtig wordt?'

Hij schudde zijn hoofd, ongeduldig door wat ze suggereerde, en toetste een antwoord op het bericht in. 'Ze is altijd al ongeorganiseerd geweest.'

'Wat hier nodig is, is een nieuwe manager.'

'Ze zegt dat we ons er geen kunnen veroorloven.'

'Er is altijd iemand geweest. Zelfs toen papa en ik hier jaren geleden voor het eerst kwamen. Antoine Pesaro, weet je nog? Nadat Isabelle was overleden, ging hij ervandoor, ertoe aangezet door een ruzie met Clarisse.'

'Nee, dat weet ik niet meer.'

'Natuurlijk wel, Luc. Die vent met die korte beentjes, die altijd aan een pijp lurkte. Hou op met haar te verdedigen. En wie is er verdomme zo belangrijk aan die telefoon?'

Luc zuchtte en legde zijn mobiel op zijn nachtkastje.

Jane, nog steeds met de rits van haar jurk open, liet haar handen langs haar lichaam hangen en streelde zijn hoofd. 'Sorry. Je zit er echt doorheen. Laten we teruggaan naar Londen zodra we kunnen en een week plezier maken. Je moet er even tussenuit.'

'Onmogelijk nu. We kunnen een paar dagen in Parijs doorbrengen. Ik heb wel een paar belangrijke meetings, maar er is die Hopper-tentoonstelling in het Grand Palais; je zei dat je die wilde zien. Daarna kun jij door naar huis en ga ik terug hierheen.'

'Hierheen?'

'Ik heb ermee ingestemd om deze plek als basis te gebruiken terwijl ik de film maak, zodat ze niet alleen is, ook al verafschuwt ze het werk dat ik doe. Ik kan alles in de gaten houden. Is het je opgevallen hoeveel ze drinkt?'

'Hoelang blijf je weg?'

'Dat weet ik niet.'

En wij dan? Jane slikte haar teleurstelling weg. Hoe meer tijd Luc aan Les Cigales en zijn moeder besteedde, hoe minder er voor haar en hun huwelijk overbleef. Hij had waarschijnlijk haar gedachten gelezen, want hij voegde eraan toe: 'Je hoeft niet weg. Het is jouw keuze. Er is geen reden waarom je niet zou kunnen blijven. Je kunt hier goed werken. De internetverbinding is stabiel. Ik ga maar een paar dagen naar Parijs.'

Jane zag ervan af om het voor de hand liggende te zeggen. 'Ik heb al drie lessen Russisch gemist. Wil je mijn rits even dichtmaken?'

Luc werd langzaam maar zeker in Clarisses web getrokken. Althans, zo zag Jane het. Hij voerde aan dat het zijn plicht was om over 'die ouwe meid' te waken. Jane kon dat gevoel niet weerleggen of bestrijden: zij moest rekening houden met haar ziekelijke vader in een verzorgingstehuis in Kent, nog een reden waarom ze liever in Engeland bleef.

Vanuit Lucs oogpunt was Les Cigales gunstiger voor zijn werkprogramma dan hun Engelse adres. Er was heel veel ruimte – hij had de bastidekelders omgebouwd tot werkhok met monteerkamer – en als hij in Frankrijk gevestigd was, had hij recht op Franse filmsubsidie. Geen Britse regering ging zo genereus met kunst om.

Dus draaiden hun discussies in kringetjes rond, zoals altijd sinds de dood van tante Isabelle. Heen en weer, zonder oplossing. De kern van de zaak was dat de twee vrouwen niet met elkaar overweg konden. Dat was altijd zo geweest. In elk geval al jaren. Al sinds die verhitte, verstoorde avond van veel te lang geleden... Maar die zomer liet Jane maar liever waar hij thuishoorde. In het verleden.

Op dit moment, in het heden, deed het voorgestelde 'vrolijke' scenario van Jane en Clarisse samen in één huis, waarbij ze dagelijks met elkaar te maken hadden, haar bloed bijna in haar aderen stollen. Als Luc en zij zouden besluiten hier permanent te gaan wonen, zou Clarisse de dienst uitmaken en zou Jane niet zelf beslissingen kunnen nemen. Nee, ze wilde beslist haar onafhankelijkheid niet opgeven. Aan de andere kant wilde ze het Luc makkelijk maken en hem steunen. Het was duidelijk dat hij een zware tijd doormaakte en jongleerde met al zijn afspraken. Jane was het hem verschuldigd, verdomme.

Ze haalde diep adem. Ze zou doen wat hij vroeg. Ze zou op de een of andere manier vrede sluiten met zijn moeilijke, veeleisende moeder.

5

De derde week van oktober. De dagen waren amberkleurig en die ochtend vormde daarop geen uitzondering. Hij was begonnen zoals alle voorgaande ochtenden, met welwillende, omhullende warmte. Die nodigde je uit naar de buitenlucht, naar het leven van werken op het land. Vijfhonderdtachtig ton geplukte druiven van topkwaliteit was de oogst van dit seizoen. Zeven ton per acre was het behaalde resultaat. Lang niet slecht. Als de druiven eenmaal klaar waren voor de eerste fermentatie konden Luc en Jane zich opmaken voor vertrek.

Omwille van Luc nam Jane de oude auto van het landgoed, baande zich een weg over het terrein vol voren en reed dwars door de *parcelles* van wijnranken die van hun druiven ontdaan waren, maar er nog steeds prachtig uitzagen met hun roodbruine bladeren, om haar schoonmoeder op te zoeken. Clarisses kantoor bevond zich op de begane grond van het pand waar ook de wijnmakerij gevestigd was. Die was geïnstalleerd in de ruime kelders met stenen muren van het gerenoveerde, negentiende-eeuwse gebouw. Behalve Clarisses kantoor waren op de begane grond ook de wijnproeverijruimte en de receptie ondergebracht. De verpakkingsruimtes bevonden zich op de verdieping erboven. De vinificatie-installatie vormde het hart van de wijngaard. Jane was er niet mee bekend, evenmin als met de werking ervan. Ze kwam zelden op dat gedeelte van het landgoed sinds de jaren dat zij en Luc samen in bomen hadden geklommen in de olijfgaarden.

Op de binnenplaats liepen twee mannen van middelbare leeftijd toen Jane er aankwam. Ze kende hen allebei van gezicht. Het waren arbeiders uit de buurt, tijdelijke spierkrachten die werden opgeroepen als er zwaar moest worden getild of gezweet. Ze duwden karren bomvol lege flessen zonder etiket van een trailer af. Een van hen keek op, kuchte, veegde zijn blauwgeaderde voorhoofd af en knikte ten teken dat hij haar had zien aankomen, terwijl Jane het portier van de auto dichtgooide. Zijn ogen volgden haar toen ze over het grind liep.

'Où est madame Cambon?' riep ze hem toe. De binnenplaats was rommelig door het plastic afval dat uit een drietal vuilnisbakken was gevallen, die vergeten in een hoekje stonden. Arnaud of Claude zou hierheen moeten komen om een grote schoonmaak te organiseren. Had niemand anders er iets over gezegd? Aan bezoekers die kwamen proeven en kopen gaf dit een tamelijk onsmakelijke indruk.

De werkman wees naar het achterste deel van het gebouw, terwijl zijn metgezel niet eens zijn hoed optilde. Jane knikte als bedankje en liep verder, terwijl ze haar bezorgdheid verhulde.

De openslaande deuren van Clarisses kantoor leidden naar een pad door een felgekleurde bloementuin, waar een ronde tafel met zes stoelen de gelegenheid bood voor koffie en lunch in de buitenlucht. Binnen speelde zachtjes een radio. Instrumentale jazz. Aan de wand hing, een tikkeltje scheef, een zwartwitfoto van de jonge Romy Schneider. Clarisse zat over een bureau gebogen, waarop een sigaret lag te smeulen in een ouderwetse asbak met het logo van Noilly Prat. Ze werd omringd door papieren en chaos. Een grote zonnebril met schildpadmontuur hield haar kastanjebruine haren, waar grijze strepen door liepen, strak uit haar gezicht. Ze droeg geen make-up, wat ongebruikelijk voor haar was, en zag er zo oud uit als ze was. Jane draalde bij de halfopenstaande deur. Ze deed haar mond al open om te laten weten dat ze er was, maar werd de mond gesnoerd door een blaffend: 'Wat doe jíj hier?'

De begroeting van haar schoonmoeder nam haar de wind uit de zeilen. 'Bonjour. Mag ik binnenkomen?'

Clarisse noteerde een lijst getallen op een stuk papier terwijl Jane naar binnen liep en nerveus om zich heen keek. Deze werkplek leek eerder op een tijdelijk mobiel kantoor op een bouwplaats dan op iets permanents. Tegen de andere kant van het bureau stonden twee vouwstoelen geleund. Jane aarzelde en besloot toch om er niet een open te klappen en te gaan zitten. 'Luc en ik gaan dinsdagochtend vroeg weg.'

'Daar ben ik me heel goed van bewust. Maar mijn zoon komt terug en zal hier blijven voor de olijvenoogst. Hij heeft beloofd dat hij hier zal zijn om daar toezicht op te houden, en ik verwacht dat hij tot en met kerst hier blijft.'

Jane hield haar adem in. Waarom was Clarisses manier van doen altijd zo verdomd tartend? 'Ik dacht: ik ga even langs, zeg au revoir en bied nogmaals mijn excuses aan vanwege het verloren gaan van de druiven. Ik hoop dat je weet dat het een ongeluk was.'

Clarisse gaf geen antwoord. Toen legde ze langzaam, weloverwogen, haar vulpen – die lekte, zag Jane – op haar bureau, keek op en staarde Jane recht aan. Er lag geen warmte of vergiffenis in haar blik.

'Ik vraag me af hoe je het waagt je hier te vertonen. Ik neem aan dat mijn zoon je heeft gevraagd te komen. Goedbedoeld, maar dom van hem om te denken dat iets wat jij zegt enig verschil zou kunnen maken.'

Jane was even van haar stuk gebracht, haalde diep adem, hervond haar evenwicht en was vastbesloten het gesprek beschaafd te houden en een scène te vermijden. 'Ja, hij heeft gevraagd of ik langs wilde gaan, maar dat had ik niet gedaan als ik niet had gedacht dat we dit zouden kunnen uitpraten.'

'Uitpraten? Dat geloof je toch zeker zelf niet!'

'Nou, jawel, eigenlijk...'

'Weet je, Jane? Het enige wat me voor Luc spijt is dat hij met jou getrouwd is. Met jou, terwijl hij elke vrouw had kunnen krijgen. Dat zei ik toen al, en ik ben niet van gedachten veranderd.'

Het was een onverhoedse, wrede aanval en Jane werd erdoor uit balans gebracht. 'Clari...'

'Je hebt geen idee van de strijd die we hebben geleverd om Afrika uit te komen, te vluchten uit een oorlogsgebied met overal lijken om ons heen, ellende, dagen aan één stuk rijden, niet wetend waar we terecht zouden komen. Twee vrouwen en een jongetje, en we hebben gevochten, mijn god, gevóchten om iets van dit landgoed te maken, de reputatie van de Cambons op te bouwen, dit domein op de kaart van de wijnbouw te zetten. Les Deux Sœurs is een etiket om trots op te zijn, en alles wat ik heb gedaan, was voor Luc. Alles waar ik voor heb gevochten, elke druppel energie die ik in deze onderneming heb gestoken, was voor mijn zóón.' Clarisse sloeg met haar vuist op tafel om haar punt te benadrukken. Jane zag een vel papier op de grond dwarrelen. 'Met weinig hulp van de plaatselijke gemeenschap, mag ik wel zeggen. Vol vooroordelen en beschuldigingen ten aanzien van wie we waren en...'

'Ik zie niet wat dat allemaal te maken heeft met...'

'Ik droomde dat mijn zoon in deze fase van mijn leven naast me zou staan om leiding te geven aan de wijngaarden, dat we omringd zouden zijn door een huis vol kinderen die even stralend en getalenteerd zouden zijn als hun vader.'

'Clarisse, hou op!'

'Kleinkinderen die het bedrijf konden voortzetten. Hier lawaai konden maken en spelen. Maar in plaats daarvan... in plaats daarvan... Jij bent mijn zoon niet waard. Nooit geweest.'

De tranen prikten achter Janes ogen. 'Waarom begin je daarover? Als Luc en ik ons verlies hebben geaccepteerd en een prettig leven hebben opgebouwd, waarom kun jij dat dan niet? Je praat alsof ik je opzettelijk heb gedwarsboomd en je dromen over geluk heb verwoest.'

'O, nee, Jane, jij zou nóóit iemands "dromen over geluk" kunnen verwoesten, hè? En dan ga je voor het gemak maar even voorbij aan de schade die je anderen hebt berokkend door je wrokkige jaloezie. Het offer dat ik moest brengen.'

Jane voelde het mes nog dieper steken. 'Welk offer? Waar héb je het in godsnaam over, Clarisse?'

Clarisse keek haar boosaardig aan. 'Je snapt het gewoon niet, hè?'

'Wat ik snap, is dat je mij met alle geweld de schuld wilt geven. Zonder dat je daar echt een reden voor hebt. Ik heb nooit iets gedaan waardoor ik deze laaghartige aanval verdien. Over welk offer heb je het?' Jane leunde tegen Clarisses bureau. Haar wangen gloeiden van kwaadheid. Ze had zichzelf beloofd rustig te blijven – dat zou ze voor Luc doen – maar... dit was een onmogelijke, onoplosbare situatie. De felheid van Clarisses haat bracht haar in verwarring. 'Je doelt toch zeker niet op...'

Clarisse pakte haar sigaret op, nam een stevige trek en drukte hem toen uit in de asbak.

'Clarisse, dat was jaren geleden.'

Zonder acht te slaan op Jane pakte Clarisse haar pen van haar bureau en maakte er een hele vertoning van om haar bril op te zetten, concentratie te veinzen en een log, ouderwets grootboek naar zich toe te trekken.

Jane bleef ongemakkelijk naar het gebogen hoofd van de matriarch staan kijken, met stomheid geslagen, zoekend naar een gebaar of grootmoedige daad om dit ten goede te keren, omwille van Luc. Om ook maar een greintje respect, zo niet genegenheid tussen hen terug te winnen.

'Clarisse, is dat het offer?'

Clarisse sloeg het grootboek open en liet haar vinger langs een rij cijfers glijden. Ze liet een vingerafdruk van inkt achter op de bladzijde.

'Ik was veertien. Ik was geschokt en boos...'

De oude vrouw keek niet eens op.

'Waarom kunnen we dit allemaal niet laten varen? Doorgaan. Verdergaan met ons leven...'

Jane wachtte, maar Clarisse bleef haar negeren. Uiteindelijk trok ze zich terug. 'Je vingers zitten onder de inkt,' kaatste ze terug. Het was een treurige laatste uithaal en dat wist ze. Buiten haastte ze zich over het pad in de overtuiging dat alle hoop op verzoening de bodem was ingeslagen.

De dag voordat ze zouden vertrekken, fietste Jane naar het strand over de kronkelende kustweg, de Gouden Route, naar de hoefijzervormige inham die bekendstond als de Baai der Illusies, waar ze op het kiezelstrand tussen bloedrode rotsen ging zitten en naar de sternen en strandlopers keek. Het was de tijd van het jaar waarin de trekvogels bijeenkwamen. Zwermen zwaluwen konden nu elk moment aan hun tocht naar het zuiden beginnen, over de Middellandse Zee naar Afrika. Het werd tijd dat ze op krachten kwamen en op weg gingen. 'Frankrijk is een uitstekend kruispunt voor vogels die onderweg zijn,' had Luc haar eens verteld. Toen ze pubers waren, had hij haar heel wat mooie uitkijkpunten laten zien, zelfs op zijn eigen landgoed, waar ze zich tussen de rotsen en het gras konden schuilhouden om de vogels te identificeren. Bij een paar zeldzame gelegenheden hadden ze kleine zwermen kraanvogels over zien of horen komen.

Jane was altijd benieuwd geweest of de trekvogels nu hun noordelijke of hun zuidelijke land, hun broedplaats of hun overwinterplek, als thuis beschouwden. 'Wat denk jij?' had ze jaren eerder aan Luc gevraagd.

'Thuis zit vanbinnen,' had hij geantwoord. 'Ooit was Algerije mijn thuis. Nu ben ik hier en is Frankrijk, Les Cigales, mijn thuis. En dat zal het altijd blijven.'

'Waarom?'

'Ik voel me verbonden met deze plek. Er hangt hier een bijzondere energie.'

Het vertrek na de oogst was voor Jane vervuld van spijt. Beschouwde Luc Frankrijk nog steeds als zijn thuis, meer dan Londen met haar, zijn vrouw? Door het conflict met Clarisse was er zoveel uit het verleden opgerakeld. Onzekerheden en verdriet. Clarisses wrede toespeling op het gebrek aan kinderen.

Sinds haar veertiende had Jane zich niet meer welkom gevoeld op Les Cigales. Ze wist dat Clarisse haar een slechte keus achtte voor Luc, maar tot deze confrontatie van zojuist was het niet bij haar opgekomen dat haar schoonmoeder nog steeds vasthield aan de gebeurtenissen van die zomeravond lang geleden, of dat ze Jane verweet dat die 'haar geluk had verwoest.' Eerlijk gezegd had Jane Clarisse nooit in verband gebracht met enige aanleg voor geluk.

In Parijs verbleven Luc en Jane op de linkeroever in een hotelletje in de Rue Saint-Sulpice, op een steenworp afstand van de Boulevard Saint-Germain en de stoffige, spelonkachtige, barokke pracht van de *église* Saint-Sulpice, waar zo nu en dan avondrecitals werden gehouden. Het grote orgel was geclassificeerd als nationaal erfgoed. Deze wijk op de linkeroever behoorde tot hun favorieten. Hier waren volop bioscopen, filmhuizen, cafés en eetmarkten. En voor Jane de parfumafdeling van Bon Marché. Ze hadden drie dagen – drie waardevolle dagen – voor zichzelf, hoewel Luc er voor zaken was en Jane de dagen dus zonder hem doorbracht. Maar dat vond ze prima. Ze was dol op Parijs. Ze kocht marmeladeoranje suède schoenen in een smal winkeltje in de Rue Cherche-Midi en een nogal elegante groene jurk in een boetiek in de Rue de Sèvres. De kleuren versterkten haar blonde haar en haar huid, die licht gebruind was door het wekenlang druivenplukken. Ze droeg de jurk die eerste avond tijdens het diner. Ze aten bij Les Éditeurs, een van Lucs oude stekjes, en hij gaf haar een compliment omdat ze er zo mooi uitzag.

De avond verliep luchthartig en vol tederheid. Het onderwerp Clarisse en de wijngaarden werd tactvol gemeden. Ze hadden op dit moment geen van beiden zin in nog meer onenigheid. Terug in het hotel vrijden ze voor het eerst in lange tijd weer. Jane vond Luc toegankelijker nu hij uit de buurt was van de zorg om Les Cigales, al ging hij nog steeds gebukt onder de last van zijn film.

Ze bracht een middag in het Grand Palais door, bij de Edward Hopper-tentoonstelling. Ze werd erdoor geraakt en verrast, vooral door zijn minder bekende tijdschriftillustraties, en wilde dat Luc bij haar was om het met hem te delen, zodat ook hij de veelzijdigheid van het werk van de kunstenaar kon zien. De tweede avond gingen ze in de koude avondlucht in de rij staan om naar jazz te luisteren in de pianobar van Aux Trois Mailletz, dat ergens achteraf gevestigd was in een keienstraatje achter de Shakespeare & Co-boekhandel. Herfstbladeren vielen. De geschiedenis van de club was al even fascinerend als het muzikale programma en Luc, die al sinds zijn tijd aan de Sorbonne in dit jazztentje kwam, had zich in beide ondergedompeld. Jane was voor het eerst naar de club gegaan toen ze achttien was en Luc haar had laten kennismaken met blues en boogie gespeeld door de toetsenist Memphis Slim.

Op de derde ochtend bracht Luc haar met de auto naar het Gare du Nord, waar ze in haar eentje in de Eurostar stapte.

'Enig idee wanneer je thuis bent?' vroeg ze toen ze elkaar een afscheidskus gaven.

'Nog niet, maar je weet dat ik kom zodra ik kan. Doe je vader de groeten van me.'

Ze knikte. Nu het moment waarop hun wegen zouden scheiden zo dichtbij was, voelde ze een golf van behoefte, een tijdelijke paniek die haar week maakte. Een verlangen om alles eruit te gooien wat ze deze laatste paar dagen samen hadden ontweken. 'Ik heb het geprobeerd met Clarisse, Luc, echt waar.'

'Dat weet ik, chérie. Ze heeft te veel verantwoordelijkheid, daar gaat het om, nu ze daar alleen woont. Ze heeft me nodig... ze heeft ons nodig. Als de film af is, zullen jij en ik een paar beslissingen moeten nemen.'

'Waarover?'

'Over Londen, maar...' – hij stak zwijgend zijn handen op om elk argument in de kiem te smoren – 'niet nu, Jane. Alsjeblieft, ik smeek het je. Ik moet eerst die film afmaken.'

Jane kreeg een knoop in haar maag. 'Wil je dat we naar Les

Cigales verhuizen? Heeft dat je voorkeur, ons huis in Londen verkopen? Als je denkt dat dat het beste is, kunnen we... overwegen om Lady Margaret een tijdje te verhuren. Ik zal het proberen op Les Cigales...'

'Chérie, *doucement*. Laten we het er een andere keer over hebben, niet nu we uit elkaar gaan.' Hij zette zijn vingers tegen zijn voorhoofd en slapen, alsof hij hoofdpijn had en die wilde wegmasseren. Het was een geagiteerd gebaar, niets voor hem. 'We moeten wel praten. Er is...' Hij werd onderbroken doordat zijn telefoon ging. Hij stak zijn hand in de zak van zijn spijkerbroek, maar het bellen stopte. 'Ik bel je vanavond wel even.'

Ze wachtte en speurde zijn gezicht af. Opeens was ze bang. 'Waarover praten?'

Hij schudde zijn hoofd en keek op zijn horloge. De iPhone ging weer. 'Ik ben laat voor een vergadering.' Hij glimlachte. 'En ik moet contact opnemen met Dan. Maak je geen zorgen. Alsjeblieft. Ik regel alles.'

'Ik wil niet dat Clarisse en haar verantwoordelijkheden ons kapotmaken. Ik hou van je, Luc.'

Ze omhelsden elkaar weer. Ze voelde dat zijn lichaam strak stond van de spanning en drukte zich stevig tegen hem aan, wilde hem nooit meer laten gaan en snoof zijn lichaamsgeur op om die dicht bij zich te hebben tijdens zijn afwezigheid. Hij maakte zich los en gaf haar een kusje op haar linkeroor. 'Ik bel je later.'

Ze zag aan zijn blik, aan die zorgelijke groene ogen, dat hij al ergens anders was, dat zijn gedachten niet meer bij haar waren. Haar keel werd dichtgeschroefd, ze kon geen woord meer uitbrengen. Ze knikte en liep haastig weg, haar tranen terugdringend.

Raakte ze Luc kwijt?

Jane wreef met de mouw van haar vest over het raampje van de wagon. Het begon te regenen. Ze staarde naar buiten, maar had nauwelijks oog voor het landschap dat van stadsgezicht veranderde in met graffiti bekladde muren van voorsteden en daarna voortraasde naar glooiend boerenland met hier en daar een kerktoren en laagliggende dorpjes van steen en hout. Noord-Frankrijk in de late herfst. De bladeren vielen, de kleuren vervaagden. Haar hart deed zeer.

Na meer dan twintig jaar huwelijk was Jane gewend geraakt aan de gescheiden periodes die Luc en zij moesten doorstaan. Het lag in de aard van zijn werk dat hij moest reizen en opging in zijn projecten, dat hij zich met hart en ziel wijdde aan de volgende film aan de horizon, dat hij eigenhandig fondsen wierf. Het was een klein, onafhankelijk bedrijf, wat betekende dat hij eigen baas was, maar ook dat hij de enige was die voor zowel de financiële als de artistieke verantwoordelijkheden moest opdraaien. Desondanks hadden ze altijd manieren gevonden om samen te kunnen zijn. Ze hadden weekendjes geregeld en hier en daar een gestolen dagje, met elkaar afgesproken als het enigszins kon, en ze hadden die gelegenheden omgetoverd tot leuke, sexy ontmoetingen. Tot de afgelopen paar jaar was Luc erin geslaagd om een deel van zijn onderzoekstijd en ook de periodes tussen het filmen in aan het leven met Jane in Londen te wijden, maar de laatste tijd leek er een veelheid van verplichtingen tussen hen in te staan. En ze voelde dat hij langzaam wegglipte in een wereld waar ze hem niet kon bereiken.

Moest ze afstand doen van haar leven in Londen, althans voor de nabije toekomst, om de omstandigheden makkelijker te maken voor Luc? Haar bescheiden vertaalbedrijf werd via haar laptop bestuurd. Ze hoefde haar opdrachtgevers niet persoonlijk te ontmoeten. Skype en Facetime waren haar vergaderruimtes. Zij had het meest flexibele beroep van hen tweeën. Ze kon werken waar ze wilde. Na Isa's dood was een verhuizing naar Zuid-Frankrijk aan de orde geweest, maar Jane had vurig voet bij stuk gehouden en nu betaalde Clarisse haar terug. De oude vrouw wilde haar zoon ten koste van alles terug naar zijn ouderlijk huis lokken.

Janes vader, Peter, haar enige nog in leven zijnde bloedverwant, was weduwnaar en woonde, ziekelijk als hij was, in een verzorgingshuis in Kent. Ze moest bij hem in de buurt zijn en ze wilde een huwelijksleven dat niet werd bepaald door haar schoonmoeder. Was dat zo onredelijk?

Het gevolg van haar halsstarrigheid was dat haar huwelijk op drift was geraakt. De langdurige gescheiden periodes werden steeds frequenter. Lucs verantwoordelijkheden namen hem steeds meer in beslag. Door toenemende verplichtingen aan weerszijden van het Kanaal raakten ze van elkaar vervreemd.

We moeten echt praten.

Jane zat in de trein naar het Engelse platteland van begin november en de natte middag in Kent te staren, voelde zich ellendig en had medelijden met zichzelf.

Waarover praten, Luc?

Vond hij haar onnodig koppig? Waarom was het haar niet gelukt om vrede te sluiten met Clarisse? Had Jane ongelijk omdat ze tegen haar schoonmoeder in ging? Luc hield hen in gelijke mate verantwoordelijk, of hij koos geen partij. Maar hij kende niet het hele verhaal. Ze hield intens, hartstochtelijk veel van Luc – dat was altijd zo geweest – maar de omstandigheden dreven hen uit elkaar. Er moest iets veranderen. Hun leven samen kon niet zo doorgaan.

6

Altijd als Jane in Engeland was, ging ze minimaal één keer per week bij haar vader langs. Daar zat geen consistentie in: ze plande het gewoon in als het uitkwam of als ze de behoefte voelde om bij hem te zijn. Het personeel van het verzorgingshuis was flexibel en meegaand en voor Peter maakte het weinig uit. Hij was niet langer in staat om bij te houden welke datum, tijd of dag van de week het was. Ze was van plan geweest om het eerste weekend na haar terugkeer naar hem toe te rijden, maar toen ze naar de toenemende regen zat te staren, realiseerde ze zich dat de Eurostar stilhield bij Ebbsfleet. In een opwelling pakte ze haar koffer en stapte uit. Ebbsfleet International Station, de spoorwegverbinding tussen Kent en het vasteland van Europa, was een troosteloze, verlaten plek die werd geteisterd door wind en slechts werd omringd door een enorm parkeerterrein, dat meestal halfleeg was.

Jane had zelden reden om dit doorreispunt te gebruiken en de kwestie van verder transport was niet bij haar opgekomen toen ze uit de trein sprong. Ze informeerde bij de kaartverkoopbalie en kreeg te horen dat er buiten een taxistandplaats was, maar dat er geen taxi's beschikbaar waren. Het norse meisje gaf haar het nummer van een taxiservice in Dartford, maar toen Jane de logistiek van de rest van de dag overdacht, besefte ze dat ze nog steeds met haar koffer in Londen moest zien te komen. In de verlaten stationshal vond ze een eenzaam autoverhuurbedrijf en overhandigde haar creditcard.

De rit verliep voorspoedig, het was rustig op de snelweg.

Binnen veertig minuten was ze bij de afslag Chislehurst en Bromley. Peters verzorgingshuis stond in een met bomen omzoomde zijstraat in een woonwijk, Garden Park Avenue: drie flinke victoriaanse huizen waren samengevoegd en omgebouwd tot verpleeghuis met medische faciliteiten voor ouderen, waarbij specialistisch toezicht werd geboden voor mensen met dementie. Zowel particuliere als ziekenfondspatiënten waren welkom.

Toen het geld uit de verkoop van het bescheiden huis van Janes ouders op was, was de zorg voor Peter overgegaan op het ziekenfondsstelsel. Jane had het papierwerk afgehandeld. Dat was vlot verlopen, zonder veel gedoe. Peter had nooit enig verschil bemerkt. Dat hij niet verplicht was geweest te verhuizen, had Janes hartzeer verlicht.

Drie jaar voor zijn tachtigste verjaardag; Peter had de laatste twee ervan in dit tehuis doorgebracht. Personeel kwam en ging. De meesten van hen waren hartelijk en meelevend. Er was in een vroeg stadium alzheimer bij hem gediagnosticeerd, dus kon hij nog genieten van een zekere levenskwaliteit.

Jane parkeerde de auto in een lommerrijke straat en rende door de regen – die was afgenomen tot een zacht, gestaag gespetter – naar de receptie, waar ze haar komst bekendmaakte. Frances, met haar gepermanente donkere haar en een paar grijze krullen, herkende haar meteen. 'Je ziet er goed uit, je hebt een lekker kleurtje. Weer in Frankrijk geweest?'

Jane knikte.

'Geluksvogel.'

'Hoe gaat het met hem?'

'Als een zonnetje. Hij is in zijn kamer. Na het ontbijt heeft hij een wandelingetje door de tuin gemaakt, voordat het weer omsloeg. En een dutje gedaan na de lunch. Hij vroeg vanochtend nog naar je, hij vroeg zich af wanneer je moeder en jij weer eens langskwamen.'

Frances en Jane keken elkaar veelbetekenend aan.

'Dan ga ik maar naar boven. Kan ik nog iets voor hem meenemen?'

Frances schudde haar hoofd. 'Nee, dank je, lieverd, we komen zo langs met thee. Ik vraag wel of ze die van jullie als eerste brengen, als je wilt.'

Boven klopte Jane zachtjes aan en liet zichzelf binnen in de veel te warme kamer. Peter zat op bed uit het raam te kijken naar een ruime, onberispelijk onderhouden tuin. Aan de muur boven het hoofdeinde hing een schilderij van een vissersbootje dat voor de kust dobberde. Jane had het in Saint-Raphaël gekocht en het hem met kerst gegeven. Het was een van de weinige bezittingen waarvan hij geen afstand had gedaan toen hun huis werd verkocht en hij hierheen was verhuisd. Op de toilettafel aan de andere kant van de kamer stonden drie ingelijste foto's: Janes ouders op hun trouwdag; de achtjarige Jane met haar vader in Frankrijk; en als laatste Luc en Jane, verwaaid in Positano, na hun bruiloft.

'Hallo, pap, ik ben het, Janey.'

Hij draaide zich niet om en gaf geen antwoord. Eerst dacht Jane dat hij haar niet gehoord had. Ze deed zachtjes de deur dicht en liep over de lichte vloerbedekking tot ze naast hem stond. Toen pas zag ze dat de tranen over zijn wangen biggelden. 'Pap? Pap, ik ben het, Jane.' Hij draaide zijn hoofd opzij en keek haar aan. Er blonk zo'n triestheid in zijn opvallend blauwe ogen dat ze haar adem inhield. Jane ging aan het voeteneind van het bed op het roze donsdekbed zitten en stak haar armen uit naar haar vader. 'Hier,' zei ze. 'Wat is er? Ze zeiden beneden dat het fantastisch met je gaat.'

'Ik ben mijn banjo kwijt,' zei hij. 'Ik dacht dat hij in de kast lag. De bas ligt in de auto, maar ik heb hun beloofd dat ik een paar nummers op de banjo zal spelen. Ze hebben speciaal wat oude nummers aangevraagd.'

'Pap, pap...'

'Het is een pensioneringsfeest, zie je. Die houden van klassiekers. Een beetje Formby.'

Haar hart brak nu ze hem zo breekbaar zag, zo in de war. Hij was zoveel afgevallen. Zijn linkerhand vertoonde een lichte trilling.

'Pap, we zijn in Garden Park. Hier woon je nu. Je hebt je banjo een tijdje geleden aan mij gegeven. Hij ligt in onze flat aan de Lady Margaret Road, weet je nog? Maar als je er graag weer op wilt spelen, kan ik hem de volgende keer als ik kom wel meenemen.'

Peter fronste en zijn ogen schoten heen en weer, alsof hij probeerde zich te concentreren en worstelde met zijn herinneringen in een poging de beelden thuis te brengen en terug te halen. Hij staarde haar verdwaasd aan. 'Vivienne?'

'Nee, pap, ik ben Jane.' Ze nam zijn handen in de hare en liet ze op haar schoot rusten, waarna hij leek te ontspannen. 'We zijn in Bromley,' zei ze zacht en meelevend.

'Jane? Janey. Waar is Luc?' vroeg hij uiteindelijk, terwijl zijn zorgen over de muziek voorlopig van de baan leken.

'Hij is in Frankrijk. We hebben druiven geoogst.' Ze wachtte. Geen reactie. 'Ik neem hem de volgende keer mee als hij overkomt. Vind je dat leuk?'

Peter knikte en slaakte een diepe zucht. Hij ademde langzaam uit. Ze voelde dat hij zich overgaf en minder gespannen werd.

'Het regent, dus we zullen maar niet gaan wandelen, maar ik heb een auto als je een ritje wilt maken. We kunnen naar Shoreham gaan.' Ze sprak langzaam en duidelijk, zoals haar geleerd was door het personeel van het tehuis. 'Maar praat niet alsof hij een baby is. Val hem niet in de rede, laat hem zelf de woorden zoeken. Help hem alleen met de gedachte als hij verontrust raakt en hij van streek is door het onvermogen om erop te komen.'

Peter schudde zijn hoofd, niet-wetend wat hij wilde doen.

'Hé, we kunnen gewoon hier blijven. Zitten kletsen, als je dat liever wilt? Frances heeft beloofd dat ze zo thee komen brengen.'

'The bells are ringing for me and my gal...' Hij begon te neuriën en zachtjes de woorden te zingen. Een liedje dat Jane jaren eerder van hem geleerd had. Dat deed hij vaak, ineens in zingen uitbarsten, en regelmatig was dit het deuntje waar hij mee begon. Jane had geen idee waarom hij dat koos – misschien zijn eigen jeugdherinnering? – maar het leek erop te duiden dat hij weer rustig was, tevreden, terwijl zijn innerlijke zelf functioneerde vanuit een wereld waarin hij eindeloos kon zingen. Muziek, het componeren van zijn eigen liedjes, was altijd zijn grootste liefde geweest.

Jane moedigde hem aan voor de volgende regel, *The birds are singing*, en ze raakten verdiept in een van hun sessies, hun riffs. Vocaal jammen noemde hij dat vroeger altijd. Hoewel Jane niet bepaald begaafd was als zangeres, compenseerde haar enthousiasme haar gebrek aan vaardigheden. Ze bleef nog een paar uur bij haar vader en ze zaten het grootste deel van de tijd hand in hand op bed met hun gezicht naar het raam te kijken naar de eikenbomen, terwijl ze net als de bomen in de wind lichtjes heen en weer wiegden, zacht neuriënd. Het was een veilige haven, weg van de echte wereld, en Janes bezwaarde gemoed kwam erdoor tot rust.

Alice, de keukenhulp met downsyndroom, kwam de thee brengen. Ze straalde toen ze Jane zag. Ze had er ook een bordje theebiscuitjes bij gedaan, dus Jane en Peter hielden even op met zingen om samen van het tussendoortje te genieten. Toen Jane naar haar vader keek terwijl die zijn koekje in de thee doopte, kon ze zichzelf wijsmaken dat hij zich om niets ter wereld zorgen hoefde te maken en dat was een opluchting, maar ze wist dat zijn stemming, zijn geestesgesteldheid, elk moment kon veranderen, geprikkeld door iets wat haar onduidelijk was.

Ze koesterde deze ogenblikken van genegenheid, van nabijheid, van helderheid, waarin ze weer het tweetal waren dat ze zo vaak waren geweest toen ze nog klein was. Papa's meisje. Nu ze hem zo zag, terwijl hij met heen en weer schietende pupillen hard nadacht om zijn mentale repertoire af te gaan, vroeg ze zich af waarom het allemaal zo gelopen was. Als haar moeder niet ziek was geworden, niet dood was gegaan... Had het verlies van zijn vrouw Peters dementie aangewakkerd? De artsen hadden Jane ervan verzekerd dat die twee dingen los van elkaar stonden. Maar toch, als Jane haar moeder niet had gedwongen de waarheid aan te horen en de feiten onder ogen te zien, had alles anders kunnen lopen. Jane voelde zich nog steeds verantwoordelijk. Ze had nog steeds een schuldgevoel vanwege de schade die ze had aangericht. Ze dacht terug aan Clarisses recente aantijging dat ze het leven van anderen had verwoest. Dat kwetste haar opnieuw. Maar wat kon ze er nu nog aan doen? Wat kon ze eraan veranderen? Het was verleden tijd. Wat had het voor zin om oude fouten op te rakelen? Daardoor kwamen er alleen maar weer uitgebluste emoties boven.

Afscheid nemen was altijd verdrietig, vooral vandaag, nu ze zich zo kwetsbaar voelde en hunkerde naar de geruststellende woorden van de uitbundige vader die hij niet meer was. Au revoir, dan maar. Hem achterlaten in dat tehuis, in de witte kamer die licht naar niet onaangename luchtverfrisser rook... Ondanks de vriendelijkheid van het personeel wilde Jane altijd wegrennen met Peter naast zich, terwijl hij als een spijbelaar zijn hoofd achter haar regenjas verborg en ze samen giechelden, net als vroeger als ze tijdens hun zomerse reizen zuidwaarts naar Frankrijk reden in zijn auto.

Voorbij geluk. Vol verwachting. Nooit groot worden.

'Au revoir. Tot gauw, pap.'

'Ja, tot morgen, schat. Waarom neem je Jane niet mee. Die is al een tijdje niet meer langs geweest. Hoe gaat het met haar studie?'

Jane dacht even na en aarzelde of ze moest zeggen: *Ik ben Jane, pap, getrouwd, geen studente meer, en mama is al dertig jaar dood.* Maar hij had het restje van zijn thee gemorst, het schoteltje ondergekliederd zodat er nu een vochtige plek op zijn broekspijp zat, en hij begon te jammeren. Ze pakte een vaatdoekje uit de gootsteen, hielp hem alles droog te deppen, nam het kopje van hem over en zette het op het dienblad bij de deur, terwijl ze hem intussen kalmeerde. Toen hij rustig was, gaf ze hem een kus op zijn kruin, omhelsde hem hartelijk en liep snel naar de trap. Ze kon het niet aan om achterom te kijken en de achterkant van zijn hoofd te zien, met nog steeds die volle bos haar, en hem uit het raam te zien staren, in zichzelf neuriënd of mompelend. Frances zou wel iemand sturen om het theeblad op te ruimen.

Jane zou er heel wat voor overhebben om hem met een toverstokje weer terug te kunnen krijgen. Zijn hersenen overspoelen met herinneringen, zowel oude als recente. Zelfs die waarvan ze stiekem blij was dat hij ze was vergeten? Ja, als dat de prijs was, zelfs die.

Op een dag, binnenkort, op een moment in de niet zo verre toekomst, zou Peter zijn dochter helemaal niet meer herkennen. Alles zou gewist zijn, zelfs de muziek. Misschien had hij juist geluk omdat hij er zonder kleerscheuren afkwam. De geestelijke last uitgegumd. Het schuldgevoel begraven.

Hij leek al geen herinneringen meer te hebben aan Les Cigales, geen spoor meer van de avond dat Jane veertien was en haar wereld was ingestort.

Tegen de tijd dat Jane de zuidelijke rand van het centrum van Londen bereikte, viel de schemering in en was het spitsuur. Een regenachtige avond in Londen. Ze luisterde naar een populair jazzalbum: *Rainy Night in Georgia* van Randy Crawford, een cd die was vergeten door een vorige huurder. De muziek zuiverde haar zintuigen, die zo vol waren van heimwee. Ze dacht terug aan haar vader als jonge man, aan hun pionierszomer samen in Zuid-Frankrijk. De oversteek naar het vasteland op zoek naar een baan was in de jaren zeventig een moedige stap. Had Jane als klein meisje wel beseft hoe wanhopig haar vader was geweest toen hij voor het eerst had aangebeld bij Les Cigales, en wat er allemaal op het spel had gestaan voor hen? Niet voor het eerst bedacht ze wat ze er al niet voor over zou hebben om die energieke jonge man weer tot leven te wekken en de ziekte die zijn geest verwoestte een halt toe te roepen.

Ze belandde met een schok weer in de werkelijkheid door het getoeter en de ongeduldige drukte in de stadsstraten om haar heen. Londen. Ze was thuis. Ze stak de Theems over via de Battersea Bridge, waar de auto's bumper aan bumper reden, sirenes loeiden, de regen omlaag stroomde, taxi's claxonneerden en rode lichtjes in de oververhitte auto schenen. Ze was dol op deze hectische energie.

Nu verlangde ze naar een warm bad vol geurige bubbels, een paar glazen wijn en slaap. Haar eigen bed. Haar eigen kamer. Haar eigen ritme. Een berichtje van Luc op haar telefoon. Ze keek ernaar terwijl ze kronkelend voortkroop in de richting van King's Road. *Hoop veilig thuis? Ren van ene meeting naar andere, bel je later. Lx.*

Na een lichte avondmaaltijd belde ze Luc, maar ze kreeg de voicemail. Ze liet een bericht achter: 'Ik zat te denken, waarom nodigen we Clarisse niet hier uit met Kerstmis? Bel me, ik hou van je.' Daarna belde ze op goed geluk naar het hotel op de linkeroever waar ze de afgelopen nachten samen waren geweest, in de hoop dat hij op zijn laptop zat te werken in de kamer waar ze pas nog hadden gevrijd. Ze speelde in haar hoofd de intimiteit van die nacht samen nog eens af, zijn naaktheid tegen de hare, toen de receptioniste weer aan de telefoon kwam en haar meedeelde dat monsieur Cambon die middag had uitgecheckt.

Ze werd koud vanbinnen. 'Weet u dat zeker?'

'*Oui, madame.*'

Dat was merkwaardig. Ze had begrepen dat hij nog een nacht in Parijs zou blijven. Hij zou haar toch zeker wel gebeld hebben als zijn plannen gewijzigd waren? Ze belde naar Les Cigales. Matty nam op. 'Hij is nog in Parijs, Jane, hij komt morgen terug.'

Jane legde de telefoon neer en voelde zich prikkelbaar. Waar was Luc? Ze schonk een glas wijn in en ging zitten met een boek dat ze niet las. Luc belde haar niet, zoals hij in zijn sms'je had beloofd, en toen ze zijn mobiel weer belde, kreeg ze opnieuw de voicemail. Waar zat hij?

7

Londen, december, zeven weken later

De flat ademde een sfeer van stille verwachting. Zo nu en dan kraakten en werkten de gepoetste eikenhouten vloeren, alsof ze snorden van tevredenheid. Jane was opgewonden bij het idee dat ze Luc en Walnut thuis mocht verwelkomen nadat ze zo lang van elkaar gescheiden waren geweest. De neutraal beklede trap, de overloop en de slaapkamers waren geparfumeerd met lavendelpotpourri. In de open woonruimtes beneden verspreidde een mengsel van droogbloemen, sinaasappelschil en kaneel in blauw-witte schalen van Chinees porselein een kruidige, houtachtige geur, een lekkere kerstgeur. De benedenverdieping werd verlicht door kaarsen. Vier antieke zilveren kandelaars – een huwelijksgeschenk van Isabelle, een erfstuk van de familie Cambon – stonden op de eettafel, terwijl een rij fonkelende lichtjes in de kerstboom, een grote blauwspar, in de woonkamer twinkelden.

Uitgeput door de voorbereidingen, de voorpret en de paar glazen wijn die ze had gedronken terwijl ze de boom versierde, zat Jane nu met opgetrokken benen in een stoel bij de haard, terwijl de tweede helft van de fles witte sancerre warm stond te worden op de mahoniehouten tafel naast haar. Ze was in slaap gevallen in afwachting van de komst van Luc, die met de laatste Eurotunnel Shuttle zou komen. Hij had haar gebeld voordat hij van Les Cigales vertrok en daarna een paar uur later weer vanaf de snelweg, toen hij ten noorden van Beaune even pauzeerde voor koffie en broodjes.

'Ben je alleen? Ik heb het logeerbed opgemaakt.'

'Ik ben alleen.'

'Dus geen Clarisse?' Jane deed haar best haar opluchting te verhullen. Sinds haar uitnodiging was ze kribbig geworden door het vooruitzicht dat haar schoonmoeder zou komen voor haar eerste verblijf bij hen in Engeland, alsof ze een lid van het koninklijk huis was.

'Ze wilde niet mee. Ik weet niet wie van jullie het koppigst is.' Hij ging er verder niet op in.

Ten zuiden van Beaune, in het Centraal Massief, was hij slippend tot stilstand gekomen en vast komen te staan in een file van vakantieverkeer op een in mist gehulde snelweg die werd bedolven onder hevige sneeuwval. De ruitenwissers zoefden heen en weer vanwege het minimale zicht.

'Kerstweer, volle wegen, het schiet niet op.' Zijn stem klonk vlak en vermoeid toen ze naar zijn update luisterde. Hij vergt te veel van zichzelf, had ze in stilte geconstateerd. Luc nam nooit gas terug en de voortgang van de nieuwe film leek al zijn tijd op te slokken. Dat, en de niet-aflatende eisen van zijn moeder. Jane had hem niet meer gezien sinds hun korte uitstapje naar Parijs. Zelfs hun telefoongesprekken, áls ze hem al te pakken kon krijgen, waren beperkt, alsof zijn gedachten overal behalve bij haar waren.

'Als ik mijn voet op het gas hou en het rustiger wordt op de snelweg, red ik misschien net de laatste Shuttle,' had hij tegen haar gezegd. 'Zo niet, dan logeer ik in een B&B ergens in Calais en neem ik morgenochtend de eerste.'

Ze keek op haar horloge. Het was nog geen drie uur 's middags. 'Maar Luc, je haalt de laatste Shuttle makkelijk, tenzij je heel erg vast komt te staan.'

'Ik moet nog een korte tussenstop maken even buiten Parijs.'

'O ja, waarvoor?'

Even was het stil. 'Wat papierwerk, onderzoeksmateriaal dat ik moet afleveren.'

'Kon dat niet per mail?'

Pauze.

'Luc?'

'Het duurt niet lang.'

'Luc, het is Kerstmis en ik verlang ernaar je te zien. Het is veel te lang geleden.'

Stilte, afgezien van het geruis op de lijn en het getoeter van claxons.

Ze beet op haar lip. 'Ik heb papa beloofd dat we morgen rond het middaguur naar hem toe rijden en hem oppikken. We nemen hem mee uit lunchen bij hoe-heet-het in Halstead, weet je nog?'

'Ik doe mijn best, chérie. Ik probeer er echt niet onderuit te komen om bij je te zijn.'

Vertraging onderweg zou kunnen betekenen dat Luc tijdens het spitsuur de buitenwijken van Parijs en de lastige *périphérique* zou bereiken. Spitsuur op de avond voor kerstavond. Waarom bezorgde hij zichzelf zoveel stress? Begreep ze maar waar hij zo onophoudelijk door gedreven werd.

'Dat weet ik.' Ze zuchtte. 'Laat me weten hoe je vordert.' Ze probeerde haar teleurstelling te verhullen. 'Zorg maar dat je veilig hier komt, dat is het belangrijkste. Rij niet te hard. Ik hou van je.'

Hij reed altijd te hard, haastte zich van A naar B en scheurde over de binnenwegen.

'De eerste Shuttle die vertrekt lijkt het meest waarschijnlijke scenario. Hoe dan ook, ik bel je later. Ik verheug me erop je te zien. We hebben tijd zat om te ontspannen, van de feestdagen te genieten, te praten...'

'Ik ben blij dat we alleen zijn.'

Jane had stug volgehouden dat ze kerst in hun eigen huis wilde vieren. Morgen zouden ze Peter meenemen voor een lunch in een eetcafé en zodra hij weer in Garden Park zou zijn afgeleverd, zouden Luc en zij de feestdagen alleen doorbrengen, zonder poespas. Hij had beloofd dat hij tot na nieuwjaarsdag zou blijven. Voor vanavond was ze eend aan het maken en ze had een fles Haut-Médoc opengetrokken om erbij te drinken. Zilveren bestek gepoetst, wit Wedgewood-servies voor twee gedekt (er lag een derde setje klaar voor het geval dat). Allemaal bijzonder, feestelijk.

Ze hadden het verdiend: ze hadden elkaar zeven weken niet gezien en Jane had met bijna kinderlijke verwachting uitgekeken naar zijn thuiskomst. Ze was vast van plan om te zorgen dat dit hun beste Kerstmis ooit zou worden.

Ze deed haar ogen open, geeuwde en keek naar de tafelklok op de schoorsteenmantel. Die stond op kwart voor één. Dat kon niet waar zijn. Luc had blijkbaar toch de laatste Shuttle gemist. Verbaasd omdat hij haar niet had gebeld of op zijn minst een bericht had gestuurd, zoals hij had beloofd, pakte ze haar telefoon, die naast haar wijnglas stond, om te kijken of ze niet door zijn telefoontje heen was geslapen. Als er iets mis was, zou hij haar dat hebben laten weten. Dat deed hij altijd. Daar was hij heel nauwgezet en attent in.

Op dat moment werd de stilte ruw verstoord door een metalige beltoon. Het was de huistelefoon. Normaal gesproken werd er alleen door het verzorgingstehuis naar de vaste lijn gebeld. Jane staarde ernaar alsof het een indringer was, iets wat niet vertrouwd kon worden, en ze luisterde naar de dringende toon voordat ze uit de stoel opstond en opnam.

Het verzorgingstehuis. Dat moest wel. O god, er was iets met haar vader gebeurd. Gevallen, of... Het zou Luc niet zijn. Die belde altijd naar haar iPhone.

'Hallo?' Ze hoorde het trillen van haar stem.

'Jane? Met Clarisse.'

Clarisse! Jane keek verward weer op haar horloge. Het was bijna twee uur 's nachts in Frankrijk. Waarom lag die oude vrouw nog niet in bed? 'Waarom ben je nog wakker op dit tijdstip?' Ze hadden elkaar sinds de druivenoogst niet meer gezien, maar deden geen moeite om beleefdheden uit te wisselen.

'Je kunt maar beter hierheen komen.'

Jane zuchtte. Het gevoel voor drama van haar schoonmoeder

werd er met het verstrijken der jaren niet minder op. 'Wat is er, Clarisse?' Ging dit over het feit dat ze de kerstdagen niet samen doorbrachten?

'Er is iets met Luc gebeurd.'

'Met Luc? Waarom zeg je dat? Hij is onderweg naar huis; hij heeft me eerder vanavond gebeld.'

'Ik kreeg net een telefoontje van een politieagent in Parijs, die naar madame Cambon vroeg.'

'Wat?'

'Hij was blijkbaar op zoek naar jou, en toen hij begreep dat ik Lucs moeder was en niet zijn vrouw, klapte hij dicht en weigerde me informatie te geven. Ik mag die jongen dan gebaard hebben, maar omdat Luc en jij getrouwd zijn, ben ik niet zijn naaste familielid en dus weigerde die vent gewoon...'

'Heeft Luc een ongeluk gehad?' Jane onderbrak haar toen het haar begon te dagen dat er iets mis was. 'Zei die agent daar iets over?'

'We kunnen maar beter ophangen, ze zullen je wel proberen te bereiken. Ik weet niet waarom je niet hier bent. Ik begrijp niet waarom je met kerst zo nodig in Londen moest zijn in plaats van hier bij mij.'

'Clarisse, concentreer je alsjeblieft, heeft degene die belde het over een ongeluk gehad?' Janes stem klonk doortastend, dringend.

'Luc zou het prima hebben gevonden om op Les Cigales te blijven. Sterker nog, dat wilde hij liever. Minder stress voor hem dan heen en weer rijden, en nu... o, god.'

Jane wilde zo snel mogelijk ophangen. 'Laat me uitvissen waar hij is. Ik bel zo terug.' Ze verbrak de verbinding en haalde diep adem, maande zichzelf tot kalmte en probeerde haar gedachten op een rijtje te zetten. De kaarsen op de eettafel waren klein geworden. Eentje flakkerde en ging uit. Clarisse was een aandachttrekker, dat wist Jane. Ze was beledigd omdat ze tijdens de feestdagen niet bij haar zouden zijn. Jane moest alert zijn wat haar betrof, ze moest logisch blijven nadenken en zich niet mee laten slepen in Clarisses manipulatieve spelletjes.

Een paar seconden later werd er op de voordeur geklopt. Ze keek op haar horloge. Kwart over één. Luc was er eindelijk! Hij was zijn sleutels vergeten. Godzijdank. Toen ze naar de deur liep, ging de huistelefoon opnieuw. Dat zou Clarisse wel weer zijn. Laat maar gaan. Ze ging naar de deur, deed hem van het slot en hield haar armen alvast omhoog om haar man te omhelzen.

Onder de automatische lamp in het portiek stond een man van gemiddeld postuur met een gerimpeld, somber gezicht met ingevallen wangen, en naast hem een kleine vrouw met kort, blond haar. De vrouw was gekleed in een politie-uniform, de man had een slappe vilthoed op en droeg een bruine overjas met een dikke, wollen sjaal in verschillende tinten groen. 'Mevrouw Cambon?' Terwijl hij haar naam zei, nam hij zijn hoed af. Zijn adem steeg als damp op in de koude avondlucht.

'U kunt maar beter binnenkomen,' mompelde Jane met een droge keel en een bonkend hart, nadat ze naar de legitimatie had gekeken die de agent met zijn in handschoen gestoken hand voor haar omhooghield.

'En dit is agent Sally Branch.'

Ze bood hun thee aan, of whisky. Ze schudden ernstig hun hoofd. Ze gingen allebei zitten zonder hun jas uit te trekken. Ze hadden een kille, beheerste uitstraling en Jane wankelde toen ze plaatsnam op de armleuning van de stoel waar ze net nog in had liggen slapen.

'We hebben begrepen dat Luc Cambon uw man is.'

Jane knikte en klemde haar handen ineen.

'We zijn hier in verband met uw man, mevrouw Cambon. Het spijt me u te moeten meedelen dat er een ongeluk is gebeurd.'

'Een ongeluk?'

'De auto van meneer Cambon is ten oosten van Parijs van de weg geraakt.'

'O, god. Is Luc in orde? Is hij gewond geraakt?'

'We hebben iets meer dan een uur geleden een telefoontje gekregen van ene rechercheur Roussel. Hij vraagt of u naar het ziekenhuis in Parijs kunt komen.'

Jane was verward. 'Ligt Luc in het ziekenhuis?'

'Mevrouw Cambon, er is geen gemakkelijke manier om u dit te vertellen. Het ongeluk van uw man... ik ben bang dat het niet goed is afgelopen. De Franse politie wil dat u hem identificeert.'

'Ident... O god, wat probeert u te vertellen?'

'Het spijt me dat ik u dit nieuws moet brengen, vooral in deze periode.' Hij keek naar de kerstboom. De kaarsen op tafel waren opgebrand. Het werd donker in de kamer. 'Volgens rechercheur Roussel kon er niets worden gedaan om hem te redden. Zijn verwondingen waren fataal.'

'Fataal? Is Luc...' Ze kon geen woord uitbrengen. Haar keel zat dicht. Jarenlang van hem houden, wachten op zijn terugkeer, op Kerstmis, op...

'Mevrouw Cambon? Mevrouw Cambon, begrijpt u wat ik u vertel? Uw aanwezigheid is gewenst in Parijs en wij zijn hier om u bij te staan met het regelen.'

'Zal ik water opzetten en een kop thee voor u zetten?' Dat was de vrouw in uniform, Sally met het engelengezicht. Grote, zwarte schoenen aan haar voeten, plat en mooi gepoetst, een verbaasde blik met gefronst voorhoofd, omdat ze de keuken probeerde te vinden.

Jane kon haar niet helpen. Ze wist niet meer welke kamer er aan deze grensde.

'De eerste trein vertrekt om zes uur achttien uit St. Pancras en komt om negen uur zevenenveertig aan op Gare du Nord. We hebben een plaats voor u gereserveerd. Sally zal vannacht bij u blijven en u morgenochtend naar het station brengen. Of wilt u liever dat we iemand zoeken die met u naar Parijs kan reizen?'

'Dat is niet nodig.'

'Ik heb uw kaartje,' zei Sally. 'We kunnen een taxi bellen.'

'Als u het niet erg vindt, wil ik liever alleen zijn. Ik waardeer alles wat u...'

Jane deed haar late bezoekers nog niet uitgeleide, waarbij ze haar dankbaarheid uitte voor hun hulp maar wanhopig graag van hen af wilde zijn. Ze wilde net de deur dichtdoen, alleen zijn, op adem komen en de omvang van wat er was gebeurd tot haar door laten dringen toen de telefoon weer ging.

'Mevrouw Cambon?' Een man met een Frans accent. Maar niet Luc.

Janes knieën knikten. 'Ja?'

'Met rechercheur Roussel. Ik bel vanaf het politiebureau van het dertiende arrondissement. Klopt het dat u de vrouw bent van monsieur Luc Cambon van de Lady Margaret Road in Londen NW5?'

'J...ja.'

'*Bon*. We betreuren uw verlies zeer.'

'Verlies?'

Stilte.

Jane draaide zich om naar het raam. Koplampen schenen door het glas, voorbijkomende lichtstralen weerkaatsten in de grote muurspiegel boven de open haard en kwamen tot stilstand. Een auto die optrok? Opnieuw werd het donker in de stille straat. Een deur die dichtsloeg. Voetstappen die deze kant op kwamen en daarna een andere richting in sloegen. Slechts het flakkerende licht van de vlammetjes in de gashaard en de kerstboom bleven over.

'U hebt met mijn collega's in Londen gesproken, begrijp ik. Ze zijn bij u langs geweest, hebben u reisdocumenten gegeven. En u begrijpt dat uw aanwezigheid hier in Parijs gewenst is, s'il vous plaît, madame.'

'Waar is Luc, alstublieft?' Jane was instinctief overgeschakeld op Frans.

Stilte.

'Monsieur, ik moet mijn man spreken. Waar is hij?'

Jane hield de telefoon stevig vast. Ze had het gevoel dat ze moest overgeven. 'Er is sprake van een vergissing, *j'en suis sûre*.'

'Madame Cambon?'

Ze ademde zwaar en probeerde zichzelf in de hand te houden. 'Alstublieft.'

'Hebt u een pen?'

'Het kan Luc niet zijn.' Ze had moeite met haar coördinatie, overeind blijven staan, haar gedachten ordenen. 'Er zat iemand anders achter het stuur... Niet Luc.'

'Madame Cambon, u moet een adres opschrijven, alstublieft.'

De telefoon, die ze in haar rechterhand hield, gleed van haar oor naar de tafel terwijl ze zich op haar hurken op de vloer liet zakken.

'Hallo? Madame Cambon? Madame Cambon?' De man riep haar naam nog een laatste keer en wachtte. Jane registreerde het nauwelijks. Luc was degene op wie ze al die kilometers verderop wachtte.

Toen Jane probeerde haar gesprekken met de politie terug te halen, herinnerde ze zich van geen van beide erg veel meer dan de woorden 'ongeluk', 'verlies' en 'identificeren'. Sally, de politieagente, had met grote, duidelijke letters een adres opgeschreven van een ziekenhuis in Parijs op de linkeroever. Jane had een ticket voor de Eurostar in haar hand gedrukt gekregen. Op de een of andere manier was ze – nadat ze haar boodschappers van slecht nieuws uitgeleide had gedaan en aan de telefoon met Roussel had gesproken – de trap op gelopen, had ze de zijden gordijnen dichtgetrokken en was als een verschrompeld blad op bed gaan liggen. Ze had zich boven op de dekens als een bal opgerold en was trillend, volledig gekleed blijven liggen, een paar minuten maar.

Het moest een vergissing zijn, de verkeerde identiteit was vastgesteld. Of ze had het verkeerd begrepen. Ze was zo dom geweest om van het slechtste scenario uit te gaan. Clarisses egoïstische gedrag maakte haar altijd gespannen, defensief. Ze had niet helder nagedacht. Luc reed naar Londen om de kerstdagen met haar door te brengen. Natuurlijk. Dat had hij gezegd. Ze zouden samen zijn. Ze had hem gesproken. *Ze had hem gesproken.* Ze sprong van het bed en zocht haar telefoon, waarna ze koortsachtig zijn nummer intoetste.

Luc nam op. '*Allô?*'

Onbeschrijfelijke opluchting. *Hij leefde.*

'O, Luc, Luc. Goddank. Met mij. Sorry als ik je wakker bel, maar... Luc?'

'... laat een bericht achter na de pieptoon en...'

8

Een paar uur later, nog voor zonsopgang op de dag voor kerst, stapte Jane uitgeput wegens slaapgebrek in de eerste Eurostar vanuit St. Pancras naar Parijs, Gare du Nord. Ondanks het vroege uur was de trein tot de nok toe gevuld met vakantiegangers, opgewonden kinderen, lawaai, uitgelatenheid, duur ingepakte cadeaus, schattig speelgoed en koffers die vervaarlijk op elkaar waren gestapeld in de gangpaden. Tijdens de oversteek ging haar mobiel twee keer. Beide keren was het haar schoonmoeder. Beide keren liet Jane de voicemail inschakelen. De politie zou Clarisse op de hoogte houden. Dat had Jane gevraagd. Ze kon zijn moeder nu niet aan, kon het niet verdragen om de woorden *Luc is dood* uit te moeten spreken.

Ze moest gewapend zijn met feiten voor ze het tegen Clarisse opnam. O, wat een vooruitzicht. De oude vrouw zou haar ongetwijfeld verantwoordelijk houden. 'Dit zou nooit gebeurd zijn als je niet zo koppig was geweest en ermee had ingestemd om met kerst hierheen te komen en niet zo zelfzuchtig was geweest om die arme man naar het noorden te slepen.'

Wat een feit was. Niet te verdragen, maar een feit. En nu was hij dood.

Vanaf het station nam ze in de kille regen en het ongeduldige verkeer een taxi naar de zuidkant van de stad. Over de Seine, door smalle straatjes bomvol cafés, die vanbinnen felverlicht waren op dit winterse uur en aan de buitenkant sfeerverlichting hadden om de feestdagen te vieren. Vroege werkers doken ineen voor de nattigheid en leunden tegen bars om hun derde of vierde shot cafeïne van de dag achterover te slaan. De taxi reed naar het dertiende arrondissement, naar een met bomen omzoomde avenue waar het universiteitsziekenhuis van Pitié-Salpêtrière te vinden was. Bij de receptie werd ze verwelkomd door een groepje mannen en vrouwen die eruitzagen alsof ook zij het grootste deel van de nacht op waren geweest: twee Franse politieagenten in uniform, een nogal sjofele man in een grijs pak die vertelde dat hij Roussel was en dat ze elkaar enkele uren eerder door de telefoon hadden gesproken, een chirurg van wie ze niet had onthouden hoe hij heette of wat zijn vakgebied was; een spoedverpleegkundige van in de vijftig in een gesteven witte jas, met een perkamentachtige huid, doodmoe; en een elegante, donkerharige vrouw van begin dertig, die aan Jane werd voorgesteld door de chirurg – hij sprak Engels en Frans met een duidelijk Libanees accent – als 'specialiste op het gebied van trauma's na ongelukken'.

'We hebben de interne priester erbij geroepen en die heeft uw man terzijde gestaan toen hij overleed. Hij heeft de laatste riten ontvangen,' zei de traumaspecialiste geruststellend tegen haar.

Omringd door vreemden hoorde Jane het in verdwaasde stilte aan. Luc was niet religieus. Hij was atheïst. Hij had vaak gezegd dat hij uit de eerste hand getuige was geweest van de schade die door het geloof was toegebracht. Het geloof maakte geen deel uit van zijn manier van denken.

Maakte. Luc was al verleden tijd.

De groep bewoog zich nu als één man door een gang. Jane, die middenin liep, had geen idee waar ze naartoe werd geëscorteerd. Naar een kamer, een afdeling, het mortuarium, Luc?

Ze kon haar ene voet nauwelijks voor haar andere zetten, zo trilden haar benen. Gelei. Geleiachtige benen.

Ze sloegen rechts af naar een kleine, vierkante, gebroken wit geschilderde kamer, die kaal was, afgezien van een smal bed. Het rook er naar zwavel, chemicaliën, desinfecterende middelen. Ze kon de geuren niet thuisbrengen, maar de samenstelling was scherp. Daar, op het bed, lag een vorm die bedekt was met een wit laken. Het lichaam bleek, nadat de chirurg het laken tot borsthoogte had teruggeslagen, dat van Luc te zijn.

Jane had een knoop in haar maag.

Zijn blauwachtige trekken waren besmeurd door vegen bloed. Aan één kant van zijn gezicht zaten brandwonden. Zijn meelevende groene ogen – zo nieuwsgierig, zo zorgzaam, zo vol passie – gingen schuil achter gesloten oogleden. Iemand had hem haastig schoongemaakt. Janes benen dreigden het te begeven.

Ze slikte en bracht haar hand naar haar gezicht. 'O, Luc... nee.'

'Madame, kunt u alstublieft bevestigen of dit uw man is, monsieur Luc Cambon?'

Ze knikte.

'*Désolé,* madame, maar u moet *oui* of *non* zeggen.'

'*Oui, c'est Luc Cambon. Mon mari.*'

Zijn aanblik, zijn levenloosheid, zijn zielloze gezicht, en daarbij haar uitputting en het feit dat ze hem zeven weken niet had gezien, brachten een explosie van tranen teweeg.

Roussel kuchte ongemakkelijk en keek achterom, alsof hij hulp zocht. De anderen, inclusief de traumaspecialiste op haar fraai gepoetste zwartleren stiletto's, leken te zijn verdwenen, opgelost. De rechercheur vroeg of ze koffie wilde. En daarna, bij nader inzien: 'Of hebt u misschien liever thee?'

Jane schudde haar hoofd. Hij leidde haar naar een ander kamertje, met lichtgrijze wanden en een tafel die bezaaid was met papieren, dossiers en een knipsel uit een recente *Le Monde*, een interview met Luc over zijn aankomende film. Twee stoelen, één aan elke kant van de tafel. Roussel gebaarde haar naar een stoel.

'Uw Frans is uitstekend. Waar hebt u onze taal zo goed geleerd?'

'Ik ben taalkundige. Ik kwam hier vaak als kind. Mijn man is Frans.'

Roussel staarde haar aan. *Is.* 'Kunnen we in het Frans verdergaan?'

Ze knikte.
Er zullen formaliteiten volgen, waarschuwde hij vriendelijk. Er zal autopsie moeten worden gedaan. Er zullen papieren getekend moeten worden. Helaas gaan veel kantoren vandaag om twaalf uur dicht tot de zesentwintigste. Tweede kerstdag, wist Jane, was in Frankrijk geen feestdag.
'De feestdagen zorgen voor vertraging. Als u terug wilt naar Londen, kan ik alles regelen.'
'Ik zoek wel een hotel.'
Was er iemand, een familielid, kinderen, die konden worden gebeld om Jane gezelschap te houden? Bij elke vraag schudde ze haar hoofd.
'Waar is Lucs auto?'
'In de garage, in afwachting van de inspectie van de politie en de verzekering, daarna gaat hij naar het autokerkhof. Hij is afgeschreven.'
'En de hond? Waar is de hond?'
De rechercheur fronste zijn voorhoofd. Er was geen hond gevonden. 'Ras?'
'Een kleine, zwart-witte springerspaniël. Luc had hem Walnut gedoopt... hij week niet van Lucs zijde.'
Roussel fronste en keek in zijn aantekeningen. 'Geen hond.'
Hij moest Walnut bij Clarisse hebben achtergelaten, dacht Jane, wat verbazingwekkend was, omdat de hond zo aan hem gehecht was.
'Het ongeluk is ten oosten van het centrum van Parijs gebeurd, op een secundaire weg in de buurt van de wijk Vincennes. De auto is geslipt tijdens zware regenval en is rechts van de weg geraakt, waar een lichte helling was. De motorkap botste vol tegen een boomstam aan en deukte in elkaar. De motor vatte vlam. Hij droeg zijn veiligheidsgordel, maar...'
Jane vroeg zich nog steeds af waar de hond was gebleven. Luc zou niet zonder Walnut uit het zuiden zijn vertrokken. Dan was dit vast en zeker een duidelijk teken, het bewijs dat Luc niet de bestuurder van de auto was geweest. Ze klampte zich

aan strohalmen vast, gerafelde strohalmen. Haar logica was ontwricht. Ze had zojuist zijn lichaam geïdentificeerd. Haar geest was in de war en vertoonde kortsluiting.

De man aan de andere kant van het bureau zat nog steeds te praten. 'Slikte monsieur Cambon medicijnen op recept?'

Niet dat ze wist.

'Wanneer hebt u uw man voor het laatst gesproken?'

'Gistermiddag.'

'Had hij gedronken?'

Ze schudde haar hoofd.

'En wanneer hebt u hem voor het laatst gezien?'

'Bijna zeven weken geleden.'

Roussel toonde zich verbaasd.

'Het grootste deel van het archiefmateriaal voor zijn nieuwe film was hier in Frankrijk, en ook de geïnterviewden...'

Roussel liet zijn hand instinctief over het krantenknipsel dwalen, fronste en krabbelde wat woorden op een van de vellen papier voor zich. Hij had een rood potlood in zijn ene hand. Dat hield hij tussen twee vingers, met om een ervan een gouden trouwring. Was zijn vrouw thuis koortsachtig bezig met de voorbereidingen van het traditionele kerstavonddiner? Jane zag zijn mond bewegen, niet in staat iets op te nemen van wat hij zei. Hij had net zo goed bellen kunnen blazen.

Ze had stampende hoofdpijn. Wanneer was dat begonnen? Ergens achter de muren van de kamer schreeuwde een kind. Een moeder die met haar kind op bezoek was bij een patiënt? De rechercheur had een keurige bruine snor en een dun laagje roos op de schouders van zijn grijze jasje. Ze had een lichte afkeer van hem. Haar oordeel was irrationeel en onaardig, maar toch was het zo. Deze man leefde en praatte nog. Luc niet. Hij was tot zwijgen gebracht.

Luc, haar Luc, was dood.

Ze was beroofd van de rest van haar leven met Luc.

Wat stond haar te wachten?

Jane hoorde een trolley aankomen in de gang achter de deur,

die op een kier was blijven staan, en de rubberen wieltjes rolden over de linoleumvloer, lege kopjes rammelden, een vrouw neuriede. De theejuffrouw. Was ze in een vrolijke stemming, keek ze ernaar uit om de kerstdagen door te brengen met haar man, haar dierbaren? Jane bracht een hand naar haar hoofd en drukte twee vingers tegen haar slaap, waar trage, krachtige slagen tegen haar schedel bonkten. De rechercheur was zeker vergeten dat hij haar koffie had aangeboden. Zou hij ook een aspirientje hebben? Er borrelde een golf van misselijkheid op uit haar maag, als een olievlek.

Jane vocht tegen de neiging om over te geven, haar vermoeide hoofd op haar armen op tafel te laten rusten en in huilen uit te barsten, en concentreerde zich hard op de bewegingen van de man tegenover haar. Hij sloeg een schrijfblok open waarop kleine ruitjes stonden. Zulk papier gebruikten ze vroeger op school voor rekenen. Ze zou haar vader in Kent het nieuws moeten vertellen. Haar vader in Kent. Hadden ze hem vandaag niet mee uit lunchen zullen nemen? Hij zou op haar wachten, ernaar uitkijkend om Luc weer te zien. Hij zou een pak aan hebben getrokken, zijn haar hebben gekamd. Hun kerstuitje.

Rechercheur Roussel praatte nog steeds. Had hij al die tijd doorgepraat? Hij tekende een plattegrond. Een eenvoudige kindertekening van een dikke boomstam, een auto die erop afreed, afbuigende pijltjes, een botsing. Auto raakt boom.

Lucs laatste traject.

9

Jane vroeg of ze de plek van het ongeluk mocht bezoeken. Een kerstpelgrimstocht. Hoewel ze bij hoog en bij laag had volgehouden dat ze dit in haar eentje in een huurauto kon doen als ze maar een gedetailleerde kaart kreeg, had Roussel haar vergezeld. Ze voelde een drang om op de plek te gaan staan waar Luc voor het laatst leven had ingeademd en ze was ervan overtuigd dat Walnut ergens in de buurt zou liggen: hongerig, getraumatiseerd, wachtend op de terugkeer van zijn baasje, en dat haar aanwezigheid hun geliefde huisdier uit zijn schuilplaats zou lokken. Maar ze had het mis. Er kwam die mistige, ijzige, heilige ochtend geen antwoord op haar geroep en geschreeuw. Er kwam geen jonge spaniël met kwispelende staart op haar afdraven, blij om haar te zien.

Er kwamen weinig auto's langs. Het afgezette gedeelte dat het ongeluk markeerde was een geïsoleerde plek achter een gevaarlijke bocht, wat waarschijnlijk de reden was dat Luc van de weg was geraakt terwijl hij te laat te veel uren met slecht zicht had gereden. Het laagste deel van de stam van de plataan die de voorwaartse beweging van de auto had onderbroken, was zwartgeblakerd en zat vol krassen.

Jane zag het plaatje voor zich, op die kronkelweg met die haarspeldbocht. Luc aan het stuur met de hond naast zich, slippend nadat hij de bocht had genomen, waarna hij rondtollend de macht over het stuur kwijtraakte. Roterend in de regen, een dans naar de dood, de botsing, de ontbranding. Luc in de val, worstelend met zijn gordel, terwijl de motor explodeerde en de vlammen oplaaiden en raasden. Ze slaakte een kreet. Had hij geleden? Alsjeblieft niet.

Roussel stond een paar passen voor haar met zijn handen over zijn borst, diep in gedachten verzonken. Hij draaide zich snel om en keek haar aan. 'U zei?'

Ze schudde haar hoofd. 'Ik... ik vroeg me af waardoor de slippartij veroorzaakt werd. Reed hij te hard?'

Roussel speurde met veel vertoon de grond af – het oneffen, met grind bedekte oppervlak rondom de gehavende oude plataan – voordat hij zijn mening gaf.

'Vermoeidheid, te hoge snelheid, alcohol, verlies van de macht over het stuur, maar we zoeken een hond, *non*? Ik denk dat we ervan uit moeten gaan dat een passerende auto het bange diertje langs de weg heeft zien lopen en heeft meegenomen in de veronderstelling een achtergelaten huisdier te redden. Zullen we gaan?'

'Maar Walnut was gechipt. Hij was duidelijk geen zwerfhond. Als hij gevonden zou zijn en iemand dat gemeld had, zouden we nu wel een telefoontje hebben gehad.' Ze bedacht dat ze niet moest vergeten het hondenopvangcentrum van Zuid-Frankrijk in Lyon te bellen.

Roussel haalde zijn schouders op.

Het regende nu pijpenstelen, steeds harder en sneller: het viel met bakken uit de lucht.

'Bent u er klaar voor?'

Ze knikte.

'Laten we gaan.'

Tijdens de terugrit naar Parijs was de hitte die de verwarming uitblies verstikkend, en door het tikken en slepen van de ruitenwissers bekroop haar de neiging het portier te openen en naar buiten te springen om ervandoor te gaan.

'Ik was fan van de films van uw man,' zei Roussel uiteindelijk. 'Mijn vrouw genoot er ook van. De fotografie, de natuur, adembenemend mooi. Ik herinner me in het bijzonder die film over vlinders.'

'De pages? Dat was zijn eerste film.'

'Heel indrukwekkend.'

Jane glimlachte inwendig. Luc was enigszins geërgerd over het feit dat veel kijkers zijn eerste film leken te verkiezen boven de andere.

'Waarom zou een man wiens passie de natuur is, zich toeleggen op een film die politiek en historisch zo controversieel is?'

'Hij wilde meer te weten komen over zijn achtergrond. De Franse kolonisten in Algerije. Hij had het erover in het artikel op uw bureau.'

Ze reden een kilometer of twee zwijgend verder.

'Tragisch om een zo getalenteerde man te verliezen.'

'Dank u,' mompelde Jane, hoewel ze wist dat ze geen rol had gespeeld in Lucs producties, afgezien van af en toe het vertalen van dialogen en vertelteksten uit het Frans en het Spaans in het Engels. Ze glimlachte zwijgend bij de bitterzoete herinnering aan hoe streng hij tegenover haar was geweest met zijn aandacht voor details, maar hoe groot zijn voldoening was geweest als de bescheiden regels die ze leverde hem bevielen. Hij had haar gecomplimenteerd met haar 'beknopte taalgebruik'. 'Essentieel voor het maken van films.'

'Het is eerste kerstdag.' Roussel zuchtte, keek op zijn horloge en wreef met zijn hand over zijn kin. Hij moest zich scheren.

'En ik hou u bij uw familie weg. Mijn excuses. Dank voor uw tijd.'

'Dat is de aard van mijn werk.' Hij haalde zijn schouders op.

Voor het eerst kwam het in haar verdwaasde, verdrietige hoofd op dat ze zich in het gezelschap bevond van een oudere politieman die de kerstviering met zijn gezin opzij had gezet om met haar naar de plek van het auto-ongeluk te gaan. Ze zat een paar kilometer zonder iets te zeggen te peinzen in een poging te bevatten wat er allemaal was gebeurd, door welke kracht haar leven in slechts een paar uur tijd was verwoest.

'Hoe laat is het ongeluk gebeurd?'

'Naar schatting rond halftien 's avonds. Een stel in een sedan dat onderweg was naar Reims om kerst te vieren, belde om tien voor tien het alarmnummer. De brandweer was om vier over tien ter plaatse. De ambulance arriveerde twee minuten later. Uw man leefde nog toen ze hem vonden. Hij overleed zevenenvijftig minuten na aankomst in het ziekenhuis.'

Jane sloot haar ogen en dacht aan Luc hier in zijn eentje, stervend. Er waren geen woorden om haar pijn te beschrijven. Maar die van Luc?

Hij had haar rond drie uur 's middags ergens ten noorden van Beaune gebeld. Dat herinnerde ze zich heel goed, omdat ze op haar horloge had gekeken. Beaune lag waarschijnlijk iets minder dan drie uur ten zuiden van de plek waar het ongeluk had plaatsgevonden, wat betekende dat er drie uur onverklaarbaar waren. Had Luc ergens vertraging opgelopen? Hij had het erover gehad dat hij onderweg papieren moest afleveren. Zou dat drie uur in beslag hebben genomen of had hij iemand een bezoek gebracht? Waar had hij die ontbrekende uren doorgebracht?

'Is er iets wat u me niet verteld hebt?' vroeg ze plompverloren.

Roussel keek heel even op van de weg. 'Over die dag, de hond, uw man?'

'Over het ongeluk.' Ondanks haar vermoeidheid en kwetsbaarheid gingen haar nekharen rechtovereind staan.

'Er blijven altijd vragen die beantwoord moeten worden in dit soort gevallen. Het is aannemelijk dat uw man te hard reed, ja, maar voor zover we kunnen vaststellen, had hij geen alcohol of drugs in zijn lichaam. Uiteraard moet er nog een volledige autopsie worden uitgevoerd, een toxicologisch rapport maakt daar deel van uit.'

'Luc dronk niet als hij moest rijden. En hij heeft nooit drugs gebruikt.'

'Het meest waarschijnlijke scenario is een ongeluk waarbij uw man achter het stuur in slaap is gevallen. Maar de schade aan de mechanica van de motor, het digitale systeem, de EDR...'

'EDR?'

'Event Data Recorder. Een soort black box voor ongevallenanalyse. Brandschade aan de EDR maakt het ons onmogelijk om toegang te krijgen tot de laatste paar uur van de rijgeschiedenis van de auto. Dus nee, madame Cambon, ik hou niets voor u achter. Ik heb zelf ook geen antwoorden.'

Ze zwegen.

Ze haalde adem en keek naar het met water doordrenkte landschap.

'Had hij bevestigd dat hij op de terugweg naar Londen was om de feestdagen met u door te brengen en niet elders?'

De vraag overviel haar. 'Ja. Waar zou hij anders naartoe gaan?'

'Leed hij aan depressies?'

'Helemaal niet.' Jane moest bijna lachen. 'Hij stond onder grote spanning, maar was energiek en vrolijk van aard.' Roussel opperde toch zeker geen zelfmoord? Belachelijk.

'Hebt u een baan?'

'Ik heb een master in talen en ben een paar jaar geleden een vertaalbedrijfje begonnen. Frans, Spaans, Engels. Ik werk via internet.'

'U zou het vanuit Frankrijk kunnen doen?'

'Ja, maar ik woon liever in Londen.'

'Echt?'

'Rechercheur, we hadden een goed huwelijk. Dat we soms gescheiden leefden, kwam door Lucs beroepsmatige verplichtingen, meer niet.'

'Ook uw voorkeur om in Engeland te wonen, *non*?'

'Niet iedere vrouw gaat een man achterna naar zijn vaderland. Ons huwelijk, onze relatie, overbrugde twee landen. Dat is tegenwoordig niet ongebruikelijk.'

Roussel gaf geen antwoord, waardoor Janes woorden in de lucht bleven hangen.

'Luc had alles om voor te leven.'

Maar was dat wel zo? Zijn veranderde gedrag en zijn periodes van afwezigheid riepen vragen op. Net als dat zinnetje van drie woorden: *We moeten praten.*

Een gesprek dat ze nooit zouden voeren.

Toen ze bij Hôtel Lutetia tot stilstand kwamen en Jane uitstapte, voor de zware regenval afgeschermd door de portier, die een paraplu voor haar ophield, waarschuwde Roussel haar dat ze het nieuws aan de pers zouden vrijgeven. 'We zullen zo min mogelijk informatie geven en niet vermelden dat u in de stad bent.' Hij wenste haar een *bonne soirée* en reed de kletsnatte kerstavond weer in voordat ze hem nogmaals kon bedanken. Ze had gehoopt dat hij haar een drankje zou aanbieden voor hij naar zijn familie terugkeerde, om haar een uurtje, of zelfs maar een halfuurtje, afleiding te bieden om het gevoel van overweldigend verdriet dat haar in zijn greep had te verzachten. Hun gesprek in de auto bleef maar in haar hoofd rondspoken en wierp vragen op. Roussel had vast niet op zelfmoord gedoeld.

Ze liep door naar de bar en bestelde een groot glas cognac. Het was er schaars verlicht en verlaten. Ze ging op een muurbank bij het raam zitten en keek naar buiten, waar de voorbijkomende mensen zich voorovergebogen in hun regenjassen door de grijze, modderige avond haastten. Eerste kerstdag. Ze belde haar vader. Frances had dienst bij de receptie. Jane legde uit waar ze was en waarom, maar zei dat zij, Jane, het nieuws van Lucs dood aan Peter wilde vertellen als ze terug was. Frances condoleerde haar en ging ermee akkoord haar mond te houden over het onderwerp.

Het was tijd om met Clarisse te praten. Op Janes verzoek had de politie al contact met haar opgenomen om het nieuws te vertellen, maar ze kon het niet langer uitstellen om zelf te bellen. En toen ze dat deed, was de reactie van de vrouw scherpe woede.

'Ik dacht al dat je de moeite niet meer zou nemen,' snauwde ze. Ze zei stellig dat Luc was weggereden met Walnut op de stoel naast hem.

Clarisses woorden klonken slissend. Ze had gedronken. Wie zou haar dat kwalijk kunnen nemen? Jane betwijfelde of er genoeg alcohol in heel Parijs was om haar de vergetelheid te schenken waar ze naar hunkerde.

'Hij wordt uiteraard hier begraven, op Les Cigales. Jij mag dan zijn vrouw zijn, maar...'

Jane had nog niet nagedacht over Lucs laatste rustplaats. Zo ver was ze nog niet. Luc had, voor zover ze wist, nooit enig verlangen kenbaar gemaakt om op het familieterrein te worden begraven. Zijn vader en grootouders waren achtergebleven in Algerije. Alleen die lieve tante Isabelle lag in het zuiden, in het dorpje Malaz. Als Jane er al over na zou hebben gedacht, zou ze hebben aangenomen dat ze hun laatste rustplaats naast elkaar zouden kiezen, ergens in Londen.

'Ik denk dat Luc bij mij had willen zijn, Clarisse. We hadden nog geen begraafplaats uitgekozen, maar...'

'Precies. Dus wordt hij hier begraven.'

Jane telde in stilte tot vijf. 'Clarisse, het laatste wat ik wil is bekvechten om Lucs lichaam, maar ik ben zijn vrouw en...'

'En ik ben zijn moeder. En als je ook maar een greintje medeleven in je ijskoude hart zou hebben, zou je nu hier zijn om voor mij te zorgen en me te helpen met het regelen van de begrafenis. Hij en ik hebben het onderwerp uitentreuren besproken. Er is hier een Cambon-plekje voor hem.'

'En ik dan?'

'Jij bent ook een Cambon, nietwaar, zeer tot mijn ongenoegen. Luc blijft bij zijn familie. We hebben hier gevochten voor ons plekje. Dit is het laatste wat ik erover zeg. Of je het er nu mee eens bent of niet. Dat moet jij weten.'

Jane had geen overtuigingskracht en veerkracht meer om er nog langer over in discussie te gaan. Ze legde zonder verder iets te zeggen de telefoon neer en huilde zichzelf in slaap onder de hotelkussens.

10

Jane bleef van kerst tot nieuwjaarsdag in Parijs. Ze wist niet wat ze anders moest doen of waar ze naartoe moest. Door de shock was ze haar anker kwijt. Het enige waar ze zich aan vasthield was dat Luc in Parijs was. Zijn lichaam lag daar, bevroren in het mortuarium, ja, maar zijn geest was overal, op elke hoek van de straat. Ze zag hem in cafés, verdiept in de pagina's van *Le Monde*, achter in muffe tweedehandsboekwinkels, waar hij geïllustreerde natuurboeken opduikelde die niet meer in de handel waren en haar gebaarde dat ze binnen moest komen; in de rij voor de bioscoop, terwijl zijn in handschoen gestoken hand de hare vasthield en zijn adem opsteeg in de koude winterlucht, lachend, zelfverzekerd, nieuwsgierig en elegant, altijd elegant; omringd door stapels boeken in de bibliotheek van de Cinémathèque. Parijs was de stad die ze als de hunne beschouwde. Meer dan Londen, besefte ze nu. Het was de stad waarin ze samen tijd hadden doorgebracht voor ze getrouwd waren, waar ze voor het eerst geliefden waren geworden en waar ze voor de allerlaatste keer de liefde hadden bedreven na hun etentje bij Les Éditeurs.

Plichtmatig belde ze Clarisse elke dag, en elke dag eiste Clarisse dat ze naar het domein zou vliegen om te helpen met het regelen van de begrafenis, maar Jane stelde het uit, rekte tijd. Ze wilde liever in alle anonimiteit in het Lutetia blijven, al was dat nu kleurloos en sjofel en had het de aangekondigde renovatie hard nodig. Toch was deze tijd in haar eentje essentieel – in de nabijheid van wat er van haar man over was – om met het trauma en het verlies om te kunnen gaan.

Ze belde Dan, niet wetend of hij wel wist van het ongeluk. Elke keer kreeg ze een antwoordapparaat. *'Je suis absent. Laissez-moi un message...'*

'Dan, met Jane. Bel me alsjeblieft. Het is dringend.'

Bij de vierde of vijfde poging nam er een vrouw op. Ze sprak vloeiend Frans met een accent dat Jane niet kon thuisbrengen. Dan was niet beschikbaar, zei ze. Jane hield vol dat het dringend was en dat ze hem moest spreken. De vrouw legde haar uit dat Dan in het buitenland zat voor opnames op locatie. Hij werd half januari terug verwacht. Jane vroeg om zijn nummer, maar kon ze hem wel bellen in het buitenland? Hem op die afstand zulk akelig nieuws doorgeven? Nee, ze moest hem zien.

'Vertel hem alstublieft dat Jane Cambon heeft gebeld en vraag of hij contact met me wil opnemen. Het is dringend,' zei ze. 'Zeg dat hij me belt zodra hij de boodschap krijgt.'

'Bent u de vrouw van Luc?'

Ze aarzelde. 'Ja, ik ben de vrouw van Luc.' Niet zijn weduwe, dacht ze. Nee, nog niet zijn weduwe. 'En u bent?'

'Dans assistente. Ik kwam even langs om zijn post te halen. Ik ben een vriendin van Annabelle.'

'Annabelle? Sorry, wie is Annabelle?'

Lange stilte.

'Hallo?'

'Ik geef de boodschap door als Dan me belt.' En de verbinding werd verbroken.

De winter sloeg toe en legde zijn witte vingers om haar heen. Ze bracht de dagen door met slenteren door de vochtige, koude stad en de nachtelijke uren met het omklemmen van gintonics in de mistroostige hotelbar, waarbij ze de ijsblokjes heen en weer liet tinkelen in het gekoelde glas. In verschillende landelijke dagbladen stond het verhaal over Lucs dood. De reportages waren discreet, minimaal en professioneel. Jane sloeg het aanbod van Roussel af om een afspraak te maken met de traumaspecialiste. Ze koos ervoor om zich zonder gezelschap in de feestvierende menigte te begeven, te midden van toeristen die elke minuut volpropten met activiteiten of de tijd namen voor ongedwongen maaltijden. Ze liet de uren apathisch voorbijglijden. Iedereen, behalve Jane, had een bestemming, een doel. Maar ze had wél een doel, realiseerde ze zich: ze wachtte op Luc, op het vrijgeven van Luc. In de tussentijd sjouwde ze met zere gewrichten door de stad en praatte met haar overleden man, terwijl ze zich afvroeg hoe dit had kunnen gebeuren terwijl ze zijn aanwezigheid zo dichtbij voelde, binnen gehoorsafstand. Zijn schouder tegen de hare. Naast elkaar leven.

Hij kon niet weg zijn. Zelfs een week na zijn dood klampte ze zich ergens op een idiote manier vast aan optimisme, alsof Roussel of een dokter haar zou bellen: 'Dit was allemaal een afschuwelijke vergissing. Onze excuses, madame Cambon. Uw man leeft nog, gezond en wel.'

Raakte ze haar verstand kwijt?

Op een ochtend eind december sneeuwde het toen ze uit de lobby van het Lutetia stapte, rechts afsloeg en daarna weer rechtsaf. Niet doelloos beende ze langs de winderige Rue Saint-Sulpice naar de Boulevard Saint-Germain. Van het Odéon naar Saint-Michel liet ze zich meevoeren met de stroom doorweekte toeristen met plastic capes en capuchons, ploegde voort door de dwarrelende sneeuw, waar ze zich niets van aantrok, en ploeterde door de kledderige drab naar de Place Maubert. Daar aangekomen was de markt in volle gang, ondanks het onstuimige weer. De onverzettelijke kraamhouders hadden zeildoeken opgehangen om de open gedeeltes van hun kraampjes af te dekken en hun koopwaar te beschermen. De canvas doeken flapperden onder de neerslag en maakten korte, scherpe, krakerige geluiden, als de gedempte geweerschoten van jagers die in de velden op hun prooi richtten. Elk stalletje was versierd met een ketting van gekleurde lampjes. Ze probeerden allemaal een eindejaarsvrolijkheid uit te stralen, de sfeer van Réveillon. In twee viskraampjes lag een selectie van oesters:

Bretagne, Saint-Vaast, Marenne-Oléron, Fines de Claires in de groottes 3, 4 en 5, en stapels stevige, hele zalmen met roze vlees.

Was het vanavond oudejaarsavond of was dat morgen? Jane was de dagen kwijt. Ze haalde haar telefoon uit de zak van haar regenjas om de datum te checken. Haar vingers tintelden en waren rood en gekromd, net als de kreeftenscharen op de kraampjes voor haar. Het was de negenentwintigste. De negenentwintigste pas? Nog steeds geen bericht van Dan. Wel een van een vriendin, Lizzie, die het nieuws in *The Guardian* had gelezen. Ze zou haar vader moeten bellen, ze moest het tehuis bellen, Frances laten weten dat ze nog steeds in Parijs was, haar vader gelukkig nieuwjaar wensen; niet dat hij wist welk jaar het was.

Droefenis en machteloosheid overvielen haar. Het dak was van haar wereld gerukt. Luc was er niet meer. Wat deed ze hier? Niet winkelen, dat was zeker. Ze werd naar een kaaskraampje toe getrokken en ving een vlaag van zacht gerijpte, romige brie op. Luc was dol op brie. Gerijpt en vloeibaar onder het neushoornvel, druipend op een afgescheurd stuk verse baguette. Ze herinnerde zich dit stalletje van jaren geleden, toen Luc en zij hier snel even naartoe gingen vanuit de studio die hij huurde in de Rue Frédéric-Sauton. Dan kochten ze samen een baguette, een selectie van kazen en een fles niet te dure rode bordeaux bij de wijnkelder vlak achter de marktkraampjes. In overeenstemming met het seizoen was de etalage van de wijnhandel vanochtend versierd met wattenbolletjes die aan de binnenkant op het glas waren geplakt. Gefabriceerde sneeuwvlokken met daarachter een uitstalling van champagneflessen. Buiten raasde een sneeuwstorm. De winkel was overgenomen door de keten Nicholas, zag ze nu. Destijds was het een onafhankelijke onderneming geweest.

Nadat ze hun boodschappen hadden uitgezocht, hielden ze – hij met zijn arm om haar schouders geslagen – voordat ze naar Lucs studio op de vierde verdieping terugkeerden, even pauze voor een kop koffie bij het café op de hoek, dat nog steeds goed liep en vol zat met winkelend publiek dat kwam schuilen voor de sneeuw. Ze bleef op het kleddernatte, modderige *place* staan terwijl de kopers zich met afgeladen tassen om haar heen haastten, en was als versteend door het beeld van zichzelf als sproeterige, plompe achttienjarige in een zonnejurk. Een langharig meisje met een schildpadden haarspeld, dat verlegen lachend tegenover de man zat op wie ze zo wanhopig, onuitsprekelijk verliefd was. Hij rookte, altijd, en sprak geanimeerd over het script van zijn film, opgaand in zijn ambities en aspiraties, met druk gebarende armen. Ze boog zich over de tafel heen naar hem toe en was betoverd, in vervoering, opgetogen dat ze hem weer gevonden had.

Bedwelmd door de energie van de ander, de enige man van wie ze ooit gehouden had.

1984.

Luc had zijn studie achter de rug; hij had cum laude een master kunst, klassieke talen en sociale wetenschappen afgerond aan de Sorbonne en hij had zijn eerste film geschreven. '*De zeldzame page*, weet je nog Jane, dat ik je meenam om het *hilltopping*-gedrag van de net uit hun pop gekropen vlinders te zien, hun paringscapriolen?'

Ja, ze herinnerde zich die zomer, die warme, bijzondere dag met tientallen, honderden zwart-witte schoonheden die overal om hen heen fladderden.

'Dat is het onderwerp van mijn film. En de gevaren die voor dergelijke soorten op de loer liggen als we de aarde op deze manier blijven misbruiken.'

Er lag een zee van kansen open voor Luc, met zijn utopische dromen, en hij was van plan ze te pakken en de wereld te veranderen. Terwijl zij... ze was voortgesukkeld. Waar had zij van gedroomd, behalve van een leven naast Luc? Om zijn vrouw te zijn, zijn partner, de moeder van zijn kinderen. Haar dromen waren niet bijzonder geweest, maar standaard. Haar horizon was niet zo grenzeloos geweest als die van hem. Ze vond zichzelf gewoontjes, geen geboren wereldverbeteraar, maar ze hield innig van hem en zou er alles voor overhebben om bij hem te zijn, om deel uit te maken van zijn visie. Ze had ernaar gestreefd om Lucs vrouw te zijn en zijn loyale helpende hand te zijn. Ze had gevoel voor talen en dat was de richting waar ze uiteindelijk voor gekozen had.

Slechts één zomer – de zomer van 1984, een paar maanden voor haar negentiende verjaardag – had ze met hem in de lichtstad doorgebracht voordat ze was teruggekeerd naar Engeland om aan haar eigen universitaire opleiding te beginnen.

Luc had nooit kunnen weten hoe hij Jane die zomer, toen hij haar uit het niets had gebeld en had uitgenodigd om naar Parijs te komen, uit een van de verschrikkelijkste periodes van haar leven had gehaald. Het jaar ervoor, toen ze zeventien was geweest, was haar moeder overleden terwijl haar vader van huis was. Peter had door Zuid-Frankrijk gereisd om voorraad in te slaan voor zijn wijnbedrijf. Hij had inmiddels een paar imposante klanten binnengehaald en verdiende eindelijk een behoorlijk salaris voor zijn gezin. Les Cigales verbleekte bij hen; hoe dan ook, hij bracht geen bezoekjes meer aan het landgoed van de Cambons. Toch was hij meer onderweg dan in Kent, waardoor Jane alleen achterbleef met haar moeder en getuige was van de stille overgang van een skeletachtig leven naar haar laatste adem.

Van een mobiele telefoon hadden ze begin jaren tachtig nog nooit gehoord en Jane was niet in staat contact te krijgen met haar vader. Hij had naar huis gebeld en berichten achtergelaten, maar Jane had aan het bed van haar moeder gezeten in het verpleeghuis voor terminale patiënten. Ze had hem op geen enkele manier kunnen inlichten om te zeggen hoe dicht Vivienne bij het eind was. Hun enige kind, Jane, droeg de last van het beslissen over de begrafenis. Vivienne Sanderson werd begraven met regels uit gebeden die werden voorgedragen door haar dochter en een handjevol leden van hun plaatselijke parochie.

Toen Peter eindelijk door de deur kwam, flapte Jane het nieuws eruit. 'Ik haat je,' had ze geroepen, terwijl ze op hem afrende, met haar hoofd tegen zijn borst sloeg, tranen ophoestte en op zijn V-halstrui beukte. Ze had hem, haar vader, de schuld gegeven van de dood van zijn vrouw, vanwege zijn afwezigheid, zijn gebruinde nonchalance, haar moeders angst en teleurstelling.

Het jaar daarop had Luc het nieuws gehoord, elf maanden na Viviennes dood. Zodra hij het hoorde, had hij Jane in Kent gebeld.

'Ik vind het heel erg van je moeder.'

Jane was met stomheid geslagen geweest. Ze had Luc in geen vier jaar gezien of gesproken, sinds de zomer dat ze veertien was en Clarisse haar van Les Cigales had verbannen.

Had Clarisse haar zoon verteld over de confrontatie? Jane betwijfelde het.

'Hoe gaat het met je, Jane?'

Ze raakte ontroerd door de tederheid in zijn zachte stem die zo diep en vol klonk. Ze hield de hoorn tegen haar gezicht en drukte hem dicht tegen haar jukbeen aan. Luc had haar nog nooit gebeld. In die vier eenzame jaren had ze over hem en hun kinderjaren samen op het landgoed gedroomd en ze had zich afgevraagd wat hij nu deed, hoe zijn studentenleven verliep en of hij misschien veranderd was. Al die tijd hadden ze helemaal geen contact gehad en nu nodigde hij haar aan de andere kant van de lijn uit *om naar Parijs te komen*.

Ze kon niet bedenken wat ze moest antwoorden, behalve 'ja.'

JA.

Een week later arriveerde ze op Charles de Gaulle. Luc wachtte op haar bij de RER-trein die haar van de luchthaven naar Châtelet bracht. Ze was aangekomen. Puppyvet noemden haar leraren en haar vader het, maar het kwam gewoon door een enorme depressie. Luc zag het. Haar vreemde gedrag. Te strakke kleding die om haar uitgedijde middenrif knelde. Ze wist dat ze een trieste aanblik bood met haar geelbruine rok, haar sandaaltjes met lage hakjes en haar goudblonde haar dat ze in een slordige knot had opgestoken, in een poging er een chique wrong van te maken.

'Hoe gaat het met je?' Hij glimlachte. 'Je ziet er... strijdlustig uit.'

Ze hield haar blik omlaag gericht. Ze kon het niet aan om de leugen in zijn doordringend groene ogen te zien. Hij pakte haar tas van haar schouder, nam het gewicht van haar over en ze zaten naast elkaar in de metro naar de Place Maubert, waar ze de stiltes onderbraken met beleefde conversatie. *Hij heeft er spijt van dat hij me heeft uitgenodigd*, schreeuwden haar gedachten steeds weer. *Ik zie er dik en saai uit en hij is zo volwassen en zo knap. Zo sexy.*

Hij gaf haar de sleutel van zijn studio op de vierde verdieping van een zeventiende-eeuwse stenen *haute maison* in de Rue Frédéric-Sauton 20. 'Je eigen sleutel van Parijs. Zal ik allebei onze namen opschrijven in de gang?' vroeg hij. Ongetwijfeld plagerig.

Ze schudde haar hoofd. Het was niet nodig. Wie zou er nu langskomen om haar op te zoeken? Met zijn gebruikelijke aandacht voor details en feiten vertelde hij haar dat het gebouw samen met een aantal andere voor de revolutie in de smalle *rue* was gebouwd. Nummer zes was bewoond geweest door Charles Le Brun. De naam zei Jane niets.

'Schilder van de koning, Lodewijk XIV, waarschijnlijk de meest vooraanstaande kunstenaar van de zeventiende eeuw.' Luc knipoogde. 'Trouwens, onze president Mitterand woont hier twee straten verderop. Heb je weleens van hem gehoord?'

Ze gingen samen vier verdiepingen omhoog in de krappe lift met het ijzeren hekwerk. Zijn nabijheid, zijn geur, de manier waarop zijn haar viel – dat langer was dan ze zich herinnerde – benamen haar de adem; ze verlangde zo naar hem dat ze dacht dat ze flauw zou vallen.

Het smalle bed – zelfs smal voor een eenpersoonsbed – was een matras tussen een houten inklapframe dat aan de muur van de studio was bevestigd. Alles was ingebouwd in de muren. Boekenplanken volgepakt met zware boeken over film maken, natuur, filosofie, Algerije – zijn geboorteland – en de Provence, zijn tweede vaderland. Het was een studio met wanden vol boeken, keurig netjes, met een minuscule kitchenette die in een hoek was geperst, twee stappen achter het voeteneind van het bed. Het bestond uit twee elektrische kookplaten, een metalen gootsteen en daaronder een minikoelkast die onophoudelijk zoemde en trilde. De douche, de wastafel en de wc werden afgesloten door een scheidingswand, zo compact dat je je adem in moest houden om de deur dicht te kunnen doen. Dat was alles, afgezien van een gang van een vierkante meter waar zich, naast een haak om een jas op te hangen, de voordeur van de studio bevond. Het hele appartement besloeg eenentwintig vierkante meter.

En Jane vond het geweldig.

'Je redt het hier wel.'

'Het is fantastisch, Luc.'

'Ik logeer bij een vriend. Ik kom terug om je mee uit eten te nemen, als het mag.'

Ze knikte en zette haar tas op bed.

Jane ontmoette de 'vriend' nooit. Luc kwam later terug met een fles Moët. Ze dronken de bubbels, sneden wat punten kaas en praatten onophoudelijk tot diep in de nacht, waarna ze hadden gezoend en hij bij haar in de studio bleef, zich naast haar op het matras wurmde en zijn armen en benen om haar heen sloeg om te voorkomen dat ze op de grond gleed. Luc had haar ontmaagd. Ze had vol plezier en energie meegedaan, zij het wat ongemakkelijk in dat smalle bed zonder vering.

Ze vrijden keer op keer en giechelden daarna. Zij extatisch, aangeschoten. Een lachbui die uit haar binnenste opborrelde, surfend op golven van geluk, van onbeteugelde vreugde. Hij wekte de levenssappen die door haar aderen stroomden weer tot leven; ze was vergeten dat ze ooit zo'n krachtige energie had bezeten.

Ze was euforisch geweest, was discreet zijn kleine studio binnengeglipt, zijn kleine koninkrijk in de hoofdstad, en deelde zijn bed en de weinige uren van zijn dagelijks leven die beschikbaar voor haar waren en niet werden gewijd aan zijn carrière, aan zijn toekomst als filmmaker. Als ze 's ochtends wakker werd, was hij weg. Zijn dag aan het invullen. Fondsen aan het werven voor zijn film. Contacten aan het leggen, afspraken aan het maken met uitvoerende redacteuren bij de verschillende televisiestations.

Tijdens de uren die hij niet bij haar was, stond ze laat op, nagenietend tussen de lakens met de geur van hun lijven en hun vrijpartijen, dronk koppen koffie, las, slenterde door de straten, staarde naar de etalages, besteedde middagen in het Louvre, voortgestuwd door menigten die in een wirwar van talen spraken die ze allemaal wilde leren, of in de bioscoop: *The Shining* (nee, die film hadden ze samen gezien, schoot haar te binnen; Luc vond hem vreselijk), *The Last Metro, Atlantic City, Amadeus.* Begroef zich in kleine filmhuizen waar ze deel uitmaakte van een publiek van twee of drie mensen bij Wajda's *Danton,* belichaamd door een slanke, charismatische Gérard Depardieu. *Confidentially Yours*: wat had ze verlangd naar de zelfverzekerdheid van Fanny Ardant. Haar eerste kennismaking met de comedy's van Eric Rohmer.

Na afloop liep ze door de heldere, lichte zomeravonden, onder het getjilp van vogels in de platanen en de kastanjebomen, door de smalle straatjes naar de voedselkraampjes van het zesde arrondissement, dicht bij het Odéon, waar ze wijn en eten kocht voor een souper *à deux* dat kon worden bereid op twee elektrische kookplaten. Er was geen telefoon in de studio. Ze wist nooit wanneer hij terug zou komen, maar zat daar altijd te wachten en had dan de kleine tafel met de scheve poten gedekt. Kaarsen. Gekoelde wijn. Zij, met gekruiste benen op bed, terwijl ze zijn boeken verslond – ze had *Zazie dans le métro* van Raymond Queneau gevonden – of naar zijn muziek luisterde: Miles Davis, *Ascenseur pour l'échafaud*, en Bill Evans, vooràl

Bill Evans. Op sommige dagen speelde ze de elpee *Time Remembered* keer op keer af, 'What Is This Thing Called Love?'. Op andere dagen deed ze de vaat, douchte, zette koffie, neuriede, danste en wervelde door de studio op nummers van Jackson Browne, King Sunny Adé en Stan Getz: allemaal namen die haar eerder niet bekend waren. Haar horizon verbreedde zich. Ze verkeerde in een staat van verrukking, duizelig door de goede seks. En op een ochtend drong het zomaar opeens tot haar door dat ze verliefd was. De warmte van de emotie kroop van binnenuit omhoog, als een ontluikende bloem.

Ze kroop uit haar schulp, schudde haar verdriet van zich af, werd slanker en gaf veel te veel geld uit aan kanten lingerie. Deze ontpoppende staat was pure euforie geweest als ze niet verscheurd was geweest door angst en twijfel. Angst omdat ze zoveel van deze man hield en bang was hem weer te verliezen. Twijfel of de liefde ooit wederzijds zou kunnen zijn.

Haar verrukking werd op een avond de kop ingedrukt toen hij zei dat hij binnenkort naar het zuiden zou rijden om een paar zomerweken bij zijn moeder en tante op het landgoed door te brengen. 'Ga je mee?'

Ze schudde haar hoofd.

'Waarom niet? Je hoeft pas in oktober naar de universiteit. We kunnen zwemmen, lezen, een tent en een camera meenemen en in de Mercantour gaan rondtrekken, boven in de bergen vrijen. Laten we de stad uit ons haar spoelen.'

Ze wilde dolgraag ja zeggen. 'Dat kan niet.'

Hij fronste zijn voorhoofd. 'Ze zullen het leuk vinden je weer te zien.'

'Nee, nee, ze... zij niet. Ik ben niet welkom bij je moeder.'

'Hoezo niet? Jij en je vader zijn altijd welkom geweest bij ons thuis. Mijn moeder keek uit naar jullie bezoek. Zowel zij als tante Isa waardeerde je vader zeer. Hij heeft scherp inzicht in de wijnhandel.'

Jane beet op haar lip. 'Luc, je moeder en ik hebben ruzie gehad. Ze heeft me eruit gegooid en ik hoefde nooit meer terug te komen.' Durfde ze de hele waarheid te vertellen?

'Dat klinkt als mijn heetgebakerde moeder.' Hij lachte. 'Je moet haar niet serieus nemen.'

'Ik kan beter niet meegaan...'

'Ik weet niet waarom je jezelf met dat soort onzin kwelt, maar als ik je niet kan overhalen, moet ik maar alleen gaan.'

Bijna drie decennia later stond Jane Cambon, net weduwe, in de sneeuw op de Place Maubert en staarde op straat naar het gebouw waar Luc en zij elkaar voor het eerst hadden bemind. Stel dat ze Luc wel had vergezeld op die jeugdige trip naar het zuiden? Hadden zij en Clarisse dan vrede kunnen sluiten en een eind kunnen maken aan de vete die door de jaren heen zoveel hartzeer had veroorzaakt? Maar geen verontschuldiging van Clarisse had het verlies ongedaan kunnen maken dat de jonge Jane stilletjes had meegedragen in haar hart.

11

Langzaam, voorzichtig om niet uit te glijden op de neerdalende sneeuw, liep Jane voetje voor voetje over de Boulevard Saint-Germain naar de Rue Frédéric-Sauton 20. Voor de voordeur van het gebouw was overdag geen code nodig om binnen te komen, evenmin als in de jaren tachtig. Ze drukte op de bel en de deur zwaaide als bij toverslag open. De kleine hal was nauwelijks groter dan een vloermat. Net als vroeger bevonden zich hier de brievenbussen, naast de deurbellen van alle studio's en appartementen.

Er is niets veranderd, dacht ze. *Hij zou hier nog steeds over me heen kunnen buigen om te kijken of er post is, zijn neus in mijn haar steken, of boven aan tafel zitten werken, wachtend op mij.*

Lucs studio was op de vierde verdieping geweest. CAMBON had er in zwarte inkt in zijn handschrift naast de bel gestaan. Een afgesloten glazen deur gaf toegang tot de lift of de trap ernaast. Ze probeerde zich de toegangscode van al die jaren daarvoor te herinneren, maar ze wist hem niet meer. Hoe dan ook, die zou sindsdien al vele malen veranderd zijn.

Ze deed haar ogen dicht en drukte haar hoofd tegen de rij brievenbussen. Er viel een smeltende sneeuwvlok uit haar doorweekte haar, die aan haar gezicht likte terwijl ze terugdacht aan die gelukzalige dagen vol onschuld. Dagen waarop ze vier verdiepingen boven de plek waar ze nu stond had gewoond. De warmte van haar herinneringen omhulde haar en dreigde haar te stevig te omhelzen...

Tijdens die lang vervlogen zomer hadden de ramen altijd wijd opengestaan als ze in bed lagen, om de hitte en de klamheid van de stad te verlichten. Het gekletter van bestek en het geroezemoes steeg op van de restaurants in de straat, evenals het geraas van het verkeer op de Boulevard Saint-Germain, en boven hen bevonden zich een stuk of zes *poutres*, de donkere houten balken die over de lengte van het plafond hingen. Een kaars op de tafel die tevens dienstdeed als Lucs bureau, wierp langgerekte, dansende schaduwen op de witte muren. Tijdens sommige nachten, als hij sliep en zij wakker was en staarde naar die zwarte schaduwen, had ze geprobeerd niet te piekeren over wie deze intieme ruimte nog meer met hem gedeeld had.

Was ze maar bij machte om de klok terug te draaien. Om de sneeuw terug te dringen, de thermometer op zomer te zetten en die tijd van onschuld terug te halen. Luc uit de dood te laten opstaan.

Ze drukte nu op de bel van zijn flat, luisterde naar de doordringende toon. Die was nu boven in zijn studio te horen. Hun studio.

'Allô?' antwoordde een vrouwenstem.

Jane schrok.

'Allô? *Qui est là?*'

'Sorry, ik... ik heb op de verkeerde bel gedrukt.'

De hoorn werd zonder iets te zeggen op de haak gelegd.

Jane liep weer naar buiten, strompelde door de Rue Frédéric-Sauton en ploeterde door de natte sneeuw naar de rivier. Claxons toeterden en bestuurders vloekten toen ze zich struikelend over de Quai Montebello naar de kathedraal begaf die als een geest voor haar verrees. De klokken van de Notre Dame luidden. Het was elf uur 's ochtends. Ze ging even op een besneeuwd bankje op de brug zitten, zonder acht te slaan op de verse sneeuwvlokken die in haar ogen dwarrelden, en staarde naar de Seine, die ze maar half zag. Wat restte haar nog? Had ze het lef om op te staan en met haar bevroren, natte voeten de paar stappen naar de ijzeren leuning te schuifelen, eroverheen te klauteren en in het water te springen? Ze ging staan en dwong zichzelf naar de reling, haalde hortend adem en verzamelde moed. Onder haar kolkte en wervelde de slijkgroene stroom. Een krachtige onderstroming wenkte haar. Wat kon haar ervan weerhouden om zich in de rivier te werpen? Een klunzige buiklanding naar het niets. Ze wilde dood. Zonder Luc had haar leven geen doel. Ze had geen kinderen om rekening mee te houden. 'Waarom kom ik niet achter je aan, mijn lief?'

Vlakbij krijste een kind in een kinderwagen en gooide een donzig speeltje op de grond. Het belandde in de modderige sneeuw voor Janes voeten en trok even haar aandacht. Ze bukte en raapte het op: een verfomfaaide, eenogige panda, een kaalhoofdig afdankertje. Jane gaf het terug aan de moeder, die een rode neus had en er uitgeput uitzag, maar toch een glimlach tevoorschijn toverde. '*Merci,*' zei ze. '*Bonne année.*'

Jane mompelde een onsamenhangend antwoord. Ze keek hen na terwijl ze verderliepen. Moeder en kind bewogen zich voort in de schaduw van het grootse, gotische bedehuis met de luchtbogen, en verder naar de nauwe kathedraaltuinen achter de waterweg. Jane keek naar hen, gegriefd en toch ontroerd door hun saamhorigheid. Als haar eigen kind – een jongetje dat met zeven maanden doodgeboren was – had geleefd, zou ze nu dan minder alleen zijn? Lucs zoon naast haar, om haar hand vast te houden.

Een paar roodborstjes pikten gemoedelijk uit een vogelvoerbak die aan een van de bladloze forsythiastruiken hing.

Hij zou nu negentien geweest zijn. Zou hij in de voetsporen van zijn vader zijn getreden en aan de Sorbonne zijn gaan studeren? Ze rouwde nog steeds om hem en eerde de gedenkdag van zijn overlijden nog steeds. Hij was er niet meer, en dat gold nu ook voor Luc.

Maar zij leefde en ze moest haar man begraven.

Voordat ze aan zichzelf mocht denken, moest ze Lucs lichaam terugkrijgen en hem mee naar huis nemen. Het was haar plicht en haar voorrecht om Luc naar het zuiden te vergezellen en hem zachtjes te ruste te leggen op de plek waarmee hij zich altijd verbonden had gevoeld.

Jane maakte nog een korte treinreis terug naar Londen om een koffer met kleren op te halen. Daar zat ook een zwarte jurk bij. Ze ging met haar jas aan in de woonkamer van hun Londense flat zitten en huilde; huilde bij het zien van de kwijnende kerstboom, de droge naalden die op het kleed waren gevallen, de rode wijn die ze had laten staan om te ademen, de eettafel die ze nu pas afruimde en de ongebraden eend die in de oven stond te rotten.

Voordat ze opnieuw uit Engeland vertrok, maakte ze een snelle tussenstop om haar vader op te zoeken. Het nieuws van de dood van Luc drong nauwelijks door tot zijn dwalende, verdwaasde geest en deze keer was ze daar dankbaar voor.

'Ik ben een tijdje weg, pap,' waarschuwde ze. 'De begrafenis wordt in het zuiden gehouden.' Ze aarzelde even. 'Op Les Cigales.' Ze hield haar adem in. Geen reactie, geen glimp van herkenning. 'Clarisse, Lucs moeder... je herinnert je Clarisse nog wel, hè? Zij regelt het.'

Peter fronste. Hij zocht naarstig naar een aanknopingspunt.

'Maar bij de eerstvolgende gelegenheid kom ik terug om je te zien.'

Het noemen van Clarisse en het wijngoed Cambon deed geen belletje rinkelen. Jane voelde een golf van opluchting, hoewel ze niet kon verklaren waarom dat na zoveel jaar nog iets uit zou maken. Er kon niets meer aan worden veranderd. Haar moeder was er niet meer. Luc was er niet meer. Ze kuste haar vader teder op zijn voorhoofd en glimlachte. Op de een of andere manier moest het leven doorgaan.

Hij knikte. 'Dan zie ik je morgen wel, lieverd. Doe Luc de groeten van me.'

Roussel was verrassend vrijgevig met zijn advies en zijn tijd. Toch viel ze hem lastig, belde hem dagelijks en zeurde om een oplossing voor wat het ook was dat de procedure vertraagde.

Ze reed drie keer met hem mee naar het forensisch mortuarium nadat hij haar had gebeld om te bevestigen dat de zaak was afgerond, maar kreeg steeds te horen dat er weer een klein detail moest worden 'opgehelderd'. Ze maakte altijd van de gelegenheid gebruik om even bij Luc te blijven, ondanks de camera's die op hen neerkeken. Niemand van het personeel – met hun opgestroopte mouwen en afgematte gezichten – probeerde haar op andere gedachten te brengen. Toch wilde ze dolgraag dat dit nu achter de rug zou zijn, dat haar man met rust zou worden gelaten. Hij had al te lang liggen wachten in dit ellendige, kille mortuarium waar het naar ammonia rook.

'Wat is de oorzaak van de vertraging?'

'We moeten zeker weten dat we niets over het hoofd zien. De auto is uitgebrand. De laatste uren kunnen niet worden teruggehaald.'

'Maar wat kunnen jullie dan over het hoofd hebben gezien? Ik begrijp het niet.'

'We moeten zeker weten dat de dood van Luc een ongeluk was, dat er niet met de auto is geknoeid.'

'Waar hebt u het in vredesnaam over?'

'Zeggen de letters OAS u iets?'

Jane schudde fronsend haar hoofd.

'Heeft Luc het nooit met u over hen gehad?'

'Nee.'

'De Organisation de l'Armée Secrète, opgericht door leden van het Franse extreem-rechts. Hoewel ze tegenwoordig niet meer actief zijn, hebben ze nog steeds veel sympathisanten onder nationalistische groeperingen.'

'Wie zijn ze?'

'De OAS, oftewel de Organisatie van het Geheime Leger, werd in februari 1961 opgericht om de onafhankelijkheid van Algerije ten koste van alles te voorkomen. Hun raison d'être was om Algerije gekoloniseerd te houden onder Frans bewind. Zodra De Gaulle had aangekondigd dat hij van plan was de kolonie aan het rechthebbende volk terug te geven, pleegde de OAS verschillende aanslagen op het leven van de president.'

'Was Luc daarvan op de hoogte?'

'Het was het onderwerp van zijn film.'

Jane was verbijsterd. Het stond zo ver af van de film waarvan ze had begrepen dat hij die maakte. 'Maar waarom zou Luc dat aan het licht willen brengen?'

'Algerije blijft een smet op de Franse geschiedenis. Uw man was nooit gematigd. Zelfs in zijn glorieuze natuurfilms wees hij op de verwoesting die in het milieu werd aangericht door pesticiden en de onderhandse praktijken van chemische bedrijven. Luc geloofde dat het tijd werd om de duistere zaken van de OAS bloot te leggen.'

'Ja, maar... denkt u dat zijn leven werd bedreigd?'

'Daar hebben we geen bewijs voor gevonden, maar we moeten waakzaam zijn.'

Was dit waar Luc op had gezinspeeld toen hij had gezegd: *We moeten praten?* Had hij, die keren dat hij voortdurend op zijn telefoon had gekeken, het vermoeden gehad dat zijn leven in gevaar was?

Zodra het nieuwe jaar zijn intrede had gedaan, bracht de rechercheur haar in contact met een repatriëringsdienst, terwijl hij haar ervan verzekerde dat hij de afdeling autopsie en de speciale veiligheidsdienst op hun huid zat. De financiële en logistieke aspecten van het vervoer van de doodskist werden geregeld door Lucs vriend en juridisch adviseur Robert Piper. Toch duurde het, Roussels goede bedoelingen ten spijt, nog tot de tweede helft van januari voor hij de papieren afstempelde en Lucs lichaam werd vrijgegeven. Jane tekende voor zijn bezittingen en kreeg een kopie van het rapport van de lijkschouwer mee in een grote, bruine envelop.

Er stond in dat de dood was veroorzaakt door letsel door een frontale botsing. Dood door meervoudige traumatische verwondingen, meerdere botbreuken, het uitvallen van organen door pericardiale tamponnade, oftewel bloed in het hartzakje.

Er werden geen sporen van alcohol of drugs in zijn bloed

aangetroffen. Koolmonoxide (negen procent) in zijn bloedsomloop, veroorzaakt door brand.

Oorzaak van de botsing: vermoeidheid, te hoge snelheid.

'Dus uw zorgen waren onterecht? Het was een ongeluk,' bevestigde Jane toen ze definitief afscheid namen.

Roussel wreef over zijn kin en knikte. 'Ja, het lijkt erop dat onze vrees ongegrond was.'

Jane vloog zuidwaarts naar Les Cigales met Lucs kist in het ruim van het vliegtuig. Hoe opgelucht ze ook was om hem eindelijk naar zijn laatste rustplaats te kunnen begeleiden, toch werd ze overmand door een zorgwekkend aantal vragen, raadsels en mysteries, waarvan de belangrijkste was waar Luc tijdens die ontbrekende uren voor zijn dood was geweest. En om welke reden hij voor haar had verzwegen wat het onderwerp van zijn film was. Dan had het over Lucs vader gehad, en over de oorlogsveteraan in Marseille die met hem had gevochten. Dat was toch zeker de spil geweest waar hun film om draaide? En wat te denken van Walnut, die in rook was opgegaan? Het hondenopvangcentrum had geen informatie gehad.

Het klopte van geen kanten.

Ze gingen bijna landen. Ze maakte haar veiligheidsriem weer vast, keek uit over de prachtige baaien van Cannes en Nice en sloot haar ogen.

Het werd tijd om Lucs opmerkelijke leven te eren, au revoir te zeggen tegen de man van wie ze had gehouden sinds ze een klein meisje was, de man die ze nooit zou kunnen vervangen.

De antwoorden op haar vragen moesten wachten.

12

Luc werd begraven op een kerkhof aan de rand van Malaz, een pittoresk middeleeuws dorpje acht kilometer landinwaarts ten westen van Les Cigales. Hij werd in een graf gelegd op het stuk grond dat Clarisse had uitgeroepen tot het 'familiegraf' van de Cambons, al was de enige vertegenwoordigster van de Cambons in situ tot dusver Lucs tante, Isabelle. Witte stenen en flinterdunne Italiaanse cipressen omzoomden het terrein. Jane had niets aan te merken op de rust en de natuurlijke schoonheid van de plek. De ligging, vlak bij de top van een heuvel, bood een weids uitzicht over een bosrijk gebied vol dennenbomen, kurkeiken, moerbeibomen en struikgewas, die naar het zuiden toe in de richting van de Middellandse Zee glooiden, naar een horizon zo blauw en zo nauwkeurig gedefinieerd als een potloodtekening van Matisse.

Ondanks de slechtweerverwachting bleef de regen uit en brak er een milde winterzon door als zegening van de ceremonie, die onder andere bestond uit een gezongen hoogmis die werd gecelebreerd door de *curé* van het dorp, *père* Simon, die Jane nog nooit had ontmoet. Dit was de parochie van hun huishoudster, Matty. De katholieke kerk was niet al te groot en puilde uit van de rouwenden, onder wie veel plaatselijke boeren en dorpelingen. De kerkbanken zaten vol met gezichten die Jane niet kende. Daaronder bevond zich een indrukwekkend aantal filmmakers, schrijvers, vakvrienden van Luc uit de wereld van de kunst en de media; het waren er honderden, die grotendeels voor de gelegenheid waren overgevlogen vanuit Parijs. Onder hen bevond zich ook Dan, samen met zijn dochter, een mooi meisje van een jaar of zes, zeven met een reeëngezichtje. Hij was een van de zes baardragers. Zodra ze kon, baande Jane zich een weg door de menigte om hem te spreken. Ze vielen elkaar in de armen en omhelsden elkaar stevig. 'Ik heb je een paar keer gebeld,' mompelde ze in de kraag van zijn jas.

'Ik kan het niet geloven,' fluisterde hij. 'Ik kan niet geloven dat hij er niet meer is.'

Dan had het nieuws gehoord in het oosten van Algerije, waar hij op locatie was geweest voor Luc.

'Het was toch een ongeluk, of niet, Dan?'

Hij trok haar dichter naar zich toe en ze voelde zijn tranen op haar wang.

'Roussel zei dat jullie onderzoek deden naar de OAS.'

Dan maakte zich los uit hun omhelzing.

'Jij ook? Ben jij ook in gevaar?'

Dan pakte Jane bij de schouders. 'Luc is er niet meer, de film is afgeblazen. Laat het rusten, Jane, voor hem.'

'Ben je niet van plan om hem af te maken?'

Dan schudde zijn hoofd en haalde sigaretten uit zijn jaszak. Hij schudde het pakje driftig heen en weer. 'Niet zonder hem, nee. Ik heb getekend voor een commerciële klus, met een groot budget. Die film kan maar beter vergeten worden.'

'M-madame Cambon? B-bonjour, *je suis...*' Naast haar stond een grijsharige, licht stotterende man, een collega van Luc van een organisatie in Parijs die films financierde. Hij werd geflankeerd door een statige vrouw met een donkerpaarse hoed, een actrice van middelbare leeftijd die met Wim Wenders had gewerkt, maar Jane kon niet op haar naam komen. Anderen stonden in de rij om te condoleren; het waren nu rijen mensen. Dan liet haar arm los en deed discreet een stap opzij. 'Ik heb je mobiele nummer niet,' riep ze hem na toen hij verdween in de menigte van donker geklede rouwenden die in de milde zon over het kerkhof liepen. Hij keek niet om; misschien had hij haar niet gehoord.

Jane kreeg niet de kans om na dat korte gesprek nog met Dan te praten. Ze zag hem later in het gezelschap van een vrouw met kastanjekleurig haar. In de dertig en behoorlijk aantrekkelijk. Zou die vrouw zijn partner zijn? Ze had ook een kind in haar kielzog, een jongen die tegen zijn moeders jas aan huilde en zich met worstenvingers aan haar rok vasthield. Er was iets aan het bedroefde gezicht van de vrouw – een oogopslag, haar profiel, haar glimlach, de blik in haar felblauwe ogen – wat Jane bekend voorkwam, maar ze kon haar vinger er niet op leggen. Ze wist tamelijk zeker dat ze elkaar nog nooit hadden ontmoet, maar het gevoel van herkenning bleef aan haar knagen. Uiteindelijk deed ze het af als vermoeidheid en verwarring van haar overbelaste hoofd. Dan was de rest van de dag in gesprek met groepjes mensen. Jane kon geen moment vinden om zich aan zijn metgezellin voor te stellen of nog met hem te praten. In de kerk zat de vrouw met haar zoon naast Claude, Matty, Arnaud en Pierre, Arnauds tweelingbroer met zijn jonge gezin.

Le Monde had de week ervoor een necrologie geplaatst en er bevond zich een handjevol persfotografen onder de mensen, maar die bleven respectvol op afstand. Tot haar verbazing verscheen ook Roussel, zij het discreet op een van de achterste kerkbanken en op enkele meters van het graf in de schaduw van een cederboom.

Na afloop was er een buffet, dat werd verzorgd door een plaatselijke traiteur. Matty, die tijdens de dienst onafgebroken huilde, zou niet tegen die taak opgewassen zijn geweest. Alles was uitgestald in de eetkamer van het grote huis op Les Cigales. Clarisse, in flamboyante zwarte zijde, had de leiding. Het was niet het vaarwel dat Jane haar geliefde man had willen geven: de muziek en de sfeer waren te formeel. Ze had net zo goed aanwezig kunnen zijn bij het afscheidsmaal van een onbekende, maar aangezien ze niet aanwezig was geweest om haar steentje bij te dragen, had ze ook niet het recht om kritiek te leveren.

Robert Piper, die met zijn vrouw, Marjory, uit Engeland was

ingevlogen en in een hotelletje in een van de nabijgelegen stadjes logeerde, zei terloops tegen Jane dat ze samen moesten lunchen als ze terug was in Londen. Er waren wat zaken van Luc waar ze dringend aandacht aan moest schenken. 'Bel me zodra je terug bent. Het kan niet wachten,' fluisterde hij in haar oor, terwijl hij zich tegen haar aan drukte in een onhandige, onstuimige omhelzing.

Jane knikte, verpletterd en nogal gealarmeerd door zijn verzoek. Er was iets duisters en onheilspellends aan de manier waarop hij het had gezegd.

Toen de laatste aanwezigen het huis hadden verlaten, bleef Jane nog even buiten staan om te luisteren naar de echo's, te kijken naar de geesten en te zwaaien naar de verdwijnende omtrekken van de nabestaanden: vrienden, buren, collega's, belangstellenden. Wat een opkomst. Jane was trots. Luc zou er diep door geraakt zijn geweest.

In de vallende duisternis kleurde de lucht indigo. Ze had Roussel eerst met Robert Piper zien praten en daarna met Dan, maar had hem zelf niet gesproken, behalve op het moment waarop hij haar samen met de rij anderen had gecondoleerd. Hij was een van de eersten geweest die weggingen. Op een gegeven moment had Roussel tijdens zijn gesprek met Dan zijn opschrijfboekje gepakt en iets opgeschreven. Ging hij altijd naar de begrafenis van de slachtoffers die hij tegenkwam tijdens zijn werk? Of was hij er vanwege een andere, duisterder reden? De zaak was gesloten. 'Oorzaak van botsing: vermoeidheid, te hard rijden.' Waren hij of zijn collega's van de veiligheidsdienst bang dat er een incident zou plaatsvinden tijdens de begrafenis? Dat er sympathisanten van de OAS zouden opduiken? Ongetwijfeld een vergezochte veronderstelling. Het was waarschijnlijker dat hij, als fan van Lucs films, zijn respect wilde betuigen. Hij had het met Dan hoogstwaarschijnlijk over films gehad.

Het grind spatte in het rond terwijl auto's achteruitreden,

keerden en wegreden, waarbij de koplampen de contouren van de imposante, met bomen omzoomde oprijlaan verkenden; stemmen verdwenen in de lucht, die vochtig en aards was. De avond leek op te komen in plaats van te vallen: er steeg een traag bewegende damp op uit de aardkorst. Die kwam naderbij, alsof een mediterraan traliewerk dreigde hen te omsingelen en haar voor eeuwig in zou sluiten, zodat ze gevangenzat met Clarisse. Jane huiverde. Onwillig om weer naar binnen te gaan, sloeg ze haar armen om zich heen en bleef in de besloten veiligheid van de overkapping staan. Ze tuurde naar de grijze schemering, nog lang nadat de laatste auto was verdwenen, opgeslokt door het weer en door de nacht. Zelfs de brede oprijlaan was overspoeld door mist.

De metalige lucht gromde. De voorspelde storm was onderweg.

Lucs laatste rondje om de aarde?

'Waar ben jij op deze turbulente avond, liefste?' Ze zei de woorden hardop. De donder rommelde als antwoord.

Wat blijft er over na het verlies van je jeugdvriend, je eerste vriendje, je enige geliefde in de puurste zin van het woord en de partner met wie je meer dan twintig jaar getrouwd bent geweest? Jane had altijd van Luc gehouden. Vandaag was haar liefde nog net zo volledig en zonder reserves als toen ze als jong meisje stiekem een oogje op hem had gehad. Hij zeven jaar ouder dan zij in de tijd dat zeven jaar nog een onoverbrugbare kloof leek en hij haar zag als niets meer dan een mager Engels kind dat van tijd tot tijd met haar vader, en één keer ook met haar moeder, in een van de huisjes of het grote huis op het landgoed logeerde. Jane was het kind dat van Luc had geleerd hoe ze moest zwemmen en snorkelen en aan wie hij de ondergrondse paden naar beneden langs de kliffen had laten zien. Hij had haar meegenomen om te pootjebaden en te waden terwijl ze zee-egels verzamelden in de heldergroene wateren van de talloze kreken, *les calanques*. Hij vergezelde haar op fietstochten over de vulkanische heuvelpaden, hij voorop, en stak de kampvuren aan waarop ze hun eenvoudige lunches bereidden die waren ingepakt door Matty of door henzelf. Ze hadden gezonnebaad in zelden bezochte inhammen in de rode rotsen. En hij had de beste verstopplekken op het enorme landgoed van zijn familie met haar gedeeld. Er stonden er zestien op de lijst.

En toen was de zomer gekomen waarin ze veertien was geworden... de zomer van haar eerste echte zoen, van vrouwelijke verlangens. De zomer van geurige avonden... de zomer waarin Luc haar au revoir had gezegd en naar Parijs was gegaan, waarna Clarisse en zij een aanvaring hadden gehad en alles kapot was gemaakt.

Na die zomer was de betovering verbroken geweest. Haar vader en zij waren weggereden, een haastig vertrek. Hij verbrak zijn contract met Les Cigales, vond andere plekken om wijn in te kopen, en Jane had het landgoed niet meer bezocht tot ze een decennium later terugkeerde als Lucs nieuwbakken echtgenote.

Weg waren die idyllische jeugdexpedities en uitstapjes langs de zuidkust van Frankrijk. Haar dromen waren vervlogen, haar hoop in scherven gevallen.

'Dat meisje zet nooit meer een voet op dit landgoed.' Clarisses boze dreigement.

Tijdens de jaren dat Luc aan de Sorbonne in Parijs studeerde en Jane nog op de middelbare school in Engeland zat, had ze van hem gedroomd, naar hem gesmacht. Geuren, smaken en geluiden hadden haar over een denkbeeldige brug teruggevoerd naar het land van hun betoverende dagen samen, de periode voor haar puberteit.

Het verloren domein dat door Luc werd bewoond.

Terwijl haar schoolvriendinnen verkering kregen, had Jane haar puberjaren doorgebracht met speculeren of haar vriend iemand anders had gevonden – want hij zou zeker iemand vinden – of dat hun wegen zich binnenkort weer zouden kruisen.

Ze begroef haar moeder en al haar seksuele verlangens en werd dik, ontsierd door acne.

En toen had hij gebeld en haar uitgenodigd om naar Parijs te komen...

'Jane!'

'Ja.'

'Jane! Wat doe je daar buiten met de deur open, zodat de kou naar binnen komt?'

Jane zuchtte en draaide langzaam weg van de opkomende mist, de vloed van herinneringen en de eerste regendruppels. 'Ik kom nu naar binnen, Clarisse.'

Was het na alles wat er gebeurd was, na alle eb en vloed van de noodlottigheden van het leven, nu echt zover gekomen dat de enige die overbleef, de enige die over was om haar vanuit de kou naar binnen te roepen, Clarisse was?

Tijdens die puberjaren, de jaren van vervreemding van het landgoed en van Luc, had haar afkeer van Clarisse vanbinnen gebrand en haar verstikt. Ze zat thuis in Kent vast, omdat ze haar ziekelijke moeder moest verzorgen. Toch had ze ernaar verlangd om naar Les Cigales terug te keren om Luc opnieuw te ontdekken, hun heerlijke zomers in elkaars gezelschap opnieuw op te eisen en hem te laten zien dat ze zichzelf aan hem wilde geven. Wat ze er al niet voor over zou hebben om die zomers opnieuw te beleven. Zomers vol escapades, expedities, ontdekkingen, onschuld. Geurige zomers waarin ze lui in de zon lagen met een ziltige huid die droop van het zwemmen in zee en een fles rosé van het Cambon-wijngoed die ze in het vochtige zand aan de waterrand hadden begraven, terwijl Luc rokend op zijn buik naast haar een doorweekte, met zout bevlekte krant uitploos en zij stiekem door half geloken ogen naar hem keek, hunkerend naar zijn gebruinde slankheid.

Die eerste tedere kus, die zoute rimpeling van genot en verlangen. Tabak in zijn adem. De zeebries die door hun haar waaide, het verliezen van haar onschuld.

Haar laatste puberzomer daar, vol geluk, intens geluk, smart en verlangen. De heerlijke geuren van de nacht toen hij in haar kamer naast haar zat te lezen met de ramen wijd open en ze zich tegen hem aan had gedrukt.

Zijn aarzeling: 'Je bent nog een kind.'

'Ik ben geen kind meer. Ik ben veertien en ik hou van je, Luc. *Je t'aime.*'

Hij had hartelijk gelachen, niet onvriendelijk. Hij had haar kin in zijn hand genomen en haar diep in de ogen gekeken, met tederheid in zijn eigen groene ogen. 'Wat weet jij nu van liefde, *ma petite amie*?'

'Alles, want ik hou van je.'

Een paar dagen laten was hij naar Parijs gevlogen om zijn studie weer op te pakken.

Hij was niet aanwezig geweest op die kwellende avond die haar leven had veranderd. De avond van *de ontdekking*. Luc was ver weg geweest, afwezig, niet op de hoogte van de schreeuwende ruzies en de verbanning die volgden. De volgende ochtend vroeg waren Jane en haar vader vertrokken, op een smoorhete dag. Als Luc er was geweest, zou hij haar verdedigd hebben en het onrecht een halt hebben toegeroepen. Hij zou haar terug hebben gehaald. Maar hij had het nooit geweten, er was hem nooit verteld wat er *die avond* was gebeurd. Jane had gezwegen vanwege haar schuldgevoel. Ze had zichzelf de schuld gegeven. Niet om wat ze aan het licht had gebracht of uit angst om Clarisses reputatie te bezoedelen, maar omdat ze haar ontdekking aan haar eigen moeder kenbaar had gemaakt. Haar puberale eigendunk was de oorzaak geweest van haar moeders hartinfarct. En had haar misschien ziek gemaakt.

Eenmaal thuis had Jane, die voortijdig op volwassenheid afstevende, gedacht dat ze Luc kwijt was en er geen hoop meer was dat haar dromen over hem zouden uitkomen.

'Luc Cambon is verloofd,' hoorde ze van haar vader, die inmiddels weduwnaar was.

Haar hart stond bijna stil. 'Hoe kom je daarbij?'

'Dat gerucht ging in een van de wijngaarden in de Var. Clarisse Cambon, zeiden ze, jubelt tegen de hele wereld over de overdadige bruiloft die haar zoon en zijn verloofde aan het regelen zijn.'

Dus was het onmiskenbaar een feit. De pijn in haar hart zwol als een rivier die op het punt stond buiten haar oevers te treden. Kon ze hem maar opzoeken, hem tegenhouden, hem herinneren aan háár liefde. Of was het gerucht door Clarisse bedacht en alleen bedoeld om Jane ter ore te komen?

Haar vaders wijnhandel – landgoedwijnen uit Zuid-Frankrijk, zomerse wijnen – die hij in die vroege jaren op Les Cigales had opgebouwd en die vanuit zijn garage in Kent was uitgegroeid tot een bloeiende zaak, begon achteruit te gaan door de hevige concurrentie in een snelgroeiende markt en zijn tanende vakbekwaamheid. Die werd niet veroorzaakt door zijn dementie – nee, die was nog niet gediagnosticeerd, dat zou nog vele jaren duren – maar door verdriet en een groeiend onvermogen om met details om te gaan, zo merkte Jane na de dood van haar moeder. De zachtaardige, charmante, extraverte Peter wist zich niet zo goed te redden na het heengaan van Vivienne. Jane had zich afgevraagd of hij soms niet alleen gebukt ging onder rouw, maar ook onder spijtgevoelens om wat er was misgegaan, waardoor het niet goed had uitgepakt tussen hen... maar dat gesprek hadden haar vader en zij nooit gevoerd.

Op die eerste avond in Lucs studio in Parijs, toen ze samen op zijn kleine bed Moët zaten te drinken en zij de hik kreeg van de bubbels, die haar overmoedig maakten nu ze minnaars zouden worden, durfde ze het ter sprake te brengen.

'Verloofd, ik?' Hij moest lachen. 'Mijn moeder fantaseert.'

Haar liefde had zwijgend in haar postgevat en hoop gekoesterd.

Nadat Jane aan haar universitaire studie in Londen was begonnen, was hun contact gereduceerd tot af en toe een brief. Zij had regelmatig geschreven, hartstochtelijk en uitvoerig. Luc had zo nu en dan geantwoord, maar daarna bijna helemaal niet meer. 'Ik ben aan het filmen, ik werk non-stop en vind het heerlijk,' had hij ter verontschuldiging op een kaart gekrabbeld. Zijn eerste opdracht. Weinig tijd voor iets anders. Luc bewoog vol geestdrift en vertrouwen in de richting van zijn stralende toekomst, en zij speelde geen rol in zijn toekomstbeeld.

Toen nog niet.

Met een graad in Frans en Spaans op zak had Jane werk gevonden als freelancetolk. Haar leven in Londen kwam op gang. Medestudenten en collega's nodigden haar uit voor avondjes in de kroeg, etentjes, dansavonden en clubs, maar ze ging er zelden op in en gaf de voorkeur aan weekends alleen, wandelingen in het park of in haar eentje naar de film gaan. Haar hart was nog steeds bij Luc. Ze probeerde hem te vergeten, maar kon hun korte affaire, hun blijvende jeugdvriendschap, niet achter zich laten. Op zoek naar mooie ervaringen kreeg ze een opdracht in Nice voor een Europees gezondheidscongres. Terwijl ze op een zonnige avond na haar werk naar de oude haven was gewandeld, had ze Luc in zijn eentje in een café zien zitten, waar hij *Le Monde* zat te lezen, verwoed aantekeningen maakte in een opschrijfboekje en rookte, met een onaangeroerde espresso voor zich op tafel. Ze had zijn naam geroepen. Hij had opgekeken, zijn groene ogen hadden de hare gekruist en hij had zijn voorhoofd gefronst. Hij had geen idee, herkende haar niet. Ze had een stap naar achteren gedaan en had spijt van haar uitroep. Hij was haar vergeten. *Luc was haar vergeten.* Ze had zich omgedraaid met pijn in haar hart, beschaamd, in verlegenheid gebracht, en had bijna haar evenwicht verloren.

'Jane! Mon Dieu, het is Jane.' Hij was opgestaan van de tafel, had zijn kopje omgestoten en koffie gemorst, en hij had haar vastgepakt, omgedraaid, omhelsd en geknuffeld als een zusje. Mijn dierbare vriendinnetje, had hij gezegd. '*Ma belle petite*

Jane. Je bent afgevallen, je hebt je blonde lokken afgeknipt. Je bent opgebloeid tot een vrouw. *Une très belle femme.*'

Luc was ook veranderd. Hij was in andere opzichten volwassen geworden. Hij was rustiger, onafhankelijk, zelfverzekerder, gepassioneerd over zijn plannen, vurig, geobsedeerd door zijn projecten. Zijn eerste film was goed ontvangen: hij had er een kleine onderscheiding mee gewonnen. Er werd over gesproken om hem in de bioscopen uit te brengen. Nu was hij bezig met de tweede en de financiën waren al rond. Er was duidelijkheid over wie hij was en wat hij met zijn leven wilde. Eerlijk, ja, een open gezicht met heldere, vergevensgezinde ogen, maar nooit praatziek, er werd nooit een woord of een gedachte verspild. Het was misschien tegenstrijdig, maar de eerlijke, invoelende en integere Luc had altijd een substantieel deel van zichzelf voor zichzelf gehouden. En die terughoudendheid was door de jaren heen sterker geworden.

Na die toevallige ontmoeting in Nice werd hun vriendschap hechter, bloeide op en nam een vlucht. Hij kwam naar Londen om weekends bij haar door te brengen en lag dan in bed de *Observer* te lezen, waarna ze koffiedronken die hij uit Frankrijk had meegebracht. Of zij stak het Kanaal over naar hem. Een lang weekend in New York, twee nachten in Madrid, een rendez-vous in Normandië. Ze zochten gretig naar gelegenheden en zochten data om samen te kunnen zijn, te vrijen, naar muziek te luisteren, te reizen en te dansen, duizelig van de liefde die vrijwel twee decennia eerder was ontstaan, een liefde die volwassen was geworden.

Ze waren getrouwd toen Jane vijfentwintig was en Luc tweeëndertig. Hij had een bruiloft op het landgoed gewild, maar Jane had het afgehouden en uiteindelijk geweigerd, wat hem had verbaasd. 'Waarom niet?'

'Je moeder vindt me niet goed genoeg.'

'Wat een onzin kraam je uit. Waarom denk je dat?'

'We hadden onenigheid, dat zei ik toch.'

'Clarisse maakt ruzie met iedereen. Dat zegt niks. Ze zal opgetogen zijn. Ze zeurt altijd dat ik me moet settelen, heeft het over kleinkinderen. Ik kan niet wachten om haar en Isa het nieuws te vertellen.'

'Nee, Luc, alsjeblieft. Nog niet. Laten we haar verrassen. Laten we in het geheim trouwen en het hun dan vertellen.'

'Maar willen we dan geen receptie, geen familie erbij? Ik begrijp het niet.'

'Alleen wij, op een bijzondere plek. Daarna kunnen we snel naar het landgoed en ons geluk met hen delen.'

Uiteindelijk hielden ze op een warme septemberdag een eenvoudige burgerceremonie in een dorp vol fresco's op een heuvel even buiten Rome, waar Luc in het voorbereidende stadium van zijn film zat. Er was geen familie aanwezig. Ze gingen op huwelijksreis naar Positano, aten oesters op het strand, werden dronken van de prosecco, en bij de eerstvolgende gelegenheid vloog Luc met Jane van Napels naar Nice, naar het landgoed, waar zijn tante Isabelle en Clarisse op hen wachtten. Claude, de tuinman, had hen van de luchthaven gehaald. Matty stond in de hal van het grote huis te wachten om hen naar hun kamer te brengen. Ze had de bruidskamer al in gereedheid gebracht en het bruiloftsmaal bereid: op het terras was gedekt voor een champagnediner voor de pasgehuwden. Overal lantaarns, het had vreugdevol en betoverend moeten zijn.

Maar dit was Janes eerste trip naar het landgoed sinds *die avond.*

Ze maakte zich zorgen en begreep uit de toegeknepen lippen waarmee Clarisse haar begroette toen ze voor het eerst in tien jaar de hal binnenstapte, dat Lucs moeder haar niet vergeven had en het evenmin was vergeten. Het was een onhartelijke omhelzing zonder warmte of zegen voor de verbannen veertienjarige die was teruggekeerd als vrouw en als Lucs echtgenote.

Die middag stelde Clarisse voor dat haar zoon en zij met hun paarden een ritje zouden maken om de wijnstokken te inspecteren en bonjour te zeggen tegen Antoine Pesaro en zijn ploeg, die in de wijngaarden werkten. Jane, die zich nooit heel prettig had gevoeld op een paard, nam liever een duik in het zwembad.

Het was meer dan twee uur later toen Clarisse, nog steeds in haar rijbroek met rijlaarzen, de bibliotheek binnenstapte, waar Jane op hen wachtte. Haar kastanjebruine haar was verwaaid, haar wangen waren blozend en vochtig, maar desondanks zag ze er beheerst en ongenaakbaar uit. Jane, die in haar eentje door een geïllustreerd boek zat te bladeren, stond op toen haar schoonmoeder binnenkwam. 'Fijn gereden?' informeerde ze beschroomd.

Clarisse sloot de deur met resolute klik. 'Luc staat onder de douche. Dat geeft mij de gelegenheid om met je te praten.'

'Ik hoop dat u blij voor ons bent?' flapte Jane eruit. Ze was prikkelbaar, gespannen en onzeker nu ze weer op het domein was, maar ze was vastbesloten om het verleden achter hen te laten en een brug te slaan tussen haar en haar schoonmoeder. Luc en zij waren getrouwd; daar kon Clarisse niets aan veranderen.

Clarisse sloeg haar armen over elkaar. Haar roomwitte overhemd was nat van het zweet. 'Eerlijk gezegd, en ik zal er geen doekjes om winden, had ik niet teleurgestelder kunnen zijn. Mijn zoon is een getalenteerde, bejubelde kunstenaar en een aardige, intelligente man. Hij heeft alles bereikt wat ik voor hem gedroomd had, en meer dan dat. Iedere jonge vrouw die hij mee naar huis heeft genomen, en dat waren er vele,' – Clarisse glimlachte toen Janes adem stokte – 'had zonder uitzondering een streepje voor op jou. Wat stijl, klasse en intelligentie betreft, om over uiterlijk nog maar te zwijgen. Er zijn geen woorden om mijn moedeloosheid te beschrijven.'

'Clarisse.' Jane plofte weer op de stoel. Het boek, dat ze opengeslagen op de armleuning had laten liggen, gleed eraf en viel dicht op het kleed.

'Ben je zwanger? Is dat de verklaring?'

'Nee.' Het woord bleef in Janes keel steken.

'Waarom zou mijn zoon dan tot na de huwelijksceremonie wachten om ons, *over de telefoon*, het "heuglijke" nieuws te vertellen?'

Jane haalde haar schouders op. 'We... wilden liever geen poespas,' stamelde ze.

Clarisse keek haar woest aan. 'Ik ben van plan mijn mond te houden omwille van Luc, omdat zijn geluk voor mij het allerbelangrijkst is. Maar ik wil dat het absoluut duidelijk is dat er tussen jou en mij niets veranderd is. Ik heb je ooit gezegd mijn huis uit te gaan en nooit meer terug te komen, en dat meende ik. En nu ben je uit hebzucht en wrok met mijn zoon getrouwd.'

'Dat is onzin. Beledigende, wrede onzin. Ik hou met heel mijn hart van Luc. En als ik zwanger ben, zul je het horen. Ik wil een heleboel kinderen van hem.'

'Jij hebt geen flauw benul wat "liefde" betekent. Jouw liefde is zelfzuchtig en dient alleen jouw belang.'

Jane kwam overeind en liep naar de deur, waarbij ze rakelings langs Clarisse liep. Clarisse pakte haar bij haar bovenarm en hield die stevig vast, zodat haar rode nagels in Janes huid prikten. 'Als je mijn zoon kwetst, vermoord ik je. En denk niet dat ik er niet toe in staat ben.'

Jane rukte zich los. 'Je bent gestoord.' En met die woorden liep ze de deur uit.

Kort nadat het viertal die avond buiten aan tafel was gaan zitten voor het diner en er jazzmuziek van Nina Simone door de open ramen klonk terwijl de geuren van het najaar overal om hen heen zweemden, had Jane – nog altijd van slag door de confrontatie met haar schoonmoeder – het vreemde gevoel dat er nog iemand aanwezig was, iemand die naar haar keek, haar in de gaten hield, het gezelschap volgde. Ze keek om zich heen, luisterde naar de krekels en tuurde naar de lichtval tussen de bomen, en daarna viel haar blik pas op een meisje van een jaar of negen, tien dat bij de achterdeur stond. Het kind droeg een kroon van wilde bloemen, of eerder een scheve krans van madeliefjes, en had gestreepte espadrilles aan haar voeten. Jane glimlachte breed en het meisje knikte. Haar ogen waren groot van verwondering bij het zien van de roze verlichting in de bomen en de extravagante boeketten en kaarsen die de tafel sierden.

Wat Jane als eerste opviel aan het onbekende meisje waren haar korenbloemblauwe ogen. Het dikke haar van het kind viel in een stevige vlecht over haar rechterschouder. Ze was sjofel gekleed, maar prachtig. Niemand anders leek haar te hebben opgemerkt terwijl ze daar stond te dralen, van achteren verlicht door de keuken, en ze gretig de magische sfeer in zich opnam. Ze wilde er dolgraag bij horen, alsof ze bij toeval op een mooie, geheime heksenbijeenkomst was gestuit.

Wie was ze?

'Hallo,' riep Jane zachtjes. 'Kom je bij ons zitten?'

Er gleed een blik van besmuikte blijdschap over het gezicht van het meisje, dat breed begon te grijnzen. Ze was een kruising tussen een deugniet en een prinses. Janes begroeting trok de aandacht van haar nieuwe familieleden aan tafel, wier gesprekken stilvielen. Geïntrigeerd draaiden ze hun hoofden om.

'Wat krijgen we nou? Wegwezen, jij kleine duivel!' snauwde Clarisse, die haar sigaret met snelle bewegingen uitdrukte, alsof ze zich gereedmaakte om in actie te komen. 'Matty!'

'Ja, madame?' De huishoudster kwam op een holletje uit de provisiekamer.

'Matty, haal onmiddellijk dat kind weg.'

De indringster draaide zich om en vluchtte uit het zicht. De tranen stonden in haar ogen, zag Jane. 'Wie is dat?' vroeg ze.

'Annie.'

'Matty's dochter,' zei Isabelle.

'Het spijt me heel erg, madame,' zei Matty haastig. 'Ze loopt me al de hele middag voor de voeten, zo opgewonden was ze bij het vooruitzicht om monsieur Luc weer te zien. Ze wilde alleen een glimp van hem opvangen en kijken wie er nog meer kwam.' Matty leek zenuwachtig, terwijl ze anders altijd zo kalm was. 'Ik denk dat ze hoopte madame Jane te ontmoeten. Lucs nieuwe vrouw zien, begrijpt u wel.'

'Nou, ga haar achterna, Matty, roep haar terug en laat haar kennismaken met Jane. Dan kunnen we allemaal hallo zeggen. Ik heb kleine Annie al heel, heel lang niet meer gezien,' riep Luc vriendelijk uit. 'Hoe oud is ze nu?'

'Ze wordt bijna tien, meneer.'

Jane sprong overeind en omhelsde Matty stevig, dolblij voor haar omdat ze uiteindelijk gezegend was met de dochter waarnaar ze zo hartstochtelijk had verlangd. Matty liet haar armen onbeholpen omlaaghangen, glimlachte ongemakkelijk en bescheiden.

Clarisse, die het tafereeltje had gadegeslagen, herhaalde haar verzoek dat Matty Claude moest roepen om het kind weg te halen. 'Neem haar onmiddellijk mee naar huis en zorg dat ze daar blijft. Dit is een privéfeestje, alleen voor familie,' zei ze stijfjes. 'Hou je kroost alsjeblieft beter onder controle. Het is onacceptabel dat ze ons hier lastigvalt.'

'O, maman, wees niet zo hard,' plaagde Luc. 'Je gedraagt je als een heks.'

Isabelle legde haar hand over de met juwelen getooide vingers van haar schoonzus. 'Ze is een kind, Clarisse, een nieuwsgierig kind. Je kunt het haar niet kwalijk nemen dat ze Luc weer wil zien en wil kijken waar alle ophef vandaan komt. Ze adoreert hem, dat weet je.'

'Het is een mooi dametje, helemaal opgedoft voor het feest met haar bloemetjestiara,' zei Jane lachend.

Clarisse wierp Jane een blik toe alsof het haar schuld was dat de indringster aanwezig was omdat Jane haar had ontdekt. 'Ze moet leren wat haar plaats is.'

Jane begreep de onderliggende boodschap: *net als jij had moeten leren.*

Jane had Luc geen kinderen geschonken die haar nu soelaas konden bieden. Geen nageslacht om haar te helpen een toekomst op te bouwen, haar in huis te nemen en de last van de rouw met haar te delen. Ze had het verdriet van hun doodgeboren zoontje meegemaakt, en daarna niets meer. Na zoveel hartstocht en vurigheid had er een kind moeten zijn, minstens eentje, als bekrachtiging, als manifestatie van de kracht van hun liefde. Kinderloosheid was een zware klap geweest, maar Luc en zij hadden hun situatie zonder rancune aanvaard. Het had hun relatie geen schade toegebracht. Haar rol binnen hun huwelijk had een andere wending genomen. Ze kon nu met hem meereizen naar opdrachten, hem vergezellen naar locaties, af en toe een script voor hem vertalen en interviews voor zijn documentaires transcriberen.

Luc was met zijn werk getrouwd geweest. Zijn slopende opnameroosters, zijn reizen, zijn zakentrips, het landgoed van zijn familie, zijn moeder: ze hadden allemaal veel van hem geëist en bijgedragen tot een afname van hun sociale leven en hun tijd samen. Zonder kind om haar aandacht op te slokken had Jane haar energie gebruikt voor het opzetten van haar bedrijfje, haar vertaalwerk, in een poging een onafhankelijk bestaan op te bouwen en zichzelf bezig te houden tijdens Lucs afwezigheid. Ze had een behoorlijk aantal vrienden in Londen. Een loyale vriendinnenkring. Een paar uit haar studietijd, een andere uit de periode dat ze als tolk werkte, en een oude vriendin, Lizzie, die ze nog kende van school en die contact met haar opnam nadat ze het overlijdensbericht had gelezen.

Hun leven... Aan dat van Luc was een eind gekomen op zijn vijfenvijftigste, en Jane was zeven jaar jonger en nog in de veertig. Wat kan een vrouw die pas weduwe is geworden en in de richting van de vijftig kruipt nog van de toekomst hopen als haar man, haar enige echte liefde, is weggenomen?

Diezelfde vriendinnen waren nu scheutig met condoleances en leefden intens met haar mee. 'Als je hoofd er weer naar staat, gaan we samen lunchen.' Een enkeling nodigde haar uit om naar hun huis op het platteland in Norfolk of Dorset te komen om daar een paar nachten of een weekend door te brengen. 'Arme jij, wat een schokkend nieuws. Blijf niet in je eentje zitten. Kom langs.' Maar uiteindelijk was ze wél alleen. Jane Cambon, geboren Sanderson, stond ontsteld op het punt onder ogen te zien dat ze een toekomst had zonder iemand naast zich, zonder dromen aan de horizon. Aan gruzelementen, van haar afgegrist: alle plaatjes die ze voor zich had gezien van een heden en een toekomst waar Luc in haar verbeelding altijd deel van had uitgemaakt.

Slechts een zieke, verstrooide vader verankerde haar aan het verleden.

'Jane! Kom binnen en doe die deur dicht, anders sluit ik je buiten!'

'Ja, Clarisse, ik kom al.'

Terwijl ze weer naar binnen ging, uit de koude avondlucht, dacht ze terug aan Lucs begrafenis en de vrouw bij Dan die haar zo bekend was voorgekomen. Werd ze gek of kon het zijn dat het Annie was geweest? Dat kleine meisje met de krans van madeliefjes, maar nu volwassen? Matty's dochter die, natuurlijk, naast haar ouders en broers in de kerk had gezeten. Luc had nooit verteld dat de dochter van Matty en Claude getrouwd was en een zoon had. Maar misschien had hij dat niet geweten.

13

Die avond in het grote huis, met Lucs moeder als haar enige gezelschap, hing er een uitgebluste sfeer. De ruime kamer voelde benauwd en claustrofobisch aan en de verschoten meubels, die ooit zo elegant waren geweest, waren nu ouderwets, de banken doorgezakt, de stoelpoten versleten. Twee vrouwen, samen ingesloten door de stilte, afgezien van het kraken en werken van de oude houten balken en het tik-tik van Clarisses wandelstok toen ze moeizaam overeind kwam om naar de keuken te lopen en meer ijs in haar drankje te doen – een paar flinke scheuten gin – en weer terug te keren naar de woonkamer. Jane stond niet op om haar te helpen. Ze liet Clarisse het zelf opknappen.

Decennialang hadden de twee vrouwen om elkaar heen gedraaid en elkaar in stilte de schuld gegeven van hun verlies. Clarisse vond dat geen enkel meisje, en zeker niet iemand van Janes lage afkomst, goed genoeg was voor haar begenadigde zoon ('Hij heeft zijn liefde voor kunst van mij geërfd.'), terwijl Jane zo haar eigen redenen had voor haar onverzoenlijke houding.

Maar Clarisse was een vechter. Wat kon Janes vijandigheid haar schelen? Zelfs nu nog vertoonde haar nog altijd verbluffend mooie gezicht geen spoor van emotie terwijl ze de hele avond aan de eettafel patience zat te spelen. Haar geklauwde artritishanden tilden de kaarten op en schoven ze met een tikkend geluid heen en weer terwijl ze in zichzelf mompelde of – kon dat echt waar zijn onder deze omstandigheden? – neuriede.

'Wat een opkomst, hè? Uiteraard had mijn Luc niet minder verdiend.'

Patience was een zinloos tijdverdrijf waar Jane zich aan ergerde. Ze las liever een boek. Er lag er een naast haar op de bank, maar ze had het omslag nauwelijks aangeraakt.

'Wat lees je?'

Soms waren Clarisses vragen griezelig, alsof ze toegang had tot Janes diepste gedachten.

'Le Carré.'

'Goed boek?'

'Ik ben er nog niet echt in begonnen. Mijn hoofd staat er niet naar.'

'Wat zijn je plannen?'

'Plannen?'

'O, Jane, in hemelsnaam. Je plannen.' De kaarten werden op tafel gegooid, rode nagels krasten over haar gevlekte huid. 'Ben je van plan hier te blijven?'

Jane haalde adem. 'Ik ga overmorgen weg.'

'Waarom blijf je me niet een tijdje gezelschap houden?'

Op haar hoede voor waar dit toe zou kunnen leiden, stond Jane op en liep naar de open haard. 'Ik moet terug.' Matty had een vuur aangelegd toen ze de resten van het begrafenismaal opruimde. Jane pakte het doosje lucifers en streek er eentje af. Haar hand trilde.

'Daar had Luc op gehoopt.'

Jane staarde naar de flakkerende vlammen, terwijl binnen in haar woede en pijn al even hevig ontbrandden. Door het raam zag ze een explosie van zigzaggende bliksem, enkele ogenblikken later gevolgd door een donderslag. De storm nam toe en kwam naderbij. 'Waar... waar had Luc op gehoopt?'

'Dat jij en ik vrede zouden sluiten en – wie weet? – het landgoed opnieuw zouden opbouwen, de wijnbusiness. Samen zouden werken.'

Dan had hij te veel gehoopt, schreeuwde Jane inwendig. Ze geloofde niet dat Luc zo'n toekomst voor zich had gezien. Hij had in elk geval nooit op zo'n knus scenario gezinspeeld. Nee, ze zou niet blijven. 'Er zijn dingen die ik met je wil bespreken,' had hij meer dan eens gezegd, zonder te willen uitweiden.

'Wat voor dingen?'

'Dat zeg ik liever als we elkaar zien,' had zijn antwoord geluid. 'Maar we moeten echt praten.'

'Laten we het met kerst bespreken.'

Hij had vast niet gedoeld op een samenwerkingsverband tussen Jane en haar schoonmoeder. Hij had kunnen weten dat ze dat zou weigeren.

'Ik kan onmogelijk blijven, Clarisse.'

'Ik denk dat je zult merken dat er hier meer voor je is dan je beseft. Als je niet langer wegloopt.'

'Wat bedoel je daarmee?'

'Daar kom je zelf wel achter.'

De woede laaide op. 'Weer zo'n cryptisch spelletje van je?'

'Je bent kil, Jane, en harteloos.'

'Harteloos? Vorig jaar was ik nog hopeloos en onverantwoordelijk. Ik was volgens jou niet in staat tot constructief handelen en bovenal was ik niet goed genoeg voor je zoon. Ik was degene die eigenhandig je oogst had verwoest, weet je nog? En nu stel je voor dat we het wijngoed samen runnen, als een stel oude vriendinnen. Verenigde weduwen.'

Clarisse boog voorover, drukte haar in zwart kant gehulde boezem – die met de leeftijd steeds ronder werd – tegen de kaarttafel en trok een pakje Camel naar zich toe. Ze haalde er een sigaret uit, stak hem aan en nam een stevige trek. 'Nou, Jane, verwoestende daden zijn je niet vreemd, dat zul je toch moeten toegeven.'

'Loop naar de hel, Clarisse.'

'Daar zijn we allebei al, liefje.'

'Ik ga naar boven, naar mijn kamer. Het is een lange dag geweest. Wil je dat ik je naar het huisje breng of ben je van plan om vannacht in een van de logeerkamers te slapen?'

'Dit was Lucs huis, Jane. Ik heb het aan hem gegeven en daardoor werd het ook van jou. Mijn huis staat verderop langs de oprijlaan en ik heb mijn eigen vervoer.'

'Goed, dan zeg ik nu welterusten, als je het niet erg vindt.'

Jane ging op het katoenen dekbed op hun tweepersoonsbed liggen en staarde naar de ventilator aan het plafond terwijl de tranen op haar wangen brandden. Woede en pijn kolkten vanbinnen. Ze had haar schoenen uitgeschopt en luisterde met in kousen gehulde benen en nog steeds in het zwart gekleed naar de storm. De wind huilde en gierde terwijl de regen neerkletterde en tegen het huis sloeg. Takken knapten en vielen met een bons op de grond, terwijl de wind, de donder en de bliksem heviger werden en tegen de muren knalden,waardoor de kamer verlicht werd en daarna weer in duisternis werd gehuld. Ergens zou een korte periode hier op het platteland wel welkom zijn om haar emoties de baas te worden. Een verblijf van een week of twee, waarin ze in de buurt van Luc kon zijn. Ze was er niet klaar voor om hem te laten gaan, ze kón het niet. En het feit dat hij voor eeuwig hier zou zijn, ver bij haar vandaan, benadrukte haar verlies. Op dat punt had Clarisse gewonnen. 'Míjn Luc.' Ze had haar zoon voor altijd aan haar zijde. Om dicht bij hem te kunnen zijn, moest Jane blijven. Maar haar verlangen om afgesloten te zijn van de herinneringen, het verleden, het schuldgevoel, en opnieuw te beginnen met een leven zonder Lucs moeder en de geesten van zijn familie trok al even hard aan haar. Ze had behoefte aan een schone lei, zelfs als de beslissing om verder te gaan en ergens anders opnieuw te beginnen niet strookte met Lucs verwachtingen en zijn instructies vanuit het graf. Plannen die hij blijkbaar wel met zijn moeder had besproken, maar nooit met Jane, zijn vrouw.

'Geef me een teken,' fluisterde ze nu tegen hem.

De volgende ochtend was het na negenen toen Jane naar beneden ging. Er was niemand. Matty had de tafel in de eetkamer voor één persoon gedekt en de haard aangestoken. Een warme pot koffie wachtte op haar op een bijzettafeltje. Ze schepte roerei en toast op en kauwde het lauwwarme eten mechanisch weg. Wanneer had ze voor het laatst gegeten? De avond ervoor had ze op de bijeenkomst na de begrafenis geen hap door haar keel kunnen krijgen en maar wat gespeeld met een stukje visfilet. Achter de rammelende ramen gierde nog steeds een fikse wind. De regen spetterde tegen de ruiten. Binnen was het stil, afgezien van de staande klok die in de hal stond te tikken en de regen die op het glas kletterde. De storm was nog niet bedaard, al nam hij wel af.

Vanaf de plek waar ze zat, in haar eentje aan de glanzend gepoetste mahoniehouten eettafel, kon ze de schade opnemen: levenloze takken en terracotta scherven van omgevallen bloempotten die her en der verspreid lagen op het winters dorre gazon. Claude zou zijn handen vol hebben aan het opruimen van de puinzooi. Later op de ochtend zou ze, als het onweer was weggetrokken – áls het al zou wegtrekken – naar het dorp lopen, naar Luc. Als ze terug was, zou ze Claude aanbieden een handje te helpen. Activiteiten om zichzelf bezig te houden tot het tijd was om weg te gaan. Terug naar een leeg huis.

Tegen het middaguur strompelde ze, dankbaar om uit huis te zijn en de koele, vochtige lucht in te ademen, over de lange, bochtige oprijlaan tegen de hevige wind in en sprong over stroompjes regenwater die tussen sponzige hoopjes gevallen dennennaalden door sijpelden. Twee rijen gigantische libanonceders met daartussenin rechte Corsicaanse dennen, flankeerden haar pad. Hun massieve armen reikten omhoog alsof ze zongen. Er vielen druppels uit hun doorweekte takken. Ze kletsten op haar schouders en dropen in haar haren en wimpers: de tranen van de natuur die rouwde om haar verlies.

Voorbij het ijzeren hek sloeg ze rechts af de *route nationale* op. Walnut was dol op deze wandeling langs de onderste omheining van Les Cigales en bleef voortdurend staan om aan boomwortels te snuffelen en ertegenaan te plassen. Waar was hij? Ze miste hem zo. Had hij naast Luc gezeten tijdens die drie onverklaarde uren? Was hij getuige geweest van Lucs ongeluk, had hij zijn baasje proberen te redden? Was hij gevlucht vanaf de plek des onheils? Als hij daar bij Luc was gestorven, zou Roussels team dan geen sporen van hem gevonden hebben?

De vragen lieten haar niet los.

Twintig minuten later was ze diep in het platteland beland, in *la France profonde,* op een lange, rechte avenue van platanen. Bij de tweede kruising sloeg ze rechts af en begon de steile helling naar Malaz te beklimmen. Het schelle vogelgeroep boven haar hoofd, het gefladder en geschuifel in de grote takken van de dennenbomen en platanen, leek een waarschuwingsroep te zijn. Voorbij Malaz zou de kronkelige klim onderbroken worden door stenen dorpjes en geheime heuvelstadjes, helemaal naar de voet van de Alpen, maar zij stopte in Malaz. Moe van het klimmen pauzeerde ze even om op adem te komen en vanaf de rand van het dorp te genieten van het uitzicht op de zee in de verte.

Malaz was een gemeente van een stuk of zeshonderd inwoners. 's Zomers nam dat aantal toe tot wel tweeduizend. Duitsers, Nederlanders, Scandinaviërs en Britten kwamen hierheen met auto's vol kinderen en instantkoffie om in de lege huizen te trekken, die voor exorbitante prijzen werden verhuurd als vakantiewoningen. In Malaz stonden de huizen dicht naast elkaar in nauwe kronkelstraatjes die bescherming boden tegen de verzengende hitte halverwege het jaar.

Maar nu was het eind januari. Het land was drassig en verwaaid na de storm van die nacht. Afgebroken takken, rommel in de goot, water dat zuidwaarts stroomde, groter wordende plassen op de ongelijke stoepen of keitjes van de *ruelles*, die scheuren vertoonden door boomwortels en waarin elke gevel in een andere kleur oker was geschilderd. Modder. Weinig verkeer. Geen toeristen. De scherpe, heldere lucht rook naar rottende bladeren en schoorsteenrook. Meerdere generaties van Maralpin-families zaten gezellig bij open vuren, met potten borrelende pot-au-feu. Veilig in hun saamhorigheid, nog een paar maanden verlost van 'buitenlanders'. Ze benijdde hen om hun verwantschap, hun knusse intimiteit. Ze had zich zelden zo aangeslagen gevoeld, alsof ze verdwaald was op zee.

Bladeren – die paar die nog over waren gebleven aan de bladverliezende bomen – dwarrelden rond Janes marcherende voeten. Ze stopte haar in handschoenen gestoken handen diep in haar zakken en liep verder, zich afvragend of ze het ooit weer warm zou hebben.

De vertrouwdheid van Malaz, waar het vanwege de lunch uitgestorven was toen ze de wirwar van keienstraatjes bereikte, kalmeerde en omarmde haar. Vervlogen geluk. Vandaag zaten er in het enige café dat geopend was mannen in viertallen te kaarten. Zwartogige Arabieren rookten en hielden felgekleurde frisdranken in hun hand, terwijl ze met ondoordringbare blik door de ramen naar haar keken.

In bijna al haar herinneringen van momenten die ze hier had doorgebracht kwam Luc voor, zelfs die van heel lang geleden, begin jaren zeventig, toen ze haar eerste jeugdzomer in dit Gallo-Romeinse land had doorgebracht met Peter, haar vader. Toen ze samen met de veerboot vanuit Dover waren overgestoken voor een verkennende trip voorafgaand aan zijn eerste gesprek op Les Cigales, had haar vader kamers voor hen beiden geboekt in een *auberge* in Malaz. Les Amis du Château was de naam van het pension geweest...

14

Begin juli 1971

Jane en haar vader lieten hun gehavende koffers op het bed vallen.

'Onze geluksdag, hè, Janey? Nog maar twee eenpersoonskamers vrij en die hebben wij te pakken gekregen.' Vader en dochter waren, warm en opgewonden, vanaf de straat binnen komen lopen, wanhopig op zoek naar een kamer, en hadden aangrenzende kamers gekregen van een van de vrouwen van middelbare leeftijd die het pension runden. 'Les Amis du Château. Weet je wat dat betekent?'

Jane schudde haar hoofd.

'De vrienden van het kasteel. Dat zijn wij binnenkort, als alles volgens plan verloopt. De Fransen noemen alle grote huizen kastelen.'

'Dat wordt duimen, pap.'

'We leggen jouw spullen later wel in je kamer, na de bespreking, goed? We hebben nu geen tijd om uit te pakken.' Peter knipoogde, trok zijn verkreukelde overhemd uit en schoot er snel eentje met een paisleymotief aan, dat voor hun vertrek uit Kent netjes was gestreken en opgevouwen door zijn vrouw, Vivienne. Ze denderden de trap weer af zonder ook maar hun handen te wassen, waar Janes moeder op zou hebben aangedrongen. Jane was duizelig van geluk. Ze was zes, zou in oktober zeven worden, en hier was ze met haar vader in het buitenland waar ze kon doen wat ze wilde. Het was raar dat haar moeder zeeziek werd op een boot. Ze miste alle pret.

Peter liet de sleutel achter bij de receptie en vroeg om bevestiging van zijn routeaanwijzingen naar Les Cigales, terwijl Jane buiten in de zon wachtte.

'Op vakantie?' vroeg een van de twee eigenaressen, een stevige vrouw met zalmkleurige lippen.

'Les Cigales? Waarom zou u daarnaartoe willen?' interrumpeerde de ander.

Peter legde snel de reden van zijn komst uit.

De vrouwen schudden hun hoofd. Een van hen voelde aan een zilveren kruis dat aan de ketting om haar hals hing. 'De meeste mensen hier uit de buurt blijven daar weg. Het is een goddeloos stel, die twee.'

'O jee.' Peter vouwde zijn kaart weer op en verhulde zijn geamuseerdheid.

'Het zijn schoonzussen, maar we hebben gehoord dat het heksen zijn.'

'Heksen? Lieve hemel! Ik mag wel uitkijken.'

'Ze hebben zich hier na de oorlog in Algerije gevestigd, zwaaiend met hun geld. Kolonialen. Daar is nooit iets goeds uit voortgekomen.'

'Er is ook een jongetje, en geen vader.'

'De jongste beweert dat ze weduwe is.'

'Een weduwe van halverwege de dertig, nogal onwaarschijnlijk, lijkt me. En die andere, haar schoonzus, is een ouwe vrijster.'

De vrouwen schudden meewarig hun hoofd, alsof er niets te doen viel aan zulke schaamteloze verdorvenheid.

Peter wuifde de roddelpraat zwijgend weg. 'Tot straks.' Hij haastte zich naar zijn dochter, die buiten in de verzengende hitte stond, en ze stapten in zijn rode Ford Cortina stationcar. Hij glimlachte inwendig en overdacht de opmerkingen van die oude wijven. Heksen! Wie had het in 1971 nou over heksen?

De twee vrouwen die hij zou ontmoeten, waren potentiële werkgeefsters. Dat was alles wat ertoe deed. Dit was een mogelijkheid die de Sandersons wanhopig hadden nagestreefd, een kans voor Peter om zich te verzekeren van werk in het buitenland, nieuwe handel aan te boren en te ontsnappen aan de stilstand van het Groot-Brittannië van Edward Heath en het gedwongen ontslag dat hij ruim een jaar eerder had ondergaan.

'Steuntrekker, maar wel veerkrachtig' luidde zijn beschrijving van zichzelf, maar zijn montere houding verhulde dat hij zorgen had en afgemat was en terneergeslagen door zijn financiële strubbelingen.

Onderweg volgde de Cortina de bochtige kronkelingen van de landweggetjes die omlaagvoerden in de richting van de kust. Ze waren aan de late kant. Jane probeerde de aanwijzingen te ontcijferen uit de handgeschreven brief die Peter een maand daarvoor had ontvangen.

'Hier links, nu een scherpe bocht naar rechts. De steile heuvel af, staat er. Dan moeten we op de route nationale uitkomen en de ingang is meteen daarna. Iets van de weg af, staat er.'

'Jij kunt al goed lezen.' Peter gaf haar een compliment terwijl ze vaart minderden, op zoek naar de hekken van het wijngoed, nog steeds in de hoop op tijd te zijn voor deze eerste afspraak met de eigenaren en wijnproducenten, madame en madame Cambon. 'Als ik deze baan krijg, mag je elke vakantie met me mee en kun je een beetje Frans leren. Dan heb je later op school een voorsprong.'

'Hier is het! Kijk, Les Cigales,' riep Jane triomfantelijk uit.

Twee indrukwekkende ijzeren hekken stonden open. Peter sloeg links af en ze reden een bochtige, met bomen omzoomde oprijlaan op waar geen eind aan leek te komen. Er hing een heerlijke geur van onherkenbare klimplanten die in volle bloei stonden. Een warme stilte omhulde hen.

'Laten we hopen dat ik die baan krijg...' zei Peter zachtjes toen hij de motor afzette. Ondanks zijn eerdere haast bleef hij nu zitten en trommelde op het stuur.

Nadat hij na zijn ontslag geen werk had kunnen vinden, was hij teruggegaan naar zijn eerste liefde: de muziek. Een jaar op bruiloften en bij verenigingen spelen en tot in de kleine uurtjes werken om de eindjes aan elkaar te kunnen knopen, had zijn tol geëist van zijn huwelijk. Toen had hij toevallig een advertentie gezien in de *Lady*, een chic tijdschrift dat hij bij de huisarts had doorgebladerd toen hij wachtte op een recept voor antidepressiva.

Eenmaal thuis had hij op de advertentie gereageerd.

Er was een gunstig antwoord gekomen op zijn handgeschreven brief:

> *Het Verenigd Koninkrijk is een groeiende wijnmarkt; veelbelovend maar nog niet ontwikkeld. Mijn schoonzus en ik zijn op zoek naar de juiste vertegenwoordiger. We nodigen u graag uit voor een ontmoeting op ons landgoed. Hartelijke groet, Clarisse Cambon*

'Goed, daar gaan we. Haal diep adem, Jane, en vergeet niet te blijven lachen.'

De hitte brandde op Janes rug, die nu aan de plastic zitting zat vastgeplakt. Ze duwde het portier van de oude auto open, gooide het dicht en liep over het grind van de binnenplaats naar een trap die naar een overkapping en een dubbele voordeur leidde.

'Het ís een kasteel. Het is net zo groot als Buckingham Palace,' fluisterde ze, terwijl haar vader aan het ouderwetse belkoord trok. 'Ik zou willen dat mama het kon zien.'

'Als alles goed gaat, krijgt ze het nog wel te zien,' antwoordde hij. 'Duimen maar.'

Ergens diep in de krochten van het landhuis blafte een hond. Een vrouwenstem riep scherp iets in het Frans. De hond zweeg.

Er klonken voetstappen. Peter schraapte zijn keel en frummelde aan de kraag van zijn overhemd. In zijn brief aan madame Cambon had hij beweerd dat hij de toekomst van de massaverkoop van wijn in Groot-Brittannië voor zich zag:

We moeten zorgen dat de flessen in de cafés en de lokale winkels komen te liggen en bij de gewone mensen terechtkomen. De boodschap moet zijn: 'Wijn bij het eten en wijn als drank in het sociale leven, in plaats van bier voor de kerels en Dubonnet met ijs en limonade voor de dames.' Wijn is een nieuw concept in het Groot-Brittannië van begin jaren zeventig, maar het moet hip worden. Als uw vertegenwoordiger garandeer ik dat ik de hoeveelheid zal afnemen die u en ik overeenkomen.

Clarisse Cambon had een hebzuchtige blik op deze nieuwe zaak. Ze was er happig op om de Britten voor zich te winnen. '*Les Anglais,* die warm bier drinken en bordeauxwijnen "tafelwijn" noemen. Ze zijn niet verfijnd,' had ze tegen haar schoonzus gezegd, 'maar we kunnen het ze leren en er een slaatje uit slaan. Die man van die brief lijkt te weten waar hij over praat.'

Dus daar stond hij dan, voor de deur van dit verbijsterend deftige huis, en hij hoopte vurig en gespannen op de kans om een nieuwe toekomst op te bouwen voor zichzelf en zijn gezin.

Clarisse deed de deur open. 'Bonjour, bonjour. Zo'n lange reis is uitputtend, maar u bent op tijd. *Très bien. Entrez.*'

Janes mond viel open bij het zien van die dame met haar slanke polsen, waaraan een gouden horloge prijkte dat bij elk gebaar weggleed en draaide. Ze had nog nooit iemand gezien die zo welgevormd en toch zo slank was, zo prachtig. Met haar kastanjebruine krulhaar was de dame zo glamoureus en zelfverzekerd als een filmster, en niet zo mager als Twiggy.

Madame Cambon wenkte Janes vader op een nogal flirterige manier de hal binnen. Jane sloop vlak achter hem aan. Ze herhaalde bij zichzelf de woorden die bij de deur tegen hen waren gezegd en liet ze op haar tong rollen: *trrrrrè bjen, entrrré.* Zangerige woorden met veel r'en. Wat betekenden ze? Het interieur was koel en donker en er hingen olieverfschilderijen met vergulde lijsten. Het was zo groot als een paleis. Vanaf hier liep het drietal naar een zitkamer met bordeauxkleurige wanden en hoge plafonds, een tafellamp die als een verwelkte tulp omlaaghing, en een plafondventilator waar een trage wind vanaf kwam. Het was er schaars verlicht en er kwam geen zonlicht binnen door de latjes van de dichte luiken. Het duurde even voor Jane de tweede madame Cambon zag, die gekleed was in een losvallende beige broek met een zijden overhemd en op een stoel met een hoge rugleuning zat te roken. Zonder op te staan stelde ze zichzelf voor als Isabelle Cambon, de oudste van de twee *sœurs*. (Nog meer, r'en, dacht Jane.) Ze dronk iets bruisends uit een hoog glas met tinkelende ijsblokjes en citroen.

Op een dressoir aan de andere kant van de kamer draaide een elpee op een platenspeler. 'Hey Jude' van The Beatles. Jane verwonderde zich erover. 'Ik ben dol op dit liedje,' riep ze vrolijk. 'Papa zingt het heel vaak, hè, pap? Papa is muzikant, hij speelt bas en gitaar, maar dat heeft hij opgegeven om verkoper te worden, hè, pap? Mama zei dat we een vast inkomen moesten hebben.'

Haar vader gaf geen antwoord en schraapte slechts zijn keel. Er viel even een ongemakkelijke stilte.

Opeens was Jane zich bewust van haar geklets – 'praten zonder dat er tegen je gesproken wordt' – en van haar slordige uiterlijk, het feit dat ze dorst had (ze zou graag een slokje limonade van die mevrouw willen), haar saaie, bezwete kleding en haar ongekamde honingblonde pony. Deze vrouwen zagen eruit alsof ze in een tijdschrift leefden.

Clarisse Cambon glimlachte met glanzend rode lippen naar haar en vroeg: 'Ik denk dat jij wel een *doik* wilt nemen terwijl je vader en ik over *bizness* praten, hè? Daar fris je van op.'

Jane staarde in paniek naar de mevrouw met haar brede, koraalrode glimlach en bijpassende nagels en haar keurig gestreken jurk, haar grote, dikke parels en haar hoge schoenen met riempjes. Ze wilde dat ze begreep wat er tegen haar gezegd werd. Sprak ze maar Frans, of kon ze dat gebroken Engels maar verstaan. Ze keek onzeker naar haar vader, die glimlachte en duidelijk gecharmeerd was van het gezelschap waar hij in verkeerde.

Een *doik*? Jane smeekte hem met haar blik om het te vertalen.

'Mevrouw Cambon zegt dat je in haar zwembad mag zwemmen, Janey. En een *duik* mag nemen. Is dat niet aardig?'

'Heeft ze een eigen zwembad?' Jane staarde met grote ogen naar de eigenares van het kasteel die haar, met haar groen met gele jurk, aan een kaarsrechte, stralende narcis deed denken. De Narcissendame rook zelfs naar bloemen, een veel zwaardere, muskusachtigere geur dan het lavendelwater van Yardley dat haar moeder had.

Durfde ze het aanbod aan te nemen? Zou het wel beleefd zijn om plezier te gaan maken terwijl ze hier voor belangrijke zaken waren?

'*Allez, ma petite*, toe maar. Na afloop zal onze kokkin een heerlijk *déjeuner* voor ons allemaal bereiden.'

Haar vader knikte en gaf haar een blauwogige knipoog ter goedkeuring, en Jane haastte zich naar de voorkant van het huis om haar handdoek en badpak uit de zwarte tas in haar vaders Cortina te halen.

Jane was dolblij met deze onverwachte meevaller. In de schaduw van een dikke boom naast het zwembad trok ze haar kleren uit, nadat ze eerst had gekeken of er niemand in de buurt was. Maar zelfs daarna trok ze eerst haar onderbroek uit onder haar rok, trok haastig haar badpak aan en stond te hannesen om het onderste deel op zijn plek te krijgen. Toen ze zich had omgekleed en haar kleren tot een bundeltje had gerold, deed ze haar zwembandjes om, bond haar blonde vlechten met een elastiekje in een knot op haar hoofd, zocht op de gloeiend hete tegels voorzichtig haar weg naar de waterrand en daalde de eerste twee treden af. Daar bleef ze even staan, waarna ze zich liet zakken in het eerste privézwembad dat ze ooit had gezien.

Het water glinsterde helder. Het kietelde en likte aan haar enkels en maakte er rimpelingen omheen. Het was azuurblauw door de reflectie van de lucht en deed haar denken aan een enorme geaderde knikker die plat was gerold. De enige geluiden waren afkomstig van het getsjirp van de krekels, een paar dikke bijen die om een pot met bloemen zoemden en het spetteren van haar blote voeten tegen de tegels. De hitte wikkelde zich als een deken om haar heen. Twee hoge palmbomen, één op elke hoek van het diepe gedeelte van het zwembad, stonden op wacht. Daarachter was een gazon en daarna een hoge, stenen muur die, al wist Jane dat toen nog niet, een vruchtbare moestuin omheinde. Op de achtergrond zag ze de omtrekken van een rij lage, paarsachtige bergen.

Met toegeknepen ogen keek ze op naar een grote, zwarte vogel die luid krassend boven haar door de lucht klapwiekte.

Ze waadde tot haar knieën in het zwembad. Het water was koel en verfrissend. Het liefkoosde haar terwijl de zon meedogenloos op haar hoofd brandde en haar huid rood maakte.

'Bonjour.'

Jane draaide zich schuldbewust om en zag een zwartharige jongen in korte broek en op blote voeten op enige afstand achter haar in de schaduw staan.

'Wat zijn dat voor blauwe dingen die je aanhebt?' Luc stapte uit de duisternis van een verlaten eetgedeelte waar Jane nog geen acht op had geslagen. Ze had zich nooit in het openbaar durven verkleden en zich in haar badpak in het felle daglicht durven wagen als ze had geweten dat hij daar was. De jongen leek al heel groot, veel ouder dan zij, misschien wel twaalf of dertien.

Ze had niet geweten dat Luc haar stiekem had gadegeslagen van achter een van de pilaren van de zomerkeuken en het barbecuegedeelte van het zwembad, waar hij had zitten lezen, en dat hij met één oog tegen de houten pilaar geleund terwijl hij met het andere oog naar haar keek, gefascineerd naar haar kokosmelkwitte huid had zitten kijken, verbaasd over haar plastic zwembandjes.

'Ik dacht dat iedereen kon zwemmen,' plaagde hij, zij het niet onvriendelijk, toen ze had uitgelegd waar die 'blauwe dingen' om haar armen toe dienden.

'Ik ben aan zee geboren,' pochte hij. 'Ik kan me niet eens herinneren dat ik ooit niet heb kunnen zwemmen. Ik kan het je wel leren als je wilt. En ook snorkelen. Jij hoort toch bij die Engelse bezoeker die hier is om maman te spreken, *n'est-ce pas*? Wat doe je in mijn zwembad?'

Nu werd ze bang. Deze stoere jongen, met een huid die zo gebruind was als een leren tas, hield een paperback in zijn hand en kwam dichterbij, waarna hij zich op het trappetje over haar heen boog, terwijl ze half in en half uit het water was. Ze was zo bang voor zijn verachting. Of, erger nog, dat hij haar hoofd onder water zou houden, gewoon voor de lol.

'Ik heet trouwens Luc. En jij?'

'Jane Sanderson,' bracht ze schor uit.

'Bonjour, Jane. Ik haal mijn zwembroek en dan kom ik bij je.'

'Bonjourrr,' herhaalde ze verlegen. Het was het eerste woord dat ze ooit in het Frans had gezegd en ze barstte van vreugde.

Luc sprak meer dan voldoende Engels en bewees die dag en de zonovergoten dagen die volgden dat hij een schatkist vol fascinerende curiositeiten was. Op blote voeten op het strand, lenig en snel, met de camera om zijn naakte torso, was hij altijd bezig met speuren, graven, en het fotograferen van zijn vondsten. Aanwijzingen, kennis van het land, de zee, water- en rotsplanten, geografie... vragend, doordringend, onderzoekend. Ze keek vol bewondering en verwondering naar hem. Ze volgde hem, baande zichzelf iets moeizamer een verkennende weg, of waagde het naast hem te huppelen tijdens zijn voortdurende jacht op wat er uit de zee was aangespoeld, zoals magische schelpen, en hem te bestoken met vragen.

Die eerste ochtend zaten ze na het zwemmen met handdoeken om zich heen naast elkaar en liet hij haar de Franse naam horen van de voorwerpen of de onderwerpen waar hij over praatte. 'Zwembad. *La piscine*. We hebben elkaar ontmoet in la piscine.'

'Niet waar. Ik was in het zwembad, jij niet. Woon je hier alleen?' vroeg ze.

'Met mijn moeder en mijn tante. *Avec ma mère et ma tante.*'

'Broers en zussen?'

'*Non.*'

'Ik ook niet. En je vader?'

Luc zweeg even en trok zich als een slak terug. Ze had per ongeluk een gevoelige snaar geraakt. Dat voelde ze zelfs op haar jonge leeftijd. 'Hij is in Algerije gebleven,' antwoordde hij behoedzaam. 'Waar ik geboren ben. Mijn opa en oma zijn daar ook achtergebleven.'

'Waar ligt Algerije?'

'Noord-Afrika.'

'Ben je in Afrika geboren?'

'En op een dag ga ik terug. Dan bouw ik een boot en vaar ik erheen. Ik in mijn eentje in mijn boot op open zee. En dan zal ik onze boerderij en mijn vader weer vinden.'

Afrika! Haar nieuwe vriend was zo exotisch, heel anders dan ieder ander die ze ooit had ontmoet, en hij kon zwemmen als een bruinvis.

Jane, het bedeesde Engelse meisje met haar vlechten en canvas sandalen, was helemaal betoverd door alles en iedereen op Les Cigales: het grote huis met het wijngoed, de vrouwen des huizes met hun chique kleren, en vooral madame Clarisse, die zo dweperig en toch afstandelijk deed. Ze was een opmerkelijke, opvallende vogel; klokkend, naar eten pikkend, jagend.

Die avond dineerden vader en dochter in het restaurant van de auberge. De andere gasten waren allemaal Noord-Europese toeristen op doorreis. Jane voelde zich vreemd ver van hen verwijderd, alsof ze betoverd was en haar vader misschien ook wel. Ze had een magisch, fantastisch universum betreden dat haar voor altijd zou veranderen. Ze was zo overweldigd door verwondering om de dingen die haar verbeelding te boven gingen en vooral door het gezelschap van haar nieuwe vriend Luc, dat ze er duizelig van was en nauwelijks een hap van het heerlijke eten door haar keel kreeg.

'Hij heet Luc en hij heeft beloofd dat hij me leert zwemmen zonder bandjes.'

'Goed zo.'

'Ik zou willen dat mama hier was om dit allemaal te kunnen zien, al die bloesem die als juwelen in de struiken hangt, de potten met dikke bloemen en de hoge, rechte bomen,' fluisterde Jane tegen haar vader, 'en om me de Franse woorden te horen zeggen die Luc me heeft geleerd. Gaan we nog een keer naar het kasteel?'

'Het leek goed te gaan,' luidde haar vaders antwoord. 'Ik begrijp wat ze willen en ik weet zeker dat ik dat kan.'

'Duimen maar, pap.'

'Morgen zullen we het weten.'

Een van de twee eigenaressen van Les Amis du Château diende het eten op terwijl de ander kookte. Als het ook maar even kon, kwamen ze bij de tafel van de Sandersons staan als twee gretige, rondborstige, grijsharige aaseters die hongerig naar de roddels van het grote landgoed pikten. 'Hoe is het daar gegaan?' De twee vrouwen brachten met hun kletspraatjes in ongezouten bewoordingen de reputatie van de Cambons om zeep en leken daar de grootste voldoening uit te putten.

'De minst populaire vrouwen uit de omtrek. Pieds noirs zijn het. Geboren in Afrika. Afrikaanse gewoonten.'

'De jongste is een toverkol met priemende ogen.'

'We zien ze nooit bij de mis.'

'Succes ermee.'

Peter was geamuseerd, Jane een beetje bang, maar ze kon niet zeggen of haar angst nu werd opgewekt door de twee vrouwen van het hotel of door die van het grote huis.

Tijdens hun bezoek aan Les Cigales van de volgende ochtend kreeg Peter de baan. Clarisse, die er adembenemend uitzag in een losvallend magentakleurig overhemd met een witlinnen rok en hoge gouden muiltjes, ging hen voor naar de tafel in de eetkamer, schonk twee glazen witte wijn in en samen hadden ze, terwijl Jane toekeek, een contract voor één jaar getekend. 'Volgend jaar bekijken we het opnieuw.' Clarisse glimlachte en kneep als een kat haar groene ogen toe.

Zo begon een reeks avonturen op Les Cigales gedurende lange, zorgeloze zomers. Gedenkwaardige, vreugdevolle reisjes naar Engeland in de Cortina stationcar van haar vader, tot de nok toe volgepakt met dozen wijn die thuis in de garage werden opgeslagen tot ze werden verkocht, tot Peter het zich kon veroorloven zijn eigen slijterij te beginnen, en onderweg zongen ze samen in volmaakte harmonie, vrolijk als een stel dronken matrozen.

'*The bells are ringin' for me and my gal*. Kom op, Janey, zing mee.'

'Die ken ik niet, pap.'

'Nou, wat zullen we dan zingen? Kies jij het volgende liedje maar.'

'Laten we er een zingen dat jij hebt geschreven, pap.'

Warme dagen waar geen eind aan kwam.

Peter deelde die expedities met zijn opgroeiende dochter die op haar beurt de dagen 'op het kasteel' deelde met Luc, terwijl Vivienne in Engeland achterbleef.

Tot op de dag waarop ze haar laatste adem uitblies had Vivienne koppig de voorkeur gegeven aan Engeland. Na veel gesteggel had ze er één keer mee ingestemd om een paar weken op het landgoed van de Cambons door te brengen. Jane was toen negen of tien geweest. In dat stadium hadden de gezusters Cambon een van hun huisjes ter beschikking gesteld aan de Sandersons.

'Dat is beter dan die plaatselijke auberge,' beweerde Clarisse, die Les Amis du Château omschreef als 'louche en 'aveloos' en de dorpsbewoners als 'vol jaloezie, met benijdende gezichten'. Toch voelde Vivienne zich niet op haar gemak. Ze kon niet acclimatiseren in dat warme, zuidelijke buitenland met muggen en vreemdelingen, en kon maar niet wennen aan de weidse omgeving en het gezelschap van Clarisse en Isabelle die, daar was ze van overtuigd, spottend om haar lachten. Ze vond het er 'plakkerig en onaangenaam'. Ze vond de twee vrouwelijke werkgevers van haar man ontzagwekkend en snobistisch. Ze ging naar huis en keerde nooit meer terug.

De verrukkingen en ontdekkingen waren nu exclusief voor Jane, in gezelschap van Luc of onderweg met haar vader: vader en dochter zij aan zij.

Tot de nacht van die vreselijke scène met Clarisse, die zomer waarin Jane veertien was...

Peters bedrijf groeide goed. De klanten hapten toe. Hij had zijn oog laten vallen op een winkeltje in Kent. Dat had Jane ten onrechte beschouwd als de reden voor zijn nieuwe luchthartigheid. Ze was nog veel te veel kind geweest, te naïef of te zeer in beslag genomen door haar eigen, meisjesachtige passie – haar ontluikende genegenheid voor Luc – om tussen de regels door te kunnen lezen en de omvang en de gevolgen van haar vaders charmes te begrijpen, en in te zien waarom ze tijdens hun bezoekjes nu hartelijk werden verwelkomd als gast in het grote huis in plaats van in een klein huisje. Haar vader, die ervan had gedroomd een bescheiden onderneming op te bouwen – iets kleins om zijn gezin zekerheid te bieden en geen uitkering meer te hoeven trekken – was verleid.

Ze werd wakker door stemmen die door het plafond klonken. Jane deed haar ogen open en luisterde nog eens goed. Er kwamen bonkende en schurende geluiden van de verdieping boven haar kamer. In vroeger eeuwen was de bovenverdieping bestemd geweest voor het bedienend personeel, maar tegenwoordig waren die kamers altijd afgesloten. Dat wist Jane, omdat ze af en toe met Matty naar de derde verdieping was meegegaan als de huishoudster daar wilde luchten.

Die nacht was de veertienjarige Jane alleen, eenzaam omdat Luc naar de universiteit van Parijs was teruggegaan, en ze sloop in het donker de trap op, liep voetje voor voetje door de smalle gang en ging af op het geluid van de gedempte stemmen en het gelach dat achter de dichte deur van een van de afgesloten kamers klonk. Ze glipte stilletjes van deur tot deur in de hoop erachter te komen waar de geluiden vandaan kwamen. Met haar oor tegen het hout had ze ontdekt waar het gestommel plaatsvond en ze was blijven staan. Geïntrigeerd, verstoord, blozend van ongerustheid luisterde ze af. Had ze een voorgevoel? Haar hand ging naar de deurknop. Haar vingers sloten zich stevig om het koude koper. Ze draaide en wachtte met bonkend hart voordat ze de klemmende deur openduwde. Daar, vlak voor haar, op een eenpersoonsbed, zag ze het dierlijke tafereel, fel verlicht door een bleekwitte bundel van maanlicht die door een zolderraam scheen. Jane slaakte een kreet, een harde gil van walging. Eén figuur maakte zich meteen los en sprong met een wit laken achter zich aan de kamer door. Priemend groene ogen, die heksenogen, bleven op Jane gericht toen die op de vrouw des huizes afstormde. Ze klauwde naar Clarisse, wier haar als een vogelnestje in slordige plukken omlaaghing, en duwde en trok aan haar. Jane was witheet en blind van woede terwijl ze haar gebalde vuisten op Clarisses borst liet neerkomen. Peter, die haastig het laken om zijn onderlichaam had gewikkeld, trok Jane nu van haar los.

Jane schudde haar vaders handen van zich af. 'Blijf van me af. Ik haat je, ik haat je!' gilde ze en ze deinsde terug, smeet de deur dicht, denderde krijsend en schreeuwend de trap af en liep stampvoetend naar haar eigen kamer, waar ze zich opsloot en vechtend tegen haar braakneigingen probeerde niet te denken aan het walgelijke beeld van haar naakte vader die zich in de romige dijen van Clarisse begroef.

Boven haar ontvouwde zich een scène. Een chaos van voetstappen en verhitte stemmen, daarna gestommel op de trap, gevolgd door een bons, een verwoede kreet van pijn en een reeks verwensingen.

Clarisse was van de trap gevallen en had, zo bleek later, haar enkel gebroken.

Jane kwam haar kamer niet uit. Ze bleef in het donker met rechte rug en gekruiste benen op de grond voor haar bed zitten luisteren naar de commotie en jankte en huilde met haar armen om zichzelf heen geslagen, terwijl haar hart brak.

Haar hart brak omdat Luc er niet was; hij was weggegaan nu ze hem meer dan ooit nodig had, maar ze huilde vooral vanwege het verlies van haar vader. Een deel van haar leven was voor altijd voorbij, het zou nooit meer hetzelfde zijn. Haar vader was van zijn voetstuk gevallen.

De volgende ochtend vroeg, toen de dokter bij Clarisse langskwam, gooiden Jane en haar vader hun spullen in de auto en vertrokken. Er was niemand op komen dagen om hen uitgeleide te doen. Aangezien Luc in Parijs was, kreeg Jane nooit de kans om afscheid van hem te nemen.

Tijdens die gure herfst in Engeland voelde Jane zich hopeloos ellendig. In de koude wintermaanden erna zag ze dat haar vader een andere persoonlijkheid aannam en een andere man werd. Hij deed nooit onaardig tegen haar, zijn enige dochter, zijn enige kind, maar werd thuis kortaf en opvliegend, alsof hij gebukt ging onder een zware last. Janes moeder, die inmiddels op de hoogte was van 'de waarheid' omdat Jane haar die had opgedrongen, kwijnde zwijgend weg. Jane, die boos was, een gebroken hart had en overliep van tienerangsten en irrationele emoties, gaf haar moeder de schuld omdat ze thuis was gebleven en gooide haar het tafereel dat ze had gezien tot in de kleinste details voor de voeten.

Naarmate de dagen korter en donkerder werden, trok Vivienne zich steeds meer terug en kroop weg in haar eigen, stille wereldje. Tot ze uiteindelijk de diagnose kreeg. Vanaf dat moment werd ze onbereikbaar. Ze leefde in een verschrompeld, kleiner wordend universum waar alleen de kanker binnen in haar woekerde en waar niets of niemand haar uit kon halen, zelfs Jane of Peter niet.

15

Heden

De kerkklokken van Malaz sloegen drie toen Jane bij het kerkhofportaal aankwam. Ze liep over de keitjes en verloor bijna haar evenwicht. Het pad was bruin door de rottende bladeren en glad door de hevige regenval. Lucs graf bevond zich helemaal achter op het kerkhof aan de linkerkant, achter de top van de heuvel.

Toen Jane bij het gat aankwam zag ze, niet onverwacht, dat het was dichtgegooid. Het was een berg doorweekte aarde. Meer niet. Het rook turfachtig. Ze trok haar handschoenen uit, gooide ze op de grond en raakte liefdevol de roodbruine aarde aan. Er zaten steentjes in de pas opgeworpen hoop grond, maar geen gras. Het zag er kaal uit vergeleken met de graven eromheen, kaal en bol. Vlak naast Lucs graf lag dat van zijn tante, met een steen met de inscriptie IN LIEFDEVOLLE HERINNERING AAN ISABELLE CAMBON. GEBOREN IN ALGERIJE, GESTORVEN IN FRANKRIJK.

Zulke karige taal om een leven samen te vatten. Jane zou meer willen voor Luc. Er was natuurlijk nog niets, geen teken van de aanwezigheid van de zeldzame, begenadigde ziel die zo recentelijk te rusten was gelegd. Ze zou de keuze van de steen en de tekst noodgedwongen met Clarisse moeten overleggen.

Lucs identiteit was te vinden in de berichten die bij de kletsnatte boeketten en kransen lagen. Jane trok haar regenjas uit en legde die op het zachte, zompige gras, waarna ze naast haar man ging liggen. Alleen lag ze niet echt naast hem. Als ze de lagen aarde had kunnen optillen, als beddengoed, en eronder zou kunnen kruipen om dicht tegen hem aan te gaan liggen, had ze het gedaan. De aarde hield hen bij elkaar vandaan.

'Zal ik je ooit weer kunnen bereiken, je aan kunnen raken?' fluisterde ze.

Om haar heen hing de geur van rook van de vuren in de buurt. 'Kun jij het ook ruiken?' vroeg ze. Ze wilde met hem praten, daar had ze alles voor over. Maar er was slechts stilte, afgezien van de vogels boven haar. Ze pakte een paar briefjes en kaarten.

'Zal ik ze je voorlezen, Luc?' De inkt was veelal uitgelopen door de storm van die nacht, waardoor verschillende berichten deels onleesbaar waren geworden en bloemen waren vernield. 'Hier, wat staat daar? Misschien begrijp jij het beter dan ik.' Ze ontcijferde zo veel mogelijk, maar er waren er maar een paar die haar iets zeiden, tot ze er een vond waardoor er een alarmgolf door haar heen schoot, als een elektrische schok. Het kaartje zat aan een boeket crèmekleurige rozen die aan de rand van de strakke, ongeopende, onbezoedelde bloemblaadjes bruin werden. Ze staarde naar de ondertekening, handgeschreven in zwarte inkt, en las het bericht nogmaals.

'*Notre cher Luc, nos vies sans toi ne seront jamais les mêmes. Nous t'aimerons toujours. A.P. x*'

Ons leven zal nooit meer hetzelfde zijn zonder jou. We blijven altijd van je houden.

A.P. of A en P? Ons leven... Dus twee rouwende vrienden.

'Heb je ooit iets tegen me gezegd over A en P, Luc? A.P. Ik kan het me niet herinneren.'

Was ze de vorige dag aan iemand met die initialen voorgesteld? Er waren zoveel mensen geweest, zo'n massa gezichten, zo'n stortvloed van medeleven. Ze kon het zich niet herinneren. Waarom schoot, van alle kleddernatte condoleancekaarten die hier lagen, juist deze een pijl van schrik door haar hart?

A en P?

Jane ging rechtop zitten, huiverend zonder haar jas, en draaide onbewust haar trouwring heen en weer met haar modderige vingers. Meer dan wat dan ook verlangde ze ernaar om Lucs hand te pakken. Die op te tillen en in de hare te houden, zijn warme huid te voelen, zijn vingerstoppen te kussen zoals ze tijdens zijn leven zo vaak had gedaan als hij sliep en zij wakker lag en naar hem keek. 'Ik kan me niet herinneren dat je ooit tegen me hebt gesproken over een A en een P. Die allebei zo zielsveel van je hielden.'

De zon brak door en duwde de wolken opzij. Hij scheen sterk en helder na de regenval. Ze voelde een tinteling van warmte op haar gezicht. Was dat Lucs hand die haar streelde, haar steunde, haar knoop van pijn verlichtte en haar verzekerde dat hij nog steeds naast haar stond, dat ze niets te vrezen had?

Was A.P. soms een afkorting van een algemenere groep? 'Ons' als een vriendengroep. Clarisse was Lucs enige nog levende familielid, voor zover Jane wist. Tenzij er nog familie in Algerije was. Konden A en P collega's zijn geweest, kennissen van zijn werk, andere filmmakers die zijn oeuvre en zijn moed bewonderden? Die zoveel van hem hielden dat hun leven nooit meer hetzelfde zou zijn?

'Net zoals mijn leven nooit meer hetzelfde zal zijn, Luc. Waarom, wáárom moest je gaan?'

Zou Clarisse A en P kunnen identificeren of zou ze Janes onwetendheid tegen haar gebruiken om haar kwetsbaarheid te onderstrepen? Nee, ze zou het niet aan Clarisse vragen. Ze stak het kaartje terug tussen de kwijnende bloemen, maar stopte het toen, bij nader inzien, toch maar in haar zak. Ze zou zelf wel uitzoeken wie het waren.

16

Londen, drie weken later

Jane staarde naar zichzelf en trok een grimas – tong naar buiten, haar blauwe ogen wijd open – in de spiegel van het damestoilet in restaurant Wolseley op Piccadilly. Ze was broodmager en melkwit. Een stengel, nauwelijks een bloem. Een ambulance, die vast was komen te staan in het verkeer op West End aan de andere kant van het raam, seinde met zijn blauwe zwaailicht ten teken van ongeduld. Ze zuchtte, friemelde aan de kraag van haar lichtgroene trui en stelde haar terugkeer naar de tafel uit. Ze wilde deze bespreking liever niet laten doorgaan, maar kon er niet onderuit. Robert Piper had haar de dag daarvoor gebeld en erop aangedrongen dat ze zouden gaan lunchen, omdat het niet langer kon wachten. Hij had kortaf gedaan, want ze had hem gemeden en hem niet teruggebeld.

Ze had nauwelijks iemand gezien sinds haar terugkeer naar Londen bijna drie weken eerder, behalve Lizzie, haar oude schoolvriendin: die had vanaf de zuidkust de trein gepakt om Jane op thee te trakteren bij Blakes in South Kensington. Lizzie, weduwe en twee keer gescheiden, was een kunstenares van middelmatig niveau die zich kleedde als een hippie van eind jaren zestig en werkte bij de afdeling Kunst en Musea van de gemeenteraad van Hastings. Jane had haar best gedaan de uitnodiging beleefd af te slaan, maar Lizzie was nu eenmaal Lizzie en had haar dus overgehaald, waarna ze het grootste deel van de middag moeizaam over koetjes en kalfjes hadden gepraat en eindeloos thee bleven drinken, tot Lizzie tegen Jane begon te zeuren over opnieuw beginnen. 'Verhuis naar de kust. Er bloeit een behoorlijk actief datingwereldje op bij ons in de buurt. Ik heb iemand ontmoet...'

Jane voelde zich kwetsbaar, verdeeld en alleen in haar echoende huis, waar ze als een geest van kamer naar kamer doolde, op zoek naar Luc. Als ze al functioneerde, kon ze dat alleen in afzondering, alsof ze een winterslaap hield, en dan praatte ze met hem, probeerde hem weer tot leven te wekken, nam zelden de telefoon op en werkte zich verwoed door de zwarte uren van de slapeloosheid heen door een reeks reisgidsen te vertalen. Als ze sliep, deed ze dat aan zijn kant van het matras. Ze dronk koffie uit zijn lievelingsmok en hulde zich in zijn truien. Het was half februari, bijna twee maanden na de dood van Luc. De aanvankelijke schok van zijn overlijden, de explosie in haar binnenste, was overgegaan in een pijn die diep doorsijpelde, door haar aderen stroomde, altijd op zoek naar nieuwe hoekjes om in binnen te dringen. Door het verdriet klapte ze dicht, raakte ze verlamd. Door vandaag naar buiten te gaan voor haar afspraak met Robert zette ze, hoezeer ze zich er ook tegen had verzet, een stap in de goede richting om zichzelf te vermannen en het dagelijks leven weer op te pakken.

Ze haalde diep adem en liep wankel naar de tafel waar Robert een fles wijn soldaat aan het maken was. Hij keek haar aan, staarde naar haar gezicht en fronste.

'Ik zal er geen doekjes om winden, Jane,' verkondigde hij toen ze hadden besteld en de hoofdgerechten waren opgediend. 'Dit is wel het laatste gesprek dat ik met de weduwe van mijn vriend wil voeren, maar het moet ter sprake komen.'

'Wat is er dan, Robert?'

'Er is geen gemakkelijke manier om je dit te vertellen, Jane.'

Ze hield haar ogen op zijn gezicht gericht en haar hart ging tekeer. Ze kon niet nog meer slecht nieuws aan. 'O, Robert, zeg alsjeblieft wat er is. Dan hebben we het maar gehad.'

'Luc heeft zijn zaken in betreurenswaardige staat achtergelaten.'

'Zaken?'

'Financiën.'

Jane wist niet wat ze hoorde. Luc hield zijn rekeningen heel streng bij. Zij, Jane, was degene die extravagant was. Nee, niet extravagant, maar onzorgvuldiger in het bewaren van bonnetjes en het onthouden van bedragen. Ze waren geen van beiden ooit lichtzinnig met geld omgesprongen en Luc had behoorlijk verdiend aan zijn films. Of niet? Eigenlijk wist ze het niet precies. Al zijn inkomsten gingen naar zijn filmbedrijf en werden grotendeels in het volgende project gestoken. Ze hadden geen huishoudpot, ze deelden alles wat er op dat moment beschikbaar was. Als ze uit eten gingen, betaalde een van beiden, maar ze aten zelden in dure restaurants. Luc kocht meestal de kaartjes als ze naar de film of naar een club gingen, omdat hij die soms fiscaal kon aftrekken. Haar eigen inkomen was bescheiden. Ze had een beetje opzijgezet voor vakanties en kleding, een spaarrekening waar bijna tienduizend pond op stond, maar niet veel meer. Luc betaalde de hypotheek van hun flat.

'Hoe bedoel je?'

'Hij heeft schulden nagelaten van in totaal meer dan tweehonderdduizend pond. Bovendien is jullie hypotheek al meer dan zes maanden niet betaald en daar wordt een hoog rentepercentage over berekend.'

Jane staarde ongelovig naar de man tegenover haar.

'Je zult een paar nogal onaangename beslissingen moeten nemen en daarna snel moeten handelen.'

'Maar zijn levensverzekering dan? Dekt die niet het grootste deel? Onze hypotheek zal daar bijvoorbeeld wel mee kunnen worden afgelost.'

'Er ís geen levensverzekering. Jane, alsjeblieft, laat het me uitleggen voor je uit je vel springt.'

Janes hard bonkte in haar keel. Haar mond was droog en smaakte metalig.

Robert drukte zijn vingers tegen elkaar. Een gebaar dat haar deed denken aan een kinderversje dat iets te maken had met kerken en torenspitsen. Jane kon het zich niet meer goed herinneren. Zweet parelde op haar voorhoofd. Ze voelde zich plakkerig en ongedurig. Ze had geen reden om aan Robert te twijfelen. Ze vertrouwde hem. Hij was meer geweest dan Lucs advocaat. Die twee waren al goede vrienden sinds hun studietijd in Parijs, waar Robert Frans en Europees recht had gestudeerd en zich aan de Panthéon-Sorbonne had gespecialiseerd in bedrijfs- en commercieel recht.

'Er is wel een polis, Robert. Dat... dat weet ik zeker.'

'Tegen de tijd dat Luc had besloten me in vertrouwen te nemen over zijn situatie, had hij de beslissing al genomen om zijn levensverzekering te innen. Dat heb ik hem sterk afgeraden. Hij wilde niet luisteren. Het bedrag werd van zijn schuld afgetrokken, maar dat had nauwelijks impact. Feit was dat hij binnen een paar weken failliet zou zijn gegaan.'

Jane zat in het drukke restaurant tegenover Robert naar haar onaangeroerde vis te kijken: zeebaars in champagnesaus. Het zag eruit als custard die over een bedje van watten was gegoten. Haar hoofd tolde. 'Weet je het zeker?'

Hij knikte.

'Ik had geen idee... geen flauw benul... Hij heeft er nooit over gesproken, maar je kent Luc... kende Luc. Hij was nooit iemand die wereldkundig maakte wat... Jezus.'

'Ik vermoedde al dat je niet wist wat er speelde.'

'Wat raad je me aan?'

'Hij heeft een tweede hypotheek op jullie huis in Londen genomen om contanten te genereren, maar zoals ik al zei is er een grote betalingsachterstand. De hypotheekverstrekker heeft twee keer een brief geschreven waarin ze waarschuwen voor een ophanden zijnde beslaglegging.

'Maar zijn dood dan?' Jane kreeg een brok in haar keel. Ze nam een slok uit het onaangeraakte glas witte wijn dat voor haar op tafel stond. 'Lucs dood betekent toch zeker wel dat de flat wordt gedekt door de hypotheekverzekering?'

'Helaas, er was geen sprake van hypotheekbescherming.'

Ze verdronk, ze zonk weg in het weergalmende geroezemoes van gesprekken, vorken die werden neergelegd, het gekletter van serviesgoed overal om haar heen, en er was geen zeebodem. Ze had niet alleen haar dierbare man verloren, maar het zag er nu ook naar uit dat ze op het punt stond alles te verliezen wat ze samen hadden opgebouwd.

'Wat moet ik doen?'

'Ik zal met de hypotheekverstrekker gaan praten en om wat tijd vragen. Treurende weduwe en zo.'

Jane kromp ineen bij deze beschrijving van haarzelf.

'Ik stel voor dat je de flat zo snel mogelijk verkoopt. Accepteer elk redelijk bod. Niet wachten in de hoop op een betere prijs. Als je dat doet, kost het je op lange termijn alleen maar meer. Afhankelijk van de gebruikelijke vertraging en onvoorziene uitgaven zul je, nadat de schulden zijn afgelost, na de verkoop nog altijd een bescheiden bedrag overhouden.'

'Een bescheiden bedrag. Wat moet ik me daarbij voorstellen?'

'Voldoende voor een kleine studio of een eenkamerflatje.'

Jane was met stomheid geslagen. 'Is er geen alternatief?'

'Tenzij je ergens een substantieel kapitaal achter de hand hebt niet, nee. Aan de meeste financiële verplichtingen is met Lucs dood een eind gekomen, maar je zult bepaalde andere schulden moeten aflossen. Op zijn minst de achterstallige hypotheek en de rente.'

'In totaal?'

'Uit mijn hoofd schat ik om en nabij een kwart miljoen.' Hij schudde zijn hoofd. 'Nee, ik wil niet zomaar een bedrag uit mijn mouw schudden. Ik moet het opzoeken. Zoals ik al zei, zijn sommige schulden met Luc mee het graf in gegaan, maar zeker niet de lening voor jullie huis, en nog een paar andere verplichtingen. Persoonlijk denk ik dat je veel beter af bent als je je verlies neemt en opnieuw begint.'

Zoals Robert het zei, leek het iets simpels als groente snijden. 'Maar aan wie is hij die enorme bedragen dan verschuldigd?'

'Banken, leningverstrekkers, van wie je er een paar niet tegen je in het harnas wilt jagen. Ze zijn meedogenloos. Ik heb brieven gestuurd en hun verzekerd dat het de bedoeling is om alle zaken eerlijk uit Lucs nalatenschap te betalen, maar die kerels zijn dodelijk en hebben geen geduld.'

Jane worstelde met de omvang van dit nieuws en moest moeite doen het te bevatten. 'Wat deed hij met het geld? Waar kan hij dat aan hebben uitgegeven? Wij hebben geen boot, zoals jij. Nou ja, wel die oude vissersboot van zijn familie in Zuid-Frankrijk, maar zeker geen chic jacht. Hij had geen belangstelling voor auto's, hij werkte hard, nam nooit pauze... Zijn er geen achterstallige filminvesteringen, tekorten? Kunnen we de rechten van zijn films verkopen?'

Robert haalde halfslachtig zijn schouders op, waardoor Jane de indruk kreeg dat hij al net zoveel wist als zij en dat hij geen toverspreuk had om deze puinhoop op te ruimen. 'Ik denk dat de financiering van zijn laatste film lastig werd. Hij betaalde hem waarschijnlijk grotendeels zelf.'

'En het landgoed van zijn familie in Frankrijk, loopt dat ook risico?'

'Ik begreep van Luc dat het van zijn moeder is en dat hij voor een deel eigenaar is. Hij kon het niet als onderpand gebruiken. Misschien kun jij aanspraak maken op zijn deel, maar met die Franse, napoleontische wetten is het lastig onderhandelen en ik ben niet gekwalificeerd, niet au fait met de ins en outs van Frans erfrecht, om het af te handelen. Maar het is waarschijnlijk dat het deel van het landgoed dat hij bezat eerst naar zijn kinderen gaat, die er niet zijn, en dan terug naar zijn moeder.'

'Hij was mede-eigenaar met Clarisse,' beaamde Jane. 'Hij heeft de helft van zijn tante geërfd. Ik weet niet wie de eigenaar van de wijnhandel is, die trouwens lijkt te wankelen, maar de grond en het onroerend goed waren voor vijftig procent van hem. Maar zolang Clarisse leeft heeft zij de beslissende stem.'

Robert luisterde en nam een slok wijn. 'Ik denk dat ze geen

ander alternatief heeft dan jou een thuis bieden. Luc verzekerde me dat er voor jou gezorgd zou worden, zelfs als hij voortijdig mocht komen te overlijden of als de flat in Londen verloren zou gaan. Ik gok dat Lucs aandeel, juridisch gesproken, naar Clarisse teruggaat maar dat jij het recht hebt daar te wonen. Ik kan wel vragen of een van mijn Parijse compagnons die gespecialiseerd is in familielegaten, er voor je in wil duiken. Als je wilt dat ik hem bel, geef je maar een gil.'

'Luc heeft het hier nooit over gehad.'

'Waar het om gaat, en dat is het goede nieuws, is dat het Franse huis en het wijngoed veilig zijn.' Robert glimlachte, maar ze zag een zweem van medelijden op zijn betrouwbare gezicht.

'Is er nog iets anders, Robert? Iets wat je me niet vertelt?'

Robert schudde fronsend zijn hoofd.

'Ik bedoel, wat heeft Luc je nog meer verteld, behalve je verzekeren dat zijn vrouw niet op straat zou komen te staan? Heeft hij verteld waar al dat geld voor was?'

'Jane.' Robert stak onbeholpen zijn hand uit en klopte op de hare. 'Als ik wist...'

'Als zijn vriend moet je toch zeker bezorgd zijn geweest. Jezus!' Jane bracht haar vingers naar haar gezicht en slikte haar tranen weg. Hoeveel erger zou dit nog worden? 'Er lijken gaten in zijn leven te zitten, holtes die ik niet kan opvullen. Luc, we hebben het over Luc. Ik ken hem al sinds mijn zesde en begin het gevoel te krijgen dat ik hem helemaal niet kende. Elke dag beleef ik de herinneringen uit ons verleden opnieuw – ik doe niet anders – en die kan ik niet rijmen met de man die afgelopen december van me is weggenomen. Mijn Luc lijkt in rook te zijn opgegaan en ik wil hem terug. O, Robert... Het spijt me. A en P, zeggen die initialen je iets?'

De ober stond naast hem en wilde de borden afruimen. Robert wuifde hem discreet weg. 'Laat me een brandy voor je bestellen.'

'Nee, dank je.' Ze wreef over haar neus en snoof. 'Nou? A en P?'

'Ik weet niet waar die voor staan, sorry. Is het een organisatie of...'

Jane schudde haar hoofd.

Hij wachtte, maar ze verduidelijkte het niet. 'Ik heb je de feiten gegeven, Jane, al had ik liever helemaal niet zo'n gesprek met je gevoerd, vooral niet in deze periode.'

'Heeft Luc je gezegd dat hij een lening probeerde af te sluiten met Les Cigales als onderpand?' drong Jane aan, opeens van slag door de muur van geheimzinnigheid en huichelarij die haar omringde. 'Ik bedoel, als hij een lening op het huis van zijn moeder wilde afsluiten, moet hij wel wanhopig zijn geweest. Wanhopig... maar hij heeft mij niet in vertrouwen genomen.'

'Over Clarisses lijk, zou ik denken.' Robert bedoelde het als luchthartige reactie, maar het viel verkeerd, waardoor ze ongemakkelijk zwegen.

Robert vroeg snel om de rekening.

Aan de rand van Green Park namen ze afscheid, waarbij Robert haar uitvoerig verzekerde dat zowel de Londense als de Parijse kantoren van zijn firma gratis zouden werken aan de nalatenschap van zijn overleden vriend, om haar zo tegemoet te komen. Hij verzekerde haar nogmaals dat hij zijn best zou doen om haar met zo veel mogelijk waardigheid en financieel gewin door deze crisis te loodsen.

'Trouwens,' voegde hij eraan toe voordat hij vertrok, 'je krijgt de groeten van Marje, die vraagt of je een keer een weekend naar Chichester komt als je weer een beetje tot jezelf bent gekomen. Dan nemen we je mee uit zeilen. Laat je niet klein krijgen, Jane.'

Jane knikte als dank, maar vermoedde dat ze het aanbod van Marjorie nooit zou aannemen. En natuurlijk liet ze zich wel klein krijgen. Luc was dood. Hij was dóód, verdomme, en ze kon de laatste maanden van zijn leven niet tot een samenhangend geheel rijgen.

Ze omhelsden elkaar.

'Aarzel niet me te bellen als het je te zwaar valt,' zei hij dringend. 'Lang voordat Luc mijn cliënt was, was hij al mijn vriend. Ik mis hem ook, hoor.' Ze knikte en zag Robert haastig weglopen en zijn iPhone uit de zak van zijn marineblauwe Crombie vissen om een telefoontje aan te nemen terwijl hij in de richting van Marble Arch liep.

Als het je te zwaar valt... hoeveel zwaarder zou het kunnen worden?

Ze liep terug naar Piccadilly Circus, langs het Ritz en het Wolseley waar ze zojuist hadden gegeten, en was van plan de metro vanaf Leicester Square te nemen, maar besloot toen op de bus naar Camden Town te wachten en vanaf daar naar haar lege flat en de ophanden zijnde nachtmerrie van makelaars te lopen. Hoe zou ze overleven? Had Robert nou bijna een kwart miljoen of een half miljoen pond gezegd? Het sloeg nergens op.

Hoeveel gaten konden er zijn in het leven van één man? Waar leidde dit pad van misleiding naartoe?

DEEL TWEE

Zaaien

Frankrijk

1

Jane reed voorzichtig, met bonkend hart, de oprijlaan op. Ze parkeerde op het voorplein van het grote huis en zette de motor af, maar bleef zitten. Het was mei. Luc was vijf maanden dood. Ze maakte haar eerste trip naar Les Cigales sinds zijn begrafenis. Haar zenuwen en haar opgejaagde onrust speelden steeds meer op. Haar eerste indruk was dat er heel wat was veranderd sinds haar laatste verblijf. Het huis en het terrein leken enigszins vervallen, alsof het verleden eraan knabbelde en het heden versplinterde. Al toen ze vanaf de route nationale naar de parkeerplaats achter de gesloten hekken reed, was de verwaarlozing onmiskenbaar. Vanaf de weg zou een voorbijganger tot de conclusie kunnen komen dat het domein verlaten was. Onkruid groeide naast de ijzeren hekpalen en krulde eromheen. De stenen van de omheiningsmuur waren bedekt met onooglijke klimop. Luc had er altijd op aangedrongen dat de klimop moest worden verwijderd. Die woekerde overal doorheen, beweerde hij. Zijn afwezigheid was al duidelijk voordat Jane het terrein betrad.

Het grasland was al even onverzorgd. De wijnstokken vlak bij de oprijlaan, die zichtbaar waren achter de zuilen van ceders en dennen, waren omhooggeschoten en uitgelopen tot warrige struiken. Het was gebruikelijk om de wijnranken in januari en februari – voor het voorjaar – fiks terug te snoeien om ruimte te maken voor de nieuwe geleide begroeiing, zodat in maart het onkruid beter weg kon worden gehaald en de aarde kon worden omgeploegd. Maar voor zover ze kon zien was geen van de wijngaarden aangeraakt. Ze vroeg zich af waarom niet.

Toen ze dichter bij het huis kwam, hing er een sombere sfeer van verweerde duisternis als een wolk over het terrein. Hoe kon een gebouw in zo'n korte tijd zo veranderen? Kwam Clarisse nooit naar de bastide? Was ze zich niet bewust van de aftakelende staat? Zat ze net zo krap bij kas als Jane?

Robert had haar verteld dat Luc het landgoed niet als onderpand voor een lening had kunnen gebruiken, maar had hij misschien van zijn moeder geleend en werd dat geld nu niet terugbetaald? Was Clarisse daardoor nu berooid, evenals haar wijnhandel en het onroerend goed? Of had Luc elke cent die hij verdiende in dit landgoed gestoken en waren er nu, zonder hem, geen financiële injecties meer? Verwachtte Clarisse nu dat Jane een bijdrage zou leveren of, erger nog, de volledige verantwoordelijkheid voor de lopende kosten en het onderhoud van het huis op zich zou nemen? Welke mondelinge afspraken Luc ook met zijn moeder had gemaakt, welke beloften hij ook had gedaan, Jane kon zich daar niet mee laten opzadelen. Er waren zoveel onbeantwoorde vragen en zorgen. Er was niets besproken. Clarisse en Jane hadden elkaar nauwelijks gesproken sinds ze naar Londen was vertrokken. Ze hadden een paar korte, nogal afstandelijke telefoongesprekken gevoerd die hadden geleid tot koele conversaties, een schertsvertoning van contact. Jane was nu hier om de spullen van haar en Luc uit het huis te halen, zijn graf te bezoeken en voor haar vertrek regelingen te treffen voor zijn grafsteen, zodat ze dit hoofdstuk van haar leven kon afsluiten. En als ze haar banden hier had afgesneden en haar huis in Londen verkocht was, wat dan? Ze overwoog om wat te gaan reizen. Een eenzame weduwe die een wereldreis maakte? Waarvoor? Ze had geen idee. Ze stapte uit de auto.

De gazons aan de west- en de oostkant van het huis waren onlangs gemaaid, maar de prachtige paarse bougainvilles en rozen, die vanwege de kleur en de schaduw aan ijzeren pergola's op de rechthoekige grasvelden hingen, groeiden uitbundig. Het was geen onaangenaam gezicht, maar wel onverwacht.

Jane wist zeker dat noch Claude, noch de uiterst efficiënte Matty verantwoordelijk kon worden gehouden voor de onordelijke staat van het terrein. Ze waren fatsoenlijk en betrouwbaar en zouden alles hebben bijgedragen wat er van hen verwacht mocht worden, aangezien ze volgens Clarisse niet meer fulltime voor de Cambons werkten. 'Ik heb hun uren noodgedwongen moeten inperken. De lopende kosten doen me de das om. Ik ben een oude dame en sta er in mijn eentje voor. Er moeten drastische maatregelen worden genomen. Misschien moet ik hun vragen te vertrekken.'

Jane was verbolgen over die opmerking. De Lefèvres waren al veertig jaar loyale arbeidskrachten. Waar moesten ze in dit stadium van hun leven nog ander werk vinden?

'Dat kun je hun niet aandoen!' riep ze.

'Het is voorbij. Laat de staat hen maar verzorgen. Ik kan het niet.'

Door dit nieuws was Janes terugkeer versneld. Als meisje had Jane, voordat Matty's eigen dochter geboren was, een hechte band met de huishoudster gehad. Als haar vader ergens anders was en zich bezighield met wijnzaken, en als Luc niet thuis was, had Matty voor Jane gezorgd en haar onder haar hoede genomen. De genegenheid die in Janes jeugd was gezaaid, was nooit afgenomen. Matty had vroeger voor haar gezorgd en nu voelde Jane zich verplicht om de familie Lefèvre te beschermen.

Vanuit het voorplein waaierden twee geplaveide paden uit tot een hoefijzervorm die aan weerszijden van het grote huis liep en aan de achterkant weer bij elkaar kwam in wat ooit de 'formele tuinen' werd genoemd. Die paden waren overwoekerd met graspollen die welig tierden tussen de scheuren. Ze waren haastig geveegd, maar er was geen onkruid gewied. Droge takken en bladeren waren in een piramidevorm opgestapeld naast de paden, om in de koelere herfstmaanden vuren mee aan te steken. Aan weerszijden en aan de achterkant waren de randen geknipt. In dit gedeelte was de eerste indruk verwelkomend, niet alarmerend, maar toen Jane naar de achterkant van het huis liep om het moment waarop ze naar binnen moest nog een minuut of twee uit te stellen, was de begroeiing – een voortkruipende aantasting van tijd en natuur – schrikbarend om te zien.

Het zwembad bood een onaantrekkelijke aanblik. De bodem was bezaaid met bladeren die in de loop van de seizoenen waren gevallen, terwijl er algen aan de zijkanten groeiden die de wanden bedekten met een slijmerige, groene laag. Het water was gekleurd met diezelfde smaragdgroene kleur, en over de stenen rand van het zwembad groeiden strengen klimop, die op het wateroppervlak dreven. Jane vroeg zich af of Clarisse dit niet met opzet had gedaan, als straf voor haar afwezigheid. Of was ze te hard voor de oude vrouw? Het was waarschijnlijker dat het onderhoud en de dure zwembadproducten de middelen van het landgoed nu te boven gingen. Een luxeartikel. Trouwens, wie zou er nu gebruik van maken?

Jane was dol op zwemmen en dat wist Clarisse. Jane was ook dol op de tuin. Clarisse had nooit groene vingers gehad en was daar trots op. Isabelle was degene geweest die de gewassen had verzorgd en die flair had gegeven aan het terrein rondom het landgoed en aan de weelderige boeketten op de eettafel en in de bibliotheek.

Ze herinnerde zich de eerste keer dat ze zich in het zwembad had laten zakken. Midden in de zomer, bloedheet. Ze was stoffig en kribbig geweest, doodmoe na de lange reis vanuit Engeland, onder de indruk van haar omgeving. Haar eerste ontmoeting met Luc; ze was bang voor hem geweest. Nu glimlachte ze bij de gedachte daaraan. Hoe kon ze hem ooit gevreesd hebben, zelfs toen hij twee keer zou oud was als zij? Zachtaardige Luc, wiens drijfveer het altijd was geweest om mensen te helpen, het leven te vieren van elk wezen dat hij uit getijdenpoelen uitgroef of levend op het land vond, en die zijn jeugdfascinatie had gebruikt om fantastische natuurfilms te maken. Zo anders dan zijn moeder. Als hij hier nu naast haar zou staan, wat zou Luc dan zeggen van deze verwaarlozing, van zijn moeders harde standpunt ten aanzien van Claude en Matty? Was zijn financiële puinhoop hier op de een of andere manier verantwoordelijk voor? Jane had het onderwerp van Lucs geldnood nog niet met Clarisse besproken, maar als Clarisse niet op de hoogte was van de situatie, verwachtte ze misschien een financiële injectie van Jane, uit Lucs erfenis. Wat voor woede zou er loskomen als ze erachter kwam dat Jane niets had om bij te dragen? Jane zou zorgvuldig het juiste moment moeten kiezen.

Ze liep verder naar de moestuin met de hoge stenen muren en kwam bij de deur, die op het noorden uitkeek. De grendel klemde, was roestig en had dringend olie nodig. Erachter lag een jungle van uitgeschoten planten, waarin het zoemde en fladderde van de insecten. Zelfs de scheuren tussen de stenen in de muren waren in beslag genomen door dikke, stekelige varens. Vroeger zou Jane hebben verwacht Claude hier over een hooivork gebogen te zien staan, gravend, rommelend, neuriënd of met zijn vrouw kletsend, pratend over de gezondheid van de planten, alsof het oude vrienden waren. Ze waren allebei geboren op deze rode aarde, ermee getrouwd. Matty stond dan, soms met haar twee zoons – de kibbelende tweeling Arnaud en Pierre – naast hem en bekeek de flinke gewassen, waarna ze de groenten uitkoos die ze geschikt achtte voor haar volgende kooktriomf.

Jane herinnerde zich dat ze als kind alleen werd gelaten met Claude en dan vol trots een lege mand vasthield, wachtend op instructies. Ze had gefascineerd toegekeken hoe Claude de zware tomaten afknipte en de rijpe, zoete vruchten van hun slanke, harige stengels verwijderde. Ze liep plichtsgetrouw achter hem over het stenen pad en hield de mand omhoog als hij een bordeauxrode lollo rosso en daarna een krop romaine uitgroef, beide zanderig bij de wortels. Ze konden gevolgd worden door een handjevol erwtenpeulen, verse muntblaadjes, de gouden bloemen van de courgetteplant. Ze moesten allemaal zandvrij worden gespoeld bij een van de buitenkranen, instrueerde hij, voordat ze ze bij Matty in de provisiekamer bracht, klaar voor haar lunchmenu. 'En was ook je handen, meisje.'

'Bien sûr, monsieur Claude.' Ze had vol vreugde naar haar modderige vingers gekeken, naar de donkerrode aarde die als opgedroogd bloed onder haar nagels zat.

'Toe dan maar, ga maar.'

Die herinneringen maakten het tafereel dat ze nu zag alleen maar treuriger. Als er nog groenten waren, kon Jane ze niet zien en gingen ze schuil onder een wirwar van stevige zuring en een tapijt van paardenbloemen met de kleur van eigeel, waarvan op elke donzige bloem kleine zwarte insecten krioelden. Koolwitjes fladderden van de ene doorgeschoten peulvrucht naar de andere. De hele lap grond was zo ordelijk en uitnodigend gerangschikt geweest, vooral, wist ze nog, de ronde perken met rozemarijn, tijm, koriander en rijkelijke paars-wit bloeiende salie in het kruidentuintje, de stengels van de pronkbonen met hun bengelende peulen en rode bloemen, de donkere of gestreepte aubergines, zachte frambozen, aalbessen, aardbeien, eetbare goudsbloemen, dikke rabarber met rode stengels; o, er was hier vroeger zo'n caleidoscoop van kleuren te zien. Banketten waaraan ze zich tegoed deed als er niemand keek en waarmee ze zich volpropte tot de zaadjes en sappen over haar kin liepen en daar plakkerig opdroogden, en haar buik opzwol van gulzigheid en blijdschap. Maar nu was het slechts een hoop onkruid en wilde bloemen.

Ze opende haar mond en ademde een flinke teug lucht in. Frisse, bladachtige lucht. Rijk aan compost, vruchtbaar. Kleine insecten zweefden als sporen voor haar ogen. Ze hoorde het gezoem van hommels, honingbijen en wespen die zichzelf tegoed deden in dit fluorescerende paradijs. Nou, die zijn in elk geval gelukkig, dacht ze.

Wat bezielde Clarisse om de tuin zo te laten verwilderen? Was ze net als Jane verlamd door het verlies van Luc, haar enige kind?

De takken van de geleide appelbomen, die regelmatig door Claude en Luc waren gesnoeid en die waren vastgemaakt aan de binnenranden van de hoge, stenen muren rondom de tuin, bleven nog wel min of meer op hun plek hangen. Het zou niet veel tijd en moeite kosten om ze weer vast te maken. Eerst zou het rottende traliewerk moeten worden verwijderd en vervangen. Zelfs zij zou dat wel kunnen, met een zaag en een beetje hulp. Het viertal vijgenbomen dat voor schaduw zorgde, elk op één hoek van deze tuin – onder twee ervan waren strategisch houten bankjes neergezet om te kunnen pauzeren tijdens het spitten – was hoog geworden. Hun takken reikten verder dan ooit en blokkeerden het licht. Ze moesten gesnoeid worden, maar hingen nu vol harde, ovale vruchten en beloofden een fraaie oogst eind augustus, dus konden ze nu maar beter met rust worden gelaten. Jane dacht aan Matty's heerlijke vijgentaarten. De smaak van haar vroege jeugdjaren. Had ze ooit eerder of later zo'n smakelijk, zalig dessert geproefd? Alleen als het gepaard ging met bolletjes van Matty's zelfgemaakte munt- of lavendelijs. Jane moest haar om de recepten vragen en die bewaren voordat het te laat was.

Voordat het te laat was...

Hoe kon dat allemaal verleden tijd zijn? Waar was de geest van Luc te midden van deze troosteloosheid? Was hij hier ergens, liep hij tussen de grote open plekken door, zich een weg banend door de wirwar van wortels, met een gebroken hart vanwege deze verwaarlozing? Ze verlangde ernaar om alleen met hem te zijn, huid op huid, om hem weer vast te houden en te strelen. Was het pathetisch dat ze de wereld smeekte om op te houden met draaien, de tijd stil wilde zetten om terug te gaan, toegaf dat ze zonder Luc haar heden en haar toekomst kwijt was?

Jane glipte snel en knerpend over de met gras overwoekerde paden vol losse stenen naar de tuinpoort aan de zuidkant. Die ging krakend achter haar dicht. Ze bereikte de bovenkant van de trap met de ijzeren bogen. Daarachter was een stenen trap omlaag naar de lagergelegen terrassen, waar lang geleden rotstuintjes en lavendelperken waren geweest. Die elegante, met klimrozen begroeide bogen, die Jane appelgroen had geschilderd tijdens een lang weekend kort nadat Clarisse was verkast naar Le Cottage du Cerisier. Luc had toen de verantwoordelijkheid voor het beheer van het grote huis op zich genomen om zijn moeder te ontlasten en Jane was, uit solidariteit, aan de slag gegaan met het opfrissen van delen van de omringende tuinen. Nu, vijfenhalf jaar later, bladderden de bogen weer af en waren weer roestig. Ze waren niet langer begroeid met naar kaneel geurende klimrozen die in volle bloei als bolletjes geklopte room omlaaghingen, maar waren overwoekerd met doornstruiken.

En waar waren de canvas regisseursstoelen, klaar om te worden uitgeklapt en in de schaduw van een naar vanille of rozemarijn ruikend hoekje te worden gezet, waar ze lekker met een boek of haar Kindle kon gaan zitten genieten van de middagrust? Waar waren de keurige, paadjes tussen de planten? Het was allemaal aan het verdwijnen, verloren, verwoest door de wildernis. Met een blik achterom naar de achterkant van het huis, waarvan de muren waren bedekt met strengen bruin wordende jasmijn, concludeerde Jane dat het hart van het landgoed op drift was geraakt. Het was stuurloos. Alle joie de vivre was eruit gesijpeld. Uitgehold, overmand door verdriet.

Samen met Luc vertrokken.

En er was geen hond die haar huppelend kwam begroeten, opgewonden op en neer springend, kwispelstaartend terwijl hij haar welkom blafte. Walnut. Wat was er van Walnut terechtgekomen? Er was geen spoor van zijn aanwezigheid bespeurd in de auto. Er waren wel haren van zijn vacht geïdentificeerd, maar er was geen bewijs dat die geen paar dagen oud waren. Hij was in rook opgegaan en zijn mysterieuze verdwijning bleef Jane dwarszitten. Er waren momenten waarop het verlies van het dier haar meer aanvloog dan het verlies van haar man. Ze wist dat Luc dood was, dat had ze uiteindelijk geaccepteerd met het voorbijkruipen van de maanden, maar Walnuts verdwijning was een van de raadsels, de vraagstukken die om uitleg smeekten. A en P: wie waren dat? Die drie verloren uren in of rondom Parijs, de avond nadat ze bij hem was geweest toen hij was uitgecheckt uit hun hotel? Lucs financiële problemen, en de verdwenen hond... Ze had gebeld met de centrale hondenopvang in Lyon en met drie plaatselijke asielen. Niemand wist iets over Walnut.

Onbeantwoorde vragen. Zoveel.

'Madame Cambon! Jane!'

'Ja?'

'Bonjour!'

Ze draaide zich met een ruk om en zag Claude, met zijn gehavende strooien panama en in zijn blauwe overall, die met zijn blote armen naar haar stond te zwaaien. Daar vrolijkte ze van op. 'Claude, hallo! Bonjour, bonjour.'

De tuinman, wiens schouders kromgroeiden, zoals haar nu opviel, pakte de handvatten van zijn kruiwagen en duwde die over een van de keienpaadjes om haar te begroeten. Ondanks zijn gevorderde leeftijd verkeerde hij in onverwoestbare gezondheid, zoals ze hem altijd had gekend, maar toen hij dichterbij kwam, zag ze dat zijn met grijze wimpers omlijste ogen glansden van emotie.

'Welkom thuis. Het is heel fijn om u te zien, madame.'

Ze gaven elkaar vriendschappelijke *bises*, maar ze meed zijn directe blik. Niet uit schaamte, maar omdat deze eeuwig aanwezige man zo openlijk zijn verdriet toonde en daarmee de geesten van vervlogen zomers opriep, waarvan de herinneringen Jane diep raakten. Haar eigen verdriet was nog te rauw om mee te kunnen gaan in zijn nostalgie, te luisteren naar de herinneringen aan Luc als kind: de avonden dat Matty als tienermeisje vanuit het dorp hierheen was gefietst om op het jongetje te passen om iets bij te verdienen; Luc als adolescent die naast Claude de olijven oogstte; Luc op hun bruiloft... een opeenvolging van de jaren dat Claude en zijn vrouw voor de Cambons hadden gewerkt en een rol hadden gespeeld in Lucs ontwikkeling.

Jane had al heel wat verhalen aangehoord die haar voor en na de begrafenis waren verteld. Herinneringen die waren opgehaald door de tientallen gezichten waar ze geen naam bij kon plaatsen en die ze slechts vaag herkende. Op de een of andere manier had ze toen, bijna zes maanden eerder en verdoofd door de schok, haar rol weten te spelen en overeind weten te blijven, maar vandaag was ze de draad kwijt. Nu de verdoving uitgewerkt raakte, was de wond weer opengegaan en het verdriet was rauw.

Ze had tijd alleen nodig, tijd voor haar eigen herinneringen, zodat ze haar persoonlijke beelden van Luc kon koesteren en oppoetsen. Na het medeleven en de hartelijkheid van anderen, hoe goedbedoeld ook, hunkerde Jane naar afzondering. Als ze zich niet kon oprollen en sterven, om helemaal te verdwijnen, hunkerde ze naar eenzaamheid en later, als ze sterker zou zijn, naar een kompas om haar verder te leiden. Ze had geen richting, en binnenkort misschien ook geen geld meer. Luc had haar in erbarmelijke omstandigheden achtergelaten. Ze kon nu elk moment een telefoontje van Robert krijgen om de verkoop van hun flat in Londen te bevestigen. Ergens zou dat nu een opluchting zijn, het kwijtraken van financiële lasten, het afsluiten van herinneringen, maar wat zou ze dan nog overhebben? Niets. Wildernis, woestijn, en ze was doodsbang voor die trektocht in haar eentje. Met Lucs dood was het dak van haar wereld afgewaaid en nu zouden ook de muren, hun huis, van haar worden afgenomen.

Ze was het zat om te horen 'we vinden het zo erg' en 'wat een geweldige man'. Het leek wel of niemand ook maar enig idee had van de problemen waarin Luc had verkeerd. Hij had het gewicht van zijn schulden in zijn eentje gedragen. Jane moest begrijpen wat hem naar die financiële afgrond had gevoerd, en ze moest een plan opstellen. Hoe kon ze de ontberingen die ze erfde te boven komen?

'Madame?'

'Sorry, Claude, wat zei je?'

'Gaat het wel?'
'Ja, ja, prima. Wat zei je?'
'Clarisse... eh, madame Cambon zei al dat je onderweg was. Ik had een telefoontje verwacht met je vluchtdetails. Ik zou je graag van de luchthaven hebben gehaald en je met je koffers hebben geholpen. Hoe gaat het, Jane?'
'O, nou ja... Ik bedoel... naar omstandigheden goed.'
'Matty en ik... voelen zijn verlies ook...'
Stilte.
'Blijf je hier lang?'
'Nee, nee, een dag of twee maar. Spullen ophalen, weet je, en dan... dan...' Ze haalde diep adem en richtte haar aandacht op iets anders, terwijl die vervloekte tranen in haar ogen stonden. Ze kuchte. 'Mijn koffer ligt nog in de auto, Claude, als je zo vriendelijk wilt zijn. Dan ga ik de deur openmaken. Dank je.'
'Natuurlijk, madame.' Hij keek gekwetst.
Verdomme! Ze had bruusker en ontoeschietelijker geklonken dan de bedoeling was. Ze was dol op die oude man, heel dol. Ook hij en zij hadden samen een geschiedenis. En ze had niet eens naar zijn gezondheid of die van Matty gevraagd.
Ze liep naar de achterdeur, de ingang van de keuken, stak haar sleutel in het slot en stapte naar binnen. Ondanks de warmte buiten voelde het kil en onbewoond in de kleine provisiekamer. De planken waren leeg, kaal, slechts ruw hout. Ze huiverde en trok haar vest strak om zich heen terwijl ze aarzelend verderliep langs de wasruimtes en de grotere voorraadkamer, die ook leeg was voor zover ze kon zien, en naar de eetkamer.
Zelfs de gemeenschappelijke ruimtes roken vochtig, naar schimmel, naar leven dat was weggekropen, maar ondanks Clarisses wrede bezuinigingen was die lieve Matty duidelijk in huis geweest om er eens flink goed schoon te maken. In elk geval beneden. De vloeren, de muren, de plafonds en zelfs de scheuren waren allemaal ontdaan van spinnenwebben en de gebruikelijke invasie van kruipende beestjes die Jane en Luc altijd tegenkwamen als ze na hun afwezigheid weer binnen-

kwamen, maar het was steriel. Het huis ontbeerde leven, activiteit. Het ontbeerde die heerlijk opwekkende bakgeur, de geur van warm vers brood en quiches, van groente en fruit die 's ochtends vers uit de tuin werden geplukt en die nog met een dun laagje aarde, op vetvrij papier in de provisiekamer werden gelegd, klaar om te worden getransformeerd tot salade of soep.

Het ontbeerde muziek. Luc was dol op muziek. Als hij nu naast haar had gestaan, zou hij Brad Mehldau of Amy Winehouse in de cd-speler doen. Op een avond, lang geleden in de Cobden Club in Londen, waren ze toevallig bij een sessie van de toen nog onbekende Amy Winehouse beland. Jane was niet meer naar een muziektent geweest sinds hun uitje naar de Trois Maillets van vorig najaar. 'Muziek brengt alles tot leven,' zei Luc altijd. Maar sinds zijn dood kon ze alleen nog stilte verdragen. De schreeuwende stilte in haar hoofd.

In gelukkiger jaren was de eetkamer de plek waar de familie bijeenkwam. Vroeger, toen Isabelle nog leefde, was het huis 's winters en tijdens de olijven- en druivenoogst barstensvol geweest met lachende, energieke gasten. 's Zomers werden alle maaltijden buitenshuis genuttigd in de schaduw van een geweldige *Magnolia grandiflora* met zijn wasachtige witte bloemen, uit het zuiden van de Verenigde Staten, of aan de ijzeren tafel onder een vijftal vijgenbomen die strategisch over de gehele lengte van de rand van het grasveld aan de zuidkant waren geplaatst, zodat daar midden op de dag schaduw was.

Jane legde haar hand op de houten eettafel. Ze streek met haar vingers over het geoliede oppervlak. Haar aanraking maakte echo's los. Uitgelaten gelach uit vervlogen tijden. Jazz op de grammofoon. Wang aan wang dansen. Deze kamer, dit huis, was een opslagplaats van herinneringen, maar die waren niet allemaal zorgeloos. Er waren dagen geweest dat de vonken ervan afspatten, er onheilspellend werd geschreeuwd, er hartbrekende ontdekkingen werden gedaan...

Wat had ze gehuild van teleurstelling en schrik, die avond toen ze haar vader met Clarisse had aangetroffen...

Ze trok haar hand schielijk terug, alsof ze hem verbrand had, en liep verder naar de hal met de laaghangende glazen kroonluchter en de vertrouwde slinger van de dikbuikige staande klok. Er hing een harsachtige geur: grenenhout en bijenwas van de meubelpoets. Daar bleef Jane dralen, terwijl ze zichzelf voor zich zag toen ze tijdens dat eerste bezoek achter haar vader aan sloop. Clarisses muskusachtige parfum, de narcisgele jurk die haar gewelfde billen omsloot terwijl ze hun voorging naar een wereld waar het zonlicht werd buitengesloten. Clarisse, die de dikke parels om haar hals streelde en optilde, had het kind Jane en haar vader met een roodgestifte glimlach verwelkomd.

Roofzuchtig.

Janes gedachten belandden met een schok weer in het heden en ze maakte stuntelig een halve draai, weifelend over welke kant ze op moest, welke kamer ze binnen zou gaan. Het verlies had haar besluiteloos gemaakt, zelfs als ze de simpelste keuzes moest maken. Elke stap naar haar toekomst werd overschaduwd door aarzeling. Vier openstaande deuren, vier onbewoonde leefgedeelten, afgezien van de keukenruimtes, wachtten tot ze binnenkwam. Ze stond te dubben. De kamers lagen in stilte waakzaam te wachten.

Ze hadden stuk voor stuk ruime afmetingen en ademden geschiedenis: ingezakte zitgedeelten in sjofele banken die nu schuilgingen onder flodderige witte stoflakens; een gebruikt spel kaarten dat op de kaarttafel in de *petit salon* lag te wachten om geschud en gedeeld te worden; grote hoeveelheden boeken langs de wanden van de bibliotheek, die stoffig lagen te worden achter glas waar vingerafdrukken op zaten; gebruikte haardroosters, met roet bedekte regelkleppen, een vork om marshmallows mee te roosteren, vergeten in de haard. Luc en zij hadden een keer op het kleed voor die haard gevreeën. Zijn naakte lichaam dat bij het haardvuur de kamer doorkruiste...

De vervagende geuren, de koude kooltjes van het laatste vuur dat in deze schoorsteen had gebrand, en wanneer was dat geweest? Op de bijeenkomst na Lucs begrafenis?

Had er sindsdien behalve Matty nog iemand anders op deze vloer gelopen? Kwam Clarisse ooit hier? Sloop ze in haar eentje door deze kamers, luisterend naar haar eigen voetstappen, op zoek naar geesten terwijl ze probeerde de muziek op te roepen die buiten gehoorsafstand wegstierf? Dit moest voor zijn moeder even pijnlijk zijn als voor Jane. Ze voelde een sprankje sympathie voor haar.

Toen Jane Clarisse vanuit Londen had gebeld nadat haar flat te koop was gezet, en ze voorzichtig een bezoekje ter sprake had gebracht, had Clarisse niet overgelopen van vreugde. 'Ik wist wel dat je vroeg of laat weer zou bellen,' was haar onomwonden reactie geweest. 'Het heeft bijna een maand geduurd voor je de moeite nam om de telefoon te pakken, maar je bent welkom wanneer je maar wilt.' Daarmee had ze de verbinding verbroken.

Jane vroeg zich nu af of ze niet meteen de oprijlaan op moest rijden om bij Le Cottage du Cerisier langs te gaan voordat ze haar spullen in de slaapkamer zette. Het was wel zo beleefd om te laten weten dat ze er was, een dapper gezicht te trekken en voor te stellen om die avond samen te eten. Maar de moed zonk haar in de schoenen bij dat vooruitzicht. Wat hadden ze elkaar nog te zeggen? Behalve wederzijdse beschuldigingen. Toch moest het gebeuren. Uit beleefdheid. Haar schoonmoeder was hier per slot van rekening de baas.

Ze was Claude en haar koffers bijna vergeten. Ze liep naar de voordeur en deed die van binnenuit van het slot. Daar op het grind van de oprijlaan stond Claude, die zijn hoed nu had opgevouwen en onder de bretels op zijn linkerschouder had geklemd. Hij had de kofferbak van Janes huurauto dichtgedaan. Haar tas voor de nacht plus twee lege koffers die gevuld moesten worden met haar spulletjes, hield hij onder zijn armen en bij zijn voeten. Ze liet de deur wijd openstaan en drentelde daar tussen de zitkamers door. Sinds ze hier als kind voor het eerst op bezoek was gekomen had het huis niet meer zo intimiderend en overweldigend geleken.

Claude holde op zijn bejaarde benen naar de overkapping en pauzeerde hijgend, waarna hij de koffers bij zijn voeten zette. 'Waar wil je deze hebben?'

'Dank je, Claude. Zet ze maar hier binnen. Ik pak ze straks wel.'

Nu hij zijn handen vrij had, haalde de oude tuinman zijn strohoed onder zijn bretels vandaan en draaide hem rond. 'Ik heb de elektriciteit weer aangesloten. De koelkast werkt en de lampen in huis zijn allemaal in orde, zowel binnen als buiten. Ik heb verschillende peertjes vervangen en Matty heeft een baguette, een kan olijfolie en een zak koffie voor je neergezet in de grote provisiekamer. Ik heb een schaal kersen voor je geplukt.' Hij grinnikte. 'Ze zijn nog niet helemaal rijp, maar ik weet dat je dat lekker vindt. O, en ik heb ook een paar flessen landgoedwijn, de beste, voor je uit de winkel gepikt.' Hij knipoogde. 'Ik weet zeker dat je wel een paar glazen kunt gebruiken en zij mist ze toch niet. Ze heeft nauwelijks meer enig idee wat ze daar heeft.' Hij schudde zijn hoofd.

'Dat is heel attent. Enorm bedankt, Claude.' Ze schuifelde naar voren om hem te omhelzen, maar bevroor halverwege en liet haar armen nutteloos langs haar lijf bungelen.

'Matty heeft ook wat eten voor je gemaakt. Ze zei dat ik moest doorgeven dat het op een bord in de keuken staat en dat je het alleen maar even hoeft op te warmen in de oven. Lamsvlees, en ze heeft er een abrikozen- en tomatenchutney bij gedaan. Ik heb de bonnetjes van alle boodschappen en van de gloeilampen op de keukenkast gelegd. Als je me nodig hebt, zul je je eigen telefoon moeten gebruiken. De vaste lijn doet het niet. Die hebben ze afgesloten. De post ligt op de eettafel. Ik vrees dat er ook aardig wat rekeningen tussen zitten. Verder nog iets?'

'Allebei bedankt voor jullie vriendelijkheid, Claude. *Merci beaucoup.* Madame Cambon heeft de telefoonrekening vast over het hoofd gezien.'

'Ze heeft gezegd dat we de rekeningen allemaal aan jou moesten overlaten, dat jij ze zult afhandelen. Luc betaalde altijd de huishoudelijke rekeningen voor het huis, zei ze.'

'Zei ze dat?' Jane haalde diep adem. Vielen daar ook het onderhoud aan het zwembad en het bijhouden van de tuin onder? Clarisse en zij zouden afspraken moeten maken. Ze was niet van plan te blijven. 'Ik regel het wel met Clarisse, maar ik geef alles wat jullie hebben voorgeschoten vanmiddag terug, als het mag. En als er nog meer onkosten zijn, zoals extra gewerkte uren, zet die dan maar op de lijst.'

Jane had op de een of andere manier de vertaling van drie reisgidsen ingeleverd tijdens haar rouwperiode in Londen. Het verlengde contract met de uitgeverij was een levenslijn geweest, een reden om uit bed te komen, en het honorarium dat een dezer dagen op haar rekening zou worden overgemaakt, was voldoende om deze reis te betalen.

'Matty heeft de rekeningen bijgehouden. Dat is niet mijn afdeling. Ik ben nooit goed geweest met cijfers.'

'Hoe gaat het met haar? Redden jullie het allemaal? En de familie?'

Hij liet zijn hoofd hangen en keek bezorgd naar zijn panama. 'We proberen bezig te blijven. We zijn hier nog maar één dag in de week, dus het valt niet mee... en madame zegt dat ze ons misschien helemaal niet meer nodig heeft.'

'Ja, dat hoorde ik.' Stilte. 'Is ze in de buurt?'

'Ik zag haar vanochtend. Ze ging in de richting van haar kantoor in de wijnmakerij.' Claude zuchtte. 'Het is een slechte oogst dit jaar, de ergste die we in jaren hebben gehad. Dat kon er ook nog wel bij...'

Jane voelde een steek van schuldgevoel. Ze had destijds wel zo geprotesteerd, maar was het verlies van de oogst op die noodlottige septemberdag misschien de doodssteek van deze slechte oogst geweest? Was zij onbewust verantwoordelijk voor het ontslag van Claude en Matty?

'Het trekt een wissel op de schatkist, volgens madame Cambon. Ze worstelt om ons te betalen. Ze heeft gevraagd of we elders werk willen zoeken, maar' – hij keek omlaag – 'we worden er niet jonger op, weet je. We wonen hier al ons hele getrouwde leven. De kinderen zijn hier opgegroeid. Alle drie. Nou ja, dat weet je allemaal...'

'Ik vind het zo erg,' mompelde Jane. 'Als ik iets kan doen...'

Stilte. Claude ademde zwaarder. 'Jammer dat je niet langer blijft. We zouden je hier best kunnen gebruiken.'

'Misschien de volgende keer.'

'Wil je dat ik madame bel om te zeggen dat je er bent?' Hij groef in het borstzakje van zijn overall en haalde trots een mobiele telefoon tevoorschijn. 'Arnaud heeft me dit ding gegeven voor mijn verjaardag. Ik heb geen rust meer. Kan me niet meer verschuilen in de wijngaarden.'

'Nee, dat hoeft niet, hoor. Dank je wel. Ik ga zelf wel bij haar langs.'

'Heb je nu nog iets nodig?'

'Nee, dank je.'

'Dan ga ik.' Hij aarzelde. 'Madame Jane, mijn vrouw en ik vinden het allebei heel erg dat...'

'Merci, Claude. Ik kom straks langs als ik bij de bank ben geweest.'

Hij knikte en raakte zachtjes haar schouder aan. 'Het is goed je hier te zien. Dit oude huis heeft de laatste tijd, nou ja, een beetje medelijden met zichzelf. We missen Luc ook. Door ledigheid wordt er niets verbeterd en dat geldt ook voor de tuinen en oude mensen zoals wij.'

Ledigheid was inderdaad funest. Goddank had ze haar eigen bedrijfje. Ze zou later naar haar bankrekening kijken en genoeg geld opnemen om de kosten van Claude en Matty te dekken. Maar eerst was er Clarisse.

2

Het Huisje van de Kersenboom, Le Cottage du Cerisier, stond op een magische plek die zou kunnen worden aangezien voor niemandsland, halverwege een smal laantje met diepe voren, dat verderliep naar de noordoostkant van het domein. Het huis stond aan de rand van een stukje bos met steeneiken en mediterraan struikgewas, een bosje voor fazanten als de jagers, aangevoerd door Arnaud Lefèvre, in het seizoen het platteland afstruinden. Het was een aantrekkelijke cottage met twee kamers boven en twee beneden en het verkeerde in betere staat dan de meeste kleinere woningen op het landgoed. Clarisse had het zichzelf toegeëigend na de dood van Isabelle, toen ze had verklaard dat het grote huis 'te onrustig' voor haar was.

Nog geen halve kilometer verder noordwaarts langs ditzelfde pad, in de richting van de Alpen, had een imposante watermolen gestaan die in de zeventiende eeuw was gebouwd door de benedictijnen aan wie deze grond had toebehoord en die het mediterrane kreupelhout hadden getransformeerd tot lucratieve wijn- en oliereserves. Tegenwoordig was er van de molen niets meer over dan hopen stenen en rommel. In de hoogtijdagen moest het een adembenemend plaatje zijn geweest: het grote, eikenhouten rad dat krakend en knarsend ronddraaide door de kracht van de waterstroom en scheppen vol zoet, kristalhelder drinkwater uitwierp, gesmolten sneeuw uit de Alpen. Volgens Lucs berekeningen moest het rad tweeënhalve meter hoog zijn geweest. Het had als doel gehad de machtige maalstenen te mechaniseren waarmee de olijven van het landgoed werden geplet tot een dikke pasta waar de gouden olie uit werd gehaald. De molen was gemaakt van stenen en eiken balken en lag nu al ruim een eeuw in puin. Maar hij was wel de reden waarom het huisje was gebouwd. Oorspronkelijk was Clarisses cottage bedoeld als molenaarswoning.

Er kwamen maar weinig mensen via deze weg. Daar was ook geen reden toe, tenzij je naar Le Cottage du Cerisier moest, zoals Jane nu. Toen ze tot stilstand kwam, gloeiden de wilgenkatjes die in de steeneiken hingen zacht, maanachtig geel op door een halo van zonlicht dat door de takken scheen, en de prachtige, decennia oude kersenboom waaraan het huis zijn naam dankte en die laag over het pad hing, zat een dag of twee na de ultieme bloei vol met meibloesem. De witte bloesem verloor wolken van loslatende bloemblaadjes die de straatstenen watteerden. Jane tilde de grendel van het houten hek op en bleef even staan om voorbij de plek te kijken waar ze had geparkeerd, het uitzicht op het boerenland in zich op te nemen, de verreikende hectares van bladrijke groene wijngaarden. Ze stond heel stil, met haar hoofd achterover, en staarde naar de storm van bloemen, ademde de geur van kersenbloesem in, nam de fantastische rust in zich op en raapte haar moed bijeen. Niets anders dan het pruttelen van een motor in de verte – een tractor of een grasmaaier – verbrak de stilte van Clarisses koninkrijk, naast vogelgezang dat klonk in het jonge, groene struikgewas; Luc had ze stuk voor stuk kunnen benoemen. Wat verlangde ze naar het geluid van zijn stem, wat miste ze zijn uitbundige lach, zijn losjes geknipte lange haar, als dat van hengstenmanen. Ze stak haar hand naar de boom uit en trok de bovenkant van een dunne tak af, waarna ze de geur van de zachtroze-witte bloesem opsnoof.

Het was hier afgelegen. Ze was vergeten hoe geïsoleerd het lag. Liep Clarisse risico in dit onbewoonde achterland? Jane kon zich niet voorstellen hoe de oude vrouw zich redde. Ze leed aan artritis, ze liep met een stok; dit was zelfs voor een vrouw die half zo oud was als Clarisse al een afgezonderde plek. Was ze niet bang om zo ver bij de anderen vandaan in een uitgestrekt gebied onder de grote, blauwe hemel te wonen, met krekels en wijnstokken als enige gezelschap?

Maar Clarisse was nergens bang voor. Ze was niet iemand die wegkwijnde als een frêle winterblaadje. Ze was een vechter, een blijver, en Jane was niet van plan nog een keer tegen haar in te gaan. Alles wat Jane wilde was een waardig vertrek. Een beschaafd adieu. Haar hart ging tekeer toen ze de klopper optilde en tegen de deur liet bonken. Ze had Lucs financiële problemen nog niet ter sprake gebracht bij Clarisse. Ze had geen idee in hoeverre Clarisse erbij betrokken was of wat de oude vrouw wist.

Had Luc zijn persoonlijke inkomsten in de wijnhandel van de familie gestoken? Als het landgoed verlies draaide en hij zich verplicht had gevoeld bij te springen, geld te lenen om zijn familiebedrijf op de been te houden, waarom had hij dat dan niet met zijn vrouw gedeeld?

Hoe zou ik jou in vertrouwen kunnen nemen, Jane? Dat had geen zin gehad en had alleen nog maar meer kwaad bloed tussen jullie gezet.

Was dat zijn redenering geweest? Jane liet beschaamd haar hoofd zakken. 'Je hebt gelijk,' fluisterde ze tegen de man die er niet meer was.

'Hij zit niet op slot. Til gewoon de grendel op.'

Afgezien van de dag waarop Luc en zij Clarisse hadden helpen verhuizen van de bastide naar de cottage, had Jane nooit voet in het huis van haar schoonmoeder gezet. De deur kwam direct uit in een schaars verlichte zitkamer met een laag plafond. Ondanks het seizoen was het er kil. Jane onderdrukte een huivering toen ze over de drempel op de tegelvloer stapte. Clarisse zat, als altijd extravagant gekleed, met gestrekte benen in een fauteuil en liet haar in muiltjes gestoken voeten rusten op een Marokkaanse leren poef. Haar gekromde handen waren dooraderd, haar vingers met juwelen getooid. Gemanicuurde en gelakte nagels. Een houten tafeltje rechts van haar lag vol papieren: bankafschriften, chequeboekjes, rekeningen en een stapel oude tijdschriften. Naast de papierwinkel stonden een ivoorkleurig porseleinen kopje en een leeg whiskyglas. Zowel op het kopje als op het glas was een afdruk te zien van Clarisses zachtroze lipstick. Ze rookte en het was een beetje bedompt in de kamer. Op haar schoot lag een zwarte Spaanse waaier.

'Ik kan niet zeggen dat ik je hoog inschat als schoondochter, Jane. Je bent gisteren aangekomen, hoor ik van het personeel, en je had niet eens de beleefdheid om langs te komen. Ik heb je sinds de begrafenis van mijn zoon niet meer gezien en nauwelijks aan de telefoon gehad.'

Jane bleef in de halfopenstaande deur dralen. 'Ik ben vanochtend aangekomen, Clarisse, niet gisteren. Niemand kan je iets anders hebben verteld. Toen ik je belde, heb ik duidelijk gezegd dat ik vandaag zou vliegen. Hoe gaat het met je?'

'Doe verdomme die deur dicht en kom binnen. Er is koffie in het apparaat. Schenk zelf maar in. O, als je liever gin hebt, de fles staat bij de koelkast. Ik laat mijn benen rusten.'

Het was voor Jane iets te laat op de dag om nog koffie te drinken en absoluut te vroeg voor gin, maar ze liep plichtmatig naar de bar die de woonruimte van de keuken scheidde en nam de tijd om zichzelf een beetje koffie in te schenken uit de percolator.

'Waar ben jij zo druk mee bezig geweest de afgelopen maanden? Mijn god, ik had bijna kunnen denken dat je samen met Luc was verongelukt, zo weinig aandacht heb je me geschonken.'

Nog steeds met haar rug naar haar schoonmoeder roerde Jane door de vloeistof, waar geen melk of suiker in zat, en overwoog wat ze zou antwoorden. 'Sorry dat ik niet gebeld heb.' Ze draaide zich met het kopje in haar hand om en leunde tegen de bar.

'Ga in hemelsnaam zitten. Blijf daar niet zo koel staan alsof je elk moment weer kunt vertrekken.'

Jane gehoorzaamde zuchtend. Ze wilde koste wat kost een ruzie vermijden, maar Clarisse zette haar stekels op.

Ze zaten elkaar zwijgend aan te kijken.

'Goed, is er nieuws?'

'Waarover?'

'Ik weet het niet. Zeg jij het maar! Heb je alles geregeld? Wees verdomme niet zo zwijgzaam. Hoe zit het met de verzekering?'

'Welke verzekering?'

'De auto. Lucs polissen. Hebben ze betaald? Jezus, Jane, ik moet het wel uit je trekken, zeg.'

Vroeg Clarisse ernaar omdat zij, het landgoed, geld nodig had en ze hengelde naar een aandeel van Lucs bezittingen?

'Luc is overleden zonder levens- of hypotheekverzekering. Er valt niets uit te keren.'

Clarisse keek pruilend op en stak haar kin in de lucht. Een gewoonte van haar als ze diep in gedachten verzonken was of onverwachte informatie moest verwerken. De kalkoenhuid van haar oude hals werd zichtbaar. 'En zijn auto dan?'

'Hij had de polis omlaaggebracht naar alleen een aansprakelijkheidsverzekering.'

'Wát?'

'Lucs bezittingen komen neer op niets, afgezien van een alarmerend aantal schulden.'

'Onzin! Hij was altijd zo precies met geld.'

Jane haalde haar schouders op. 'Ik vroeg me af of hij zijn financiële problemen met jou had besproken. Investeerde hij in jouw wijnhandel?'

Clarisse schudde haar hoofd. 'Hij heeft niets gezegd, maar dat is niet bepaald verrassend. Hij was nooit zo open. Daar is jullie bruiloft een goed voorbeeld van.'

Jane ging verder zonder in te gaan op de verwijzing naar hun huwelijksdag. 'Robert Piper heeft me op de hoogte gesteld. Luc had hoogoplopende leningen. Ik weet niet waar hij het geld voor gebruikte.'

'Ik had er geen idee van,' fluisterde Clarisse. 'Hoe ernstig is het?'

'Ik ben genoodzaakt onze flat te verkopen.'

'De flat te...'

'Daarmee moet alles gedekt zijn, dat heeft Robert me tenminste verzekerd.'

'En dan?'

'Volgens Roberts berekeningen heb ik, zodra de schulden zijn afgelost, genoeg geld over om een bescheiden studio of een flatje in Londen te kopen. Dus ik zal niet dakloos worden.'

'Ben je daarom hier?'

'Ik snap het niet.'

'Om een claim in te dienen? Ben je op geld uit? Want dan heb je helaas geen geluk.'

'Mijn god, Clarisse! Jij weet wel hoe je iemand een mes in zijn rug moet steken. Ik ben hier om mijn spullen op te halen, zoals ik over de telefoon al zei. Over een paar dagen ben ik uit je leven verdwenen. Ik zal de openstaande rekeningen voor het grote huis betalen, zoals Luc met je had afgesproken, maar verder kan ik niet gaan. Het spijt me echt.'

'Dus je bent niet van plan te blijven?'

'Dat weet je.'

Even was het stil. Clarisse nam met halfgesloten ogen een trek van haar sigaret. 'Hoe gaat het met je vader?'

Jane voelde haar rug verstijven. Dit kwam onverwacht. 'Naar omstandigheden goed. Bedankt dat je het vraagt.'

'Heb je hem verteld over Luc?'

'Ik heb hem de week na kerst verteld dat Luc was omgekomen bij een auto-ongeluk. De rest heb ik niet vermeld.'

'Je zou hem hierheen moeten brengen.'

'Mijn váder?'

'Er is ruimte genoeg op de plantage.' Clarisse noemde Les Cigales regelmatig 'plantage' in plaats van domein of landgoed, alsof ze in de tropen woonde met een schare bedienden.

'Waarom zou ik?'

'Hij zou hier met jou in het grote huis kunnen wonen. Hij vond het hier fijn. Hij was gelukkig. Hij had een belangrijke rol op dit landgoed kunnen spelen als...'

Jane haalde adem en beet op haar lip.

'Of je het nu leuk vindt of niet, je vader was hier gelukkig. En hij deed goed werk voor onze exportmarkt en zou dat zijn blijven doen, als jij...'

'Hij herinnert zich deze plek niet, of jou.'

'Helemaal niets?'

'Niets, vrees ik.' Jane zag een glimp van pijn in Clarisses ogen en genoot onwillekeurig van dat kleine moment van overwinning. Maar ze berispte zichzelf meteen. Het was niet nodig om zo onaardig te zijn. 'Het zou hem alleen maar in de war en van streek maken als hij nu moest verhuizen van de plek waar hij zit. Ik heb hem meermaals uitgelegd dat Luc dood is. Bij elk bezoek vraagt hij, zodra hij begrijpt wie ik ben, naar Luc, maar binnen een kwartier wil hij weten wanneer Luc langskomt en dan moet ik het verhaal weer opnieuw vertellen.'

'Wat een tragedie. Die lieve Peter. Hij hield zo van dansen en zingen. Herinner je je al die avonden nog dat hij zijn gitaar pakte en voor ons zong? Als jij naar bed was, dansten we in het maanlicht en dan... hij had zo'n gevoel voor humor. Niemand kon me zo laten lachen als je vader.'

Jane keek omlaag. 'Hij zingt nog steeds.'

'Moet ik hem bellen? Met hem praten, hem opvrolijken?'

'Nee.'

'Waarom niet?'

'Ik heb je net verteld dat hij je toch niet zou herkennen.'

'Mij niet herkennen, da's een goeie.' Clarisse grabbelde naar een zakdoek die ze in haar mouw had, depte haar ogen en pakte een nieuwe sigaret, waarbij ze vergat dat er nog een in de asbak lag. 'Echt een goeie...'

Ze zwegen weer en Jane probeerde haar zelfbeheersing te bewaren. De laatste tegenover wie ze kwetsbaar wilde zijn was Clarisse, maar de herinneringen aan Peter die op het terras zong en Clarisse omhelsde, brachten haar besluit aan het wankelen.

'Dus je gaat over een paar dagen weer weg? Ik dacht dat ik je zou kunnen overhalen om een tijdje te blijven. Om me gezelschap te houden.'

'Ik moet in de buurt zijn om de flat te laten zien aan mogelijke verkopers, totdat die verkocht is. Zodra Lucs financiële afspraken zijn nagekomen, moet ik op zoek naar een plek om te wonen.'

'De makelaar kan de flat laten zien. Daar worden ze voor betaald.'

'Ik moet verder met mijn leven.'

'En mij aan mijn lot overlaten?'

'Doe niet zo mal, Clarisse. Natuurlijk houden we contact. Ik moest maar weer eens gaan.' Jane stond op.

'Je draagt je haat mee als een trofee, hè?'

'Laten we het verleden alsjeblieft niet oprakelen.'

'Die ellendige jaloezie van je. Die heb je jaren gekoesterd, dicht tegen je aan gehouden als een kostbaar gouden medaillon.'

Jane haalde haar vingers door haar haren. Haar hoofd barstte uit elkaar van de vragen. Ze wilde deze vijandigheid niet. Ze wilde de hiaten invullen en verdergaan met haar leven. 'Clarisse, ik kan op dit moment alleen het heden aan.'

'Mijn zoon is dood en begraven. Als jij er niet op had aangedrongen dat hij naar Londen moest komen, zou hij nu hier zijn. Levend en wel!'

Nu moest Jane moeite doen zich te beheersen. 'Dat is vreselijk oneerlijk.'

'Het is een feit. Jij wilt het alleen niet onder ogen zien.'

Ze had zich erop voorbereid. Maar toch wist Clarisse altijd weer hoe en wanneer ze de trekker moest overhalen.

'Ik sta er alleen voor zonder iemand die me helpt dit landgoed te bestieren, en zodra jij je zaakjes op orde hebt en de 'openstaande rekeningen' betaald hebt – dank je vriendelijk – rij je hier met een volgeladen kofferbak weg en mag ik blij zijn als ik nog een kloterige kerstkaart krijg. Je hebt nooit een jota om me gegeven, of om de offers die ik gebracht heb, hè?'

Offers?

Jane liet zich weer in de stoel vallen, zette haar kopje op het schoteltje op de tafel naast haar schoonmoeder, waarbij ze papieren opzijschoof om ruimte te maken, en staarde naar haar lege handen, die ze in haar schoot geklemd hield. 'Laten we niet weer beginnen. Dat hebben we nu wel gehad. Niet weer, Clarisse. Laten we vriendschappelijk uit elkaar gaan.'

'Maar daar komt het toch op neer, Jane?'

Ondanks alle jaren en alle herinneringen, was Clarisses samenvatting tamelijk accuraat. Alles wat ze gemeen hadden, was Luc. Er was te veel gebeurd tussen hen, te veel onaangename aanvaringen. 'Onze relatie is nooit gemakkelijk geweest. In godsnaam, Clarisse, het is te laat.'

'En Lucs wensen tellen niet? Zijn droom dat we samen zouden werken en het landgoed opnieuw zouden opbouwen...'

'Die wens heeft hij nooit aan mij kenbaar gemaakt. Ik geloof je niet.'

'Nou, het lijkt erop dat hij wel meer niet aan jou heeft verteld.'

Jane was onthutst door die opmerking. 'Waar heb je het over?'

Had Clarisse antwoorden? Over de identiteit van A en P? Over Lucs ontbrekende uren?

'Zijn financiële ellende, om te beginnen. En de rest.'

'Welke rest?'

Stilte.

'Nou, Clarisse?'

'Dat zou je niet aankunnen,' zei ze laatdunkend en ze nam nog een trek van haar sigaret.

'Clarisse, als je iets weet, iets wat je me wilt vertellen...'

'Er is niets.'

Jane perste haar lippen op elkaar en wachtte. Ze weigerde zich in dit spelletje te laten meeslepen. De oude vrouw wist niets.

'Ik wijs je er alleen op dat mijn zoon een geheime kant had, aangezien hij zijn financiële zorgen niet met zijn vrouw besprak.'

Dat negeerde Jane. 'Ik wil Lucs studio graag uitruimen nu ik hier ben, als je daar tenminste geen bezwaar tegen hebt?'

Clarisse schudde haar hoofd.

'Is er daar iets wat je wilt bewaren?'

'Ik heb geen idee wat er ligt. Het was zijn privéruimte. Filmspullen, neem ik aan. Als er daar een foto van hem ligt, wil ik die graag.'

'Ik zoek er wel een voor je. Trouwens, ik zocht zijn adresboek. Dat leren bordeauxkleurige. Het lag niet in Londen en ik kan het hier ook niet vinden. Heb jij het gezien?'

'Wat moet je met zijn adresboek?'

'Dan moet het in de kelder liggen.' Jane stond op en pakte haar kopje. 'Vaatwasser?'

'Laat maar staan.'

'Ik was het wel af.'

'Ik zei: laat maar staan.'

Jane boog zich naar de bar en zette het kopje naast de percolator. Terug bij Clarisse vroeg ze terloops: 'Zeggen de initialen A en P je iets?'

Clarisse wreef met haar handen over haar gezicht en pakte haar lege ginglas, dat ze ronddraaide. 'Wil je die fles even aangeven?'

'Het is een beetje vroeg voor gin.'

Clarisse zuchtte theatraal en kwam overeind. Jane pakte de fles als eerste.

'Nou, Clarisse?'

'Matty's familie, neem ik aan.'

Jane bleef zwijgend staan om dit tot zich te laten doordringen, terwijl haar schoonmoeder de fles uit haar hand griste, haar glas volschonk en langs haar heen naar de keuken liep om ijs te pakken.

'Ik ga na de lunch naar het dorp. Kan ik nog iets voor je meenemen?'

De oude vrouw schudde haar hoofd.

'Zal ik straks voor ons koken?'

‘Ga maar gewoon, Jane, laat die flauwekul maar achterwege.’

‘Goed dan. Ik kom de huissleutels wel even langsbrengen voor ik vertrek... en au revoir zeg.’

‘Zoals je wilt.’

Ze aarzelde even voor ze de grendel optilde. Dit was Lucs moeder, ongeacht hun veelbewogen verleden. Waarom moest het altijd zo verschrikkelijk gaan?

Buiten bleef Jane bij de kersenboom staan en haalde lang, diep adem. Arnaud en Pierre. Matty’s zoons. Wat was ze ontzettend stom geweest. Hoe kon ze zo’n voor de hand liggende connectie over het hoofd zien?

3

Het was een korte afstand naar Malaz, nog geen vijf kilometer; een stevige, schaduwrijke wandeling die Jane altijd prettig had gevonden, vooral als Walnut naast haar had gedraafd. Die middag ging ze met haar huurauto. Ze had contanten nodig om de Lefèvres terug te betalen en moest inkopen doen bij de *épicerie*, voorraad inslaan voor haar korte verblijf van twee, hooguit drie dagen. Tijd om de paar spullen die ze had en al Lucs bezittingen op te ruimen. De verkoop van de flat in Kentish Town had prioriteit, maar als ze in de kelder aanwijzingen kon vinden voor die ontbrekende uren, de oorzaak van zijn schulden... zou ze misschien terugkomen.

Ze parkeerde de Peugeot op het centrale plein tegenover de bank. De place was versierd met paarse, klimmende clematis, bougainville en rijen grote bloembakken met felgekleurde oleanders die net tot bloei kwamen, ter markering van de grens tussen de verschillende cafés en bars. De tafels waren drukbezet met casual geklede vroege toeristen en eigenaren van tweede huizen. Levendig gebabbel, kletterend bestek, lunch die werd genuttigd onder brede, witte parasols. Vorig jaar om deze tijd hadden Luc en zij daar ook tussen kunnen zitten, aan hun favoriete tafel in de schaduw, naast de stenen muren van de vervallen abdij. Lunch op het plein was tijdens elk bezoek in de zomer een ritueel van Luc en Jane geweest, al voordat ze vijf jaar daarvoor het grote huis hadden overgenomen. Op de eerste dag dat ze terug waren op Les Cigales gingen ze altijd hiernaartoe en dronken bij de maaltijd een gekoelde fles rosé van een van de drie domeinen van Château Ott. Het was een extravagante keuze, de duurste Provençaalse roséwijn op elke restaurantkaart en een prijzige concurrent van het aanbod van de Cambons. Wat zou ze hier nu graag met hem zitten, naast hem genietend van een glas wijn, met Walnut aan hun voeten.

Jane zette de motor af maar verroerde zich niet en vroeg zich opnieuw af waarom Luc zijn financiële problemen niet met haar gedeeld had. Ze zou hem nooit als prater hebben beschreven, maar ze had nu ook weer niet gedacht dat hij zo op zijn hoede, zo geheimzinnig was. Achterbaks? Als hij haar zijn problemen had toevertrouwd, wat had zij dan gedaan? Wat had ze kunnen doen? Nou, om te beginnen hadden ze genoegen kunnen nemen met een goedkopere wijn en op het landgoed kunnen lunchen met baguettes en hompen kaas. Allemachtig, Les Cigales produceerde zelf ruim voldoende prima drinkbare cru classé.

Had hij er ooit over gepiekerd, haar bijna om hulp gevraagd? Als ze in bed lagen, in het donker tegen elkaar aan, tijdens het vrijen, tijdens die intieme, tedere ogenblikken 's avonds laat of 's middags, was er dan weleens een vluchtig moment geweest waarop hij zijn mond al opendeed om de waarheid te vertellen, maar daarna toch besloot het niet te doen? Was het trots, schaamte of schuldgevoel waardoor hij zijn problemen zo geheimhield? Of was er een andere, onheilspellender verklaring? Sinds zijn dood had ze hun laatste weken samen – hier op Les Cigales en in Parijs – oneindig vaak opnieuw voor zich gezien en had ze de herinneringen uitgeplozen op zoek naar aanwijzingen. Had hij niet geprobeerd met haar te praten, om zich daarna terug te trekken? Ze had wanhopig gezocht naar woorden en zinnen, maar het was net alsof ze vruchten probeerde te plukken uit een boom waarvan de takken te hoog hingen. Ze bleven net buiten haar bereik. Het was zinloos. Herinnerde ze zich flarden van een gesprek of vulde ze achteraf de tekst in? Ze had de band nu al zo vaak opnieuw afgespeeld dat ze er in de war van was geraakt en verdwaalde tussen verbeelding en werkelijkheid.

Het moeilijke was dat het erop leek dat ze het nooit zou weten. Er waren zoveel vragen. Zo weinig antwoorden. Zoveel onuitgesproken gevoelens. Kon ze maar weer even, een uurtje, in zijn gezelschap zijn... Maar in elk geval was één puzzelstukje op zijn plek gevallen. A en P.

Ze stapte uit de auto en stak het plein over naar de geldautomaat.

Terwijl ze naar haar Franse bankpas zocht, in gedachten nog steeds bij Luc, keek ze achterom en zag een roodharige man die bij de deur van een *tabac* stond te roken en naar haar keek. Ze wist zeker dat ze zijn gezicht onlangs eerder had gezien. Toen hij zag dat ze hem observeerde, stak hij de straat over en liep naar haar toe.

Hij had eerder die ochtend op dezelfde vlucht van British Airways als zij gezeten. Hij had bij de incheckbalie op Heathrow achter haar in de rij gestaan. 'Op vakantie naar Nice?' had hij grijnzend met een knipoog gevraagd.

Nu kwam hij dichterbij en riep: 'Bonjour!' Verschrikkelijk accent. 'Wat een aangename verrassing. Wil je iets drinken?'

Jane schudde haar hoofd. 'Merci, non, nee, bedankt.'

'Waarom niet, als je toch alleen bent?'

Jane draaide zich om en liep haastig naar de auto.

'Je hoeft niet zo bot te doen,' riep hij haar na.

Ze startte de motor en reed zonder in haar spiegel te kijken weg. De bestuurder van een BMW cabrio die hard kwam aanrijden legde zijn hand op de claxon en hield hem daar. Hij remde hard. Etende mensen in de restaurants keken om. Een hoofd met een wit honkbalpetje leunde uit de BMW en schold in het Russisch op Jane. Ze reageerde met een lieve verontschuldiging in zijn moedertaal en zag vergenoegd zijn verraste blik.

Ze had geen geld opgenomen. Ze zou een ander filiaal moeten zoeken, voor Claude en Matty. Wie was die vreselijke man? Eén schrikbarend moment had ze gedacht dat hij een vertegenwoordiger van een leningverstrekker was. Maar na een paar kilometer sprak ze zichzelf vermanend toe. Zijn aanwezigheid was toeval. Het stikte in Malaz van de toeristen. Ze was te schrikachtig. Waarom denken sommige mannen toch dat je er als vrouw alleen op zit te wachten om opgepikt te worden?

Ze vond een andere bankautomaat en een bloemist, en reed daarna terug naar het kerkhof van Malaz, naar Lucs graf. Het was versierd met verschillende boeketjes van madeliefjes in potten. Jampotten van Bonne Maman. Jane tilde ze allemaal op om te zien of er een kaartje aan hing, maar dat was niet zo. Ze legde haar rode rozen op de omgewoelde aarde en ging even bij haar man in de zon zitten. Het nu beduimelde kaartje dat daar zes maanden eerder was achtergelaten, zat in haar schoudertas. Ze had het overal mee naartoe genomen.

Notre cher Luc, nos vies sans toi ne seront jamais les mêmes. Nous t'aimerons toujours. A.P. x

Arnaud en Pierre. Zijn jeugdkameraadjes van het landgoed. 'Wat stom dat ik me zo'n zorgen maakte.' Ze haalde het kaartje uit het zijvak van haar tas, scheurde het in stukjes en schoof de snippers onder een van de jampotten.

Terug op Les Cigales trok ze zich terug in hun slaapkamer, waar de eikenhouten vloer glad aanvoelde onder haar blote voeten. De ronddraaiende, piepende bladen van de plafondventilator zoefden door de ingesloten hitte. Jane was dol op deze kamer. Hun kamer. Het was er rustig, ruim en licht, met twee paar openslaande deuren van het plafond tot aan de vloer. Hartje zomer, als ze 's middags siësta hielden of op bed lagen te lezen – languit naast elkaar of met opgetrokken benen, met elkaars buik als hoofdkussen – was het er een toevluchtsoord tegen de hete zon. Nu hing er een muffe lucht. Vroeger was het Clarisses kamer geweest en zo nu en dan deden een vleugje zwaar parfum of een vreemde geur op de stoffen kleerhangers Jane aan de wettelijke eigenares denken. Nu was het er bedompt en enigszins benauwd.

Ze liep naar de openslaande deuren, die vergrendeld waren en waarvan de luiken dicht zaten. Eén stel deuren kwam uit op een klein balkon, waar Luc en zij 's ochtends vroeg altijd koffie hadden gedronken. Na flink wat duwen en trekken, omdat de deurlijsten door het vocht waren uitgezet, zwaaiden de deuren en de luiken open en baadde de kamer in het zonlicht, terwijl de mousselinen gordijnen wapperden en opbolden door de onverwachte windvlaag. Het balkon, met zijn fraaie filigraanwerk, keek uit over de tuinen en het zwembad, en daarachter over de vage omtrek van pruimkleurige bergen die boven de stille hectares vol wijnstokken, olijfgaarden, abrikozen- en andere fruitbomen uitstaken. Het leek net een ansichtkaart.

In de winters hadden Luc en zij 's ochtends vroeg vanaf dit balkon geluisterd naar de roep van de jagers, aangevoerd door Arnaud Lefèvre, die er met hun opgewonden honden op uit trokken om zakken vol ongelukkige slachtoffers naar Matty te brengen, die zij dan weer gevuld en gebraden op de eettafel zette. Op warme, zachte zomeravonden hadden Jane en Luc hier nog laat een slaapmutsje gedronken, een glas wijn en af en toe een gerijpte malt whisky voor Luc, als de gasten naar bed waren. Ze zaten vredig bij elkaar en werden vermaakt door kwakende kikkerkoren in het dal achter het nu dompige zwembad. In deze kamer hadden ze geslapen, bedwelmd door de geuren van het seizoen die door de open ramen binnenzweefden: mimosa, jasmijn, citrusbloesem, kers en appel die hun betovering verspreidden. En tijdens al die periodes, alle dagelijkse ogenblikken van het leven dat ze deelden, had Luc geheimen en financiële problemen gehad.

Voor Luc was Les Cigales altijd zijn thuis geweest, al sinds zijn familie het vervallen landgoed had gekocht na hun vlucht uit Algerije. Zelfs nadat hij als filmstudent naar Parijs was verhuisd en later met Jane naar Londen, was hij het wijngoed altijd thuis blijven noemen. Was het geld hier nodig geweest voor een investering waar zelfs Clarisse niet van op de hoogte was? Of had Clarisse gelogen?

Jane was naar boven gegaan om haar tas uit te pakken, maar toen ze de kast opendeed – een achttiende-eeuwse walnoten garderobekast die daar was achtergelaten door Clarisse – zaten er tussen alle spullen ook stapels kleren van zowel Luc als haarzelf. In Londen had ze kasten uitgeruimd en alles gedoneerd aan een plaatselijke hospice-outlet in de hoofdstraat. Het was een klus geweest waarvoor ze zich had moeten vermannen, maar het was haar gelukt. Nu moest ze weer helemaal opnieuw beginnen.

En daarna wachtte de kelder, Lucs studio, met de aanwijzingen naar zijn verleden die daar misschien te vinden waren.

4

Lucs werkplek bevond zich in de caves onder het grote huis. Het was zijn heiligdom geweest. Jane had zijn behoefte aan privacy altijd gerespecteerd en was zelden naar beneden gegaan. Toen ze zich als kind verstopten voor de volwassenen, waren ze soms stiekem naar deze kelders gegaan, gewapend met zelfgemaakte koekjes en Matty's limonade. Luc was dol geweest op de ondergrondse doolhof. Na de dood van Isabelle had hij er maanden over gedaan om er een grote, afgesloten studio van te maken. Tijdens de verbouwing was Jane slechts één of twee keer komen kijken om de voortgang te stimuleren. En nu stond ze hier en draaide de sleutel om van de deur die vanuit de voorraadkamer naar beneden leidde. Een golf frisse lucht drong zijn afgesloten wereld binnen. Haar hart klopte snel. Als hier geheimen te vinden waren, aanwijzingen voor zijn problemen, moest ze daarachter zien te komen, maar nu ze zo dichtbij kwam, was ze bijna bang voor wat ze zou kunnen ontdekken.

Als om haar af te schrikken werd ze meteen getroffen door de stank van rottend vlees. Een rat of een vleermuis die hier vast was komen te zitten, misschien. Ze hield haar neus dicht en boog haar hoofd zodat ze zich niet tegen het lage, schuine plafond zou stoten, en daalde de steile, smalle trap af. De ruw uitgehakte stenen muren waren bezaaid met spinnenwebben die als kleverige vitrage langs haar gezicht streken. De brede straal zonlicht die door de openstaande deur vanboven scheen, was niet meer te zien toen ze in de kelder kwam. Nog één stap en ze stond in het donker. Ze probeerde zich de indeling te herinneren. Haar geheugen zei haar dat dit de eerste van verscheidene lage gewelven was. Duistere holtes van kalksteen waaronder de fundering van het huis lag. De oorspronkelijke kelders waren gebruikt als opslagruimte voor wijn en voorraden. Stil, donker, verstoken van elke vorm van daglicht.

Waar had Luc de lichtschakelaars gemaakt?

Ze schuifelde verder door de vochtige duisternis en probeerde de stank die in haar neusgaten doordrong niet in te ademen en ook niet op de overblijfselen van wat voor in ontbinding verkerende knaagdieren dan ook te gaan staan. Ze tastte met beide handen naar een schakelaar, zichzelf vervloekend omdat er vast een boven aan de trap zat en ze bovendien een zaklamp had moeten meenemen. Het was hier kil, als een tombe. Lucs tombe.

Er schoot een afgrijselijke gedachte door haar hoofd. Walnut? Zou het kunnen dat hij hier maanden opgesloten had gezeten en was gestorven? Clarisse had gezworen dat Walnut in de auto zat toen Luc vertrok, maar stel dat de hond er op het laatste moment uit was gesprongen, zich had verstopt in de wereld van zijn baasje, en Luc hem had laten gaan omdat hij al zo laat was, in de overtuiging dat Matty en Claude wel voor hem zouden zorgen? Luc had de kelderdeur wel afgesloten voor hij vertrok. Maar toch...

Ze huiverde en draaide rond. Het zou eenvoudiger zijn om de trap weer op te gaan. Het was stom om op de tast in deze muffe, donkere ruimte rond te lopen. Ze kreeg er de kriebels van. Ze was verbaasd geweest door Lucs verrukking toen hij en Arnaud samen met een stel plaatselijke vaklieden de ruimte hadden omgebouwd naar zijn behoeften en hoe ze hadden getimmerd en gehamerd om wifi, telefoon, televisie en computers te installeren... Ze was vergeten hoe gemakkelijk Arnaud en Luc met elkaar waren omgegaan.

Haar vingers stuitten op plastic, een rij schakelaars. Ze drukte er eentje aan. Licht.

Een zee van kastjes en planken begroette haar. Knoppen,

elektronische apparatuur. Ze liep langzaam verder en keek om zich heen terwijl ze de tweede kamer binnenging, die net een brug leek: een controlekamer van een zonloos ruimteschip. Daarachter waren nog meer gewelfde ruimtes ingericht als kantoren met banken. Wat was het veranderd met al die hoog opgestapelde papieren, filmfragmenten, films en researchmateriaal. Ze liet haar vingers langs de ruggen van dikke boeken over Arabische geschiedenis, Frankrijk en de Algerijnse Oorlog glijden. Er waren planken vol boeken in alle soorten en maten. Een beduimelde paperback van *Silent Spring* van Rachel Carson. Lijvige boeken, studieboeken, scripts. Concept één, concept twee... dvd's van zijn vroege voltooide films. Moest al dit materiaal worden geschonken aan een mediaschool, een universiteit of het CNC, het Centre National du Cinéma in Parijs? Voor zover Jane wist, was dat laatste de voornaamste financier van al Lucs films. Waren zij ook betrokken geweest bij zijn onafgemaakte documentaire over Algerije? Robert had gezinspeeld op moeilijkheden om de financiën rond te krijgen. Waarom? Vanwege het onderwerp, de OAS? Waren de Franse televisiezenders te nerveus om geld en aandacht te besteden aan een film waarin een periode uit de moderne Franse geschiedenis in een negatief daglicht werd gesteld? Dat zou Dan wel weten. Ze vroeg zich af waar hij nu was. Ergens op locatie, had hij gezegd, om zijn professionele leven voort te zetten.

Deze berg werk kon in elk geval niet worden weggegooid. Het waren onder andere verzamelingen van zeldzame documenten, en zijn onderzoeksbevindingen. Er waren landbouwcatalogi, natuurencyclopedieën, twee lexicons over wijn maken voor oenologen, een stapel homevideo's, stoffige en roestige projectors, audiocassettes... Jane stond versteld van de hoeveelheid uiteenlopend materiaal. De privéomgeving van een briljante, creatieve man. Een deel ervan ging decennia terug. Wat was hij ermee van plan geweest? In wiens handen was het copyright van dit alles? Waarschijnlijk in die van Luc.

Had Robert Piper misschien instructies?

De ruimtes, die in elkaar overliepen, waren onberispelijk netjes. Luc was obsessief bezig geweest orde te scheppen in de wereld om hem heen. Als het stof, de spinnenwebben en het oprukkende insectenleven, de beestjes die na zijn dood waren binnengekropen en de geur van rottend vlees er niet waren geweest, had Jane misschien kunnen denken dat haar man gewoon een paar dagen weg was, zoals de bedoeling was geweest voor de kerstdagen, toen hij de boel had afgesloten en noordwaarts was gereden om bij haar in Londen te zijn.

Terwijl ze nog steeds haar neus dichtkneep en zo min mogelijk ademhaalde, draaide ze langzaam rond en vroeg zich af waar ze in godsnaam moest beginnen. Daarna liet ze zich in de leren draaistoel zakken, Lucs stoel, en legde zijn sleutelbos op het stoffige bureau. Ze had gehoopt dat zijn adresboek hier zou liggen, maar dat was niet zo.

Links van haar stond een indrukwekkend stevige, metalen dossierkast. Ze boog zich ernaartoe om een van de laden open te maken, maar die zat op slot. Ze probeerde de laden erboven en eronder. Ook die zaten op slot. Ze reikte omlaag naar de laden aan weerszijden van het bureau waarachter ze zat, in de hoop sleutels te vinden. Ook die zaten op slot en waren niet toegankelijk.

Ze inspecteerde de verzameling die ze op het bureaublad had gelegd. Zoveel Yales, Chubbs en zelfs een oude loper, maar geen ervan paste. Ze haalde het bronzen deksel van een inktpot. Die herinnerde ze zich nog van zijn studio in Parijs. Er zaten alleen wat paperclips in. In een klein blikken doosje zaten een gum en drie potloden. Ze deed er nog een open en vond inktpatronen. Niets. Ze probeerde zich te herinneren of er bij het autowrak of zijn lichaam – het reisje naar Parijs dat ze in een roes had beleefd, haar bezoek aan de plek waar het ongeluk was gebeurd, ten oosten van de stad, de identificatie, de teruggave van zijn spullen – naast deze sleutels nog andere aan haar waren gegeven. De keycard om de motor te starten was samen met de auto verwoest en zijn sleutels van de flat in Londen had ze boven. En aan zijn sleutelbos: de huissleutels van Les Cigales, maar geen andere. Logischerwijs – en Luc had logisch gedacht – zouden de sleutels van de kast hiertussen moeten zitten of ergens in de studio moeten liggen.

Zo niet, dan moesten ze boven in het huis zijn, tenzij hij ze bij Claude en Matty had achtergelaten. Of bij Clarisse.

Verdomme!

Ze stond op, stompte op deuren, morrelde aan sloten en verplaatste stapels papier, ervoor zorgend dat ze op volgorde bleven liggen. Ze tilde boeken op en liet haar vingers over de planken glijden. Alleen maar stof. Elke kast en opbergruimte konden worden afgesloten en er waren nergens sleutels te vinden. Waarvoor was hij zo op zijn hoede geweest? Had hij iets belangrijks te verbergen? Ze draaide rond en rende daarna van het ene gewelf naar het andere en weer terug. Zag ze die verdraaide sleutels nou gewoon over het hoofd? Met elke stap die ze zette om dichter bij haar man te komen en in zijn geheimzinnige zelf te graven, leek hij weer een meter bij haar vandaan te springen.

Doe dit niet, Luc. Wat hou je verborgen? Ik ben het, Jane.

Ze raakte buiten zichzelf. Ze moest deze kastjes op de een of andere manier open zien te krijgen, desnoods met een koevoet. En zelfs als ze niets zou vinden wat de schulden en de hiaten in zijn laatste dagen kon verklaren, was het hoe dan ook niet mogelijk om al Lucs papieren – bijna dertig jaar professioneel materiaal – daar te laten liggen. Een deel van het papierwerk moest misschien geordend, uitgeleend of gearchiveerd worden. Maar wie waren zijn collega's in het veld? Wie waren zijn onderzoeksassistenten? Moest ze Dan weer bellen? Behalve een hartelijk, maar verrassend vrijblijvend briefje in een condoleancekaart had ze niets meer van hem gehoord. Hij had haar telefoontjes niet beantwoord. Hij was weg.

Wat had deze stomme spionagepoppenkast te betekenen? Het kon onmogelijk zo zijn dat al deze kastjes waren gevuld met geheim materiaal voor Lucs nieuwe film. OAS-geheimen. Werd hij soms gechanteerd?

De scenario's tolden door haar hoofd, het ene nog vergezochter dan het andere.

Wie zou er een sleutel kunnen hebben? Luc had zelden specifieke onderzoekers of redacteuren genoemd. Ze kon niemand bedenken om te bellen. Hij had niet eens een personal assistant. Dan wel. Had Jane die tijdens haar verbijsterende dagen in Parijs niet even aan de telefoon gehad? Had zij voor Luc en Dan gewerkt? Annabelle? Heette ze zo? Nee. Had het meisje bij Lucs filmmaatschappij gewerkt als assistent? Als dat al zo was, zou ze nu net als Dan ergens anders naartoe zijn gegaan. Er was geen bedrijf meer om iemand in dienst te hebben. Het verbaasde Jane nu hoe weinig ze eigenlijk naar zijn werk had geïnformeerd. Jaren eerder had ze al geaccepteerd dat Luc haar buiten bepaalde gedeelten van zijn leven hield, en ze had geleerd dat te respecteren en niet aan te dringen.

Ze liep terug naar de trap, naar de ingang van de studio, en deed alle schakelaars aan. Zes. Drie van het licht. De vierde was van de plafondventilator. Dan was er nog een voor een primitieve airco-installatie. En de laatste? Tv, videoapparatuur? Hij leek geen functie te hebben en zeker niet van een centraal afsluitsysteem te zijn.

In plaats van zelf de sloten te forceren – ze was er bijna toe in staat – had ze dringend een slotenmaker nodig. Ze bleef bij de trap staan, keek naar de verbouwde stenen caves en was zich opnieuw bewust van de vreselijke stank. Lucs wereld staarde zwijgend naar haar terug. In welke moeilijkheden hij ook had verkeerd, wat hij ook verborgen had gehouden, ze zou het niet zonder slag of stoot opgeven.

Clarisse toonde slechts lichte verbazing toen ze hoorde dat Luc al zijn dossiers achter slot en grendel had opgeborgen, en Claude en Matty schudden peinzend hun hoofd. Geen van hen had enig idee waar nog een stel sleutels zou kunnen zijn, maar Claude kon haar wel aan het telefoonnummer van de plaatselijke *serrurier* helpen. Voordat ze de slotenmaker belden, drong

Matty er bij Arnaud op aan dat hij een poging waagde. Geen schade, waarschuwde Jane. Zoon Lefèvre keek somber naar de sloten. Hij kon er niets mee, tenzij hij de deurtjes met een koevoet zou openwrikken. Hier was een vakman voor nodig. Hij bood aan om te kijken waar die afschuwelijke geur vandaan kwam. Jane hoopte maar dat het niet toch de hond zou zijn, terwijl Arnaud gewapend met een zaklamp, een zak en handschoenen naar beneden ging om het stinkende karkas op te sporen. Zonder succes.

Ze bedankte hem voor de moeite en de sympathieke blijken van medeleven die zijn broer en hij na de dood van Luc hadden geuit. Hij staarde haar zoals altijd ongemakkelijk aan en verdween door de keukendeur.

De volgende ochtend werd de komst van de slotenmaker aangekondigd door het geronk van een gedeukte witte Renault die bij de keukendeur tot stilstand kwam. Monsieur Tassigny was een stevige man van middelbare leeftijd met een krulsnor en kort, grijzend tabakskleurig haar. Hij had een zwarte alpinopet op, had een rode zakdoek om zijn hals geknoopt en droeg een verschoten blauw overhemd, versleten laarzen en felgele sokken. Zijn broek werd rond zijn uitdijende middel omhooggehouden door bretels en een leren riem. Hij schudde Jane verwoed de hand, waarbij hij bijna haar vingers verbrijzelde.

Nadat hij in de kelder had rondgeneusd om te bepalen hoeveel werk ermee gepaard ging – waarbij hij werd gadegeslagen door Jane die vreesde voor Lucs materiaal terwijl hij op kastjes en laden sloeg, stompte en beukte – verkondigde hij met zijn sterk Provençaalse accent: 'Dat gaat u elfhonderdvijftig euro kosten.'

Jane was met stomheid geslagen. Hij glimlachte en rond zijn bruine ogen rimpelden kraaienpootjes. 'Dat is *hors taxes*,' voegde hij eraan toe. Bij contante betaling, het beste wat hij kon doen. 'We moeten rekening houden met de *déplacement*, het precisiewerk, een paar uur boren... een aantal verschillende sloten. Ze kunnen nooit allemaal met één sleutel worden opengemaakt. Als madame een geschreven *devis* wenst, komt er nog twintig procent boven op het totaalbedrag.'

Jane ging schoorvoetend akkoord met zijn schatting. Het was een buitensporig bedrag en haar persoonlijke middelen raakten op. Tot de flat in Londen verkocht werd, moest ze zorgvuldig budgetteren en zelfs dan zou het krap worden. Aan de andere kant wilde ze de sloten niet forceren, maar wel verdere vertraging voorkomen.

Matty opperde zachtjes dat Jane beter kon wachten. 'Laat Claude nog wat andere slotenmakers van verder weg bellen. Dit is het landgoed van madame Cambon, dus hij probeert je gewoon af te zetten.'

Maar Jane was erop gebrand om erachter te komen wat er in die afgesloten kastjes lag. Ze zou niet rusten voor ze antwoorden had. Haar zoektocht begon een obsessie te worden. Hoe eerder de studio werd opengemaakt, des te sneller kon ze dit ophelderen en de draad van haar leven weer oppakken, al kon ze zich niet voorstellen hoe dat leven er dan uit moest zien. 'Maar zullen andere offertes beter zijn?'

Matty zuchtte. 'Ze heeft zichzelf niet bepaald geliefd gemaakt.'

Jane knikte zwijgend naar de slotenmaker en beloofde voor het eind van de dag naar de bank te gaan. Monsieur le serrurier streek vergenoegd over zijn verbazingwekkende gezichtsbeharing, holde de stenen trap op naar zijn auto en haalde er een versleten leren tas uit, zo eentje die een huisarts vroeger bij zich had als hij visites aflegde. Daarna volgden een grote boor en diverse andere indrukwekkende stukken gereedschap, zoals een koevoet en een breekijzer. Matty ging op zoek naar een verlengsnoer en schudde vol afkeer haar hoofd, terwijl ze in het Provençaals tegen de kerel mopperde.

'Geen schade,' herhaalde Jane. Ze liet hem aan het werk gaan, reed naar de bank en wachtte bij terugkeer in de smalle gang achter de provisiekamer, terwijl de man onder de grond aan het boren en hameren was. Zijn eerste treffer was de vondst van een klein, in ontbinding verkerend lijfje in de tweede catacombe. Het knaagdier had zijn laatste adem uitgeblazen achter een hoge, metalen dossierkast. Tassigny wikkelde het in een van zijn vettige doeken, klom de trap op en gooide het neer in de kleine voorraadkamer. Niet Walnut, goddank. Matty was er absoluut niet blij mee: ze veegde het gehate ding van haar hakblok en gooide het buiten in een van de vuilnisbakken. 'Als dat heerschap klaar is, zal Claude beneden wat gif voor je strooien.'

De slotenmaker deed er het grootste deel van de ochtend over om de boel te organiseren, aantekeningen te maken, te meten en te berekenen. Daarna vertrok hij voor de lunch, om twee uur later terug te komen. Uiteindelijk, toen Matty naar buiten ging om Arnauds kippen weer in de ren op te sluiten nadat ze de hele dag in de tuin hadden gescharreld, stonden alle deurtjes en laden open. Jane telde de eurobiljetten, liet monsieur Tassigny uit en keerde in haar eentje terug naar de kelder.

Lucs leven lag open en bloot om haar heen. Ze bleef staan, bang om nog een stap te zetten, en maakte daarna met bonkend hart en trillende handen een begin.

In de bovenste bureaula rechts lagen chequeboekjes van Barclays, Camden Town en hun Franse bank in het dorp; Luc had zijn rekeningen geopend toen Jane die van haar opende. Een marineblauwe, in leer gebonden King James-bijbel. Opmerkelijk, gezien Lucs atheïsme. Jane sloeg hem open en las de opdracht: *Pour Luc, merci beaucoup,* in wat eruitzag als een kinderhandschrift. Geen handtekening. Ze bladerde door de pagina's, vond verder niets en legde hem terug. Toen ze de la helemaal opentrok, vond ze een wit katoenen kussensloop. Het was een van de grote, vierkante exemplaren van hun bed boven. Er zat een doosje in met daarin een vernikkeld pistool met een walnoothouten greep, en in de loop was COLT 1911 gegraveerd. Wat deed Luc met dit dodelijke ding? Voorzichtig haalde ze het wapen eruit. Ze nam het in haar rechterhand. Het was in goede staat, zo te zien weinig gebruikt, maar niet modern. Het was verrassend zwaar. Was het geladen? Ze had nog nooit een vuurwapen vastgehouden, dus besloot ze er niet mee te rommelen. Claude en Arnaud zouden het wel weten. Ze bekeek het doosje, dat een beetje haveloos was en waarvan één hoek was ingedeukt, alsof er afstanden mee waren afgelegd. Op het deksel zat een sticker met het serienummer: 285, 03... De overige cijfers of letters waren verschoten en niet meer leesbaar.

Het verbaasde haar dat Luc had geweten hoe hij met een pistool moest omgaan, om nog niet te spreken van het feit dat hij er een in zijn bezit had. Als jongetje had hij natuurlijk leren jagen. Had hij hier een vergunning voor? Het zag er in elk geval niet uit als een jachtgeweer, voor zover ze wist. Was het bedoeld voor zelfverdediging? Waarom zou Luc een tweedehands pistool hebben? Was zijn leven bedreigd? Rechercheur Roussel had in de dagen na het ongeluk gezinspeeld op de mogelijkheid, maar die was verworpen.

Ze legde het op het bureau met het doosje ernaast en zat ernaar te staren. Ze richtte haar aandacht weer op de bijbel. Het waren twee dingen waarvan ze, tijdens hun leven samen, nooit zou hebben gedacht dat Luc ze nodig had. Ze pakte de chequeboekjes en bladerde door de strookjes. Telefoonrekening, abonnementsgeld voor vakbladen, lidmaatschapsgeld, filmvakbonden, Air France, Visa, AmEx... Niets waaruit grote uitgaven bleken, niets alarmerends.

Behalve dat pistool.

Had Luc zelfmoord overwogen? Was de bijbel bedoeld om hem moed te geven? Had Luc in die laatste weken, toen ze niet samen waren geweest, zo'n financiële hel voor ogen gehad dat hij zichzelf van het leven had willen beroven? Als de auto niet van de weg was geraakt, zou hij hier dan na kerst zijn teruggekeerd om het pistool tegen zijn hoofd te zetten?

Dat beeld... Het was te schokkend. Ze moest weg uit de kelder.

Ze sloot de werkruimte af, liet alles achter zoals het was en haastte zich naar boven om koffie te zetten. Ze had even pauze nodig. Frisse lucht. Haar hoofd tolde. Ze moest nadenken, haar geest vrijmaken. Ze was niet in staat haar zoektocht voort te zetten. Ze zou wel verdergaan, maar niet meteen. Ze moest haar gedachten op een rijtje zetten. Een pistool en een bijbel. Waren het misschien rekwisieten voor een scène uit zijn film? Dat leek onwaarschijnlijk.

De koffie pruttelde in de percolator.

Ze haalde haar iPad uit haar tas, legde hem op de eettafel en typte de informatie van het pistool in: Colt 1911, met een beschrijving van hoe het eruitzag, en kreeg 'naoorlogse .45 ACP vernikkeld'. Het model was in 1960 vervaardigd. Er werd een hele lijst van dat soort pistolen, verzamelobjecten, te koop aangeboden op eBay en wat andere sites. Was het echt zo eenvoudig om aan een pistool te komen? Waar had Luc het gekocht? Had er een verkoopbon in de doos gezeten, een kwitantie? Ze had er geen gezien.

De aanwezigheid van een pistool tussen Lucs bezittingen was verontrustend.

Ze belde Robert in Londen. Hij was in vergadering, maar reageerde nog voordat de koffie klaar was op haar bericht.

'Ik wilde je net bellen,' was het eerste wat hij zei. 'Goed nieuws. Vanochtend is de vraagprijs geboden voor je huis.'

'Dat is snel.' Er ging een golf van paniek door haar heen. Haar huis ging weg. Het gebeurde echt.

'En, nog beter, ze willen het voor 16 juli rondmaken. Ik zal erop aandringen dat het liever eerder dan later wordt afgewikkeld. De hypotheekverstrekker zal staan te springen van blijdschap. Schiet jij een beetje op?'

'Robert, heeft Luc instructies achtergelaten over wat er met zijn filmvoorraad en onderzoeksmateriaal moet gebeuren?'

'Niet specifiek, nee.'

'Zat hij in de problemen?'

Stilte.

'Nou?'

'Jane, we hebben dit tijdens de lunch besproken. Zijn schulden brachten hem op de rand van een faillissement en begonnen ook andere delen van zijn leven aan te tasten.'

'Hoe bedoel je? Wat voor andere delen?'

Hij klonk geïrriteerd. 'De problemen vraten aan hem, Jane, en dat kan heel goed de oorzaak van het ongeluk zijn geweest. Gebrek aan concentratie, uitputting...'

Ze probeerde zich te herinneren hoe Roussel erop had gezinspeeld dat Luc er zelf een einde aan wilde maken. 'Was er, afgezien van het geld, nog iets anders? Andere moeilijkheden?'

Ze hoorde hem ademhalen. Zat hij te dubben wat hij moest zeggen?

'Robert, was er verder nog iets? Ik moet het weten.'

'Niets wat hij met mij heeft gedeeld, Jane. Hoe is het weer daar?'

'Zou het kunnen dat Luc zelfmoord overwoog?'

Ze hoorde hem lachen. Te hard? 'Jane, laat je niet gek maken door je verlies. Ik snap dat de situatie waar je in zit niet...'

'Heeft hij ooit tegen je gezegd dat zelfmoord de enige manier was om uit de ellende te komen?'

'Natuurlijk niet. Daar was hij veel te veerkrachtig voor. Probeer wat tijd voor jezelf te nemen, Jane, ga naar het strand. Dat is makkelijker gezegd dan gedaan, ik weet het.'

'Bedankt voor het nieuws over de flat.' Ze hing op.

Ze tikte weer op het beginscherm van haar iPad, ging naar de kalender, klikte op 15 juli en typte: 'Verhuizen uit Lady Margaret.'

Ze moest kalm blijven.

Ze pakte haar pen. Op een vel papier met het opschrift TO DO schreef ze met bibberende hand: 'Verhuisbedrijf in Londen zoeken.'

En dan, vroeg ze zich af. Wat doe ik daarna?

Zou het kunnen dat Luc zelfmoord, zélfmoord, had overwogen in plaats van zijn problemen toe te vertrouwen aan zijn vrouw, zijn vriendin voor het leven? Ze liet zich op een stoel zakken, vouwde haar armen op tafel en liet haar hoofd erop rusten. Wat moest er van haar worden in haar eentje, zonder Luc en zonder haar toevluchtsoord in Londen?

Waarom moest Luc dood zijn, en om welke reden had hij haar in deze ellendige toestand achtergelaten? Er ging een steek van woede door haar heen. Ze ging rechtop zitten, herstelde zich, ademde langzaam uit en probeerde zich te beheersen, maar de kwaadheid keerde terug en ze kookte vanbinnen. 'Verdomme, Luc, waarom ben je weggegaan en heb je me in deze helse ellende achtergelaten? En waarom heb je me helemaal niets verteld?'

Ze zou hun meubels grotendeels laten veilen of aan liefdadigheidswinkels geven. Het beetje dat overbleef, kon worden opgeslagen.

In moeilijke tijden had ze zich altijd tot Luc gewend. Nu was er niemand, behalve haar vader. De afgelopen zes maanden had Jane gevochten om zich staande te houden en was elke dag een worsteling geweest. Door de schok en de gevoelloosheid was ze ironisch genoeg min of meer in staat geweest om alles aan te kunnen en noodgedwongen op de automatische piloot te functioneren. Nu doemde de toekomst vormeloos en angstaanjagend op en kwam op haar af met een snelheid die ze niet aankon.

5

Drie eeuwen eerder waren Les Cigales en de bijbehorende grond een benedictijns bolwerk geweest. Hier, op het glooiende terrein langs de Middellandse Zeekust, hadden de monniken hun wijngaarden verzorgd en op de schaliegrond uitstekende wijnen geproduceerd. Het milde Middellandse Zeeklimaat en de warme wind die over het water werd aangevoerd, hadden druiven voortgebracht die ideaal waren voor fermentatie. In een tijdperk waarin de Midi nog niet bekendstond om zijn wijnen, werden de monniken rijk en konden ze herinvesteren door land te kopen en zo hun hectares uit te breiden. Aan de buitenste rand van het grote terrein rondom de abdij, aan de westkant van wat nu het domein van Les Cigales was, stond een huis van twee verdiepingen. Het kalkstenen gebouw, dat eruitzag als een enorme schoenendoos, was gebouwd om een onderwijsinstelling te vormen voor de kinderen van de arbeidersfamilies uit de dalen en de dorpen in de omgeving. Het werd de Benedictijnse School van Malaz genoemd, al lag het op enige loopafstand van Malaz.

Tegenwoordig was de oude stenen schoenendoos, het schoolgebouw, het huis van Claude en Mathilde Lefèvre. Het was een van de meest robuuste boerenwoningen van het domein, ruim en beter toegerust omdat het beschikte over behoorlijke leidingen, elektriciteit, een keuken en een badkamer. Aan de voorkant van het huis was een veranda gemaakt, die uitkeek in de richting van de zee, al kon je het water vanaf hier niet zien omdat het aan het zicht werd onttrokken door glooiende boomgaarden en wijnstokken.

Het was jaren geleden dat Jane bij hen thuis was geweest. De laatste keer hadden ze een bescheidener huisje gehad, verder landinwaarts op het landgoed. Tijdens Janes tienerjaren, nadat ze vervreemd was geraakt van Les Cigales, hadden Clarisse en Isabelle hun huisbewaarders het grotere, meer afgelegen huis aangeboden omdat Matty was bevallen van een derde kind. Lang na de geboorte van Matty's tweelingzoons waren Claude en zij gezegend met hun dochtertje Annie.

Jane bracht de auto tot stilstand in de schaduw van een grote moerbeiboom. Aan de andere kant van de achtertuin zag ze Arnaud. Hij leunde voorover op één knie, terwijl hij spijkers in hout timmerde. Het leek erop dat hij een schuurtje of een kippenhok aan het maken was. Overal om hem heen waren kippen en hanen aan het scharrelen, pikken, kraaien en kukelen. Zijn twee jachthonden, slanke zwart-witte pointers, lagen in de zon te doezelen. Arnaud, gekleed in een blauw shirt en een overall, keek op, legde zijn hamer neer en kuierde naar Jane om haar te begroeten. Hij was niet al te snugger, maar hij bedoelde het goed en hij had de bouw van een tractor, met schouders als balken, heel geschikt om met geiten en schapen te sjouwen. Als verlegen einzelgänger, die het gelukkigst was als hij vee kon hoeden of in zijn eentje op pad kon gaan met een geweer over zijn schouder, ontbrak het hem aan de meeste sociale vaardigheden en hij was nooit getrouwd of uit huis gegaan.

Jane had zich vaak afgevraagd of hij eronder leed om in de schaduw te staan van Pierre, zijn twee-eiige tweelingbroer, die extraverter was en in de Camargue woonde, waar hij een schitterende paardenboerderij had en was getrouwd met een mooie vrouw van zigeunerafkomst, die hem twee prachtige kinderen had geschonken. Jane realiseerde zich nu ze naar Arnaud keek, die zijn hoofd gebogen hield, dat ze heel weinig over de persoonlijke omstandigheden van de familie wist, ook al vormden zij de ruggengraat van het landgoed. Ze vroeg zich af hoe ze het rooiden met slechts één dag betaalde arbeid per week om met zijn drieën van te leven. Arnaud reed weliswaar de heuvels in om een paar boeren een handje te helpen met het slachten van hun varkens, maar dat was incidenteel werk, niet regelmatig. Wat stroperij in de maanden dat jagen niet was toegestaan bracht de familie illegaal wild, maar verder was er weinig om de keukenvoorraad op peil te houden. Betaalde Arnaud de paar gram tabak die hij nodig had door illegaal hout te hakken in het natuurreservaat of de dennenbossen? Zelfs de keuken van het landgoed had niets meer om op een van de plaatselijke markten te verkopen. Het leek er sterk op dat de Lefèvres het zwaar hadden.

'Wat ben je aan het bouwen?' Ze glimlachte terwijl hij zijn hand uitstak. Grote, eeltige handen, zo breed en leerachtig als koolbladeren. De huid was bordeauxkleurig. Jagershanden. Ze had hem hele dieren zien villen – wilde zwijnen, gemzen – met het gemak waarmee iemand een appel schilde.

Ineens moest ze denken aan een wintermiddag in de beginjaren van hun huwelijk. Arnaud was triomfantelijk de tuin in komen lopen met een slap edelhert over zijn schouders geslagen, waarvan het lijf nog warm was. *Une biche*, een vrouwtje, met geschrokken ogen die bevroren waren als ijsmeertjes. De jager had het levenloze dier op een buitentafel gegooid en een mes uit een van de vele zakken van zijn cargobroek gehaald. Pierre, Annie, Jane en Luc hadden dicht bij elkaar gestaan en als aan de grond genageld toegezien hoe Arnaud de herkauwer opensneed. Hij had de gebogen punt van het glinsterende mes onder de maag gezet en het met korte duwbewegingen omhooggetrokken, zodat het dier werd opengeritst.

Jane had vol afschuw maar toch gefascineerd staan kijken terwijl hij het hert openmaakte. Ze had om zich heen gekeken en verwacht dat ze dezelfde walging op het gezicht van haar man en vrienden zou zien, maar nee. In het seizoen was jagen een essentieel tijdverdrijf voor deze mensen, want de jacht zorgde voor eten op tafel. Het robijnrode bloed van het hert vloeide, eerst als druppels en daarna spetterend, waarna het in een zinken bad gutste dat eronder op de grond stond. Tot op de dag van vandaag kon Jane zich het geluid herinneren van dat spetterende bloed dat daarna op het metaal stroomde, terwijl Arnaud de maag van het jonge hert eruit trok, die vol zat met pas gegeten grassen en die hij triomfantelijk op de grond smeet, waar het ding in tweeën spleet en verschrikkelijk lag te stinken.

Sindsdien voelde Jane zich altijd licht ongemakkelijk in zijn aanwezigheid. Het vleugje woestheid. De voldoening die hij aan het doden beleefde.

'Bijenkasten. Claude is naar de stad,' zei hij nu. Arnaud bood nooit zijn wang aan en deed ook geen poging tot de drie gebruikelijke kussen. Daarvoor was hij te onzeker en teruggetrokken.

'Is je moeder thuis?'

Hij knikte en wees stuntelig naar de achterdeur. Hij had bloed aan zijn vingers.

Jane klopte zachtjes op de halfopenstaande deur. Er cirkelden vliegen boven haar hoofd. In een emmer op de grond zat rozeachtig water waar vaatdoekjes in dreven; op de stoep lagen bloeddruppels. Arnaud had waarschijnlijk een kip onthoofd voor het avondeten.

'Wie is daar?'

Zoals Jane al verwacht had, was Matty in de keuken. Ze was deeg aan het uitrollen. Er lag een metalen vergiet met vers gedopte erwten op het afdruiprek. Een bosje paarse asters stond in een jampot van Bonne Maman op de vensterbank. Dezelfde potjes die Lucs graf sierden. Dus Matty was degene die de bloemen daar had neergezet, waarschijnlijk toen ze naar de mis was geweest. Matty en haar twee zoons, die van Luc hadden gehouden alsof hij een van hen was. Dat versterkte haar verlangen alleen nog maar meer om alles te doen wat ze kon om deze familie te helpen.

'Matty, mag ik binnenkomen?'

'Mon Dieu, wat een verrassing.'

Matty veegde haar handen af aan haar bloemetjesschort. Ze

haastte zich om Jane binnen te wenken. De kamer was bijzonder donker, met slechts twee kleine ramen waardoor het licht binnenviel. Ze kusten elkaar en de oudere vrouw loodste Jane door de keuken naar de woonkamer, waar het koel en eveneens donker was. Hier waren wel grotere ramen, maar de luiken zaten dicht. Dit was vroeger vast het grootste klaslokaal geweest. De ruimte was lang en smal, met slechts één open haard, en het was waarschijnlijk vreselijk lastig om het er 's winters warm te houden. Het was in twee delen ingericht om een zit- en een eethoek te creëren.

'Wat een verrassing,' herhaalde de huishoudster.

'Sorry dat ik zo onaangekondigd langskom.'

'Koffie of een koud drankje?'

Jane schudde haar hoofd. Ze had er geen rekening mee gehouden dat haar bezoekje verlegenheid of verwarring met zich mee zou brengen. 'Mag ik gaan zitten?'

'Natuurlijk, doe alsof je thuis bent.'

Jane ging op de bank zitten terwijl Matty bij haar bleef staan. Ze zat opeens om woorden verlegen en voelde zich een indringer.

'Claude is naar de stad,' zei Matty, alsof ze haar verbazing wilde wegredeneren.

'Ja, dat zei Arnaud. Ik had wel even kunnen bellen, maar ik dacht dat ik beter langs kon komen. Waarschijnlijk had ik beter van tevoren kunnen bellen. Ik kwam in een opwelling om iets te bespreken.'

'We zien je graag als familie, Jane. Alsjeblieft, verontschuldig je niet.'

'Clarisse zei tegen me dat ze, nou ja, ze... Het gaat niet zo goed met de wijnhandel en de financiën van het landgoed zijn niet zo rooskleurig...'

Matty ging op een stoel zitten. Haar gezicht stond strak van schrik. 'Claude is in de stad aan het kijken naar een huurwoning voor ons. Zodra hij iets gevonden heeft, zullen we...'

'O, nee, Matty. Dat hoeft niet, kijk alsjeblieft niet zo bezorgd.

Ik ben geen deurwaarder en ik ben hier ook niet als Clarisses vertegenwoordiger om nog meer slecht nieuws te brengen.'

De oudere vrouw slaakte een bibberige zucht. 'Ik dacht even dat je was gestuurd om te vragen of we het huis willen verlaten. Jane, we zijn ons er zeer van bewust dat het huis gratis is en bij de baan van huismeester hoort, maar één dag per week is geen rechtvaardiging voor een woning, hè? Onze tijd zit erop, dat zien we zelf ook wel.' Ze boog haar hoofd.

Jane was bang dat ze zou gaan huilen.

Toen haar ogen gewend waren aan het schemerlicht, zag ze een rij foto's in eenvoudige houten lijstjes op de stenen schoorsteenmantel staan. Het was niet duidelijk te zien wat erop stond. Familiekiekjes, een bruiloft, groepjes mensen die lachend bij elkaar stonden. Gedenkwaardige dagen in het leven van de Lefèvre-clan. En Jane was bij geen ervan aanwezig geweest.

'We staan onder veel spanning omdat we bijna geen werk hebben. We zullen ons moeten opgeven voor *chomage* als er niet snel verandering in de situatie komt, want we zijn een beetje te jong voor ons pensioen.'

'Nou, daar kom ik voor. Jullie hoeven geen werkloosheidsuitkering aan te vragen, want... Tja, ik zat te denken... Aangezien er zoveel materiaal in Lucs studio is dat moet worden geïnventariseerd, ingepakt en weggegeven, heb ik besloten... nou ja, dat ik moet blijven.'

'Geweldig! O, dat is geweldig nieuws.'

'Het zal maar voor korte tijd zijn. Ik heb met Clarisse gesproken,' loog ze, 'en we zijn het erover eens dat we het, hoe belabberd het landgoed er momenteel ook voor staat, niet zonder jou en Claude redden. Het oude boerenland komt tot stilstand zonder jullie twee, zo is het nu eenmaal.' Jane probeerde te lachen om haar teleurstelling te verbergen. Het klonk haar hol in de oren. 'Ik hoop dat jullie bereid zijn om weer voor ons te komen werken, en jullie kunnen beginnen zodra dat jullie uitkomt.'

Matty keek op. Haar voorhoofd was gespannen. Ze zag er bleek en zorgelijk uit. Haar handen, die nog in haar schoot lagen, zagen eruit alsof ze als oude lappen waren uitgekookt en daarna nog een keer waren gekookt. Ze droeg geen sieraden, afgezien van een smalle, zilveren trouwring, waaromheen de huid opgezet was.

'Claude zal blij zijn als hij hoort dat je blijft. Daar hoopten we allebei op. Ik bedoel, wie moet hier nu de boel runnen en de beslissingen nemen?' Er viel een lange stilte. 'Het is moeilijk om zonder Luc het roer recht te houden... Hij is altijd zo vrijgevig voor ons geweest.'

'Hij had veel waardering voor jullie allebei, en ook voor Arnaud. Jullie zeggen toch wel ja, Matty?'

'Ik heb nachtenlang niet geslapen, ik lag maar te woelen en te draaien en te piekeren over wat de toekomst ons gezin zal brengen. Wie had dit kunnen voorzien? Ik wist zeker dat Clarisse ons weg wilde hebben...'

'Waarom zou ze jullie in vredesnaam weg willen hebben?'

'Madame Cambon is niet de gemakkelijkste. We waren bang dat ze wrok was gaan koesteren en veel spijt had gekregen, nu ze haar enige zoon kwijt is.'

'Wrok? Ik begrijp het niet.'

Matty, die haar aandacht had gericht op een bewerkte houten salontafel waar nog meer ingelijste foto's op stonden, keek nu weer naar Jane. Haar amandelvormige ogen keken verrast. Ze keek Jane indringend aan, alsof ze haar gedachten wilde lezen.

'Spijt waarvan, Matty?'

Matty bleef naar de jongere vrouw staren en toen leek het kwartje te vallen. 'O, god!'

'Wat is er, Matty?'

'Ik... ik heb de oven aan laten staan. De pastei brandt aan. Neem me niet kwalijk.' Ze krabbelde overeind, schommelde met haar zware lijf naar de keuken en liet Jane achter.

Jane tastte in het duister. Ze stond op en bleef staan waar ze stond. In gedachten speelde ze het gesprek nog eens af. Had ze iets gemist? Ze boog zich over de salontafel en pakte een van de foto's. Drie jonge mensen in zwemkleding op het strand. Arnaud en Pierre, twee stoere puberjongens, en hun kleine zusje, Annie. Ze zette de foto mechanisch terug en probeerde nog steeds te achterhalen wat er zojuist was gebeurd. Ze ging naar de keuken en trof Matty daar huilend achter het aanrecht aan.

'Matty! Heb ik je van streek gemaakt? Het spijt me als dat zo is.'

'Nee, nee, natuurlijk niet. Ik ben gewoon een dwaze oude vrouw, schenk maar geen aandacht aan me.'

Jane ging achter de stevige vrouw staan, die naar uien rook, sloeg aarzelend haar armen om Matty's schokkende schouders en drukte haar hoofd tegen de brede rug aan. 'Jullie blijven toch, hè, Matty?'

Matty knikte en haar hele lichaam schokte als een miniaardbeving. 'Tuurlijk. We kunnen nergens anders heen.'

'Jullie hoeven nergens anders heen. Dit is jullie thuis.'

'Als meester Luc hier was...'

'Het is bijna ondraaglijk, hè, Matty? Zoals we allemaal Luc missen...' fluisterde Jane, met haar hoofd nog steeds tegen het omvangrijke vlees aan, dat gehuld was in vochtige katoen. 'Er zijn dagen waarop ik denk dat ik niet verder kan zonder hem. Ik hou het gewoon niet vol. En het is *voor eeuwig*, Matty. Luc komt nooit meer terug. Daar kan ik maar niet over uit. Ik blijf maar op hem wachten, ik verwacht hem, luister of ik zijn voetstappen hoor, zijn stem, zijn lach. Ik wil mijn volgende ademteug niet zonder hem nemen en ik bid zo hard dat de lucht niet komt, maar dat gebeurt altijd toch en ik ben hier nog en ik weet niet wat ik met mezelf moet beginnen. Bedankt dat jullie blijven, merci beaucoup.'

Jane glipte door de deur en rende snel naar haar auto. Ze was verblind door tranen. Ze struikelde over een parelhoen op het pad. Ze ging op de plakkerige bestuurdersstoel zitten onder de moerbeiboom met de stam die gespleten was en over de grond kroop. De nieuwe stammetjes groeiden nog steeds, zoekend naar nieuwe richtingen, met nieuwe wortelstelsels, overlevend.

Waarom zou Clarisse van de familie Lefèvre af willen? Ze kon toch geen twijfels hebben over hun kwaliteiten als werknemers? Of over het feit dat ze hen ooit had aangenomen? Er was hier fysieke kracht en leiding nodig.

Stel dat Jane hier tijdelijk een leven kon opbouwen en haar volgende stap kon bepalen vanaf dit gebied dat ze zo goed kende? Had Luc dat gewild? Vertelde Clarisse haar een waarheid die Luc nooit had uitgesproken? Of probeerde zijn moeder haar te misleiden en te manipuleren? Janes hoofd tolde zo door al die verwikkelingen dat ze dacht dat ze gek werd.

Ze drukte haar handen tegen haar gezicht en schreeuwde, terwijl ze hard snikte. Ze zette de auto in beweging en reed hard achteruit, waardoor een regen van steentjes opspatte. Twee ganzen gakten en fladderden.

Arnaud keek van een afstandje hoe ze wegreed.

6

Er stond een lege touringcar geparkeerd bij de het gebouw waar de wijn werd geperst. De chauffeur leunde met zijn zonnebril op tegen de carrosserie en stond lui te roken. Clarisse was in haar kantoor, kamde haar haar en bracht haar make-up aan. Ze was gekleed in een oud, zwart-wit Chanel-pakje. Jane was van haar stuk gebracht door de parelketting die ze omhad. Die had haar schoonmoeder ook gedragen op de dag dat ze elkaar voor het eerst ontmoet hadden. Ze zag ineens haar vader voor zich, die hier charmant, jong en viriel was aangekomen om werk te zoeken, en dat had allemaal geleid tot...

'Clarisse, kan ik je even spreken?'

'Zie je niet dat ik het druk heb? Er staan klanten te wachten, potentiële kopers. Japanse toeristen die een wijnproeverijexcursie doen. Ze hebben geld te besteden.'

'Het gaat over Claude en Matty.'

'O, god, wat is er met hen?'

Jane hoorde gelach door de openstaande deuren, en ook onverstaanbaar Japans. Er werden kurken getrokken. Glazen geklonken. Clarisse stond ongeduldig bij de deur te dralen en wilde snel weg. 'Nou, wat is er?'

Jane zei snel: 'Ik heb ze weer aangenomen, voor het volledige salaris. Het is verdomme een hongerloontje, Clarisse, je kunt niet...'

'Hoe durf je? Ze hebben een groot, comfortabel huis, al hun rekeningen worden betaald en jij had verdomme het recht niet om tegen mijn beslissing in te gaan.'

'Zolang ik hier ben, heb ik hun hulp nodig. Je bent hun wel iets verschuldigd voor hun loyaliteit. Allemachtig, Clarisse, heb je geen hart? Ze kunnen nergens heen en hebben geen inkomen.'

'Ik ben hun NIETS verschuldigd!'

'Clarisse, ze zijn er voor je.'

'Bemoei je met je eigen zaken. Je zei dat je wegging, dus ga dan! Ik ben degene die niets meer heeft. Ik heb niemand. Nu Luc er niet meer is, heb ik niemand meer.'

'Ze hebben hun leven aan jou, Isabelle en het landgoed gewijd.'

'Bespaar me de ellende.'

'Prima. Dan betaal ik hun loon wel. Zolang ik kan. Het geld komt uit mijn verdiensten en de opbrengst van de flat in Londen, tenzij jij ermee akkoord gaat ze vanuit het wijngoed te betalen.'

Clarisse zuchtte luid. Een stem uit de proeverijruimte riep: 'Madame Cambon?'

'Claude en ik kunnen de moestuin opknappen en dan kan hij de producten op de markt verkopen om wat extra geld voor jullie allemaal in te brengen.'

Clarisse lachte spottend om die suggestie. 'Betekent dat dat je blijft?'

'Er ligt veel meer in de kelders dan ik... Het gaat even duren.'

Opnieuw riep er iemand om madame Cambon. In de haast, of om wat voor reden dan ook, ging ze er mopperend mee akkoord dat het landgoed voor de nabije toekomst de kosten voor het salaris van het echtpaar zou betalen. 'En bemoei je vanaf nu niet meer met mijn zaken. Je lijkt mijn koppige zoon wel. Je weet niet waar je je neus in steekt.'

Gewapend met een fles mineraalwater, haar iPad en een zaklamp sloot Jane de deur van de provisiekamer en draaide de sleutel om, waardoor ze zichzelf in de kelder opsloot om te voorkomen dat iemand – voor wie was ze op haar hoede? –

haar zou storen. Ze daalde behoedzaam af naar de krochten van het huis en was nu al bang voor wat ze zou kunnen vinden, geïntimideerd door het vooruitzicht van nog meer onaangename onthullingen over Luc. Luc, die een heel andere man bleek te zijn dan degene van wie ze had gehouden en met wie ze was getrouwd.

De ranzige geur was weg en Matty had de vloeren geboend en gedesinfecteerd. De geur was nu vervangen door een meer chemische. Claude had felroze gifkorrels op schoteltjes gestrooid en hier en daar neergezet om meer ronddolende dieren op afstand te houden. Er waren muizenvallen onder de dossierkasten gezet. En er hing nog een andere geur, de doordringende, zoete maar toch sterk riekende geur van oude wijn of rottende appels, die door de eeuwen heen in de muren was getrokken.

Ze begon met het afsluiten van de la waarin de Colt en de bijbel lagen en beloofde zichzelf dat ze daar niet meer in zou wroeten, in elk geval niet vandaag. Ze was hier om beroepsmatige gegevens te verzamelen. Verder niets. Daarna zou ze contact opnemen met een filminstituut, of misschien met Dan. Hij moest nu wel terug zijn van zijn werk op locatie voor de film. *Dan bellen*, krabbelde ze in een ongebruikt schrift dat ze hier had gevonden.

Veel van de kastjes waren volgestouwd met papierwerk. Al Lucs films – twaalf in totaal, inclusief zijn laatste, onvoltooide werk – hadden grote dozen met etiketten gekregen. In elke doos zat voorbereidend werk: draaiboeken, budgetten, stilstaande beelden, onderzoeksmateriaal, interviews. De documentatie was nauwkeurig en het proces was fascinerend om te volgen. Ze had nooit precies geweten wat er bij het maken van een film kwam kijken. Ze keek overal en vroeg zich af waar hij de dozen van zijn laatste project had gelaten. Waar waren de scripts? De getranscribeerde interviews waar Dan en hij in Marseille aan hadden gewerkt?

Ze stuitte op een gedateerde 8mm filmprojector. Was er een

scherm? Films? Ja, ze had 8mm filmspoelen gezien toen ze hier de eerste keer was. Ze draaide zich om en probeerde zich te herinneren waar ze die gezien had. Er lag hier zo'n weelde aan data die steeds stoffiger werden en bedekt waren met spinrag. Luc was op geen enkel ander gebied een hamsteraar, maar hier leek hij niets te hebben weggegooid. Waar lagen die films? Ze maakte aantekeningen op haar iPad en voor de zekerheid ook in het schrift, waarbij ze een zwarte balpen gebruikte die van Luc was geweest en die gepolijst leek te zijn door zijn greep. Voor zo'n schat aan spullen leek basisgereedschap geschikter, makkelijker om overzicht en perspectief te krijgen. Ruimte één, ruimte twee, enzovoort.

Ze richtte haar aandacht op een stapel ronde blikken met filmspoelen. Ze stonden als enorme zilveren munten in een hoek. Ze pakte de bovenste van de stapel. Op het etiket stond met zwarte inkt in Lucs handschrift: *Mama en tante Isa. Cannes 1966.*

Dat zou dan drie of vier jaar na hun vlucht uit Algerije zijn gefilmd. Jane dacht dat het intrigerend zou zijn om een film van Lucs moeder te zien die was opgenomen in gelukkiger, zorgelozer tijden. Ze kwam erachter dat de spoel Super 8mm was en niet in de 8mm camera paste, of misschien was de camera wel kapot of stoffig. Wie weet? Ze kon ze niet passend krijgen, dus kon ze de film niet afspelen. Hoe dan ook, er waren waarschijnlijk een projector en een scherm voor nodig. Jammer. Het zou fascinerend zijn geweest om te zien hoe Clarisse zich indertijd had gedragen en hoe ze eruit had gezien. Toen ze snel de stapel blikken doorkeek, leken het allemaal persoonlijke films te zijn. Ze zette ze onder het kopje *Bewaren* en beloofde zichzelf dat ze later een manier zou proberen te vinden om ze te bekijken.

Ze ging op een krukje staan om zo bij een kastje hoog aan de muur te kunnen komen. Terwijl ze dat deed, vroeg ze zich af of Luc voor al deze films zelf de cameraman was geweest. Zo ja, dan was zijn drang om films te maken al op heel jonge leeftijd begonnen. Ze trok het kastje open. Dat zat barstensvol uit elkaar vallende groen-oranje mapjes. Er stond KODAK of FUJI op. Veel foto's die erin zaten waren bijna sepiakleurig van ouderdom en waren bruin en krullerig. Ze rommelde erdoorheen en haalde de eerste paar eruit. Isabelle en Clarisse in zomerjurken met lange rokken, met Luc tussen hen in, zo jong dat hij amper op zijn mollige beentjes kon staan. Palmbomen, strakblauwe lucht. Achter hen een glanzend zwarte Citroën. Jane draaide de foto om: *Algerije 1960.* In het mapje zaten nog meer ansichtkaartachtige kiekjes van de twee vrouwen op diezelfde dag. Geen andere foto's met Luc, maar allemaal met de Citroën DS. Het leek erop dat ze met hun nieuwe auto pronkten. Clarisse kon hooguit halverwege de twintig geweest zijn daar in Algerije. Op de foto's was niets te zien van oorlogsverwoestingen, al was de oorlog in 1960 al zes jaar aan de gang. Jane kon zich de auto wel herinneren. Clarisse had hem in een van de oude stallen gezet. Luc en zij waren er als kind een keer in gaan zitten, Luc achter het stuur, alsof hij aan het rijden was. De auto was smetteloos gepoetst geweest, een en al bordeauxkleurig leer.

'Het is een safariwagen. We zijn ermee uit Algerije ontsnapt,' had hij gezegd.

Jane vroeg zich af of de auto nog steeds op het landgoed stond of dat hij verkocht was. Ze legde de foto's opzij en pakte nog een handvol andere uit het kastje. Daardoor stortte er een lawine van brieven, foto's en ansichtkaarten van de twee planken af, die over haar heen vielen en op de stenen vloer belandden. Ze zagen eruit alsof ze in geen jaren waren geopend of bekeken. Lucs verleden tuimelde uit de muur. Jane ging op haar hurken zitten en grabbelde ertussen.

Een gezicht staarde haar aan: een zwart-witfoto van het hoofd en de schouders van een slanke, niet-lachende man. Hij leek kaki kleding aan te hebben. Donker haar, snor, gebruinde huid, een jaar of dertig, vijfendertig. Ze draaide de foto om en las: *Adrien 1960.*

Dat moest Lucs vader zijn. Jane bestudeerde hem zorgvuldig en probeerde Luc erin te herkennen. 'Adrien' was absoluut knap, maar wel heel serieus, zonder warmte, in elk geval op de foto. Ze legde de foto opzij. Midden in de stapel vond ze iets recenters. Eén foto. Die sprong eruit omdat hij groter was dan de meeste andere, A4-formaat. Er stond een slanke vrouw op, op de rug bezien, die buiten liep in een zwarte jas waarvan de kraag was opgezet tegen de wind, met een zwarte wollen muts over haar hoofd getrokken. Geen haar zichtbaar. Op de foto was ze tot haar middel te zien. De vrouw droeg een klein kind, een jongetje van een jaar of twee, wiens mollige gezichtje over haar schouder naar de lens keek. Het kind kwijlde en fronste en hield zijn pruilende blik op de fotograaf gericht. Het was een winters tafereeltje. Grimmig. De fotograaf liep vlak achter moeder en kind. Jane bestudeerde de foto goed. Waar was hij genomen? Het was ergens in een stad. Een natte, brede straat met verderop een zebrapad. De vrouw en het kind liepen in de richting van een *boulangerie* en een rijtje cafés en restaurants aan de rechterkant van de laan. Verderop zag Jane de M van de metro. Het was waarschijnlijk ergens in de buitenwijken van Parijs. Vrijwel zeker een metropool in het noorden. Het konden Luc en Clarisse niet zijn, want die woonden nog in Algerije toen hij de leeftijd van dit jongetje had. Hadden de Fransen een metrostelsel aangelegd in Algerije? Jane draaide de foto om en las in dikke letters in het Frans: *We missen je als je weg bent, Luc. We houden van je. A... x*

Ze staarde naar de woorden, maar kon ze niet bevatten. Ze moest gaan zitten. Haar benen begaven het.

We missen je als je weg bent, Luc. We houden van je. A... x

A?

A zoals de helft van A en P? A en P, van wie het leven onomkeerbaar was veranderd door de dood van Luc? Nee, A en P waren Matty's zoons.

Er stond geen datum op de foto.

Jane legde het kiekje op Lucs bureau. Ze was misselijk. Was Luc de fotograaf geweest? Wie was die A die de foto had ondertekend? Moest Jane de mogelijkheid van een maîtresse onder ogen zien?

7

Ze had haar horloge niet om, was haar telefoon vergeten en er hing geen klok in de raamloze omgeving zonder daglicht, dus kon ze onmogelijk inschatten hoeveel tijd er verstreken was. Hoelang had ze vol ongeloof naar het reçustrookje uit het Crédit Agricole-chequeboek zitten staren? Ze duwde het uiteindelijk opzij, nog steeds in geschokte toestand. Diepgewortelde onzekerheden kregen vat op haar terwijl er weer een stukje van een verontrustende puzzel op zijn plek viel.

Vormden ze allemaal een deel van hetzelfde plaatje? Of trok ze voorbarige conclusies?

Duizend euro, met inkt geschreven op een chequestrookje, van een rekening waar Jane tot nu toe het bestaan niet van had geweten, betaald '*pour Annabelle*'. Lucs handschrift.

Was de A op de foto Annabelle? Was de jongen haar zoon? Was dat mollige jongetje Lucs zoon? Een tweede gezin?

Ze keek nog eens goed naar het kind. Leek het op Luc? Ze pakte de foto's van Algerije erbij en zocht naar de enige van Luc toen die twee was. Was er gelijkenis tussen de twee kleine jongens? Een beetje wel, ja. Of projecteerde ze haar gevoelens op de afbeelding? Ze kon het niet zeggen. Haar geest speelde spelletjes. Laat Annabelle alsjeblieft een personeelslid op Lucs loonlijst zijn en niets te maken hebben met de foto van de moeder en het kind. Maar als dat zo was, waarom zou de cheque aan Annabelle dan van een privérekening zijn overgemaakt? Een rekening die Luc voor Jane verborgen had gehouden.

Ze stond bibberig op. Er gleed een lading foto's over haar schoen. Ze schopte ze zachtjes weg met haar teen en schoof ze heen en weer. Ze wierp zonder te bukken nog een snelle blik, maar zag er verder niet één van die moeder met het kind. Hoe dan ook, ze had geen zin meer om verder te gaan. Ze voelde zich duizelig en zwak. Een stekende pijn in haar borst dreigde haar te verstikken.

Had Luc een dubbelleven geleid met een tweede gezin? Een dubbelhartig bestaan dat hem in de schulden had gebracht en mogelijk zijn leven had gekost? Hoeveel betalingen had hij aan Annabelle gedaan?

Wist Clarisse van het bestaan van een andere vrouw? Haar schoonmoeder had oprecht verrast geleken toen Jane de details van Lucs financiële problemen uit de doeken had gedaan. Dus waarschijnlijk niet.

Was iemand anders op de hoogte van het geheime gezin, als dat was waar dit bewijs naar leidde? Robert Piper had beweerd dat er bij zijn weten niets onbetamelijks aan de hand was. Maar had hij dat niet iets te snel gezegd? En Dan? Waarom had hij geen contact gehouden? Of interpreteerde ze het allemaal verkeerd en liet ze haar redeneringen uit de hand lopen? Dreven het verdriet en de eenzaamheid haar tot waanzin?

Ze moest weg uit de kelder voordat haar hoofd ontplofte. Ze liet alles min of meer achter zoals het was, pakte haar iPad en blies snel de aftocht, maar halverwege de smalle houten trap maakte ze rechtsomkeert omdat de twijfels haar weer naar de foto's trokken, naar het bewijs van geheime ogenblikken in Lucs leven. Had Luc het kind van die vrouw verwekt?

Het idee veroorzaakte een tsunami in haar. Ze kon de gedachte niet verdragen dat die andere vrouw Luc het kind had geschonken waar hij en Jane zo hartstochtelijk naar hadden verlangd, maar dat ze hem niet had kunnen geven. Ze pakte de foto weer en staarde er indringend naar, op zoek naar aanwijzingen, een modeaccessoire, een reclamebord, iets waaruit ze een datering kon afleiden. Zodat ze een uitgangspunt had.

Er moest een andere verklaring zijn. Een die niet alles kapotmaakte van de twintig jaar huwelijk die Luc en zij gedeeld hadden, alles wat ze als waar had beschouwd. Maar als dit de realiteit was, de échte realiteit, zou de hemel boven haar wijd opensplijten en zou ze in duizend stukken vallen, en dan zouden de deeltjes nooit meer samenkomen. Ze trilde, zocht naar houvast, naar een logische gedachte. Jaloezie en onzekerheid ontkiemden vanzelf.

Ze zou met de eerste beschikbare vlucht terugkeren naar Londen, de kosten betalen, zorgen dat haar spullen uit de flat werden gehaald, alles wat ze wilde bewaren laten opslaan, het pand onmiddellijk verlaten, de sleutels aan Robert Piper geven en een dikke streep onder die periode van haar leven zetten. Daarna zou ze hier terugkeren. Clarisse zou vast geen bezwaar maken. Tot die tijd zou ze bij deze afschuwelijke studio uit de buurt blijven. Zodra de verkoop van de Londense flat een feit was en haar horizon weer te zien was, zou ze deze onthullingen het hoofd bieden. Op dit moment was ze daar niet toe in staat. De weg die voor haar lag moest gericht zijn op praktisch en logisch nadenken. Eén stap tegelijk.

8

Er was niemand bij wie Jane terechtkon, niemand die ze in vertrouwen kon nemen. Geen vriendin met wie ze haar duistere twijfels kon delen. Als haar vader nog bij zijn volle verstand was geweest, wat zou hij hier dan over gezegd hebben? Maar de gesprekken, de intimiteit en hun vader-dochterband, waren haar al lang geleden ontnomen. Hoe dan ook, haar vader in vertrouwen nemen was, zelfs als hij wel gezond was geweest, een onzinnig idee. Had ze hem niet betrapt in Clarisses armen? Haar vader had een hele rits minnaressen gehad, daar was ze voor de dood van haar moeder achtergekomen. Clarisse was niet de enige geweest. Ze was niet speciaal geweest. En toch leek hij zich nu alleen Vivienne te herinneren. Niemand anders.

Als ze voor langere tijd naar Frankrijk zou terugkeren, wat zou er dan van hem worden? Kon hij verhuizen uit het verpleeghuis? Toen Jane een afspraak maakte met de directeur van het tehuis om hem te informeren over haar langdurige afwezigheid, raadde hij haar af hem mee te nemen naar Les Cigales, zoals Clarisse had voorgesteld. 'We zouden het niet aanbevelen. In een onbekende omgeving raakt hij alleen nog maar meer gedesoriënteerd.'

'Hij kende het landgoed heel goed toen hij jonger was,' merkte Jane op. 'Ik dacht dat het fijn voor hem zou zijn om bij me in de buurt te zijn.'

'Bent u van plan permanent in Frankrijk te gaan wonen?'

Ze hief haar handen en liet ze weer op haar schoot vallen. Ze was uitgeput, had niet geslapen. Ze had geen antwoorden, alleen een reuzenrad vol vragen dat in haar hoofd ronddraaide.

'Of hij nu hier blijft of verhuist, hij heeft gespecialiseerde zorg nodig en dat wordt belangrijker naarmate zijn ziekte vordert. Een verhuizing veroorzaakt desoriëntatie, wat kan leiden tot perioden van ronddwalen, slapeloosheid, valpartijen en veranderingen in zijn eetgewoonten. Bent u van plan lang weg te blijven?'

Jane zat in het steriele kantoor van de directeur en hoorde stemmen op de gang en een klok die boven de gesloten deur achter haar tikte. Tijd verstreek. Ze keek uit het raam. Op het terrein van Garden Park was een man op een tractor het gras aan het maaien, terwijl een paar oudere patiënten bij elkaar op bankjes aan de zijkant naar hem zaten te kijken en te klappen, alsof er een cricketwedstrijd werd gespeeld. Een rare oude snuiter met een wollen muts huppelde het gazon op, raapte handenvol gemaaid gras op en gooide dat als sneeuwballen in het rond.

'Ik heb geen idee,' gaf ze uiteindelijk toe. 'Mijn man is omgekomen bij een verkeersongeluk. Ik moet zaken eh... afhandelen in het buitenland.'

Dokter Eath condoleerde haar. Hoe kon ze, zelfs aan deze man van de geneeskunde, die werd verondersteld helende krachten te hebben, duidelijk maken hoe diep haar onzekerheden reikten? De afgrond. De ellende. Het verdriet.

'Mag ik u advies geven, mevrouw Cambon? Het verhuizen van een patiënt met dementie, alzheimer in het geval van uw vader, brengt uitdagingen met zich mee. Er zijn risico's aan verbonden. Het is me altijd opgevallen dat u een zorgzame dochter bent. Voel u niet schuldig over Peter. Hij is hier in goede handen en kan niet delen in uw problemen of uw verlies. Hij is niet langer in staat te reageren op de emoties waar u nu de pijn van voelt. Tenzij u niet tevreden bent over de zorg die wij hem bieden – en dat is een heel ander verhaal – raad ik u aan te doen wat u moet doen, dan zorgen wij intussen voor uw vader. Laat alstublieft al uw contactgegevens voor ons achter en neem regelmatig contact met ons op, dan doen wij dat ook, maar zet uzelf alstublieft op de eerste plaats, mevrouw Cambon.'

'Ik wil niet dat hij denkt dat ik hem in de steek heb gelaten.'

'Dat zal hij niet denken. U weet zelf dat data en tijdsperiodes hem ontgaan. Als hij bang wordt en zich geïsoleerd of verlaten voelt, zal ik u onmiddellijk bellen. Geeft u dat wat rust?'

Rust...

Jane knikte. Ze had de zegen van de arts gekregen. Maar toch...

'Als u de naam wilt van iemand met wie ú kunt praten, aarzelt u dan niet me te bellen. Als ik me op een terrein mag wagen dat niet direct mijn vakgebied is: u moet nu zelf ook helen, mevrouw Cambon. Denk aan uw gezondheid. Kijk naar de toekomst.'

Wat voor toekomst had ze nog? Engeland was het land waaraan ze zo halsstarrig had vastgehouden tijdens haar huwelijksleven en nu werd haar plekje daar gewoon verkocht. Ze ging op een afgesloten krat in de woonkamer zitten, dat vol zat met dozen, boeken en afgedankte kleerhangers, en toetste het nummer van Le Cottage du Cerisier in.

'Hallo, Clarisse?'

'Waarom zou ik op je terugkeer tegen zijn? Ik verwacht je terug, ik sta erop dat je terugkomt. Dat ben je me verschuldigd,' reageerde Clarisse kribbig. Als Jane zo hoffelijk was geweest om de Lefèvres weer aan te nemen, vervolgde ze, was het haar plicht om op het domein te zijn en hen aan het werk te houden, zodat ze bezig bleven en hun salaris verdienden. 'Ik verwacht dat jij toezicht houdt. En Luc zou niet minder verwachten.'

Nog maar het vorige voorjaar had Clarisse Jane ervan beschuldigd dat ze niet over managementvaardigheden beschikte, maar dat hielp Jane haar maar niet herinneren. 'Zal ik Claude voorstellen om met de moestuin te beginnen?'

'En de rest. Het landgoed heeft regelmatig een geldinjectie nodig. Dat betekent oogsten. Wanneer kan ik je verwachten?'

Nog geen achtenveertig uur later zag Jane het kleine verhuisbusje ronkend wegrijden en achter de bocht van de splitsing verdwijnen. Ze liep door de lege kamers, haar voetstappen echoden op de kale houten vloeren, en daarna liep ze er nog eens doorheen terwijl ze terugdacht aan gesprekken, dierbare ogenblikken, vrijpartijen, lachbuien, ruzies – soms domme – en thuiskomsten of vertrekmomenten. Waar was hij naartoe gegaan bij al die gelegenheden dat ze hem vanaf hier had uitgezwaaid? Was het geloofwaardig dat de man die haar jaren in dit huis zoveel leven had ingeblazen, dubbelspel had gespeeld? Nee. Nee. Ze reageerde overdreven door het verdriet en de financiële instabiliteit. Dat wist ze zeker. Hoe kon hij, Luc, die zo vol vriendelijkheid en integriteit was, alles hebben verraden waarvan ze had geloofd dat het exclusief aan hem en haar toebehoorde? Aan Luc en Jane.

Dat had hij niet gedaan.

De middag daarvoor had ze achter in de la van haar altijd rommelige nachtkastje een briefje gevonden. Dat moest hij geschreven en daar verstopt hebben, zodat zij het zou vinden wanneer hij weer eens afwezig was, en op de een of andere manier was het ongeopend weggeschoven achter nagellak, schaartjes en tissues en was het nooit tevoorschijn gekomen tot het moment waarop ze alles uit de flat inpakte. Een simpel wit kaartje in een dichte envelop die verkreukeld en geplet was: *De nachten naast jou zijn liefdevol. Wat er ook gebeurt, ik zal altijd van je houden. Lucx*

In de beginperiode van hun huwelijk hadden ze regelmatig briefjes in elkaars bagage, boeken of portemonnees gestopt. Het was een jacht naar de schat geworden om hun gescheiden periodes te verzachten. Dat briefje, dat ze nu pas ontdekte, was veel recenter: hij had een van de handgedrukte Mode de Pariskaartjes van het Quill-postpapier gebruikt dat ze hem het jaar ervoor in augustus voor zijn verjaardag had gegeven.

Ze liep naar de voordeur, maakte hem open, sleepte de spullen die niet met het busje naar de opslag waren vervoerd naar buiten en trok hem dicht. Voor de allerlaatste keer.

Het regende natuurlijk weer eens, een gestage late voorjaarsbui, terwijl ze de deur op slot deed. Worstelend met een paraplu bleef ze, omringd door tassen en koffers, aarzelend op de stoep staan voor haar lege huis met zijn hoge plafonds, kale peertjes, de spookachtige omtrekken waar schilderijen en spiegels hadden gehangen sinds Luc en zij er waren gaan wonen. Ze hadden er een weekend over gedaan, klauterend over dozen, met de Stones in de stereo, dansend op het onopgemaakte bed en fish-and-chips uit het papier etend terwijl ze vrolijk kibbelden over wat ze waar zouden hangen.

Dit was weer een vaarwelhorde die genomen moest worden. Weer een moment van 'verder gaan met haar leven'. Ze rolde haar koffer vooruit, worstelde met de paraplu die ze nu onder haar kin had gehaakt en liep door de lommerrijke straat waar ze zo vaak in alle seizoenen met en zonder Luc doorheen was gewandeld, met de platanen langs de stoep en de gezellige buurtwinkel op de hoek waar het naar waspoeder, drukinkt en kruiden rook en waar de pakken melk veel te duur waren. Meneer Patel, die af en toe haar huissleutels bewaarde als zij weg moest en iemand haar flat binnen moest kunnen gaan, stond op de stoep een aantal borstels te verzamelen die hij buiten had gehangen voordat het ging regenen. Ze knikte hem goedemorgen toe en liep zonder te kijken door. 'Op vakantie, mevrouw Cambon?' riep hij haar na. 'Ontvlucht u ons Britse weer? Heel verstandig.' Om de hoek, vlak bij de hoofdstraat, wachtte ze op een taxi, maar er kwam er geen langs, dus stapte ze uiteindelijk maar in een C2-bus die naar Oxford Circus ging. Vanaf daar ging ze naar Piccadilly, naar het kantoor van Robert Piper, waar ze drie setjes sleutels bij de receptioniste afgaf.

'Robert heeft mijn nummer, als hij me nodig heeft,' verzekerde ze de jonge vrouw.

Om haar slinkende middelen te sparen, reisde ze met haar twee koffers met de Piccadilly-lijn naar Heathrow. Vanaf daar vloog ze met British Airways terug naar Nice.

Claude haalde haar op van de luchthaven. Ze zou zelf een oud autootje kopen, beloofde ze hem, als ze langer zou blijven. Ze was vastbesloten een optimistische instelling te hebben, een afzienbare, tastbare toekomst.

'Ik dacht dat we de moestuin maar eens moesten aanpakken.' Ze lachte. 'Ik weet dat het laat in het seizoen is om te planten, maar als de perken eenmaal zijn schoongemaakt en omgespit, kunnen jij en ik samen beslissen wat er nog verbouwd kan worden. Het is een helse jungle, maar we kunnen het niet zo laten.'

'Ik ben al begonnen toen jij weg was. Ja, het is laat om te planten, dus leek het me het beste om deze kostbare dagen niet te verspillen. Het is lekker weer geweest. Ik heb wat tomaten – een stuk of honderd planten van diverse soorten – en een paar rijen courgettes en aubergines geplant. Het is te laat voor aardbeien. Als je even hebt, kun je misschien kijken.'

'Natuurlijk. Ik betaal je de planten terug. Hoe staat het met de kassen?'

'Meer kapot dan heel glas.'

Isabelle had opdracht gegeven een viertal kassen neer te zetten, in eerste instantie voor het kweken van de wijnstokken, maar daarna had ze een door een familie gerunde kwekerij in de Var ontdekt, in de buurt van Gaillane, en bleek het kosten en tijd te besparen om de druivenplanten daar te kopen. Vanaf die dag werden de kassen gebruikt voor wintertomaten, aardbeien en een paar halfslachtige pogingen tot het verbouwen van exotischer vruchten, tot ze helemaal verwaarloosd werden. Volgens Claude woonden er nu ratten.

'Zullen we eens een kijkje nemen en uitrekenen wat het kost om ze te repareren?'

'Niet goedkoop, denk ik. Als je de op maat gemaakte ruitjes bestelt, kan ik ze er wel in zetten. Dat kost aardig wat tijd, maar het lukt me wel.'

'Het zou wel eten voor de winter opleveren, dus misschien is het de moeite waard.'

'Matty en ik zaten te denken: als jij het een goed idee vindt, zou ik je mee kunnen nemen voor een rondleiding over het hele landgoed. We kunnen een paar hectare per keer doen. Je kent de indeling en je bent zo'n beetje overal geweest, maar ik neem aan dat je het nog nooit hebt bekeken vanuit het perspectief van wijnproductie. Wat vind je ervan?'

Ze had Claude in jaren niet zo spraakzaam gezien en zijn stemming werkte aanstekelijk.

'Ik zal je eens iets zeggen,' antwoordde ze met een glimlach. 'Ik kan mijn ochtenden besteden aan het leegmaken van Lucs kelders en aan mijn vertaalwerk, en als het jou uitkomt kunnen we de middagen wijden aan het mij leren hoe het wijn maken in zijn werk gaat. Is dat een idee?'

'Laten we ook de olijfgaarden niet vergeten,' zei hij knipogend.

'Laten we de olijfgaarden niet vergeten.'

Ze was niet meer in de olijfgaarden geweest sinds Luc en zij daar als kind hadden gespeeld en een paar keer hadden geholpen met de oogst. Zorgeloze herinneringen. Ze verheugde zich erop om weer meer tijd tussen die bomen door te brengen. Terwijl ze vanaf de deur van het grote huis naar Claude zwaaide om hem te bedanken, ging er een golf van opwinding door haar heen. Ze stond zichzelf toe te geloven dat wat er beneden in de kelder lag slechts een boze droom was en dat de werkelijkheid een veel vrolijker verhaal was.

9

Het was begin juni. Het duurde nog maar een paar kleine weken tot de zomerzonnewende. De zon kwam vroeg op en brak door in de slaapkamer, waar het gouden licht warm en helder scheen. Bloesem bloeide uitbundig, groene scheuten flankeerden de paden en Jane werd aangestoken door het stralende seizoen. Het was moeilijk om niet opgewekt te zijn. Het terrein stond vol bloemen, wat een optimistische stemming van hernieuwde activiteit en herstel teweegbracht. Ze gooide alle ramen van het grote huis open en sliep met de luiken op een kier, zodat de heerlijke ochtenden haar kamer binnen konden kruipen. Het was een visuele wekker, een aanvulling op het hanengekraai en het gebalk van de ezels in de verte. Binnen enkele dagen sliep ze beter dan ze in weken had gedaan. Hard werken en lange uren buiten zijn waren de remedie.

Ze vroeg Claude of hij iets aan het stilstaande, smaragdgroene water in het zwembad kon doen of dat het nodig was om het leeg te laten lopen, schoon te schrobben en opnieuw te vullen: een uitgave die hun budget te boven ging.

'De kapotte tegels en het lek zullen moeten wachten, maar ik kan het wel schoonmaken,' beloofde hij. 'Geef me een paar dagen en dan zorg ik dat het er weer spic en span uitziet.'

Op haar eerste ochtend terug vond ze, toen ze naar beneden ging en de lege keuken binnenkwam, een pot pruttelende koffie, drie eieren in een faienceschaaltje en een van Matty's zelfgemaakte broden. Een discrete uiting van de dankbaarheid van de huismeesters.

Bij de koffie nam Jane een aantal beslissingen. Ze zou elke

dag beginnen met zwemmen. Ze zou gaan sporten, langs het strand wandelen. Niet bij de pakken neer gaan zitten. Niet treuren om het verlies van haar huis in Londen. Het ingrijpender verlies van Luc was meer dan voldoende. Clarisse en zij moesten een modus vivendi vinden, al was het maar door ieder afzonderlijk op hetzelfde landgoed te wonen. Zoals Luc vorig jaar had opgemerkt, zou Clarisse over niet al te lange tijd haar tachtigste verjaardag vieren en Les Cigales was een uitdagende verantwoordelijkheid. Jane moest haar goede wil tonen, hoeveel innerlijke onrust dat ook teweegbracht.

Terwijl Claude een uur of twee bezig was huiveringwekkende chemicaliën in het zwembad te gieten en er elke dag weer een laag algen en rottende bladeren uit wist te halen, dwong Jane zichzelf terug te gaan naar de kelder. Ze ging achter Lucs bureau zitten en pakte de foto die ze de laatste keer dat ze daar was had gevonden. Toen ze in Londen de spullen uit haar huis inpakte, had ze bedacht dat ze hem zou vernietigen en aan stukken zou scheuren. Ze had zichzelf ervan overtuigd dat het niets was. Maar nu ze A's zoon in de ogen keek, wankelde haar besluit. De twijfels kwamen terug. Ze had zich in een ontkennende toestand laten sussen, maar het gezicht was echt. De moeder en het kind bestonden wel degelijk. En ze had geen idee wie ze waren of welke rol ze in Lucs leven hadden gespeeld.

Ze plukte een rode roos uit de tuin en bracht die naar Lucs graf. Er stonden altijd bloemen in potten op zijn rustplaats in de aarde. Vandaag waren het gentianen en geurige lavendel. Ze zette de roos ertussen en ging naast hem in het pas gegroeide gras zitten. Met de zon op haar gezicht keek ze naar de bijen en andere insecten die zich tegoed deden aan de planten en struiken, en luisterde ze naar het sporadische vliegtuig dat de landing richting de kust inzette. Ze streek met haar vingers over de onzichtbare schaduw op de plek waar ze zich zijn arm inbeeldde.

'De nachten naast jou zijn liefdevol.' Dat waren ze inderdaad, Luc. Er zijn geen woorden om te beschrijven hoe ik jouw warmte mis... maar ik moet verder. Niet weg van jou, natuurlijk, maar het is belangrijk dat ik zonder jou doorga met leven. Ik heb je kracht nodig. Ik verdien een beetje geld met boeken vertalen en ik vind het werk leuk. De verkoop van Lady Margaret zal binnenkort een feit zijn, dus dan kan ik de schulden aflossen. Ik zal je werkruimte uitruimen en ervoor zorgen dat je materiaal op de juiste plek terechtkomt, maar dat gezicht, Luc, dat jongetje met zijn moeder. Als er iemand anders was... een ander gezin... laat het me dan niet vinden. Alsjeblieft, Luc, neem niet alles van me af.

Een van Janes lievelingsplekjes was vroeger altijd het weinig bezochte strand geweest dat de Baai der Illusies werd genoemd. Het lag vrijwel direct ten zuiden van het landgoed achter de kronkelende kustweg van Saint-Tropez naar Cannes. Met de auto was het amper tien minuten rijden vanaf het grote huis, maar Jane ging liever op de fiets. Door het hek langs de A-weg, daarna de tweede links richting de zee, met wapperende haren door laantjes die geflankeerd werden door wijnstokken en olijfgaarden waar ze soms hele geitenfamilies op verse wilde bloemen zag kauwen.

Luc was degene geweest die haar als meisje voor het eerst had meegenomen naar deze afgezonderde stranden. Sindsdien was de baai haar ontsnappingsplek geweest, een toevluchtsoord, een zacht glooiende helling van steentjes, omringd door kolossale armen van bloedrode keien. Hier waren de vogels haar enige gezelschap. Wrakhout en slierten zeewier met weggegooide plastic flessen ertussen waren het enige wat duidde op menselijke aanwezigheid, en heel af en toe lagen er kooltjes en as van een nachtelijk strandfeest. Het water was helder en schoon – zelfs tijdens de drukke toeristenmaanden – en ideaal om te kanoën of lui te zwemmen. Ze liet haar fiets achter op de grashelling naast het pad langs de kust en daalde het begroeide, ongelijke paadje af. Slanke hagedissen ter grootte van een vinger vluchtten voor haar voeten. Ze boog zich naar een stel pagevlinders die om een soepele melkeppe fladderden. Pages waren het onderwerp van Lucs debuutfilm geweest. De eerste steen van zijn succes als filmmaker. Ze stak haar vinger uit naar de schermbloem en keek hoe ze speelden en flirtten. Die roomkleurige beauty's met hun fijne, zwarte streepjes herkende ze. Jaren eerder hadden Luc en zij een dikke, groene rups met twee oranje hoorntjes gezien die zich schuilhield in een venkelplant in de moestuin. 'Die blijven maar eten,' had hij lachend gezegd. 'Ze kauwen maandenlang tot ze als glorieuze pages uitkomen en dan hebben ze nog maar een paar weken te leven.'

Het had haar treurig gestemd dat hun levensduur maar zo kort was. Maar Luc had geruststellend gezegd dat ze hun hele volwassen bestaan bezig waren met vrijen en nectar drinken. 'Al in het eerste uur na hun poppenstadium gaan ze, zodra hun vleugels sterk genoeg zijn, op zoek naar hun partner. Met honderden tegelijk. Ik zal je meenemen om het te laten zien. Het is een zeldzaam prachtig gezicht.'

Het was nog vroeg. Het licht was parelachtig lichtroze. Ze gleed omlaag naar het strand, liet haar korte broek en T-shirt vallen, schopte haar sandalen uit en stapte voorzichtig over de steentjes. Het geklots van de golven die aan de stukken vochtig zand likten, gevolgd door het terugtrekken en meeslepen van de tuimelende kiezeltjes, was uitnodigend. Een reinigend geluid. Een doop. Zacht en kalmerend. Het was vroeg in het seizoen en het water was nog niet opgewarmd. Het knabbelde aan haar tenen, haar voeten en haar kuiten voordat ze er helemaal in dook en met snelle slagen begon te borstcrawlen, voorbij de beperking van de baai, naar dieper water. Boven haar cirkelden krijsende meeuwen. Tegen de horizon tekende zich een vissersboot af, een samengaan van blauw. Ze hoorde een hond blaffen en draaide zich op haar rug, trappelend om boven te blijven, en keek wie daar was: een vroege ochtendwandelaar met zijn metgezel, een sierlijke Engelse setter. Ze werd bevangen door een golf van verlangen naar Walnut; ze hunkerde ernaar om op zijn warme kop te kloppen en zijn wollige oren te aaien. Het fragiele koord van vreugde sijpelde uit haar weg. De tranen sprongen in haar ogen en biggelden over haar wangen. Ze was alleen in de zee. Er was niemand.

Ze kreeg een paar happen zout water binnen. Ze was een sterke zwemster – van Luc geleerd – maar leek nu haar ledematen niet onder controle te hebben. Ze trappelde en proestte. Zou ze verdrinken? Moest ze zichzelf laten verdrinken? Waarom niet? Na kerst in Parijs had ze ervan afgezien om op de brugleuning te klimmen en in de Seine te springen, omdat het haar plicht was om Luc te begraven. Ze was het hem verschuldigd geweest, maar kijk naar de erfenis die hij had nagelaten. Kijk naar de verwarring waar ze mee te maken had. En er was niemand, geen mens, die haar de hand toestak. Waarom zou ze zich niet laten gaan? Waarom zou ze niet naar de zeebodem zakken?

Uiteindelijk kalmeerde haar ademhaling, werd ritmischer, waarna ze haar evenwicht hervond en terug wist te spartelen naar de kust. Daar realiseerde ze zich pas dat ze was vergeten een handdoek mee te nemen en dus gedwongen was haar kleren over haar natte bikini heen aan te trekken.

Ze was nog steeds bibberig van de paniek van die ochtend toen ze in de stallen haar fiets wegzette, terwijl het zoute water uit haar haren op haar schouders drupte. Een snelle douche, nog een kop koffie en daarna de kelder. Haar kerker. Terwijl ze naar buiten liep en de houten deur vergrendelde, liep Claude achter het huis langs met een kruiwagen vol planten. Schoffels en graafgereedschap had hij over de handvatten gehangen. Jane zwaaide en riep een begroeting, maar hij zag of hoorde haar niet. Ze riep nogmaals, maar hij was nu te ver. Misschien hoorde hij minder goed dan vroeger. Hij liep fluitend naar de ommuurde tuin, zich niet bewust van haar aanwezigheid. Hij was in zijn element; waarschijnlijk praatte hij tegen de planten, net als Matty en hij deden toen ze klein was.

Jane merkte dat ze weer afgleed. Ze zou vanochtend geen

voet in de kelders zetten. Ze zou niet weer naar het gezicht van dat kind kijken, nog niet. Ze weigerde 'Annabelle' macht over haar te laten krijgen. Luc had van Jane gehouden, zijn vrouw. Ze werd beter. Ze moest helen, zoals Peters specialist haar had geadviseerd.

Na een haastige douche kleedde ze zich om en ging op een holletje naar de moestuin. Claude was daar alleen aan het schoffelen en spitten. Hij rechtte zijn rug en zwaaide toen hij haar hoorde roepen.

'Ik heb de kapotte ruiten in de kas geteld,' zei hij toen ze dichterbij kwam. 'Dat is een uitdaging voor elke bankrekening.'

'Wat zeg je ervan als ik je help deze te planten en dat we daarna aan de rondleiding beginnen?'

'En de kelders en je werk dan?'

'Het zou stom zijn om niet van dit mooie weer te genieten. Ik kan de kastjes ook 's avonds leeghalen.'

Claude gaf haar een schepje. 'Wil je straks naar de kassen?'

'Nee, laten we naar de wijngaarden gaan.'

Het onkruid was uitgegroeid tot behoorlijke bergen en de aarde onder haar nagels zou lastig te verwijderen zijn. Ze zweette en zag rood van het verwoede spitten, en haar rug deed pijn van het uittrekken van stompjes en losse stenen. Ze liet zich op de passagiersstoel vallen terwijl Claude wegreed in het gedeukte Renault-busje van het landgoed. Hij gaf Jane een appel uit zijn lunchtrommeltje en nam zelf ook een hap uit een appel, waarbij het sap als sterretjes rondspoot. Daarna begon hij te vertellen over de cyclus van druiven verbouwen in hun zuidelijke streek.

'Iets minder dan vijf manen,' zei hij, 'groeien de druiven aan de wijnstokken. Vanaf de vruchtzetting duurt het ongeveer honderdveertig dagen tot de oogst.'

'Vruchtzetting is toch wanneer de bloemen in vruchten veranderen?'

Hij knikte en schakelde naar zijn drie. Terwijl ze de kleine helling naar het achterland van het landgoed op reden, gromde en sputterde de auto.

'Ik had me geloof ik niet gerealiseerd dat wijnstokken bloeien.'

'Dat is een van de beste seizoenen van het jaar, Jane, en het doet je hart goed om het te zien.'

Dat ontlokte haar een glimlach. Het was een goed besluit geweest om hier terug te keren. 'Voorjaarsbloesem?'

Hij knikte. 'En daar hebben we hier hectares van. Het is een schitterend gezicht.'

Terwijl ze naar hem luisterde, realiseerde Jane zich dat ze hier nog nooit in maart was geweest. Als kind was ze hier in de zomermaanden tijdens de schoolvakanties gekomen en een paar keer in de herfstvakantie. Sinds de dood van Isabelle hadden Luc en zij ook de kerstdagen en de jaarwisseling op Les Cigales doorgebracht, tot de laatste, tragische, keer. Toch waren er nog steeds maanden van het jaar die ze hier nooit had meegemaakt. De bladeren die van kleur veranderden, de groeipatronen. 'Ruikt die druivenbloesem lekker?'

'Elke variëteit heeft zijn eigen geur tijdens de bloei. De verschillen zijn subtiel, heel delicaat, maar een geoefende neus kan ze identificeren.'

Jane genoot van zijn woorden. Niet voor het eerst viel het haar op dat Provençaalse mensen zo welbespraakt waren als ze over het land spraken en dat hun taalgebruik elegant was, bijna poëzie van de aarde.

'Kun jij het verschil ruiken?'

Claude lachte hartelijk. 'Je kunt me geblinddoekt op een willekeurige plek neerzetten en ik zweer je dat ik kan zeggen waar in Zuid-Frankrijk we zijn en welke druivenvariëteit er voor mijn neus groeit. De variëteiten uit het noorden, zoals Bordeaux en Bourgogne, ken ik niet, maar die uit de Midi kan ik behoorlijk goed identificeren.'

'Dat is wonderbaarlijk. Ik ben diep onder de indruk.'

'Het is geen geweldig staaltje vakmanschap, het is gewoon een flink deel van mijn leven.'

Jane grinnikte. Ze keek uit het raampje, dat ze dichthield vanwege het stof dat opstoof door de wielen. Naast het pad lagen aan weerszijden hectares vol overwoekerde wijngaarden waaraan jonge, groene trosjes harde druiven bungelden. Ze vroeg zich af waarom ze zo verwilderd waren geraakt. Clarisse en het landgoed hadden de oogst nodig om te overleven. Ze reden landinwaarts. Clarisses kastanjebruine merrie, Rêve, galoppeerde vrij op een van de weiden. Reed ze nog paard? Het was jaren geleden dat Jane had gezien dat ze erop zat. In de verte rezen de bergen voor hen hoog naar een wolkeloos blauwe hemel. Hoe oud zou Claude zijn? Nog niet gepensioneerd, had Matty gezegd, maar hij was zeker ouder dan tweeënzestig. Hij was een rasechte Provençaal en was niet al te veel kilometers hiervandaan geboren, vlak na de Tweede Wereldoorlog. Ze wist dat zijn ouders een stuk grond hadden bezeten of gepacht en een kleine tabac hadden gerund. Hij was opgegroeid in de woning boven hun winkel in een dorp dat een kilometer of dertig van Les Cigales lag, en hij had Matty op het landgoed ontmoet. Behalve die paar feiten wist ze nagenoeg niets over hem en zijn vrouw.

Tijdens de oorlog was deze streek onbezet territorium geweest, de vrije zone, maar er was hier in het zuiden wel een heel actieve verzetsbeweging geweest. Waren Claudes vader of familieleden van hem lid geweest van *la Résistance*? Of waren ze stiekem aanhangers geweest van de regering-Vichy? Ze hoopte van niet, maar ze had geen idee waar Matty en hij stonden. Ze nam aan dat ze socialisten waren, maar wist het niet zeker.

Wie kende de geheimen uit het verleden die mensen verborgen hielden? Zij in elk geval niet.

Claude bracht de Renault tot stilstand, zette de motor af en stapte op het stoffige pad. Een vlaag van hitte kwam haar tegemoet toen ze hem volgde. Er hing een zoete geur van wilde bloemen en aromatische kruiden. Haar aandacht werd getrokken door gefluit boven haar. Ze keek op en kneep haar ogen toe tegen de zon.

'Dat is een stel slangenarenden,' zei hij, terwijl hij turend haar blik volgde. 'Die nestelen hier overal. Tegenwoordig zijn het er minder dan vroeger.'

Toen Luc en zij jong waren, hadden ze de omgeving hier verkend en in kaart gebracht en aantekeningen gemaakt van de honderden ontdekkingen die ze hier in de natuur hadden gedaan. Ze herinnerde zich die arenden wel, al was ze ze tot op dit moment totaal vergeten. Luc had Jane bijna alles geleerd wat ze ooit te weten was gekomen over de natuur en het milieu, en de vondsten waren altijd opwindend geweest, maar ze had nooit de passie ontwikkeld die Luc had. Hij was zijn hele leven op vernieuwing uit geweest, terwijl zij gelukkig was geweest met de dingen zoals ze waren...

Had hij daarom een ander leven nagestreefd, het geheime bestaan dat hij verborgen had gehouden? Was hij niet in staat geweest genoegen te nemen met de conventionele sleur die zij samen hadden gehad? Had hij altijd meer gewild, uitgedaagd willen worden door de volgende ervaring? De volgende relatie? Nieuwe richtingen willen ontdekken? Ze duwde haar verwarring en twijfels weg. Die krabden haar wonden open. Ze wilde hier in het heden blijven, in de zon met Claude, kilometers bij alles en iedereen vandaan. Kilometers bij Lucs kelder vandaan.

Haar gids was nu het pad overgestoken en doorgedrongen in een wijngaard. Hij was bijna niet te zien door de overwoekerde rijen wijnstokken, die er allemaal schots en scheef bij stonden. Er was dit jaar niet gesnoeid. Het onkruid dat in de gangen tussen de wijnranken omhoogschoot, zou snel net zo hoog zijn als de druivenstruiken zelf. Het dreigde de druiven te verstikken. Als de vruchten van hun toekomstige oogst geen zonlicht kregen, zouden ze niet kunnen groeien en rijpen. Als de lucht niet kon circuleren, zouden er ziektes als schimmel en meeldauw ontstaan. Zelfs voor haar onervaren oog was dat allemaal duidelijk. Ze zag de waarschuwingstekens, de gevaren.

Jane stak het pad over naar de rand van het veld waar Claude op zijn hurken met zijn vingers rond dikke wortels porde, als een truffelhond snuffelde, bladeren aftrok en erover wreef, stengels bekeek en alles in zich opnam. Ze liep door het gebladerte naar hem toe en duwde takken opzij om bij hem te kunnen komen.

'Ze hebben het zwaar,' zei hij. De opmerking was niet aan haar gericht, maar meer aan het land zelf.

'Raken we onze oogst kwijt?' vroeg ze tot haar eigen verbazing. *We. Onze oogst.*

Had ze een verantwoordelijkheid voor deze hectares die ze nooit eerder had erkend, laat staan op haar schouders had genomen? 'Er moet hier serieus gewerkt worden, hè?'

'Dat kun je wel zeggen. Normaal gesproken maken we dit terrein in maart schoon, na de winter en de onkruidspurt in het vroege voorjaar. We beginnen hier achteraan met het fruit op de terrassen en gaan dan geleidelijk aan in de richting van de zee, aan de andere kant van de weg, naar de vlakke akkers. Als het onkruid is gewied wordt de aarde tussen de rijen omgeploegd. Daardoor wordt de grond losser en lichter en kunnen de planten ademen, waardoor de opbrengst beter wordt. Onze methode is arbeidsintensief, verdomd hard werken en duur, maar zo wordt de weg geplaveid voor de beste oogst. Er wordt zo veel mogelijk handmatig gedaan. Het is een biologisch landgoed. Geen pesticiden. Luc heeft die verandering samen met madame Isabelle ingevoerd en hij was er trots op.' Claude zweeg. Daarna zei hij: 'Die jongen zou zich omdraaien in zijn graf als hij zag in wat voor puinhoop we nu zitten.'

Ze lieten hun hoofd hangen en dachten aan hem.

'Waarom is het werk dit jaar niet gedaan, Claude?'

Hij wreef met zijn hand over zijn lippen en kin, maar gaf geen antwoord.

Ze werd zich bewust van de krekels en sprinkhanen; tientallen springende wezens die tussen de gewassen zaten te trillen in de hitte. 'Jíj had best als opzichter kunnen fungeren, zelfs zonder Luc. En die anderen, de mannen uit de buurt die hier altijd een handje komen helpen met de oogst: Jean Dupont, Michel Lonsaud en Arnaud natuurlijk. En er wonen er nog wel meer in de dorpen in de omgeving. Ze weten wat er gedaan moet worden.'

'Zeker. We hebben die twee vrouwen alles geleerd. Isabelle wilde wel, maar...' Hij schudde zijn hoofd.

'Er is geen tekort aan ervaren handen en ik wed dat de meesten van hen heel blij zouden zijn met het werk.'

Claude slaakte een diepe zucht. 'Ze...' Hij kuchte en begon opnieuw. 'Mevrouw Cambon zegt dat er geen geld in kas is om iemand te betalen. Ze zei dat het verlies van de oogst vorig jaar...'

'Ach, kom op!'

'En de slechte opbrengst... Ze zegt dat het gebeurd is met het landgoed.'

'Ik denk niet...'

'Hoe dan ook, dat zegt zij. Wie ben ik om ertegenin te gaan?'

'En nu hebben we niets. De druiven raken verstikt en worden aangetast, hè? Het is een tragedie.'

'Luister, Jane.' Hij klonk nu vastberadener. 'We kunnen nog best wat gedeelten redden en ons opmaken voor de oogst. Het zal een magere worden, maar kijk hoe het hier dichtgroeit. We moeten nu beginnen met het opruimen van de wijngaarden. Nú, Jane.'

'Hoe kan iemand hier anders komen om te plukken?'

Hij knikte ernstig, maar zag ze niet een vleugje bedrog in zijn ogen? Wist hij hoe ontvankelijk ze was? Hoezeer ze verlangde naar een leidende hand, de zekerheid van de seizoenen, het ritme van de natuur en de vergetelheid van straffe fysieke arbeid om te kunnen helen? En gebruikte hij dat misschien om haar over te halen?

Jane draaide langzaam rond in de zon. De hitte was aangenaam, nog niet verzengend, en het geluid van de krekels was prettig. Ze liet haar blik in alle richtingen glijden, over het tapijt van velden vol jonge blaadjes en hoog opbloeiend onkruid. In de verte zag ze de zilverachtige olijfgaarden, die aan stenige hellingen grensden. Daarachter stond geurig struikgewas met een zee van wilde tijm, rozemarijn, salie en doornige rozen, naast andere struiken met zachte blaadjes, waarvan Jane de naam niet kende. Dit was de grondbedekking voor de bergen, klimmend naar de hooggelegen naaldbomen. Gods eigen zuidelijke gordel onder een hemel die zich eindeloos uitstrekte en geheimen bewaarde onder het baldakijn.

'En dan nog iets. Ik wil je niet bang of bezorgd maken, maar...'

'Wat is er, Claude?'

'Het brandrisico op de overwoekerde velden en wijngaarden is heel groot. Als de hitte haar intrede doet...'

Ze liet haar ogen van rechts naar links glijden.

'Je bent hier nog nooit geweest tijdens een bosbrand, hè, Jane?'

Ze schudde haar hoofd.

'Dat zou je ook niet willen. Het kan heel angstaanjagend en ellendig zijn om verkoolde wilde dieren te zien. Wist je dat verderop in de Var de Griekse landschildpad, een zeldzaam ras, bijna is uitgestorven omdat zijn habitat is uitgebrand? Volgens de wet ben je hier verplicht de vegetatie te snoeien en veilig te houden. We moeten het land met respect onderhouden. Dat heeft Luc er altijd bij ons in gestampt. En dat hebben we hem geleerd toen hij klein was.' Hij giechelde. 'Zelfs als we geen zier om de wijngaarden en de oogst zouden geven, dan nog is het onderhoud van het terrein een ander verhaal. En er worden hoge boetes uitgedeeld aan wie zich daar niet aan houdt.'

Dit was geen baan voor een amateur. Er was toewijding en serieuze investering voor nodig. Was dit de reden dat Claude de rondleiding had voorgesteld? Hadden Matty en hij thuis met Arnaud aan de keukentafel gesproken over hun verslechterende vooruitzichten? Gokten ze erop dat Jane, als ze deze bende zou zien en zou beseffen wat er op het spel stond, wat de gevaren waren en wat er verloren kon raken, vanwege de herinnering aan Luc niet in staat zou zijn ervoor weg te lopen? Ze deden een beroep op haar verantwoordelijkheidsgevoel ten aanzien van het landgoed en ten aanzien van hen, de huismeesters. Dit was hun levensonderhoud. Hun pensioenvoorziening. Als dit allemaal verloren ging, raakten ze alles kwijt.

Maar waar was Janes toekomst te midden van dit alles?

'Waarom zou Clarisse zulke bezittingen kapot laten gaan? Daar moet toch nog een andere reden voor zijn dan haar financiële ellende?'

'Ze heeft de verantwoordelijkheid aan niemand overgedragen, Jane. Dat weigert ze. Dit zou allemaal van Luc zijn geweest als hij nog geleefd had, maar zonder hem... Het is net of ze het nog liever laat verrotten dan dat ze het aan iemand anders toevertrouwt, alsof ze ons of zichzelf of God mag weten wie wil straffen voor het verleden. Matty zegt dat ze overmand is door verlies en verdriet. Door het verlies van Luc komt het verleden weer bovendrijven.'

De arenden cirkelden nog steeds boven hen en ze stegen moeiteloos in spiralen op tot ze nog slechts zwevende vlekken van bruine veren tegen een zijden kobaltblauw laken waren. Hun spookachtige roep weergalmde als een griezelig gekrijs in de warme stilte. Het was alsof een geest uit de lucht haar wenkte. Of haar waarschuwde.

'Ze is helemaal dichtgeklapt door spijt en rouw,' zegt Matty. Als mensen te veel lijden, worden ze gemeen en gedragen ze zich lelijk. Er sterft iets binnen in hen en ze hebben er een hekel aan dat anderen van het leven genieten. Dat zegt Matty met haar kerkelijke manier van denken. Onze plaatselijke curé zegt hetzelfde. Het verlies vreet vanbinnen aan haar.'

Door het verlies van Luc komt het verleden weer bovendrijven.

Jane luisterde en woog Claudes woorden af. 'Waar rouwt Clarisse dan nog meer om behalve om Luc?'

De oude tuinman liet zijn hoofd hangen. Hij gaf geen antwoord. Jane dacht dat hij het niet had gehoord en herhaalde de vraag.

'Het heeft geen zin om dat aan mij te vragen. Ik heb vrouwen nooit begrepen. Dit is allemaal Matty's mening, niet die van mij. Ik heb alleen verstand van wat er op het land moet gebeuren: ploegen, spitten en plukken. Ik leef met de seizoenen. Vrouwenproblemen gaan mijn pet te boven.'

Wat was er boven komen drijven uit Clarisses verleden? Hield Claude iets voor haar achter?

Hij plukte een druivenblad en kraste over de stengel, over een zwartgevlekte aandoening of een verzameling minuscule vliegjes, alsof hij de meeldauw wilde weghalen en Janes vraag wilde vermijden. 'Ik weet alleen dat het na al die jaren waarin we het domein hebben opgebouwd tot iets om trots op te zijn, na al dat harde werken van Isabelle en Luc en ons, verdomd tragisch is om het op te geven. Dat is mijn mening.'

Toen Jane later terugdacht aan haar gesprek met Claude, kwam ze tot de slotsom dat hij waarschijnlijk had gedoeld op de vlucht van de familie Cambon uit het door oorlog verscheurde Algerije. Clarisse had het er vaak over. Ze waren hier nooit welkom geweest. Hun verhuizing had veel offers met zich meegebracht. Ze hadden hun thuis opgegeven voor hun vrijheid. Ze hadden noodgedwongen hun geweldige landgoed, een enorm huis dat al vier generaties in de familie van Lucs vader was, moeten verlaten. Daar hoorden ook lucratieve wijngaarden bij waar ze elk najaar duizenden tonnen druiven uit hadden gehaald en naar Zuid-Frankrijk hadden verscheept om wijn van te maken. Alle wijnstokken waren geplant door Lucs overgrootvader. Clarisse had vast gerouwd om het verlies van die rijkdom, haar bevoorrechte koloniale bestaan, en om de dood van haar man, Lucs vader, Adrien. Luc was Clarisses laatste lijn geweest naar het leven dat ze had achtergelaten. Dat moesten de zorgen zijn die Clarisse diep verborgen had en waar ze nog altijd om rouwde.

Maar dat wist Jane niet zeker.

10

Later, tegen de avond, na een zware, maar inspirerende dag op het land, gevolgd door een paar uur werken aan een nogal droge medische onderzoekstekst, ging Jane terug naar de kelder. Ze stond op een stoel in kastjes en laden te rommelen toen ze op een kartonnen doos stuitte met daarin een schat aan oude foto's, waaronder een paar polaroids. Het waren vrolijke, bewaarde souvenirs, opwekkende herinneringen aan het begin van hun huwelijksleven en de tijd dat ze verkering hadden. Luc die met één oog dicht een filmcamera bediende, waarbij zijn sigarettenrook de foto benevelde. Ze had die foto van hem genomen in Rome, een paar dagen na hun bruiloft. Op de achterkant had hij geschreven: *Op huwelijksreis met J. Haar beloofd dat ik de nieuwe Truffaut ben!*

Jane in badpak in de oude vissersboot van de familie Cambon, met een trotse grijns terwijl ze haar vangst, een sardine niet groter dan een pink, omhooghield. Luc die in diezelfde boot bier zat te drinken en zat te roken, terwijl hij flippers en een zwembroek aanhad. Ze hadden uit de kust in die boot gevreeën, ongemakkelijk en oncomfortabel maar wel hartstochtelijk, giechelend terwijl hij zijn flippers uitdeed, wild schommelend, en na afloop waren ze overboord gedoken en hadden samen naakt in het water gespeeld. Ze ging zitten en keek zonder verder iets te doen de hele stapel door, herbeleefde die dagen van onvervalste gelukzaligheid, dagen waarin geen eenzaam lot op de loer lag, waarin ze niet verscheurd werd door twijfel, waarin Luc en zij samen goede vooruitzichten en een zekere toekomst hadden.

Toen ze de doos terug op de plank zette, stuitte ze op een lichtblauwe map zonder opschrift die naar de achterkant van de kast was geschoven. Hij viel op tafel als een waaier die openklapte, waardoor de foliobladen werden uitgestrooid: een huurovereenkomst voor een tweekamerappartement in de Avenue de la Dame Blanche, vlak bij Bois de Vincennes. Het stond op naam van Luc Cambon met als adres Les Cigales, niet Londen, en het was ook ondertekend door een verhuurmakelaar in het vijfde arrondissement van Parijs. De datum op het contract was 10 oktober twee jaar eerder. De duur van Franse contracten was gewoonlijk drie jaar, verlengbaar. Dus over iets meer dan vijftien maanden zou de eerste termijn verlopen. Tenzij die met Lucs dood was beëindigd. Jane bladerde met groeiende onrust door de pagina's. Ze zocht naar de naam van de bank waaraan het bedrag van achttienhonderd euro per maand werd betaald. Toen ze de clausule had gevonden, werd haar ergste vrees bewaarheid. De maandelijkse huur en onkosten werden afgeschreven van dezelfde rekening bij Crédit Agricole die Luc had gebruikt om duizend euro aan 'Annabelle' te betalen.

Lucs fatale ongeluk was ten oosten van Parijs gebeurd, ten noordoosten van het voorstadje Vincennes, vlak bij Bois de Vincennes. Had Roussel haar die informatie niet gegeven? De drie ontbrekende uren waren nooit ingevuld. De laatste keer dat ze haar man had gesproken had hij zich door mist en sneeuw iets ten noorden van Beaune geworsteld. Hij was richting Parijs gereden, maar niet naar de snelweg richting Calais. Hij was van plan een tussenstop te maken om papieren af te geven. Dat had hij toch gezegd? Jane deed moeite om zich hun gesprek voor de geest te halen en het uit haar aangetaste geheugen te vissen. Zijn stem was mat van uitputting geweest.

'Als ik mijn voet op het gas hou en het rustiger wordt op de snelweg, red ik misschien net de laatste Shuttle,' had hij tegen haar gezegd. 'Zo niet, dan logeer ik in een B&B ergens in Calais en neem ik morgenochtend de eerste.'

Maar er was meer. Hij had nog meer gezegd.
'Ik moet nog een korte tussenstop maken even buiten Parijs.'
'O ja, waarvoor?' had ze gereageerd.
'Wat papierwerk, onderzoeksmateriaal dat ik moet afleveren.'
'Kon dat niet per mail?'
Pauze.
'Luc?'
'Het duurt niet lang.'
'Luc, het is Kerstmis.'
Buiten Parijs? Naar het adres op de huurovereenkomst? Hij moest zijn vertrokken uit de huurflat, noordwaarts zijn gereden en in een mum van tijd tegen die boom aan zijn gereden. Had hij listig geprobeerd twee keer kerst te vieren? Een kersttussenstop met cadeaus voor de jongen en diens moeder – zijn minnares? – voordat hij verder scheurde naar zijn vrouw, die van niets wist?
Stel dat Jane ermee akkoord was gegaan om de feestdagen bij Clarisse in het zuiden door te brengen? Hoe zou Luc het dan gespeeld hebben? Zich hebben verontschuldigd, naar het noorden 'even buiten Parijs' zijn gereden voor een snelle 'zakenbijeenkomst' voor de kerstdagen?
Flikker op, Luc! Moet ik ons huis hiérvoor noodgedwongen verkopen?
Luc, zo eerlijk. Een man die werd gerespecteerd om zijn professionele integriteit... Hoe kón dit? Sinds wanneer had hij dit dubbelleven geleid? Zo'n afschuwelijk web van leugens geweven?
'Ik zei toch dat ik het niet wilde weten?' Was zij, A, de laatste die hij had gezien?
Ze smeet het contract op het bureau.
Nee, er móést een andere verklaring zijn.
Er gleed een verzegelde envelop uit een hoesje in de map. Hij was met zwarte inkt in Lucs handschrift – zijn elegante, licht naar rechts hellende letters – geadresseerd aan 'Madame Clarisse Cambon – in het geval van mijn voortijdige dood'.

Had hij verwacht voortijdig te zullen sterven? De Colt in zijn la. Zelfmoord, of onder bedreiging? Of was hij gewoon voorzichtig? Wat had Roussel gezegd? De OAS had ook nu nog sympathisanten en er was ongerustheid omtrent Lucs veiligheid?

Jane beefde van woede en hield, terwijl de tranen over haar gezicht stroomden, de ongeopende envelop op een armlengte van zich af alsof er een bom in zou kunnen zitten. Hij was geadresseerd aan haar schoonmoeder. Het was haar plicht hem aan Clarisse te geven. Ze scheurde de flap open en haalde de brief eruit.

Chère maman,

Tegen de tijd dat je dit leest heb je ofwel onze verantwoordelijkheid jegens Annabelles zoon al erkend, of ik zal voortijdig aan mijn eind zijn gekomen en iemand anders geeft je deze brief. In het laatste geval zal ik je hiermee op de hoogte brengen van de situatie en je mijn wensen kenbaar maken. Het is mijn bedoeling hier op een rustig moment persoonlijk met je over te praten; dat heb ik liever dan dat je het hier leest.

Hoe dan ook, en ongeacht hoe je je voelt met betrekking tot het bestaan van Patrick, als de onvermijdelijke datum komt, is het niet meer dan juist dat hij het landgoed erft.

Annabelle en Patrick... niet Arnaud en Pierre.

Ze had het gevoel dat ze een stomp in haar maag had gekregen. Ze haalde adem, vocht om zuurstof. Ze had zoveel moeite met ademen dat ze nauwelijks verder kon lezen.

Volgens het Franse erfrecht is Patrick, als jij en ik allebei zijn overleden, de rechtmatige erfgenaam van Les Cigales, dus laten we hier niet moeilijk over doen. Door de jaren heen ben ik gaan accepteren, zij het eerlijk gezegd schoorvoetend, dat Annabelle vanwege jouw eigen redenen

– gebrek aan lef, of ongevoeligheid? – geen aanspraak kan maken op Les Cigales, maar je kunt haar zoon zijn rechten niet ontzeggen. Patrick is je kleinzoon, je eigen vlees en bloed, en ik zal niet tolereren dat je hem en zijn recht op het Cambon-landgoed afwijst.
Niemand anders hoeft in dit stadium iets te weten van ons besluit, maar als de dag komt en ik niet bij machte ben om de nalatenschap te regelen, smeek ik je om je fatsoenlijk te gedragen.
Het is mijn wens dat onze bezittingen en het landgoed worden overgedragen aan Patrick. Ten tweede: jij en Jane zijn niet gemakkelijk in elkaars gezelschap, en dat is een ander feit waarbij ik me noodgedwongen heb moeten neerleggen. Ik moet enige verantwoordelijkheid op me nemen omdat ik niet in staat ben geweest die patstelling te veranderen, al heb ik de oorzaak nooit begrepen. Niettemin, hoewel Jane volgens de wet mijn aandeel van het landgoed niet kan erven, heeft ze wel recht op een thuis bij ons. Vóór wie dan ook heeft Jane wettelijk het recht om voor de duur van haar leven in het grote huis te wonen. Als ze tenminste op Les Cigales wil blijven, als lid van onze familie. Ik hoop dat ze dat zal aanvaarden. Ze is mijn vrouw. Ze is een Cambon. Als ik als eerste doodga, wil ik graag dat ze in mijn voetsporen treedt en de geneugten van Les Cigales beleeft.
Ik hoop ook dat ze Patrick uiteindelijk zal kunnen accepteren.
Liefste maman, wees alsjeblieft rechtvaardig en liefdevol in de manier waarop je hiermee omgaat.
Ik hou van je.

Je loyale zoon,
Luc Cambon

Jane las de brief opnieuw en daarna nog drie keer. Ze kon de woorden die ze gelezen had nauwelijks bevatten.

Patrick is je kleinzoon, je eigen vlees en bloed...

Haar ergste angst, de angst die ze ontkend had met elke ademteug, was bewaarheid. Luc had een kind bij een andere vrouw. Annabelle. Jane had zich met haar hele wezen tegen deze realiteit verzet.

'Ik wil het niet weten,' huilde ze. 'Ik hield van je. Ik heb altijd van je gehouden. Ik zou alles voor je gedaan hebben en nu laat je me met niets achter...'

A en P.

A en P, wier leven nooit meer hetzelfde zou zijn na de dood van Luc.

En haar eigen leven dan? Dat zou zeker nooit meer hetzelfde zijn.

Luc zorgde voor een huis voor Patrick en Annabelle, de moeder van zijn zoon. En hij ondernam stappen om de toekomst van de jongen veilig te stellen. Waarom zou hij anders de verantwoordelijkheid voor een tweekamerflat in de buitenwijken van Parijs hebben aanvaard? Twee slaapkamers, een voor de moeder (met Luc, als hij in de stad was?) en de andere voor de jongen. Jane googelde de *agence immobilière* en vond het telefoonnummer. Ze pakte de telefoon en toetste de tien cijfers in. Het was tien voor zeven 's avonds. De meeste kantoren in Parijs gingen om zeven uur dicht. Met een beetje geluk waren ze nog open.

Jane had geluk: een vrouw nam op. '*Agence du Quartier Latin, bonsoir?*'

Wat moest ze zeggen? Welke vragen moest ze stellen? Er waren er zoveel. Had Luc 'A' naar de makelaar vergezeld? Waren ze samen gegaan, als een gezin van drie? Zou de makelaar of de receptioniste aan de andere kant van de lijn in Parijs zich Luc herinneren? Zou ze hem hebben herkend als filmregisseur? Waarschijnlijk niet. Documentairefilms maken zorgde niet voor een status als beroemdheid.

'Allô?'

'Ja, bonjour! Ik begrijp dat jullie een tweekamerflat, nee,

neem me niet kwalijk, een flat met twee slaapkamers vertegenwoordigen in Vincennes?' Janes stem was hees; zelfs haar Frans klonk onzeker.

'We hebben verschillende woningen in die buurt, madame, wat kan ik voor u doen?'

'Ik vroeg me af of de maandelijkse betalingen zijn opgehouden of nog steeds worden voldaan.'

De vrouw aan de andere kant van de lijn zuchtte. 'Belt u om te informeren naar een advertentie die u hebt gezien?' Ze klonk ongeduldig.

'Nee.'

'Nou, madame, wat wilt u dan, s'il vous plaît?' Parijs kortaf.

'Ik wil weten of een contract dat bij jullie loopt nog geldig is.'

'Het spijt me, dat soort informatie geven we niet over de telefoon. Wie bent u?'

Jane raakte in paniek. Dit had ze moeten zien aankomen. 'Er is een ongeluk gebeurd. Er is iemand overleden en misschien... misschien moet ik namens diegene het contract beëindigen. Als de advocaat nog geen contact met u heeft opgenomen.'

'En u bent?'

'Ik... ik ben de assistente van de advocaat. Ja, de assistente van monsieur Piper.' Ze raakte weer in paniek en klemde met haar bezwete hand de hoorn steviger vast. De kans bestond dat Robert Piper tegen haar had gelogen. Hij werkte voor Luc en was al heel lang met Luc bevriend, niet met haar. Roberts loyaliteit lag bij Luc. Misschien had hij de onderhandelingen voor de huurovereenkomst uitgevoerd. Ze had hier beter over na moeten denken voor ze de telefoon pakte.

'Geef me het volledige adres, alstublieft, en zo mogelijk het contractnummer. Dit is nogal ongebruikelijk.'

Jane las de details voor.

'Een ogenblikje, graag.' De vrouw kuchte. Jane hoorde een aansteker klikken terwijl de vrouw tegen een collega op kantoor riep: '*Bonsoir, à demain.*' Ze hoorde vingers op een toetsenbord tikken. De makelaar scrolde kennelijk omlaag op haar computerscherm. 'Hallo? Ik heb het gevonden. Ja, ik kan bevestigen dat het een lopend contract is, madame.'

'Maar monsieur Cambon is overleden.'

Stilte. 'Het spijt me. Laat me even in de aantekeningen kijken.' Een zucht. 'Hallo?'

'Ja?'

'Het lijkt erop dat we op de hoogte zijn gesteld van het overlijden. Alles is in orde.'

'En?'

'Madame Cambon heeft besloten de huur zelf over te nemen. Dat was acceptabel voor ons, gezien de omstandigheden. Er is geloof ik een addendum opgesteld en ondertekend.'

Madame Cambon?

Had Clarisse hier een aandeel in? Dat betwijfelde Jane zeer. Volgens Lucs brief aan zijn moeder was er een *froideur* tussen de twee vrouwen.

Jane verbrak de verbinding.

Deed Annabelle zich voor als Lucs vrouw?

11

De volgende ochtend reed Claude hen naar de voet van de Alpen, waar de verst afgelegen wijngaarden van het landgoed te vinden waren, met daarboven hun olijfgaarden. 'Tijdens de herfst en de winter, na de oogst, verkeert het land in rust. Dat is het moment waarop we bemesten. We laten het rustig naar binnen sijpelen in de slapende aarde. We kopen onze biologische mest bij de kleine varkens- en geitenboeren in de hogere streken in de buurt van het nationale park. Het vlees uit die buurt is ook erg lekker. Matty dringt er altijd op aan dat ik met een paar kilo worst terugkom. We gebruiken minerale mest en natuurlijke compost.'

De aarde was rood en de druiven waren opvallend groen. Na een slapeloze nacht was Jane duf en ze had opgezette ogen. Ze had gespannen en klaarwakker liggen woelen en draaien tijdens die lange, sombere uren. Ze was zo uitgeput dat ze die ochtend haar fietstocht naar het strand had overgeslagen, net als haar ritje naar Lucs graf; de eerste keer sinds haar terugkeer dat ze dat naliet. Haar hart zwol in haar binnenste, opgepompt door een zwarte wanhoop die haar dreigde te verstikken.

Moest ze naar Parijs vliegen, een bezoek brengen aan de huurflat en de confrontatie met 'madame Cambon' aangaan? Wist die zogenaamde madame Cambon eigenlijk wel van Janes bestaan? Als Luc zo'n duister geheim voor Jane verborgen had gehouden, had hij dan misschien ook tegen zijn maîtresse gelogen?

'In het voorjaar snoeien we de wijnranken handmatig door elke plant individueel af te snijden. Dat vergt tijd en expertise.

We doen heel voorzichtig om de stengels niet te beschadigen. Het is nauwkeurig werk, Jane, en dat vele hectares lang. Arnaud is tijdens dat seizoen fulltime bij me in dienst, samen met Jean en Michel. Als onze andere zoon, Pierre, even vrij kan nemen van de paardenboerderij die hij runt, komt hij ons ook een paar weken helpen. Dan neemt hij de kleinkinderen mee, wat Matty heerlijk vindt. En anders laat Clarisse – of madame Cambon, moet ik zeggen – me een paar mannen uit de dorpen in de omgeving inhuren. Wij beginnen over het algemeen iets eerder met snoeien dan de grotere landgoederen verder naar het westen, dus kunnen we de goede krachten, met de kennis en de bekwaamheid, als eerste inpikken. Als wij ze niet krijgen, verhuren ze zichzelf aan de gevestigde domeinen in de Var. Daarom is het heel belangrijk dat ze weten dat ze op ons kunnen rekenen, dat ze elk voorjaar werk bij ons kunnen vinden. Die loyaliteit bespaart kosten omdat we dan geen tijd verliezen met uitleg geven aan nieuwe huurkrachten. Dit jaar hebben we die kans verspeeld. Nu zullen ze elders werk gaan zoeken. We raken hun loyaliteit kwijt. Dus volgend jaar, áls er een nieuw jaar voor ons komt, zullen we moeten zoeken naar arbeidskrachten.

Jane moest moeite doen om zich te concentreren, om er iets van op te steken. Ze hief haar gezicht naar de lucht. Het was een warme, zonnige ochtend. Er hingen een paar donzige, witte wolken als watten aan de hemel. Haar huid prikte van het huilen. Ja, ze zou naar Parijs gaan. Zodra Claude haar weer bij het grote huis had afgezet, zou ze een vlucht boeken voor de volgende dag. Ze had overwogen om Clarisse naar Lucs privézaken te vragen, maar wist dat dat nergens toe zou leiden. Ze zou altijd loyaal zijn aan haar eigen kind. Er restte haar niets anders dan zelf de waarheid te achterhalen.

'Dus als we alle wijnstokken gesnoeid hebben, zijn de gangen vrij van bladeren en kunnen de voorjaarsbuien makkelijker in de aarde doordringen. O, en je hebt nog niet gezien hoe er sappen uit stromen als we ze gesnoeid hebben. Zoals ik al zei, als het onkruid weg is, kan de kale aarde de vroege voorjaarsregen beter absorberen en opslurpen. Al die goede voedingsstoffen komen in de wijnstok terecht ten behoeve van de groei. De planten nemen alle gaven van de natuur in zich op, zoals ochtenddauw en warme zon. Ze bereiden zich voor op de bloei en daarna op het vormen van vruchten.'

Jane zei niets. Het enthousiasme en de passie voor de aarde van deze oude man waren bijna hartverscheurend onder de omstandigheden.

'Als je de groeicyclus eenmaal hebt gezien, Jane, zul je uitkijken naar elk seizoen. Je wordt er blij van als je die ouwe Moeder Natuur haar werk ziet doen.'

'Claude, ik moet weg.'

'Weg? Maar ik...'

'Ik moet naar Parijs.' Ze zag de schrik en teleurstelling op zijn gerimpelde gezicht. 'We kunnen verdergaan als ik terug ben.'

'Blijf je lang weg? Matty en ik hoopten...'

'Nee, nee, natuurlijk niet. Niet lang. Er is iets... wat ik moet afmaken voor Luc. Daar kan ik niet onderuit.'

'Maar het onkruid wieden dan, het schoonmaken van de wijngaarden?' Hij klonk alsof de rest van zijn leven van haar antwoord afhing. In zekere zin was dat ook zo en ze had Matty en hem reden gegeven om hoop voor de toekomst te koesteren. Nu leek het erop dat ze niets zou kunnen garanderen. Clarisse had haar afgestraft vanwege haar bemoeienis. Misschien had ze voorzichtiger moeten zijn. Niet moeten doordraven, geen beloften moeten doen waar ze zich misschien niet aan kon houden.

'Als we ook nog maar één dag wachten, Jane, is het gedaan met ons. Waarom haal ik die mannen er niet bij om alles op te ruimen? We kunnen beginnen terwijl jij weg bent. We moeten aan de gewassen en het brandrisico denken.'

Hij kon niet weten hoe er in één nacht zoveel in haar was veranderd. Wat zou de investering waar hij om vroeg haar kosten? Het totaal aantal manuren? Als ze akkoord ging, hoe kon ze dat dan financieren? Het geld van de flat was nog niet van haar, de afronding zou nog een maand duren. Er kon nog van alles gebeuren. Maar ze had wel een aardig bedragje van de uitgeverij van de reisgidsen ontvangen, en ze hadden haar een contract voor nog drie opdrachten gemaild. Waarom zou ze niet met Claude afspreken dat hij door kon gaan en de mannen kon aannemen om de wijngaarden schoon te maken? Ze voelde zich verbonden met deze plek – zo had Luc zijn relatie met Les Cigales ooit omschreven – en genoot van het vooruitzicht van het werk dat eraan kwam, de veranderende aanblik van de natuur. Maar stel dat ze in Parijs een zo onverteerbare waarheid zou ontdekken dat ze niet terug kon?

'Ik kan maar beter wachten, Claude. Ik denk dat madame Cambon haar toestemming moet geven om...'

'Maar zij zal het er niet mee eens zijn, Jane. Ze weigert ons met opzet van alles. Daardoor zal alles in verval raken of in rook opgaan. Daar is ze op uit. De wanhoop vreet aan haar. En wat er in één jaar is verwoest, kan het jaar daarop niet zo makkelijk weer worden opgepakt. We zullen meer dan een jaar achterop raken.'

'Claude, ik... ik kan je de toezegging niet doen. Nog niet. Twee of drie dagen extra zullen vast niet zo heel veel uitmaken. Het zal moeten wachten. Het spijt me.'

De oude man schudde zijn hoofd en sloeg zijn hangende oogleden neer. Zijn gezonde verstand en Janes onvermurwbare toon zeiden hem dat hij voorlopig verslagen was. Ze liepen zwijgend verder, met achter hen de hoge bergen. Was het hier in de buurt van de bergen een paar graden kouder, of huiverde ze door de onzekerheid?

'Zou je me naar de luchthaven willen brengen? Als het niet uitkomt, kan ik ook wel met de oude auto gaan en die daar laten staan, maar misschien heb je hem nodig als ik weg ben.'

'Natuurlijk breng ik je. Als we iets kunnen doen, Jane, om...'

Ze schudde verwoed haar hoofd. 'Vind je het erg om nu terug te rijden naar het huis? Dan kan ik kijken hoe laat mijn vlucht gaat en je laten weten wanneer ik weg moet. Zo mogelijk wil ik vanavond nog weg.'

Terug in het lege huis had ze nog een paar uur om zich ongestoord voor te bereiden. Waarop wist ze niet. Haar leven zoals ze het gekend had, stond nu op losse schroeven. En ze zou de vrouw zien die daar verantwoordelijk voor was. De vrouw met wie Luc zijn laatste levensuren had doorgebracht.

12

Lijn één naar metrostation Château de Vincennes, de laatste halte. Het eindpunt. Een kwartiertje lopen in een verrassend aantrekkelijke buitenwijk. Haar reis was stads warm, plakkerig en stoffig geweest, maar eenmaal in de frisse lucht was het een mooie vroege zomerdag ten oosten van hartje Parijs. Het château, een groot en imposant veertiende-eeuws kasteel, stond aan de overkant van de straat. Jane bleef op de stoep aan de andere kant en vervolgde haar weg richting Bois de Vincennes. Jonge vrouwen slenterden met baby's in kinderwagens en genoten met korte mouwen van de zon. Twee mannen – de een zwart, de ander Arabisch – waren aan het werk op een afgezet gedeelte van een kleine kruising. Een ober zette twee of drie tafeltjes met stoelen buiten bij een klein eethuisje, ter voorbereiding van de lunch. Er was een fijne keuze aan cafés, bars en restaurants langs de weg, naar ze aannam voor de toeristen die hier kwamen voor een bezoek aan het kasteel, waar Karel v geboren was.

Jane keek op de app op haar telefoon om te zien of ze de juiste route volgde naar Avenue de la Dame Blanche, 94300 Vincennes. Er stond dat het twaalf minuten lopen vanaf het metrostation was. Ze had geen idee wat ze moest doen als ze aankwam. Aankloppen? Op de bel drukken? Als een stalker of een privédetective aan de overkant van de straat gaan staan en wachten tot 'Annabelle' verscheen? Maar als ze weg was, of aan het werk? Of als het adres een flatgebouw was, waar een gestage stroom bezoekers in en uit ging? Hoe moest ze 'madame Cambon' dan herkennen?

Toen ze de avenue bereikte, via een pad door de struiken

om bij het beginpunt te komen, stond ze in een rustige, lommerrijke buurt. Het was een elegante straat die direct uitkeek op het beroemde bos van Vincennes. Slechts één kant van de straat was bebouwd. In de goed onderhouden tuinen en aan de rand van het park groeiden mooie coniferen en brede libanonceders. Verschillende panden waren appartementengebouwen in art-decostijl van vier, vijf of zelfs zes verdiepingen. IJzeren hekken en balustrades. Allemaal goed onderhouden. Waarom had Luc zijn maîtresse en kind niet in een minder chique wijk ondergebracht? Waarom had hij hun Londense huis hiervoor op het spel gezet?

Een paar prachtige *maisons bourgeois* met rode daken en witte gevels karakteriseerden dit als een heel rijke buurt. Ook die waren waarschijnlijk onderverdeeld in flats; maisonettes die discreet iets verder van de avenue af stonden, op privéterrein. Als 'madame Cambon' in een van deze huizen een verdieping bewoonde, zou het moeilijker zijn haar in het oog te krijgen. Er zou voor bewoners een steeg aan de achterkant kunnen zijn om de drukte aan de voorkant te vermijden. Een toegangshek dat geopend moest worden met een code en uitkwam in een smal, zelden bezocht laantje. Jane zou het hele blok rond moeten lopen om zo'n pad te vinden. Ze slenterde op en neer aan de boskant van de straat, een klein stukje van de rand van het gebied dat ooit koninklijk jachtterrein was geweest.

Jane zocht nummer 60. Ze keek op haar horloge. Het was kwart voor één. Haar prooi – ze voelde zich nu echt net een stalker – zou of in de keuken een lunch voor zichzelf aan het maken zijn (de jongen zou wel naar school zijn), of op haar werk zitten of misschien met een vriendin zijn gaan lunchen. Het kwam erop neer dat de vrouw overal kon zijn. De mogelijkheden waren eindeloos. De kans dat ze op dit tijdstip thuis was, was klein. Jane moest misschien rondhangen tot de avond, als de zoon uit school was.

Toen viel het haar in dat het woensdag was. Franse scholen waren 's woensdags de hele dag gesloten. Moeder en zoon konden een uitstapje aan het maken zijn. Musea, zwembaden, voetbalvelden, de tandarts, de bibliotheek, een wandeling in deze prachtige bossen... Dit was een idiote expeditie, de ultieme dwaasheid. Zelfs als ze de vrouw zou vinden, wat wilde ze dan zeggen? Haar openingszet: *Bonjour, bent u madame Cambon? Goh, kijk eens aan. Ik ook. Ik geloof dat de vader van uw zoon mijn man is. O, is hij ook uw man? Tja. Dat maakt de boel wat ingewikkeld.*

Er bestond geen sociale etiquette voor zo'n scenario. Zelfs Luc zou erg zijn best moeten doen om het script te schrijven.

Jane had tot op dat moment niet serieus de mogelijkheid overwogen dat Luc bigamist kon zijn geweest. Het plot werd met elke wending grotesker.

Ze stond nu vlak voor nummer 60 en keek naar het gebouw. Het was een van de art-decogebouwen van zes verdiepingen, met een wit met lichtroze gevel. Elk appartement, in elk geval die aan de straatkant, keek via een halfrond balkon uit op straat. Zes verdiepingen betekende minimaal zes flats, zes paar bewoners. Ze slenterde naar het hek en probeerde zich niet te gedragen op een manier die argwaan kon wekken. Er was een codekastje om toegang te krijgen tot het terrein. Ze drukte op een knop onder de cijfers in de hoop dat er overdag geen code vereist was. Het hek bleef dicht. Ze keek of ze een rij bellen zag. Ja, links van het hek. Ze ging de lijst met namen af. Cambon stond er niet tussen. Ze liet haar vinger nogmaals langs de lijst glijden. Abbé. Nicolas. Beaulac. Manéval. Therlault. Palomer (interessant: Palomer was een Provençaalse naam en betekende duivenhouder). Guinard.

Absoluut geen Cambon. Zeven namen, geen zes. Zeven bewoners, of was een ervan de conciërge? Jane liet haar vinger weer op en neer langs de lijst gaan om te zien of er ergens stond dat het de bel van de conciërge was. Wat kon ze doen, behalve bij iedereen aanbellen, wat ze voorlopig niet van plan was? Wat waren haar opties?

Op het terrein of in een appartement op de begane grond

begon een hond te blaffen. Ze keek op, nog steeds in gedachten verzonken. Het dier dat uit een zijdeur stoof en nu wild over het gras rende, trekkend en sjorrend aan een theedoek die hij gestolen moest hebben, was Walnut.

Walnut. O, god. Was dit een of andere waanzinnige droom?

In alles wat Jane zich voor de geest had gehaald, alle scenario's die ze in gedachten keer op keer had afgespeeld, nachtmerrieachtige verhaallijnen die haar dreigden te verstikken of te verdrinken, was deze scène nooit voorgekomen. Ze riep de naam van de spaniël en hij draafde meteen naar het ijzeren hek, met zijn tong uit zijn bek, zoals hij zo vaak had gedaan als hij hijgend naast haar holde. 'Walnut, ik ben het, Jane.' Hij blafte ter begroeting. 'Herken je me?' Ze keek om zich heen. Niemand keek. De hond sprong speels op en neer. Hij liet de doek vallen en draaide opgetogen rondjes.

'Ja, hè? Viens içi!' Ze keek over de lengte van de reling. Hoe kon ze bij de hond komen? Als ze eroverheen kon buigen en hem kon optillen, zou ze hem pakken, maar het ijzeren, puntige hek was te hoog. Jane voelde woede opborrelen. Walnut kwispelde en wachtte tot zijn vrouwtje een bal zou weggooien en het spel zou beginnen. 'Wie je ook bent, je hebt zelfs onze hond gestolen,' zei ze hardop. Ze wilde alle namen die ze zojuist bij de deurbellen had gelezen hard schreeuwen en een regen van bedreigingen en verwensingen laten neerkletteren.

Ze ging op haar hurken zitten en stak een hand door de spijlen. 'Kom eens hier,' zei ze uitnodigend. Walnut kwam naar haar toe en likte aan haar hand. Ze aaide hem over zijn snuit, klopte hem op zijn zwarte kop en hij begon te kwispelen als een te strak opgewonden horloge. Hij kefte en hijgde en sprong. 'Je kent me nog. Natuurlijk.'

'Walnut! Walnut, viens içi.'

Háár stem riep de hond van binnenuit. Jane sprong haastig bij het hek vandaan, struikelde bijna naar achteren terwijl ze opstond, wankelde op haar voeten en verborg zich in de schaduw van een hoge libanonceder.

Ze hield haar adem in, alsof ze te horen zou zijn, ondanks het verkeer, het getoeter van claxons en een hijskraan die een paar straten verderop piepend aan het draaien was. De spaniël draaide zich om en rende terug naar de roepende stem, zijn nieuwe vrouwtje, waarna hij door een deur aan de zijkant van het terras op de begane grond verdween. Jane hoorde de zachte bonk toen de deur dicht werd gedaan zodat het dier veilig binnen zat.

Ze moest nadenken. Ze was ontstemd, razend. *Je hebt mijn man ingepikt en nu heb je ook nog onze hond.* Ze moest nadenken. Haar overwegingen en overtuigingen waren versplinterd. Na een paar onsamenhangende minuten besloot ze terug te gaan naar de lange straat met cafés en bars tussen deze plek en het metrostation, waar ze een ober tafels had zien buitenzetten bij een pizzeria. Ze had een borrel nodig. Ze moest nadenken. Niets verliep zoals ze het in haar hoofd had gehad

Walnut, híér. Als ze Lucs lichaam niet had gezien, als ze niet zelf dat blauwe, koude gezicht had geïdentificeerd, zou ze er bijna van overtuigd kunnen zijn dat hij plotseling was vertrokken en haar had verlaten, en dat hij nu hier woonde, dat hij dit andere leven – een compleet gezin – had verkozen boven dat wat hij zoveel jaar met haar had gedeeld.

De waanzin kroop in haar en begon een web te spinnen. Was het lichaam wel echt geweest? Was ze er door een list in gaan geloven dat haar man dood was, dat ze hem moest identificeren, terwijl hij eigenlijk nog leefde? Dat soort scenario's lees je in de krant of zie je in films noirs. Verzekeringsfraude en een geraffineerde vrouw. Verzekeringsfraude om geld los te krijgen. Zou dat het verhaal zijn? Een kromme methode om Luc uit de financiële ellende te halen. Lichamen verwisseld. Een lijk dat in Lucs plaats uit het autowrak werd gehaald. Ze zou Roussel bellen. Ze haalde haar telefoon uit haar handtas en scrolde naar het nummer van de rechercheur. Nee, stop. Stop. Ze had zichzelf niet in de hand, ze ging te ver. Ze moest rustig worden. Diep inademen. Die borrel nemen.

Luc was dood. Maar Walnut was hier.

Het vooruitzicht dat Luc misschien liever tijd had doorgebracht met deze andere 'madame Cambon' – met haar en hun zoon en de hond – bracht Janes vastberadenheid aan het wankelen. Zonder enige controle te hebben over wat ze aan het doen was, liet ze zich op de stoeprand zakken met haar tas naast zich en begon te snikken. Ze huilde zo hard dat ze haar ingewanden, haar wilskracht en haar geestdrift dreigde uit te braken door al dat kokhalzen en slikken.

Luc was dood en hij had haar bedrogen. Hun lange leven samen was een schijnvertoning geweest; het had niets betekend. Luc, haar vriend sinds ze klein was. Was er ook maar iets echt van geweest?

Ze zat voorovergebogen op de stoeprand en staarde blind naar het verkeer. Zich voor een auto gooien leek de makkelijkste optie. Voor de derde keer keek ze haar eigen dood in de ogen. Eén grote stap en het zou voorbij zijn, wielen zouden haar verpletteren, maar ze zag ervan af. Onmogelijk te zeggen met welk rafelig draadje ze zich aan het leven vastklampte. Haar honger naar wraak? Het verlangen om die andere vrouw te vermoorden? Lafheid?

Er stapte een groep paarden langs, elk met een kind in het zadel. De kinderwangen waren rood van de inspanning en het plezier in de activiteit. Ze hadden in de bossen gereden en keerden nu blijkbaar terug naar de stallen, twee aan twee. Vanaf de grond keek Jane omhoog naar de prachtige dieren. Luc was dol geweest op paardrijden. Clarisse en hij galoppeerden altijd urenlang rondom het landgoed. Clarisse had het fijn gevonden dat Jane zich niet zo op haar gemak voelde op een paard en dat ze nooit met hen meeging. Had Luc zijn zoon, Patrick, leren rijden? Hier, in deze stallen?

Wie wist er van zijn geheime leven af? Hoe zou zij, Jane, hier ooit overheen komen? *We moeten praten*, had hij haar voor Kerstmis gezegd. Was hij van plan geweest het op te biechten, een eind aan dit dubbelleven te maken, bij de eend en de Haut-

Médoc een echtscheiding aan te vragen en hier in te trekken met zijn hond – hun hond – en dit andere gezin?

Langzaam kwam ze overeind en pakte haar weekendtas. Ze had koffie nodig, of cognac, of allebei. Om opnieuw te kijken wat ze moest doen en een plan te bedenken voor haar volgende stap. Ze liep met lood in haar schoenen naar het bospad dat naar de weg leidde waar het château heerste.

Het was bomvol in de pizzeria. Er waren geen tafeltjes meer vrij. Jane zou hoe dan ook geen hap door haar keel kunnen krijgen, al had ze de hele dag nog niet gegeten. In plaats daarvan installeerde ze zich in een *café-tabac* op een hoek verderop in dezelfde straat. Het was een benauwd, muf tentje waar de houten vloer bezaaid was met speelkaarten en cellofaanstrips van pakjes sigaretten. De klanten met hun strakke, bleke gezichten zaten bier te drinken of naar een hoog hangend tv-scherm te kijken waar paardenraces op te zien waren. Hier dronk ze twee kopjes sterke espresso en een brandy en ging uit het raam zitten staren terwijl ze op haar nagels beet, een gewoonte die ze nooit eerder had gehad. Toen zag ze Walnut. De jongen, die een jaar of elf was, hield de spaniël aan de lijn en liep met een rugzak over zijn schouder in de richting van het metrostation. Ze sprong overeind, pakte haar weekendtas, rende naar de deur en duwde die met vurige urgentie open. Onmiddellijk riep de eigenaar achter de bar haar na: 'Hé, dame, u hebt nog niet betaald. Elf euro vijftig, als u het niet erg vindt.' Hoofden draaiden, beschuldigende of ongeïnteresseerde blikken. Jane grabbelde naar haar portemonnee en liet haar sleutels vallen, wanhopig om het kind niet uit het oog te verliezen. Ze had slechts een kleine glimp van zijn profiel opgevangen. Ze zou hem misschien niet meer herkennen. Ze moest de hond, Walnut, volgen. Háár hond. Ze gooide een briefje van twintig op de zinken bar en rende weg, slingerend en struikelend terwijl ze door de straat spurtte in de richting van de ingang van de metro. Er was nergens een jongen of een hond te zien. Ze stommelde de trap af naar de toegangspoortjes en speurde om zich heen, waarna ze terugging naar straatniveau, terwijl het zweet op haar voorhoofd stond en haar hart tekeerging.

Was hij deze hoofdstraat overgestoken? Ze rende naar de verkeerslichten, die op groen stonden. Rood voor voetgangers. Auto's raasden voorbij. Parijse fietsers op gehuurde fietsen. De lichten veranderden van kleur, het verkeer minderde vaart. Ze voerde het tempo op. Hij kon overal zijn. Was er nog een park in de buurt? Was hij van plan met de hond te gaan wandelen? Nee, dan zou hij zijn eigen avenue wel zijn overgestoken en naar de bossen zijn gelopen. Hij had een sporttas bij zich gehad. Ging hij voetballen, naar de sportschool, naar de manege? Nee, niet met een dier natuurlijk.

Verdomme.

Hij was verdwenen. Een bestuurder toeterde. Anderen volgden zijn voorbeeld. Ze liep midden op straat. Het stoplicht was op groen gesprongen. Ze stapte weer op de stoep. Ze had geen keus, ze moest terug naar het appartementengebouw, de confrontatie aangaan met 'madame Cambon' of onder welke naam die vrouw ook rondparadeerde, en het eruit gooien. Lucs zoon, Lucs hond. Ze hoopte met alles wat haar lief was dat dit niet Lucs vrouw was. Het mysterie moest worden opgelost voor ze gek werd. Ze wist nu zeker dat de vrouw op de begane grond woonde. Het enige waar Jane geluk mee moest hebben, was binnenkomen in het gebouw. Daar kon ze dan in de gang of in de voortuin wachten en toeslaan. Maar hoe kreeg ze toegang tot het gebouw? Ze kon bij het ijzeren hek wachten tot de jongen terugkwam en hem aanspreken, erop stáán dat hij haar met zijn moeder liet praten. Kende Lucs zoon de waarheid?

Wat was de waarheid?

Er ging een telefoon. Het duurde even voordat het tot haar doordrong dat het de hare was.

'Jane, met Robert Piper.'

'Ja?'

'Je klinkt een beetje gestrest.'

'Het gaat prima. Ik...' Ze liep door de straat, waar het nu drukker was: de bars en de cafés liepen leeg nu de mensen weer teruggingen naar hun werk. Een groep Japanners liep achter een vrouw met een vlaggetje aan. Om haar heen wervelden en babbelden mensen. Ze liep heen en weer, nog steeds wanhopig zoekend naar de jongen, terwijl ze probeerde een plan te bedenken, een reeks handelingen.

'Je kopers hebben gebeld.'

De moed zonk haar in de schoenen.

'Het lijkt erop dat de keten waar ze in zitten een schakel kwijt is.'

'Hoe bedoel je?' Ze trok zich terug en probeerde niet te snauwen.

'Het stel dat hun huis zou kopen, krijgt de hypotheek niet rond.'

'O.'

'Jouw kopers willen nog steeds dolgraag, maar ze hebben om een uitgestelde afrondingsdatum gevraagd, zodat ze zelf andere kopers kunnen zoeken. Ze kunnen contant betalen, maar willen geen overbruggingslening afsluiten.'

O, shit.

'Nee, ik... daar kan ik niet mee akkoord gaan. Ik moet dit achter de rug hebben, Robert.'

'Wil je dat ik de makelaar bel en de flat weer op de markt zet?' Hij klonk niet bijster gecharmeerd door het vooruitzicht. 'Dat zal niet goed vallen bij de schuldeisers.'

'Doe maar wat jij het beste vindt. Ik moet gaan.' Ze verbrak de verbinding.

Tijdens haar gesprek met Robert was ze in de richting van de avenue gelopen. Ze tuurde door straatjes, op zoek naar een steegje dat naar een achteringang van het gebouw zou kunnen leiden, toen haar telefoon weer ging. 'Ik heb ze gesproken en ze respecteren je wensen. Ze gaan verder met een overbruggingslening. En het wordt nog beter. Omdat ze nu niet op hun eigen verkoop hoeven te wachten, kunnen ze erin zodra jij er klaar voor bent.'

'Ik ben er klaar voor. Jullie hebben de sleutels.'

'Ja. Ik wikkel dit zo snel mogelijk voor je af, Jane. Pas goed op jezelf.'

'Dank je.'

'Je hoort snel van me.'

'O, Robert, voordat je ophangt... ik wilde nog iets weten over Patrick.' Ze liet de naam in de telefoon vallen en wachtte.

De stilte brulde terug. Ze kon Roberts hersens horen kraken. 'Patrick?' herhaalde hij uiteindelijk.

Haar terloopse toon was een uitstekende performance. 'Ja, ik vroeg me af of Luc ook juridische documenten voor hem heeft opgesteld?'

'Hij heeft het tegen mij nooit over een Patrick gehad. Ik zal de verkoop van je huis volgende week rond proberen te krijgen. Ik laat het je weten.' De verbinding werd verbroken.

Het was na zessen 's avonds. Jane hing nog steeds rond en leunde tegen een grote eikenboom aan de rand van het Bois de Vincennes, tegenover nummer 60 in de Avenue de la Dame Blanche. Het was een komen en gaan van mensen, maar er waren geen jongen en geen hond teruggekomen. Er moest een andere ingang zijn die ze op de een of andere manier over het hoofd had gezien. Wat moest ze doen? Een hotel in de buurt zoeken? Op alle bellen drukken? Ze was moe, ze had dorst, ze was duizelig van de honger. Een dreigende hoofdpijn was afgewend door brandy en koffie op een lege maag. Haar voeten martelden haar doordat ze de hele middag had gestaan, en door haar doelbewuste taak gonsde haar hoofd als een wesp die gevangenzat in een pot. Was ze even afgeleid geweest en had ze iemands komst of vertrek gemist?

Ze stond op het punt om het op te geven, voor die dag althans, toen er uit de voordeur van het art-decogebouw een vrouw stapte. Een knappe vrouw van in de dertig met een mooi, sterk figuur in een kaki broek en Converse-sneakers. Haar haar was lang en wild, een kastanjebruine massa, als een golf van stroop. Ze lachte, praatte geanimeerd in haar mobieltje en hing haar tas over haar schouder. Ze zette de telefoon uit, stopte hem in haar zak en rende naar het hek. Jane keek sprakeloos naar haar. Dit kon niet waar zijn. Er schoot haar een beeld te binnen van Matty's dochter, Annie, die binnen kwam vallen tijdens het bruiloftsdiner dat Clarisse en Isabelle al die jaren geleden voor Luc en Jane hadden geregeld. Het kind dat Clarisse had uitgefoeterd en weggestuurd. De vrouw die naast Matty stond op Lucs begrafenis.

Matty's dochter.

Matty's dochter, over wie Isabelle had gezegd dat ze Luc adoreerde toen ze klein was.

Had Luc een zoon met Matty's dochter?

Jane keek zwijgend toe en trok zich weer terug in de onzichtbaarheid terwijl Annie Lefèvre haastig door het hek liep, zich half naar haar toe draaide en bijna oogcontact maakte. Ze hield een nanoseconde stil, alsof ze van koers wilde veranderen en naar Jane toe wilde gaan, maar ze beende snel weg in de richting van het metrostation en haalde haar telefoon uit haar zak.

Jane volgde haar niet. Ze was te verbouwereerd.

Waren Matty en Claude op de hoogte van deze situatie? Annie en Patrick waren allebei op Lucs begrafenis geweest, maar dat was normaal. Als de nakomelingen van de huismeesters viel dat te verwachten. Jane zou de jongen niet herkend hebben na die vluchtige glimp die ze vanmiddag van hem had opgevangen, maar Annie? Ja, ze was zeker van de identiteit van deze vrouw, die rondliep als madame Cambon. Eén ding was zeker: deze bedriegster was volledig op de hoogte van Janes bestaan. Ze was immers komen binnenvallen tijdens hun huwelijksfeest.

13

Toen Jane bij de oude school tot stilstand kwam, was er niemand. Ze had Claude niet gebeld om te vragen of hij haar op kwam halen, maar in plaats daarvan had ze de bus genomen en was vanuit het stadje hierheen gelopen. Het was zwaar geweest. De zomer begon op gang te komen. Waarom had ze Claude niet gebeld? Waarom maakte ze het zichzelf zo lastig? Ze was in de war omdat ze niet zeker wist wat de huismeesters van het stadse bestaan van hun dochter afwisten en wie ze nu kon vertrouwen. Ze parkeerde haar auto naast een drietal vijgenbomen in de buurt van een stallenblok dat niet meer in gebruik was, liep naar de achterdeur en klopte op het raam. Niemand reageerde.

Ze wachtte en luisterde. Alles was stil. Ze baande zich een weg over stenen en aarde – geen pad – naar de voordeur, waar ze de klopper optilde en ermee op de deur sloeg. Daardoor verstoorde ze twee kippen op de veranda. Eén puur witte zat op de rugleuning van Claudes oude houten schommelstoel. Een gespikkelde metgezellin zat op de grond en probeerde een ei te leggen. Afgezien van het pluimvee leek alles levenloos. Er stond een bezem tegen de muur. Er stond een paar pantoffels bij de deur.

Ze riep Matty's naam. Geen antwoord. Ze liep terug naar de auto. Onderweg bleef ze even staan om het boerenerf af te speuren. De deux-chevaux van de Lefèvres was nergens te zien en er was ook geen teken van Arnaud. Jane liep terug naar de achterdeur en klopte nogmaals. Ze legde haar hand stevig over de deurknop en draaide die om. Zoals ze al verwacht had, zat de deur niet op slot. Ze duwde er zachtjes tegen en zette één voet in de keuken. Het rook er warm, naar eten en huiselijkheid. 'Matty?' Er tikte een klok. Er draaide een wasmachine.

Jane bleef half binnen, half buiten op de drempel staan dralen en waagde zich toen naar binnen, waarna ze de deur achter zich dichtdeed. Bij nader inzien draaide ze zich om, deed hem weer open en liet hem op een kier staan. Haar hart klopte snel door deze overtreding. Ze had geen recht om hier te zijn, binnen te dringen, zich ermee te bemoeien of te wroeten. Ze was hier niet met die bedoeling naartoe gereden. Ze had ernaar verlangd om van vrouw tot vrouw met Matty te praten om erachter te komen wat Annies moeder wist, maar het was vroeg in de middag en de huishoudster was niet thuis. Claude was hoogstwaarschijnlijk in de wijngaarden of de moestuin. Matty kon overal zijn. Ze was niet in het grote huis aan het schoonmaken toen Jane terugkeerde uit Parijs.

Wat was ze van plan nu ze in Matty's keuken stond? Wat zocht ze? Bewijs, tegenbewijs, de verzekering dat dit allemaal een vreselijk misverstand was, een onjuiste interpretatie van feiten? Ze keek om zich heen in de ouderwetse Provençaalse keuken, die groot was, maar vol stond met houten kastjes, een buffetkast en een indrukwekkende oven. Het rook er naar pas gezette koffie, maar de percolator was afgewassen en de kopjes stonden weer in de grenen buffetkast. Dit was een kraakheldere omgeving, smetteloos, waar bosjes gedroogde kruiden en koperen pannen aan metalen stangen met slagershaken aan het plafond hingen. Er hingen geen foto's aan de keukenwanden. Er waren niet veel lege plekken. Een kalender van de brandweer van Malaz was op een keukenkastje geprikt. Sommige data waren met potlood gemarkeerd met een X. Op de eikenhouten tafel lagen wat brieven, rekeningen, op opengescheurde enveloppen. Er stonden een suikerpot met een ouderwets kralenkleedje, peper- en zoutvaatjes en een halfvolle fles donkerrode wijn waar de kurk weer op was gedaan, en er lag een potlood. Aan de muur boven de tafel hing een grote, ingelijste afbeelding van de maagd Maria met een blauwe sluier, die haar hand zegenend omhooghield. Verder weinig. Bloemetjeskussens op de stoelen.

Jane liep door de keuken naar een deur die uitkwam in een donkere, smalle gang. Er hing een berg winterjassen aan een kapstok en er stonden kaplaarzen in de verder lege gang, die de onderste helft van het huis in tweeën deelde en van de voordeur tot de trap achterin liep. Vanaf daar kwam je uit in het klaslokaal, dat nu was omgebouwd tot een woon- en een eetgedeelte. Net zoals bij haar recente bezoek was het er donker en koel doordat de luiken gesloten waren. Ze bleef op de drempel staan wachten tot haar ogen gewend waren. De verzameling ingelijste foto's op de schoorsteenmantel trok haar blik en ze liep er voorzichtig naartoe. Ze had licht nodig, maar wilde de lampen boven haar hoofd niet aandoen. In het schemerdonker zocht ze naar een tafellamp, maar die kon ze niet vinden.

Ze was bij de haard aanbeland. Er stonden wel tien, twaalf foto's. De eerste die ze oppakte was een ouderwets plaatje. De ouders van Claude of Matty, misschien, die bij een winkel in een dorpsstraat stonden. Een bruiloft, oorlogstijd. Hun tabac? De vrouw was knap en had een kuiltje in haar kin, en in haar schouderlange, donkere, golvende haar zat een bloemversiering. Hij had kort haar en droeg een net pak. Ja, ongetwijfeld de ouders van Matty of Claude, op hun trouwdag. Jane zette de foto neer en pakte de volgende. Matty met haar pasgeboren tweelingzoons. Een jongere, veel slankere versie van Matty dan de vrouw die ze tegenwoordig was. Mooi, met een uitgesproken beenderstructuur. Jane keek nog eens naar de eerste foto en besloot dat het waarschijnlijk de ouders van de huishoudster waren en niet die van Claude. Er was een gelijkenis tussen moeder en dochter.

Ze zette de pasgeboren jongetjes en hun moeder weer op de schoorsteenmantel en bekeek de andere lijstjes, tot haar aandacht werd getrokken door een rozenkrans die voor een foto van Luc was gelegd. Luc met een klein meisje voor zich. Luc en

Annie. Het meisje was destijds hooguit acht en hij was in de twintig. Jane pakte de foto op. En ze had al die jaren terug nog wel zo moeilijk gedaan over het leeftijdsverschil van zeven jaar tussen haar en haar nu overleden man.

Ze wendde zich van de schoorsteenmantel af en liep naar het midden van de kamer, waar ze onlangs met Matty had zitten praten. Ze herinnerde zich de foto van de drie kinderen die ze van de salontafel had gepakt. De tweeling en Annie. Ernaast stond er nog een van Annie, jonger, begin twintig misschien, met een pasgeboren baby in haar armen. Patrick? Op de achtergrond, achter Annie, stond – enigszins wazig – een man van ongeveer dezelfde leeftijd die niet lachte en niet een van haar broers was. Jane kende hem niet.

Er sloeg een portier dicht. Jane schrok op. Ze was helemaal vergeten dat ze een indringer was en in andermans leven zat te wroeten. Het begon een onhebbelijke gewoonte te worden. Nerveus zette ze de ingelijste foto snel terug op tafel, waarbij ze twee andere omgooide. Een ervan viel plat op het lage tafeltje, terwijl de andere op de stenen vloer kletterde. Het glas brak en versplinterde.

'O, god!' Ze was de kluts kwijt en frummelde maar wat, een en al schuldige vingers. Ze raapte de lijst op zonder ernaar te kijken en legde hem omgekeerd op tafel. Er vielen glassplintertjes vanaf. Hoe vaak had Luc haar niet gewaarschuwd dat Provençaalse mensen niets moesten hebben van bemoeials. Hij had er bij haar in gestampt dat de vuistregel hier was: 'Bemoei je met je eigen zaken.'

Tja, geen wonder, gezien zijn eigen leven.

'Allô?' Arnaud stond bij de achterdeur. Die had ze op een kier laten staan. Ze hoopte maar dat Matty bij hem was, of Claude. Als ze dan op heterdaad werd betrapt, dan graag door iemand aan wie ze het kon uitleggen. Wat bezielde haar in godsnaam om dit te doen? Arnaud had waarschijnlijk de Renault van het landgoed zien staan. Daaruit zou hij hebben afgeleid dat er iemand in huis was. Maar goed, waar zou ze zich kunnen verstoppen?

'Papa?' Hij kwam eraan.

Ze hoorde dat hij zijn keel schraapte toen hij uit de keuken kwam en door de hal liep. Het licht ging aan. Arnaud stond bij de woonkamerdeur. Hij keek haar verbaasd aan. Ze had haar vinger aan het kapotte glas gesneden, besefte ze nu.

'Bonjour, Arnaud. Ik... ik wacht op je moeder.'

Hij fronste verward, trok zijn wenkbrauwen op en keek onzeker om zich heen, als een das die snuffelt of er gevaar dreigt voordat hij zijn hol binnengaat. Hij zette een paar stappen de kamer in. Jane zag nu dat hij vies en bezweet was, en dat hij een stoppelbaardje van een dag had; hij had fysieke arbeid verricht. Hij liep op zijn sokken. Matty stond er waarschijnlijk op dat werklaarzen bij de achterdeur werden uitgetrokken, wat niet verwonderlijk was. Arnauds blauwe overall was bevlekt met olie en vuil. Hij staarde naar het kapotte glas op de grond, de beschadigde foto, en liet zijn blik omhooggaan naar Jane. Hij zag haar bloedende vinger.

'Ik heb mezelf binnengelaten,' verklaarde ze suffig.

'Je vinger bloedt.'

'Ik heb hem opengehaald aan... Sorry. Niet goed opgelet.'

'Zal ik een pleister voor je pakken?'

Ze schudde verwoed haar hoofd, ze wilde geen ophef, ze wilde alleen maar in rook opgaan.

Blijkbaar schoot er een gedachte door zijn hoofd, want zijn gezicht stond ineens somber en verstoord. Woede borrelde op. 'Wat wil je?' vroeg hij kortaf.

Wist hij dat ze had aangeboden om zijn familie te helpen en dat ze was gevlucht – geen woord had gehouden – toen zijn vader had gevraagd of hij de mannen mocht inhuren? Oordeelden ze al net zo hard over haar als over Clarisse? Wisten de mannen uit de buurt dat ze zich niet aan haar belofte had gehouden?

Hij boog zich over het kapotte glas en raakte het aan zonder het op te ruimen. Hij keek naar de foto's en pakte de omgekeerde op, die nu alleen werd beschermd door losse glasscherven. Jane had er niet naar gekeken. Het was een foto van Annie, een bruidsportret. Ze stond naast de persoon die Jane had gezien op het andere kiekje, waarop ze met het kleine kind, baby Patrick, stond. Arnaud hield hem tegen zijn brede borst en staarde er liefdevol naar, duidelijk met pijn in zijn hart.

Jane keek hem nieuwsgierig aan. 'Je zusje,' zei ze uitdagend.

Hij keek op. Er stond woede en pijn in zijn ogen. 'Heb jij deze gebroken?'

'Het ging per ongeluk. Het spijt me heel erg. Ik kwam hier om... om in de koelte te zitten en... en op Matty te wachten en ik moet hem hebben omgestoten met mijn rok,' loog ze. 'Ik neem hem wel mee, dan laat ik er nieuw glas in zetten.' Ze stak haar hand met de bloedende vinger uit om de foto te pakken, maar hij trok hem bij haar vandaan. Een handeling die zowel beschermend als agressief was.

'Wat kom je hier doen?'

'Dat heb ik al uitgelegd, Arnaud. Ik wilde met Matty praten, maar het is niet zo belangrijk. Het kan wel wachten, het spijt me dat ik ben binnengekomen. Waarom laat je me de foto van je zus niet meenemen, zodat ik het glas kan laten vervangen?'

Hij hield hem vast, als een koppig, nukkig kind. 'Ze is niet...'

'Arnaud!'

Ze draaiden zich allebei om bij het horen van de stem. Het was Matty, die dwingend en scherp klonk. Haar ogen spuwden vuur. Ze hadden haar geen van beiden horen aankomen.

'Matty!' Jane liep opgelucht door de kamer en wilde dolgraag weg hier, wilde wanhopig graag uitleggen wat ze kwam doen en een berisping afweren. 'Matty, ik heb mezelf binnengelaten. Sorry, dat had ik niet mogen doen.'

Matty's aandacht was niet op Jane gericht. Ze focuste op haar zoon aan de andere kant van de kamer. Hij was blijven staan waar hij stond en hield zijn hoofd gebogen. 'Ga jij je even opfrissen, Arnaud?' zei ze op mildere toon tegen hem. 'Geef dat kapotte ding, wat het ook is, maar aan mij.'

Arnaud gehoorzaamde en gaf zijn moeder het portret, waarna hij zonder verder iets te zeggen de kamer uit beende. Matty keek naar de foto die ze stevig in haar handen hield. 'Je bent in Parijs geweest.' Ze zuchtte. Het was geen vraag.

'Ja, ik moest... wat zaken van Luc afhandelen.'

'Annie heeft je daar gezien.'

'Sorry?'

Matty liep door de kamer en raapte het kapotte glas op, waarbij ze de scherven in haar leerachtige handen legde. 'Ze zag je op straat tegenover haar flat staan wachten.'

Jane was met stomheid geslagen. Dus Annie had haar herkend en tijdens die korte aarzeling besloten haar niet aan te spreken.

'Je kunt maar beter zeggen wat je van ons wilt en wat je weet.'

'Mag ik een glas water, Matty?'

'Ik zet wel even thee.'

De twee vrouwen liepen terug naar de keuken. Jane hield haar vinger onder de koude kraan tot het bloeden ophield, maar ze kon het trillen niet de baas worden. Haar rug leek vast te zitten, keihard en toch bevend. Matty stond bij het fornuis en zette water op. Ze leek strenger en minder hartelijk dan Jane haar ooit had gezien. Ze had geen idee of Claude en Matty wisten dat hun dochter iets met Luc had gehad en dat haar overleden echtgenoot de vader van hun kleinzoon was. Hoe kon ze Matty alles vertellen wat ze wist zonder het risico te lopen dat hun gelijkmoedigheid, hun familieband daarmee om zeep werd geholpen en ze het respect voor hun dierbare Luc kwijtraakten? Wat een vernedering, wat een schande.

De wasmachine piepte ten teken dat de was klaar was. Het werd stil in de kamer. De klok tikte, de balken kraakten en piepten. Voetstappen boven hen: Arnaud liep door een kamer.

'De foto in het kapotte lijstje is van Annie en Raymond op hun trouwdag,' zei Matty, die nu bij de koelkast stond en een kan melk pakte. 'Wil je nog steeds melk in je thee?'

Jane knikte. Een Engelse gewoonte die ze nooit had afgeleerd.

'De thee zal zo wel getrokken zijn. Wil je dat ik een pleister pak?'

Jane schudde haar hoofd. Ze huiverde nog steeds.

'Als je nog een klein meisje was geweest, had ik je gezegd dat je je neus niet in andermans zaken moet steken. Je had hier niet zomaar mogen rondsnuffelen. Dat getuigt niet van respect voor andermans privacy, Jane, maar ik beschouw je nog steeds als familie en je bent een beetje te oud voor zulke standjes. Ga maar even zitten.'

Jane draalde bij een stoel. Zo had Matty nog nooit tegen haar gesproken. Het was waar dat ze hier niet als een dief had mogen rondsluipen, maar wat moest ze anders, gezien de omstandigheden?

'Annie popelde om hier weg te kunnen en haar eigen leven op te bouwen. Gevolg was dat ze een relatie aanging met de eerste de beste man die naar haar lonkte. Domme meid. Ik zag het aankomen en heb haar dat ook verteld – en Claude ook – maar ze wilde niet luisteren. Raymond was niet de juiste man voor haar. Ze waren niet goed voor elkaar en hij kwetste haar. Het liep niet goed af. Het huwelijk hield geen stand. Sindsdien zorgt ze voor zichzelf. Tenminste, totdat Luc zich ermee ging bemoeien.'

Jane ging op een van de grenen stoelen aan tafel zitten. Matty zette een gebloemde porseleinen kop-en-schotel van het zondagse servies voor haar neer, schoof de suikerpot ernaast en ging weer naar het fornuis om op de thee te wachten.

'We dachten dat je alles wist. We dachten dat je naar Les Cigales was teruggekeerd om de boel hier te regelen, een streep onder het verleden te zetten en het landgoed weer draaiende te krijgen. Dat had Claude in elk geval begrepen.'

'Ik ben teruggekomen om Lucs kelder uit te ruimen, zijn werkruimte. Het was in eerste instantie niet mijn bedoeling om permanent te blijven, maar ik werd op de een of andere manier aangetrokken door de natuur en de omgeving. Maar toen vond ik... de huurovereenkomst van Annies flat en ik... Dank je.'

De theepot stond nu voor haar. Matty ging tegenover haar bezoekster zitten, liet haar dikke armen op tafel rusten en sloeg haar handen ineen.

'Ik heb de makelaar gebeld, maar wilde het zelf zien...'

'Jane, je hoeft niet alles tot in de details te weten. Gedane zaken nemen geen keer. We hebben allemaal wel een of ander geheim.'

'Maar?'

'Je kunt er zeker van zijn dat Annie haar plaats kent. Haar huwelijk mag dan een vergissing zijn geweest, maar het is een fatsoenlijk meisje dat goed is opgevoed, al zeg ik het zelf, en ze wil helemaal niets van het landgoed aftroggelen, zelfs niet voor Patrick, al heeft die rechten die niemand kan betwisten. Ik raad je aan je ogen te sluiten voor wat er vroeger is gebeurd en vooruit te kijken. We rouwen allemaal om Luc, ieder om onze eigen redenen, maar geen verdriet of hartzeer brengt hem terug, Jane. Luister naar me, voor wat het waard is, en kijk naar de toekomst. Bouw je leven op. Claude en ik hadden gehoopt dat dat hier zou kunnen zijn, dat je de zonden zou kunnen vergeven.'

'De zonden vergeven? Zo eenvoudig is dat niet, Matty.'

'Ze was een jonge vrouw en ze was eenzaam. Ze bedoelde het niet kwaad en wilde niemand kwetsen. Het kind kwam onverwacht. Dat valt hier niet mee. De mensen praten. Dat begrijp je toch wel?'

'Nee, Matty, dat begrijp ik niet!'

'Jane, sta erboven. Vergiffenis is de weg van de Heer. Verplaats je in Clarisse, bekijk het van haar kant. Neem haar verantwoordelijkheid over en zorg dat dit landgoed weer op de rit komt, want God weet – en moge God haar zorgelijke hart rust geven – dat Clarisse er nu nauwelijks toe in staat is.'

'Matty, je vraagt te veel van me...'

'Nou, als je niet kunt of wilt vergeven, als je niet opzij kunt zetten wat je bezighoudt en wat je hebt ontdekt, dan kun je beter gaan, ons vergeten en ons allemaal achterlaten om ons kruis te dragen.'

Jane dronk van haar thee, die nog te heet was, maar wel zoet en kalmerend. 'Dus je vraagt me om het maar gewoon te vergeten en vergeven? Om Luc niet te veroordelen dat hij zoiets voor me geheim heeft gehouden?'

'Ik vermoed dat hij dacht dat je het niet aankon, Jane. Je relatie met Clarisse is altijd zo... laten we zeggen, gevoelig geweest. Je hebt hier nooit een toegewijde rol gespeeld. Ik zeg trouwens niet dat Luc dit met Claude of met mij heeft besproken. Dat heeft hij niet gedaan, niet direct, maar ik neem aan dat hij dacht dat je niet gekwetst zou kunnen worden door iets wat je niet wist.'

'Maar Matty, hoe zou ik daar niet gekwetst door kunnen zijn? Ik ben verbijsterd. Je bent praktiserend katholiek, een godvrezende vrouw die elke zondag naar de kerk gaat. Zou jij Claude zo'n leugen kunnen vergeven? Zou je gewoon naar de toekomst kunnen kijken en net doen alsof het allemaal nooit gebeurd was?'

'Dingen sterven en dingen groeien, Jane. Het leven heeft wendingen. We kunnen niet veranderen wat gebeurd is. We kunnen het verleden niet ongedaan maken. En Luc is er niet meer.'

'Kon ik hem maar terughalen om me te helpen...'

Matty legde haar hand over die van Jane. 'Maar dat kan niet, meisje, zo is het nu eenmaal. Niemand kon voorzien dat hij een ongeluk zou krijgen en zo jong het leven zou laten, vooral Clarisse niet, die heel erg te lijden heeft onder de leegte. Maar zijn dood is een feit en het heeft geen zin om je energie of de tijd die ons allen nog rest te verspillen aan het verleden. Bouw een toekomst op, dat is mijn advies. Denk je dat dit alles mij geen pijn heeft gedaan? Zeker wel. Diep. Ik heb gedaan wat ik dacht dat goed was voor Annie.' Ze zweeg even nadenkend, zette haar vingers tegen elkaar en veegde een traan van haar wang. 'En nu wil ik er niet meer over praten, als je het niet erg vindt. Het zijn diepe wonden en ik wil het allemaal niet weer oprakelen. Ik ga naar boven om met Arnaud te praten. Blijf maar hier om je thee op te drinken, dan zie ik je morgen in het grote huis. We hopen dat je besluit te blijven.'

'Matty, wacht alsjeblieft...'

'Ik zie je morgenochtend.'

Jane zat in het schemerlicht naar het donker wordende landschap te staren. Het geschreeuw van kinderen die na school op het strand aan het voetballen waren steeg op in de avond. Duiven koerden en krekels tsjirpten. Ze luisterde naar het geblaf van honden in het dal in de verte en dacht aan Walnut. De lucht rook zoet, naar vallende bloesem en wilde lavendel, maar haar hart was rauw.

Ze was verdoofd door alles wat Matty tegen haar had gezegd, door haar standjes en haar onverzettelijkheid. Heel even had Jane daar gedacht, gehoopt, dat Patrick misschien de zoon was van Raymond, Annies ex-man, maar ze dacht steeds weer aan Lucs brief aan zijn moeder: *Patrick is je kleinzoon, je eigen vlees en bloed...* Ze kon de feiten niet zomaar onder het tapijt vegen. En ze was niet in staat ze naast zich neer te leggen, zoals Matty had geadviseerd.

Haar gedachten draaiden in kringetjes rond. Ze was uitgeput, te zeer in de war om alles op een rijtje te krijgen. Ze zou vanavond of morgenochtend weg kunnen gaan van dit landgoed, van deze ellendige last, maar waar moest ze naartoe? Haar flat uit de verkoop terugtrekken was geen optie. Sterker nog, het versnellen van de afronding was haar slimste zet geweest.

Ze haastte zich naar de tafel in de eetkamer en stuurde een e-mail naar Robert Piper, waarin ze bevestigde dat hij moest aandringen op de snelst mogelijke overdrachtsdatum. Als het, zoals hij had geopperd, binnen een week rond zou kunnen zijn, zou ze hier in het grote huis blijven. Het geld dat over zou blijven nadat de hypotheekschuld zou zijn afgelost, zou op haar rekening worden overgemaakt. Dan zou ze vrij zijn om te doen wat ze wilde. In de tussentijd zou ze met Claude op het land werken en zich op de inspanningen storten. Dan zou ze later wel afrekenen met de kwellingen en het verdriet vanwege Lucs bedrog, die haar liefde voor hem verstikten. Voorlopig zou ze zichzelf dwingen haar emoties opzij te zetten. Ze zou op de automatische piloot functioneren. Ze zou Lucs materiaal in de kelder rangschikken, zoals ze al die tijd van plan was geweest; alles wat ze tegenkwam wat te persoonlijk was, zou ze verbranden zonder het te lezen. Claude en Matty, die altijd Lucs loyale supporters en bondgenoten waren geweest, waren nu medeplichtig aan zijn dubbelleven, maar ze was vastberaden geen slachtoffer te worden. Jane zou niet aan Clarisse laten merken dat ze Lucs verborgen leven en zijn kind had ontdekt, en ze zou ook niets zeggen over haar bezoek aan Parijs. Lucs brief aan Clarisse zat nog steeds in de map bij de huurovereenkomst. Niemand wist van het bestaan ervan, behalve zij. Ze zou hem aan haar schoonmoeder moeten geven, maar nu nog niet. Die oude vrouw had spottend tegen haar gezegd: *Het lijkt erop dat hij wel meer niet aan jou heeft verteld.*

In de dagen die volgden werkte Jane verwoed. Ze mailde de nogal saaie medische tekst die ze had vertaald, samen met haar factuur, en begon aan haar volgende reisgids. Het was de vierde in een reeks die door een Fransman geschreven was over steden in Europa. Ze genoot van het reizen vanuit haar bureaustoel; een welkome onderbreking van haar melancholie.

Omdat ze het niet langer uithield in de kelder, besloot ze die uit te ruimen en Lucs filmmateriaal te verhuizen naar de kleinste zitkamer, die le petit salon werd genoemd. Dat zou een wat gezelliger omgeving zijn om in te werken. Ze had er een hekel aan om onder de grond te werken. Nu meer dan ooit. Dus begon ze boeken, manuscripten, scripts en schrijfblokken in dozen te stoppen en daarna sleepte ze die ondanks het stof en de vermoeidheid de trap op. Ze noteerde alles in een stevig, ouderwets grootboek dat ze had gevonden. De Colt en de bijbel werden ook uit hun la gehaald en in het dressoir in de salon gelegd, die ze op slot hield.

Overdag bracht ze haar tijd buiten door met spitten en onkruid wieden in de moestuin. De dagen waren zonnig en de buitenklusjes pepten haar op. Ze was nog niet op weg naar heling – dat lag nog buiten haar gezichtsveld – maar de lichamelijke inspanning hield haar trauma en eenzaamheid op afstand. Vanuit de stallen droeg ze een ladder naar de ommuurde moestuin, waar ze de geleide appelbomen tegen de stenen muur aan de oostkant vastmaakte. Ze klaarde de klus netjes, in haar eentje met hamer en spijkers. Ze ging op een bankje onder de vijgenbomen in de zon zitten en at twee nectarines, terwijl ze naar een stel wielewalen in een kersenboom keek; twee mannetjes die krijsten en kibbelden terwijl ze het overgebleven fruit stalen. Daarna wiedde ze het onkruid rondom de citroenkruidstruiken, de kamille en de bergamot: de theetuin. Die stond altijd als laatste op Claudes lijstje; hij had weinig belangstelling voor kruidenthee of natuurlijke geneesmiddelen.

Ze sliep door pure uitputting, stond vroeg op en na haar ochtendzwemrondje in zee ontrolde ze tuinslangen, liep knerpend over de stenen paadjes en irrigeerde alle pas geplante groenten en de gedeelten die ze schoonmaakte en voorbereidde. Zou ze hier nog zijn om het resultaat van haar werk te bewonderen? Het deed er niet toe. Het schoonmaken van het land was net zozeer een spirituele oefening als een fysieke.

Claude trof haar aan terwijl ze zwetend en uitgeput met een schepje in haar hand op haar knieën zat en, bedekt met vuil, verwoed aan het zaaien was. Hij bood aan haar te helpen, maar ze schudde onvermurwbaar haar hoofd, want dit waren klusjes die ze liever in haar eentje deed.

'Laat maar weten wanneer je klaar bent om verder te gaan met onze rondleiding over het landgoed,' zei hij, onzeker toekijkend terwijl zij de aarde bewerkte. Zonder op te kijken knikte Jane dat ze dat zou doen. Robert Piper had de datum bepaald voor de overdracht van de flat, dus haar vrijheid lag om de hoek. Ze kon weggaan zodra ze het wilde, maar waarnaartoe? Weglopen van Luc en zijn familie achterlaten met 'het kruis dat ze moesten dragen'?

Luc achterlaten.

Ze trok een onzichtbare grens tussen Claude, Matty, Clarisse en zichzelf, maar af en toe kwam ze Matty in de keuken tegen. Bij elke gelegenheid vroeg de huishoudster naar haar gezondheid en één keer had ze opgemerkt dat ze blij was dat Jane had besloten om te blijven. 'Je lijkt jezelf aardig bezig te houden.'

Jane antwoordde altijd kalm dat ze met de dag leefde en dat zou blijven doen tot alles haar duidelijk was. Dat leek Matty tevreden te stellen, of in elk geval werd haar nieuwsgierigheid erdoor bevredigd.

'O, en Matty, ik werk in de petit salon aan de westkant van het huis, dus daar hoef je niet schoon te maken. De deur zit trouwens toch op slot.'

Matty hield fronsend haar mening voor zich. Maar op een ochtend vond Jane een versgebakken kersentaart op de buffetkast in de keuken, en op een middag een varkensstoofpot.

Het deed Jane pijn om te huichelen en Matty in de steek te laten, want in vervlogen zomers was ze bijna een surrogaatmoeder voor Jane geweest en nu deed ze duidelijk haar best om het goed te maken. Maar het was nu eenmaal zo dat Matty en Claude de waarheid voor haar verborgen hadden gehouden, waardoor ze – alweer – een buitenstaander was.

14

Op een vroege ochtend, toen Jane haar ontbijtthee dronk en rustig zat te lezen in de schaduw van de vijgenbomen, kwam Claude haar zoeken. 'We moeten naar de wijngaarden bij de kust,' verkondigde hij.

'Niet vanochtend, dank je, Claude.' Ze keek niet op van de bladzijde.

'Laten we gaan.' Hij klonk ferm en gedecideerd. Ze staarde hem verrast aan. Hij bleef staan wachten. Zijn brede figuur wierp een schaduw over de tafel en haar Kindle. Hij verroerde zich niet.

'Geef me vijf minuten, dan.' Ze trok haar sneakers aan, pakte haar telefoon en volgde hem naar het busje.

Ze reden langs boomgaarden vol zacht fruit: abrikozen, perziken, nectarines. De meeste vruchten waren nog niet rijp, nog niet blozend, maar door de overvloed hingen ze zwaar aan de bomen met hun dikke stammen. De lucht was kobaltblauw, het licht helder en droog. Een volmaakte vroege zomerochtend. Toen ze bij de wijngaarden langs de kust kwamen, begon Claude over de dingen die moesten gebeuren voor de oogst. Ze draaide het raampje open en snoof de zilte lucht op. De veren van de oude Renault kraakten en stuiterden terwijl ze over doorploegde paadjes vol voren reden, die naar weiden en boomgaarden leidden. Zelfs zo dicht bij de waterrand was de aarde rijk en bloedrood. Hij pulseerde van goedheid. De warmte steeg op om haar te begroeten.

'Vanaf de derde week van augustus tot begin september neemt de spanning toe en wordt madame Clarisse prikkelbaar.

Nou ja, wij allemaal, eerlijk gezegd. Dat is begrijpelijk. Ons werk van een heel jaar staat op het spel als we ons voorbereiden om de druiven te proeven. Vanaf dat moment houden we de planten dagelijks in de gaten om precies te kunnen beslissen wanneer we moeten oogsten. Er wordt geen buitenstaander bij gehaald om het suikergehalte van de druiven te meten. We kiezen zelf het juiste moment. In het verleden had madame Isabelle het altijd voor het zeggen. Nadat zij was overleden, was het de beurt aan Luc...'

Jane staarde uit het raampje en luisterde zwijgend. Haar hart was gekwetst, maar bij het horen van Lucs naam ging er een scherpe steek doorheen. Ze was al een paar dagen niet naar zijn graf geweest.

'In dat stadium wachten we tot het suikergehalte in de druiven precies is zoals wij het willen en we houden ook het weer met haviksogen in de gaten. We hopen dat we een combinatie hebben van een lange periode van mooi weer – niet zoals vorig jaar, toen jij meedeed – en mooi, gezond, rijp fruit dat klaar is om van de wijnstok te worden geknipt. Zoals je weet plukken we elke wijnrank met de hand, de ene na de andere, tros voor tros, met vingers en snoeischaren. We gebruiken geen machines. We beginnen met de variëteiten achter het grote huis en werken stevig door tot al die hectares zijn leeggeplukt en dan komen we bij deze wijngaarden, het lagergelegen land, de gewassen aan zee, waar het zout dat vanaf het water binnenwaait de wijnstokken een bijzonder karakter geeft. We laten de trossen die we niet kunnen gebruiken achter voor de vogels. Bijvoorbeeld als de druiven beschadigd of ondervoed zijn. Nou ja, dat weet je al. Dat heb je wel geleerd.'

Ze parkeerden en stapten uit, met hun voeten op het stof. De breekbare rust van het land werd doorbroken door een briesje vanaf de Middellandse Zee. De lucht was warm en zilt. Het rukte en trok aan haar huid. Een prettige sensatie. De niet-aflatende cicaden en de flarden van kreten van toeristen op het strand sneden door de hitte. Ze baanden zich een weg door wouden van onkruid. Het viel niet mee. De wijnranken waren verstikt. Op het water ploegde een kleine vloot van zeilschepen een pad richting Saint-Tropez. Een plaatselijke regatta, misschien. Ooit had Luc er als adolescent van gedroomd om zijn eigen boot te bouwen en naar Algerije terug te zeilen, op zoek naar zijn verleden. Wie zou die film nu afmaken? Had Dan de rushes nog die Luc en hij in Marseille hadden opgenomen? Had zij dat talent maar. Opnieuw vroeg ze zich vluchtig af waarom Luc van koers was veranderd en zijn familieverhaal had opgegeven en in plaats daarvan de OAS aan de kaak wilde stellen. Zou hij nu nog leven als hij dat niet had gedaan? Was zijn leven echt in gevaar geweest?

Al Lucs energie was verloren gegaan.

Neem nou dit landgoed.

Ze kon zijn film niet voor hem voltooien, maar ze kon wel helpen met het land.

Als ik als eerste doodga, wil ik graag dat ze in mijn voetsporen treedt...

Haar wereld was ingestort. Ze moest ergens stukjes optimisme vandaan zien te halen en zich daaraan vastklampen.

'Als je die mannen nu eens hierheen laat komen om de wijngaarden schoon te maken, zouden ze dan bereid zijn om te werken voor een deel van de oogst?'

Claude fronste.

'Met andere woorden, samen met het landgoed het risico aangaan.'

'Zo hebben we in het verleden nog nooit gewerkt.'

'En met de olijvenoogst?'

Hij knikte. 'In vroeger tijden, toen ik een jongetje was, lieten de boerderijen les journaliers – dagarbeiders – komen. Sommigen van hen waren *paysans*, anderen waren reizende groepen die van de ene fruitoogst naar de andere trokken en vaak zowel in Spanje als langs de Zuid-Franse kust werkten, waar ze in tenten of stallen woonden. Als de boeren geen geld hadden om hen te betalen, ja, dan kregen de gezinnen, groepen of individuen een dak boven hun hoofd, drie maaltijden per dag en een percentage van wat ze hadden geplukt. Het totaal aantal francs werd dan uitbetaald als ze hun boeltje pakten en verder trokken.'

'Dus het is niet onbekend in deze contreien?'

'Het is volkomen achterhaald, Jane. Ik heb het over ruim veertig jaar geleden. Je probeert de klok terug te draaien.'

'Maar wij zijn niet het enige landgoed dat in crisis verkeert. Ook al is onze situatie nijpender. Als het de enige manier was om deze wijngaarden op te ruimen en een deel van de druivenoogst te redden, zouden je kameraden het dan willen overwegen?'

Claude haalde zijn schouders op. Hij vond het persoonlijk een belachelijk voorstel.

'Wil je erover nadenken en kijken wat je de mannen kunt bieden? Als we een nieuwe start willen maken, zullen we ergens moeten beginnen, en zoals je weet heeft het wijngoed geen middelen meer, volgens Clarisse.'

Hij keek over zijn schouder naar haar, terwijl ze achter hem aan door de wijngaarden liep. Naast elkaar lopen was onmogelijk. Het grootste deel van de paden was overwoekerd met onkruid. Het zou hier een jungle worden als er niet snel iets zou gebeuren. Oogst of niet, het landgoed moest gered worden, maar Claude wilde zijn jeugdvrienden niet om een gunst smeken. Ze hadden al zo'n hekel aan Clarisse met haar maniertjes en nukken en de herkomst van haar geld. Ze waren misschien bereid geweest hun standpunt te heroverwegen voor Luc, maar voor een andere vrouw, weer een buitenlandse... Weinig kans.

Jane trok haar sneakers en sokken uit. Er viel zand op de keukenvloer. De koele tegels onder haar gezwollen voeten waren heerlijk na de smoorhitte en het stof. Ze stond op het punt de trap op te gaan om een douche te nemen voor ze aan haar dagelijkse namiddagklus van het uitzoeken van Lucs materiaal begon. Met haar hand op de leuning veranderde ze van gedachten, draaide zich om en liep naar de eetkamer. Daar pakte ze de telefoon. Ze belde op goed geluk. Weer kreeg ze een antwoordapparaat. 'Dan, met Jane Cambon. Misschien ben je nog op locatie. Ik ben op Les Cigales en ben Lucs papieren en filmdocumenten aan het doornemen. Ik vroeg me af of er hier nog bestanden, rushes of voorraden zijn die je kunt gebruiken. Of misschien kun je me helpen het te plaatsen. En wat is er gebeurd met het materiaal van de Algerijnse film? Ik kan het niet vinden. Te veel vragen! Het zou geweldig zijn om bij te praten. Bel me op het landgoed.'

Te veel vragen...

Toen Jane en Claude de volgende ochtend bij de wijnperserij aankwamen, was Clarisse niet in haar kantoor. Een van de twee permanente arbeiders, die een zending vaten aan het uitladen was, zei dat ze niet had gebeld en ook niet had gezegd dat ze later zou komen. Hij had haar sinds de vorige dag rond lunchtijd niet meer gezien.

Claude fronste zijn wenkbrauwen.

'Ik teken zelf wel voor deze lading,' zei de huurkracht tegen de tuinman, die naar de leveringsbon keek, de vaten telde en ter goedkeuring knikte.

'Normaal gesproken staat alles wat hier gebeurt onder supervisie van Clarisse,' zei Claude. 'Verkoop, marketing, bestellingen. Veel daarvan werd afgehandeld door de manager van het landgoed, maar aangezien we er geen meer hebben gehad sinds kort na de dood van Isabelle, neemt Clarisse nu min of meer de leiding.' Hij lachte. 'Laat me je even rondleiden. Vreemd dat ze haar gezicht niet laat zien, al had ik niet gezegd dat we langs zouden komen. Deze zijn gemaakt van jong eikenhout,' legde hij uit toen ze bleef staan kijken hoe de vaten uit de vrachtwagen werden geladen. 'Ze zijn afkomstig van een kuiperij in Toulouse. We kopen nu al jaren bij hetzelfde bedrijf. Isabelle heeft een deal met ze gemaakt en sindsdien gebruiken we hun spullen. De kwaliteit is top.'

'Het is nooit bij me opgekomen dat je de vaten moest verwisselen, tenzij ze rot of lek zijn.'

'Het hout geeft smaak aan de wijn. Dit jonge eikenhout zorgt voor een specifiek scherp randje aan onze rode wijn. Laten we naar binnen gaan. Maar goed, als we geen oogst hebben, hebben we die bestelling ook niet nodig. Ik weet niet waarom de order niet geannuleerd is. Clarisse heeft hem blijkbaar over het hoofd gezien.' Hij schudde zijn hoofd. 'Die oude dame heeft het allemaal niet meer in de hand, daar komt het op neer.'

Jane begon een beter beeld te krijgen van het gebrek aan leiding. Luc had bijna een jaar eerder opgemerkt dat Clarisse geen zicht had op de voorraden. Sinds zijn dood leek ze helemaal geen overzicht meer te hebben. 'Laten we naar binnen gaan.'

Ze begonnen aan hun rondleiding door het gebouw.

Ze volgde de tuinman naar een kille ruimte zonder ramen, een wijnkelder met klimaatbeheersing. '18 graden,' bevestigde Claude, terwijl hij knikkend een thermometer controleerde. Er stonden twee rijen glanzende roestvrijstalen tanks verticaal op kleine pootjes.

'Zestien cilindrische tanks, gemaakt en verscheept in Italië. Elke tank bevat... Nou, Jane, enig idee hoeveel rosé hier voor je ligt?'

Ze schudde haar hoofd. Dit was indrukwekkend. De sobere rust en de smetteloze omgeving boden een verrassend imposante aanblik die haar deed denken aan een orgel in een kathedraal. Opeens bekroop haar de herinnering aan een avond lang geleden. Luc en zij waren uit het Louvre vertrokken. Hij had haar aan de hand meegenomen naar de kerk van Saint-Germain l'Auxerrois om naar een vroege avondopvoering te luisteren, een eenvoudige openbare performance. Het programma was opmerkelijk: *A Night at the Opera* van Queen, uitgevoerd op het orgel. Luc en Jane hadden dicht naast elkaar op de overvolle kerkbank gezeten, terwijl hun schouders elkaar raakten, en geluisterd naar de stevige rockcomposities die als lieflijke poëzie uit de pijpen van het kerkinstrument klonken. 'Bohemian Rhapsody' zweefde hoog boven de religieuze iconen. Volkomen tegenstrijdig en toch volledig in harmonie met de omgeving. Wonderbaarlijk. Wie anders dan Luc zou zo'n onwaarschijnlijke recital hebben gevonden? Op een latere datum, toen ze aan de universiteit van Londen studeerde en hem regelmatig schreef, had hij geantwoord met een ansichtkaart van het schilderij dat Claude Monet had gemaakt van de kerk van Saint-Germain l'Auxerrois. Hij had slechts drie woorden op de achterkant geschreven: *Mijn lieve dame x.*

Ze moest die kaart nog ergens hebben, in een doos, opgeslagen, in een boek gestoken. Bevroren momenten in dozen. Waarom was er geen orgelmuziek geweest op Lucs begrafenis? Zij had die vertolking van 'Bohemian Rhapsody' van lang geleden willen laten horen. Luc had van haar gehouden, dat wist ze zeker. Dat andere, geheime leven, het verraad, nou ja, dat kon Jane met geen mogelijkheid begrijpen of accepteren, maar het brak haar hart.

Claude was nog steeds aan het praten. Ze was de draad kwijt.

'Dus we persen de rosé langzaam, zodat de kleur van de druivenschillen in de vloeistof kan sijpelen.' Hij pauzeerde even en keek haar aan. 'Elke volle tank bevat duizend liter, dus in totaal zestienduizend liter, wat neerkomt op ruim eenentwintigduizend flessen cru classé rosé. En dan is er nog de rode wijn, waarvan er veel minder is, maar die wel heel goed is en verkocht wordt voor tussen de twaalf en vijftien euro per fles.'

Jane was van haar stuk gebracht. 'En de rosé?'

'Elf, twaalf euro per fles.'

'Zitten deze tanks vol?'

Claude tikte een paar keer op de zijkant van één tank, alsof hij vrijpostig op de billen van een vrouw sloeg. Het weergalmde hol. 'Het sap zit dit jaar heel laag. En het is nog te jong om te verkopen.'

Jane was zich er altijd van bewust geweest dat het landgoed van Lucs familie een lucratief bedrijf was, maar ze had nooit geweten wat de omvang was. Wie zou dit alles ten onder willen zien gaan? Clarisses negatieve houding was verbijsterend. Al vergde het veel meer toewijding en energie om het allemaal draaiende te houden dan Jane voor ogen had gehad. Veel te veel voor iemand die tegen de tachtig liep.

'Een enorme schande om dit allemaal ten onder te laten gaan, Jane.'

Vocht Claude voor Patricks toekomst, probeerde hij de erfenis van zijn kleinzoon veilig te stellen, omdat die alleen nog zou bestaan uit muren en verwilderde hectares als iemand nu niet de touwtjes in handen nam? Wisten Matty en hij dat Luc van plan was geweest om Patrick alles te laten erven? Of was Jane de enige levende ziel die afwist van Lucs plannen voor zijn zoon?

Had hij Annie misschien ook kaarten gestuurd met 'mijn lieve dame'? De gedachte verlamde haar bijna. 'Ja, ja, het is zeker een behoorlijke investering,' mompelde ze. Hoe kon ze ook maar één ogenblik overwegen hier te blijven? Lucs bedrog en de vernietigende uitwerking die dat op haar had, zou niet helen zolang ze omringd was door zijn wereld.

'Deze glanzende tanks zijn de vervanging van een kelder vol betonnen opslagtanks die de twee Cambon-dames erfden toen ze dit landgoed overnamen. Dat was voor mijn tijd, maar madame Isabelle wierp er één blik op en verklaarde dat ze ouderwets waren. Er zaten scheuren in. Ze stonden hier al sinds de negentiende eeuw, zei ze. Ze geloofde ook dat het beton onacceptabele hoeveelheden ijzer in de wijn liet doordringen.

Ze zorgde dat ze vervangen werden door deze roestvrijstalen schoonheden. Ze kostten een waanzinnig bedrag, plus de installatie, maar de wijn werd er sterk door verbeterd, waardoor ons niveau ongelofelijk steeg. We gebruiken roestvrijstalen tanks en eikenhouten vaten, die beide voor een ander bezinkingsproces van de wijn zorgen. Onze beste rode wijnen fermenteren in houten vaten in de oude kelders. De witte wijnen en de rosé – onze grootste oogst – zitten hierin, onder gecontroleerde temperaturen. Ze hebben een kortere wachttijd voordat ze op de markt worden gebracht. Dus een snellere opbrengst.'

Hun stemmen echoden terwijl ze door de stenen en bakstenen gangen liepen, waarvan de vloeren waren ingelegd met oude, achthoekige tegels. Dit gebouw was net zo oud als de andere op het landgoed. Ze waren druk in gesprek verwikkeld.

'Ja, we produceren en bottelen hier, dus we hebben domeinwijnen, landgoedwijnen.'

Jane dwong zichzelf terug naar het hier en nu. 'Het is echt een exclusief geheel, hè?'

'Precies. Dat wilde Clarisse ook als verkoopstandpunt. Les Deux Sœurs, exclusieve wijnen. Je zou het met haar moeten bespreken. Het verbaast me dat niemand er eerder op is gekomen.' Claude ging nu een persruimte binnen, op de voet gevolgd door Jane. Er hing een sterke wijngeur.

'Goed, hier komt de alchemie om de hoek kijken. Zodra de comportes, de volle manden, hier in de wijnmakerij arriveren, krijgen de druiven nog een standaardcontrole. Die is van vitaal belang, want het is de laatste kans om het fruit weg te gooien dat het kaliber van de wijn omlaag kan halen. Alles in de perstanks dat niet voldoet aan onze kwaliteitsnormen, wordt eruit gehaald. Wat we overhouden zijn de topdruiven, die de basis van de wijn vormen. En verdomd goede wijn ook.'

Jane was nog nooit bij de bezinkingstanks, de roestvrijstalen vaten of de perstanks geweest. Op een dag zou dit allemaal van Patrick zijn, Lucs zoon. Luc had in zijn brief aan Clarisse gezegd dat hij hoopte dat Jane Patrick zou accepteren. Hoe kon hij een dergelijke vergiffenis verwachten terwijl ze haar eigen zoon verloren was? Als ze contact kon krijgen met Dan, zou ze hem vragen de verantwoordelijkheid te aanvaarden voor het verdelen van Lucs materiaal. Dan zouden haar verplichtingen erop zitten.

'Je moet het hun nageven. *Les deux madames Cambon* hebben dit landgoed, en daarmee ons kleine *quartier*, weer op de landbouwkundige kaart gezet. Madame Isabelle beheerde de wijn- en de olijfolieproductie – allemaal extra vergine – terwijl Clarisse de touwtjes in handen had op het gebied van sales en marketing. Samen hebben ze een winstgevende, vooraanstaande business van de grond gekregen. Je vader zorgde voor de Britse markt en bewees dat hij een scherpe, overtuigende verkoper was. Madame Clarisse had gehoopt dat hij hun afzetgebied zou kunnen uitbreiden naar Duitsland en Nederland. Maar zoals je weet kreeg je vader spannendere kansen op zijn pad.'

Jane vroeg zich in stilte af of Claude en Matty ooit iets hadden geweten van de verhouding tussen haar vader en Clarisse. Clarisse had vast een verhaal opgehangen omtrent zijn plotselinge vertrek: een aanbod van een beter betaalde baan elders. Of zoiets.

Ze pauzeerden even voor de lunch en gingen naast elkaar op een stenen muur zitten die uitkeek op een overwoekerde, maar fraai uitziende wei vol lipstickrode wilde klaprozen, blauw komkommerkruid, witte madeliefjes en daarachter de boomgaarden met zacht fruit. Matty had een mand voor hen klaargemaakt. Hompen zelfgemaakt donker brood, knoflookteentjes die Claude pelde en rauw at tussen plakjes worst die hij met zijn zakmes afsneed, ontpitte olijven, gedroogde vijgen en harde kaas. Hij nam zijn eten serieus en spoelde de happen weg met slokken van de goedkopere wijn van het landgoed. Vandaag was dat een gekoelde, licht pittige witte wijn.

Ze spraken niet of nauwelijks en gaven elkaar stukjes voedsel door. De tuinman praatte niet zo makkelijk over koetjes en kalfjes en Janes gemoed was te zwaar, waardoor haar eetlust minder was. Claudes enige opmerking, afgezien van gebrom over de geneugten van de kookkunst van zijn vrouw, was opnieuw dat hij zich zorgen maakte over de buitensporige hoeveelheid onkruid op het landgoed.

Toen ze terugliepen naar de persruimte was Clarisse nog steeds in geen velden of wegen te bekennen. De twee mannen die bij de persmachine stonden, zeiden dat ze geen nieuws van hun *patronne* hadden gehad en dat het zeer ongebruikelijk was dat ze zich niet liet zien. Claude zei terloops tegen Jane dat Clarisse hier en daar weleens een dag oversloeg sinds de dood van Luc. Matty had gezegd dat ze dacht dat ze eronder leed. Jane stelde voor dat Claude verderging met de klusjes die hij nog moest doen – ze konden de rondleiding wel een andere keer voortzetten – en dat zij intussen naar Le Cottage du Cerisier zou gaan om bij haar schoonmoeder te kijken.

Ze reed over paden met diepe voren onder een zijdeachtig blauwe lucht en bonkte door hobbelige wijngaarden en boomgaarden in de auto, die nu een laagje rood stof over het dashboard en de stoelen had. De wildernis nam bezit van de prachtige weidse plekken. De felle kleuren van de wilde bloemen en het volle, gele zonlicht waren bijna verblindend. Ze reed hortend en stotend langs een tractor die daar werkeloos was achtergelaten. Wie wist dat die daar stond? Moest hij niet ergens in een schuur staan? Dure landbouwmachines die aan het verrotten waren. Van achter een houten hek staarde Clarisses kastanjebruine merrie haar met geschrokken ogen aan, alsof ze was vergeten dat er leven achter de eenzame wei was. Wie zorgde er voor haar, wie gaf haar eten? Jane bedacht dat ze het aan Claude moest vragen.

Bij aankomst kwam er geen reactie nadat Jane had aangeklopt. 'Clarisse!' riep ze, en nog een keer, waarna ze wachtte. Het bleef ijzingwekkend stil. Een paar roomkleurige vlinders fladderden bij het raam, waarachter de gordijnen dicht waren. Pages. Overal waar zij waren, had Jane het gevoel dat Luc er ook was. Jane roffelde op het glas. Uiteindelijk tilde ze de grendel op en liet zichzelf binnen. Er hing een bedompte, benauwde lucht in de kamer. Bijtend. Alle ramen dicht. Vliegen vlogen zoemend rond, gevangen in het muffe interieur. Clarisse lag op de tegelvloer onder aan de trap, verfomfaaid alsof ze was gestruikeld en naar beneden was gevallen. Jane rende naar haar toe en tilde haar op, waarbij ze haar tegen haar eigen geknielde lichaam liet leunen. Het bleke gezicht van de oude vrouw was geschaafd en gekneusd, en het leek net een roerloos masker, maar ze ademde en Jane snoof zure dampen op.

Boven naast het bed had Jane een bijna lege fles Gordon's gevonden. Dokter Beauchene onderzocht Clarisse en stelde de diagnose alcoholvergiftiging, waardoor haar val was veroorzaakt. Als Jane niet op dat moment was langsgekomen, zou Clarisses leven in gevaar zijn geweest. Clarisse werd in Beauchenes auto naar de bastide vervoerd en vanaf daar per ambulance naar het ziekenhuis in Saint-Raphaël. Jane ging met haar mee en bleef bij haar bed zitten, waarbij ze naar de plafondventilators luisterde die onophoudelijk hete lucht van de ene plek naar de andere zoefden, en de vreselijk onaangename ziekenhuisgeuren inademde: oud vlees, deodorant, luchtverfrisser, *eau de Javel*. Ze deden haar stuk voor stuk denken aan het verlies van Luc en die weken in Parijs.

Toen de oude vrouw bijkwam, zat er een slangetje in haar arm, haar huid was vaalgeel en vettig en haar ogen waren lodderig en troebel. Ze waren niet meer brandnetelgroen, eerder een gebleekte muntkleur. Haar stem klonk schor en brabbelend, alsof ze een lichte beroerte had gehad, en het kostte haar moeite degene te herkennen die aan haar bed zat. Ze bonsde met haar hoofd op de witte kussens en haar bezwete, doffe haar hing als strengen roodbruin zeewier omlaag.

'Annabelle? Ben jij dat eindelijk?' mompelde ze.

Jane keek op van haar boek. 'Clarisse, Clarisse, ik ben... Wil je Annabelle?' Jane aarzelde. Kon zij die bedriegster spelen?

Clarisse mompelde onverstaanbare, nietszeggende dingen en viel toen weer in slaap of zakte in een semibewuste toestand.

Waarom vroeg ze naar Annabelle? Jane had uit Lucs brief aan zijn moeder opgemaakt dat de vrouwen van elkaar vervreemd waren. Waarschijnlijk had ze Lucs overspelige relatie afgekeurd. Maar Clarisse had vast niet aan Janes kant gestaan. Dat zou wel heel ironisch zijn.

Terwijl Jane zat te lezen en over haar schoonmoeder waakte, stond het gezicht van de oude vrouw de hele tijd onrustig, alsof ze zich zorgen maakte. Toen Clarisse in staat was om samenhangend te praten, was ze humeurig, vervelend en geïrriteerd toen ze in de gaten kreeg waar ze was. Ze eiste dat ze onmiddellijk naar huis zou worden teruggebracht. De dienstdoende arts weifelde en waarschuwde Jane, buiten gehoorsafstand van de patiënt, dat het alcoholpercentage in Clarisses bloed zorgwekkend hoog was geweest. Ze had al enige tijd gedronken, waarschijnlijk op een lege maag, en de ontstekingsremmende pillen die ze slikte om de artritis in haar hand en heup te verlichten, hadden een lichte maagzweer veroorzaakt. Drinken en roken hadden haar problemen verergerd. 'Wie is haar naaste familie? U?'

Jane was van haar stuk gebracht. Was zij Clarisses naaste familie? Wie kon die rol verder nog opeisen, behalve haar kleinzoon, Patrick?

'Ze heeft rust en voedingsstoffen nodig, anders begeeft haar systeem het en zal ze met ernstiger gevolgen te kampen krijgen. Ze heeft geluk gehad dat u haar hebt gevonden. Ik zou haar liever nog een dag of twee hier houden.'

Clarisse gromde, stompte met haar vuisten op de lakens en stond erop dat ze onmiddellijk naar huis mocht.

De dokter, die dringender zaken aan zijn hoofd had dan een lastige patiënt, stemde er berustend mee in en schreef medicijnen voor om Clarisses maagwand te beschermen, waarbij hij nadrukkelijk waarschuwde dat ze geen alcohol mocht gebruiken. Jane haalde de medicijnen op weg naar buiten op bij de *pharmacie*.

Was het veilig om Clarisse in haar eentje in haar eigen huis te laten, zo ver bij de anderen vandaan? Logischerwijs niet, maar ze wilde er niks van horen om naar het grote huis overgebracht te worden, zelfs niet voor een korte herstelperiode. Ze werd boos en uitte dreigementen: een sprankje van haar oude zelf.

Jane wist haar de smalle trap op te zeulen en in bed te leggen, en beloofde later langs te komen met boodschappen. Voor ze wegging, controleerde ze of er geen alcohol in de keukenkastjes stond. Er zat triest genoeg geen eten in. De flessen landgoedwijn die Jane vond, haalde ze discreet weg. Voor zover ze wist, was er geen sterkedrank verstopt, of in elk geval vond ze die niet.

Toen ze later die middag terugkwam met een tas vol boodschappen, zat Clarisse beneden in de woonkamer in een lichtturquoise ochtendjas met een grijze wollen shawl om haar schouders te roken. Jane was zonder kloppen binnengekomen in de veronderstelling dat ze sliep.

Clarisse zocht ruzie. 'Heb je in mijn kastjes zitten snuffelen?' blafte ze.

Jane ging naar het keukentje en ruimde de boodschappen op. 'Ik dacht dat ik wat groentesoep voor je kon maken.' Ze probeerde luchtig te doen. 'Er groeit nog niet veel in de tuin, maar ik...'

'Ik heb geen honger.'

'Een bord pasta dan?'

'Flikker op.'

Ze ging zwijgend verder met het opruimen van de boodschappen.

'Je vroeg naar Annabelle.'

Geen antwoord.

'Ik denk dat je mij voor haar aanzag in het ziekenhuis, toen ik aan je bed zat.'

Een koppig stilzwijgen volgde. Het enige geluid was afkomstig van het openmaken van plastic verpakkingen en het zachte zoeven van de koelkastdeur die dichtging.

Jane vouwde de tasjes op, legde ze in de la en liep terug naar Clarisse, die met haar voeten omhoog zat en blote benen had, die blauw dooraderd waren. Ze stak een sigaret op met de punt van degene die ze bijna had opgerookt.

'Naast het ginpercentage in je systeem rook je ook te veel.'

'Ja, nou, misschien probeer ik wel als de bliksem de pijp uit te gaan. Wat gaat jou het aan en kan het je eigenlijk wel een moer schelen?'

Jane ging zitten en keek naar Lucs moeder. Zonder makeup en haar gebruikelijke keurig verzorgde uiterlijk zag ze er afgetobd uit, zo oud als de kalkstenen heuvels achter haar landgoed. Haar gezichtshuid was gemarmerd, haar haar werd grijs bij de wortels. Ze zag er broos uit, alsof ze bij de eerste aanraking uit elkaar zou vallen; ze was een uitgedroogde, kwetsbare schaduw van haar oude zelf en het viel niet mee om haar te haten. 'Wil je me over Annabelle vertellen?'

Clarisse nam met veel vertoon een trek van haar sigaret en friemelde aan haar ochtendjas. 'Ik heb geen idee waar je het over hebt.'

'Ik wil het echt graag weten.'

Pauze.

'Je hebt haar naam een paar keer genoemd.'

'Dan droomde ik zeker.'

'Nee.'

'Sommige dingen kunnen maar het beste zo gelaten worden zonder erover te praten.'

'Wat voor dingen? Waar heb je het over?'

'Dat wil jij niet weten.'

'Natuurlijk wel.'

Stilte, op Clarisses piepende inhaleren en uitblazen van rook na. Haar ogen waren toegeknepen.

'Clarisse?'

'Ze is je zus.'

'Clarisse, ik meen het.'

'Ik ook. Je vaders andere dochter. Zijn tweede meisje.'

15

Jane hield haar adem in alsof iemand haar zojuist een stomp in haar maag had gegeven.

Clarisse schaterde triomfantelijk of verbitterd: 'Ha! Blij? Daar ben je stil van, hè? Heb jij mijn gin en die flessen wijn weggehaald? Ik wil een borrel en ik kan me niet herinneren dat ik mijn beslissingsbevoegdheid aan jou heb overgedragen.'

'De andere dochter van mijn vader? Ga je me nu vertellen dat papa en jij...'

'O, doe niet zo verdomd zelfingenomen. Ik snap werkelijk niet hoe mijn zoon het met jou heeft uitgehouden.'

'Hou je kop, Clarisse! Hou je kop.' Jane ging rechtop staan. 'Ik ben helemaal klaar met jouw mening over Luc en mij. VERTEL ME OVER ANNABELLE.'

'Je zei net nog dat ik mijn kop moest houden.'

'Wie is Annabelle? Waar is ze?' Jane gilde nu. Haar ogen spuwden vuur.

Clarisse haalde haar schouders op. 'Annabelle is je zus.'

'Dat is onmogelijk. Waar heb je het over? Weet mijn vader van haar bestaan?' Ze spuwde haar woede uit als olie uit een geiser. Een rookwolk van hete woestheid. 'Ik kan dit niet geloven.' Jane liep te ijsberen en probeerde zichzelf te beheersen, haar gedachten op een rijtje te krijgen en te bevatten wat haar zojuist was verteld.

'Peter heeft het nooit geweten.' Laatdunkend.

'Je hebt een kind bij mijn vader en hij heeft er nooit iets van geweten?'

'Inderdaad. Waar is mijn gin?'

Maar Annabelle was toch Annie? Dat had Jane tenminste aangenomen toen ze haar in Parijs had gezien. Matty's dochter, niet die van Clarisse. Dit sloeg nergens op. Had Luc geweten dat hij een halfzus had? In de brief die Jane had gevonden, had hij het over Annabelle gehad, niet over Annie. Hij verwees nooit naar haar als zijn zus. Wist Luc dat Annabelle zijn halfzus was? Had hij een kind met zijn halfzus? Verzon Clarisse maar wat onzin, haalde ze de dingen door elkaar? Werd ze gek? Of speelde ze een macaber spelletje?

Jane draaide zich met een ruk om naar haar schoonmoeder, die overeind was gekomen uit haar stoel en naar een dressoir in een donker hoekje achter in de kamer hobbelde. Ze rukte een van de onderste deurtjes open en haalde er een volle fles Bombay Sapphire-gin uit.

'Laat dat!' bulderde Jane.

'Wie denk je dat je bent, mij een beetje commanderen? Als wat je ziet of wat je hoort je niet bevalt, ga je maar weg.'

'Geef me die fles.' Jane deed een stap naar Clarisse en duwde de vrouw bijna omver in een poging de drank af te pakken, maar op de een of andere manier wist Clarisse haar handig te omzeilen en schuifelde naar de boog tussen de keuken en het woongedeelte, waar wijnglazen aan hun steel aan haken hingen. Ze klauterde, rekte, stak haar armen uit en duwde Jane van haar rug en schouders af. Ze worstelden. De fles viel en spatte uiteen op de tegels, waardoor de vloeistof overal heen stroomde. Clarisse strompelde op handen en knieën rond als een gewonde hagedis.

'Sta op... sta op. Pas op je armen!' Jane boog zich naar haar toe en probeerde haar op te tillen om haar te beschermen tegen de glinsterende blauwe glasscherven. Clarisse schudde haar van zich af. Beide vrouwen waren wild, krankzinnig, onbeheerst. Decennia van haat en wantrouwen braken nu los. Jane werd gek van de halfbakken informatie. De scherpe geur van jeneverbes steeg op en brandde in hun neusgaten. Jane was groter, sterker, fitter en jonger, maar Clarisse vocht met de furie van een vos die in de val zat en krabde tot bloedens toe in de vlezige bovenkant van Janes hand. Jane slaakte een kreet en deinsde terug, waardoor Clarisse uitgeput naar haar stoel wist te kruipen. Ze liet een spoor van bloed achter. De onderkant van haar arm was van pols tot elleboog opengereten door het kapotte glas.

Ze waren allebei beschadigd, afgedraaid, en lagen emotioneel gezien in puin.

16

De dag brak aan met een warm, vlassig licht. De vroege ochtendlucht was dooraderd met een kleurpatroon van parelwit en zalmroze. Daarboven trok de maan zich terug en verbleekte tot een witte geest die hoog in de verte hing. Alles was stil. Jane zat roerloos met haar handen in haar schoot te kijken naar de dageraad, wachtend op de dag. De zon brak door en verguldde de wijngaarden, waardoor de donkere, woeste vormen van de wijnstokken veranderden in een schitterend schouwspel, een onstuimige rivier van goud. De ochtend beloofde een frisse zomer. Een dag aan het begin van het seizoen, nog niet vochtig, nog niet drukkend door de verzengende hitte van de benauwde extremen van eind juli of augustus. Boven haar zong een vogel die in de kersenboom van tak naar tak hupte. Hij tsjirpte en floot met zo'n ongebreidelde vreugde dat Jane had kunnen denken dat de boom zelf aan het zingen was. Luc zou de kleine soloartiest herkend hebben, maar Jane had geen idee. De klanken, korte en lange fluittonen, waren voor haar min of meer hetzelfde.

Achter het hek langs de oprijlaan kwam een roodbruine, slanke vos aan lopen die er hongerig uitzag en zijn puntige snuit van links naar rechts draaide. Voor het gesloten hek bleef hij stokstijf stilstaan, hield één voorpoot voorzichtig gebogen boven de grond en snuffelde. Hij had een vlaag van mensengeur geroken. Daarna vervolgde hij gerustgesteld zijn weg. Jane zat in een rieten stoel die ze van binnen had meegenomen en in het gras tussen het huisje en de kersenboom had gezet, met haar knieën naar haar borst opgetrokken en Clarisses bebloede shawl om haar hals geknoopt om de kou te verdrijven. Clarisse lag verdoofd boven in bed te slapen en te snurken. Jane had Beauchene gebeld, die de opengereten arm verbonden had – gelukkig waren er geen slagaders beschadigd – en madame een kalmerend drankje had toegediend om de ergste onrust weg te nemen.

'Ja hoor, prop me maar vol met medicijnen,' had ze met raspende stem gezegd, maar uiteindelijk had ze zich onderworpen aan zijn sussende toon, te uitgeput om niet weg te zakken.

Nadat Beauchene de hand van Jane had schoongemaakt en er een pleister op had geplakt, had ze ermee ingestemd om in het huisje te blijven. De tweede slaapkamer was een opslagruimte die van de vloer tot aan het plafond was volgestouwd met God weet wat; hij was ondoordringbaar. Jane was op de bank gaan liggen en had naar haar schoonmoeder, vlak boven haar, liggen luisteren. De oude vrouw had zich niet verroerd. Het verdovende middel had zijn werk gedaan, terwijl Jane amper een oog had dichtgedaan. Ze had liggen woelen en draaien, haar hoofd tolde, haar nek deed pijn en ze had een zere rug. Vanbinnen streden duistere, vreselijke emoties als jaloezie en woede om voorrang. Boosheid worstelde met logica tegen ongeloof. Stel dat dit niet waar was. Stel dat Clarisse gelogen had en haar tergde met het onwaarschijnlijke verhaal dat ze een kind van Peter ter wereld had gebracht? Maar als het wél waar was, waar was het kind dan geboren? Was er een geboortebewijs? Waar kon ze dat vinden? In de registers van de kerk in Malaz?

Jane had ongemakkelijk dubbelgevouwen op de bank gelegen en had nagedacht over data om orde en logica in de puzzel te brengen. Was Clarisse zwanger geweest op de avond dat Jane haar vaders overspel had verstoord? Had Peter geweten dat hij een onwettige tweede dochter had? Clarisse beweerde van niet, maar loog ze, fantaseerde ze? Was het hele verhaal fantasie? Terwijl zij een kind baarde – als dat al zo was geweest – was Janes moeder weggekwijnd en met een gebroken hart aan kanker gestorven. En als Peter het had geweten, welke keuze zou hij dan gemaakt hebben? Zou hij thuis zijn weggegaan en zich hier hebben gevestigd met Clarisse en Annabelle?

Opeens drong de ongeloofwaardige mogelijkheid zich op dat Jane een zus had, een halfzus. En een neefje... Een heuse familie. Een zus. Dat ze niet alleen was. Maar dan wel een zus die afkomstig was van Clarisse, met Clarisses genen. En die van haar vader. Maar wat ze onthutsender vond dan welke gedachte dan ook, was Lucs rol in dit geheel, Lucs relatie met Annabelle en Annabelles zoon, Patrick.

Wie was Patricks vader? Annie was zijn moeder, toch? Patrick was Annies zoon, Matty's familie. Het was een doolhof, een mijnenveld, het sloeg nergens op...

Jane was moe, verward, uitgeput. De logica ontging haar. Ze was half opgestaan van de bank en besloot naar het grote huis terug te keren, naar Lucs verzameling, om de brief die hij Clarisse had geschreven nog een keer te lezen en te bekijken in het licht van alles wat ze vanavond had ontdekt. Lucs pistool dat in het dressoir lag. Die verborgen aanwezigheid was haar gedurende de nacht weer te binnen geschoten. Als hij had ontdekt dat hij de vader was van het kind van zijn halfzus... De complexiteit van zo'n bestaan zou elke gezonde man tot zelfmoord kunnen drijven. Zelfmoord als laatste mogelijkheid. De auto van de weg gereden. Einde verhaal.

Jane moest dringend zijn professionele zaken afhandelen. Het restant van het materiaal naar boven brengen en alles in de petit salon opslaan. Daar kon ze in alle comfort en rust door Lucs leven bladeren. Of het allemaal aan Dan overdragen, als die dat op zich wilde nemen. Ze kon Arnaud betalen om de zwaarste dozen en dossiers, de oude filmvoorraad, uit de kelder naar boven te dragen en alles in die ene kamer te zetten. Dan zou ze van daaruit werken en haar taak zo efficiënt en snel mogelijk uitvoeren.

En Lucs pistool? Zou ze dat aan Arnaud geven? En zo niet, aan wie dan?

De koffie die in de keuken op het vuur stond, begon te pruttelen. Jane geeuwde, sloeg haar hand voor haar mond, stond op, wreef over haar gezicht zodat het tot leven kwam, en liep naar binnen om een grote mok vol te schenken. Op de begane grond stonk het nog steeds naar gin. Haar maag was nog leeg en ze werd er misselijk van. Boven haar was Clarisse aan het kreunen of mompelen in haar slaap. Toch was ze blijkbaar verstoord door Janes aanwezigheid in huis, iemand beneden, want nu riep ze om Jane, die zich omdraaide en de trap op liep. Haar gevoelens voor haar schoonmoeder waren verergerd door de perfide daad van de vrouw. Ze aarzelde op de drempel van de slaapkamer, niet wetend of ze een woord zou kunnen uitbrengen. Door welke speling van het lot was het zover gekomen dat ze de vrouw moest verzorgen die ze wel kon vermoorden?

'Als blikken konden doden... Ik ruik koffie. Wil je me een kopje brengen?' Clarisses arm, die van pols tot elleboog verbonden was, hing slap langs het bed en haar beringde vingers raakten bijna het tapijt aan. De ochtendzon scheen door de beige mousselinen gordijnen en stroomde de kamer binnen. Door de stralen van de zon kreeg de kersenboom een halo, alsof de stekker in het stopcontact was gestoken of hij een bovennatuurlijke transparantie had. Jane keek ernaar en zag daarachter een eindeloze zee van wijngaarden die oplichtten alsof ze door vlammen werden opgeslokt; daarna liep ze de trap weer af en kwam terug met twee volle mokken.

'Zet het maar op mijn nachtkastje en ga zitten. Ik heb liggen denken dat we hetzelfde zijn. Allebei een gebroken hart.'

Jane zette de koffie op het witte houten nachtkastje en bleef staan wachten.

'Je gelooft me niet, hè?'

Jane haalde haar schouders op. Ze was bekaf en had geen idee wat ze moest geloven.

'Annabelle is in januari geboren, zes maanden nadat jij en je vader hier als de wiedeweerga vandaan gingen.'

'Hoe kun je zo zeker weten dat ze van hem was?'

'Ze ís van hem. Er was niemand anders. Ik was tot over mijn

oren verliefd op Peter. De enige man van wie ik heb gehouden na Lucs vader.

'Lucs vader, de inspiratie voor Lucs film?'

'Ach! Adrien? Dat was een klootzak. Een wreed mens. Ik hoopte dat Luc er nooit achter zou komen hoe diep zijn vader gezonken was.' Clarisse draaide haar hoofd naar het raam, de gesluierde zon, en sloot haar ogen. 'Ik was zo stom om te hopen dat Peter en ik samen een toekomst konden hebben, een ander leven, maar daar heb jij een stokje voor gestoken.'

Jane negeerde deze liefdesverklaring. 'Vertel eens over Annabelle.'

Clarisse bleef stil liggen. 'Geef mijn sigaretten eens aan.'

'Wat is er gebeurd, Clarisse?'

'Sigaretten!'

Jane gaf haar over het bed heen het pakje en een aansteker en wachtte.

'Het was ondenkbaar dat ik haar kon houden, niet in deze gemeenschap. Isa en ik werden al vanaf het begin gehaat. Pieds noirs uit Afrika, zo zagen ze ons. Die Provençaalse dorpelingen zijn bekrompen en jaloers en ze wonen in hechte groepen. Destijds, meer dan veertig jaar geleden, zagen ze de inwoners van naburige dorpen al als vreemdelingen, en ze stonden – en staan nog steeds – niet welwillend tegenover buitenstaanders die hier komen, hun beste land kopen en de lakens uitdelen. Wij waren twee vrouwen zonder man. Twee vrouwen en een jongetje die in een samenleving van bijgelovige katholieken, communisten en vrouwenhaters woonden. Niemand wilde ons hier, niemand vertrouwde ons. We werden buitengesloten, uitgestoten. Hoe kon ik onder die omstandigheden een onwettig kind grootbrengen en opvoeden? Stel je haar tijd op de dorpsschool eens voor. En wat moest ik tegen mijn zoon zeggen als die terugkeerde van de universiteit van Parijs? "Raad eens, je hebt een zusje"?'

'Dus?'

'Dus heb ik haar weggegeven.'

'Weggegeven? Bedoel je dat Matty haar geadopteerd heeft?'

'Ik heb een deal gesloten. Ze was nog geen dag oud. Een rustig kindje, ze huilde bijna niet. Ze glipte als een ballerinaatje de wereld binnen en lag daar naast me te slapen. Maar ik wist dat ze weg moest. Ik had mezelf ertegen gewapend.'

'En de dokter? Wat zei die? Was het Beauchene? Nee, vast niet Beauchene. Een vroedvrouw, dan.' 'Ze is geboren in het grote huis. In de kamer waar Luc en jij de afgelopen vijf jaar sliepen. Geen dokter, geen vroedvrouw. Niemand die het familiegeheim kon verklappen.'

Jane was op het voeteneind van het bed gaan zitten. 'Heb je haar in je eentje op de wereld gezet? Of was Isabelle...'

'Matty. Matty was bij me. Zij heeft haar ter wereld gebracht. Toen ze het meisje voor het eerst zag, begon ze te huilen. Meer dan wat dan ook had Matty een dochter gewild. Het leek wel voorbestemd. Matty nam haar mee en toen ik was aangesterkt, tekenden we een contract. Isa heeft het opgesteld. Matty, Claude en ik hebben het ondertekend. Slechts één exemplaar.'

'Heb je het vernietigd?'

'Het ligt in mijn kluis.' Clarisse begon weer te hoesten, een kwellende kuch. Jane schudde haar kussens op en de gerimpelde vrouw zakte er diep in weg. 'Ik moet slapen,' jammerde ze. 'Geef me mijn pillen en mijn koffie en laat me alleen.'

Jane gaf haar schoonmoeder haar slaappillen en een glas water. Ze streelde de oude vrouw over haar hoofd. Clarisse schudde haar van zich af, maar nu begreep Jane eindelijk, na al die jaren, welk offer Clarisse had gebracht. Ze was Peter kwijt en had haar dochter opgegeven. Nu was haar verbittering begrijpelijk. 'Het spijt me als ik je, als boos meisje, tot dat offer heb gedwongen.'

'Jij?' brabbelde Clarisse. 'Je hebt mijn kans op geluk verpest, maar dat was niet het offer. Laat me nu alleen.'

17

'Wat voor soort contract was het, Matty?'

Matty smoorde kikkererwten voor de *bajane* van die middag. Door de stoom die in de keuken hing, besloegen de ramen. 'Indertijd vonden we het min of meer eerlijk. Ik nam Annie diezelfde dag mee in een bundeltje dekens. Zomaar. Clarisse gaf haar van onder de lakens aan me alsof ze me een blouse doorspeelde die ze niet meer droeg. Ik was verbouwereerd, sprakeloos, maar nam het kleine schatje in mijn armen en ze gaf geen kik. Ze kwam in ons leven. Geen weerstand. Ik heb het zelfs nooit met Claude besproken, want ik wist dat hij dolgelukkig met haar zou zijn.' Matty's gezicht verzachtte door de herinnering. Rondom haar ogen verschenen kraaienpootjes, als plooien in een laken. 'In ruil waren we verplicht Clarisses geheim te bewaren. Niemand mocht het weten.'

'Er werd geen geld betaald?'

'God, nee. Madame Isabelle en zij lieten ons naar deze oude school verhuizen, zodat we een groter huis hadden om het meisje samen met de jongens te laten opgroeien. Annie, die Clarisse van plan was geweest Annabelle te noemen, werd in de dorpskerk 'Annie' gedoopt met onze achternaam, en ze werd bij de *mairie* ingeschreven met ons als ouders. Annie Lefèvre. In ruil daarvoor mocht het meisje, als ze opgroeide, nooit aanspraak maken op het landgoed en geen vergoedingen eisen van de leden van het huishouden, vooral niet van Luc, die alles zou erven. Clarisse eiste ook dat Annie helemaal van het landgoed zou verdwijnen zodra ze achttien was – ze wilde nergens aan herinnerd worden – maar dat vond Isabelle hardvochtig. Ik kan me niet herinneren of dat op het ondertekende papier stond. We moesten geheimhouding zweren. Het meisje was van ons en daarmee uit. Ze mocht haar ware afkomst nooit kennen. Er was niets wat Annie zou kunnen terugvoeren naar Clarisse.

'Behalve het contract. Heb je daar een kopie van?'

Matty schudde haar hoofd. 'Er is maar één exemplaar van. Dat hielden de dames. Ze zeiden dat we het niet nodig hadden.'

'Kreeg je te horen wie Annies vader was?'

Matty schudde haar hoofd. 'Ik heb ogen in mijn hoofd en had wel een vermoeden, maar niemand heeft het ooit bevestigd. Ik heb er nooit naar gevraagd en het werd me nooit verteld. Ik steek mijn neus niet in andermans zaken. We waren dolgelukkig dat we een dochter hadden en dat was voor ons genoeg. Ik heb nooit gedacht dat ik het verkeerd heb gedaan. Annie kon maar beter hier opgroeien, dachten we, dicht bij haar biologische moeder, maar Clarisse wilde niets met haar te maken hebben. Ze toonde geen belangstelling of genegenheid voor haar. Integendeel. Ze leek een hekel aan haar te hebben en deed zelfs onnodig wreed tegen haar. Arnaud haat madame Clarisse tot op de dag van vandaag vanwege de manier waarop ze zijn zus behandelde. Af en toe viel me ook op dat ze wrok koesterde tegen mij, maar dat kwam pas later en werd door de jaren heen erger, vooral sinds onze lieve Luc dood is.'

'Wreed in welk opzicht?'

'Als kind werd het Annie verboden om in het grote huis en de tuin eromheen te spelen, het werd haar verboden om haar gezicht te laten zien. De jongens en zij waren bang voor de scherpe tong van madame. Ze hielden afstand en kenden hun plaats. Als ze ooit te ver afdwaalden, kregen ze een standje. Op een middag trof Clarisse Annie aan in de stallen van de paarden. Het meisje was daarnaartoe gegaan toen mevrouw uit rijden was. Ze was dol op de paarden en zou graag hebben leren paardrijden. Daarvoor kreeg ze een flink pak rammel. En herinner je je de avond van jullie huwelijksfeestje?'

Jane knikte.

'Vooral Arnaud heeft erg geleden onder Clarisses hardvochtigheid. Hij is erg dol op zijn zusje.' Matty zweeg met een betrokken gezicht. Binnen klonk een aanhoudend getik van een hamer. Arnaud was een konijnenval aan het repareren. Zijn twee jachthonden hadden naast hem gestaan toen Jane aan kwam rijden. Hij had haar argwanend bekeken toen ze arriveerde. Sinds de dag dat hij haar bij hen thuis had aangetroffen, had hij haar niet bepaald hartelijk bejegend.

'Kennen jullie zoons de waarheid?'

'Nu wel. We hebben het hun alle drie verteld tijdens de kerstdagen voordat Annie zeventien werd. Ik heb het zelf verteld. Claude was bij me. We zaten als gezin bij de haard in de woonkamer en ik gooide het er allemaal uit.'

'Waarom heb je je niet aan de overeenkomst gehouden?'

'Ze hadden er recht op het te weten. Het was niet goed dat we het voor hen verborgen hielden. Ik denk dat Annie een tijdje van slag was door die onthulling. Ze wilde onmiddellijk het huis uit, ze kon het niet verdragen om hier te zijn en de eerste vent die langskwam... Nou ja, de rest weet je.'

'En Luc? Wist Luc ook van het geheim, Matty?'

Matty fronste haar voorhoofd. 'Ik dacht dat je dat allemaal wist. De reden voor je tripje naar Parijs... Annie heeft het aan Luc verteld. Ze konden altijd goed met elkaar opschieten. Ze keek naar hem op en toen ze hoorde wat haar echte afkomst was, heeft ze met kerst met hem gepraat. Hij was natuurlijk geschokt, maar liet zich er niet door van de wijs brengen, want zo was Luc nou eenmaal. Ik geloof dat hij het wel leuk vond om een zusje te hebben.'

Jane boog haar hoofd. 'Maar wie is dan Patricks vader?'

'Raymond natuurlijk. Raymond Palomer. Annies ex-man. Voor wat hij waard is. Die jongen ziet zijn vader bijna nooit, die vent heeft nooit iets bijgedragen aan de opvoeding van zijn zoon. Daarvoor sprong Luc bij. Wiens zoon zou hij anders zijn? Kies jij maar.'

Jane barstte in tranen uit. De bevrijding.
'Wat is er toch, meisje?'
Ze schudde haar hoofd. 'Sorry, Matty, ik ben zo opgelucht dat het... dat het nu allemaal bekend is, voor ons allemaal.' Ze schaamde zich te erg om uit te spreken welke twijfels ze de afgelopen maanden had gehad en waarvan ze haar onschuldige, overleden man allemaal had beticht.

18

Het was de laatste week van juni. De vleugels van hartje zomer spreidden zich uit en schitterden met een zinderende gloed. De dagen waren lang, geurig en weelderig en de avonden werden gestreeld door hun warmte. De lucht rook naar lavendel, waarvan de bloemetjes gonsden van de honingbijen, pages en kolibrievlinders. Er waren zwaluwen in overvloed, die naar het zwembad doken en het oppervlak schampten alsof het een roetsjbaan was. Huiszwaluwen nestelden onder de dakranden van verschillende ongebruikte gebouwen op het landgoed. Overal fladderden vlinders.

Voordat de temperatuur steeg, wandelde Jane - na het ontbijt en een eindje zwemmen - naar Malaz en ging omhoog door het dorp, waar ze de oude mannen voorbijliep die met hun versleten hoeden en in hemdsmouwen of vesten *boules* speelden op het zongevlekte place. Ze zwaaide ter begroeting verlegen naar hen en naar de priester, Père Simon, die de dodenmis had opgedragen op Lucs begrafenis. Hij zat op een van de caféterrasjes in de schaduw tegenover de fontein en genoot van een verfrissend glaasje, samen met de burgemeester van het dorp, de welgestelde monsieur Romerio, die een caravanpark had - een bloeiende toeristenbusiness - in een naburig kanton, iets van zee af. De twee zagen haar langslopen en groetten haar met een knikje.

Voorbij het plein beklom ze de stenen trap die was uitgehouwen in het klif en liep via de borstwering, waarachter de kerk stond, naar Lucs graf. Ze had een armvol roestoranje en roomwitte rozen bij zich, die ze in de tuin had geplukt voordat ze vertrok. Ze hadden een volle geur met een vleugje kaneel. In de kerktoren luidden de ochtendklokken voor de doordeweekse mis terwijl ze op het pad naar de hoofdingang van de kerk liep. Tegenwoordig werd de mis door slechts weinigen bezocht.

De blaadjes van haar boeket begonnen te verwelken na haar lange wandeling en ze doordrenkte de afgesneden stengels met water uit een kraan op de heilige grond, waarbij ze ook haar handen en gezicht nat spetterde. Daarna droeg ze de bloemen druipend naar Lucs graf.

'De flat is verkocht,' zei ze tegen hem. 'Hij is weg. Niet meer van ons. Robert heeft het gisteren rondgemaakt. En het allerbeste is wel dat alles is afbetaald aan de verschillende partijen. We hebben geen schulden meer. Nu kun je in vrede rusten.'

Er begon een nachtegaal of een soortgelijke zangvogel te zingen. Ze keek hoe hij tsjirpend op een rij meidoornstruiken zat, die tot een haag waren gesnoeid langs de zuidoostelijke stenen muur van het kerkhof, vanwaar je op heldere dagen helemaal naar Italië kon kijken. Luc zou de kleine zwartkop, die hier heel veel voorkwam, onmiddellijk herkend hebben. Zijn zang was melodieus en luchthartig, waardoor Jane werd opgepept. Luchthartig, ja, deels, hoewel de afwezigheid van haar geliefde haar nog steeds verscheurde. Ze droeg haar verdriet als een zeurende pijn vanbinnen, rusteloos, altijd aanwezig. Er was zoveel onuitgesproken gebleven. Telkens wanneer ze hier kwam, wist ze niet waar ze moest beginnen.

'Ik vraag me af waarom je me nooit in vertrouwen hebt kunnen nemen. Was het vanwege Clarisse? Schaamde je je voor je moeders gedrag of dacht je dat mijn gevoelens voor haar alleen nog maar zouden verergeren? Wist ik het maar, begreep ik het maar. Annie is ook mijn halfzus, wist je dat? Patrick is mijn neefje. Het kleinkind van mijn vader. Het voelt raar en heerlijk tegelijk.'

Jane wilde Luc geruststellen dat ze de hulp die hij Annie had gegeven, de edelmoedigheid die hij had getoond aan Matty's dochter en aan Patrick, zou voortzetten, al hadden zijn financiële problemen haar heel wat gekost en kon ze het zich niet veroorloven dezelfde bijstand te verlenen. Ze had zijn brief aan Clarisse gegeven, die hem had gelezen en met een bulderende lach op de grond naast haar bed had gegooid. 'Altijd de dwaze romanticus, mijn jongen. Zo anders dan zijn vader. Goddank.'

Clarisse werd zwak en steeds onredelijker, waarbij ze af en toe hardvochtig deed tegen de arme Matty, die daar altijd geduldig op reageerde en haar overlaadde met zorg en aandacht.

Jane vertelde kleine nieuwtjes. 'Ik blijf hier in elk geval nog een tijdje om te zien hoe het gaat. Ik ga helpen, zoals jij wilde. Het is hier nu zo prachtig, Luc. Die vroege zomerdagen. De wielewalen hebben van het zachte fruit gegeten en Claude is er chagrijnig van. "Een van de weinige gewassen die we momenteel hebben en ik heb ze niet weg kunnen houden. Ze pikken alles in met hun dievensnavels," klaagde hij gisteren tegen me.' Jane probeerde Claudes accent na te doen. Er was verder niemand op het kerkhof die zag hoe ze in zichzelf praatte, met haar armen zwaaide en opging in haar verhaal. 'Arnaud heeft een bijenzwerm ontdekt bij de binnenplaats van het grote huis. Hij zei dat ze hun kolonie ontvlucht waren en op zoek waren naar een nieuw huis.'

De zwerm was bijeengekomen en hing als een reusachtig chocolade-ei onder de dakrand van de pas verbouwde stallen, vertelde ze Luc. 'Ik zag hoe hij ze oppakte – de hele zwerm in één keer – en in een doos achter in zijn truck zette. Hij heeft ze nu ondergebracht in een van zijn pas gemaakte bijenkasten. De koningin zat er ook bij, dus het landgoed heeft binnenkort ook eigen honing, Luc. Honing voor bij de croissants 's ochtends...' Ze boog haar hoofd, beseffend dat ze die kleine vreugde nooit meer samen zouden delen.

De nachten naast jou zijn liefdevol. En het ontwaken ook. O, Luc, als...

Er drupte een traan, die snel naar haar kin gleed, en toen nog een. Ze wreef met de rug van haar hand over haar gezicht.

'En verder? *Je t'aime.* Het landgoed heeft een roer nodig, Luc, een motor. Het heeft jóú nodig. Clarisse geeft het volledig op. Door haar slechte gezondheid, haar stemmingswisselingen en haar steeds grotere verwarring, is ze min of meer aan huis gekluisterd en daar is ze ook niet bepaald goedgehumeurd door. Ze zegt dat het landgoed mijn verantwoordelijkheid is. En ik weet niet waar ik moet beginnen, óf ik wel moet beginnen of dat ik mijn koffers moet pakken en de aftocht moet blazen, al weet ik niet waarheen. Dus wat moet ik nu, Luc? Geef me een teken, alsjeblieft. Zeg wat jij denkt dat het beste voor me is. Waar ik ook terechtkom, sta alsjeblieft naast me.'

Die avond zat Jane alleen op het terras met een glas gekoelde witte wijn te kijken hoe de avond langzaam viel en zwermen vogels in stilte naar hun voedselplekken vlogen. In de verte zakte de zon achter rafelige rijen bomen in de ordeloze boomgaarden. De lucht werd rood, als een rozenkrans van vuurballen boven de Middellandse Zee. Toen de schemering langzaam overging in duisternis werden de omtrekken van de bomen zwart. Venus kwam op. De maan verscheen als een cirkel van mousseline en begon aan zijn lome traject. De duisternis was dik en fluwelig. Jane voelde zich vredig, haar pijn werd stilletjes gekalmeerd door de schoonheid.

Er kwam piepend een sms'je binnen op haar telefoon. Het was van Dan. Er stond in: *Avond J, goed om van je te horen. Ben terug na* LANGE *shoot in West-Australië, Prince Regent, Kimberlies. Blij dat alles wordt opgelost. Bel je snel, Dx*

Het deed haar goed om na al die tijd van Dan te horen, ook al was hij nog steeds ver weg. Na het verlies van Luc zette Dan zijn carrière voort, wat haar zowel blij als verdrietig maakte. Ze verheugde zich erop om op een dag alles te horen over de film die hij had opgenomen. Maar zijn opmerking over 'alles wordt opgelost' verbaasde haar. Doelde hij op Lucs archieven? Was hij van plan haar te helpen? Ze hoopte van wel.

Die avond voor ze ging slapen dacht ze na over haar positie, haar opties, haar eenzaamheid. Ze voelde zich hier minder alleen, al vond ze het erg dat ze de tijd niet terug kon draaien om haar nieuwe leven met Luc te delen in het licht van alles wat ze nu wist. Ze lag naar het plafond te staren. Het eerste plafond dat baby Annabelle, haar zúsje, ooit had gezien. Stel je voor: *ze had een zus.* Ze lag te mijmeren over zusterlijke activiteiten. Samen fietsen, bramen plukken. Elkaars kleren lenen. Op bezoek gaan bij haar vader, hun vader. Peter had een dochter en een kleinzoon maar zou het nooit weten. Dat stemde haar verdrietig.

Wist Annie dat ze familie waren? Had Annie enig idee van de identiteit van haar vader? Had Luc geweten dat zijn halfzus ook de halfzus van zijn vrouw was? Had hij haar en haar vader beschermd? Had hij daarom gezwegen? Moest ze contact leggen met Annie?

De mogelijkheden waren eindeloos.

Morgen, besloot ze, zou ze het groene licht geven om arbeiders aan te nemen om Claude te helpen. Een ploeg die een gezamenlijke poging zou doen om het landgoed weer op de rit te krijgen. Ze zou hier blijven totdat de druivenoogst binnen was gebracht en misschien ook de olijvenoogst. Daarna? Nou ja, ze kon later wel over haar toekomst beslissen. Haar geschenk voor Les Cigales, ter herinnering aan Luc, zou zijn dat ze alles wat er nog in de kelder lag zou opruimen, Lucs filmarchieven bij de diverse instituten zou onderbrengen en zou deelnemen aan het heropbouwen van het domein. Pas daarna zou ze nadenken over haar eigen toekomst.

Ze deed haar ogen dicht. Ze zou contact opnemen met Annie, natuurlijk. Er ging een golf van opwinding door haar heen. Het was lang geleden dat ze zich zo vol leven had gevoeld.

19

Er werden er elf ingehuurd, zwijgzaam en met hoeden op. Claude had gehoopt op wat meer en zou er ook nog wel drie of vier extra hebben kunnen binnenhalen, als Clarisse niet had verboden dat er Arabieren op het landgoed zouden werken. Arabieren – vooral Maghrebijnen, van wie er vele Berbers waren – uit Noord-Afrika, waren goedkope arbeidskrachten in de zuidelijke streken van Frankrijk. Ze waren niet populair bij de Provençaux. Au contraire, ze werden door velen veracht en gewantrouwd, maar voor arbeidsdoeleinden waren ze wel handig. Ze werkten vaak zwart, *en noir*, voor tarieven die lager waren dan het wettige loon en ze bleven op zichzelf, respecteerden de *salat* – vijf keer per dag bidden – en hielden zich verre van alcohol. Veel kleine bedrijven huurden ze in voor de handmatige klusjes, maar dat maakte Clarisse niet uit. Ze had altijd geweigerd ze aan te nemen. Ze was bang voor hen, zei ze.

Jane voerde aan dat dat belachelijk was.

De familie Cambon had tegen hen gevochten in Afrika en Clarisse was bang voor wraak.

Jane ging tegen die onzin in en Claude vond drie Arabieren bereid zich bij het team te voegen.

Dus uiteindelijk stonden er veertien op de loonlijst. Of zestien, als je Claude en Arnaud meetelde. Claude had de mannen *le SMIC* aangeboden, het *salaire minimum de croissance*, het minimumloon, dat aan het begin van het jaar marginaal met tien centimes was gestegen naar 9,53 euro bruto. Het was een bescheiden bedrag, maar wel een wettig loon. Ze zouden ook maaltijden en een eenvoudig bed krijgen, als ze wilden blijven slapen. Hij had Jane verteld dat niet een van hen ermee akkoord was gegaan om te werken in ruil voor een aandeel in de komende oogst. 'Te onzeker,' had hij verklaard. De waarheid was dat hij het voorstel nooit bij zijn maatjes had neergelegd. Het waren zware tijden hier in het zuiden, en de werkloosheid steeg in heel Frankrijk. *La crise viticole* was pittig. Maar een man verdiende een fatsoenlijk loon voor een dag hard werken.

De landarbeiders hadden rechten en eisten respect, wat Clarisse maar zelden wilde erkennen. De mannen waren op Janes verzoek ingehuurd namens het landgoed. Het wijngoed moest dus diep in de buidel tasten en de middelen zien te vinden. Het was de schuld van Clarisse, en van niemand anders, dat het bergafwaarts ging. Claude wist niet dat Jane het geld uit eigen zak voorschoot.

Matty en hij hadden allebei de illusie dat Clarisse of het landgoed – wat voor hen op hetzelfde neerkwam – ergens kapitaal achter de hand had, hoe hard ze ook beweerde dat ze arm was. Misschien had hij zich iets flexibeler opgesteld als Jane hem zou hebben toevertrouwd dat de middelen uit haar eigen inkomsten kwamen.

Toen Claude zijn handgeschreven berekeningen op de ontbijttafel legde, slikte Jane moeizaam en ging stijfjes op de rechte keukenstoel zitten.

'We hebben het over een totaal van vijftien wekelijkse uitbetalingen.' Claude was al in dienst van het landgoed, dus was zijn loon niet meegerekend, maar dat van Arnaud wel. 'Dat komt dus neer op iets meer dan vijfduizend euro per week. Een werkweek bestaat in dit land uit vijfendertig uur, een maatregel die in 2000 door onze socialistische premier, Lionel Jospin, is ingesteld en waar Clarisse fel op tegen is. Boven de vijfendertig uur is het overwerk, Jane, en dan gaat het uurloon omhoog.'

Jane knikte en staarde naar Claudes vel papier, dat hij uit een schrift had gescheurd. Ze nam een slok koffie. Dit zou al haar spaargeld en alles wat ze dit jaar opzij had gezet opslokken. Ze hoopte maar dat het niet ook een deel zou kosten van het kleine bedrag dat ze had overgehouden aan de verkoop van de flat. Het was zomer, het waren lange dagen en het dringend noodzakelijke werk was voldoende om haar en haar bankrekening nachtmerries te bezorgen. 'Over hoeveel weken hebben we het?'

'Dat hangt ervan af hoe ver je wilt gaan en hoe grondig je het wilt aanpakken. Toen madame Isabelle nog leefde, bestond de reguliere landploeg uit acht man met mij als voorman. Als we het hier weer net zo willen krijgen als toen zij de leiding had, hebben we waarschijnlijk een jaar lang werk voor een stuk of twaalf man.'

'Een jaar? God, laten we eerst eens kijken wat we in twee weken voor elkaar kunnen krijgen.' Jane lachte opgewekt. Ze deed zich stoer en onverschrokken voor.

Claude knikte. 'We hebben ongetwijfeld langer nodig, Jane. Je kunt het maar beter met madame bespreken, maar ik zal tegen de mannen zeggen dat ze overmorgen kunnen beginnen. Morgen zullen Arnaud en ik de machines die we hebben in gereedheid brengen en dan rijden we naar de *cooperative* om te huren wat we zelf niet hebben. Hoe klinkt dat?'

Jane knikte. Ze durfde niet naar de huurtarieven voor de machines te vragen.

'Heb je enig idee hoe je het schoonmaken wilt aanpakken?'

Jane schudde haar hoofd. 'Ik reken erop dat jij dat wilt organiseren, Claude. En nu we het er toch over hebben: laten we de tractor afdekken als die niet gebruikt wordt.'

'Arnaud heeft hem al binnen gezet. Hij zal de olie verversen en er moeten nieuwe remvoeringen in. We werken eraan.'

'Mooi.'

'Goed dan. Ik zal het zo doen: ik splits ons op in kleine ploegen van elk vier man en ik zal ze allemaal in de gaten houden, net als Arnaud, maar hoe hard we ook werken, Jane, we zullen niet alle wijngaarden kunnen herstellen. Dat is toch duidelijk, hè? Ik beloof geen wonderen.'

Opnieuw knikte ze.

'We zullen zo veel mogelijk velden en wijngaarden schoonmaken en verder zo veel mogelijk gevaarlijke begroeiing wegsnoeien. De dagen worden langer en heter. Er is een hoog brandrisico in deze streek. De gemeente heeft alle grotere bedrijven, waaronder ons, aangeschreven met de waarschuwing dat er fikse boetes worden uitgedeeld als we onze verantwoordelijkheid niet nemen. De toeristen die hier komen – en het is al juli, dus ze kunnen nu elk moment in groten getale deze kant op rijden – gaan slordig met het land om, hebben geen respect voor de omgeving en houden geen rekening met ons werkende boeren. En er hoeft maar een zuchtje mistral te staan of de vlammen kunnen binnen een seconde hoog oplaaien. Er is maar één achteloos weggegooide lucifer voor nodig. Of iemand die brand sticht. Dan verspreidt het vuur zich met een snelheid die alle cijfers te boven gaan. Het landgoed had nooit zo verwaarloosd mogen worden, maar goed.' Claude was duidelijk dankbaar dat Jane hem eindelijk het groene licht had gegeven om te snoeien en te knippen.

'Het ligt in jouw handen, Claude.'

Die uiachtige geur van gesnoeide vegetatie: onkruid, wilde bloemen en gemaaid gras. Het was een verrukkelijk parfum. Aan alle kanten klonk het gedreun en gezoem van machines. De aanblik van hardwerkende mannen was onverwacht groots en mooi. Figuren die in de schaduw van de *pins parasols* neerhurkten voor een versnapering, waarna ze weer in het veld gingen werken, te midden van de zonovergoten geeltinten van Van Gogh, de zachtere kleuren van Paul Cézanne en zelfs, in het vroege ochtendlicht, als ze al op was om met de ploeg mee te rijden, een vleugje van *Het angelus* van Millet.

In de verte reikten pijnbomen naar de hemel en verder waren er verbleekte begroeiing, de zee en de bergen, terwijl alleen de hitte en de krekels Jane eraan herinnerden dat er leven was in deze oude, rotsvaste stilte. Het landelijke uitzicht werd afgepeld en opnieuw opgebouwd door de gespierde arbeiders met hun cirkelzagen en snijmachines, en met hun sterke handen zo ruw en harig als reuzenspinnen. Jane vergezelde Claude op verschillende verkenningstochten die hij 's ochtends of 's middags maakte. Om hen heen lagen half overwoekerde velden, boomgaarden en wijnstokken die in de richting van de blauwpaarse bergen klommen. Overal waar een viertal mannen bezig was met het snoeien of ontwortelen van wilde struiken en bloemen, was georkestreerde beweging. Niets leek toevallig. Zonder een woord te zeggen of een gebaar te maken werkten ze in harmonie, als dansers in een groep. En Jane zag dat het landschap vlak voor haar neus getransformeerd werd.

Ze zou willen dat Luc en Dan er waren om de metamorfose te filmen. Lagen felgekleurde begroeiing werden afgepeld en tot op het bot afgesneden. Er straalde licht door de open plekken en de aarde die zichtbaar werd was diep blozend roze, terwijl er wolken van veelkleurige bloesems op elkaar neerdwarrelden als een caleidoscoop van stervende vlinders. De contouren van het terrein werden blootgelegd. Dat was de meest opvallende verandering. Waar het glooiende land *en restanque* was – een Provençaalse term voor terrassen die zonder specie waren aangelegd – viel het oog nu ineens op de prachtige stukken kalksteen, die oranje waren doordat ze eeuwenlang in de rozige aarde hadden gelegen en die uit deze mediterrane bergen waren gehouwen, en op het middeleeuwse vakmanschap van de muren en de machtige aanblik van de heuvels.

Het land klaagde niet. Au contraire, het leek stem te krijgen door deze bevrijding. Hoger landinwaarts aan de voet van de berg, werden ook de olijfgaarden teruggesnoeid, die allemaal geplant waren op oude terrassen, maar daar lieten de mannen ook hele stukken wilde vegetatie vrij groeien. Het visuele resultaat was een betoverende lappendeken van kleur en hoogte, naast gemaaid gelig gras. Ze knipten en maaiden de grasvelden, schoren cirkels rondom de zilverachtige bomen, waardoor er madeliefjes en knobbelige, slangachtige olijfwortels vrijkwamen, die zich als grijze olifantenslurven onder het oppervlak van kalkrijke aarde vol steentjes begroeven.

'Toen de Cambons dit domein eind 1962 in hun bezit kregen, was Les Cigales bankroet. De vrouwen onderhandelden keihard en wisten het voor een goede prijs te kopen. Niemand uit de buurt had de middelen om erin te stappen. In die begintijd werden de olijven die tijdens het oogsten werden geplukt in jutezakken gestopt en naar een lokale coöperatie op een steile helling ten westen van Malaz vervoerd, waar ze werden geperst tot een peperige groene olie, gebotteld en hier in de buurt werden verkocht.'

Terwijl ze op de droge aarde met stenen naar Claude stond te luisteren die zijn hoofd naar de bergwand hief, werd Jane diep geraakt door het zien van de knoestige olijfgaarden.

'Hoeveel olijfbomen hebben we hier?'

'Driehonderd van meer dan een eeuw oud en bijna zeventienhonderd jongere exemplaren, die onze Frans-Algerijnse vrouwen hebben geplant tijdens de jaren negentig, het decennium waarin de subsidies van de Europese Unie gunstig waren voor de Franse olijvenbusiness. De olijven worden door ons geoogst en daarna rijdt Arnaud er in die oude truck mee naar een van de vele perserijen hier in de buurt, waar ze tot olie worden geperst. Slechts een paar kilo fruit wordt gezouten om er tafelolijven van te maken.'

'Is daar een reden voor?'

'Onze variëteit, de *cailletier*-cultivar, is bijzonder goed voor olie. De olie die wij produceren behoort tot de beste van Frankrijk.'

Jane herinnerde zich de in onbruik geraakte molen in de buurt van Le Cottage du Cerisier van haar jeugdexpedities met Luc, en het kabbelende riviertje dat 's zomers niet meer dan een stroompje was. Het stond op nummer 7 in de top 16 van 'Beste Verstopplekken van Les Cigales'. Het rivierwater was glashelder, *eau potable*, en ze lesten er hun dorst mee na hun lange trektocht naar die afgelegen plek. Ze hadden heel wat fijne uren doorgebracht bij die oude molen, terwijl Luc foto's maakte en tekende hoe het er misschien uit had gezien en had gewerkt, en Jane keek toe terwijl ze madeliefkransen maakte of de Franse namen van bloemen opschreef in een schetsboek dat Luc haar had gegeven.

Ze vroeg zich vaak af waarom Luc zoveel tijd met haar doorbracht en niet met de tweelingzoons van Claude en Matty, die iets ouder waren dan zij en dus dichter in de buurt kwamen bij zijn leeftijd. 'Als ze geen huiswerk hebben, moeten ze werken,' antwoordde Luc dan. 'Hoe dan ook, ik vind het leuk om net te doen alsof je mijn zusje bent. Ik had graag een zus gehad.' Destijds werd ze er verdrietig van dat hij haar als zusje beschouwde terwijl haar passie voor hem oplaaide.

En nu hadden ze allebei een zusje. Annie.

'Ik herinner me de watermolen achter Clarisses huis.'

'O, god.' Claude lachte en zijn verweerde gezicht rimpelde tot een gedroogde vrucht. 'Dat ding is al zo lang vervallen. Er zijn al in geen eeuw olijven geperst op het landgoed.'

'Waarom laten ze zoveel stukken gras overwoekerd en snoeien ze niet de hele olijfgaard?' vroeg ze. Hij scheurde met zijn tanden hompen brood af, nam happen harde kaas en kauwde erop. Hij was al sinds vier uur op en dit was zijn tweede ontbijt.

'Habitat voor de schepsels van de natuur, Jane. Pollen voor de honingbijen en andere bestuivers, die allemaal het land onderhouden en een steentje bijdragen aan het gezond houden van de aarde. Daardoor wordt ook de gevreesde olijfvlieg op afstand gehouden. Toch zal het dit jaar een slechte olijvenoogst worden, ondanks al dat fraai uitziende fruit dat aan de takken hangt. Ik vrees dat we heel wat verliezen. Het is verdomme een schande.

'Zijn al deze olijven dan niet goed?'

'Zonder goed gekeken te hebben, gok ik dat al zo'n zestig procent is aangetast door vliegenlarven. We hebben de olijfgaarden vorig jaar na de oogst niet schoongemaakt en de gevallen zieke steenvruchten niet verbrand. Dat zouden we na kerst doen als Luc terug was uit Londen...' Claude zweeg en plukte een kruimeltje van zijn ongeschoren kin. De snoeischaren dreunden onophoudelijk door. Alleen de cicaden antwoordden. Even klonk hun getsjirp als het jammeren van vrouwen tijdens een wake.

'Gevallen olijven die op de grond liggen te rotten zijn een broedplaats voor olijfvliegen, want die ellendelingen houden daar een winterslaap, ontwaken in het begin van de zomer en leggen dan hun eitjes in de vruchten van het volgende seizoen. Het is hetzelfde probleem als in de wijngaarden, Jane: landbeheer. Het komt allemaal op landbeheer aan. Zonder het opruimen en schoonmaken van het terrein vragen we om problemen, ziektes, brand en ondervoede gewassen.'

Ze draaide zich om en keek naar het zuiden. De zon scheen vol op haar gezicht; het geluid van de machines bromde op de heuvels achter haar. Het uitzicht op de glinsterende zee in de verte was spectaculair, alsof het hele land weids voor haar voeten lag en zich uitstrekte naar de blauwe oceaan. Jane was al in geen jaren in de olijfgaarden geweest. Ze was vergeten hoe mooi ze waren. Toen kroop er een herinnering omhoog aan de keer dat ze met Luc in de knoestige oude bomen klom. Dat moest tijdens die heerlijke eerste zomer zijn geweest, zo vol wonderen en ontdekkingen, of misschien haar tweede zomer hier. Ze was nog nooit in een boom geklommen. Luc had haar bij de hand genomen en samen waren ze naar de bovenste takken geklauterd en op hun houten troon gaan zitten, waar ze de eindeloos blauwe lucht bijna konden aanraken.

'Als ik doodga, wil ik terugkomen als een olijfboom,' had Luc hoog op zijn tak verklaard, terwijl hij het uitzicht in zich opnam en de lucht afspeurde, op zoek naar vogels.

'Waarom?'

'Omdat ze eeuwenlang leven en dan hoef je niet steeds weer dood te gaan en terug te komen. Je kunt duizend jaar dezelfde boom zijn.'

Ze glimlachte bij de herinnering en putte er moed uit dat Luc hier ergens aanwezig was en over haar waakte.

20

Het regende. Echt zo'n ontzaglijke Zuid-Franse zomerstorm wanneer de goden oorlog voeren en de denkbeeldige bloedplaatjes van de hemel tegen elkaar aan botsen, met bliksem en wolkbreuken als gevolg, waardoor de doorbakken aarde wordt geïrrigeerd, het fruit gevoed en verzadigd raakt en alle praatjes over mogelijke zomerbranden bekoelen.

Het was laat in de middag op vrijdag, 4 juli, Onafhankelijkheidsdag in de Verenigde Staten en altijd een reden voor feesten langs deze Zuid-Franse kustlijn: dan ging de Zesde Vloot van de Amerikaanse marine, waarvan het hoofdkwartier in Napels gevestigd was, voor de kust liggen en werden de stranden van de grootste kuststeden verlicht door extravagante vuurwerkshows. Na al Claudes waarschuwingen over vuur dat onbeheersbaar oplaaide in gebieden waar het land droog en niet onderhouden was, had Jane het ergste gevreesd, dus de regen was een verademing. Ze waren nu twee dagen bezig met het schoonmaken van het land. De extreme verandering van de weersomstandigheden kon het proces een dag of twee vertragen, maar de branddreiging was afgewend. En het was weekend, dus de arbeiders konden rust nemen en Jane zou hun geen overwerk hoeven uitbetalen.

Jane was alleen thuis en had voor het eerst sinds Luc dood was muziek opgezet. Met zijn iPod ingeplugd luisterde ze naar Pablo Casals. Ze had net opgehangen na een telefoontje naar Peters verzorgingstehuis.

'Hij heeft naar je gevraagd. Hij wordt een beetje kribbig,' had Frances gezegd. 'Hij gaat niet meer zo vaak naar de tuin als vroeger, hoewel een van de verpleegkundigen altijd haar hoofd om de hoek steekt en aanbiedt met hem te gaan wandelen. Het is jammer, want het is de laatste tijd best warm geweest. "Ik kan maar beter niet gaan, liefje," zegt hij dan tegen de verpleegkundige. "Mijn Jane is onderweg. Ze is een beetje laat. Dat komt door het verkeer." Ik ben zelf even naar hem toegegaan om te zeggen dat je weg was en snel terugkomt. Zijn gezicht lichtte op alsof er een schakelaar was omgezet. Hij zei dat je met Luc op locatie was in Algerije.'

Jane had het gevoel dat haar hart werd opengereten. Ze had hem verwaarloosd. Het was bijna twee maanden geleden dat ze haar vader had gezien. Ondanks zijn dementie had hij die lange duur scherper gevoeld dan zij. Het werd tijd voor een tripje. 'Bedankt dat je het me verteld hebt, Frances. Wil je me alsjeblieft met hem doorverbinden?'

Jane wachtte en luisterde naar de zoemtoon toen de telefoon overging in zijn kamer op de eerste verdieping. Trillend en trillend. Staarde hij uit het raam met zijn rug naar de telefoon op tafel, waardoor hij het knipperende lampje niet zag? Hij hoorde slecht en had geen idee hoe graag ze zijn stem wilde horen.

'Hallo?'

'Pap? Papa, met Jane.'

'Hallo, liefje.' Het bleef lange tijd stil.

Jane stikte bijna in het brok in haar keel. Ik heb een zusje, jouw dochter, dacht ze.

'Luc is langs geweest, maar ik heb Jane niet gezien. Is ze weg?' Zijn stem klonk zwak en onvast.

'Pap, met Jane. Papa? Ik kom snel, dat beloof ik.' Na nog wat onsamenhangende zinnen hing ze op en staarde naar de bomen die zwiepten in de zomerse storm, terwijl er overal bloesems van de takken werden gerukt. Ze voelde zich melancholiek. En toen glimlachte ze bij de herinnering aan hoe Peter af en toe voor haar zong: 'My Melancholy Baby'. En aan zijn 'favoriete' meisje vroeg of ze naar hem toe kwam.

'Ik ben onderweg, pap.'

Toen er werd geklopt, een roffel op de achterdeur, had Jane

het bord van haar eenzame avondmaal al in de vaatwasser gezet en overwoog ze een slaapmutsje te nemen, maar daar was het nog wat te vroeg voor. Ze verwachtte niemand. Ze zat achter haar computer aan haar tijdelijke bureau – de ontbijttafel – haar rekeningen te bekijken en facturen te versturen voor de drie vertaalopdrachten die ze tijdens deze turbulente weken had weten te voltooien. En, heel belangrijk, ze had zojuist haar boeking voor een vlucht naar Londen afgerond en was nogal opgewonden door het vooruitzicht dat ze naar Engeland ging en haar vader weer zou zien. Voor het eerst sinds lange tijd stond er een positief saldo op haar rekening. Robert zeurde aan haar hoofd om haar kapitaal door hem te laten investeren, tenzij ze plannen had om meteen onroerend goed te kopen, wat niet het geval was. Hoe dan ook, een reisje naar Londen was heel belangrijk, allereerst omdat ze haar lieve vader dringend moest zien en ten tweede om haar mogelijkheden met Robert te bespreken en haar geld op een verstandige plek onder te brengen. Ze was niet van plan hem te laten weten dat ze haar zuurverdiende inkomen en spaargeld gebruikte voor het onderhoud van het landgoed van Lucs familie.

Matty had beloofd goed voor Clarisse te zorgen tijdens Janes korte afwezigheid. Die lieve Matty, die dagelijks op haar huid werd gezeten door een vuilbekkende en ondankbare Clarisse. Telkens wanneer Matty naar haar toe reed om het beddengoed te verschonen, het huis schoon te maken en de patiënt zelfgemaakt eten te brengen, werd ze begroet met de vreselijkste vuilspuiterij en beschuldigingen over het stelen van Clarisses kind.

'Het is pijnlijk, dat kan ik niet ontkennen,' vertrouwde Matty Jane toe, 'maar ze is nooit bepaald een mooiprater geweest, dat weten we allemaal.'

'Dat gebeurt wel vaker,' zei de dienstdoend specialist toen Jane, die wanhopig graag een eind wilde maken aan dit gedrag, het ziekenhuis had gebeld.

'Kunt u niets voorschrijven?'

'Vraag de huisarts of die de dosis van haar kalmerende middelen wil verhogen,' antwoordde hij. 'Ik zou me er niet al te druk om maken, madame Cambon. De fase waarin uw moeder zich bevindt, gaat waarschijnlijk wel weer voorbij. Dat is meestal zo.'

Móéder!

Er werd nogmaals op de achterdeur geklopt, iets harder ditmaal. Jane fronste en keek op haar telefoon hoe laat het was: zeven uur zevenenveertig. Ze verwachtte echt niemand. Ze stond op en liep door de provisiekamer naar de achterdeur en streek met haar handen door haar ongekamde haar, moe en eerder klaar voor een warm bad dan voor een verkwikkende zwempartij in de regen onder de sterren. Ze fronste en dacht dat ze een hond hoorde blaffen. Arnaud? Was het Arnaud met zijn jachthonden? Jezus, ze hoopte van niet.

Ze maakte de grendel los.

Het was Annie, kletsnat in een geel regenjack met capuchon en gele kaplaarzen. 'Niets zeggen, ik lijk net beertje Paddington.'

De twee vrouwen keken elkaar zwijgend aan. Jane zag de boodschap die ze bij de bloemen had gezien voor zich: *Ons leven zal nooit meer hetzelfde zijn zonder jou.*

'Mag ik binnenkomen?' Achter Annie viel de regen gestaag neer.

'Ja, natuurlijk.'

In de tuin rende een heel modderige, bijna dolgedraaide Walnut rond. 'Walnut, o, viens içi! Ik heb je gemist.' Jane trok de deur open en schoof naar achteren zodat Annie erlangs kon. Ze bukte en klapte in haar handen. De komst van zo'n onverwachte gast was nogal overweldigend, de laatste die ze had verwacht.

Annie schopte haar laarzen uit, gooide de jas op de grond waar hij, als smeltende boter, in een plasje water bleef liggen en koerste op kousenvoeten meteen door naar de tafel waar Jane had zitten werken, alsof ze de hartslag van het huis kende. Achter haar verspreidden plasjes water zich over Matty's schone tegelvloer. Jane wachtte op de hond.

'Ik heb wijn gekocht.' Annie grijnsde misschien iets te nadrukkelijk en haalde met een knipoog een fles rode wijn uit haar schoudertas. '*Un peu* gek, maar ik dacht dat ik de kelders van het huis maar niet moest plunderen. Ik dacht dat een paar glaasjes het ijs wel zouden breken. Je drinkt toch wel?'

Jane knikte verdwaasd en bleef staan waar ze stond. Annie ging terug naar de keuken om een kurkentrekker te pakken. 'Je vindt het toch niet erg als de hond binnenkomt? Hij is wel heel nat, ben ik bang.'

'Nee, dat wil ik juist; ik riep hem al.' Annie wist best dat Walnut háár hond was. Annie stond alweer bij deur van de bijkeuken en floot naar de spaniël, die naar binnen stoof en als een dolle tegen de zoom van Janes rok op sprong, waardoor hij haar benen en voeten met modder besmeurde. Ze lachte luid en aaide over zijn warme, zwarte kop, knuffelde hem stevig, waardoor ze zichzelf vuil maakte, en liep naar de kast waar het alledaagse serviesgoed stond. Ze haalde er een lage kom uit en vulde die met water. Hij slorpte het dorstig op en morste nog meer water over de vloer, met een energie die bijna schrikbarend was. Ze knielde naast hem neer en kriebelde zijn oren terwijl hij dronk. 'Rustig aan, jongen.'

'Hij is opgewonden,' merkte Annie op.

Blij dat hij thuis is, dacht Jane, die zich afvroeg of ze kon vragen of ze de hond terug mocht, of was dat te onaardig en te zelfzuchtig? Had Luc Walnut aan zijn halfzus en zijn neefje gegeven?

'Gaat het wel?'

'Ik vroeg me af of de hond, waarom hij...'

'O, god, wil je dat ik hem weer buiten zet? Ik doe nooit moeilijk over de rotzooi die hij bij ons thuis maakt, maar misschien dat mama en jij het erg vinden.'

Mama? Jane trok haar wenkbrauwen op en keek Annie recht aan.

'Ik bedoelde Matty,' zei Annie zacht. 'Matty is mijn moeder, wat er verder ook... je weet wel.'

'En Luc?'

'Hij is... hij was mijn vriend, mijn beste vriend en mijn grote broer.' Annie liep langs Jane naar de buffetkast en pakte twee glazen met lange stelen. Ze schonk in elk ervan een flinke scheut rode shiraz. 'Het is Australische wijn. Ik hoop dat je die lekker vindt. Niet zo fantastisch als het spul van het landgoed hier, maar wel goedkoper.' Ze lachte nerveus. 'Laten we even gaan zitten, goed? Je ziet een beetje...'

'Wat?'

'Groen.'

'Groen?'

'Misselijk. Geschrokken, misschien? Toen je mij zag. Een gouden visioen in doorweekt plastic.' Annie giechelde kort. Ze had Peters ogen, onmiskenbaar, en ook iets van zijn onbeschaamde, vrijpostige stijl. Janes hart zwol van warmte.

De schooier en de prinses. Stel dat ze lang geleden op de avond van haar huwelijksfeestje had geweten of geraden dat dat kleine meisje, de indringster, deze vrouw, haar halfzusje was? Zo'n behendige speling van het lot.

'Vind je het erg?'

'Sorry, wat?'

'Dat ik zomaar binnen kom vallen?'

Jane schudde haar hoofd. 'Ik wilde je zelf ook al bellen.'

'Ik ben hier een paar dagen om papa en mama te zien en ik vond dat we moesten praten, je weet wel, jij en ik. Mama zei dat jullie een gesprekje hadden gehad.' Annie praatte over haar schouder terwijl ze met de glazen en de fles in haar handen voorop liep naar de eetkamer en intussen een slok nam.

Jane volgde haar. 'Sorry, het is hier een beetje rommelig. Ik was aan het werk. Zullen we naar de bibliotheek gaan?'

'De rommel maakt me niet uit, maar als jij dat wilt, prima. Na jou, dan. De enige keer dat ik in die kamers aan de voorkant ben geweest, was op Lucs begrafenis. Ik mocht er nooit komen.'

Jane ging eerst naar binnen, gevolgd door Walnut, die druipend en wel, met een vacht die naar verzopen hond rook, op het kleed bij de haard ging liggen, die voor de zomer was versierd met dennenappels en olijftakken. Hij hijgde kwispelstaartend en zag er tevreden uit. Hij was thuis. Jane stond op en keek naar het raam en de regen daarachter. Voor zover ze wist had het niet meer zo geregend sinds de dag dat Luc was begraven.

'Hoe komt het dat jij onze hond hebt?' vroeg ze, terwijl Annie de fles op het tafeltje tussen hen in zette en Jane een glas toeschoof. Jane pakte een doosje lucifers bij de haard en stak twee kaarsen in hoge, tulpvormige kandelaars aan. Door de gloed werd het licht in de kamer zachter.

'Ja, Walnut hoort hier, ik weet het. *À la tienne.* Goed om je eindelijk fatsoenlijk te ontmoeten. Luc had het zo vaak over je.'

'Proost, *à la tienne*. Echt? Hij heeft het nooit met mij over jou of Patrick gehad. Het lijkt erop dat er vrij veel... nogal belangrijke informatie voor me is achtergehouden.'

'Dat weet ik en dat spijt me echt.' Annie hief haar glas en nam een slok. Het was al bijna halfleeg, zag Jane, terwijl zij dat van haar op borsthoogte in haar hand hield. 'Ga zitten.' Ze deed stijfjes en formeel en leek dat maar niet van zich af te kunnen schudden. Ze wist niet of ze haar armen nu om Annie heen moest slaan en haar onmiddellijk als haar zus moest verwelkomen, of dat ze boos moest zijn omdat ze niet eerder was gekomen, omdat ze haar hond had gestolen, vanwege de schulden, vanwege zoveel wrok die Jane had opgekropt ten aanzien van de onbekende vrouw die, goddank, niet Lucs minnares was geweest.

Annie was gaan zitten, en nu ze merkte hoe ongemakkelijk Jane zich voelde, werd haar aanvankelijke hartelijkheid iets getemperd. 'Walnut is van jou,' gaf de jongere vrouw toe. 'Luc had hem bij ons gelaten voor kerst en toen... toen hoorden we het nieuws en alles was zo afschuwelijk. Ik kon het niet verdragen hem weg te doen, zowel voor Pat als voor mezelf. Pat hield van Luc als van een vader. Zijn eigen vader is, nou ja, nogal een eikel, eerlijk gezegd.'

'Ja, dat vertelde Matty al...'

'Als Luc zich er niet mee had bemoeid en ons niet had geholpen... nou, ik weet niet wat er dan van me geworden was. Dan zou ik weer bij papa en mama zijn gaan wonen, samen met Pat, en dan zou iedereen over mijn scheiding roddelen.' Ze huiverde. 'Het dorpsleven. Geef mij maar de anonimiteit van de grote stad. Hoe is de wijn? Best lekker, hè? Geen goedkoop bocht.'

Jane had nog niet geproefd. Ze stond nog steeds en probeerde Annies komst te verwerken.

'Ik zal Walnut hier laten als ik volgende week naar huis ga. Ik had hem niet mogen houden, ik had hem al maanden geleden terug moeten geven. Sorry, duizendmaal. Het was echt egoïstisch van me, maar ik kon het niet verdragen om Pat nog een klap toe te dienen. Het verlies van Luc... dat neemt Pat heel slecht op.'

'Waar is hij nu?' Jane ging eindelijk zitten, op de bank tegenover Annie. Ze dronk haar wijn en zette het glas op tafel. 'Lekker, deze Australische shiraz.'

'Ja, vind ik ook. Ik koop hem bij de Carrefour bij mij in de buurt. Pat logeert een paar dagen bij schoolvriendjes bij ons in Vincennes voordat ze allemaal op zomervakantie gaan. Ze gaan paardrijden in het park. Het is een heerlijk joch. Je zult dol op hem zijn.'

De twee vrouwen keken elkaar glimlachend aan en barstten toen onzeker in lachen uit. Jane bedacht hoe mooi en stralend Annie was. Ze leek de beste trekjes van Clarisse en Peter geërfd te hebben. De ogen van haar vader, Clarisses geweldige bos kastanjebruin haar en het zandloperfiguur dat ze zo verleidelijk had getoond toen ze jonger was.

'Heb je Clarisse al gezien?'

Annie schudde haar hoofd en ging met haar hand door haar lange lokken. 'Dat ben ik ook niet van plan. We praten niet met elkaar, ben ik bang.'

'Ze heeft naar je gevraagd, ze vroeg naar Annabelle toen ze laatst in het ziekenhuis lag.'

Annie haalde haar schouders op. 'Ik ben Annabelle niet en dat ben ik ook niet geweest sinds, nou ja, letterlijk sinds dag één, hoewel Luc me vaak wel zo noemde uit respect voor zijn moeder.'

'Praten jullie niet met elkaar omdat ze je heeft weggegeven?'

'Het goede nieuws is dat ik Matty en papa ervoor terugkreeg. Daar heb ik geluk mee gehad. Ontzettend veel geluk. Nee, niet omdat ze me weg heeft gegeven – dat snap ik ergens nog wel, al voed ik Pat ook alleen op – maar omdat ze me altijd op afstand heeft gehouden, me nooit bij haar of Luc op de belangrijkste delen van het landgoed liet komen, alsof ik besmettelijk was, een nul. Mijn bestaan werd volledig genegeerd. Ik dacht dat ik waardeloos was – funest voor de eigenwaarde van een opgroeiend meisje – omdat ik het verhaal toen nog niet kende. En omdat ze mama een papier heeft laten ondertekenen waarin ze geheimhouding zwoer. Ik zou de waarheid over mezelf en mijn afkomst nooit hebben geweten als mama, Matty, zich aan het contract had gehouden. Toen ik er uiteindelijk achter kwam dat ik geadopteerd was, nam ik contact op met Clarisse en probeerde een afspraak met haar te maken, maar ze wilde me niet zien en hing op. Dus nee, ik ga niet bij haar langs.'

'Ze is behoorlijk ziek.'

'Mama helpt haar wel. Dat doet ze altijd. Heeft ze altijd gedaan. En toch zou Clarisse, als jij niet terug was gekomen, mijn ouders eruit geschopt hebben en hun baan hebben afgenomen. Ze heeft geen hart.'

Jane vroeg zich af of Annies opmerking waar was. Iedereen heeft een hart, maar Jane kon niet zeggen of dat van Clarisse verkild was om redenen die de mensen om haar heen niet kenden. Ze moest er diep onder hebben geleden toen Peter en Jane vertrokken waren, in het besef dat ze iemand kwijt was van wie ze hield en van wie ze zwanger was. Was ze van plan geweest om Peter te vertellen dat ze een kind van hem verwachtte in de hoop dat ze hem kon overhalen Vivienne te verlaten? Wie weet wat de toekomst had gebracht als Jane hen niet samen had betrapt en de feiten niet plompverloren aan haar onschuldige moeder had doorgebrieft, die dat zo slecht had opgenomen.

'Waar denk je aan?'

'Weet je wie je vader is?'

Annie schudde haar hoofd en nam een flinke slok wijn. 'Claude is een geweldige vader voor me geweest. Hij is mijn vader, maar mijn biologische vader... Ik denk een of andere rijke meneer hier uit de buurt, een hooggeplaatste officier of zo, waarschijnlijk met een gezin, waardoor hij niet met Clarisse kon trouwen. Ik weet het niet en ik wil het ook niet weten. Ik ben nog geen *petit peu* geïnteresseerd in Clarisses verleden. Vind je het erg als ik een sigaret opsteek?'

Jane was niet dol op roken, vooral niet binnenshuis, maar knikte dat het goed was. 'Ik moet even een asbak zoeken.' Ze stond al op om er een te gaan halen – sinds de dood van Luc stonden de asbakken in de kast – maar Annie zei: 'Laat maar, ik tik de as wel in de haard. Of misschien steek ik er wel geen op. Niet weggaan. Laten we gewoon naar de regen luisteren en kletsen, en misschien een beetje aangeschoten worden.'

Jane ging weer zitten. Er stond een oude kolenemmer bij de haard. 'Waarom gebruik je die niet?' opperde ze.

'Dank je. Ik rook en drink te veel. Daar zat Luc altijd over te vitten. Terwijl hij zelf trouwens ook flink rookte. Jezus, wat mis ik hem.'

Annie sprak zo liefdevol en intiem over Luc dat het pijnlijk was om te horen. Ze zou de vergelijking niet op prijs stellen, maar in bepaalde opzichten – haar gebaren en manieren – leek ze op Clarisse. Jane wilde dolgraag over Luc praten, hem bij hen in de kamer toveren, hem oproepen zodat hij hier bij hun bijzondere tête-à-tête kon zijn. Het was heerlijk om een avondje met iemand te kunnen praten, vooral over Luc, maar ze voelde ook een steek van jaloezie. Ze was geweerd uit de wereld die Annie en Luc met Patrick hadden gedeeld, hun gezamenlijke leven. Het was hun keuze geweest om haar buiten te sluiten, niet de hare. Als de waarheid was onthuld, had ze dan deel uit willen maken van hun selecte kleine familie? Ja, meteen. Wiens beslissing was het geweest om haar het feit te onthouden dat

Annie en Patrick bloedverwanten van Luc waren? Had Luc het besloten, vanwege haar vader? Wie wist dat Peter de vader van Annie was? Het was denkbaar dat Clarisse dat nooit aan Luc had toevertrouwd.

Annie stak een sigaret op en nam een trekje. Haar handen trilden. Ze is nerveuzer dan ze laat merken, dacht Jane. De rook kringelde omhoog in de warme, vochtige avondlucht. Het regende nog steeds hard: Jane hoorde in de verte rollende donderslagen, terwijl de neervallende druppels op de tuintegels en de doorweekte aarde kletterden. Af en toe werd de kamer verlicht door een bliksemschicht. Annie boog voorover om hun glazen bij te vullen.

'Wat doe jij?' vroeg Jane.

'Je bedoelt wat ik voor de kost doe? En hoe slecht ik daarin ben, als Luc ons moest bijstaan?'

'Nou, ik...'

'Ik schrijf muziek. Ik schrijf het, maar verkoop er nog niet zo heel veel van. Ik kan er in elk geval niet alle rekeningen van betalen en ook nog brood op de plank hebben.'

Annie schreef muziek!

Wat zullen we nu zingen, pap?

Wat wil jij zingen? Kies maar, Janey. Wat dacht je van 'The Bells Are Ringing For Me And My Gal' of 'My Melancholy Baby'?

Die liedjes ken ik niet, pap.

Nee, je was nog niet geboren toen ze geschreven werden.

Laten we er dan een zingen die jij hebt geschreven... Die van jou zijn het best.

'Gaat het wel? Je ziet weer een beetje groen. Vind je het vervelend dat ik hier ben?'

Jane schudde haar hoofd.

'Ben je boos omdat Luc je nooit iets over ons verteld heeft?'

'Waarom heeft hij dat niet gedaan? Waarom heeft hij zo'n groot geheim voor me verzwegen?'

'Hij vond dat Clarisse mij heel slecht behandelde. Hij wist dat jij niet goed met haar kon opschieten, wat hem pijn deed, en hij wilde niet dat je een nog grotere hekel aan haar zou krijgen. Hij wilde het je vertellen, dat weet ik wel. Hij vond dat je moest weten dat hij ons, nou ja, min of meer onderhield.'

Jane boog haar hoofd en vroeg zich af of dit het onderwerp was waar Luc op had gezinspeeld toen hij zei dat ze moesten praten. 'Het was allemaal nogal een schok. Boven op al het andere.'

Annie nam een slok. 'Ik ben blij dat het nu bekend is.'

Ze zwegen een poosje, allebei verzonken in hun eigen herinneringen.

'Ik heb de soundtrack voor een van Lucs films geschreven. Hij deed er echt cool en bemoedigend over. Hij zei dat ik eraan moest werken en nooit moest opgeven, maar hij heeft hem niet gebruikt. Ik heb geen muziek gestudeerd of zo, ben niet naar het conservatorium geweest. Ik was graag gaan studeren, maar toen ik ontdekte wat mijn achtergrond was... draaide ik een beetje door. Muziek hielp. Het lijkt vanzelf te komen, een eenvoudige manier om me te uiten.' Ze zweeg en nam een trekje van haar sigaret. Jane zei niets. Annie haalde gegeneerd haar schouders op. 'Ik praat te veel, ik rook en ik drink. Ik zit vol nerveuze energie, maar als ik bij mijn muziek ben, voel ik me rustig. Liedjes. Ik hou het meest van liedjes schrijven. Jazz, ballads.'

'Je vader was musicus.'

'Sorry?' Annies gezicht, met de lichte sproetjes, betrok van verwarring.

'Peter was musicus. Hij speelt nu niet meer zoveel, hij tokkelt alleen maar wat voor zijn eigen plezier. Hij heeft alzheimer en, nou ja, dat is het eigenlijk.' Plotseling verschenen er tranen, die over Janes gezicht biggelden, van haar kin drupten en op haar T-shirt belandden. Ze veegde haar wangen af met de rug van haar hand, snufte en staarde naar de lege haard. 'Schoorstenen zijn *triste* in de zomer, hè? Dan dienen ze nergens voor. Ik moet niet vergeten ze te laten vegen.'

'Over wiens vader heb je het nu, de jouwe? Wat erg dat hij alzheimer heeft.'

'Clarisse had een verhouding met mijn vader. Het was in de zomer van 1980. Ik betrapte ze samen. Op zondag 11 juli. Ze was al zwanger van jou, als ik het goed begrijp. Ik was nogal van slag, zacht uitgedrukt, en Peter – mijn vader – en ik zijn de volgende ochtend vertrokken. Ik kwam hier nooit meer, tot ik tien jaar later als Lucs vrouw terugkeerde. Jij kwam toen onuitgenodigd op ons bruiloftdiner, weet je nog?'

Annie knikte met open mond en zweeg.

'Volgens Clarisse ben je zes maanden nadat ik haar zag rollebollen met mijn vader geboren.'

'Ik ben geboren op 10 januari 1981. Ik denk dat we meer wijn nodig hebben. Misschien sliep Clarisse wel met iemand anders. Of had ze dat gedaan voordat je vader op het toneel verscheen.'

'Ze beweert dat Peter je vader is en dat zij, nou ja, verliefd op hem was.'

'Wacht even, zeg je nu dat wij...'

'We zijn zussen, ja. Halfzussen.'

'Allemachtig, Jane, dat is ongelofelijk. We hebben echt meer wijn nodig. We moeten champagne hebben.'

'Dus Luc wist het niet. Echt niet?'

Annie schudde haar hoofd. 'Absoluut niet. Wauw! Dit is onvoorstelbaar.' Annie sprong op en ijsbeerde door de kamer. Jane keek naar haar. 'Het is alsof ik opnieuw geboren word.' Ze stompte met haar handen in de lucht alsof ze op muziek aan het dansen was. 'Jij en ik zijn zussen?'

Jane grinnikte. 'Halfzussen.' Ze hief haar glas. 'Proost. Ik heb nog nooit een zus gehad. Ik heb nagedacht over wat zussen doen.'

'Ik ook niet. Geweldig. Fucking fantastisch. We moeten in de regen rondrennen en het naar de hemel schreeuwen.' Annie stak haar hand uit.

'Meen je dat nou? Het regent dat het giet.'

'Hoe vaak in je leven ontmoet je nou je grote zus voor het eerst?'

Jane stond op. 'Je kleine zusje, in mijn geval.' Ze pakte Annies hand. Ze huppelden door de keuken, waar de deur nog openstond en de regen op de mat spetterde.

Annie stapte als eerste naar buiten. Ze hief haar gezicht naar de regen. 'Kom op, Jane, bekijk het van de zonnige kant!' Ze barstte in lachen uit en Jane deed met haar mee.

Jane waagde zich naar buiten en trok haar schouders op tegen de stromende regen. 'Dit is waanzin. We hebben geen schoenen aan!'

'Helemaal waar. Mijn voeten zakken weg in de modder! Geef me een knuffel. Ik ga een liedje schrijven over dit moment. Dat wordt een grote hit.'

Kom op, Janey, laten we zingen. Ze hoorde haar vaders stem zo duidelijk alsof hij naast haar stond en bracht haar vingers naar haar gezicht. 'O, Annie, ik zou dit ogenblik zo graag met Peter willen delen.' Ze waren allebei kletsnat. Walnut was naar de keuken gelopen en stond binnen bij de deur naar hen te kijken met zijn kop schuin, wat hij altijd deed als hij nieuwsgierig of verbaasd was.

'Kijk hem nou!' lachte Annie. 'Hij is zo lief. Ik zal hem missen. Ik vraag me af of mijn moeder het weet. Of misschien kunnen we maar beter niets zeggen. Ons geheim. Het is gewéldig.' Annie schreeuwde nu en spreidde haar armen uit.

'Ik denk dat Matty wel het een en ander vermoedt. Kom, laten we naar binnen gaan.'

Ze renden naar de bibliotheek, waarbij hun voeten zuigende geluiden maakten. Annie schudde haar hoofd en de druppels spetterden om haar heen. Ze schonk het laatste restje wijn in haar glas en ook een beetje in dat van Jane, al was dat nauwelijks aangeraakt. 'Dus die kille, hatelijke Clarisse was verliefd en werd gekwetst. Wat zeg je daarvan? Hé!' Annie draaide in het rond en haastte zich door de kamer heen naar Jane, die haar T-shirt uittrok en het als handdoek gebruikte om haar haar te drogen. Ze omhelsde Jane stevig.

'Ik ben er helemaal van ondersteboven. Hoi, zus.'

21

De zomerstorm raasde nog een dag en een nacht verder. Maandag was de rust weergekeerd en bleek er slechts één boom ontworteld te zijn. Een dode soldaat die zich over twee terrassen uitspreidde. Verder was er weinig schade. Op het televisienieuws waren beelden te zien van overstromingen verder in het westen van de Var. Huizen waren verwoest en daken, tegels, vuilnisbakken en auto's stroomden door de straten, die getransformeerd waren tot modderige rivieren. Op Les Cigales verscheen de felle zomerzon weer. Een van de ingehuurde krachten zaagde de omgevallen dennenboom in stukken en stapelde de houtblokken op in het schuurtje, waarna het net leek of de storm er nooit was geweest, al was het terrein door en door geïrrigeerd en was er voor de komende week geen brandrisico meer.

Dinsdag hervatten de mannen hun opruimwerkzaamheden en vertrok Jane naar Londen. Annie bracht haar met de auto naar de luchthaven. De twee zussen hadden afgesproken dat Annie en Patrick als het schooljaar was afgelopen naar het landgoed zouden komen om daar de zomer door te brengen.

'Ik denk niet dat Clarisse erg blij zal zijn als ze erachter komt,' merkte Annie op, terwijl Jane het portier dichtdeed.

'Ze is bedlegerig. De kans is klein dat ze te weten komt dat jullie bij ons zijn.'

'Maar ze blijft toch niet eeuwig aan huis gekluisterd? Ze is niet terminaal ziek of zoiets. Op een gegeven moment staat ze op en loopt ze rond. En als ze mij of Patrick dan op het landgoed ziet rondlopen, zal ze moordneigingen krijgen.'

'Dat probleem lossen we wel op als het zich voordoet. Tot snel. Goede reis terug naar Parijs en zeg tegen Patrick dat zijn tante zich erop verheugt hem te ontmoeten.'

Ze glimlachten en gaven elkaar een stevige knuffel.

'Misschien kan ik een keer met je mee als je weer naar Londen gaat. Ik zou je vader graag ontmoeten. Mijn vader. Nou ja, Claude is mijn vader en dat zal hij altijd blijven, maar...'

'Hij zal je niet kennen, Annie. Zelfs als ik hem probeer uit te leggen wie je bent.'

'Dat geeft niet. Het zal gewoon fijn zijn hem te zien. Kijken waar ik vandaan kom. Die muzikale genen.'

Jane knikte en deed opzettelijk geen beloften, want ze wist niet zeker of dat wel een goed idee zou zijn voor Peter. 'Laten we het daar aan het eind van de zomer over hebben.'

De rij auto's achter hen werd ongeduldig. Iemand stak zijn hoofd uit een raampje en begon ongeduldig te schelden.

'Tot gauw.' Ze gaven elkaar nog een knuffel en weg was Jane, terug naar Londen, met een energieke tred die ze bijna niet herkende en al in geen tijden meer had gehad. Niets en niemand kon Luc vervangen, maar voor het eerst in maanden voelde ze zich niet meer zo alleen, niet meer zo verlaten. Ze voelde zich omarmd door familie.

De ergste tragedie die er bestond was haar ten deel gevallen, het verlies van haar man, haar jeugdvriend en haar liefje, de man van wie ze haar hele leven had gehouden, en ze was er nog. Ze had zichzelf niet van het leven beroofd, al had ze ernaar verlangd zichzelf te vernietigen. Het leven zou langzaam maar zeker verdergaan en vanaf nu zou het milder voor haar zijn.

Op het moment dat ze de terminal in wilde lopen, keek ze over haar schouder en draaide zich om. Annie had de auto aan de kant gezet en was uitgestapt. Ze stond als een dolle te springen en te zwaaien. 'Neem een foto van prins Harry voor me mee.'

Jane grijnsde breed. Ze hield haar armen omhoog en stak twee duimen op naar haar zus.

DEEL DRIE

Tweede oogst

Frankrijk

1

De zomerdagen glipten weg en de slaperige zachtheid van de herfst deed zijn intrede. De wijnblaadjes werden roestbruin, paarsrood en geel. De paar verschrompelde druiven die na de bescheiden druivenoogst van Les Cigales aan de stengels waren blijven hangen, waren achtergelaten als voer voor vogels en kevers. Alle geuren en voortekenen van een jaar dat onverbiddelijk ten einde kwam, hingen in de lucht. Er brandden vuren, de morgendauw stond op de planten, er waren eekhoorns aan het scharrelen, de paden werden met mulch bedekt; bladeren waaiden over het land en versierden de gazons, er glinsterden lange, dunne draden van spinnenwebben in het scherpe, heldere zonlicht en zwermen zwaluwen zweefden op de zachte wind. De cicaden waren ondergedoken, maar de wespen met hun lange lijfjes gonsden nog en deden zich tegoed aan de overrijpe vijgen die waren opengespleten en rode, harsachtige zaadjes op het pad achterlieten.

De verandering van de seizoenen had iets sereens, maar ook iets definitiefs.

Moeder Natuur draaide aan het grote rad en wist precies wat ze wilde.

Claude legde samen met Arnaud houtblokken voor de bastide neer voor de winter. Het houtschuurtje barstte bijna uit zijn voegen.

Vanwege een aanval van longontsteking en een voortdurend warrige geest had Jane geregeld dat Clarisse, zij het bijna schoppend en schreeuwend, was verhuisd naar een van de logeerkamers van de bastide. Na haar terugkeer uit Londen had ze Matty vervangen voor de dagelijkse zorg voor haar schoonmoeder. Clarisses gedrag tegenover de huishoudster was onaangenaam en agressief geworden. Maar de tweedagelijkse excursie naar Le Cottage du Cerisier en terug was slopend geweest tijdens de voorbereidingen voor de vendange en het druiven pletten. Jane was uitgeput door Clarisses stemmingswisselingen en eisen. Toch hield ze vol en nu haar schoonmoeder dicht bij haar in de buurt was, kon ze haar verzorgen en tegelijkertijd voorzichtig in de gaten houden. Afgezien van eens in de drie weken een tripje naar Engeland om dierbare uren met haar vader door te brengen, en zo nu en dan een lunch in de stad met Robert of een oude vriendin, bleef Jane op het landgoed van Lucs familie. Ze merkte dat het plattelandsleven structuur in haar dagen bracht, en de manier van leven was therapeutisch. Ze vond het fijn om vroeg op te staan, hard te werken en in de buitenlucht lunchpakketjes te delen met Claude en *les mains embauchées.* En als de dag ten einde kwam en de zon onderging, keek ze uit naar de eenzaamheid, want dan had ze tijd alleen met haar herinneringen en de geest van Luc, zodat ze hem kon vertellen wat er op het landgoed was gebeurd. Of ze zat rustig te lezen en wijn te drinken, terwijl ze genoot van het muzikale gezelschap van kikkers in de schemering en lang vergeten cd's, met een blik op de duikvluchten van de vleermuizen.

Voor de dood van Luc was ze een bepaald schepsel geweest, en op een gegeven moment zou ze een ander worden, al had ze nog niet de drang om haar cocon af te schudden. Ze was nog te verlegen om te vliegen. Dit levensstadium leek een noodzakelijk proces en een vorm van bescherming. Haar dode echtgenoot spon een web om haar heen, hield haar vast, omhelsde haar.

Werd ze door haar rouw een ander mens?

Ze voelde zich niet geroepen om terug te gaan naar Londen en daar een flatje te kopen. Afgezien van haar vader en de paar fijne uren die ze in zijn tanende gezelschap doorbracht, had ze nu geen binding meer met Engeland. Dat vertegenwoordigde het verleden. Ze kwam erachter dat ze zich in Frankrijk meer thuis voelde en ze had er pijnlijk veel spijt van dat ze daar zo'n weerstand tegen had gehad toen Luc nog leefde. Ze schaamde zich nu voor haar koppige verzet tegen Clarisse.

Janes geld was geïnvesteerd, maar ze was er nog niet klaar voor om te bedenken waar ze zich permanent wilde vestigen. Misschien zou ze ergens in de toekomst, in de lente misschien, naar Parijs neigen: de Lichtstad, de stad van de zoete herinneringen en de stad waarvan ze het gevoel had dat die toebehoorde aan Luc en haar. De bonus zou zijn dat ze dicht bij Annie en haar neefje, Patrick, zou wonen. Waar het ook zou zijn, wat haar volgende stap ook zou worden, ze vertrouwde erop dat Luc haar een teken zou geven, dat hij haar verder zou leiden.

Het was meer dan een jaar geleden dat Jane op die nachtmerrieachtige dag de leiding had gehad over de druivenoogst. Het had net zo goed een heel leven geleden kunnen zijn, met alles wat ze sindsdien had meegemaakt, al sneed het verlies van Luc, die nu tien maanden dood was, nog net zo scherp in haar als die eerste dag. 'De tijd heelt alle wonden' was duidelijk een regelrechte leugen.

Aangevoerd door Claude, die zich inzette als een adjudant voor een bataljon, hadden ze een maand geleden de vendange van dit jaar binnengehaald en nu zaten de wijnen in de bezinkingstanks. Het gebruikelijke groepje *villageois*, ingehuurde dorpelingen, had geassisteerd, maar dit jaar waren er geen buitenlandse krachten. Door de turbulente, vochtige zomer en het late schoonmaken van de wijngaarden, was er – zoals Claude al had voorspeld – veel van hun oogst verloren gegaan. Het resultaat was een oogst van achtduizend liter, een schamele hoeveelheid vergeleken met de gebruikelijke productiestandaard van het domein, maar na de verkoop zou de opbrengst voldoende zijn om het landgoed nog een seizoen draaiende te houden. De eindejaars- en *habitation*-belasting, plus de achterstanden – een enorm bedrag – waren allemaal betaald en de boeken toonden een heel bescheiden positief saldo. Jane was tevreden.

Op een gegeven moment zou ze haar tijdelijke, zelf toegewezen verantwoordelijkheden overdragen aan Claude of Annie of misschien zelfs weer aan Clarisse, als die haar gezondheidsproblemen te boven zou komen. (Jane had besloten haar eigen kleine investering van drie weken loon voor de mannen die het land gedeeltelijk hadden schoongemaakt, te beschouwen als een geschenk.) Op een dag zou ze vertrekken, verdergaan. Maar nu nog even niet. Ze had nog niet de drang om ergens naartoe te gaan. Ze was van plan de datum van Lucs ongeluk, zijn heengaan, hier naast hem te gedenken en ze had zichzelf beloofd niet weg te lopen en de zorg voor Clarisse aan Matty over te laten. Jane nam aan dat Annie en haar biologische moeder mettertijd wel vrede zouden sluiten en dan zou Janes werk hier erop zitten.

Op dit moment genoten ze van de nazomerdagen, en de voorbereidingen voor de olijvenoogst waren in volle gang: die beloofde, ondanks Claudes twijfels, veel overvloediger te zijn dan hij had voorspeld. Die onthulling zorgde voor een opgewekte, blije sfeer. Als klein team waren ze erin geslaagd de druiven binnen te halen en te persen en nu gingen ze met opgeheven hoofd verder met de volgende uitdaging.

Elders gingen kettingzagen aan als instrumenten in een orkestrepetitie, en het geluid gonsde door de dalen en ging vooraf aan het trage kreunen en kraken van boomstammen die als neergeschoten dieren met een dreun op de grond vielen.

De spreeuwen waren gearriveerd. Jane dronk haar ochtendkoffie in de zon op de binnenplaats, terwijl Walnut trillend naast haar lag te snurken. Ze hield haar hoofd schuin omhoog en speelde publiek voor de hoogvliegende opvoering van spreeuwenzwermen die speels doken en zwenkten, tot ze in één eensgezinde beweging op een rij naar de olijven vlogen. De beweging van hun vleugels – hoeveel duizend vleugels? – klonk als het getinkel van kleine belletjes, een karavaan die door de lucht zoefde. De meeste boeren hadden er een hekel aan en zagen ze als roofdieren. Sommigen wilden ze vangen of gif voor ze neerleggen, maar zouden daardoor ook geen andere vogels sterven en zouden de honden geen gevaar lopen? Op Les Cigales besloot Claude dat er geen chemicaliën gebruikt zouden worden en geen dieren zouden worden gevangen of gedood, maar dat de datum van de olijvenoogst naar voren zou worden geschoven om de halfpaarse steenvruchten te plukken voordat ze van de takken werden gepikt.

De laatste paar jaar ging de meerderheid van de olijfperserijen enkele weken eerder open dan eeuwenlang de traditie was geweest. Door een voelbare verschuiving van de weersomstandigheden tijdens de seizoenen, begonnen de boeren eerder met plukken. De vaste molen van de Cambons, *le moulin de la famille Bonnard*, draaide al en dus stond het Les Cigales vrij om te persen zodra het eerste fruit verzameld was.

'Zullen we de olijven van de takken halen voordat alle gaarden worden leeggehaald? Door dit nazomerweer kunnen de olijfvliegen weer tevoorschijn komen en dan raken we alles kwijt. Voor de vliegen en de spreeuwen zijn onze olijven een makkelijk doelwit.'

Jane was het met hem eens en Claude sprak af dat er die maandag zou worden begonnen met oogsten. Daardoor liepen ze twee weken voor op schema. Vanwege deze verandering zou Arnaud niet aanwezig kunnen zijn. Hij vertrok *en vacances*. Claude schudde zijn hoofd, zei dat het bezwaarlijk was en vond dat zijn zoon moest blijven. Arnaud hield voet bij stuk. Hij ging jagen. Einde discussie.

Het leven kwam in de hoogste versnelling.

Het was herfstvakantie. Annie en Patrick waren voor een week teruggekomen naar het zuiden en logeerden bij Matty en Claude. Gewoonlijk reed Arnaud met de Citroën-truck heen en weer naar de molen met tientallen kratten – *les cageots* – vol paarsige olijven. Om zijn aankomende afwezigheid goed te maken, werkte hij dag en nacht om het oude brik rijklaar te maken voor zijn vertrek.

Uit een radio op de grond schetterde Coldplay. Arnauds hoofd was begraven onder de motorkap van de auto, die hij uit de schuur van een van de buitengebouwen had getrokken, waar hij sinds de olijvenoogst van vorig jaar op blokken had gestaan. Arnaud vulde olie bij, controleerde de filters, maakte de bougies schoon en verving ze waar nodig, zette er banden onder en pakte moersleutels aan van zijn nieuwe assistent, zijn neefje Patrick. Annie was in de buurt en stond luchthartig met haar broer en haar zoon te kletsen terwijl ze met de tuinslang de cageots afspoot en de *bidons* schoonspoelde. De bidons, legde Claude aan Jane uit, waren de roestvrijstalen vaten waarin de pas geperste olie stabiel werd gehouden terwijl die lag te rusten in de koele, donkere hoeken van de kelder, die niet langer gewijd was aan Lucs filmbezigheden.

Claude was met zijn vaste medewerkers, Michel en Jean, in de olijfgaarden bezig netten onder alle bomen te leggen, zowel de jonge als de oude. Ook de vrouwen van de twee vaste krachten hielpen een handje. Deze plattelandsvrouwen waren niet onbekend met de olijvenoogst en kenden het proces van netten leggen net zo goed als iedere man (en volgens sommigen zelfs beter).

Zodra de netten, die werden gebruikt om de gevallen olijven op te vangen, op hun plek lagen – rode, witte en groene netten die als tientallen Italiaanse vlaggen over de oude stenen terrassen tussen de bomen werden uitgespreid – werd het sein gegeven om de ploeg erbij te halen. Claude schatte dat het plukken van de tweeduizend bomen hun *une bonne semaine*, een goede week, zou kosten. Ze moesten snel werken en niet alle jongere bomen hadden olijven. Dus ja, ze waren het erover eens dat une bonne semaine, of uiterlijk een dag of acht, negen, voldoende moest zijn.

Op een late zondagochtend in de laatste week van oktober verzamelde het team zich met alle familieleden rond twee ijzeren tafels, die naar de binnenplaats waren gesleept, voor een koffiepauze met stukken amandel- en gembertaart van Matty.

Een zonnestraal scheen op een schaal appels en paarse druiven midden op een van de tafels. Gevallen vijgenbladeren lagen als een mozaïek op de grond terwijl Claude het schema doornam. Elke dag was Jane weer onder de indruk van het gemak waarmee hun opzichter zoveel verantwoordelijkheid op zich had genomen. Hij was in zijn element. Clarisse zou hem moeten bevorderen tot landgoedmanager, dacht ze terwijl ze naar hem luisterde, maar Clarisse was nog steeds ziek en het zag er niet naar uit dat ze zou herstellen. Tijdens het praten met zijn zangerige Provençaalse accent, gebaarde Claude theatraal en benadrukte zijn punt met handen die zo harig waren als varkenshuid, zoals zovelen dat in deze contreien deden.

'We beginnen zodra de zon opkomt en plukken tot er geen daglicht meer is, wat rond halfzes, zes uur zal zijn. Dus bereid je voor op lange dagen.'

Aan het eind van elke dag zouden de olijven en de ploeg weer worden teruggereden – met de tractor en de trailer van het landgoed – naar deze binnenplaats, waar de twee andere ingehuurde krachten, die normaal gesproken bij Clarisse in de wijnperserij werkten, het fruit handmatig zouden sorteren en selecteren. Terwijl de anderen sliepen, zouden zij de hele nacht doorwerken en tot zonsopkomst de zilveren blaadjes en alle rommel weggooien: elk bergsteentje, twijgje, takje of aardkorreltje dat haastig samen met de olijven zou worden opgeraapt als die in de kratten werden gedaan. De gesorteerde olijven zouden op de truck worden geladen en bij het eerste daglicht naar de molen worden vervoerd.

'Maar als Arnaud er niet is, wie rijdt er dan met die nukkige oude wagen?' vroeg een van hen.

Tot nu toe was dat elk najaar de rol van de sterke, gespierde Arnaud geweest; iedereen noemde de auto ook 'Arnauds truck', al was hij officieel van het landgoed. Maar het jachtseizoen was in volle gang en hij was die heldere zondagochtend met een stel vrienden naar het nationale park vertrokken voor een jachtexpeditie. Het uitstapje was al geregeld voordat Claude het schema had omgegooid en het begin van de *récolte* naar voren had geschoven. Arnaud vond het veel leuker om in een tent te slapen en zijn dagen door te brengen op grote hoogten in het Parc de la Mercantour, waar alleen gemzen en mannen met laarzen en geweren klommen. Het was voor Claude verspilde moeite gebleken om zijn zoon over te halen het jachtpartijtje af te blazen waar hij zich zo op had verheugd. Dus kwamen ze één man tekort, en kreeg Jane de rol van chauffeur toegewezen. 'Ik? Nee, ik niet.' Maar er was echt niemand anders, tenzij ze nog iemand inhuurden, wat onmogelijk was gezien het budget. Ze had zelfs nog nooit achter het stuur van een bestelbusje gezeten en zeker niet van iets ouds en vervaarlijks als het wrak van Arnaud.

Claude wilde niets van haar protesten weten en de rol werd haar toebedeeld. 'De mannen bewerken de bomen,' besliste hij. 'Jullie klimmen op de houten ladders.' Ze zouden met de hand plukken en de manden vullen die om hun schouders hingen, of de olijven rechtstreeks op de grond gooien. Het zou olijven regenen. De vrouwen zouden op handen en knieën de olijven uit de netten verzamelen. Er werden geen stokken gebruikt om de olijven uit de takken te slaan. 'Daardoor raken ze gekneusd en we hechten belang aan ons extravergine-etiket,' zei Claude tegen het team, en iedereen knikte zwijgend, want ze kenden het klappen van de zweep.

Matty zou voor de maaltijden zorgen, net zoals ze nu met de taart deed. 'Op dat vlak zullen jullie niet teleurgesteld worden,' beloofd Claude met een rimpelige knipoog. 'Alles zal voldoen aan de gebruikelijke geweldige standaard van mijn lieve vrouw. Ze zal werken vanuit de keuken van het grote huis en daar zoals altijd de voorraadkasten vullen.'

Het verschil was dat Clarisse dit jaar in een van de slaapkamers boven lag. Ze bleef maar bedlegerig en was zich amper bewust van de inspanningen die werden verricht. Jane maakte zich enigszins zorgen dat het komen en gaan van mensen haar zou storen en van streek zou maken, maar ze kon onmogelijk terug naar haar eigen huis. Naast chauffeur spelen van honderden kilo's olijven en naar de plaatselijke winkels gaan voor verse proviand die niet voorhanden was op het land, was Jane van plan een oogje in het zeil te houden bij haar schoonmoeder en tevens beschikbaar te zijn voor alle onverwachte dringende zaken op het landgoed.

Het programma was bepaald. Iedereen kende zijn rol.

De volgende ochtend vlak voor het ochtendgloren, toen de vogels begonnen te zingen, kwam het team met lodderige ogen bij elkaar en werd de jaarlijkse récolte in de stallen van Les Cigales ingewijd met een uitgebreid ontbijt en gedoopt met een paar liter milde rode landgoedwijn. Iedereen, inclusief Annie en Patrick, was aanwezig, behalve Arnaud en Clarisse.

De keuken was een middelpunt van verleidelijke geuren en activiteit. Matty kweet zich van haar gebruikelijke taak om de soldaten te voeden, terwijl Claude verrassend goed zijn best deed om de leiding te nemen. De volwassenen gingen de olijven verzamelen en intussen hadden hun zoons, dochters, kleinkinderen, neefjes en nichtjes, het kroost van de plukkers en de vriendjes van het kroost – die allemaal herfstvakantie hadden – een groep gevormd, zoals de tjilpende spreeuwen op het landgoed. Aangevoerd door Patrick verdwenen ze met tomeloze energie springend en schreeuwend in de bosjes en de dennenbossen. De woeste stam was op jacht naar paddenstoelen, vooral de vlezige *cèpes*, de *Boletus edulis*, in deze streek ook bekend onder hun Italiaanse naam: *porcini.* Ze hielden ook hun ogen open voor de delicatere cantharellen, morieljes en de bescheiden witte varianten. Uren later keerden ze terug naar het basiskamp, de binnenplaats, met hun armen volgeladen, twijgjes in hun haar, gescheurde truien en besmeurde laarzen. Ze overtraden de wet, natuurlijk, maar wie zou hen daarop aanspreken op dit uitgestrekte stuk vruchtbare privégrond. Ze hadden rieten manden moeten gebruiken om de paddenstoelen in te doen, zodat de sporen eruit konden vallen en zo de voortplanting werd bevorderd. De stelen hadden met een mes moeten worden afgesneden, maar niemand had er echt haast mee om zijn kinderen zo'n potentieel gevaarlijk gereedschap te geven. Een paar van de oudere puberjongens hadden een eigen zakmes en zij waren verantwoordelijk voor de bescherming van de zwamvlokken. De kinderen waren opgegroeid met deze jaarlijkse vorm van recreatie in de velden en de bossen, dus was er weinig angst dat ze bij Matty zouden terugkomen met giftige paddenstoelen. Ze konden de eetbare varianten er moeiteloos uit vissen.

Anderen, vooral de meisjes, verzamelden groene eikels die ze voorzichtig uit hun kelkdopjes haalden, of, hoger landinwaarts, glanzende kastanjes. Allemaal voor de rode eekhoorns, wier bronzen staarten zwart werden als ze zich voorbereidden op hun winterslaap in de koudere maanden. De kinderen stapelden nette bergjes voedsel onder de vijgenbomen, op de grote, gelige bladeren die als gekartelde borden op het gras lagen, in de hoop dat de dieren zichzelf aan een paar toekomstige maaltijden hielpen voordat ze in hun hol verdwenen om de hele winter te slapen.

'Wat jammer dat ze kerst mislopen,' merkte een klein meisje op. 'Als we wisten waar ze zaten, zouden we ze cadeautjes kunnen brengen.'

In de verte klonk vrolijk geroep en geschreeuw vanaf de velden, de gaarden en de heuvels als er weer iets moois was gevonden of als een uitgelaten, blije Walnut overal doorheen rende en de eikels in het rond vlogen.

Terwijl de plukkers voldoende kratten aan het verzamelen waren voor Janes eerste ritje naar de molen, hield zij zichzelf bezig in de kleine zitkamer, waar Lucs spullen nu bijna helemaal opgestapeld waren. Ze pakte dozen in met zijn geschreven materiaal en archieven die naar het CNC in Parijs moesten worden gestuurd. Dat had ze hun al weken geleden beloofd. Ze was veel te laat. De verzamelingen oude familiefilms die hij zelf had gemaakt, had ze gecatalogiseerd en in de bibliotheek opgeslagen. Ze droomde dat Annie en zij ze een keer samen konden bekijken. Het pistool lag op een bijzettafeltje. Het was haar nog steeds een raadsel waarom het er was en ze wist niet zeker hoe ze er het best van af kon komen. Als Arnaud terug was uit de bergen zou ze hem vragen of hij het kon gebruiken. De bijbel was een cadeau van Patrick geweest voor zijn oom en ze was van plan hem terug te geven voor de jongen terugging naar Parijs.

Ze pakte de oude foto's die ze een tijdje geleden gevonden had van Clarisse en Isabelle die in Algerije voor hun Citroën poseerden: 1960, twee jaar voor het eind van de oorlog. Ze bedacht dat ze die misschien in een album kon plakken voor Clarisse, en voor Patrick later. Ze hield de portretfoto van Adrien Cambon, Lucs vader, tussen haar vingers. Hoorde die ook tussen de familiefoto's? Clarisse had zo negatief over hem gesproken...

De vaste telefoon in de eetkamer ging. Jane legde de schaar die ze had gebruikt om touwtjes te knippen opzij om plaats te maken voor de foto's. Daarna haastte ze zich door de gang. Ze had de sleutel in het slot van de kleine zitkamer laten zitten, want ze hield de kamer altijd stevig op slot omdat hij zo propvol stond met Lucs leven en zoveel herinneringen van haarzelf. Maar in de haast om op tijd bij de telefoon te komen, vergat ze deze keer om de deur dicht te doen en de sleutel uit het slot te halen.

Het was de vrouw van de molenaar, madame Bonnard, die Janes telefoontjes beantwoordde nadat die eerder die ochtend een paar keer tevergeefs had gebeld.

'Ah, bonjour, madame Bonnard, merci pour me rappeler.' Jane ging in de vensterbank zitten en zag haar spiegelbeeld in het vensterglas, waar het zonlicht in weerkaatste. Ze haalde haar vingers door haar haar. Het moest nodig geknipt worden en ze rekende in gedachten uit hoelang het geleden was dat ze bij de kapper was geweest. Ze onderhandelde met madame Bonnard over data, tijden en tarieven, terwijl ze door de openstaande ramen luisterde naar de uitgelaten jongeren. Haar hart maakte

een sprongetje door al die levenslust op het landgoed. Walnut holde uitgelaten blaffend achter Patrick aan. Patrick deed haar denken aan Luc, de adolescente Luc, toen ze hem voor het eerst ontmoet had. Patrick, die Lucs finesse miste, was een ruwere versie van zijn oom, maar bij een bepaalde lichtval en vanuit een bepaalde hoek – een draaiing van zijn hoofd, een glimlach, een vraag, een uitgesproken gedachte, zijn tomeloze energie en nieuwsgierigheid – werd ze jaren teruggevoerd, naar die dierbare dagen tussen de bomen, op het strand, zoekend en opgroeiend, terwijl ze met diezelfde uitgelatenheid naast elkaar onder een weidse, blauwe hemel renden. Luc en zij: partners in de onstuimige wereld van opgroeien en het leven ontdekken. Ze zuchtte en legde de hoorn neer nadat ze bij de molen hun eerste reservering van het seizoen had geregeld voor de volgende dag, waarna ze er voor de zoveelste keer naar verlangde om de tijd terug te draaien en alle gedachten aan de toekomst, die ze soms vreesde, terzijde te schuiven. Maar vandaag was ze tevreden; ze had het druk en werd omringd door het boerenleven en de bruisende activiteit.

Clarisse riep haar naam, waardoor ze opschrok uit haar dagdromerij. Ze schreef de afspraken in haar schrift, gooide haar pen op tafel en rende de trap op, waarbij ze haar werk aan Lucs dozen en memorabilia tijdelijk vergat.

Door een van de ramen op de eerste verdieping zag ze twee figuren voorovergebogen in de ommuurde tuin werken. Ze stak haar hoofd naar buiten, zwaaide en riep: 'Joehoe!' Annie rechtte haar rug en groette met een brede glimlach terug. Ze hield een van de weinige overgebleven tomaten omhoog en zwaaide ermee naar Jane. Er was geen sla meer, maar wel een handjevol dieppaarse aubergines met een glanzende schil. Annie en Matty verzamelden alles wat eetbaar was voor de lunch van de plukkers. Gouden grapefruits en citroenen hingen in overvloed aan de bomen, terwijl de bittere sinaasappels die voor marmelade en oranje wijn werden gebruikt nog maar groene kogels waren, die langzaam rijpten. Ze zouden pas na kerst worden geoogst.

Jane stak haar duimen naar Annie op en haastte zich door de gang.

'Naar wie riep je?' Er lagen tijdschriften over het hele bed en op de grond. De inhoud van Clarisses make-uptasje lag verspreid over het dekbed. Er zaten vlekken van gezichtspoeder op de kussens. In een mok stond onaangeroerde koude thee. Er hing een weeïge geur.

'Naar Matty in de tuin.'

'Die vrouw is een heks.' Clarisse begon weer met haar schimpscheuten en haar gevloek, waarmee ze verbaal geen spaan van Matty heel liet.

'Clarisse, je riep me. Heb je iets nodig?'

'Wat is er aan de hand? Het is zo rumoerig. Er zijn heel veel mensen aan het schreeuwen en gillen. Zo kan ik niet rusten.'

'We beginnen met de olijvenoogst.'

'Met kinderen? Het klinkt als kinderen. Wie is hier?'

'Ik heb de plukkers gevraagd of ze hun kroost wilden meebrengen. Ik heb ze met Pa... ik heb ze op het landgoed laten spelen. Waarom probeer je niet wat te slapen?' Jane raapte de lipsticks en de crèmes op en stopte ze weer in het tasje. Ze legde de tijdschriften op een stapel op een van de twee nachtkastjes. Stom. Ze had bijna Patricks aanwezigheid verraden.

'Je wilt me gewoon uit de weg hebben. Wie heeft de leiding? Jij vast niet. Je hebt vorig jaar zo'n puinhoop van de druiven gemaakt. Ik moet opstaan. Iemand moet...'

'Je bloeddruk, Clarisse.'

'Ik wil niet hebben dat er hier allemaal dorpskinderen rondlopen die het gras kapotmaken en ik wil niet dat die trut die mijn dochter heeft gestolen... Waar is je vader? Die zou hier moeten zijn.' Ze wond zich op, gooide het beddengoed van zich af, schopte zich uit bed en stond uitgemergeld en wankel op haar benen. Het enige wat niet was gekrompen, waren haar juwelen en de ringen leken veel te groot voor haar gerimpelde vingers.

'Ga alsjeblieft weer in bed liggen, Clarisse.'

'Commandeer me niet zo.'

Ze worstelden terwijl Jane probeerde de patiënt in haar nachthemd te weerhouden om naar de deur te lopen. Er viel een glas om op het nachtkastje, waardoor er water op de tijdschriften terechtkwam die Jane net had opgestapeld. Ze pakte de frêle, maar verrassend sterke oude vrouw bij de schouders en begon haar met kracht terug naar het bed te leiden. Clarisse bood weerstand en mepte om zich heen, waardoor Jane een elleboog tegen haar borst kreeg.

'O... ga weer in bed liggen, zei ik! Anders bel ik dokter Beauchene.'

Werd het misschien tijd om een veiliger onderkomen voor Clarisse te zoeken? Jane herinnerde zich hoe moeilijk die beslissing was geweest met Peter. Maar hoe hartverscheurend ook, hem in een verzorgingstehuis onderbrengen was uiteindelijk het beste geweest. Jane zou hier niet eeuwig blijven, Clarisse was geen familie van haar, de taak kon niet aan Matty worden overgelaten en Annie had de banden met haar doorgesneden. Als de oogst achter de rug was, zou Annie met dokter Beauchene – en Annie – om de tafel gaan zitten en Clarisses opties doornemen. Wat zou Luc zeggen als hij nog leefde? Ze dweilde het water op met een washandje uit de badkamer en schonk een nieuw glas Badoit in. Clarisse was tierend teruggegaan naar haar hol van lakens en hoestte, mopperde onverstaanbaar en was uitgeput door haar uitbarsting.

'Als je vader hier was, zou hij voor me zorgen.'

'Hier, slik dit maar. Ik kom straks nog wel even langs om je een kop thee te brengen. Ga nu maar slapen.'

Beneden bij de keukendeur stond Matty ongelovig lachend haar hoofd te schudden toen ze de armenvol paddenstoelen van de opgewonden jongens en meisjes aannam, die met veel lawaai hun buit overdroegen. Als beloning gaf ze hun veelkleurige plastic bekers met priklimonade en schaaltjes zelfgemaakt grapefruitijs, met de woorden: 'Buiten opeten, hoor! Geen moddervoeten hier binnen, alsjeblieft. O, en mevrouw is boven en voelt zich niet lekker, dus doe een beetje rustig. Geen geschreeuw en gegil op de binnenplaats.'

'Ze is nijdig en rusteloos. Ik heb haar een van de tranquillizers gegeven die dokter Beauchene heeft voorgeschreven. Ik ga kaas kopen. Ik zie je straks. Waar is Annie?' Jane klopte Matty op haar rug en verdween door de deur.

'Claude heeft haar meegenomen naar de olijfgaarden om mee te doen met de plukkers,' riep Matty haar na. 'Tot straks.'

Toen de horden kinderen eenmaal buiten in het najaarszonnetje zaten te drinken en te smullen, begon Matty een heerlijke pan pompoen- en paddenstoelensoep te maken voor de werkers. Ze zou ook een kom naar boven brengen voor de recalcitrante Clarisse.

Jane keerde de auto en zette koers naar het binnenland, naar een hooggelegen boerderij van een herder bij wie ze *crottins* van gedroogde kaas zou kopen en een verse ronde Tomme, gemaakt van geitenmelk, die gerijpt werd in kastanjebladeren. Terwijl ze in het gammele busje van het landgoed de strijd aanging met de haarspeldbochten en erover piekerde hoe ze ooit een volgeladen truck aan zou kunnen, klom ze door bossen met groenblijvende, maar ook dieprode en oranje bladverliezende bomen. Die adembenemende schoonheid voerde haar terug naar het heden en verdreef haar onbeduidende zorgen en verplichtingen.

Zuilen van blauwe rook stegen op en hingen als een hemels tapijt over de heuvels en dalen. De vuren werden gevoed met vegetatie die tijdens de zomermaanden was teruggesnoeid, toen het langs deze kust verboden was om vuur aan te steken, en ook met wijnranken en olijftakken die aan het eind van het seizoen waren afgeknipt. De boerenhuizen waar ze langsreed, waren stenen rechthoeken die vervaarlijk op rotsen stonden. De rook geurde naar tijm en rozemarijn, verbrand eikenhout en olijftakken.

Jane draaide het raampje open, wat in dat oude brik nog handmatig ging, en stak haar hoofd naar buiten om de geurige lucht van het achterland in te ademen, die op die hoogte tintelend was. Hoewel ze graag snel terug wilde met de kazen voor de lunchpauze, matigde ze haar snelheid om te genieten van het moment en van het uitzicht op de Alpen dat helemaal tot de zee reikte. Het was maar goed dat ze vaart minderde. Er denderde een zwarte sedan, die eerder uit het zicht was, van de berg af. Hij nam de bocht met woeste snelheid. De chauffeur, die rakelings langs de rotsige diepte scheurde, wist op een haar na haar busje te ontwijken, maar reed wel haar zijspiegel eraf. Glas versplinterde terwijl het gewraakte voertuig brullend en slippend op enkele millimeters van de afgrond aan het zigzaggen was. Jane trapte hard op haar rem terwijl de Audi over de bochtige weg omlaagscheurde en uit het zicht verdween, haar trillend achterlatend.

Ze vond een plekje dat in de rotswand was uitgehakt en dat bedoeld was als passeerhaven, stapte uit en liep onvast naar de rand van de rotswand. Het was een bladerrijke afgrond van een meter of vierhonderd. Als er een aanrijding was gebeurd en het busje over de rand was gekieperd, was ze dood geweest. Ze dacht aan Luc en de laatste minuten van zijn leven. Nadat ze eerder zo vaak aan zelfmoord had gedacht om hem achterna te gaan, had ze zich vandaag makkelijk bij hem kunnen voegen. Ze lachte een beetje gek en besefte hoe blij ze was dat ze leefde.

2

Annie hielp bij de olijvenpluk, een bezigheid waar ze nooit aan mee had mogen doen vanwege de froideur tussen Clarisse en haar. Dit jaar deed ze voor het eerst mee met de vrouwenploeg en ze genoot van elke minuut. Ze kende deze plattelandsvrouwen: ze maakten al sinds haar jeugd deel uit van haar familieleven. Het voelde machtig om buiten in de frisse, koele lucht weer in hun gezelschap te zijn, de scherpe geur van versgeplukte olijven op te snuiven, zwarte vingers te krijgen. Zonder Clarisses hardvochtige aanwezigheid was Annie minder op haar hoede om haar gezicht te laten zien en mee te doen met de activiteiten op het landgoed. Ze had meer zelfvertrouwen en was misschien zorgelozer. Ze had een rechtmatige rol op het land, maar was niet van plan openlijk tegen Clarisses geschreven eisen in te gaan. De vrouwen zongen tijdens het verzamelen van de olijven: Franse liedjes, plattelandsdeuntjes, en intussen groeiden de bergen olijven gestaag. Terwijl de arbeiders de ladingen van de dag ervoor steeds weer overtroffen, slingerde Jane elke dag, geholpen door de twee kerels die verantwoordelijk waren voor het sorteren en schiften, de Citroëntruck aan en reed kort na zonsopgang door de mistige heuvels. Het was voor haar ook de eerste keer dat ze de leiding had over het persen.

Ze pendelde dagelijks heen en weer en reed vakkundig de hellingen op, al was ze wel extra voorzichtig nu ze onlangs door het oog van de naald was gekropen. Ze was een beetje schrikachtig, maar geloofde ook dat Lucs arm haar beschermd had. Toch waren die expedities riskant. De oude truck blies wolken zwarte rook uit zijn roestige uitlaat, piepte bij het schakelen en ging hortend en stotend de kronkelige hellingen op, als een koppige overbelaste ezel. Bij elke hobbel en elke bocht rolden de honderden kilo's olijven rommelend heen en weer, waarbij de rode kratten verschoven. Het was haar verantwoordelijkheid om te zorgen dat de resultaten van het werk van het team de molen in dezelfde onberispelijke staat bereikten als waarin ze het landgoed hadden verlaten. Er mochten geen beschadigingen worden veroorzaakt door ruwe bewegingen, de olijven mochten niet gekneusd zijn want dan zou de olie oxideren, had Claude geïnstrueerd.

Bij de molen aangekomen zag ze dat François Bonnard – de jongere, manke broer van Stefan Bonnard, de molenaar – in de tuin rondhing om haar te begroeten. In de kille najaarslucht steeg zijn adem als rook op. In een aangrenzende tuin krijste een familie van botergele kaketoes haar toe. Boeren tikten hun pet aan en namen haar schattend op. Het was de regel dat iedere doorgewinterde boer zijn eigen oogst uitlaadde, maar François bleek graag bereid haar een handje te helpen met het optillen en wegen van haar cageots. Het kwam bij haar op dat hij haar misschien leuk vond, maar misschien kwam het gewoon omdat Les Cigales, met tweeduizend *oliviers*, een gewaardeerde klant was. Hoe dan ook, ze was hem dankbaar voor zijn hulp, want het was slopend werk. Jane bracht vijfendertig tot veertig kratten per dag. Elk krat bevatte vijfentwintig kilo olijven. Dus de ladingen die Jane dagelijks aandroeg, bevatten ongeveer een ton fruit.

Stefan stelde voor dat ze haar vracht misschien beter kon neerzetten en bij hen achter kon laten als ze het eenmaal eens waren over het gewicht. De olijven konden geperst worden als zij er niet bij was. Ze hoefde niet in de koude persruimte te blijven rondhangen. Hij opperde dat ze haar volle blikken kon ophalen als ze de volgende lading kwam brengen en dat ze minder regelmatig zou kunnen leveren – misschien twee of drie keer gedurende de hele oogst – maar Jane had jaren eerder al van Luc geleerd dat de beste olie wordt gemaakt van olijven die worden geperst zodra ze van de bomen zijn gehaald. En hun fruit was biologisch, dus wilde ze per se het hele proces overzien en er zeker van zijn dat hun persing alleen van hun eigen landgoed was en niet werd vermengd met olijven van mindere kwaliteit, of werd bezoedeld met sporen van chemicaliën. Trouwens, het was ijdele hoop om te denken dat Arnauds arme oude truck de beklimming met drie, of zelfs maar twee ton aan boord zou redden. Dus had ze om verschillende redenen geen keus. Ze moest dagelijks voor zonsopgang opstaan en de stressvolle rit maken.

Clarisse bleef Jane er maar aan herinneren dat die het jaar daarvoor de wijnoogst had laten mislukken. Daarom was ze er deze keer, als tijdelijke *châtelaine* van het landgoed, op gebrand om haar taken niet te verknoeien. Dat betekende uren wachten terwijl de olijven werden gewassen, op lopende banden naar de pletmachines werden vervoerd, waarna de geplette olijvenpasta werd rondgedraaid en geperst, tot ze in het laatste stadium kwamen en de olie van het water werd gescheiden. Als ze niet naar de olijven keek, bracht ze die tijd door met het lezen van materiaal dat ze moest vertalen. Ze was er blij mee dat ze nu meer opdrachten kreeg dan ooit. Uiteindelijk volgde het plezier van de gorgelende komst van de fluweelachtige, groene olie, nog warm van zijn transmutatie. En daarna de behoedzame terugrit omlaag door de heuvels in het schemerende late najaarslicht. Koud en verstijfd en met honger als een paard reed ze met de lege kratten en klotsende bidons achter in de truck terwijl de zon uit het zicht verdween.

Elke avond als ze eindelijk bij de stallen aankwam en de handrem aantrok – uitgeput, maar opgelucht omdat ze weer veilig terug was op de basis – waren de plukkers al klaar. Ze ontspanden zich in een uitgelaten stemming. In afwachting van Janes komst had Matty al hompen donker brood klaargelegd. De stalen vaten werden in de avondschemering uit de truck geladen en rechtstreeks naar de koele opslagplaats gebracht, terwijl er eentje – meestal de laatste die was gevuld, omdat die vaak niet helemaal vol zat – werd achtergehouden en door een van de arbeiders naar Matty werd gebracht, die met loshangend haar in de keuken stond te zweten, terwijl ze al roerend bevelen mompelde tegen gloeiend hete pannen.

Met rozige gezichten door al die uren in de frisse lucht en het drinken van rosé bij het vuur, klokten de mannen en vrouwen de volgende slok gekoelde wijn naar binnen. Terwijl ze lekker achterover gingen zitten en hun benen strekten om hun zere ledematen te verlichten, de ene gelaarsde voet over de andere, zich verkneukelend bij het vooruitzicht van een stevige maaltijd, rende Jane het huis in voor een snelle douche en wat schone kleren.

Matty schonk de netgeperste, scherpe, peperige olie in een kan en droeg die met ceremonieel vertoon door de achterdeur, waarbij ze knerpend over het kiezelpad naar het stallenblok liep, waar Annie en Patrick de eettafel gedekt hadden en Claude het vuur opstookte met een stel stevige, gedroogde houtblokken.

Iedereen juichte. Ze waren doodmoe maar konden het toch niet laten om op te staan en naar de tafel te lopen om hun neus in de porseleinen kan te steken en de dikke, groene wondervloeistof op te snuiven, in te ademen en te bekijken. Voorafgaand aan elke maaltijd goot elke plukker een paar druppels olie op zijn bord en doopte er een stuk brood in. Zuigend, kwijlend en kauwend zaten ze te smullen en verheerlijkten en prezen ze de olie, die was gemaakt dankzij hun inspanningen. Olie die door hun gezwoeg kameraadschappelijk aan ieder van hen toebehoorde. Dit waren heilige momenten waarin vele meningen werden geuit, vaak met een poëtisch tintje. Dit was hun dank.

'Gisteren beter.'

'Onzin, dit is het beste wat we hebben geoogst.'

'Perfect peperig.'

'Zacht voor de keel.'

'Het is een mooie oogst.

'Als gesponnen zijde.'

'Geen landgoed produceert betere.'

'Cher Claude, tu es un maître.'

De vele millennia oude traditie van de proeverijceremonie werd uitgevoerd terwijl hun maag knorde in afwachting van de dampende borden met eten die straks zouden worden opgediend. Matty en Annie kwamen de kokend hete borden nu onder applaus en gejuich brengen.

Jane hoorde hun uitbundigheid helemaal boven in huis.

Een blik om de deur van Clarisses kamer maakte duidelijk dat de patiënt diep in slaap was. Jane slaakte een zucht van opluchting. Op andere avonden had ze Clarisse onrustig en boos aangetroffen, popelend om uit bed te mogen, haar rol als vrouw des huizes weer op zich te nemen en de scepter te zwaaien over het personeel. Dan moest Jane noodgedwongen de tijd nemen om de gekwelde geest van de vrouw te kalmeren en haar te sussen.

'Hoeveel mensen zijn er beneden? Voor hoeveel mensen moeten we eten maken? Ik kan het me niet veroorloven.'

'Ga slapen, Clarisse, maak je niet druk. Het is dezelfde ploeg als altijd.'

'Het klinkt als een heel leger. O, ik ben het zo zat. Hoelang nog?'

'Over twee dagen is het klaar.'

'En dan?'

'Sst, ga slapen.'

'Betuttel me verdomme niet zo! Blijf je hier of niet?'

Ze was van plan geweest voor Lucs moeder te zorgen. Ze had zichzelf beloofd dat ze dat zou doen, dat ze de strijdbijl zou begraven, omwille van Luc, maar zelfs Jane had niet kunnen bevroeden hoe diep het verdriet, de frustratie en de wanhoop van haar schoonmoeder reikten. Iedereen was actief, druk, in een roes door de dagelijkse resultaten van hun werk en blij om deel uit te maken van het team, dat voelde als een grote familie.

En Clarisse had de mater familias moeten zijn.

Maar de eens zo elegante schoonheid was nu aan het aftakelen, verward door de pijn, en de zaadjes van de ophanden zijnde tragedie waren al veel te lang geleden gezaaid.

Op die dagen was Jane moe als de zon onderging. Ze verlangde ernaar om weer naar beneden te gaan en te delen in de kameraadschappelijkheid, het gelach en de luchthartigheid van een ontspannen avond met familie en buren. Het olijventeam. Ze was dankbaar voor de afleiding.

Misschien voelde Clarisse dat ze niet gewenst was, dat ze overbodig was, niet langer het middelpunt van de aandacht. Het landgoed kwam langzaam weer op zijn pootjes terecht, zonder haar...

Maar toen Jane die avond haar hoofd om het hoekje stak, snurkte Clarisse zachtjes. Hun avond zou ongestoord verlopen. Pas toen ze een omgevallen doos tissues opraapte, zag Jane, half begraven onder Clarisses kussen, haar eigen foto van haar vader. Ze fronste en liep naar het bed met de bedoeling hem weg te halen. Clarisse moest naar de kamer van haar en Luc zijn gegaan. Ze moest hem van de toilettafel hebben gepakt. Jane bleef even naar de slapende Clarisse staan kijken, een zak boze botten. De gerimpelde huid, de ooit zo glanzende haarlokken nu dof en grijzend, de make-up gevlekt en oneffen. Van alle spullen in de kamer die ze had kunnen pikken, waaronder ook enkele foto's van Luc, had Clarisse de foto van Peter gekozen. *Ik was tot over mijn oren verliefd op je vader.*

Was het mogelijk dat de oude vrouw, die al zo lang weduwe was, oprecht al die jaren haar hart aan hem had verpand? Dat er onder dat marmeren pantser een kwetsbare kern schuilging? Er ging een golf van medelijden door Jane heen. Ze zou niet in Clarisses schoenen willen staan. Zoveel te hebben verloren: een kind en een geliefde. Als de adoptie van Clarisses enige dochter dan niet 'het offer' was geweest, vroeg Jane zich af, wat kon er dan nog erger zijn geweest? Het kwijtraken van hun leven in Algerije? Haar man, Adrien, die ze als wreed had beschreven?

Jane liet de foto liggen waar hij lag en ging naar beneden, waar ze zich bij de rest voegde.

Toen ze de volgende middag terugkeerde van de molen, was de foto teruggezet op de juiste plek.

De nazomerdagen bleven hun toelachen en er was geen teken dat het weer zou omslaan. De oogst was gezegend, om vele redenen. Het was bijzonder plezierig. Families werden verbonden, niet in de laatste plaats die van Jane zelf. De kinderen waren actief en genoten ten volle van hun schoolvakantie. Patrick was een geboren leider en als Lucs wensen zouden worden nageleefd, zou hij een eersteklas landheer worden op Les Cigales. Jane en Annie keken vol trots naar hem en glimlachten zwijgend naar elkaar. Afgezien van Clarisse was er niemand op de hoogte van hun geheim, behalve Matty misschien. Het geluk van hun zusterlijke band verrijkte Jane en gaf haar energie, en ze keek met een nieuw gevoel voor perspectief uit naar de avonden.

Jane was uitgeput maar voldaan en ze vond het fijn dat het seizoen naar een succesvol einde liep. De vrijdag daarop zou ze naar Gatwick vliegen voor een weekendbezoek aan haar vader. Ze overwoog om via Parijs terug te vliegen om een paar dagen in de stad door te brengen, even bij Annie langs te gaan en na te denken over haar toekomst...

Na het eind-van-de-oogstfeest.

Annie opperde dat het einddiner van de plukkers buiten op de binnenplaats gehouden zou worden. 'Laten we er een overdadig banket onder de sterren van maken.'

Het late najaar was zo mild dat er geen goede reden leek te zijn om niet onder de sterrenhemel te feesten, en bovendien zou Clarisse daardoor minder last van hen hebben, dus werd het voorstel door iedereen toegejuicht.

'We nodigen iedereen uit, van de plaatselijke herders tot de burgemeester. Les Cigales houdt een feest ter ere van het eind van de oogst! Ze hoeven niet van ons geheim op de hoogte te zijn, ze hoeven niet alles te weten wat we vieren.' Jane gaf haar zus een knipoog.

De plukkers waren de dag voor het feest klaar met oogsten: de laatste olijven waren van de boom gehaald. Tweeduizend bomen schoongeplukt.

'We hebben het beter gedaan dan de spreeuwen,' schertste Claude.

Niettemin waren de mannen en vrouwen die ochtend teruggekomen om hun baas te helpen met het opruimen van de netten, die nu vol zaten met aardklonten, graspollen en die vreemde bergsteen. Voordat ze konden worden opgerold om tot volgend jaar opgeslagen te worden, moesten ze worden schoongemaakt, gewassen en gedroogd. Dan waren er nog de ladders, de snoeischaren en de knippers, die werden opgeborgen in een natuurlijke kalkstenen holte die handig dicht bij de olijfgaarden lag. Ze zouden over een paar weken weer nodig zijn voor het snoeiwerk. De klusjes waren tijdrovend, maar ze werkten met z'n achten en de stemming zat er goed in. Binnenkort zouden ze betaald worden en vanavond zouden ze van eten en drinken worden voorzien. Iedere Provençaal houdt van feesten en dit feest beloofde uitzonderlijk goed te worden.

Achter in de tuin hielden Annie en Patrick zich bezig met het schoonmaken van de plastic tuinstoelen en -tafels die in de stallen waren opgeslagen. Terwijl Patrick de stoelen neerzette, haalde Annie de linnen tafelkleden uit de wasruimte, en ging daarna het bestek pakken. Matty bood aan het te doen. Ze zei dat het veiliger was om Annie niet in het huis rond te laten lopen terwijl Clarisse boven lag, maar Annie haalde haar schouders op, vond dat haar moeder niet zo moest zeuren en zei dat alles goed was. Matty wist hoe humeurig de oude vrouw kon zijn. Annie niet, maar haar adoptiemoeder zweeg omdat ze de sfeer niet wilde verpesten.

Annie dekte samen met haar zoon de tafel. Vanuit de keuken klonk een regelmatig gebonk. Matty spleet groene olijven met een houten hamer, om ze in potten te doen voor de wintermaanden die eraan kwamen. Ze waren ideaal bij een lekker aperitief. Er stonden nog een paar potten gepekelde olijven van de récolte van vorig jaar in de voorraadkast. Ze was van plan die op schaaltjes te leggen voor het eetfestijn van vanavond.

Er moesten nog lantaarns en gekleurde lampjes worden opgehangen en o, er wachtten nog honderdduizend andere klusjes om er een swingend topfeest van te maken. Maar niemand had haast. Ze namen de tijd en genoten van hun taken en van elkaars gezelschap.

Arnaud was terug uit de bergen. 'Goed getimed,' merkte Claude op, toen hij zag dat zijn zoon, ongeschoren, bij het eerste ochtendlicht in zijn bestelbusje aan kwam rijden. Arnaud was terug om de barbecue op de binnenplaats te installeren. Hij legde zijn jachtgeweer en zijn tassen in de keuken van de bastide waar Matty, die al voor het krieken van de dag op was, verhit aan het bakken was.

De zelfgemaakte barbecue, gefabriceerd van niet meer gebruikte ijzerwaren, waaronder de halve kap van een verwarmingsketel, die als rooster diende, was een merkwaardig ding. Die avond zou hij gebruikt worden voor het roosteren van een heel wild zwijn dat Arnaud een paar weken eerder tijdens een zondagse jacht had gevangen, gevild en te drogen had gehangen in afwachting van de oogstactiviteiten. Het zou ruim voldoende zijn om het hele gezelschap te eten te geven, zelfs met de grote opkomst die Jane verwachtte.

'Laten we op honderd man rekenen,' had ze tegen Matty gezegd, die begon te stralen bij het vooruitzicht: als de vrouw des huizes op de been was geweest, zou zoiets extravagants nooit zijn goedgekeurd.

Om alle kinderen bezig te houden en te voorkomen dat ze kattenkwaad uit zouden halen – want het was de laatste dag van de vakantie en ze hadden nogal wat energie – hadden ze ook taken gekregen. De jongens waren aangesteld als hulpjes van Arnaud. De hele warme, zonnige ochtend lang vervoerden ze, in hun armen of met kruiwagens, fikse hoeveelheden houtblokken en sprokkelhout vanaf de verschillende opslagplaatsen en her en der liggende stapels over het terrein, waarna ze die netjes moesten opstapelen naast het grote ijzeren spit van de jager, waaronder Arnaud het vuur aanlegde. Intussen zaten de kleine meisjes aan de eettafel in de stallen op hun knieën op de stoelen en met hun ellebogen op het kale hout, met tientallen veelkleurige potloden kaartjes te ontwerpen voor Matty's heerlijke gerechten.

'Hoe schrijf je "hertentaart"?'

'En "fazant"? Zo goed?'

Arnaud streek een lucifer aan en hield hem bij tot balletjes verfrommelde stukken van de *Nice Matin* die hij onder sprokkelhoutjes en houtblokken had gestoken die hij vakkundig op de ijzeren bodem van zijn barbecue had gelegd. Het brullende geluid toen de vlammen zich verspreidden klonk als iemand die op een grote cimbaal sloeg.

Jane vertrok naar de molen. Ze hield een kop koffie in haar ene hand en was laat. Ze wist dat ze moest gaan, maar de gonzende activiteiten in de keuken en Arnauds felle vuur buiten hadden een betoverende uitwerking op haar. Het dode zwijn lag op een bebloed kleed op het hakblok. Jane was nog nooit getuige geweest van de voorbereidingen voor zo'n indrukwekkend gebraad. Ze gooide haar tas in de provisiekast en pakte een hakmes.

'Ik ga een kwartiertje groenten snijden en dan ga ik op pad. Ik wil zien hoe deze jongen op de barbecue gaat.'

Arnaud kwam de keuken binnen; zijn enorme handen waren zwart van het vuur aanleggen. 'Goed,' zei hij, en hij sloeg het varken op de bil, waarna hij een half glas wijn achterover sloeg. Het was nog geen acht uur 's ochtends.

'Hoeveel weegt hij?' wilde Jane weten.

'Zestig tot zeventig kilo. Deze jongen is meer dan genoeg voor ons allemaal.'

Matty en Annie waren al druk bezig met het snijden van de groenten, en hun vingers waren glinsterend nat. De vrolijke stemming werkte aanstekelijk. Voor het vullen van het varken – een volgroeid, stevig mannetje van een jaar of drie, vier oud – was een hele moestuin nodig, naar het scheen. Arnaud had de maag van het beest opengesneden voordat hij het had opgehangen. Matty schoof Jane een zware schaal tomaten toe. 'Als je blijft, moet je hakken. Er moeten ook nog uien worden gedaan.'

In schaaltjes lagen al takjes kruiden uit de tuin klaar, evenals takjes laurierblad die bij zonsopgang geplukt waren en naar dauw roken – een zilte mediterrane dauw die positief werkte op alles wat er in deze contreien groeide – en hele rozige knoflookbollen, en zoveel zakken landgoedaardappelen dat je er een schip mee tot zinken kon brengen. Toen de maagholte van het varken volgepropt was met eten deed Arnaud, geholpen door zijn moeder, de vleesflappen dicht en naaide ze vast met draad dat bijna net zo dik was als touw. Toen werd het uit de kluiten gewassen varken over de schouder van zijn jager gegooid en naar de barbecue gesleept, waar de poten twee aan twee stevig werden vastgemaakt aan het draaispit. Matty besprenkelde hem met behulp van laurierbladeren lichtjes met olijfolie van vorig jaar. De nieuwe oogst was veel te kostbaar om hem mee te bedruipen.

Jane keek hoe de vlammen zich verspreidden en reed daarna naar de molen om de laatste vracht van het seizoen af te leveren voor ze de laatste voorraad vloeistof thuis kon brengen.

Het feest kon beginnen.

3

Feest

Moe, vies en hongerig reed Jane door het hek van Les Cigales en ronkte in de derde versnelling de oprit met de ceders op. Al vanaf de weg kon ze de veelkleurige lantaarns door de bomen zien. De grillige oude truck had het gered en ze was veilig thuis. De laatste persing was overvloedig geweest en de olieopbrengst was exceptioneel. Over drie maanden, of ietsje langer, zouden de liters die voor de verkoop werden gebruikt een flinke injectie geven aan de kas van het landgoed. Ze was dolblij en ook wel een beetje trots. Het feest van vanavond zou de slagroom op de taart zijn. Misschien zou ze zelfs wel een korte speech houden. Of zou ze Annie die kans geven? Nee, het was nog te vroeg om haar voor het voetlicht te laten treden. Ze was zo opgetogen dat ze overwoog Clarisse vanuit haar bed naar het feest te begeleiden, misschien voor een kwartiertje. Ze bleef per slot van rekening de eigenares van het landgoed, al verloor ze haar grip. Ironisch genoeg begon Jane medelijden met haar te krijgen en zelfs een ietsepietsje genegenheid voor haar te voelen, nu ze zich bewust was van de jarenlange eenzaamheid die ze te verduren had gehad.

Jane had erop aangedrongen dat de Provençaux die waren ingehuurd voor de olijvenoogst hun familie zouden meenemen voor deze feestelijke maaltijd, niet alleen omdat ze de oogst wilde eren maar ook, veel belangrijker, als gebaar van vriendschap naar hun buren en anderen uit de omgeving. Ze wilde dat het verhaal rondging dat de eigenaren van Les Cigales benaderbaar waren en dat er op hen gerekend kon worden als vitaal onderdeel van de gemeenschap. Het werd hoog tijd om die hardnekkige roddels de kop in te drukken die ze zich al herinnerde van haar eerste bezoek hier met haar vader. Oordelen en meningen die waren doorgegeven aan de jongere generaties. Het bijgeloof, de wrok, Jane wilde er allemaal van af, ze wilde met een schone lei beginnen. Ze droomde ervan te zaaien, de vloek van het wantrouwen af te schudden. Dit domein, dat had moeten worden overgedragen aan Luc, moest spiritueel, emotioneel en ook fysiek opnieuw worden opgebouwd. Voor de voortgang was de welwillendheid van de gemeenschap nodig, niet hun wrok. Jane wilde het weer maken tot wat het misschien was geweest toen de benedictijner monniken het hadden gebouwd en hier het land hadden bewerkt: een leidster, een toevluchtsoord, een mogelijkheid om eerlijk te werken. Als ze eindelijk wegging, hoopte ze dat Annie en Patrick, die als het aan haar lag de eigendomsaktes zouden krijgen, het landgoed zouden leiden in een sfeer van harmonie en wijsheid.

Ter nagedachtenis aan Luc.

Jane trok de handrem aan, toeterde naar de mannen dat ze de olie konden uitladen en gooide de sleutels naar Arnaud, die de truck, zodra die leeg was, terug zou rijden naar het schoolgebouw. Ze ging snel naar binnen, de trap op, en liet het bad vollopen, waar ze een flinke scheut lavendelbadzout in deed. Toen liep ze over de overloop naar de kamer van haar schoonmoeder. Clarisse lag met haar ogen dicht en even nam Jane aan dat ze sliep en wilde ze de deur weer dichtdoen.

'Het klinkt verdomme alsof er beneden een demonstratie aan de gang is.'

'We zijn bezig met de voorbereidingen voor het plukkersfeest, Clarisse. De oogst zit erop, de olie is geperst. Je zult blij zijn om te horen dat we een goed seizoen hebben gehad. Ik ga me opfrissen en omkleden.'

'En ik dan? Ik ben hier de eigenares, weet je nog? Of ben je vergeten wat je plaats is, Jane? Druk je me elke dag verder in een hoek? Neem je mijn rol over?'

'Wil je even bij ons komen? Iedereen gedag zeggen?'

'Denk maar niet dat je mij hoeft uit te nodigen.' Haar stem klonk schril en strijdlustig, maar er zat iets scherps in.

'Ik ben over tien minuten terug. Denk erover na. Als je zin hebt, zeg je het maar, dan help ik je aankleden.'

In haar enthousiasme was Jane even vergeten dat ook Annie en Patrick aanwezig waren op het feest. Patrick, die omringd werd door een groep drukke kinderen die als kikkervisjes in het water overal tegelijk heen schoten, zou misschien niet de aandacht van Clarisse trekken, maar Annie zeker wel. Jane vervloekte haar onachtzaamheid. Ze had dit eerst met Annie moeten bespreken.

Verdomme! Ze kon haar schoonmoeder helemaal niet uitnodigen.

Ze trok haastig wat kleren aan, te bezorgd om veel aandacht aan haar verschijning te besteden, en besprenkelde zichzelf met Chanel; zo kon ze ermee door. Ze rende over de overloop terug naar Clarisse, maar toen ze door de openstaande deur liep, waren de dekens teruggeslagen en was het bed leeg.

'Clarisse? Zal ik je helpen?' Jane stak haar hoofd om Clarisses badkamerdeur. Deur van het medicijnkastje open. Pillen gemorst in de wasbak; deksels van hun potjes af. Wat voor mengsel had ze geslikt? Ze moest er in haar eentje op uit zijn gegaan. Ze had zich niet eens aangekleed. Jane haastte zich terug over de overloop, de trap af. Ze stak haar hoofd om de openstaande deuren van een van de twee grotere zitkamers, waar Matty haardvuren had aangestoken voor als het zou gaan regenen, wat heel onwaarschijnlijk was. Matty was in de rode kamer en zat op haar hurken in een mooie zwartfluwelen jurk met knoopjes en een kanten kraag voor de open haard, waarin ze de vlammen met een blaasbalg aanwakkerde.

'Je ziet er fantastisch uit. Heb je Clarisse gezien?'

Matty schudde fronsend haar hoofd. 'Is ze niet in haar kamer?'

'Helaas niet.' Jane draaide zich om en rende naar de kamer aan de andere kant van de hal. Niemand. Toen zag ze dat de deur naar de petit salon, die ze gebruikte als opslagruimte voor Lucs spullen, wijd openstond. De sleutel zat in het slot. Had ze tijdens de oogst vergeten hem op slot te doen en de sleutel in haar tas te stoppen? Ze stapte naar binnen. Papieren waren verplaatst en op de grond geschoven. Er was een doos omgevallen. Hij zag er geplunderd uit. Ontbrak er iets? Er lag zo'n schat aan materiaal dat het onmogelijk was om meteen te raden wat er was weggehaald, als dat al zo was. Ze vervloekte haar eigen nalatigheid.

Het moest Clarisse geweest zijn. Wie anders? Jane draaide zich om, deed de deur dicht, stak de sleutel in haar zak en liep naar de eetkamer. Leeg. Geluiden van buiten, stemmen. Kurken die ploppend werden getrokken. Het feest begon. Jane aarzelde. Als ze nu naar buiten zou gaan, zou ze tussen de anderen in het feestgedruis verdwijnen. Ze moest minstens één poging wagen om haar schoonmoeder te vinden. De bibliotheek. Als ze haar niet vond, zou ze dokter Beauchene opzoeken, als die al op het feest was gearriveerd.

In de bibliotheek was het stil en er waren alleen boeken en lege stoelen. Clarisse was vast buiten. In haar nachthemd? Ze zou kou vatten. Jane raakte gealarmeerd. Hoe kon ze dit zo verkeerd ingeschat hebben? Stom van haar om Clarisse uit te nodigen voor ze klaar was haar te vergezellen.

Maar Matty had haar nu vast al gevonden.

Matty was gek genoeg niet in de keuken, waar de tafel herfstkleuren had en vol stond met heerlijke schalen vol groenten: gebakken aardappelen, gegrilde aubergines, een gevuld koolgerecht, aardewerken kommetjes met haar eigen tapenade. Allemaal voor bij het geroosterde varken. Er zweefden heerlijke geuren naar binnen uit de tuin, waar het knapperig bruinende beest aan het spit hing. Buiten zag ze het schijnsel van het vuur, het kaarslicht en de lantaarns. De binnenplaats was gevuld met schaduwen, silhouetten die glazen vasthielden, gezellig geklets, hartelijk gelach. Monsieur le curé, de katholieke priester, was in gesprek met de barbier, die een pak aanhad, terwijl zijn vrouw naast hem een paarse verenboa omhad. Zelfs zijn drinkmaatje, de burgemeester, was komen opdagen. Groepjes dorpelingen, gasten. De uitnodigingen waren aangenomen. Janes hart zwol van trots. Maar waar was Clarisse? Ze was zo klein en frêle dat ze gemakkelijk in de menigte kon opgaan. Jane stond op de trap voor de keuken en speurde het gezelschap af in de hoop haar – of anders de dokter – te zien. Een buurman kwam aanlopen om haar goedenavond te wensen. Jane beantwoordde zijn begroeting en maakte een praatje met hem – 'Ja, de oogst was *très bonne*,' – terwijl ze werd verscheurd door beleefd blijven en zich ongerust maken. Ze zag Matty met Arnaud bij het spit staan. Ze boog voorover en rechtte haar rug terwijl ze, haar gezicht verhit door het vuur, het varken bedroop. Jane verontschuldigde zich en baande zich een weg door de menigte.

'Waar is Annie?' riep ze, toen ze in de buurt van moeder en zoon kwam.

'In de eetkamer in de stallen om meer wijn te halen. Wat een opkomst. Ik hoop dat we voldoende eten voor iedereen hebben.'

'Natuurlijk. Heb je Clarisse nog gezien?'

Matty fronste. 'Weet je zeker dat ze niet in bed ligt? Ze is niet hierbeneden.'

Jane nam niet de tijd om het uit te leggen. Ze had een misselijkmakend voorgevoel. Voor haar geestesoog zag ze de kamer waar Lucs spullen lagen. Ze was erachter welk voorwerp ontbrak. Niet dat het haar was opgevallen dat het er niet lag, maar er schoot een beeld door haar hoofd, als een waarschuwingssignaal, en dat alarmeerde haar.

Ze moest Clarisse vinden.

Clarisse liep op haar pantoffels en in haar nachthemd met korte mouwen en huiverde van de kou. Ze dwaalde over het voorplein, langs de palmbomen, en strompelde met bonkend hart van de ene geparkeerde auto naar de andere. Ze had iets zwaars bij zich. Een pistool, haar pistool, Adriens Colt. Ze dacht dat ze het kwijt was nadat ze het al die jaren had verstopt. Luc had het geconfisqueerd – dat had hij toegegeven – en haar verboden ooit nog in de buurt van een vuurwapen te komen. Ze had het in de kamer met alle dozen zien liggen en het opgepakt en meegenomen. Daarna was ze, niet in staat om de groep mensen op de binnenplaats bij de stallen onder ogen te komen, door de voordeur naar buiten geglipt. Overal lantaarns. Flakkerende lichtjes die haar verblindden en verwarden. Harde stemmen, gelach. Geparkeerde auto's om haar heen. Ze baande zich een weg eromheen en haar hoofd tolde.

Lang geleden in Algerije, toen ze getrouwd was, waren er op warme zomeravonden altijd gasten geweest; avond na avond dansend op de terrassen rondom hun zwembad. Haar heerlijke leven in Algerije. Voordat Luc geboren was. De dagen voor de oorlog. De dagen voor de moorden en bloedbaden. De dagen voor het ontstaan van de OAS. Daarna waren de zwarte jaren gekomen, toen Adrien nooit thuis was. De bombardementen. Ze was doodsbang voor vergelding.

En uiteindelijk haar ontsnapping. Met Isa en Luc.

Waar was Luc? Wie waren al die mensen? Gasten. Ze moest hen gaan verwelkomen. Ze was de gastvrouw. Was dit haar feest?

'Clarisse!'

Wie riep haar? Ze herkende de stem. Isa... was het Isa? Isa, die bij haar was gebleven, haar nooit verraden had.

'Clarisse, waar ben je?'

Nee, niet Isa. Jane. Ja, Jane. Dit was het feest van haar schoondochter. Niet dat van haar of van Luc. Jane nam haar landgoed over, trok hier in en nam de leiding. Waar was Luc? Hij moest hier een eind aan maken. Onmiddellijk. Clarisse draaide zich onvast om op haar pantoffels en verloor bijna haar evenwicht toen ze naar de achterkant wankelde, naar de zuidkant van het huis, in de richting van de lichten en de muziek.

De geluiden waren oorverdovend. Zware drums. Geen lieflijke dansmuziek. Luide stemmen. De binnenplaats stond vol met lijven. Vanuit het niets kwam een groep uitgelaten kinderen langs haar rennen. Een ervan, een grote jongen – was het Luc? – stootte tegen haar schouder, waardoor ze uit balans raakte.

'Luc! Luc, kom hier!'

Ze zagen haar amper. Schoten er weer vandoor. Clarisse was bijna omgevallen, als een lappenpop. Ze hield haar adem in. Duizelig, met een zwaar hoofd en verdoofd door de medicijnen, schuifelde ze verder naar een muur van ruggen en schouders. Mannen en vrouwen voerden geanimeerde gesprekken, hielden schaterlachend hun glas omhoog. Een vrouw in een los vallende zwarte broek met een glanzende blouse liep met twee flessen in haar handen stralend en babbelend tussen de groep door. Ze schonk wijn in – Clarisses wijn, haar landgoedlabel, *Les Deux Sœurs* – en vulde glazen bij terwijl ze met mensen praatte en deelde in de feestvreugde. Ze had een prachtig, levendig, gezond gezicht met sproetjes. Peters ogen.

Annabelle. Het was Annabelle. Ze had het recht niet om hier te zijn. Waar dacht ze dat ze mee bezig was?

Clarisse bracht verward haar hand naar haar voorhoofd. Haar hoofd was zwaar. Ze voelde iets van metaal tussen haar vingers. Ze moest nadenken.

'Clarisse! Clarisse!'

Een stem achter haar. Niet van Annabelle. Hoofden draaiden bij het horen van de scherpe kreet.

Jane haastte zich naar Clarisse, maar bleef stokstijf stilstaan bij het zien van het licht dat glinsterend in het vernikkelde pistool weerkaatste. Ze bewoog nu voorzichtig. Een stem ergens achter hen waarschuwde: 'Ze heeft een pistool.'

'Het is de heks.'

Het nieuws ging als een lopend vuurtje rond, totdat ook de mensen die verderop bij de barbecue stonden het hoorden.

'Die oude vrouw, die ouwe madame Cambon, is hier met een vuurwapen.'

Arnaud, verhit en bezweet door de hitte van het vuur en een paar biertjes, kwam overeind met het instinct van een dier dat bloed en gevaar ruikt. Hij stapte behoedzaam achteruit en liep de keuken in, waar hij zijn geweer pakte dat daar al sinds zonsopgang stond. Nog steeds geladen. Hij spande de haan en baande zich een weg door de meute waarbij hij zijn geoefende gezicht voor de zekerheid omlaaghield. Zijn wijsvinger bleef in de buurt van de trekker en hij ploegde voort door de menigte, met zijn hoofd omlaag als een stier die zich opmaakt voor de aanval.

Matty hief haar arm om hem tegen te houden. Hij wist van niets. Ze liep hem achterna.

'Arnaud, blijf hier,' riep ze.

Paniek maakte zich meester van de gasten, die daar eerder door verlamd raakten dan in beweging kwamen.

Annie gaf de flessen wijn aan een verbijsterde toeschouwer. Ze bleef onzeker staan.

Langzaam verplaatste Jane zich naar haar schoonmoeder.

Achter haar liep Annie naar de vrouw die haar moeder was. 'Madame Cambon?'

Clarisse stond als aan de grond genageld. De vrouwen sloten haar in, de een van achteren, de ander van voren. Die vrouwen waren niet haar vriendinnen. Annabelle was tijdens haar ziekte nooit bij haar langsgekomen en Jane was op haar landgoed uit. Ze hief de Colt en richtte hem op Jane, terwijl ze hem met beide handen vasthield om hem stil te houden. Het was jaren geleden dat ze deze trekker had overgehaald en ermee had gedood. De druk van het trillende pistool en de gruwelijke herinneringen maakten haar duizelig en misselijk. Ze had er geen controle over en haar polsen waren zwak.

Jane bleef stokstijf stil staan. 'Geef me het pistool, Clarisse. Het is niet geladen.' Ze blufte. Jane had geen flauw idee of er kogels in de kamer van de Colt zaten.

Annie liep naar de vrouw toe die ze nooit had gekend en die hier nu als een kwetsbaar vogeltje in haar nachthemd als een idioot met een vuurwapen stond te zwaaien naar haar halfzus. Jane verplaatste haar aandacht van haar schoonmoeder naar Annie. Clarisse merkte het en draaide zich om, nog steeds met het pistool in haar hand. Arnaud was door de muur van feestgangers gebroken, gevolgd door Matty. Anderen kwamen dichterbij. Clarisse hield het pistool nog steeds op armlengte en richtte het nu op Annie. Het was te zwaar voor haar. Ze voelde zich zwak.

Voordat ze het wist was er iemand, Jane, bij haar. Matty pakte de arm van haar zoon. Er werd een schot afgevuurd, dat explodeerde in de nacht. Een vrouw schreeuwde. Mensen gilden en riepen, en renden als bange kippen in het rond. Clarisse viel neer.

4

Herstel

Clarisse overleed begin december. Jane zat aan het bed van haar schoonmoeder. Aan het eind leek de oude vrouw ontspannen: ze had haar ogen dicht en haar oogleden trilden, als een hond die aan het dromen was. Ze herkende Jane niet meer, die naast haar zat te lezen of te werken en over haar waakte. Ze praatte heel veel, een golf van zinnen die grotendeels onverstaanbaar waren. De onderwerpen varieerden van oorlog en pistoolschoten tot de OAS, Isa en Annabelle. En tijdens de laatste dagen ook Luc. Ze riep onophoudelijk om Luc. Ze raakte van slag. Als Jane haar probeerde te kalmeren, pakte ze Janes vingers en klemde ze als een bankschroef vast. Ze smeekte Luc om zijn film niet te maken. Ze waarschuwde hem voor vergeldingsacties. Ze herhaalde steeds maar weer 'Adrien', de naam van haar man. Soms leek ze te huilen. 'Het was noodzakelijk,' mompelde ze.

Jane kon maar heel weinig volgen van die gekke monologen, zelfs als Clarisse wel hele en samenhangende woorden gebruikte.

En toen zweeg Clarisse. Af en toe gingen haar ogen open en dan keek ze Jane verontrust aan, maar zonder haar te herkennen.

Alles wat er die laatste dagen nog restte, was haar moeizame ademhaling en daarna het gereutel van de dood, gevolgd door de eeuwige stilte. Jane bleef zitten. Ze staarde naar het lichaam van een oude feeks. Clarisse was dood. De woede en de pijn waren tot zwijgen gebracht. Haar gezicht, zo glad als een perzik, leek dat van een onschuldig kind.

Jane herinnerde zich nu scherp hoeveel pijn het haar nog geen jaar geleden had gedaan om de blauwe huid van Lucs roerloze gezicht te zien. Ze miste hem, het gemis deed pijn. Dat zou altijd zo blijven. Ze vond het heel spijtig dat hij zijn moeder niet had overleefd. Dat hij geen getuige was geweest van de vreugde die Annie en zij beleefden aan het feit dat ze halfzussen waren. Hij zou nu ergens wachten om zijn moeder naar haar rustplaats te begeleiden, waar ze zich misschien eindelijk voor het eerst in tijden vredig zou voelen.

En Luc? Terwijl Jane naar het bewegingloze lichaam keek van de vrouw die haar zoveel ellende en hartzeer had bezorgd, vroeg ze zich af hoe het met Lucs zielenrust zat. Hield zij, Jane, hem tegen? Wachtte hij geduldig tot ze hem losliet? Die mogelijkheid maakte haar wanhopig. Ze kon het niet verdragen hem te laten gaan.

Toen de deur zachtjes openging, trof dokter Beauchene haar in tranen aan met haar hoofd op haar knieën.

Op de dagen die volgden op het feest in november was het helder gebleven, maar wel kouder geworden. De kleur van de bergen in de verte was per dag veranderd van dieppaars in wit. Ergens niet zo heel ver weg viel er sneeuw, die de toppen van de Alpen bedekte. Die kilte beet in de lucht. Er weerklonken voortdurend geweerschoten in de dalen. Nog meer nietsvermoedende dieren kwamen aan hun eind. Er zouden binnenkort heel wat keukens geuren naar het sudderende vlees.

Maar niet die van Matty. Niet door Arnauds geweer. Matty was aan het herstellen van de shock en werd verzorgd door Claude. Ze was als een kanonskogel door de menigte gestormd en had de arm van haar zoon weggeduwd toen die zijn wapen omhoogbracht. Daardoor was zijn geweer afgegaan. De kogel schoot omhoog en gelukkig werd niemand geraakt. Bijna op hetzelfde moment had Jane het pistool van haar schoonmoeder afgepakt en was Clarisse ingestort, alsof het pistool haar overeind had gehouden in plaats van andersom. Volgens Beauchene, die in de buurt was geweest, had Clarisse Cambon een ernstig myocardiaal infarct gehad, een zware hartaanval.

De avond was rampzalig geëindigd. De hele gemeenschap was getuige geweest van hun familiedrama.

De volgende dag was Arnaud opgehaald door twee agenten van de plaatselijke gendarmerie – twee jachtmaatjes van hem – die hem naar het politiebureau hadden gebracht. Er was er geen in Malaz – waar misdaad vrijwel niet bestond – dus waren ze met hem naar het dichtstbijzijnde dorp gereden voor verhoor. Voordat ze weggingen, had Claude de mannen een paar kippen gegeven. 'Goede leghennen, allebei,' zei hij tegen de agenten, waarna hij zijn zoon op de schouders sloeg. '*Courage, mon brave,*' mompelde hij.

Arnaud moest een verklaring afleggen. Duidelijk maken wat zijn bedoeling was geweest. Hij was een man van weinig woorden en kon het moeilijk uitleggen. Hij had met een geladen geweer tussen een mensenmassa gelopen, had de oudste van zijn jachtmaatjes gezegd. Arnaud had gedacht dat zijn zus in gevaar was; dat was zijn verklaring.

Arnaud werd niet gearresteerd. Hij werd naar huis gebracht. Er zouden getuigen worden opgeroepen en dan zou er besloten worden wat er moest gebeuren.

'We gaan zo goed mogelijk verder,' zei Claude ferm tegen Matty.

Clarisse werd op 3 december te rusten gelegd in het familiegraf, naast haar schoonzus en vlak bij haar zoon, die haar bijna twaalf maanden eerder was voorgegaan. Twee vrouwen en een zoon die vredig bij elkaar lagen. Jane legde een tak van de kersenboom uit de tuin van haar schoonmoeder in het open graf. Er zaten nog geen bloesemknopjes aan, maar als het weer voorjaar zou zijn en de boom weer in volle bloei zou staan, zou Jane terugkomen met een schaal rozewitte bloemblaadjes om op het graf te strooien. Dat beloofde ze Clarisse in stilte. Ze had ook discreet een beduimelde pasfoto van Peter in Clarisses kist gelegd. Uit respect voor haar eigen moeder kon ze zich er niet toe zetten om het grotere, ingelijste exemplaar te gebruiken.

Annie was overgevlogen uit Parijs. Jane en zij bereidden zij aan zij het begrafenismaal en dekten de tafel in de rustige eetkamer waar ook Lucs herdenkingsbijeenkomst had plaatsgevonden. Er waren maar een paar mensen bij de plechtigheid. In tegenstelling tot Luc had Clarisse geen massa's vrienden en bekenden om zich heen. Ze had een verbitterd, geïsoleerd bestaan gehad. De *villageois* hadden haar veracht. Niettemin kwam er toch een handjevol. Ze drukten hun hoed tegen hun borst als teken van respect voor de mensen die nog op het landgoed woonden.

'Peter had er moeten zijn.' Annie glimlachte.

Jane had de mogelijkheid overwogen, maar zo'n reis was een veel te zware onderneming voor hem. Hij had trouwens nog steeds geen enkele herinnering aan Les Cigales of Clarisse. En hij wist niet dat Clarisse hem een tweede dochter geschonken had.

'Toch zou ik hem graag eens willen ontmoeten. Mijn vader.'

Het was niet de eerste keer dat Annie dat verzoek deed.

'Op mijn volgende trip naar Engeland kunnen we samen gaan, maar bereid je erop voor dat...'

'Ik wil hem alleen aanraken, naar hem kijken, zijn hand vasthouden en weten dat ik mijn vader in elk geval één keer heb ontmoet.'

'Dan doen we het.'

De winternachten waren heerlijk, onbewolkt, vol sterren, maar wel koud. Tijdens de korte dagen was de lucht staalblauw, helder en zonnig. De struiken hingen vol met bessen. De vogels deden zich eraan tegoed.

Jane bracht haar tijd alleen door, starend in de vlammen van de haard, die aan de gesnoeide olijftakken van vorig jaar likten.

De haat, angst en gewelddadigheid die haar en Clarisse verlamd hadden, smolten nu weg en ze werd milder vanbinnen... Zoals Claude haar in de wijngaarden had geleerd, moeten we in de sombere, bladloze wintermaanden het onkruid wieden en de grond omspitten tot die helemaal schoon is. Daarna bewerken we de aarde, scheppen hem om, maken hem los zodat hij makkelijker kan ademen en de wijnstokken beter gevoed kunnen worden. Maar allereerst is het noodzakelijk om alles weg te halen wat woekert en de groei belemmert. Het is belangrijk om het wortelstelsel van de wijnranken gezond te houden en voor een goede afwatering te zorgen. En belangrijk om de verstikkende gifstoffen uit te roeien.

Kan iemands leven worden gevormd en van richting veranderen door een trauma? Beginnen we op een bepaalde manier en verandert het leven ons dan? Zo ja, dan is dat toch zeker wel omkeerbaar? Herstel. De slimste truc van de natuur. We brengen de aarde schade toe met gifstoffen, verbranden hem, vergiftigen de planten... en toch vindt de natuur haar weg terug via de aarde, komt vol energie weer op en laat zich zelden verslaan. Er is geen reden, dacht Jane, waarom dat bij ons anders zou werken. Waarom zouden wij dat universele DNA-patroon niet volgen?

'Wie heeft er geen bloed aan zijn handen? Wij allemaal. Jij ook, Jane,' had haar schoonmoeder haar eens toegeblaft.

Na het verlies van Peter was de deur naar Clarisses hart waarschijnlijk dichtgeklapt, of was dat al gebeurd voordat Jane haar had ontmoet? Had Peter misschien Clarisses kans op herstel kunnen zijn en had Jane met haar puberale betweterigheid een liefdesreis laten ontsporen? Jane zou het antwoord nooit weten. Ze zou het antwoord op zoveel vragen nooit weten.

'Ik kon het meisje niet houden. Hoe zou dat kunnen in deze streek vol vooroordelen? Stel je het leven van Annabelle op de dorpsschool eens voor. Ze zou worden verstoten, geen vriendinnen hebben, veroordeeld worden. Wat ik heb gedaan, heb ik voor haar gedaan en ik heb je vader nooit verteld van het bestaan van Annabelle. Ik heb hem nooit gedwongen. Mijn hele leven hebben de paysans hier me gehaat en veracht omdat ik een koloniaal uit Algerije was. Ze zullen nooit weten welk offer ik heb gebracht. Dat weet niemand. Alleen Isa. Die was erbij.'

Clarisse had die woorden tegen Jane gezegd tijdens haar laatste dagen.

Toen Jane begon met het uitruimen van Clarisses huis – alweer een huis dat moest worden opgeruimd – had ze de kluis van haar schoonmoeder gevonden, weggestopt in haar garderobekast, achter glinsterende avondjurken en meer dansschoenen dan Jane van haar leven had gehad. Kleding, bontmantels, outfits die waarschijnlijk dateerden van haar Algerijnse tijd. Ze belde de bebaarde slotenmaker, monsieur Tassigny, om de kluis open te maken. Er zat niet veel in, afgezien van wat tamelijk kostbare juwelen en een paar grote enveloppen. In de enveloppen vond ze de details van verschillende bankrekeningen, vooral Franse van het landgoed, en één – een jackpot – in Zwitserland, die was geopend door monsieur Adrien Luc Cambon, Clarisses man die lang geleden gestorven was. Er stond een fortuin op dat was toegenomen door meer dan een halve eeuw rente: een diep verborgen, onaangeraakte pot met geld die Clarisse had opgepot, verborgen of – en dat dacht Jane liever – gewoon vergeten was. Hoe dan ook, het geld zou worden opgenomen, de rekeningen werden opgeheven en het geld zou in het landgoed worden gestoken.

Bij de bankrekeningen zat ook een opgevouwen, vergeeld krantenknipsel dat bijna uit elkaar viel en waar een zwart-witfoto op te zien was. Het was hetzelfde kiekje van de slanke, jonge Adrien Cambon dat Jane tussen Lucs spullen had gevonden, maar nu stond hij er helemaal op. Op deze vollediger foto zag Jane dat hij poseerde in een kaki uniform met hoge leren laarzen, met één voet op de treeplank van een slanke Citroën. De Citroën van de familie. De auto die Clarisse en Luc naar Frankrijk had gebracht. Donker haar, snor, gebruinde huid, een jaar of dertig, vijfendertig. Hij had een sigaret tussen zijn vingers en hij droeg een pistool. Dezelfde Colt die Jane in Lucs la had gevonden? Jane bekeek het gezicht van Lucs vader, die een tikkeltje arrogant keek. Er was sprake van gelijkenis. Luc had zo zelden over hem gesproken. Jane vroeg zich af wat er van hem geworden was. Het artikel onder de foto was geschreven in het Arabisch. Jane zou het naar een van haar taalkundige collega's sturen en het laten vertalen.

Uit een rafelige envelop haalde ze het contract dat Clarisse en Isabelle samen met Matty en Claude hadden ondertekend. Annabelle die aan het echtpaar Lefèvre werd gegeven in ruil voor discretie en stilzwijgen. Er stond een clausule in waarin werd bevestigd dat Annabelle geen aanspraak mocht maken op het landgoed. Er was slechts één exemplaar, zoals Matty en Clarisse allebei hadden bevestigd. Jane nam het contract mee naar de haard, streek een lucifer aan en wilde het al in vlammen laten opgaan – als het eenmaal weg was, zou niemand meer weten dat er een contract had bestaan waardoor Annies recht op Les Cigales verviel – maar hield toen op. Het was een dwaze opwelling. Dit contract en Lucs brief aan zijn moeder waren het enige bewijs dat Annie niet Matty's dochter was, en dat zowel Annie als Patrick wettelijk aanspraak konden maken op het landgoed.

Zonder de papieren was Jane bizar genoeg het laatst levende familielid, zij het aangetrouwd, dat het land, alle bezittingen en alle bankrekeningen zou erven. Ze glimlachte inwendig door al die rijkdom. Van zoveel rijkdom had ze nooit kunnen dromen. Ze gooide de afgebrande lucifer weg, waarbij ze haar duim en wijsvinger schroeide, legde het lucifersdoosje op de schoorsteenmantel en ging Clarisses slaapkamer doorzoeken. Ze kroop op handen en voeten door de vies ruikende kamer, stak haar hoofd onder het bed en vond Lucs brief aan zijn moeder, die tot een bal was verfrommeld.

Terug in het zwakke januarizonnetje vouwde Jane de brief open en streek de kreukels glad door er met haar vlakke hand tegen haar broek overheen te wrijven.

In het grote huis belde ze Annie in Parijs. 'Ik heb een verrassing voor je.'

Annie zei de huur van de flat in Vincennes op. Samen met Patrick, die bijna twaalf was – de leeftijd die Luc had gehad toen Jane hem voor het eerst had ontmoet – trok ze in Clarisses huisje. De kersenbloesems openden zich tot strakke, witroze bloemetjes toen Annie over de lanen vol gaten hobbelde in een oude auto die tot de nok toe gevuld was met hun spullen.

'Waar is Pat?' vroeg Jane verbaasd.

'Hij komt er zo aan.'

Even later verscheen er van achter de horizon van wijnstokken nog een auto. Een Espace. Zo'n grote gezinsauto. Hij parkeerde voor het hek achter Annies rammelbak. Patrick en Dan stapten uit. Dan, zongebruind en ontspannen door Australië, zag er knapper uit dan ooit. Zijn verlegen dochter met haar tere, reeachtige trekjes, was de laatste die uitstapte.

'Sissy, zeg eens bonjour. Je hebt Sissy nog nooit ontmoet, hè? Goed je weer te zien, Jane.'

Het duurde even voor het kwartje viel. Toen dat wel gebeurde, bood ze Annie en Dan het grote huis aan. Ze zou net zo lief in het oude molenaarshuis wonen, maar Annie weigerde koppig. 'Het grote huis is van jou. Luc en jij woonden er en jij moet er blijven. Pat en ik zijn heel tevreden met het huis van "mijn moeder". Tijdens de korte periodes dat Dan niet filmt en ons komt opzoeken, is er genoeg ruimte voor ons allemaal.'

Toen ze even pauzeerden tijdens het uitpakken van de meubels, nam Jane Dan apart en trok hem mee naar de petit salon, waar Lucs werk in dozen was gestopt. Op tafel lag het Arabische krantenknipsel. Dan pakte het op en staarde ernaar.

'Lucs vader?' vroeg Jane

Dan knikte langzaam. 'Souschef van een van de takken van de OAS, de sectie APP.'

'En dat was?'

'Action-Psychologique-Propagande. Psychologische oorlogsvoering en propaganda. Ze stonden bekend om hun martelingen, bombardementen en moord. In april 1962, een maand nadat De Gaulle de Évian Accords had getekend om een eind te maken aan de oorlog, werd er een Algerijnse school in de buitenwijken van Algiers opgeblazen. Bijna tweehonderd Algerijnse kinderen en personeelsleden werden afgeslacht. Men denkt dat Adrien Cambon het brein achter die actie was.'

Jane sloot haar ogen. 'Frans rechts terrorisme. Wat afschuwelijk. Wist Luc het?'

'Hij kwam erachter toen we aan het filmen waren.'

'En wat is er met Adrien gebeurd?'

'Volgens het officiële rapport is Cambon aan het eind van de oorlog ondergedoken en is hij nooit gepakt. De meeste van zijn kameraden gingen naar het vuurpeloton.'

Jane keek Dan fronsend aan. 'Hoe weet jij dat allemaal?'

'Luc en ik hebben een veteraan geïnterviewd die in de buurt van Marseille woont, een pied noir die te maken had gehad met Cambon. Die oude kerel heeft zijn leven gewijd aan het samenstellen van een lijst van niet bekendgemaakte leden van de OAS. Sommigen van hen zijn bij de Franse regering gaan werken. Als de lijst openbaar was gemaakt, zou er een rel zijn ontstaan. Adrien Cambons naam stond hoog op die lijst.'

Jane luisterde zwijgend en vroeg zich af hoeveel Clarisse hiervan had geweten. En dan de schaamte die Luc gevoeld moest hebben toen hij de waarheid ontdekte over zijn vader, de man voor wie hij de zee had willen oversteken om hem te vinden. 'Maak die film voor hem af, alsjeblieft.'

Naast haar sloeg Dan zijn ogen neer en zuchtte langzaam. 'Dat is opruiing, Jane. Roussel was ervan overtuigd dat Lucs dood een moordaanslag was, maar zijn team heeft daar geen bewijs voor gevonden.'

'En wat denk jij?'

'Hij vergde te veel van zichzelf en toen hij erachter kwam dat zijn vader betrokken was bij de OAS, ging hij er bijna aan onderdoor. Hij heeft zichzelf over het randje geduwd.'

'Zelfmoord?'

'Nee, nee, nooit. Hij wilde de film wanhopig graag afmaken. Hij was uitgeput. Nee, het was een ongeluk.'

'Maak de film af ter nagedachtenis van Luc, alsjeblieft.'

Dan schudde zijn hoofd. 'Omwille van Annie en Pat begraaf ik het verleden liever. Het heeft al te veel gekost.'

Toen Jane die avond in bed lag nadat haar nieuwe familie zich had geïnstalleerd in Le Cottage du Cerisier, speelde ze in gedachten het gesprek met Dan nog eens af. Er was iets in het verhaal wat niet helemaal klopte. Had die oude man in Marseille het mis gehad? Was Clarisse daarom zo fel tegen de film geweest? Had ze in de onschuld van haar man geloofd? Maar ze had hem omschreven als 'wreed'.

Toen herinnerde Jane zich een zomer van vele jaren eerder. Ze was een jaar of negen. Luc en zij hadden samen gesnorkeld. Terwijl ze in de duinen lagen met een laagje zout op hun haar en hun verbrande huid, had ze gevraagd: 'Verlang je er soms niet naar om terug te gaan naar de plek waar je geboren bent?'

'Alleen als ik dan mijn vader kon meenemen om hier te komen wonen.'

'Waarom is hij niet met jullie meegekomen?'

'Hij is doodgeschoten.'

'Doodgeschoten?' Janes ogen waren zo groot geworden als het achtergelaten meeuwenei dat ze zojuist hadden gevonden in het helmgras daar vlakbij. Luc rolde het heen en weer in zijn handpalm. 'Door wie?'

'Het was een ongeluk. Denk ik. Ik weet het niet. Mama zegt dat we er nooit over mogen praten.'

En Luc had woord gehouden. Zelfs toen ze getrouwd waren, bleven het verlies van zijn vader en de vlucht uit hun vaderland een verboden onderwerp.

5

Twee vrouwen en een jongen

Jane nam een vlucht naar Genève om de directeur van Crédit Suisse te ontmoeten, waar de eigendomsaktes en bankrekeningen van het landgoed waren ondergebracht. Ze kwam erachter dat er tot 1962 gedurende enkele decennia grote sommen geld waren overgemaakt vanuit Algiers. De rekening was in de jaren twintig geopend en had sinds die tijd op naam van de familie Cambon gestaan. Madame en madame Cambon hadden hun kapitaal en de rente niet meer aangeraakt nadat ze het Franse landgoed hadden gekocht met de geïnvesteerde Zwitserse francs. Clarisse Cambon, de langstlevende, had de bank geschreven dat ze het geld niet meer nodig had en verzocht de rekening op te heffen. De bank had daarop geantwoord dat de rekening niet kon worden opgeheven tenzij het geld dat erop stond werd opgenomen. De directeur bevestigde dat Crédit Suisse daar nooit een reactie op had ontvangen.

Jane tekende de formulieren om de rekening op te heffen. Het grootste deel van het geld moest worden overgemaakt naar een ontvanger wiens identiteit ze bij de eerstvolgende gelegenheid bekend zou maken.

Annie en zij kozen ervoor niet aan het kapitaal te komen maar een deel van de rente te houden die sinds de aankoop van Les Cigales door de jaren heen was opgebouwd. Het was ruim voldoende voor de behoeften van het landgoed.

Twee vrouwen en een man runden nu het landgoed. Twee 'zussen' en een zoon. Net als in de tijd van Clarisse, Isabelle en Luc, geholpen door Matty, Claude en Arnaud.

Hun deel van het geld uit Zwitserland werd overgemaakt naar een rekening van het landgoed, die werd beheerd door Jane. Het grootste bedrag, bijna zestien miljoen euro, werd overgemaakt naar Marseille voor de oprichting van een privéstichting ten behoeve van de stichting van de Luc Cambon Filmschool, die zich zou specialiseren in het maken van regionale documentaires. Het geld dat overbleef, zou worden geïnvesteerd in studiebeurzen voor minder bevoorrechte studenten. Alle professionele bestanden en films waren bestemd voor de bibliotheek van de filmschool.

'Ik hoop dat hij trots zal zijn,' mijmerde Jane, terwijl ze haar hand over een foto van Luc als klein jongetje liet gaan. Annie en zij zaten op hun hurken naast elkaar in de kleine salon de stapels familiealbums door te nemen, wat gepaard ging met tranen van het lachen of van verdriet en uitroepen van verbazing.

'We zullen Dan moeten overhalen om deze oude 8mm films in elkaar te zetten zodat we filmavondjes kunnen houden.'

Annie sloeg haar arm om Janes schouders. 'Er is iets waarvan ik me afvroeg of ik het je moest vertellen...'

'Wat dan?' Jane verstijfde.

'Die laatste avond, toen Luc haast had om naar je toe te gaan voor kerst, werd het te laat voor de laatste oversteek en Pat hield hem op, wilde niet dat hij wegging en smeekte hem om nog een verhaaltje te vertellen. Luc bukte, knuffelde hem stevig en gaf hem Walnut. "Hij kan je gezelschap houden tot ik na de feestdagen terugkom," zei hij. Daarna omhelsde hij mij snel. Hij had haast, zoals altijd. Toen hij vertrok, waren de laatste woorden die hij naar ons riep hoe hij zich erop verheugde om weer naar huis te gaan. "Ik ga weg om mijn lieve dame te zien." Hij lachte toen hij over het tuinpad rende. Zo noemde hij je altijd. "Mijn lieve dame." Hij hield echt van je, Jane.'

Claude huurde een tiental mannen in en bood hun een jaar werk met een fatsoenlijk salaris. Jean Dupont werd aangenomen als voorman en Claude werd bevorderd tot landgoedmanager.

'We geven dit domein de voorjaarsschoonmaak die al decennia is uitgebleven.'

Ze hadden nieuwe watersystemen nodig. Glas voor de kassen. De buitengebouwen van het landgoed verkeerden stuk voor stuk in een trieste bouwvallige staat: lekkende daken, schimmel, onbewoonbaar. Er waren ook twee stenen huisjes bij, onder andere dat waar Jane en haar ouders een keer hadden geslapen tijdens de zeven jaar dat Peter voor Clarisse had gewerkt. Sindsdien was het altijd leeg blijven staan. Het andere huisje was de oorspronkelijke woning van Claude en Matty geweest toen die hun rol als huisbewaarders op zich hadden genomen.

'Agritoerisme.' Annie knipoogde. 'We laten ze renoveren. Arnaud kan het meeste werk doen en hij kan een paar van zijn jachtmaatjes inschakelen, die loodgieters en elektriciens zijn. Als hij nu begint, zijn ze van de zomer klaar om verhuurd te worden.' Arnaud was in de donkere decembermaand opgeroepen om zijn daden van de avond van het oogstfeest te verantwoorden, maar geen enkele gast had iets in zijn nadeel gezegd. De zaak was geseponeerd.

Er werd genoeg geld opgenomen om irrigatiebuizen, iets meer dan duizend glasruitjes voor de kassen, stenen, tegels, keukens en liters verf te kopen, alles wat nodig was om de vervallen gebouwen op te knappen en het kleine agritoerismebedrijf op te zetten waar Annie haar zinnen op had gezet.

Seizoenen veranderen. Het land hernieuwt zich. En de lente komt terug.

De geur van cederhars en jasmijn doordrenkte de warme voorjaarsdagen. Ze hadden werk te doen en bleven bezig. Het was een familiebedrijf – twee vrouwen en een jongen – dat veel monden te voeden had met de wijngaarden die volhingen met jonge, limoengroene blaadjes, en de zilverachtige olijfgaarden die alweer een jaar van overdadige oogst beloofden.

Als Dan er was, bracht hij zijn dagen door met het doorzoeken van Lucs filmmateriaal, archieven en aantekeningen. Jane had wanhopig graag gewild dat hij Lucs film zou afmaken, maar ze wist dat hij zijn leven op het spel zette als hij doorging met het project. Ze had geen recht dat van hem te vragen. Hij was een geweldige vaderfiguur voor Patrick en hield veel van Annie. Hij had Lucs verantwoordelijkheden op dat vlak overgenomen. Het werd tijd om Lucs film los te laten.

Werd het ook tijd om Luc los te laten?

Jane trok er op een ochtend op uit om een trektocht te maken en ze wandelde landinwaarts tot ze een verhoogde plek zag, een lommerrijk heuveltje waar Luc en zij vaak kwamen. Ze wist niet meer op welk nummer het op zijn lijst van beste verstopplekken stond, maar het was er nog om een andere reden fantastisch: de zeldzame pages kwamen hier paren. Tientallen, tientallen en nog eens tientallen mannetjes dromden fladderend samen in afwachting van hun maagdelijke vrouwtjes.

'Ze leven kort en hebben intens lief,' had hij haar verteld, 'en dan zijn ze weg. Een maand te leven en daarna verdwijnen ze voor eeuwig.'

Toen ze de laaggelegen heuvel bereikte, waren de vlinders daar: honderden gevleugelde volwassen pages die wervelden en dansten, sommige bezig elkaar het hof te maken terwijl andere al samen waren in hun vervolmakende omhelzing. Ze ging tussen hen staan en hief haar hoofd naar de diepblauwe lucht, die gevlekt was door hun fladderende, roomwitte lijfjes. Ze merkten haar aanwezigheid nauwelijks op. De vreugde en de voortplantingsenergie van de vlinders beurde haar op.

Ze bleef bij hen, voelde hun aanraking op haar gezicht en wist dat Luc ook naast haar stond. Het werd tijd hem te laten gaan, hem vrij te laten op zijn reis. Ze huilde en huilde, en ze smeekte hem niet voor eeuwig te verdwijnen maar van tijd tot tijd terug te keren en intens van haar te houden. Ze wist zeker dat zijn geest een rustplaats zou vinden tussen de olijfbomen. Waar je ook bent, zei ze tegen hem, ik zal altijd van je houden.

Ze deed haar mond open en zoog de frisse voorjaarslucht op. Ze bleef staan terwijl de zuurstof in haar longen terechtkwam en daar circuleerde. Vleugels fladderden tegen haar huid. Er blies een licht briesje door haar haren, waardoor er een lok over haar gezicht viel. Ze streek hem weg. En toen, zonder te weten waarom, stak ze allebei haar armen hoog in de lucht en omhelsde de dag, terwijl de vlinders om haar heen fladderden en zwenkten. Ze voelde de kracht van hun vleugels die haar van de grond tilden en schreeuwde: 'Ik hou van je, Luc. *Je t'aime.*'

Haar stem werd meegevoerd door de wind en echode over de ochtendgolven. Ze leefde en was sterk. Ze was een meisje en een vrouw. Ze voelde Lucs energie als een komeet boven haar verrijzen, hoog opstijgen, terugkomen en toen, *woesj,* vertrekken. Ze wachtte stilletjes in de zon, te midden van de confetti van fladderend leven. Moe, verdrietig en toch vol vreugde. Ze had geen idee wat er voor haar lag, maar het leven accepteren zoals het is, daarin ligt voldoening. Ze zou samen met haar zus en haar neefje op deze warme zuidelijke grond blijven. Les Cigales was nu haar thuis. Samen zouden ze de verliezen dragen en genieten van de overvloed. En ze zouden de jongen, Patrick, grootbrengen. Ze zouden als een familie een pad uitstippelen. Twee vrouwen en een jongen. Onderweg vergezeld van de stille inspiratie van Luc.

EPILOOG
De vergeten zomer, 1962

Vlucht uit Algerije

Het was zo stil in huis dat het verontrustend was. Het was te vroeg voor zijn familie om al wakker te zijn. Toch leek de stilte angstaanjagend. Ze kroop naar hem toe en ging om hem heen liggen alsof ze klaar was om hem weg te grissen en mee te stelen. Luc Cambon lag in het halfduister in zijn kamer in zijn bed. Horizontale strepen laag zonlicht filterden door de latjes van de luiken en kropen in zijn richting. Hij had geen idee hoe laat het was. Vroeg, dat was zeker. Hij kon nog niet klokkijken. Hij wist de grote wijzer, maar haalde de kleine wijzers steeds door elkaar. Zijn vader had beloofd het hem te leren zodra het vechten was bedaard en Frankrijk zijn kolonie zeker had gesteld.

Zijn vader... de jongen kreunde diep. Hij lag stokstijf, met gepunte tenen, als de grote zwarte wijzer op de staande Comtoiseklok beneden in de hal. Hij kon niet bewegen. Zijn ledematen voelden net zo zwaar als de riemen van zijn opa's vissersboot. Hij hield zijn armen stijf en drukte zijn afgebeten nagels stevig in zijn naakte bovenlijf. Hij was een kleine soldaat op wacht, met zijn groene ogen wijd open, gespitst op mogelijk gevaar, op mogelijk nog meer gruweldaden en bloedvergieten.

Had hij dat allemaal gedroomd over zijn vader? Was het een nachtmerrie geweest of hadden ze hem echt in de grond gestopt met een handdoek over zijn gezicht? Luc hield zijn ogen even dicht en beloofde zichzelf dat hij ze weer open zou doen. Hij zou dapper zijn. Hij wist dat hij waakzaam moest zijn – 'Wees altijd op je hoede, mijn zoon,' was zijn vaders mantra, 'anders steken ze een mes in je rug' – maar hij verlangde er zo naar om die scène van gisteren uit te wissen.

Het gegil. Zijn moeders ijzingwekkende gegil.

Er welden twee tranen in zijn ogen op, die als keitjes over zijn wangen rolden en in zijn oren kwamen. Ze voelden koud en kriebelig. Ze kietelden, maar hij liet ze daar. Het was zijn eigen minuscule meer van ellende.

Zijn aandacht werd getrokken door commotie in de gang naast zijn slaapkamer. Gedempte vrouwenstemmen kwamen dichterbij. Er kwamen vlagen parfum in zijn neus, rozenwater, lelietjes-van-dalen. Zijn moeder was uit bed en liep langs zijn kamer. Tante Isabelle was bij haar. Buiten, achter de dichte luiken, startte een auto. Hij begon achteruit te rijden en kroop langzaam naar de hoofdingang. Grind knerpte onder de banden. Hij kwam tot stilstand. De motor draaide stationair. Een portier werd dichtgeslagen. Voetstappen gingen de ronde marmeren trap op naar de dubbele voordeur. Er kwam iemand binnen. Zijn oma. Ze riep naar boven, naar de twee jongere vrouwen, zijn moeder en tante Isabelle. 'Clarisse, is de jongen al op?'

'Sst.'

'Nou, maak hem wakker en kleed hem aan, verdorie. We hadden gisteren al weg moeten zijn.'

Ze gíngen weg. Hij wist het. Het was geen bluf geweest. Luc had geen zin om zijn huis te ontvluchten. Waarnaartoe? Maar hij kon hier niet alleen blijven met zijn moeder. Waarom liet ze zijn vader in de rode aarde onder de jujubebomen achter? De vrouwen hadden een witte handdoek over het hoofd van zijn vader gelegd voor ze hem naar de tuin brachten. Het had net een tulband geleken, alleen werd papa's gezicht er ook door bedekt. Hun bewegingen waren klunzig geweest, alsof ze gedrogeerd of verdoofd waren. Al die tijd had zijn moeder gejankt als zo'n magere Arabische straathond.

Luc had niet begrepen wat er met zijn vader was gebeurd, die door de drie vrouwen van de familie – alle bedienden waren al lang geleden gevlucht – was vervoerd naar de weelderig beplante tuinen, waar het irrigatiesysteem het gras sponsachtig had gemaakt. Door het gewicht van het slappe lichaam en het natte gras hadden de vrouwen gewankeld en heen en weer gewiebeld op hun hoge hakken. Toen verloor zijn moeder een van haar hakken, maar toch liep ze verder, uit balans, en wiebelde naar zijn opa, die gebogen stond over een pas gegraven gat in de schaduw van de jujubebomen.

Terwijl ze dichterbij kwamen, werd de droge, witte doek over het gezicht van zijn vader langzaam rood en doorweekt. Luc had hem willen weggrissen. Hij was bang dat zijn vader zou stikken.

'Waag het niet!' had Clarisse naar hem gesist, en haar ogen puilden doodsbang uit en waren rood van alle tranen, terwijl de mascara in dikke strepen over haar gezicht liep.

Het familiegroepje verzamelde zich om het rechthoekige gat. Ze hadden allemaal, behalve Luc, geholpen zijn vader in het lege gat te laten zakken, terwijl één slappe, mannelijke arm omlaag bungelde en de bebloede doek weggleed.

'Hou zijn gezicht bedekt, verdomme!' blèrde zijn moeder. 'Ik kan het niet verdragen om het nog eens te zien.'

Er hing een scherpe brandlucht, de geur van smeltend vlees. Landinwaarts lichtten vlammen de bergen en heuvels op. Hele dorpen, Arabische en Berberse *douars*, waren in brand gestoken. As vloog als stuifmeel in het rond. Daarboven een wolkeloze, strakblauwe lucht. Geen vogelzang maar het scherpe, dissonante gekras van de cicaden. Luc richtte zijn aandacht op de volwassenen rondom het gat. Zijn oma mompelde een gebed. De anderen – tante, moeder en opa – stonden ernstig met hun hoofd gebogen en hun handen in elkaar geslagen voor zich. De woorden van zijn *grandmère* waren onverstaanbaar, zo snel sprak ze.

'Amen.'

'Amen.'

'We moeten bij elkaar blijven. Wat er ook gebeurt... Niemand mag het weten.' Dat zei tante Isa.

'Er valt niets meer te zeggen. Ik heb gedaan wat gedaan moest worden.' Zijn moeder.

'We vertrekken morgen,' mompelden de volwassenen eensgezind. 'Bij het ochtendgloren.' En de drie vrouwen liepen op een rij weg.

Zijn opa was gebleven. Hij gooide het graf met een grote schep dicht, verborg Lucs vader, terwijl hij stilletjes huilde door toegeknepen ogen, zijn gezicht vertrokken tot een grimas. Na afloop bleef de oude man waar hij was, voorovergebogen over de hoop zand die het gat verborg waarin Lucs vader begraven lag. Luc, die weloverwogen een paar stappen verderop bleef staan, wachtte op zijn vriend, zijn opa. Hij kon zich niet herinneren dat hij grote mensen ooit eerder had zien huilen.

Zijn moeder, tante en oma waren naar binnen gegaan om verder te gaan met de voorbereidingen voor hun vlucht.

'Opa?'

'Dit is een verdrietige dag, jongen.' De oude man leunde met zijn vermoeide, harige handen op de spade die hij vasthield. 'Ik werk hier al sinds ik een jongen was. Ik zwoegde met mijn vader om alles wat nu binnen ons blikveld ligt te bouwen en aan te leggen. Wij Cambons hebben verdomme de hele boel gebouwd. Daar vocht je vader voor. Algerije is van ons.'

Luc keek om zich heen. Het huis van de Cambons, hun wijngaarden die omlaag glooiden naar de Middellandse Zee, de zilverachtige olijfgaarden; alles was bedacht door zijn overgrootvader, Auguste Cambon, een *petit fonctionnaire*, die in 1882 van Nice in Frankrijk zuidwaarts de glinsterende zee was overgestoken om fortuin te maken in Bône, dat destijds weinig meer was geweest dan een groeiend vakantiestadje, een Frans koloniaal belang op de zachtgouden kust van Algerije. En fortuin had hij gemaakt. In de loop van drie generaties waren de Cambons de rijkste landbouwfamilie in dit oostelijke deel van Algerije geworden.

Nu hoorde Luc vanuit zijn bed dat buiten, in de tuin, de automatische sprinklers aansprongen. Die hoorde hij elke ochtend als hij lekker warm en veilig in bed lag, maar vandaag zoemden en draaiden ze met een geluid als het lichte geklepper van klompen, waarmee ze het gras vochtig en groen hielden, zoals het volgens zijn moeder moest zijn. Zouden ze zijn vader natmaken en de aarde boven hem doordrenken? Zou hij verdrinken? Zou de aarde te zwaar voor hem worden om zich nog te bewegen en uit het gat te kunnen klimmen? Lag zijn vader daar pijn te lijden?

Na een chaotisch bereid ontbijt in de eetkamer, waarbij de croissants van gisteren werden opgewarmd en er overal jam en kruimels verspreid werden, terwijl iedereen van alles in zijn mond propte en angstvallig bleef staan – zonder aan tafel te gaan zitten, zoals er bij Luc altijd was in gestampt – de volwassenen koffers en kisten vol met jurken, kostbare ocelotjassen, nertsmantels en sabelbontjes van zijn moeder en tante, stola's, slangenleren handtassen, tientallen langspeelplaten, een platenspeler en andere dierbare bezittingen in de toch al overvolle kofferbak stopten en de staande klok op het dak van de auto bevestigden, glipte Luc weg. Hij liep met grote stappen op zijn stevige benen tussen de palmbomen door, vloog langs een opengeklapte parasol en hoorde zijn ademhaling en zijn voetstappen bij het vergeten zwembad, waarvan het water al smaragdgroen werd, en kwam uit bij het kleine groepje jujubebomen. Ze wierpen hun schaduw over het graf van zijn vader. Het was koeler vanochtend. Hij plukte snel, als een dief, een handvol gedroogde jujubes die hij de dag daarvoor aan de stekelige takken had zien hangen, en stopte ze in de zak van zijn korte broek. Hij staarde verbeten naar de grond. In de verte hoorde hij zijn moeder en tante roepen: *'Luc, où es-tu? Luc!'*

'Papa? Papa!' fluisterde hij dringend. 'Sta op, alsjeblieft. Papa, we gaan weg.'

'Luc, waar ben je?' Vrouwenstemmen die door de vroege ochtendlucht kliefden, maakten het nog urgenter.

Heel ver weg riep een muezzin de gelovigen op tot bidden. Ergens vanuit een andere richting klonk een spervuur van geweerschoten. Schietpartijen waren heel gewoon. De oorlog was al begonnen voordat Luc geboren werd. Het leven ging door en daarom wist hij zo zeker dat zijn vader zou opstaan en doorgaan, zoals hij in het verleden altijd had gedaan.

Luc liet zich op zijn knieën vallen en begon in de roodbruine aarde te klauwen. De tranen liepen over zijn wangen. Zijn vader was dood. Dat was de enige mogelijke verklaring. Dat zou het pistoolschot van gisteren verklaren, gevolgd door zijn moeders doordringende gekrijs. Het werd hem nu duidelijker. Er was geen 'stinkende inheemse indringer' geweest, geen 'Algerijn die alleen maar op wraak en moord uit was', zoals hij had gevreesd en waar zijn vader altijd voor had gewaarschuwd. Toen zijn vader zo haastig de trap af was gelopen en zo boos de kamer uit was gestormd waar de vrouwen aan het inpakken waren, waar zijn ouders zo luidruchtig ruzie hadden gemaakt, tegen elkaar hadden geschreeuwd, elkaar voor van alles en nog wat hadden uitgemaakt en met spullen naar elkaar hadden gegooid, had Luc de situatie verkeerd opgevat. Zijn moeder was achter zijn vader aan naar beneden gelopen en op haar hoge sandalen de trap af gerend zonder haar tirade af te breken. Er werd met deuren gesmeten. Hij had aangenomen dat er iemand probeerde in te breken in zijn vaders kantoor en dat zijn vader zijn familie wilde verdedigen, zoals hij altijd beloofd had. 'Eerst schieten, niet nadenken. Vermoord die schoften. Die moslims zijn nergens goed voor.'

Luc fronste zijn voorhoofd om zich de kleinste details te herinneren van de gebeurtenissen die de middag daarvoor hadden plaatsgevonden, hoewel hij duizelig en misselijk werd bij de herinnering en het allemaal heel snel was gebeurd. Zijn geheugen was troebel. Wie had de trekker overgehaald? Iedereen in huis was boven geweest, behalve zijn vader en moeder. Zijn grootouders, tante en Luc zelf hadden zwijgend hun spullen in één kamer gelegd, alsof ze zich aan het voorbereiden waren op een enorm kampvuur. Dus als de familie boven was en zijn vader alleen met zijn moeder in zijn kantoor was geweest, wie had er dan geschoten? Zijn moeder?

Nee, nee. Er moest een indringer geweest zijn.

'Luc, daar ben je! We hebben je geroepen en je overal gezocht. Kom mee, jij. Hier valt niets te bereiken.'

De jongen, nog steeds op zijn knieën, met modder aan zijn handen en zijn nagels vol aarde, staarde naar zijn moeder maar gaf geen krimp. 'Viens,' beval ze.

'Non.' Hij trok zich los. 'Laat me met rust!'

'Luc. Doe niet zo gek. Alsjeblieft, niet nu. Dit is voor ons allemaal niet makkelijk.'

'En papa dan?'

Zijn moeder zuchtte. Haar zacht vlezige, gemanicuurde vingers waren nu tegen de lippen van de jongen gedrukt. Ze rook naar rozenwater en olijfoliezeep uit Marseille. 'Papa wil hier blijven, Luc.'

'Waarom? Hij mag deze mensen niet eens. Hij haat ze. Dat zegt hij altijd.'

'Stil nou maar, we moeten hier nooit meer over praten.'

'Waarom niet?'

'Omdat papa dat niet wil. Kom mee nu.'

Clarisse, zijn moeder, klikte de koperen sluiting van haar leren handtas open en stak haar gelakte nagels erin, nerveus rommelend tot ze een Colt-pistool vond, gevolgd door een ongeopend rolletje snoep, dat ze Luc in zijn handen drukte. 'Hier, stop die maar in je zak. Je kunt er in de auto op sabbelen. Laten we gaan.' Ze stopte het pistool weer in haar tas en drukte de sluiting dicht.

Schoorvoetend nam Luc de snoepjes aan en stopte ze in de zak van zijn korte broek, bij de gerimpelde jujubes. 'Waar gaan we naartoe?'

'Op een grote boot naar Frankrijk, *chéri*, een nieuw avontuur. Dit is allemaal gauw voorbij. Je zult deze zomer vergeten. Je móét hem vergeten.'

'En papa? Die zullen we toch niet vergeten?'

Clarisse gaf hem een kus op zijn hoofd en zei dat hij moest ophouden met vragen stellen en dat hij rustig moest blijven. Dat verbaasde de jongen, want zijn moeder vertoonde meer tekenen van onrust dan hijzelf en ze sleepte hem snel mee. Haar slingbacks met de open tenen gleden weg en zakten in de vochtige aarde, wat hun tocht naar de wachtende auto vertraagde.

'Waar was hij?' vroeg zijn tante hard fluisterend. Tante Isabelle was helemaal opgetut voor de stad, met lippen zo rood als rabarberstengels, wit katoenen handschoenen, een zonnejurk met korte mouwen en een gehaakte bolero. Haar korte, donkere krulhaar werd uit haar gezicht gehouden met een dikke, witte haarband.

'Daar bij de bomen. Je weet wel. Laten we gaan.'

Vanaf dat moment was de oorzaak van het heengaan van zijn vader, 'het ongeluk', taboe.

Te midden van het gebabbel en de heisa werd Luc achter in de pikzwarte Citroën met de lange neus geïnstalleerd, op de bordeauxleren bekleding naast de stille figuur van zijn opa, die voor zich uit keek en een geweer vasthield. Zijn moeder en tante hadden bedisseld dat de ramen ondanks de hitte stevig dicht moesten blijven, vanwege de angst voor aanvallen door de bloeddorstige bevolking. Luc drukte zijn neus tegen het glas en staarde naar buiten. Van ellende had hij een knoop in zijn maag. Zijn moeder zat achter het stuur in haar mouwloze jurk met bladmotief en rare sandalen, die nu met aarde bespikkeld waren, en ze reden langzaam de lange, kronkelige oprijlaan af: een zongevlekte avenue die, geflankeerd door blauwgroene ceders en potlooddunne Italiaanse cipressen, uitkwam bij de imposante zwartijzeren hekken van het landgoed. In de verte, achter de witte stad Bône, glinsterde de zon fel in de Middellandse Zee.

Hoewel Luc dol was op de zee en altijd opgewonden uitkeek naar zijn zondagse visavonturen met zijn opa, schonk hij vandaag weinig aandacht aan het uitzicht. Hij strekte zijn nek en draaide zijn bovenlichaam naar achteren om voor de laatste keer een glimp op te vangen van de schaduwrijke hoop aarde die de laatste indruk van zijn vader vertegenwoordigde, en deze in zijn geheugen te prenten. Aan weerzijden strekten zich, achter de rij coniferen en de wolken van stof en steentjes die door de wielen opstoven, de vele hectaren Cambon-wijngaarden uit, die zwaar waren van de rijpende druiven. Wie was er nog om ze te oogsten? Niemand. Uit de autoradio klonk het broeierig duistere 'Et maintenant' van singer-songwriter Gilbert Bécaud.

Ja, wat nu?

Toen de Citroën door de openstaande hekken reed, merkte een jonge Algerijnse vrouw in een hemelsblauwe mengeling van lukraak gecombineerde westerse en traditionele kleding hun vertrek op, terwijl ze blootsvoets en met ogen zo rond als hazelnoten in haar met henna beschilderde handen wrong. Ze stormde op de auto af. Ze stak haar armen, waaraan talloze zilveren armbanden bungelden, in de lucht en klemde haar handen tot vuisten, alsof ze tegen de voorruit wilde stompen om hen tegen te houden. Ze schreeuwde in het Arabisch: 'Moordenaars! Moordenaars!'

Clarisse zag haar. '*Merde!*' spuwde ze en voor het meisje de straat ook maar kon oversteken, trapte ze het gaspedaal in en zwaaide de auto scherp naar links, waarna de hekken zich achter hen sloten.

'Opa, moeten we op haar schieten? Opa!'

'Stil maar, jongen,' zei zijn oma.

Niemand zei verder nog een woord. Luc concentreerde zich op het kleiner wordende figuurtje van de vrouw, bang dat ze een pistool zou trekken en door de achterruit op hen zou schieten.

Hij hield zijn adem in toen ze verder reden over de laan langs het met prikkeldraad afgezette hek dat de lagergelegen wijngaarden van hun plantage beschermde, terwijl de Arabische jonge vrouw tot een stipje verschrompelde dat uiteindelijk uit het zicht verdween.

Vijf minuten later sloten twee andere auto's zich bij hen aan. Beide hadden staan wachten op het verste punt voorbij de laatste veiligheidspost van het landgoed, die niet langer bemand was omdat al het personeel was vertrokken. De arbeidskrachten waren teruggekeerd naar hun dorpen om te vechten. In beide net aangekomen auto's zaten Franse families met hun aardse bezittingen, kolonialen van naburige boerderijen die bescheidener waren dan de glooiende heuvels van de Cambons, een paar kilometer ten westen van het dorp Mondovi, niet ver van St. Joseph. Nu vormden ze een hele stoet. Krachtig door hun aantal, elk met geladen geweren. Bij het kruispunt sloegen ze rechts af. Vanaf daar reden de volgeladen auto's in een slakkengangetje richting de zee. Een hond blafte verwoed, maar gaf het op omdat hij uitgeput was of geen belangstelling meer had.

Luc kende de weg naar de kust uit zijn hoofd. Het was dezelfde route die hij en zijn opa altijd namen als ze naar Plage Toche gingen om te snorkelen: eerst door de prachtige havenstad Bône en dan gewoonlijk naar het strand, waar hun rubberboot in het water ging. Vandaag reden ze anders, over de hoofdboulevard van de stad, Le Cours, die rechtstreeks naar de waterkant liep, naar de commerciële haven, de op twee na grootste van Algerije.

Eenmaal binnen de stadsgrenzen zei niemand in de auto meer iets. Ze werden tot zwijgen gebracht door de chaos die hen omringde in de door oorlog verscheurde straten van de stad: het optrekken en stilstaan van verkeer dat vaststond, kreupele soldaten die aan het bedelen waren, gehavende revolutionairen vol opgedroogd bloed, de uitgebrande karkassen van voertuigen met Franse kentekens. De sporen van een traumatische oorlog, een overwinning voor de Algerijnen, maar nog lang niet afgelopen. Uitgebrande gebouwen, zowel rechts als links. De hartverscheurende kreten van vrouwen die rouwden om de duizenden lijken die nog begraven moesten worden. Rijen militaire trucks die de gewonden met hun kreunende, hologige gezichten vervoerden, terwijl de ongeïdentificeerde lichamen van mannen, vrouwen en kinderen – Europeanen, Arabieren en Berbers – overal op straat lagen zonder dat iemand erop lette. Er waren gruweldaden begaan. De overlevenden waren de oorlog, de rottende lijken en het bloedvergieten spuugzat.

Beelden die voor eeuwig in Lucs geheugen gegrift stonden.

'Er is in Algerije geen gezag meer. Iedereen gaat als een dolle tekeer. Er zal binnenkort geroofd en geplunderd worden, ze zullen pakken wat ze pakken kunnen,' mopperde tante Isabelle, die op de passagiersstoel naast zijn moeder zat. 'We hadden het huis moeten dichttimmeren.'

'Denk je dat dat enig verschil zou maken? Als ze willen roven, komen ze toch wel binnen.'

'En God weet wanneer we terugkomen, áls we dat al doen. Zij hebben de oorlog gewonnen. De Cambons zullen paria's zijn.'

In tegenstelling tot de stad was de haven griezelig verlaten. De hoge palmen huiverden van tijd tot tijd, alsof ze in shock waren, in de niet aanwezige wind. Het was een dreigende stilte, de voorbode van een woestijnstorm die binnenkort zou opsteken vanuit de Sahara. Er liep geen mens op de kade. Er was maar weinig activiteit op het water, dat tegen de door de mens gemaakte grenzen van het land aan klotste, zoog en rolde. De majestueuze lijnboten – geen militaire en ook geen commerciële schepen – die de Fransen *paquebots* noemden, lagen aan de kade om de vluchtende pieds noirs een overtocht te bieden. De president van de vijfde republiek, Charles de Gaulle, die door vele koloniale landeigenaren en landbouwkundigen als verrader werd gezien, had het bevel gegeven: 'Er mag geen vervoersassistentie worden verleend aan de vluchtende pieds noirs.' De pieds noirs, de zwartvoeten, waren de honderdduizenden Franse staatsburgers, houders van een Frans paspoort, blanke Europeanen die geboren waren op Algerijnse grond, die in deze Franse koloniale staat meer dan honderdvijftig jaar de heersende meerderheid waren geweest, maar aan wier macht nu een eind was gekomen. En die zich nu weinig meer dan vluchtelingen voelden.

'Wat nu?'

Clarisse bracht de Citroën in de schaduw van een torenhoge palm tot stilstand, zette de versnelling in zijn vrij, maar liet de motor lopen. 'In godsnaam,' riep ze, terwijl ze met haar vuist op het stuur sloeg, waardoor de claxon toeterde. 'Waarom zit ons nou helemaal niets mee? We moeten weg.'

'Rustig, Clarisse,' bromde Lucs oma, die vlak achter haar tegen het achterportier geperst werd. 'Maak het niet nog erger.'

Isabelle streek met haar vinger over de nek van haar schoonzus, maar de jongere vrouw schudde haar van zich af. 'Kom op,' snauwde ze, 'laten we een beslissing nemen.'

De volwassenen – op Lucs opa na, die bleef zitten – maakten de portieren open, stapten uit de begrenzing van de auto en vormden samen met hun buren een cirkel, een geanimeerd overleg. De lange zomerrokken van de vrouwen, felle bloemenpatronen op een neutrale achtergrond, bewogen zachtjes in de vroege ochtendlucht, alsof ze op springveren stonden. Het zandloperfiguur van zijn moeder was in de taille aangesnoerd met een dikke, rode lakriem. De autoradio stond nog aan, zachtjes, nauwelijks hoorbaar. Petula Clark zong in het Frans 'Romeo', in het begin van dat jaar een ongelofelijke hit in zowel het continentale als het koloniale Frankrijk.

'Gaan we nu naar huis, opa?'

Lucs grootvader haalde halfhartig zijn schouders op.

Bruno Fabius, een roodharige dadelboer uit het dal achter Mondovi, een buurman die vaak was gaan jagen met Adrien, Lucs vader, maakte zich los van de groep, liep naar de auto van de Cambons en stak zijn hoofd door het openstaande raampje, waarmee hij de opening vulde. Hij rook naar pastis en zijn ogen hadden pafferige wallen, als in elkaar gefrommelde zakdoekjes. Luc vond dat hij op een half geschoren kokosnoot leek.

'Gecondoleerd met het verlies van uw zoon, meneer. Moorddadige klootzakken, die moslims.'

Lucs opa keek snel naar Clarisse en richtte zijn blik toen zonder iets te zeggen op de grond.

Fabius wachtte ongemakkelijk; het wit van zijn ogen was rood dooraderd en hij had zijn hoofd nog steeds door het raampje gestoken. 'De haven is in beslag genomen en gesloten,' verkondigde hij, alsof hij zijn aanwezigheid bij het raampje een doel wilde geven. 'Geen van ons kan vanaf hier de overtocht maken. Alle kolonialen die langs deze oostkust proberen aan boord van een schip te gaan, worden afgemaakt. Dat heb ik tegen Clarisse gezegd. We hoorden het op weg hierheen op de radio.'

Afgemaakt?

Nadat de kokosnoot het slechte nieuws had verteld, liep hij terug naar zijn auto.

Als ze naar huis zouden rijden, en dat hoopte Luc met heel zijn hart, zou hun keel worden doorgesneden terwijl ze sliepen. Dat zei zijn tante, de onheilsprofetes in huis, tenminste waarschuwend toen ze weer op haar stoel ging zitten, een Camel opstak, de lucifer op straat gooide en diep inhaleerde.

'Vanuit deze haven kunnen we niet ontsnappen. We zullen verder moeten,' luidde het vastberaden besluit van zijn moeder. 'Die kloterige De Gaulle,' schreeuwde ze. Ze pakte een pakje Peter Stuyvesant en stak er eentje op met de autoaansteker. Ze nam een flinke trek, liet de brandende sigaret tussen haar lippen bungelen, ging woest weer achter het stuur zitten, duwde haar in een sandaal gestoken voet op het gaspedaal en reed met vervaarlijke snelheid achteruit, waarbij ze bijna een brievenbus sloopte. 'Op de een of andere manier,' zei ze, alsof ze haar dierbaren bedreigde, 'zullen we de overtocht maken, al moet ik er iemand voor vermoorden.'

'Er zullen vast wel schepen uitvaren vanuit Algiers.'

'Laten we gaan.'

De wegen waren warm, stoffig en verstopt. Ze reden de hele dag en een deel van de nacht, gingen naar het westen, kwamen door gebombardeerde, rokende dorpen waar lijken als aas lagen te rotten. De twee jongste vrouwen zaten om beurten achter het stuur, terwijl Luc en zijn grootouders achterin zaten, opgepropt door de spullen achter hen. Het was een afstand van 420 kilometer, geen zware rit van A naar B, maar ze moesten steeds vaart minderen, stoppen en wachten als ze op wegversperringen van militairen en de FLN-guerrilla stuitten. In andere gebieden waren stukken weg opgeblazen door de rebellen, waardoor ze moesten zigzaggen en geïmproviseerde omwegen landinwaarts moesten maken, waar hun leven meer in gevaar was op de eenzame weggetjes vol stenen, en waar het een uitdaging en vervolgens een zorg werd om benzine te vinden. Toen ze eindelijk een kapotte pomp vonden, die werd bemand door een Berber met donkere ogen die gehuld was in sjaals, kostte het tanken hun een substantieel deel van hun opgepotte francs.

De schemering, gevolgd door een snel invallende nacht, beroofde de jongen van het landschap. Luc staarde versuft naar de straal licht van de koplampen. Vliegende insecten kwakten tegen de raampjes en spatten uit elkaar. Een zandstorm zwol aan alsof ze rechtstreeks in een wervelende weerdeken reden. Gedeukte busjes en vrachtwagens transporteerden landbouwgoederen, en met touwen vastgemaakte voorraden hooi, tomaten, aubergines; bergen eten die in hun blikveld verschenen en in de nacht verdwenen.

Luc luisterde naar zijn opa, die zachtjes naast hem snurkte, een troostend geluid, en naar de alarmerende gesprekken tussen de twee vrouwen op de voorstoelen. Hij wilde dat ze stopten; hij moest plassen. Hij wilde naar huis. Hij was bang dat ze eeuwig onderweg zouden zijn in die schommelende auto.

Tegen de tijd dat ze de hoofdstad bereikten, kwam de zon al op. Ondanks hun honger en vermoeidheid zochten ze meteen de weg naar de haven, maar ook daar waren de straten versperd. De rijen stonden tot een kilometer voor de haven, Algiers, waar de hete woestijnwind boos zandkorreltjes rondblies en het daglicht verbande. Het zand schaafde als touw langs hun huid en prikte in hun ogen. Het kwam in hun mond en tussen hun tanden. Drie enorme stoomschepen, les paquebots, lagen langs de kade. Elk ervan was bereid om voor een fikse som geld de lokale Franse paspoorthouders te vervoeren die geen adres op het Franse vasteland hadden.

'Hier vinden we wel een oversteek,' zei Clarisse, maar de boten zaten al boordevol lichamen, vormeloze, verdwaasde massa's die hutjemutje op elkaar zaten; koortsachtige reizigers, Europese vluchtelingen. De Cambons waren te laat voor die tochten. Geen tickets meer verkrijgbaar, voor geen enkele prijs. De eerste stond op het punt te vertrekken. Een lage, krachtige scheepshoorn. Rijen en rijen kolonialen voor hen. Allemaal vrezend voor hun leven, wachtend om te ontsnappen. Lucs familie sloot achteraan in de rij aan. Ze hielden vol, sliepen in de Citroën, kochten water en snacks van Berbers in straatkraampjes. Ze durfden de auto niet achter te laten; die zou gestolen worden, in brand worden gestoken, hun bezittingen zouden gepikt worden. Maar de rijen leken niet korter te worden.

Ze verloren hun buren in de andere twee auto's uit het oog. Hun laatste schakel naar Bône. Er heerste verwoesting. Ze hadden gebrek aan slaap en wasfaciliteiten en begonnen de moed te verliezen. Na twee dagen hadden ze nog steeds geen overtocht geregeld en hun leven was in gevaar. In de ogen van de nieuwe Algerijnse macht, de FLN, was Adrien Cambon een oorlogsmisdadiger. Een gezocht man. Niemand wist dat hij dood was.

'Genoeg!' schreeuwde Clarisse, die de restanten van een baguette en een sigarettenpeuk op de grond gooide, die allebei meteen werden opgeslokt door twee kibbelende meeuwen met zwarte snavels. 'Laten we gaan!'

Luc deed zijn ogen dicht en hoopte uit alle macht dat ze terug naar huis zouden gaan, naar de wijngaarden en naar zijn vader.

Terwijl ze rond Oran reden, gingen Lucs moeder en tante – allebei jonge vrouwen zonder man – om beurten achter het stuur zitten. Met hun voet op het gaspedaal reden ze over de snelweg langs de kust naar Marokko. Wegen die ontworpen waren door de Fransen en gebouwd met het zweet van de plaatselijke arbeiders. 800 kilometer naar Tanger, waar ze uiteindelijk aan boord gingen van een overvolle stoomboot naar Algeciras in Zuid-Spanje. Ze waren al zes dagen op de vlucht – of was het zeven? – maar ze waren op weg uit Afrika. Bijna.

Au revoir tegen het land dat het enige vaderland was dat ze ooit gekend hadden.

Au revoir tegen de grootouders, die hadden besloten dat ze niet met de boot mee zouden gaan. 'We blijven,' hadden ze verkondigd. 'We gaan terug.'

'Nee!' huilde Luc.

'Zijn jullie gek?' snauwde Clarisse. 'Ze zetten jullie voor een vuurpeloton als ze jullie vinden. Zonder vragen te stellen.'

'Dat weten we,' beaamde Lucs oma.

'Neem me mee!' huilde Luc, die zijn armen om de benen van zijn opa sloeg.

Clarisse greep hem vast en trok hem los. Ze omhelsde haar schoonouders en deed een stap opzij om Isabelle een laatste ogenblik met haar ouders te geven.

'Ik ben verder van huis dan ik ooit geweest ben,' snikte Luc, die nog steeds zijn vader voor zich zag, die hoop aarde in de tuin, en nu ook nog te maken kreeg met het onverwachte afscheid van zijn dierbare grootouders.

Aan boord van de boot, terwijl ze op het kolkende, modderige water wachtten op vertrek, werd Luc misselijk en kribbig: de lange rit, de stank van diesel en zeezout, zijn vuile kleren, zijn verdriet. Zijn moeder deelde met roodomrande ogen baguettes uit die belegd waren met dunne reepjes rubberachtige *fromage* die ze op de kade had gekocht, maar hij had geen honger. Hij verlangde naar zijn vader. Hij hunkerde met onmetelijke triestheid naar huis. *La tristesse*. Hij huilde zelden, maar voelde een brok in zijn keel en een verkramping in zijn borst waardoor hij overspoeld dreigde te worden. Boven hem krijsten meeuwen. Zijn moeder dronk gin uit een fles en leek te huilen of te snotteren, en wreef over haar neus alsof die jeukte. 'Ik had geen keus,' jammerde ze. 'Al onze levens liepen gevaar. Ik heb het voor Luc gedaan.'

Luc hunkerde ernaar om naast die hoop aarde in de schaduw van de jujubebomen te liggen en tegen zijn vader te praten. Hij kon niet bevatten wat er met hem gebeurde, met zijn leven, zijn familie, zijn krankzinnige moeder. Wat stond hem te wachten? Waar gingen ze naartoe? Achter hem, achter de dekken van dit machtige schip, lag het land van zijn verleden, in Afrika, waar het overal wemelde van de mensen. Straatverkopers, louche kaartenhandelaren die zwaaiden met de belofte van een oversteek via de zwarte markt, etenskraampjes, waterverkopers. Arabieren, Berbers, Fransen, christenen, moslims.

Marokko, sinds zes jaar een bevrijde staat.

Voor hem lag zijn toekomst: niets meer dan een grote, lege zee. Met daarachter, nog niet in het zicht, een ander continent: Europa. Spanje en daarna Frankrijk. Het tweede vaderland waar noch hij, noch enig ander familielid ooit voet aan de grond had gezet. De scheepshoorn bulderde en de enorme boot begon te bewegen en zich langzaam los te maken van de kade. Het kolkende water zag eruit alsof het eeuwig doorging en erop belust was hem onder te zuigen.

Drie uur later verlieten Luc, zijn moeder en zijn tante de boot samen met honderden andere vluchtelingen die uit de buik van het schip kwamen. Nadat ze in de rij hadden gestaan om hun nu smerige Citroën uit te laden, scheurden de Cambons naar het noorden.

Terwijl ze door Spanje reden, schetterde uit de autoradio populaire Angelsaksische muziek. 'The Wanderer' van Dion. Ray Charles, Elvis Presley. Populaire liedjes waar Clarisse en Isabelle op hadden gedanst bij het zwembad tijdens kolonistenfeestjes, hun eigen dronken soirees. Zoals zoveel anderen als zij hadden ze doorgefeest, de oorlog genegeerd en ook de ophanden zijnde verwoesting van hun koloniale leventje genegeerd. Ze hadden zich geconcentreerd op het goede leven dat ze altijd hadden gekend, en net gedaan of de rest niet bestond. De enige aanpassingen die ze hadden toegestaan, waren wapens. Ze hadden met een pistool onder hun kussen geslapen. Ze hadden gewapend over straat gelopen en als er een moslim achter hen liep deden ze een stap opzij om hem of haar erlangs te laten uit angst dat de onbekende hen schaduwde en hen zou neerschieten of stilletjes in de rug zou steken.

'Vanaf morgen zal niemand ons meer voor dood op straat achterlaten. Morgen zijn we in Frankrijk. Laten we zingen,' zei zijn moeder, gek van vermoeidheid en verlies. 'Zing zo hard als je kunt. We moeten de moed erin houden. Kom op, mensen.' Clarisse begon krakerig, schor en vals te zingen en probeerde de wijs te houden van de muziek op de radio. 'The Wanderer' van Dion.

'We dwalen rond, nee, we ontsnappen... Dat klopt,' zuchtte Isabelle, terwijl ze een sigaret opstak die een hoestbui tot gevolg had. 'Jakkes, die Spaanse peuken zijn *dégueulasse*, walgelijk, *dégoûtant*.'

Luc, die achter in de auto zat gepropt, zweeg. Hij zat ingeklemd tussen allerlei spullen en sliep diep, terwijl zijn hoofd tegen het raampje gleed. Hij droomde over zijn oude leven, waarin hij op zijn nieuwe fiets naast zijn opa over de kustweg naar de Cap de Garde reed, waar ze samen in het zonnetje hun visgerei, hun snorkels en duikbrillen in gereedheid brachten terwijl ze naar het komen en gaan van boten, zeiljachten en vissersschuiten keken en soms, als ze geluk hadden, een Middellandse Zee-tanker zagen die iets verderop langs de kust voor anker ging en zich opmaakte om het ene vat na het andere van de pas ontdekte woestijnolie in te laden.

'Het zwarte goud.' Dan glimlachte zijn opa naar hem. 'Daar hebben wij straks ook een aandeel in, maatje. De toekomst van Algerije.'

Het was na middernacht, een warme nacht vol sterren in het niet zo vredige Catalonië, het strak gehouden Spanje van Franco, waar het zoet naar rijpende meloenen rook, toen de Citroën de Spaans-Franse grens naderde, de harde, donkere omtrekken van de onbekende Pyreneeën met aan de linkerkant en voor hen uit dorpjes waarvan de daken van de huizen waren bedekt met stenen dakpannen. Isabelle lag met drie paspoorten op schoot te slapen en snurkte zachtjes. Clarisse gaf haar schoonzus een harde elleboog in haar zij. 'Laat die rode lippen van je maar eens lief lachen, chérie. We zijn er. *La France.*'

In september 1962, in Algerije, in het zuiden over de Middellandse Zee, zakte de stad Bône, die door de onlangs aangestelde Algerijnse regering was omgedoopt tot Annaba, in de vergetelheid. Het was een aftakelende metropool waarvan de infrastructuur vervallen was. De rijke, vruchtbare boerderijen die de Fransen hadden achtergelaten, werden ingenomen door bendes van bedoeïenen. De nomaden streken neer op het land, woonden in zwarte, geitenharen tenten en verzorgden hun kuddes schapen en geiten, die de aangeplante vegetatie opaten. Die reizende stammen besteedden geen aandacht aan de gewassen die tot voor kort door de gehate Fransen waren verzorgd. Ze dronken geen wijn en lieten de wijnranken ongeinteresseerd woekeren. Op het verlaten landgoed van de Cambons was het grote huis leeg en vergeten. De bloedspetters op de muren in een van de kamers beneden, verbleekten in de hitte tot bruinige vlekken en verdwenen daarna tussen meeldauw en spinnenwebben. Het schot dat Clarisse Cambon tijdens een verhitte discussie vol walging had afgevuurd – en waardoor het gezicht van Adrien Cambon, haar man, was opengereten – en dat door het hele huis had weerklonken, vervaagde nu tot een geest die werd meegevoerd door de kustwinden. Geiten en schapen dronken uit het zwembad terwijl de druiven steeds lager hingen en rottend aan de takken bungelden. Een verloren domein.

Intussen trokken in het departement Var in het zuidoosten van Frankrijk twee jonge vrouwen en een klein jongetje met pientere ogen in hun nieuwe bastidehuis. Les Cigales was een groot wijngoed dat dringend behoefte had aan werk en investering. Clarisse Cambon was de nieuwe châtelaine en liep vol trots en verwachting over de haveloze vloeren. Samen met haar schoonzus, Isabelle, kocht ze een paar jonge merries, waarmee ze hun nieuwe terrein aan alle kanten verkenden.

Vooral Clarisse wilde het verleden dolgraag achter zich laten. Ze hunkerde naar een nieuw begin, nieuwe vriendschappen, aansluiting, en wilde het bloedvergieten en de nachtmerries over oorlog, pijn en dood de rug toekeren. Het offer dat ze noodgedwongen had moeten brengen omwille van haar zoon zou ze achter zich laten. Luc zou een nieuw leven krijgen. Hij mocht het nooit weten, hij mocht nooit worden achtervolgd door de schande van datgene waar zijn vader zich schuldig aan had gemaakt.

De twee vrouwen huurden arbeidskrachten in, mannen uit de buurt, nooit Arabieren, en gingen aan de slag. De seizoenen veranderden. Het land hernieuwde zich. Het voorjaar bloeide op en verkondigde zijn komst met de teerste amandelbloesem. De geur van dennenhars, jasmijn en kersenbloesem doordrenkte de warme aprildagen. De twee jonge vrouwen en de opgroeiende jongen hadden veel te doen, veel uitdagingen aan te gaan en veel werk waarmee het verleden kon worden uitgewist en weggevaagd. De wijngaarden herrezen als fladderende vogels en brachten limoengroene blaadjes en uitzonderlijke wijnen voort, terwijl de zilverachtige olijfgaarden decennia van overdadige oogsten beloofden. Toch bleven de vrouwen geïsoleerd en zonderden ze zich af op hun heuvel. Het verleden, de gebeurtenissen uit die vergeten zomer, liet hen nooit los.

Dankwoord

Ik prijs me enorm gelukkig met het team van MJ waarmee Penguin me omhult. Maxine Hitchcock, uitgever bij MJ en mijn redactrice, heeft heel veel enthousiasme voor dit boek aan de dag gelegd. Ontzettend bedankt, Maxine. Dank ook aan mijn publiciteitsagent, Gaby Young, bureauredacteuren Hazel Orme en Clare Bowron, Eve Hall en Sophie Elletson.

Omdat ik nieuw ben bij Penguin, zullen er veel mensen aan dit boek werken die ik nog nooit heb kunnen ontmoeten, maar ik bedank jullie allemaal bij voorbaat! Ik kijk uit naar onze toekomstige samenwerking.

Een bijzonder bedankje voor mijn geweldige agent, Jonathan Lloyd van Curtis Brown, omdat hij het heeft volgehouden tijdens de zwaardere dagen. Ook bij Curtis Brown wil ik (in willekeurige volgorde) de volgende mensen bedanken: Alice Lutyens, Melissa Pimentel, Lucie Rae en Katherine Andrews. Jullie zijn een fantastisch team en ik waardeer alles wat jullie voor me doen. Een klein bedankje voor Sheila Crowley, ook van Curtis Brown, die niet mijn agent is maar wel een kanjer op het gebied van retweets en het verspreiden van goed nieuws.

Veel liefs en dankbaarheid voor Chris Brown, een van mijn oudste vrienden, voor de steun en wijze woorden.

Een kleine schreeuw van waardering aan Mary en Tom Alexander bij Gloster House in Co. Offaly voor hun vrijgevigheid en gastvrijheid. En grote dank voor Pat Lancaster en Rhona Wells omdat ze er waren toen ik dat beetje extra hulp nodig had.

Zoals altijd een dikke kus voor mijn man, Michel, die een inspiratiebron is en zo gul is met zijn liefde. *Merci, mon amour.*